JUAN EL PEREGRINO

MITOS BOLSILLO

Mika Waltari
JUAN EL PEREGRINO

Traducción de Pirkko Merja
y Ramón Garriga Marqués

grijalbo mondadori

Quedan rigurosamente prohibidas, sin la autorización escrita de los titulares del *copyright*, bajo las sanciones establecidas por las leyes, la reproducción total o parcial de esta obra por cualquier medio o procedimiento, comprendidos la reprografía y el tratamiento informático, así como la distribución de ejemplares de la misma mediante alquiler o préstamo públicos.

Título original: *Nuori Johannes*
Traducido de la edición de Werner Söderström Osakeyhtiö, Helsinki, 1981
© 1979 herederos de Mika Waltari
© 1986 de la traducción castellana para España y América:
GRIJALBO MONDADORI, S.A.
Aragó, 385. 08013 Barcelona
www.grijalbo.com
Diseño de la cubierta: Luz de la Mora
Primera edición en Mitos Bolsillo
ISBN: 84-397-0409-7
Depósito legal: B. 30.051-1999
Impreso en España
1999. – BIGSA, Manuel Fernández Márquez, s/n, mod. 6-1
    08930 Sant Adrià del Besós (Barcelona)

I

Después de escaparme, había caminado a través de las tierras de Francia y Borgoña, hasta el Rin. Ya se había recogido el heno; en los campos, hombres sudorosos segaban cereales con sus hoces, vestidos sólo con unas rotas camisas, debido al calor. Las mujeres esquilaban ovejas. Yo estuve caminando bajo el signo de Leo.

Durante las horas oscuras de la noche había dormido en la ciudad, junto al muro del cementerio. Mis sueños se mezclaban con el canto de los ruiseñores, que se oía desde unos vetustos árboles. Al salir el sol, los gallos empezaron a cantar. Cuando me desperté, lo primero que vieron mis ojos fueron las imágenes de la muerte en el muro del cementerio, iluminadas por la rojiza luz del alba. Un esqueleto bailaba y llevaba a un obispo a su compás.

Al seguir caminando hacia el sur, donde estaban las montañas, vi la sombra de la muerte en cada persona con quien me crucé. A través del cuerpo de un segador se entreveían los contornos de un esqueleto. En la rosada sonrisa de una mujer encontré la amarilla mueca de una calavera. La muerte jugaba junto a los niños en la orilla del riachuelo. Todas y cada una de las personas que encontré debían morir un día. La muerte era el único y absoluto señor del hombre. También los edificios, incluso los más fuertes, envejecían y se derrumbaban al final. La risueña vida estival que me rodeaba era un espejismo tan frágil como el intranquilo sueño de mi noche, turbado por el canto del ruiseñor.

Caminaba en un mundo en vías de desaparición. Tenía diecisiete años. Era libre y feliz. Me sentía realmente contento. Al andar, cantaba.

Hacia el mediodía y sin poderlo sospechar, llegué a la Fuente de la Juventud y me detuve al lado de la valla para mirar, ya que nadie me ahuyentó. Allí había hermosos caballos que habían sido desenganchados de los carruajes y soltados en el prado para que pacieran. Los sirvientes habían levantado entoldados para utilizarlos como vestuarios y habían puesto mesas con comida. Ya desde lejos se oía la alegre música de trompetas y tambores que venía desde el estanque, entremezclada con los gritos y las risas de los bañistas.

El estanque era grande y espacioso y estaba bordeado de piedras talladas. Cabían en él decenas de personas. En el centro había un surtidor. En mis viajes había visto muchos balnearios, en los que la gente vieja, decrépita y coja, buscaba la curación de sus males mediante el barro caliente y las aguas milagrosas. Pero de la Fuente de la Juventud podía verse en seguida que no era para los enfermos, sino que era un lugar de diversión veraniega para gente rica y aristócrata. Unos perros mimados correteaban alrededor de la fuente, y de unos palos se habían colgado doradas jaulas que contenían pájaros de mil colores. Al lado del estanque, un par de saltimbanquis entretenían a los bañistas.

Y éstos no eran ni viejos ni feos, sino hombres en la plenitud de la edad y mujeres que, con sus redondos pechos y sus blancos cuerpos, no tenían que avergonzarse de nada. Entre risas, los hombres intentaban agarrar a las mujeres, que hacían ver que se escapaban de sus manos impúdicas o salpicaban con agua sus rostros enrojecidos por el vino. Algunos habían ordenado que se les sirviera comida, fruta y vino, en una mesa que flotaba entre ellos. Otros jugaban a los dados, y las mujeres soltaban gritos de alegría cuando lograban obtener una alta puntuación. La mayoría de los hombres, por pudor, habían rodeado su cintura con un paño, pero las mujeres, especialmente las más jóvenes y bellas, sólo se tapaban con sus cabelleras, lo cual podía observarse cuando, de buena gana y con asiduidad, salían de las revueltas aguas del estanque y, bajo cualquier pretexto, entraban un momento en la gran tienda que servía de vestuario cuyo dintel estaba cerrado con cortinajes de terciopelo.

El relucir de las desnudas extremidades en el agua y la abundancia de toda esa alegría y gozo de la vida, al son de la música de las trompetas y tambores, representaba una panorámica tan pagana que me imaginé que los que se bañaban eran ninfas y sátiros. Me quedé absorto por la visión; el tiempo iba pasando y el sol atravesaba como hilos de oro el follaje de los árboles. Me quedé, aunque tenía miedo de que los maliciosos sirvientes me ahuyentaran si me quedaba demasiado rato. Pero yo no quería seguir mi camino y ya no pensaba en la muerte. Pronto llamó mi atención una mujer que, con el agua hasta la cintura, apoyaba los codos en el borde del estanque y leía con atención un libro, sin participar en los juegos de los demás.

Su rostro, inclinado sobre el libro, era bello y orgulloso. No era muy joven, lo cual podía apreciarse por sus redondeados hombros y por la línea de la cintura, protegidos por mojados mechones de pelo rubio. Llevaba al cuello un fino collar de perlas, como si no hubiese querido renunciar a su vanidad ni aun durante el baño. En un momento determinado se le acercó por detrás un hombre fuerte, de negros ojos, que se apoyó en su espalda como para leer el libro por encima de sus hombros, pero que empezó a acariciarle un pezón por debajo del brazo. Sin ni siquiera volver la cabeza, la mujer cogió la mano que la acariciaba y la apartó con indiferencia, como si no hubiera considerado merecedores de la más mínima atención los intentos del hombre. Éste se sintió humillado y se fue, chapoteando en el agua. La mujer siguió leyendo, moviendo los labios según iba siguiendo las palabras del libro.

Supuse que era una mujer muy hermosa, por lo menos a los ojos de un hombre maduro, pero yo no miraba su belleza. Poseído de curiosidad y de pasión, sólo miraba el libro, una de cuyas hojas decoradas acariciaban distraídamente sus afilados dedos. Intentaba averiguar qué libro podría ser. No era probable que una mujer como ella hojease un libro de oraciones en esta fuente de la alegría de vivir. No creía que una mujer entendiese de filosofía. También resultaba difícil pensar que supiera latín. Por ello llegué a la conclusión de que se trataba seguramente de algún despreciable cuento de amor escrito en la lengua del vulgo, de los que los médicos recomendaban a los hombres ya mayores para vivificar su menguante virilidad.

Pero, al menos, era un libro. Hacía muchas semanas que no había leído nada porque, para poder escapar, me había visto obligado a vender los pocos y pobres libros que yo mismo había copiado en papel de desecho y encuadernado con tapas de madera. Al caminar, había tenido que contentarme con repetir solamente lo que sabía de memoria y recrear en forma de nuevas palabras los pensamientos cuyo texto exacto ya se me había olvidado. Tenía hambre, pero más que todos aquellos sabrosos platos de comida que los sirvientes llevaban al manantial casi rozándome, anhelaba el libro que una mujer regordeta y desnuda leía apoyando los codos en el borde del estanque. Desde el otro lado de la valla, yo sólo tenía ojos para el libro y me olvidaba de todo lo demás.

Se diría que la mujer advirtió mi intensa mirada, porque de repente levantó la vista del libro y me miró directamente. Sus ojos no reflejaban vergüenza, tenían un color azul oscuro y estaban muy separados entre sí. Eso la hacía parecer meditabunda. En aquel momento, uno de los hombres que estaban jugueteando detrás de ella logró rodear con un brazo el talle de la mujer, que se le escapaba, y la pareja se cayó al agua retorciéndose, salpicando los bordes del estanque y las hojas del libro. Instintivamente, hice un ademán desesperado como para evitar el daño, aunque ya era demasiado tarde, y se me escapó una exclamación de disgusto. La mujer seguía mirándome, se alejó de su pareja que chillaba en el agua, tomó el libro en sus manos y, descuidadamente, lo sacudió. De pronto sonrió y me quedé tan asombrado que miré hacia atrás, hasta que caí en la cuenta de que me sonreía a mí.

Me llevé un buen susto y el primer pensamiento que tuve

fue seguir mi camino, pero el libro me había embrujado y, siendo así, le contesté con una sonrisa insegura, todo el tiempo preparado para huir si intentaba perjudicarme. La mujer seguía sacudiendo agua del libro sin apartar los ojos de mí, sin saber mucho de cómo hay que tratar los libros. Me sentí invadido por un auténtico pánico por el que ella tenía en las manos. Así, cuando la mujer me hizo un gesto con sus delicados dedos para que me acercase, a la vez que seguía sonriendo muy segura de sí misma, no dudé más y, dando una vuelta hasta la puerta de la valla, entré sin que nadie me lo impidiera y bajé hasta el estanque.

Lo primero que hice fue quitarle el libro de las manos y empezar a secar las hojas cuidadosamente con mi manga, a falta de mejor medio. Me dolió observar que la tinta ya se había corrido en algunos sitios, pero, al mismo tiempo, y ante mi gran asombro, me di cuenta de que el libro estaba escrito en latín, en forma de diálogo y copiado con bastante buena caligrafía, con las mayúsculas decoradas. A escondidas miré la hoja de la portada. Como autor figuraba Laurentius Valla y el nombre del primer diálogo era *De voluptate*.

—Es impío, incluso criminal —dije—, llevar un libro para que se manche en un sitio de diversión pagana. Estas páginas hay que plancharlas con un hierro caliente. A pesar de ello, siempre quedarán con una huella de su frívolo descuido.

Yo miraba preocupado el libro, no a la mujer, ardiendo de ansia de poder leer, ya que no conocía el autor ni la obra.

—Eres muy severo para con una mujer ignorante, hermoso joven —me dijo humildemente, pero su voz era alegre—. Tu mirada sombría y condenatoria me asusta. ¿Eres un fraile o un predicador? ¿Y qué actos de penitencia quieres que haga? Como ves, estoy ante ti indefensa y desnuda y, en todos los sentidos, a tu merced.

Le eché una mirada. Sus ojos estaban muy separados e hipócritamente serios. Fingiendo pudor, levantó las manos para cubrir sus redondos senos. Las uñas de los afilados dedos brillaban y eran de color de rosa. Aquellas suaves manos jamás se habían dedicado a ninguna labor decente. Los rubios cabellos se pegaban en mojados mechones a su blanca piel y el mentón era de suave forma. Para más de uno, seguro que era hermosa y seductora, pero yo sólo la miraba como la propietaria de un libro tentador, pensando cómo podría obtenerlo para mi lectura.

—Sé copiar y encuadernar libros —dije—. Si me deja éste, para complacerla haré todo cuanto pueda para reparar los daños que ha sufrido. No pido ningún sueldo por ello —añadí de inmediato, al notar su inquisitiva mirada fija en mi rostro.

Jugueteando con el collar de perlas que llevaba, me dijo en tono de reproche:

—Te he dicho «joven hermoso». Al contestarme, y aunque no hubiese sido más que por cortesía, podrías haberme dicho «hermosa dama». Pero parece que no soy especialmente hermosa a tus ojos, ya que te contentas con acariciar el libro en tus manos sin ni siquiera dirigirme una mirada. ¿O, quizás mi desnudez, pudorosa y natural por tratarse de un baño curativo, despierta vergüenza en ti?

—Hermosa dama, el Creador se alaba a sí mismo en sus criaturas —dije, y la miré lo suficiente que considere necesario para satisfacer su vanidad. Luego dediqué de nuevo mi atención al libro.

—¿*De voluptate?* —pregunté—. ¿Es un ensayo filosófico o teológico?

La mujer casi se echó a reír, pero hizo un esfuerzo, se puso seria y respondió:

—A decir verdad, aún no lo he averiguado. Debido a mi carácter débil y fácilmente variable, las cuestiones sobre la voluptuosidad siempre han despertado un profundo interés en mí. Pero seguramente mis conocimientos del latín son todavía poco consistentes, como es lo apropiado para una mujer bien educada, porque, a mi parecer, no entiendo lo suficiente los pensamientos de este sabio estudioso. A mí, débil mujer, me tientan y me aterran a la vez. Por esto necesitaría comentarios para aclarar las ideas que contiene este libro, a fin de que, por culpa de un malentendido, no expusiera mi alma a la perdición.

—Está escrito en un bello latín —dije, entusiasmado—. Si lo desea, señora, con mucho gusto se lo leeré en voz alta y le explicaré todo lo que con su débil razón de mujer no pueda comprender.

—¡Ay! —suspiró—, ¡ay!, ¡ay! ¡Qué propuesta más tentadora! Qué día de suerte, encontrarme con un hombre sabio y dispuesto a ayudar, entre todos estos blasfemos, bebedores y frívolos juerguistas. Has de saber que muchos de estos señores y aristócratas caballeros no conocen siquiera la diferencia entre una letra y otra.

»Pero no empecemos la lectura aquí —continuó después de haber echado un vistazo alrededor—. Sería sin duda echar perlas a los cerdos, de lo cual ya nos previene la Biblia. Mejor será que busquemos algún sitio tranquilo rodeado de arbustos, donde ningún ignorante oyente pueda estorbarnos y burlarse de nuestro sabio intercambio de ideas.

Me tendió una mano y me tomó del brazo. Apoyándose en mí, salió con pesadez del estanque produciendo un buen oleaje, y pude ver que su regordete cuerpo se parecía a la conocida imagen de las pinturas sagradas que representan a Betsabé bañándose. Para proteger su pudor, casi le di la espalda. La mujer se quedó pensativa, intentando esconder el vientre, y yo le dije apresuradamente:

—Si desea llevarme consigo entre los arbustos, preferiría que se vistiese primero.

—Tengo una propuesta todavía mejor —dijo con entusiasmo, escurriendo el agua de sus cabellos—. Sígueme a la ciudad para compartir conmigo una comida. Seguramente estarás hambriento como todos los jóvenes, y allí tengo otros libros que yo sola no puedo entender.

Una sirvienta se acercó para secarla y le dio una sábana en la que se envolvió.

—Sígueme a mi tienda —me dijo amablemente—. De ningún modo tu mirada me molestará cuando me vista, y no creas que te deje escapar antes de que me hayas enseñado tu sabiduría. Pero la curiosidad es el pecado principal de la mujer y, por lo tanto, dime cuántos años tienes, cómo te llamas y cómo se llama tu padre, de dónde eres y cuál es tu profesión.

Su pregunta me resultó molesta.

—Tengo exactamente los años que represento en sus ojos

—le contesté—. Yo tampoco me muestro curioso sobre el nombre o el rango de usted, señora, porque un conocedor de las personas puede apreciar a su congénere sólo mirándolo. Si yo le otorgo mi confianza por sus buenas aficiones, usted seguramente puede confiar en mis mejores intenciones aunque no posea nombre, ni lugar de origen, ni siquiera patria de la misma manera que la tienen otros. Pero ya a los doce años estudiaba latín, conozco el alfabeto griego y, por un precio razonable, puedo hacerle su horóscopo en tinta roja, si así lo desea. Si necesita recomendaciones, que sirvan las de Virgilio y Cicerón, las de Horacio y Tácito, porque no tengo a otros que me recomienden y no necesito mejores recomendaciones que ésas.

Empecé a recitarle de memoria las primeras estrofas de *La Eneida,* pero se tapó los oídos y exclamó:

—¡Basta, basta, ya te creo!

La interrupción resultó muy conveniente, puesto que mi memoria no hubiera llegado mucho más allá. Se le soltó la sábana, la recogí del suelo y la ayudé a que volviera a cubrirse con ella. Mis manos rozaron su piel, fresca después del baño, y ella se estremeció como si hubiera tenido cosquillas.

—Su carne, señora, es suave, blanca e incluso bella —le dije—. Pero su carne es sólo tierra. Dentro de ella no hay escondidas otras cosas duraderas que sus huesos y sus dientes. Algún día, un peregrino como yo mirará dentro del depósito de huesos de cualquier cementerio y, desde una amarillenta calavera, le saludará la mueca de los blancos dientes de usted. Sobre su hermosura, nombre o familia no sabrá nada. Por esto, ¿no son irrelevantes el nombre y el lugar de origen entre los filósofos?

—Sin duda —contestó—. No obstante, llámame Dorotea, porque ése es mi nombre. A ti podría llamarte Moisés, puesto que te he encontrado a la orilla del estanque al igual que la hija del faraón encontró a Moisés entre las cañas. Pero supongo que ya no eres un niño. De ello es testimonio la suave barba que te está saliendo, y de lo mismo deseo tener otros testimonios una vez hayas vencido tu timidez, por otra parte comprensible.

Se me adelantó para entrar en un entoldado elegantemente decorado y la doncella empezó a peinarle los cabellos.

—Doña Dorotea —le pregunté, extrañado—, ¿no le asusta para nada la idea de la muerte?

—En absoluto —respondió—. Todo lo contrario, me produce un gran placer. Así que sigue hablándome de la muerte, hermoso desconocido.

Me puse, pues, a hablarle de la muerte, mientras la doncella la ayudaba a vestirse prenda tras prenda, hasta que me di cuenta de que, en vez de escucharme, sólo observaba con atención mi cara, mis mejillas, mis labios y mis manos. Su atrevida mirada me perturbaba hasta el punto de que empecé a tartamudear y casi quería irme. Pero empezó a servirme pastas aderezadas con pimienta y miel, en una bandeja de plata, y las comí porque tenía hambre. La señora habría dejado que la sirvienta me escanciase incluso vino, si yo no lo hubiera rechazado en seguida.

—No bebo vino —dije—. Odio la borrachera y a los borrachos.

La mujer se asombró y me preguntó, extrañada:

—¿No es el emborracharse uno de los goces más grandes de la vida, o te crees tú más sabio que los apóstoles y que el mismísimo Jesucristo? ¿No serás hereje, joven?

Le contesté que no deseaba discutir con ella. Y añadí:

—No quiero vivir para gozar, y el vino turba la claridad de mis pensamientos.

—¡Ay, ay! —me dijo melancólicamente—. ¿No son malos los pensamientos y no causan dolor a las personas o, lo que es aún peor, no dañan su alma si el pensamiento se desvía de los que ya se han pensado, comprobado y aprobado?

—No —le aseguré—. Antes causa dolor el goce, aparte de que hace volver triste al hombre. Hasta ahora, el pensar nunca me ha producido tristeza, aunque me hace sentirme pequeño. Pero en los mejores momentos, el pensar hace que me sienta grande, incluso parecido al Dios.

—¡Chitón, chitón! —me previno, y bebió por mí el vino que yo no quería.

Sus párpados estaban hinchados y sus gruesos labios temblaban cuando bebía.

—Odio el vino porque convierte al hombre en su esclavo —le dije—. Y no me agradan estas pastas dulces que me ofrece, sino que preferiría un pedazo de pan seco. Verá usted, no quiero acostumbrarme a cosas que después pudiera echar de menos para satisfacer mis sentidos. Cuantas menos necesidades tiene el hombre, tanto más libre es, y ante todo quiero ser libre para que no haya nada que ate mis pensamientos.

Doña Dorotea se quedó mirándome con aquellos ojos, curiosos y de color azul oscuro, tan separados entre sí que la hacían parecer erróneamente meditabunda. Supongo que se había imaginado que yo era otra cosa, porque me preguntó, asombrada de verdad:

—¿Es que me seguiste por aquel miserable libro y no por ninguna otra razón?

Yo también me enfadé y le contesté:

—¡Cómo puede llamar miserable a un libro, doña Dorotea! De verdad, no se merece usted poseer un libro y seguramente me equivoqué en cuanto a sus aficiones cuando la seguí.

Bebió más vino para sentirse más segura y dijo, intentando tranquilizarme:

—No te enfades, mi hermoso asceta. Si hubieras cometido cualquier gran pecado y, como penitencia, quisieras castigarte, te comprendería. Naturalmente, tal penitencia es comprensible y corriente, e incluso prescrita por la Iglesia. Pero tus ojos son claros como el agua y debajo de la incipiente barba se puede ver la redondez infantil de tus mejillas. Por eso dudo que ni tan siquiera supieras pecar, aunque quisieras. Entonces, ¿qué quieres de mí?

Le hice observar que de ninguna manera quería nada de ella ni me había entrometido en su compañía, sino que había sido ella misma quien me había hecho una señal para que me acercara. Exhaló un melancólico suspiro y siguió mirándome con suspicacia, como si quisiera averiguar si yo era carne o pescado.

—Supongo que no eres un ángel que ha bajado del cielo y se ha vestido de hombre a fin de prevenirme por mi vida pecaminosa —dijo—. Pero estas cosas no ocurren. Al menos, no a una mujer como yo. ¿Sabes? Tengo que confesarte que soy una mala mujer.

—Es lo que he empezado a sospechar —asentí.

Se echó a reír y su risa, sincera y abierta, la hizo más bella que todos los potingues con que la doncella estaba pintando sus mejillas y párpados.

—No soy capaz de definirte —dijo—. ¿Eres un simple o un sabio, o quizá sólo sigas siendo un niño a pesar de tu apariencia de hombre? Sin embargo, no puede parecer falto de sentido el que aparecieses ante mí cuando estuve en el agua curativa, invadida por la melancolía y por una terrible miseria física, después de llegar al borde de perder hasta mi belleza por causa de una borrachera de semanas y meses. Precisamente en este instante, tus ideas me atraen más que los pensamientos tortuosos y decadentes de Laurentius Valla, con los que intenté consolarme.

Por fin, la vistieron con su largo vestido de color azul celeste y se puso de pie ante mí. Como por arte de magia, el bello vestido hizo desaparecer de su figura los hinchados contornos de Betsabé y la convirtió en una mujer esbelta, medio palmo más alta que yo. Una redecilla de perlas le cubría el rubio pelo. Sus ojos tenían el mismo color que su vestido, y su cuello, descubierto, era asombrosamente blanco contra el azul de la tela. Seguramente también la penumbra de la estancia la favorecía en su edad, más que la inclemente luz del día.

—Vaya milagro —dije—. Podría creer que es usted una bruja al mirarla ahora, doña Dorotea. Hace un momento, cuando salía del agua, parecía una tosca vaca blanca con las ubres hinchadas, pero ahora está hermosa como la Santa Virgen en su capa azul, pintada en un libro por un artista.

Al oír mis sinceras palabras se enfadó hasta el punto de palidecer, y se le dilataron los ojos. Me aparté con cautela, temiendo que me pegase, pero recobró la compostura, soltó una tensa risita y exclamó:

—El chico está loco.

Con ambas manos, doña Dorotea colocó bruscamente en su cabeza un tocado adornado con plumas y, al poco rato, ya guiaba yo su caballo hacia la ciudad. Cabalgaba decentemente de lado e incluso se tapó los pies con los pliegues del vestido. El caballo era lo suficientemente grande para aguantar su peso sin cansarse y no se inmutó cuando tomé con cuidado las riendas para guiarlo.

—¿Tienes miedo a los caballos? —me preguntó con sorna.

Yo no quería contestar, porque ella todavía estaba enfadada. Se quedó absorta en sus propios pensamientos y yo, para mis adentros, me preguntaba el por qué seguía tan humildemente a esta mujer, vanidosa y corrupta, mientras guiaba el manso caballo por el polvo de la carretera.

En la ciudad, doña Dorotea me llevó a la posada donde se alojaban los bañistas ricos. Allí tenía ella una habitación bonita y fresca, y una adornada estufa. Mandó que nos sirvieran comida y me ordenó que al menos bebiera cerveza, en vez de vino, para que no manchara su reputación en la posada. Comí porque tenía hambre y bebí porque tenía sed, y en su compañía me puse de tan buen humor que empecé a soltar risitas.

Cuando ella hubo comido, separó los cortinajes de la cama, se quitó de un golpe los zapatos de los pies, se echó encima de los mullidos colchones y puso los brazos detrás de la nuca.

—He estado pensando en ti —me dijo.

—No deje que su bella cabeza se canse por mí, doña Dorotea —dije en tono protector, y estiré las piernas y me apoyé contra el incómodo respaldo de la silla.

—Tienes unas extremidades bonitas, un cuerpo bien formado y un rostro agradable, aunque demasiado tostado por el sol —dijo—. Muchos hombres nobles y ricos darían mucho por cambiar de apariencia contigo. ¿Por qué, chiquillo loco, no te has metido de escudero de algún conde o príncipe y has preferido el negro atuendo y los rotos zapatos de un tuno?

Su compasión despertó confianza en mí.

—Una vez solicité un empleo así —le conté—. Por broma, lo primero que hicieron fue mandarme a ensillar y sacar del establo el caballo de guerra de mi señor. Ya se puede imaginar, doña Dorotea, cómo se rieron cuando el semental, adiestrado para la guerra, me cogió del vientre con sus dientes y me hubiese matado con sus herrados cascos, si no hubiera tenido tiempo de echarme por debajo de la rampa del establo. Todavía llevo en el vientre las cicatrices de aquellos dientes. Después de ese incidente, no he deseado servir a los caballeros nobles, que son hombres brutos y sin corazón. Antes les cortaría el cuello que cabalgar con ellos molestando a la gente pobre, o corretear limpiando sus vómitos después de las fiestas.

Se lo dije en un tono frío, intentando endurecer mi corazón como si en mi mente ya hubiese vencido aquella humillación, la más horrible de mi infancia. A pesar de ello, me tembló la voz al acordarme del pánico mortal que sentí cuando estaba colgado de la boca llena de espuma de aquel corcel, y de las lágrimas de impotencia que me brotaron cuando estaba escondido bajo la apestosa rampa hasta el anochecer, cuando me atreví a escapar del castillo. Aún concediendo que fuera descabellada la idea de un chico pobre de ofrecerse al servicio de un caballero confiando en la nobleza de su carácter, el escarmiento recibido fue también muy cruel.

Para mejor defenderme, proseguí apresuradamente:

—De niño, vi también un campo de batalla después de un combate. Los cuervos picoteaban los cadáveres de los caídos y los restos de los pobres hombres colgados en las ramas de las encinas. Muerto de miedo y escondido detrás de unos arbustos, oí cómo un grupo de nobles pasaba cerca de mí a caballo, haciendo vibrar la tierra y resonar sus armaduras. Cuando pienso en el baile del esqueleto de la muerte aquí, en la Tierra, todavía puedo oír cómo cabalgaba delante de mí, revoloteando, la propia muerte. Por eso las heroicidades guerreras de los nobles no me atraen. Yo no envidio a los condes y a los príncipes, sino que los odio.

»Pero, para ser justo, debo reconocer que en mi fuero interno lo que más odiaba era mi loco sueño de niño, de que algún día yo también sería capaz de cabalgar en un espléndido corcel, con la coraza brillando al sol y guiando a un grupo de guerreros. Por eso me odiaba más a mí mismo que a los caballeros.

Doña Dorotea retorció su magnífico cuerpo en la cama y dijo perezosamente:

—Tengas razón o no, debo confesarte que tampoco yo quiero especialmente las manoplas de hierro de los caballeros. Era joven y aún casi inmaculada cuando fui a recibir al noble caballero a quien amaba, que vino a caballo hasta el patio, con el pendón ondeando. A aquel hombre, cansado de la batalla y vestido con una pesada armadura, lo tuvieron que levantar de la silla con poleas. La orina había caído por sus piernas porque durante todo el día no había tenido ocasión de aliviarse de otra manera. Estaba salpicado de sangre y, cuando se acercó pesadamente hacia mí y me abrazó con sus brazos de hierro, apestaba a sangre y orina. Antes de que pudiera dar un solo grito, me había roto tres de mis delicadas costillas. A partir de entonces, he considerado con precaución y sin admiración alguna los abrazos de los caballeros, incluso los de los más victoriosos.

Cerró sus ojos, suspiró y añadió:

—El uso más hábil de la espada y la lanza no mejora de ninguna manera el arte de amar de un hombre. Por ello, los abrazos de hombres sabios e inteligentes siempre me han sido más gratos como mujer, que la pasión violenta y fugaz de los guerreros.

Levantó un poco los párpados, me echó una mirada y me exhortó:

—Ven a sentarte aquí en la cama, a mi lado. Ahí estás incómodo y me gustaría que me asieras una mano.

—No —dije—, porque dudo de la pureza de sus intenciones. Prefiero que empecemos a leer su libro e intercambiemos ideas como dos filósofos, pues, de no ser así, he de irme. Empiezo a tener calor y el ambiente de esa habitación me asfixia, ya que estoy acostumbrado a caminar bajo el cielo abierto.

—Yo no soy un filósofo, soy una mujer —dijo—. Por eso me es más fácil intercambiar ideas contigo si me tomas la mano. Tampoco serás un eunuco, ya que te está saliendo la barba. Demuéstrame que eres un hombre o me enfadaré contigo.

Así me estuvo tentando, hasta que logró que me sentara

a su lado y le tomara una mano, tan suave. Con su afilada
uña me hacía cosquillas en la palma de la mía e intentaba
atraer mi mirada. Hice esfuerzos para ser paciente con ella,
aunque su comportamiento me molestaba. Consideraba que
se lo debía por la buena comida a la que me había invitado,
e incluso consentí en besarla, esperando que se calmase y
poder empezar a leer su libro. Su boca era tan húmeda que
me parecía estar besando a una rana. Por esto me aparté
bruscamente de ella y separé sus brazos, que intentaban
rodearme el cuello y atraer mi cabeza contra su pecho.

Al darse cuenta que de verdad no quería yo lo mismo
que ella, comenzó a suspirar, rompió a llorar y dijo:

—A decir verdad, tengo una amarga pena de amor, y es
por ello que incesantemente me he bañado en la fuente y he
ahuyentado a los hombres que buscaban mis favores. Estoy
dispuesta a pagar bien al que me consuele de esta pena.
No estoy falta de medios y asimismo tengo influencia, gracias
a mis numerosas amistades de alto rango. Mi recomendación
podría serle muy útil a un hombre joven, incluso si quiere
seguir una carrera intelectual. Tú eres diferente de los demás,
y tu juventud y tu virginidad me excitan hasta el punto de
que, estoy segura de ello, podrías desviar mis pensamientos
de mi sempiterna pena si quisieras ayudarme. Eres muy
ingrato al no querer concederme, de la riqueza de tu juventud, una cosita que no te causaría mucha molestia y que
incluso podría servirte de enseñanza.

Empezó a derramar lágrimas sinceras que le manchaban
el rostro, y la compadecí. Pero ni se me ocurrió entregarme
a ella como si fuera su joven amante; el solo pensamiento
me producía una fuerte aversión.

—Deje que le pongan unas ventosas, doña Dorotea
—dije—. Cuando le hayan sacado una medida de sangre, seguramente se calmará. Usted bebe demasiado vino y come
manjares demasiado condimentados, lo cual hace que se le
caliente el cuerpo y se le hinche de líquidos malignos, y la
consecuencia son sus perturbados pensamientos, poco conve-
nientes para una mujer decente.

Harto ya de ella y abandonando la esperanza de poder
intercambiar ideas razonables con aquella mujer vanidosa y

egoísta, me levanté amargado para seguir mi libre caminar. Pero en ese instante, doña Dorotea se secó las lágrimas, me agarró de un brazo con ambas manos y me previno:

—No te vayas o grito. A ver, ¿qué pasaría si comenzase a chillar y la gente entrase en la habitación y vieran que me has tumbado en la cama para violarme? ¡Si no puedes siquiera darme tu nombre ni tu lugar de origen y estás incubando pensamientos peligrosos! Cuando te interroguen, a lo mejor se descubre que eres un begardo hereje, y ante un juez mi palabra tiene mucho más peso que la tuya.

Su malicia me asustó de verdad. Pero el susto enfrió mi mente, la miré con igual malicia y dije:

—Seguro que si empezara a gritar me causaría grandes perjuicios. Pero si me van a colgar, prefiero que lo hagan con razón que sin ella. Por eso me cuidaré bien de que no grite. Si lo intenta, le cortaré el cuello con este afilado cuchillo, me llevaré sus joyas, su dinero y sus libros, cerraré con llave la puerta y pondré un buen trozo de terreno por medio antes de que su cadáver sea descubierto. Pronuncie una sola palabra y lo haré, ya que me amenaza de esta manera.

Doña Dorotea se apoyó en la cama sobre un codo y me miró, incrédula.

—¿De verdad eres tan severo contigo mismo —inquirió— que me cortarías el cuello y expondrías tu propia vida antes que yacer conmigo? Estos tiempos apocalípticos producen criaturas rarísimas. Todavía puedo comprender la falta de fe y la corrupción, pero no comprendo a un hombre joven que, sin ser monje ni penitente, prefiere beber agua en vez de vino, antepone el pan seco a un pollo asado y aborrece como tentación del diablo el yacer con una mujer aún relativamente bella. ¿Qué te pasa, amigo mío? ¿Qué locura se ha apoderado de ti?

Lo dijo tan amablemente y parecía tan preocupada por mí, que pareció que ya se había calmado. Por eso contesté en un tono ya más tierno:

—Con mucho gusto seré su amigo, porque tiene un libro y porque lee en latín, lo cual significa que no puede ser tan mala como podría suponerse por sus palabras y por su comportamiento. Si pudiera demostrarme, con los medios de la razón y el pensamiento, la superioridad de los goces carnales que tanto necesita sobre la del pensamiento, podría complacerla. Pero un libro me produce una alegría más intensa que la más exquisita comida. Oh, doña Dorotea, he recogido restos de velas de las mesas de los ricos para poder leer de noche las obras de los sabios y de los poetas; y sus pensamientos, al entenderlos, me han producido un goce más ardiente que el abrazo de la mujer más hermosa. Me hice copista de libros para poder leerlos a la vez y aprendérmelos de memoria, ya que, debido a mi pobreza, no podía poseerlos. No me tiente con lo que no me atrae. Por el contrario, sea una verdadera amiga y permítame leer sus libros. Déjeme conservar mi locura, porque mi locura es para mí una riqueza más grande que la que puedan ser para usted todos sus lujosos vestidos, sus joyas y su dinero. Y, por mí, puede conservar su propia locura, con tal de que no me incluya en ella.

Doña Dorotea se llevó ambas manos a la cabeza y suspiró:

—Cuanto más te miro, tanto más me atrae tu locura. Bueno, lee, pero no en voz alta. No me estorbes en mi desesperación y mi pena de amor, déjame descansar y no me mires con esos ojos tuyos, oscuros y acusadores.

Con un suspiro de alivio tomé el libro y me puse al lado de la ventana para ver mejor. Ella siguió exhalando pequeños quejidos en la cama, incluso sollozó un poquito sin que ello me enterneciera; luego soltó las cintas de su vestido y se durmió bajo los efectos del vino y de la abundante comida; no tardó en roncar ruidosamente. Me sentía agradecido hacia ella, pero el libro fue una decepción. Es cierto que el autor del diálogo escribía un latín muy bello, pero era un hombre frívolo y con sus pensamientos procuraba, en efecto, demostrar lo mismo que doña Dorotea con sus actos. Así, consideraba como una tontería antinatural la virginidad requerida por el cristianismo a los jóvenes de ambos sexos, y argüía que Dios no habría dado al hombre el don de la pasión si no hubiera querido que lo utilizara. Incluso habría sido demasiado fácil vencer al autor dialécticamente, y me indignaba el hecho de que hubiera creado un protagonista tan estúpido e inútil como su oponente en el diálogo. En mi propia mente surgían tal cantidad de argumentos contrarios, que el entusiasmo me invadía y habría comenzado a escribirlos si hubiera tenido papel. No me atreví a manchar las páginas del libro con mis comentarios.

Al cabo de una hora de sueño, doña Dorotea empezó a respirar entrecortadamente y a quejarse. Su cara estaba enrojecida y sus encantos asomaron de entre la ropa, puesto que llevaba las cintas sueltas. Mirándola, no necesité mejor testimonio de la tristeza y repugnancia de la pasión. El satisfacer la pasión de la manera que hacía ella o Laurentius Valla, rebajaba el ser humano al nivel de un animal. Pero los hombres se diferenciaban de los animales por el don de la sabiduría y de la comprensión. Aquello era el fuego de Dios en el hombre, y el satisfacer los sentidos solamente turbaba su límpido fulgor. Mirando dormir a doña Dorotea, me invadió una profunda compasión hacia ella, por lo que la desperté, percibiendo que tenía una pesadilla.

—Cariño, dame vino.

Éstas fueron las primeras palabras que pronunció al desvelarse. Luego se frotó los hinchados ojos, se arregló el vestido y dio un suspiro, diciendo:

—Soy una persona desgraciada. Soy esclava de mis pasiones, estoy destrozada por los vicios y en mi corazón no queda ni un solo punto que no esté atravesado por las espinas del deseo. Menos mal que, a primera vista, todavía no se me nota demasiado. Flagélame al menos, mi cruel ángel, si no quieres amarme. Saca las pasiones a latigazos de mi cuerpo y limpia mi corazón con lágrimas de dolor.

—Es usted una mujer incorregible, doña Dorotea —le dije en tono de reproche—. Incluso el dolor le haría gozar, si es que interpreto correctamente su mirada; y no tiene otro remedio que la vejez y la muerte.

—No, no —me respondió asustada—, no me hables de la vejez. Para una mujer como yo es peor que la muerte. Ya estoy convencida de que eres como eres y no quiero estorbarte. Cuando me miras con tus límpidos ojos es como si estuviera bañándome en agua clara y me siento mejor.

Nada más te pido, pero que Dios se apiade de mí si de verdad he llegado a una edad en que me enamore de un chico joven sin tan siquiera pedirle que yazca conmigo. Soy demasiado mayor para ser tu hermana y tampoco tengo sentimientos maternales hacia ti. Entonces, ¿qué es este extraño sentimiento que me ha invadido y que me hace desear sólo tu bien, sin pedirte nada?

Se levantó para acariciarme tiernamente las mejillas, volvió a llorar un poco y me preguntó:

—¿Qué puedo hacer por ti? ¿Adónde vas, cuál es tu objetivo y qué es lo que más anhelas?

Yo no podía pensar otra cosa sino que seguía estando borracha. Por ello no quería aprovecharme de sus impulsos de generosidad, ya que después los borrachos se arrepienten de lo que han ofrecido, e incluso acusan de hurto a quienes aceptan en su estado de ebriedad su insinuante generosidad. Así pues, le dije:

—Doña Dorotea, mañana seguramente ni se acordará de lo que hoy ha dicho. Pero si yo hubiera tenido dinero, quizás en mayo habría dejado de vagabundear y me habría quedado en Estrasburgo como aprendiz de un tallador de madera y copista de libros. Era un hombre misterioso y tal vez un embustero, porque se jactaba de estar ensayando un arte mediante el cual se pueden copiar diez y cien y hasta mil libros a la vez. Seguro que era un estafador, ya que me pidió veinte monedas de oro por enseñarme su arte, sin que quisiera explicarme nada de él de antemano. Claro que yo no tenía las veinte monedas de oro; y aunque él lograse su propósito, ciertamente tendría que vérselas con la Justicia: sería un evidente fraude vender a hasta cien personas el mismo manuscrito a un alto precio, aun cuando la preparación de los ejemplares costase sólo lo mismo que la de uno. Salvo el papel, según me dijo.

Doña Dorotea suspiró y me preguntó:

—¿Volverías a Estrasburgo si te entregara veinte monedas de oro?

—De ninguna manera —le respondí con vehemencia—. No le aceptaría el dinero, porque mañana me acusaría de

haberlo hurtado. Tampoco me fié de aquel maestro Johann,*
a pesar de que me aseguró que necesitaba el dinero para
preparar una tinta adhesiva y comprar diferentes metales a
fin de desarrollar su arte hasta un nivel tan alto que nadie
podría notar la diferencia entre un manuscrito auténtico y
una barata falsificación hecha por él. No, no volvería con él.
Prefiero seguir mi camino.

—Pero, ¿qué podría hacer por ti? —insistió.

—Nada, doña Dorotea —dije—. Ya he leído su libro y
por ello le estoy agradecido, aunque yo le recomendaría otro
tipo de lecturas. Es que no tengo mucha confianza en las
buenas obras de la gente, sospecho que usted quiere escla-
vizarme con una deuda de gratitud, y no puedo soportar la
esclavitud.

Así estuvimos discutiendo. Mi reluctancia excitaba tanto
la caprichosa mente de doña Dorotea, que procuraba inventar
cualquier cosa que ofrecerme. Incluso echó su bolsa de dinero
en mi regazo, se ofreció a comprarme ropa nueva e intentó
contratarme en calidad de secretario, como si tuviera muchas
cosas que escribir. Empezó a parecerme que era como una
sanguijuela que se pegaba a mí y que no podía sacarme de
encima. Tampoco comprendía cuál era la fuerza que me
mantenía a su lado, porque su insistencia sólo despertaba
cierta aversión en mí.

—¿Qué es lo que tengo? —le pregunté al fin, desesperado—. ¿Qué hay en mí que provoca una simpatía tan poco
merecida? Es que no es usted, doña Dorotea, la única mujer,
sino que en el curso de mis viajes muchas mujeres se han
mostrado complacientes conmigo, me han dado de comer, y
sin pedirlo yo han llenado mi mochila de provisiones y me
han deseado buen viaje con las lágrimas en los ojos. Pero,
hasta ahora, nadie se ha portado conmigo de una manera tan
impertinente e insistente como usted, doña Dorotea. ¡Si no
pido otra cosa sino que me dejen en paz con mis pensamientos!

—¿Por qué te quedaste mirándome fijamente cuando

---

* Johannes Gensfleisch, llamado Gutenberg, considerado el in-
ventor de la imprenta. *(N. de los T.)*

estaba en el estanque, desnuda e indefensa? —me acusó doña Dorotea—. Hay hombres sagrados que pueden tomar en una de sus manos un trozo de carbón ardiendo sin hacerse daño. También hay hombres que nunca sufren heridas en las batallas y otros que siempre tienen suerte en el juego. Y Don Juan, el español, no necesitaba más que poner sus ojos en una mujer y ella empezaba a arder con un amor loco hacia él, aunque dicen que él mismo era incapaz de amar y se mantuvo frío sin poder sentir un amor duradero por nadie. Incluso cuentan que era tan helado que las mujeres temblaban de frío entre sus brazos; quizás era esto lo que las atraía de tal manera que ninguna lo pudo olvidar jamás. Muchas mujeres llegaron a matarse por su culpa y por el desesperado dolor del amor. Quizás tú seas igual, a pesar de que no lo sabes porque aún eres un chiquillo. No obstante, no debías haberme mirado tan fijamente en la fuente.

—Si no la miraba a usted, miraba su libro.

Doña Dorotea no aceptaba razonamientos. En tono de insulto empezó a llamarme Don Juan, ya que no quise darle mi verdadero nombre. Me previno, asimismo, de que el amor de una mujer se convierte en odio muy fácilmente.

—No diga tonterías, loca —le dije por fin, enfurecido—. No será capaz de imaginarse que la crea cuando me dice que se enamoró de mí a primera vista, cuando me vio en la fuente. Su pasión no es amor, sino celo animal y aunque fuese todavía más descabellada de lo que me parece, yo nunca podría quererla. Cuanto más insista, tanta más repugnancia empezaré a sentir hacia usted.

A lo que doña Dorotea respondió:

—Dale gracias a tu buena estrella de haber yo sido creada para amar, y de que por mi carácter no puedo buscar en el odio el sustitutivo del amor. Soy capaz de enfadarme, pero no puedo odiar si amo. Pero ten cuidado, Juan peregrino, muchas mujeres te amarán, pero también encontrarás a otras que te odiarán desde el primer momento, porque están faltadas de la capacidad de amar y se odian a sí mismas y a ti por ello. Si pueden, te humillarán, y yo no puedo imaginarme mejor venganza en nombre de todas las mujeres que el que tú un día te enamorases precisamente de una mujer así. Entonces, tu sufrimiento será inmensamente mayor que el de todas las que deberán sufrir por ti, lo quieras o no. Esta idea es el único consuelo que tengo, pues la razón ya me asegura que no puedo ganarme tu amor, haga lo que haga.

Sus palabras carecían de sentido para mí, porque yo no conocía el amor. En cuanto recobró la serenidad, ella también recobró la dignidad, se sentó a la mesa y comenzó a reírse de sí misma.

—Esto es una nueva experiencia para mí —dijo—. Hasta ahora, nunca he tenido que solicitar amor, todo lo contrario, me lo han ofrecido hasta la saciedad. Ahora, a mí también me parece que la pena de amor que padecía sólo fue una resaca después de todo el ajetreo amoroso que viví en Basilea. De verdad, Juan peregrino, de una manera asombrosa me has librado de mi pena de amor, a pesar de que me has producido otra, más espiritual y tan amarga que casi me hace gozar. No, seguramente nunca te habría perdonado si te hubieras acostado conmigo, lo cual me hubiese hundido aún más en las arenas movedizas de mi celo. Tal como eres, elevas mi alma a unas esferas más luminosas y transparentes. Así pues, puedo sentir una ternura desinteresada hacia tu juventud y tu pureza.

Meditó un rato y dijo con sensatez:

—Es posible que los baños curativos, por fin, empiecen a causar su efecto, y no quiero exagerar la pureza de mis sentimientos. Y no te figures que lo que quiero es causarte una deuda de gratitud; por el contrario, quiero castigarte ayudándote en tu carrera, que te llevará a tu propia perdición.

Me miraba contemplativa con sus meditabundos ojos azul oscuro y, una vez serena, me agradó mucho más que cuando estaba hundida en la turbulencia de los sentimientos impuros.

—Si el ejercicio de la inteligencia en las discusiones, el latín y los libros, son lo que más te atrae en este mundo —continuó—, ¿por qué no vas a Basilea? Como sabes, allí lleva reunido desde hace más de cinco años el gran concilio ecuménico de las naciones que, guiado por el Espíritu Santo, procura encontrar remedio a los fallos de la Iglesia e intenta renovarla por completo. Allí han ido los hombres más sabios de todos los países para discutir entre ellos. En las callejuelas de Basilea tropiezas a cada dos pasos con un obispo, y en cada esquina das un empujón a un cardenal, sin mencionar a los doctores en leyes canónicas y derecho romano, cuyas mangas rozas en todas partes entre la muchedumbre cuando llevan bajo el brazo montones de folios que contienen toda la sabiduría eclesiástica y terrenal y creen que, gracias a su mayoría a la hora de votar, son más poderosos que el mismísimo Papa. ¿Por qué no te vas a Basilea, mi Juan peregrino? Es precisamente allí donde un joven con estudios y ambición puede encontrar su futuro en estos tiempos de apocalipsis.

—No me interesa la carrera eclesiástica —le respondí con desdén.

—No seas infantil, Juan —insistió, como mujer que posee sabiduría y experiencia del mundo—. En Basilea apenas nadie piensa ya en la Iglesia y en lo que sería lo mejor para ella. Durante casi seis años, en aquella era se han trillado la fe en la mejora, la esperanza de una renovación y los ideales cristianos incluso del mejor hombre, y sólo quedan los residuos. El combate espiritual sólo concierne al poder. El concilio quiere seguir reunido y proclamarse como la máxima autoridad de la Iglesia superando al propio Papa, con el fin de repartir a sus seguidores los puestos que quedan libres. Allí se batalla por los grandes ingresos y por el poder de mando de los príncipes en los asuntos eclesiásticos, y los jóvenes con talento de ninguna manera buscan allí una recreación espiritual en las obras de los apóstoles, sino en los raídos manuscritos de los poetas romanos. Efectivamente, el encontrar uno de éstos en las olvidadas bibliotecas de algún monasterio, se considera más meritorio que el más brillante ensayo teológico.

Inevitablemente, esas palabras despertaron mi interés. Yo también había oído hablar de los manuscritos, antes desconocidos, de los griegos y de los romanos, que los sabios italianos habían encontrado y copiado. Quizás fuera precisamente el sueño de ellos el que me había guiado con tanta insistencia hacia el sur, a pesar de que, en mi pobreza

y sin nadie que me recomendase, no tenía la más mínima
posibilidad de poderlos ver jamás. Doña Dorotea sonrió irónicamente al ver mi interés.

—Cada pez tiene su anzuelo —dijo—. Desde todos los
países del mundo, a Basilea han llegado también jóvenes
como tú, cuya única propiedad es un buen conocimiento
del latín y cuya máxima ambición es aprender a escribir
como Cicerón. Ganan su escaso sueldo como escribanos, pero
dependen sola y exclusivamente de su propia inteligencia,
audacia y capacidad de intriga, la posición a que logren llegar una vez hayan obtenido el favor de sus señores. Tienen
un idioma común y una común y ardiente ansia de reavivar el
espíritu de Roma y de Grecia para que ilumine estos tiempos
oscuros de violencia, guerras y decadencia. Estoy segura de
que como escribano de algún cardenal, obispo o doctor, podrías conocerlos para ilustrarte con sus descubrimientos y
para cambiar todos juntos el mundo, tal como se imaginan
poder hacer los jóvenes ambiciosos.

—¡Por Dios, doña Dorotea! —exclamé—. ¿Por qué me
tortura contándome todo esto? Como sabe, yo no tengo
recomendaciones para entrar al servicio de un venerable
obispo. Y, aún teniéndolas, necesitaría un traje limpio, zapatos nuevos y una camisa blanca, sin mencionar el tintero,
las plumas y el papel. No, me está usted tentando con un
sueño imposible para amargar mi libre vagabundeo.

Lágrimas de aflicción me asomaron a los ojos, porque
aquella astuta mujer sí sabía cómo vengarse de mí. Si hasta
ahora me había sentido orgulloso de mi falta de medios,
había considerado la escasez de mis necesidades como una
identificación con los filósofos y me había declarado hermano
del espíritu libre, ahora la imagen de futuro que ella me
exponía, con la compañía de hombres iguales a mí, de refinado intercambio de ideas con ellos, me resultaba demasiado
tentadora como para que pudiera resignarme ya a mi pobreza sin rebelarme.

Doña Dorotea disfrutaba al verme humillado, me acarició una mejilla con ademán irónico y dijo:

—No te preocupes, Juan mío. Seguro que, en Basilea,
alguna mujer benevolente te vestirá e incluso te dará de

comer y un sitio donde dormir, a pesar de la actual falta de espacio y lugares de alojamiento que padece la ciudad. Pero la idea me irrita. Entonces, si te escribo una carta de recomendación para el hombre más bueno y con más talento que conozco en Basilea, un cardenal a quien el mismo Papa ha nombrado presidente del concilio, ¿accederías como contrapartida a aceptar que te regale un traje nuevo, zapatos y media docena de camisas?

—¡Por Dios! —exclamé—. Su lógica es inconsistente y no puedo aprovecharme de su error, sino que tengo que rectificarlo. ¿No ve que la recomendación que me ofrece sin conocerme para nada es ya un inmenso regalo? ¿Cómo, pues, puede considerarse como reciprocidad el recibir todavía otros regalos de usted? No puede ser.

Con ademán de reproche, doña Dorotea levantó un delicado dedo y observó:

—La lógica de la vida y la lógica de la ciencia son dos cosas diferentes. Por esto debes aprender que la lógica femenina está por encima de toda comprensión masculina. Por lo tanto, sigue humildemente mi lógica y, para empezar, saca de mi baúl mi pluma, tinta y papel.

De verdad, sabía escribir e incluso con una caligrafía bonita y fácilmente legible, aunque el expresarse con corrección le causó grandes esfuerzos y tuvo que pasar la pluma por sus labios en varias ocasiones hasta que terminó la carta. En la misma me daba el nombre de Juan *el Peregrino*, aseguraba que procedía de una buena familia, y añadía que la pobreza había interrumpido mis estudios, y hacía creer que, como escribano y lector, le había rendido muchos y buenos servicios, que le habían demostrado mi facilidad de aprender y mi talento. Por todos estos motivos, me recomendaba al servicio del reverendísimo cardenal Giulio Cesarini (conocido como el cardenal Juliano) y, para finalizar, hacía la observación de que cualquier favor que se me concediese sería como otro prestado a ella misma. Antes de derretir la cera y sellar la carta me la dejó leer. Luego la puso encima de la mesa, ante sí, y dijo:

—Como representante del Papa y presidente del concilio, el cardenal Cesarini está en una posición difícil. Dudo que me respete como mujer, pero sabe que tengo influencias sobre los señores de la oposición. Por este motivo evitará el dejar de complacerme y, por el contrario, se alegrará de poder hacerme un pequeño favor. Ahí tienes tu destino, bello Juan. Cógelo y precipítate a tu perdición.

No me atreví a tocar la carta, pues no sabía cómo agradecérsela.

—Tengo dos razones por las que te recomiendo precisamente a él —siguió diciendo ella—. Primero, le ha costado mucho poder estudiar, por lo que considera como una deuda de honor ayudar a jóvenes que quieran abrirse camino y que tengan talento. A muchos les ha entregado una bolsa para los estudios en la universidad. Hasta tal suerte podrías tener si te ganas su favor. Segundo, es el único representante de la Iglesia que yo conozca, que en este vil mundo de los pecados se ha mantenido éticamente puro y que sacrifica todas sus fuerzas y entusiasmo para evitar la escisión, renovar la Iglesia desde arriba y traer la paz en el mundo. Es un hombre de mundo perfectamente civilizado y brillante y no se hace el hipócrita ante la gente; sin embargo, cada día dedica parte de su tiempo a rezar en privado y hay insistentes rumores de que toda su vida se ha mantenido inmaculado.

Se dio cuenta de mi incrédula mirada y se apresuró a defenderse:

—Quizás te parezca una mujer llena de contrasentidos, al alabarle con tanta veneración. Pero en la misma Basilea ya hay bastante Babel para un hombre joven y no quiero que caigas en las tentaciones, por lo menos no si siguieras el ejemplo de algún otro señor. Tengo opiniones diferentes de las suyas y de las tuyas sobre la vida, el goce y la pasión, pero cuando veo a una persona verdaderamente pura, la respeto por su pureza, aunque de ninguna manera sienta envidia de ella.

—Pero —le dije— esta carta suya es la muestra de una gran confianza hacia mí. ¡Si no sabe nada de mí! Yo no puedo ocultarle por más tiempo que, de hecho, pertenezco a los hermanos del espíritu libre. Doña Dorotea, soy begardo, o sea, hereje. No busco la renovación en el seno de la Iglesia, sino que sirvo a Dios en mi propio corazón. Dios es el todo. Yo soy parte del todo. En consecuencia, Dios está en mí, también. Dios es tan grande y tan pequeño como soy yo.

Me tapó la boca con una mano y dijo bruscamente:

—No te he oído y no sigas diciendo tonterías. Guárdate tus ideas. No molestan a nadie si no hablas de ellas. Pero sí que eres un begardo extraño, porque yo creía que los vagabundos y los ladrones se convertían en begardos sólo debido a que éstos no se confiesan, sino que todo les está permitido e incluso la propiedad es común para ellos y comparten a sus mujeres entre sí.

—Los begardos que yo conozco —dije con voz tensa— son gente buena y pacífica. Trabajan con las manos y comparten lo suyo con sus hermanos. No es culpa suya si, por rencor de la gente y persecución de la Iglesia, deben reconocerse entre ellos sólo mediante señales secretas.

Doña Dorotea sacudió la cabeza y me miró:

—¿Adónde llegará este chiquillo? —suspiró para sí—. Tan joven y ya es hereje. Una persona sabia acepta las normas de la Iglesia, aunque en su corazón sea un perfecto pagano que no crea en nada. Es mucho más peligroso ser hereje y creer en algo. Pero, aunque fueras begardo, aprende a callarte y a tolerar en los demás su fe y su falta de ella.

No me permitió contradecirla más, sino que, amablemente, empezó a darme consejos sobre cómo tenía que comportarme y cómo debía tratar a los eclesiásticos de alto rango. Se hizo oscuro. Los bañistas regresaron a la posada. Se oían ruidos de puertas al cerrarse y, a través de las paredes, se oían también alegres gritos y risitas estridentes. Para mis adentros, temía que doña Dorotea, al caer la tarde, se volviese sentimental y comenzase a requerirme una compensación por sus favores. Pero me equivoqué. Me envió al henar que había encima del establo de la posada para que durmiera; y al día siguiente, me compró una chaqueta negra, pantalones de paño, una nueva mochila, los enseres para escribir y algunas camisas, tratándome con la ternura de una madre que prepara a su querido hijo para que emprenda un viaje.

Y no me puso trabas cuando vio que me moría de ganas

de seguir viaje hacia Basilea. Me acompañó hasta el otro lado de las murallas de la ciudad y se paró a la sombra de un viejo tilo para despedirse de mí. Con su vestido azul, medio palmo más alta que yo y con la preciosa red de perlas cubriéndole la rubia cabellera, estaba muy guapa a la sombra del árbol, mirándome con sus inquisitivos ojos azul oscuro.

—No sé cómo agradecerle sus regalos —le dije.

—Hijo mío, querido mío, loco Juan —me dijo tiernamente—. Vete en paz. No te pido muestras de agradecimiento, con tal de que alguna vez te acuerdes de mí y no sientas rencor.

—Pero... —balbuceé indeciso, sin poder marcharme porque tenía la sensación de que le debía demasiado por sus inmerecidas bondad y generosidad.

—No permitas que caiga en la tentación —me dijo— una vez he decidido no tocarte, para demostrar que puedo amar sin pedir nada a cambio y sin sentir celo. Pero quizás yo sólo sea una mujer avara y quiero, al menos, una monedita en pago de mis molestias, ya que no puedo conseguir otra cosa. Sin embargo, quede esto como mi propia culpa.

Posó sus suaves manos en mis mejillas y me besó en la boca.

—¡Oh, tus fríos labios de mozo! —susurró, y cubrió mi cara con sus ardientes, voraces y húmedos besos.

—Ahora, vete —me espetó, con la cara colorada y respirando con dificultad.

Empecé a caminar pasándome la mano por la cara como si me la hubiera manchado, y después de este instante nunca más volví a ver a doña Dorotea. Al abrazarme, había introducido a escondidas una pequeña bolsa de monedas de plata en mi mochila. Dos años más tarde me enteré de que había muerto de peste y de que había dejado, como pago de sus pecados, toda su gran fortuna para los pobres de su ciudad natal.

II

El otoño y el invierno que pasé en Basilea representaron el purgatorio de mi vida. De los escribanos del cardenal Cesarini, yo era el que menos sabía y el más joven de todos, lo cual me hicieron sentir de amarga manera. En la sala de los escribanos me asignaron un puesto al lado de la puerta y me encargaron las tareas más desagradables. Aquellos secretarios mayores que, en ausencia de su superior, eran unos descarados y unos charlatanes, me acechaban como lobos. A mi llegada, sólo vieron en mí a un rival en los favores del cardenal, e hicieron todo cuanto estaba en sus manos para impedir que se me encargasen trabajos que me hubiera merecido y, en general, evitar que el cardenal me viera para que yo pudiera demostrarle mi buena disposición en servirle. Sólo me tenían en consideración cuando, para sobornarlos y evitar que me molestasen, iba corriendo a la taberna a buscarles una jarra de vino. Y aún entonces se burlaban de mí porque yo no bebía.

Yo tenía una buena caligrafía y no me equivocaba al copiar cartas en latín. Era ésa una cosa que no podían perdonarme, porque un par de ellos habían estudiado en la universidad. Para disimular su propia estupidez, se aprovechaban de mi ignorancia de la teología y del Derecho canónico y debatían entre ellos las conclusiones y decretos del Santo Concilio, como si fueran los estudiosos más ilustres. Yo opinaba que estaban malgastando su tiempo en cuestiones estúpidas e irrelevantes, hasta el punto de que ya no entendían qué era un concilio y qué ocurría en él.

Porque yo opinaba que de ninguna de las maneras el concilio era santo, aunque partía de la base de que el Espíritu Santo decidía los resultados de las votaciones y, en consecuencia, esta reunión representaba el máximo poder decisorio de la Iglesia, al que el mismísimo Papa tenía que someterse. Si la ciudad de Basilea se enriquecía al tener como huéspedes a los cardenales, obispos, prelados, abogados y sacerdotes del concilio, en mi opinión la mayor riqueza la traía el desorbitado consumo de vino e igualmente desorbitado gasto de papel. Con amargura pensé que si hubiera querido hacerme rico, debería haber fundado una fábrica de papel o me hubiera tenido que emplear como conserje de un prostíbulo. Aquellos hombres, seguramente reunidos en principio con buenas intenciones y propósitos de mejorar la Santa Iglesia mediante la guía del Espíritu Santo, hacía tiempo que habían abandonado la idea de corregirse primero a sí mismos. Se habían contagiado de una peste intelectual, en una ardua competencia por el éxito, el rango y los puestos de honor. Si, después de en su propio bien, pensaban en algo más, era en el bien de su nación, su rey o su príncipe. Entre aquellos quinientos o seiscientos representantes había igual número de opiniones, y el voto de un humilde sacerdote o abogado laico pesaba lo mismo que el de un obispo o el de un cardenal. Ni la razón, ni la sabiduría, ni siquiera la argumentación más brillante causaban ya efecto sobre ellos, sino que quien obtenía la mayoría a su favor era el que con más vehemencia gritaba. Me parecía ver los sofocantes miasmas de odio y de blasfemia rondar las callejuelas de Basilea durante los neblinosos días de invierno.

Pero —pensé— en Basilea se reunían asimismo los hombres más sabios de su tiempo, los estudiosos de Virgilio y de Cicerón, que podían dispersar la niebla dejando que saliera el sol, el sol de los poetas de Grecia y de Roma. Era la compañía de aquéllos la que yo anhelaba, y era por ellos que yo había acudido a Basilea. Y el más famoso de todos era Eneas Silvio, un dialéctico y un poeta alrededor del cual se había congregado la pequeña academia de Basilea, que es como se autodenominaba aquel grupo. Según me contaron, en sus tertulias, Silvio hacía brillar su inteligencia. Empero, aunque sólo tenía el rango de secretario del cardenal de la Santa Cruz, yo no me podía imaginar cómo acercarme a él para escucharle, siendo sólo el más humilde de los secretarios de Cesarini. Tanto como temía y respetaba a los cardenales y obispos, muchísimo más, casi con veneración, respetaba yo a aquel Eneas Silvio.

Muchas fueron las veces que rondé su casa e incluso lo vi, rodeado de alegre compañía, sin atreverme a dirigirme a él, debido a mi juventud y timidez. En la sala de los escribanos se hablaba mal de él, pero yo no podía ni quería creer nada malo de un poeta. Consideraba las críticas como mera malicia por parte de unas sotanas negras, ahorcadas en los nudos de la teología.

—Lleva contigo una jarra de vino y una muchacha hermosa —me aconsejaron sarcásticamente—, y ya puedes estar seguro de su favor, mientras dure el vino. Y, en cuanto a la moza, pronto inventará para ella un nombre en latín.

Si yo hubiera sido mayor y más rico, quizás habría considerado seriamente este consejo, dado que, durante el concilio, no faltaban en Basilea muchachas bonitas y ligeras de cascos, pero en mi ignorancia pensaba que me habían dado aquel consejo sólo como una broma más. Por fin, la suerte acudió en mi ayuda. Me enviaron a llevarle una invitación del cardenal para cenar, ya que, en todo caso, yo tenía que hacer tareas de recadero. Él disponía de una habitación propia en una casa burguesa, lo cual era un gran lujo en Basilea, que se había quedado pequeña ante la avalancha de los innumerables visitantes. Llamé a la puerta con los nudillos y una voz cansina me exhortó a entrar. Hacía rato que era de día, pero el poeta aún no había logrado despegarse de las sábanas.

—Cierra la puerta con cuidado —dijo con voz quebrada—, no hagas ruido y habla en voz baja, porque mi cabeza está a punto de estallar.

La habitación estaba llena de papeles y de libros, esparcidos por todas partes. En la mesa había copas vacías, y en el suelo, una hoja de papel llena de escritura, manchada con la huella de un zapato embarrado. Incluso en su lamentable estado, Eneas Silvio era un hombre hermoso. Sus ojos eran grandes y brillantes, sus labios, carnosos, y su nariz, recta.

—¿Estás enfermo? —pregunté, angustiado.

—Estoy aquejado de un fuerte reumatismo —respondió—. Si en este mundo de bestias y traidores quedase un alma misericordiosa que tuviese una chispita de amor cristiano, sacaría mi bolsa de debajo de mi almohada, tomaría dinero y se iría corriendo a la taberna para comprarme una medida pequeña de vino italiano. Está casi ahí enfrente y encima de la puerta tiene una gavilla de paja.

Alcancé la bolsa de debajo de su almohada, pero estaba vacía. Él se mostró muy sorprendido y dijo:

—¿Es así de raquítico el agradecimiento de la gente? ¿Es ésta una manera de tratar a un poeta? ¡Yo que, en un momento, puedo escribir una elegía al estilo de Tíbulo, una larga epístola según Horacio, o una sátira más brillante que las de Juvenal! Al menos, inclina la jarra que hay en la mesa por si quedase un poquito, aunque lo dudo, porque conozco a mis invitados. Con alegría comparten mi vino hasta la última gota, pero nadie se queda para compartir la tristeza de mis mañanas.

Por respeto hacia él, le dije que con mucho gusto le buscaría incluso una medida grande de vino, pagándola yo, si no desaprobaba tal atrevimiento. Se le iluminó el semblante, y todavía más cuando se enteró de que por la noche le esperaba una cena en la mesa del cardenal Cesarini.

—El talento brilla en tus ojos —dijo—. No puedo por menos que felicitar al gran cardenal por haber tenido la suerte de encontrar a un sirviente tan listo. Captas al vuelo mis propios pensamientos. Así que no dudes más, sino que date prisa antes no te arrepientas.

Fui a buscarle una medida grande de vino y, mientras tanto, él se levantó y, cuando yo llegué, había logrado enfundarse unos pantalones y se había peinado. Después de tomarse un trago, suspiró y me preguntó:

—¿Qué quieres de mí? Una amarga experiencia me ha enseñado que en esta ciudad nada se obtiene gratis. Hay que corresponder a un regalo con otro regalo, a un favor con otro. Así pues, desembucha ya.

Le contesté humildemente que consideraría un gran honor si quisiera leerme sus poesías. Me miró con suspicacia e inquirió:

—¿No te estás burlando de mí? Si fuera de noche y estuvieras borracho, podría comprender tu solicitud, pero, ¡si tú ni siquiera pruebas el vino! ¿O es que quieres halagarme?

Rechacé rotundamente esas sospechas, y él empezó a hojear los papeles que había en la mesa, bebió más vino y leyó algunas poesías cortas, soltando mientras tanto risitas como para sí mismo y mirándome de vez en cuando, como si pidiera alabanzas.

—También tengo un poema de dos mil versos, titulado *Nymphileis* —dijo—. ¿Prefieres que te lea algo de él? ¿Por qué estás tan callado? ¿Por qué no dices nada?

—¿No ha escrito poesías sobre nada más que el vino y las mujeres? —pregunté.

—No —contestó—. No conozco temas mejores. ¿Y tú? Al menos, reconoce que he escrito con belleza y soltura sobre la alegría del vino y el goce del amor.

—Pero las ideas contenidas en sus poesías son indecentes y obscenas, y no me atraen —le dije.

Se sorprendió enormemente y dijo:

—Hasta ahora, a todo el mundo le han hecho gracia. ¿Crees quizás ser un predicador? ¿Qué importa la obscenidad, si es inteligente? ¿Y qué importa la indecencia, si está ennoblecida por la hermosa forma de una poesía? Incluso los caballeros más nobles y los eclesiásticos de más alto rango se han divertido mucho con mis poemas. En verdad, ¿quién crees que eres tú para criticarme al precio de una miserable jarra de vino?

—Lejos de criticarle —le aseguré apresuradamente—. Pero pensaba que era usted diferente. Me imaginaba que, en su corazón, había encontrado a Dios y escribía sobre ello. Me imaginaba que usted buscaba la verdad en los libros de los antiguos, porque nuestro tiempo ha ahogado la verdad en los laberintos jurídicos y en las elucubraciones escolásticas.

Se le ensombreció el rostro y me espetó:

—¡Qué sabes tú de mi verdad!

Plantándose delante de mí con su enfado, quizá me hubiera puesto de patitas en la calle, pero, profiriendo un quejido, se vio obligado a pararse y a sostener su doliente espalda con una mano. De repente, volvió a reírse.

—Me sorprendiste en mi estado más mísero e indefenso, predicador —dijo—. Si fuese de noche y hubiera muchachas coronadas de flores soltando sus risitas a mi alrededor, y la reacción del vino elevase mi espíritu a tan altos vuelos como en los festines de los romanos, entonces mi verdad estaría tan clara como el agua; tanto, que ni siquiera me molestaría en contestarte. Pero la luz natural es gris, me duele la cabeza y tengo la espalda dolorida y, a pesar de tu vino, en mi boca hay sabor a cenizas. Por eso no puedo más que aceptar sumisamente la discusión contigo, para, de esta guisa, discutir conmigo mismo también. Entonces, ¿qué buscas tú en la vida? Primero, contéstame a esto.

Pensé con detenimiento y le respondí:

—No bebo vino, las mujeres para mí son seres frívolos y no deseo exponerme a las tentaciones, para que éstas no me esclavicen. No deseo dinero ni propiedades, si no me sirven como medio para poder leer y comprarme libros a fin de buscar la verdad en ellos. No quiero mandar sobre los demás ni obligarles a que piensen como yo. Luego, ¿qué deseo? Me parece que, sencillamente, llegarme a conocer a mí mismo y, así, saber lo que deseo de verdad en lo más profundo de mi ser.

Sacudió la cabeza y me dijo:

—No, contigo no se puede discutir, porque lo que dices es demasiado bueno para ser verdad. Sólo con tu juventud puedes explicarte tus quimeras, pero me gustaría ver cómo eres dentro de diez años.

Se rió y prosiguió:

—Incluso bastarían cinco años, puesto que, con tus serios ojos, tu firme voluntad de avanzar hacia el bien y tu infantil anhelo de alcanzar la verdad, eres como un retrato de los que llegamos aquí para resolver los dilemas de la fe con la ayuda del Espíritu Santo, para conciliar a los príncipes entre sí, para terminar con las devastadoras guerras y para renovar la Santa Iglesia. Y no te rías, porque entonces también nosotros éramos jóvenes. ¡Si yo acabo de cumplir los treinta años! Es posible que, en una medida razonable, también queríamos promocionar nuestros propios intereses y satisfacer nuestra ambición. Sin embargo, guardamos el sueño de una cristiandad en la que los pueblos convivan como hermanos, los pleitos se resuelvan según los mandamientos del amor cristiano y a los hombres se les haga justicia basándose sólo en sus propios méritos.

»¿Y qué hemos conseguido? —preguntó—. Yo he alcanzado fama como poeta, la prebenda de párroco aunque ni me han ordenado sacerdote, y tengo un voto y un puesto en el Santo Concilio a pesar de que, para darme a conocer, empecé escribiendo una elocuente descripción de Basilea y de sus lugares de interés. Pero, ¿qué importancia tiene todo esto, si los mismos votos y puestos los obtienen ya hasta los curas separados del servicio religioso, los cocineros y los mozos de caballerizas, con tal de que voten contra el Papa? No es de extrañar que me haya convertido en un borracho y en un libertino y ahora sólo persiga mi propio interés.

»¿O me he equivocado? —continuó—. La verdad, la justicia y el amor cristiano nunca podrán encontrar sitio en el mundo de los hechos. Por eso, un refinado sibaritismo ennoblecido por la poesía es la mejor manera de vivir para un hombre que tiene talento. Pero, en la resaca de una mañana desapacible, incluso eso sólo es una mentira entre otras, y no basta la más hermosa corona de palabras para convertir a una prostituta en una musa. Ya ahora, a la edad de treinta años, achacoso y aquejado de reumatismo, empiezo el camino por el sendero del arrepentimiento. No porque huya de Venus, sino porque Venus ha empezado a huir de mí.

»No —dijo con rechazo—, los goces del amor y del vino no han estropeado mi cuerpo, sino todo lo contrario. La culpable es una santa y sagrada promesa. Ahí tienes sobre qué meditar. En las costas de Escocia, mi barco naufragó cuando llevaba a cabo una secreta misión para la Iglesia. Juré que caminaría descalzo hasta el altar de la Santa Virgen y que pasaría un día y una noche ante él, ayunando y rezando, si me salvaba la vida. Al llegar a tierra, cumplí con mi promesa; entre nieve y frío anduve hasta la iglesia más cercana, y de sus heladas losas los sacristanes me recogieron medio muerto. De ello me viene el reumatismo, y de ninguna manera del libertinaje y de la mala vida. Después de aquello, juré prudentemente que jamás pondría el pie en un barco.

Hablaba sarcástica y desesperadamente, como si se estuviera despreciando a sí mismo y, por esta causa, quisiera burlarse del mundo entero. Mi decepción fue tan grande que se me saltaron las lágrimas. ¡Me lo había imaginado tan diferente! Mi dolor le enterneció y, tratando de consolarme, me tocó un hombro y me dijo:

—Tú eres joven, y para un joven representa un sufrimiento ver que la vida no es como uno se la imaginaba. Si quieres tener éxito, sólo debes perseguir con uñas y dientes tu propio bien, porque nadie más te lo defenderá. Empero, todo hombre que alcanza el éxito daña su alma. Por otra parte, a un hombre con talento le resulta difícil pensar tan sólo en la salvación de su alma como única recompensa, sino que quisiera recibir, ya aquí en la Tierra, el premio que le corresponda. Visto esto, lo más razonable es encontrar un plausible camino medio entre el éxito y el perjuicio del alma. Sin ser el peor entre los malos, el más virtuoso entre los virtuosos, ni demasiado altivo entre los altivos ni demasiado humilde entre los humildes. Toda exageración es perniciosa, y la intransigencia daña tanto a la persona como la inmoderación.

Yo le respondí:

—Si pensara que el diablo me estuviera tentando precisamente a mí, creo que me hablaría con palabras igualmente tiernas y reconciliadoras como las suyas, poeta Eneas Silvio.

Éste se enfadó:

—Humildemente confieso que soy un hombre con defectos y que me equivoco a menudo, y no pienso que sea mejor que los demás. Si, con estos fríos y claros ojos tuyos, anhelas lo absoluto, sé pues, entonces, absolutamente malo o absolutamente bueno, si es que sabes cómo. Venera a Dios o al diablo. Pero recuerda que incluso los santos se han descubierto a sí mismos; la infalibilidad es contraria a la naturaleza humana.

—Ahora sus palabras me interesan más que las de hace un rato —le dije—. Si de verdad pudiera convencerme de que en este mundo de deficiencias y muerte se puede ganar más siendo absolutamente egoísta, absolutamente frío y absolutamente malo, entonces puede ser que empezara a venerar el mal. Intentar alcanzar la absoluta bondad requeriría una fe más fuerte que la que yo poseo y, según creo, sólo satisfaría la vanidad del hombre al concederle el placer de sentirse superior a los demás. No, usted no comprende lo que quiero decir y lo que busco con mis pensamientos y, a decir verdad, bien difícil es que lo comprenda si ni yo mismo lo tengo claro. Contentémonos, pues, con menos. Enséñeme cómo puedo aprender a leer a Homero en la lengua griega y se lo agradeceré toda mi vida.

Se echó a reír y exclamó:

—¿Era necesario que nos elevásemos a las alturas del cielo y que nos sumergiéramos en las profundidades del infierno para que consiguieras decirme una cosa tan sencilla? Pero quizás obraste con astucia, porque has despertado mi interés. Además, si quieres aprender el griego, es que tienes vista. Para mí, en mi juventud, mi mayor pesar fue no haber tenido ocasión de hacerlo, e incluso en este concilio puedes contar con los dedos de una mano a los que sepan griego. En toda Italia no hay más que un hombre, el gran Filelfo, que domine realmente el griego. Pero estudió seis años en Constantinopla y, por sus conocimientos, se ha hinchado como un pavo real. Tengo que decirlo, a pesar de que seamos amigos.

—Mas —dije—, ¿por qué me halaga diciendo que tengo vista si quiero aprender el griego para leer a Homero?

Con su dedo índice me dio un golpecito en el pecho y, medio entornando los ojos, me dijo astutamente:

—¡Bribón! No finjas ante mí. Está claro que tú piensas que, después de todo los retrasos, las negociaciones sobre la unión de la Iglesia se van a poner por fin en marcha y que, en aquel instante, cada hombre que sepa griego valdrá su peso en oro. En verdad, no es un esquema tan malo. Y no finjas más, porque veo tus propósitos.

Le contesté, indignado, que la idea de que la Iglesia ortodoxa bizantina se uniese a la católica romana después de una escisión que duraba cuatro siglos era una quimera descabellada en aquel momento, en que la misma Iglesia estaba amenazada por un nuevo cisma, visto el duelo por el poder entre el concilio y el Papa. Pero él seguidamente me argumentó:

—No seas tonto. Cercado por los turcos por doquier, el emperador de Bizancio vive como si estuviera en las fauces de un león. Por si no lo sabes, del viejo Bizancio no queda más que la parte correspondiente a Constantinopla, una parte de la antigua Grecia y algunas islas del archipiélago. La unión es la única posibilidad que le queda al emperador si quiere salvar a Bizancio. Sólo unido a los países occidentales puede soñar con ahuyentar a los turcos. Pero esta disputa eclesiástica ha separado a los países occidentales de Bizancio, hasta el punto que, para nosotros, ha quedado como un mundo aparte. Gracias a la unión, y como heredero de la poesía y de la filosofía de Grecia, puede convertirse en una fuente de nueva vida para toda Europa. Si el Santo Concilio logra esta unión, representará una victoria moral tan grande para nuestra autoridad que el Papa deberá someterse a ella. Primero la unión, después una cruzada contra los turcos, y a continuación devolver los antiguos tesoros espirituales de Grecia al conocimiento occidental. Ahí tienes un programa que debería entusiasmar a todas las mentes. Si yo fuera más joven y tuviera tiempo, también empezaría a estudiar griego.

Me relató entonces, ampliamente, las negociaciones que el Concilio en su propio nombre, y el Papa en el suyo, habían celebrado con el emperador de Bizancio y con el patriarca de Constantinopla. Según él, ahora ya se discutía acerca de la ciudad donde deberían celebrarse las negociaciones para conseguir la unión. Por la influencia de los franceses, el concilio defendía a Aviñón, mientras que los griegos requerían como sede de las negociaciones alguna ciudad costera de Italia, y el emperador de Alemania no aprobaba ninguna, sino que prefería Viena o Budapest. Estas disputas y el hecho de que el Papa se hubiera entrometido con sus propias propuestas, habían prolongado el asunto año tras año.

—¿No es mezquino —dije— discutir sobre el lugar donde deben celebrarse las negociaciones, cuando se trata de una causa tan importante?

Estuvo de acuerdo conmigo:

—Claro que es mezquino, y sólo demuestra el bajo carácter y las tortuosas ganas de disputar del papa Eugenio. Hubiese accedido incluso a que las negociaciones se celebrasen en Constantinopla, porque entonces los griegos habrían pagado todos los gastos. Pero, ¿cuál podría haber sido el resultado de unas negociaciones en las que, en contra de unos pocos eclesiásticos occidentales, se hubiesen presentado todos los mandatarios de la iglesia griega, desde el primero hasta el último? Incluso pudiera producirse tal malentendido, que se empezase a considerar esa reunión de los griegos como ecuménica y empezase a competir en autoridad con nuestro Santo Concilio. No. Las negociaciones deben celebrarse en un lugar decidido por el concilio, de manera que el Papa, con su alevosía, no pueda llenarlo con sus propios partidarios y, por fin, tendrá que someterse, por el bien de nuestro santo y grande objetivo común.

Se frotó la cabeza y continuó diciendo:

—Ésta es una cuestión complicada, y no es muy conveniente que la influencia del partido francés crezca demasiado a expensas de Italia. Por eso yo, con ánimo de conciliación, he propuesto Pavía como sede de las negociaciones, a fin de apoyar a mi protector, el conde de Milán, cuyo súbdito soy y, claro está, tengo que pensar también en el sueldo de párroco que recibo desde Milán. Pero tú empieza a estudiar griego y no te preocupes por mí. Una causa tan santa y tan grande no puede perderse sólo por las testarudas intrigas del Papa.

Le expliqué humildemente que, para estudiar griego, no tenía otras posibilidades que mi ferviente deseo, mi tiempo y mi entusiasmo. Pero, ¿quién me enseñaría, si el conocimiento del griego era tan raro y no se podía aprender con la facilidad del latín con la ayuda de Donato, y yo no disponía de dinero para pagar a un profesor?

Él me contestó:

—Desde luego, quien mejor sabe sobre el griego es el embajador del emperador de Bizancio, Juan Dishypatus. Pero los griegos son hombres sombríos y codiciosos, y no sería recomendable para ti que, para pagarte las clases, debieras convertirte en su mensajero y divulgar sus opiniones. Entonces, sospecharían que eras partidario de los griegos y ya no podrías ni soñar en obtener el puesto que te interesa para las negociaciones de la unión. No, el mejor hombre que conozco para que sea tu profesor es el doctor en Derecho canónico Nicolás de Cusa. Aún es relativamente joven, no mucho mayor que yo. Demostró su sabiduría escribiendo un libro sobre la unanimidad católica, en el que se establece, con argumentos indiscutibles, la superioridad de la autoridad del Concilio sobre la del Papa. Es uno de los pocos de aquí que saben por lo menos un poco de griego, y nadie puede dudar de su lealtad hacia el concilio.

Su entusiasmo aumentó, y añadió:

—Y este instante es muy conveniente, porque ha tenido adversidades y ha perdido un gran pleito, por lo que tendrá tiempo libre. Sus orígenes son humildes, es hijo de un pescador de las orillas del río Mosela, de la ciudad de Cues y, lo que es aún mejor, en la Universidad de Padua fue uno de los alumnos más destacados de tu señor, el cardenal Cesarini. Además, es más bien un filósofo que un abogado, y por eso no ha tenido demasiado éxito como representante de aquella despreciable profesión. Como filósofo, ama más la verdad que una hermosa forma, por lo cual no somos muy amigos, pero si lograses que tu señor te diera una recomendación para él, quizás accediese a enseñarte gratis. Por lo tanto, no pidas que yo te ayude, sino que dirígete a tu señor. Ya sabes que es un hombre noble y justo, igual de amable para con los más humildes que con los aristócratas, y a decir verdad, no tiene otro fallo que ése: como idealista que es, es demasiado bueno para vivir en este vil mundo de falsedades e intrigas.

Desanimado, le expliqué que no tenía valor para molestar al cardenal con un asunto tan insignificante. ya que debido a mi baja posición y a la persecución por parte de los demás escribanos, no había tenido ocasión para demostrarme merecedor de su favor, y él ya tenía demasiados e importantes problemas.

Con buen talante y amablemente, me dijo:

—Si se me presenta la oportunidad, esta noche le hablaré de ti.

Su amabilidad me pareció un sueño. Por ello le pregunté, con cierta suspicacia:

—¿Por qué hace usted esto por mí? ¡Si no va a sacar ningún provecho! Usted mismo me dijo que en esta ciudad nada se obtiene gratis. Entonces, ¿qué quiere de mí?

Soltó una alegre carcajada y respondió:

—De verdad, eres inteligente y aprendes rápidamente; ya empiezas a conocer las reglas del juego. En contrapartida, no te pido otro favor que el que hables bien de mí siempre que tengas ocasión, que alabes mi elocuencia, mi piedad y mi lealtad hacia el Santo Concilio, de cuya parte estoy, aún reconociendo la alta posición del Papa dentro de la Iglesia. Y, si puedo obtener la palabra en favor de Pavía en la sesión plenaria de la Catedral, según espero (no porque crea que con ello logre nada, sino a fin de demostrar mis dotes oratorias y para complacer al conde de Milán), debes acudir a la iglesia con los demás secretarios, ocuparte de que ninguno golpee su banco, y unirte a los aplausos con más vehemencia que nadie. Es un favor pequeño, ¿verdad? Con él, no perjudicas a nadie ni haces peligrar tu alma.

Sus condiciones me parecieron razonables y le di las gracias lo mejor que supe. Pero él me detuvo un poco más y exclamó:

—¡Oh, juventud, tienes todas las posibilidades! ¿Por qué te quedas aquí, en un nido de odio, intrigas y mentiras, que te helará el corazón? ¿Por qué no sigues tu camino para beber en cada copa, conocer todos los países y gozar de la vida mientras te dure la juventud? Yo también estuve levantado y quemando mi vela hasta altas horas de la noche muchas veces, hasta que mi compañero de habitación se hartaba y me gritaba:

»¡Eneas! ¡Eneas! ¿Por qué te torturas? Un hombre igual puede encontrar la felicidad sin estudios que con ellos.

—Ya he caminado bastante —le confesé—. La muerte está en todas partes. Por lejos que viajase, en cada lugar me encontraría a mi persona. No puedo huir de mí mismo. Por eso me extasío más al vencer, con las armas del espíritu, todo un mundo nuevo, el mundo de Grecia, y al ganar como guías y amigos a los poetas y sabios del pasado. Esta posibilidad no la cambiaría por todo un reino, y le agradeceré, Eneas Silvio, que me ayude a emprender el camino de Grecia.

Para demostrarle mi inexpresable gratitud le besé una mano. Él me abrazó emocionado y un poco borracho por el vino que le había traído, me acompañó hasta la puerta y se despidió diciendo:

—Menos sufrirás en el futuro si te emborrachas y compartes tus noches con una mujer. Pero te deseo suerte en tu sombrío viaje, austero joven.

Había más en aquel hombre de lo que decían sus palabras, y el dolor espiritual ya se había despertado en él después de sus años de frivolidad. Pero entonces no podía soñar ni remotamente que un día iba a ocupar el más alto puesto de la Iglesia y que se convertiría en el papa Pío II. Y es que, en aquel momento, ni el mejor clarividente se lo habría podido imaginar.

Debido a su posición como miembro de la presidencia del concilio, a quien el Papa había ordenado que lo inaugurase, y por haberse convertido, después de ello, en uno de los personajes más importantes del congreso, el cardenal Cesarini tenía el deber de celebrar muchas cenas en su casa. En cuanto a sus propias costumbres era muy sencillo, pero para sus invitados disponía de un excelente cocinero italiano y de una inmejorable bodega. Tenía la costumbre de invitar a menudo a alguno de sus secretarios a que participase en la cena desde una mesa colocada algo aparte, a fin de ofrecerle la oportunidad de que se acostumbrase a los buenos modales de la mesa y a la conversación inteligente y educada, salvo en el caso de que los asuntos a tratar durante la velada fuesen demasiado secretos o delicados para que los oyera un secretario. Yo también había servido a la mesa en una de estas ocasiones y, por las conversaciones que oí, comprendí que durante las comidas se hacían más proyectos y se tomaban más decisiones que en las reuniones de los comités del concilio. Además, y como mediador entre las diferentes tendencias, el cardenal tenía que ausentarse casi todas las noches de su casa, a la que regresaba tarde acompañado por sus portadores de antorchas.

Esta noche no tenía muchos invitados y casi inmediatamente después de la llegada de Eneas Silvio, el cardenal me hizo llamar desde la sala de los escribanos en la que me encontraba para que participase en la cena. Ello causó mucha indignación, puesto que los secretarios más antiguos ya se habían vestido y preparado por si alguno de ellos tenía el honor de sentarse a la mesa de los invitados. A mí no me importaban sus ironías y sus burlas, que presagiaban que me comería toda la salsa y escogería los trozos más blancos del ave asada que figuraba en el menú.

El cardenal me esperaba en su despacho, acompañado de Eneas Silvio. La estancia tenía el delicioso aroma de la piel de los libros, de papel nuevo y de lacre. En un rincón, en el sitio de honor, había un cofre con tres cerraduras fuertemente herrado, en el que se conservaba el sello del Santo Concilio. Cada uno de los tres presidentes tenía una llave, de forma que ninguno de ellos lo podía abrir solo. Así de escasa era la confianza que se tenían estos hombres guiados por el Espíritu Santo.

El cardenal me miró con ojos inquisitivos y preocupados. Se veían surcos en su hermosa frente y, en su delgada cara, unas arrugas de decepción se habían dibujado, ya para siempre, a ambos lados de la boca. Una vez hube besado con reverencia el borde de su capa, me dijo:

—Te llamas Juan el Peregrino, ¿verdad? Siento mucho que, por mis múltiples obligaciones, no haya podido seguir tu evolución con el detenimiento que hubiera deseado. Eres un joven callado, aprendes rápidamente, y has cumplido a la perfección las tareas que se te han encomendado. Al menos, no he oído decir nada malo de ti. Ahora que te he tomado a mi servicio, soy responsable de que, de la forma que te has merecido, puedas desarrollar tus talentos. Por ello me entristece que una tercera persona deba recordarme mis obligaciones. Parece que la misma Divina Providencia me hubiera hecho acordar de ti precisamente esta noche, ya que también el sabio doctor Nicolás está entre mis invitados. Así pues, siéntate a la mesa, estáte callado y, durante la velada, te presentaré a él y le contaré cuáles son tus objetivos.

Puso sus largos dedos en mi hombro, me miró a la cara y continuó:

—Estás más pálido y delgado de lo que recordaba, y tus ojos están hambrientos. Supongo que en mi casa te dan bastante de comer y la justa proporción de las tareas por las que se te paga.

Le contesté que no tenía queja alguna. Me invitó a comer cuanto deseara y sin timidez, y Eneas Silvio me pellizcó un brazo mientras entrábamos en la sala donde se había puesto la mesa. Lógicamente, yo fui el último a quien se sirvió y tuve cuidado en no comer demasiado, porque los sirvientes y los secretarios no me habrían perdonado nunca si no hubieran sobrado suficientes buenos bocados para ellos. En vez de comer, estuve mirando a los invitados y especialmente al doctor Nicolás de Cusa, llamado Cusano, que aún no tenía ni idea de lo que se estaba tramando con relación a nosotros.

No era un hombre corpulento. Su cabeza era grande, tenía las mejillas redondas y los ojos tiernos y de un color verdoso. Me llamaron la atención sus inseguras manos. Sus dedos no paraban de moverse y con ellos tocaba ahora una cosa, ahora otra, como si se sintiera incómodo en compañía de la gente. Cuando hablaba, se quedaba a menudo mirando el techo o a su copa, como si le resultase difícil concentrarse. Daba la impresión de ser un hombre amante de la paz y de la tranquilidad. Yo imaginaba que, en su despacho, rodeado de libros y de papeles, quizás era como un héroe, pero que por lo demás no debía de ser hombre difícil de convencer. Aunque todavía no había cumplido los cuarenta años, ya empezaba a quedarse calvo. Pero era el hombre que había escrito el libro *De concordia catholica*, y había encontrado las perdidas obras teatrales de Plauto. Seguramente siendo consciente de ello, sus titubeantes y conciliadoras palabras habían adquirido aquel tono de tierna autoridad. El cardenal Cesarini le escuchó atentamente, pero a Eneas Silvio le resultó fácil brillar a su lado, porque Eneas sólo hablaba por hablar, aunque intentaba sinceramente enterarse de lo que era lo mejor y lo más verdadero.

No tardó mucho en ponerse en evidencia cuál era el motivo de la invitación del cardenal. Quería sostener una conversación preliminar con estos sabios humanistas y otros eclesiásticos, sobre si existía en Europa algún conocedor del idioma griego lo bastante competente para que actuase como intérprete-jefe en las negociaciones con los griegos sobre la futura unión.

—La unión no puede ser impedida por ninguna cuestión que sea en sí misma tan decisiva que no se pueda llegar a un acuerdo sobre la misma con buena voluntad y amor cristiano —dijo—. Pero la misión de un intérprete es de lo más difícil y de lo más responsable. La diferencia en una sola letra llevó a la herejía y al lado de otras diferencias producidas a lo largo del tiempo, el sufijo que significaba «y» en la palabra «filioque» en el credo católico, nos ha separado decisivamente de la Iglesia griega. Sobre esta única palabra y sobre su aclaración se celebrarán los debates más vehementes, porque los griegos deben reconocer que el Espíritu Santo nació del Padre y del Hijo. Sería fatal si, por culpa de un intérprete mal preparado, se produjera un malentendido que después causase interminables disputas. El texto final de la unión, en sus versiones en latín y en griego, debe ser tan claro e indiscutible que no se preste a interpretación errónea alguna. Por ello, el concilio necesita a su servicio, cuando llegue el momento, al más completo conocedor del griego que exista en nuestro tiempo.

Eneas Silvio empezó a hablar con entusiasmo:

—La única persona a la que se puede considerar es Francisco Filelfo. Si las piedras de Florencia pudieran hablar, incluso ellas alabarían su fama. Mientras los mejores sabios intentan laboriosamente comprender los viejos textos con la ayuda de diccionarios y de comentarios entre ellos, Filelfo domina el griego tanto hablado como escrito. Niccoli, Arezzo, Traversari e incluso Leonardo Bruno le reconocen como maestro suyo. Hombres tales como Aurispa y Guarino no paran de alabarle, y esto lo sé muy bien, puesto que una carta de recomendación de Filelfo me ayudó en su día a conocerles. Yo, Eneas Silvio, personalmente, me he sentado a los pies de Filelfo y he escuchado sus lecciones de dialéctica y de ética.

Nicolás de Cusa dijo, con voz tranquila, que Silvio había aprovechado hasta la última gota las lecciones de dialéctica, pero que cuestión aparte era hasta qué punto se había concentrado en el estudio de la ética. Por su parte, no tenía nada en contra de Filelfo, cuya fama era verdaderamente incomparable y envidiable.

Pero aquí alguno de los invitados empezó a hablar airadamente y dijo que no se podía tener en cuenta a un ciudadano de Florencia. Como florentino, Filelfo era partidario del Papa. Vesarini intervino:

—Un trabajo confiado por el Santo Concilio representaría un honor tan grande que, estoy seguro, haría que Filelfo abandonase Florencia, y no podemos dudar del sincero y desinteresado entusiasmo de nadie al tratarse de una causa tan importante. ¡Si el bien de la Santa Iglesia es el objetivo que perseguimos todos nosotros!

Eneas dijo que sería muy comprensible que Filelfo, como súbdito de Florencia, quisiera recomendar esta ciudad como sede de las negociaciones sobre la unión. Pero no parecía probable que quisiera salir de Italia y, siendo así, Eneas estaba dispuesto, sin regatear esfuerzos, a hablar al plenario en defensa de Pavía, porque la elección de esta ciudad era, en su opinión, el compromiso más razonable.

—Pavía no está bajo la influencia francesa como la ciudad de Aviñón o las de Saboya, a las que el Papa jamás querrá entrar, como requieren los griegos. Por otra parte, no es una ciudad costera, con lo que no demostraríamos una disposición excesivamene favorable a los requerimientos de los griegos. No pertenece a los dominios del Papa, de forma que los franceses podrían perfectamente acudir allí. Permítanme que hable de ello en la reunión plenaria.

A Cesarini le complacía esta propuesta, a condición de que Eneas escribiera a Filelfo preguntándole si aceptaba el puesto de primer intérprete de griego. Después de esto, Cesarini llevó la conversación a los estudios en general, a todas las dificultades que tenían los jóvenes con talento para poder estudiar y a la obligación moral que requería que, quien hubiera bebido en la fuente de la sabiduría, debía ayudar a los demás a que también pudieran beber en aquella fuente. Cada uno de los invitados tenía anécdotas que contar sobre la pobreza de sus tiempos estudiantiles, y empezaron a competir entre sí para explicar las enormes dificultades que habían tenido que vencer durante su pobre juventud.

Al ver que Nicolás de Cusa empezaba a palpar la mesa y a sonreír para sus adentros con intención de tomar la palabra, el cardenal Cesarini hizo callar con su mirada a los demás y se la concedió.

—Siendo todavía un niño, yo también amaba los libros por encima de todo —dijo—. Cuando mi padre me obligaba a ayudarle en la pesca, yo me sentaba en la proa de la barca y me ponía a leer un libro. Ello le enfurecía tanto que no podía aguantarlo por mucho tiempo. Una vez, al ver que ni siquiera oía sus gritos, se enfadó y me pegó con el remo, así que me caí al agua con libro y todo.

Se rió de todo corazón, y los demás se rieron con él por cortesía. El cardenal Cesarini intervino:

—Pronto necesitaremos hombres conocedores del griego como copistas y escribanos y, quizá, para realizar tareas más importantes. Tengo a mi servicio a un joven que, más que nada en el mundo, quisiera aprender griego. Doctor Nicolás, ¿querría usted enseñarle? Como compensación, podría usted utilizarlo como escribano y copista de libros, pero él podría seguir comiendo y durmiendo en mi casa, de modo que a usted no le causaría gasto alguno.

Levantó su mano como señal de que me pusiera de pie. Así lo hice y, temblando de entusiasmo y de miedo por si me rechazaba, dediqué una reverencia al doctor Nicolás. A éste la propuesta no le gustaba. Todo lo contrario, hizo una mueca como si hubiese tragado un bocado amargo, y se apresuró a decir:

—Incluso mis propios conocimientos del griego son deficientes, y estoy acostumbrado a copiar yo mismo los libros que necesito para evitar que se deslicen errores. Sólo representaría una perturbación para mis pensamientos el tener a un joven correteando por todas partes, pero, claro está, no puedo rechazar la solicitud de mi querido profesor. Lo único que me pregunto es si el chico puede sacar partido de ello y si puede aprovecharse de mis enseñanzas a una edad tan temprana.

—Esto lo debe determinar usted mismo —puntualizó Cesarini—. Déle una oportunidad y despídalo si le molesta o no aprende con suficiente rapidez.

El doctor Nicolás, de mala gana, se dirigió a mí y me dijo sin mirarme:

—Ven a verme mañana después de la misa matutina.

Fue para mí una suerte extraordinaria que, cuando se iba a casa aquella noche, el doctor se torciera un tobillo al tropezar con los restos de un gato muerto. El tobillo era su punto flaco, ya que hacía un año que se lo había lesionado al caerse de un caballo que montaba. No era un hombre práctico, sino que, cuando se sumía en sus pensamientos, fácilmente se olvidaba de lo que le rodeaba. De manera que, a la mañana siguiente, le encontré incapaz de moverse y muy necesitado de mi ayuda, ya que no se podía permitir el lujo de tener un sirviente propio. Le di masajes en el tobillo, le puse cataplasmas de vinagre y le fui a buscar comida a la casa del cardenal, con lo cual se sintió muy agradecido. Cuando comenzó a enseñarme, se sorprendió al principio al percatarse de que yo ya conocía el alfabeto griego y muchas palabras de ese idioma. La lesión del tobillo le mantuvo en cama más de una semana y casi todo el tiempo le hice compañía, escribí cartas a su dictado y me hice tan imprescindible que empezó a echarme de menos cuando yo no estaba por allí.

El discurso que, con permiso de Cesarini, pronunció Eneas Silvio en el pleno del concilio a favor de Pavía, fue como una señal del principio del fin. Para cumplir con mi promesa, yo había acudido a la catedral y nadie me cerró el paso, ya que todos los demás obispos y prelados se habían acostumbrado a llevar consigo a sus escribanos y secretarios para que golpeasen los bancos y gritasen insultos contra los oradores que les resultaban desagradables. Sólo Cesarini había tenido, hasta entonces, demasiado orgullo para recurrir a medios tan bajos. Aquella primavera se había llegado tan lejos, que la negra chaqueta de un escribano bastaba para obtener la entrada y una sotana era suficiente para poder votar. Esto fue culpa del propio Cesarini, ya que, con su carácter noble y creyendo en la bondad de la gente, había considerado desde el principio como único requerimiento para ser miembro del concilio el entusiasmo y el interés por las causas comunes de la Iglesia. El sacerdote más humilde e incluso el sacerdote separado de su oficio por el Papa tenían un sitio en el concilio. El jurado compuesto por diez miembros había cambiado tanto, que el entusiasmo contra el Papa garantizaba el voto a cualquiera que se molestase en acudir a Basilea, si no era un notorio criminal.

Para gran alegría suya, Eneas Silvio obtuvo una numerosa audiencia, porque el concilio ya estaba harto de los pesados discursos, de horas de duración, que pronunciaban los eclesiásticos de la vieja escuela, en los cuales había una cita de la sabiduría teológica o canónica para apoyar cada frase. Ahora se deseaba escuchar a un alumno de Cicerón y de Quintiliano, y Eneas no decepcionó:

—Es tan verdad como que Dios es Dios —empezó— que siempre he tenido en la más alta estima al concilio, siempre lo he considerado imprescindible para el bien de los cristianos, siempre he mostrado mi gran amor hacia él, siempre me he dedicado a él tan plenamente, que estoy dispuesto a sacrificar por él mi propio cuerpo y todo cuanto poseo además del cuerpo.

Los partidarios del cardenal de Arles asintieron con la cabeza para demostrar su acuerdo entusiasta; pero, a fin de dar también al Papa lo que era del Papa, en otro párrafo de su discurso Eneas se desgañitó gritando:

—¡De ningún modo pueden despreciar a la Santísima Sede, al más auténtico sucesor de Pedro y al sustituto de Cristo! Sencillamente, él es nuestra cabeza, y no se puede separar la cabeza del cuerpo, porque el cuerpo sin la cabeza es incompleto. Es el novio de la Iglesia, el timonel del barco, a quien Jesucristo nuestro salvador, a través de Pedro y de los sucesores de Pedro, entregó las llaves del Reino del Cielo. Con esto no niego que no las haya entregado también a la Iglesia. El Papa posee tal autoridad, tal poder, se le ha concedido tal conocimiento de los divinos secretos, que se merece todo el honor y todo el respeto.

Aquí casi le interrumpieron, pero Eneas alzó ambos brazos en un gesto tranquilizador y se apresuró a proseguir:

—Tan grande es el respeto que se le debe al Papa, que nuestra obligación es respetar y estimar incluso a un mal Papa. Nadie puede despreciar a un Papa, por muy ultrajante que resulte su libertinaje y su injusticia, si la propia Iglesia no le ha condenado primero.

Con esto se ganó fervientes aplausos, ya que dejó entender con la suficiente claridad que aceptaba el poder del concilio para incluso deponer al Papa. Como si se hubiera percibido de que había hablado demasiado, a continuación pronunció unas palabras conciliadoras sobre la piedad y las características positivas del actual Papa. Pero mi repugnancia llegó al punto culminante cuando aquel hombre, que sólo hablaba para el bien del conde de Milán y para realzar su propia fama, empezó a criticar a los demás miembros del concilio por obedecer con excesiva esclavitud los deseos de los príncipes:

—Si me permiten que se lo diga, tienen demasiado en cuenta las opiniones de los príncipes y no osan hacer nada que no les complazca a ellos. Realmente, no puedo alabar tal debilidad, porque no lo hicieron así nuestros antecesores, no lo hicieron así los apóstoles. A pesar de tener a todo el mundo en contra suyo, predicaban la verdad por doquier y, por la causa de la verdad, no huían de las amenazas, ni de la muerte, ni de las torturas más horribles. Empero, cuando el ansia de riquezas y el miedo a la muerte se entremezclan con la causa, la verdad se queda abandonada a la puerta y no se conoce a la justicia.

—¡No! —gritó, y sus luminosos ojos brillaron—. ¡No nos reconozcamos súbditos de ninguna nación! ¡Tomemos nuestras decisiones sólo como miembros del Santo Concilio o, como dijo Sócrates, como ciudadanos del mundo!

Todo aquello me hubiera parecido hermoso y verdadero,

si no fuera porque lo dijo precisamente Eneas Silvio. Y cuando, para colmo, empezó a pronunciar verdaderas aleluyas en honor y gloria del conde de Milán, mucha gente bajó la cabeza para disimular su sonrisa, puesto que aquel Felipe María tenía fama de ser un tirano terrible.

Pero los padres de la Iglesia escucharon atentamente durante dos horas la elocuencia de Eneas Silvio, le dedicaron entusiastas aplausos, e incluso pidieron en el acto copias de su discurso. Sólo que éste no logró ni un solo voto más a favor de Pavía. La conversación acerca del mismo cesó en un instante. La mayoría se puso a gritar ¡Aviñón!, ¡Aviñón!, y ese grito contenía el secreto deseo de que, si se pudiera atraer de nuevo al Papa a esa ciudad francesa, el cautiverio de Babel continuaría y el concilio quedaría rigiendo a la Santa Iglesia y, a través de ella, al mundo entero, por encima de la autoridad del Papa.

Del discurso de Eneas Silvio sólo unas palabras quedaron incrustadas en mi corazón: ciudadano del mundo. Si la Iglesia se elevaba por encima de los países, de las disputas entre los príncipes y de los intereses nacionales para traer la paz al mundo, entonces la lengua materna de todos los hombres sabios sería el latín e, independientemente de las fronteras creadas por una ciudadanía, podrían sentirse todos como hermanos entre sí y tendrían como único objetivo el desinteresado deseo de alcanzar una sabiduría cada vez mayor. Yo quería ser un ciudadano del mundo como ellos, sólo para respetar libremente y sin miedo alguno la sabiduría y perseguir la verdad.

Ya dije que el discurso de Eneas Silvio significó el comienzo del fin. En abril, se celebró una sesión en la que una muchedumbre rabiosa, golpeando los bancos y profiriendo gritos de protesta, interrumpió el discurso del cardenal Cesarini. El cardenal de Arlés llegó a la iglesia rodeado de guardias armados, y en las tabernas cercanas a la catedral se dio de beber gratuitamente a los eclesiásticos más pobres, que desde las cercanías de Basilea habían sido llamados para que asistieran al concilio. El obispo de Tours dijo claramente que, o se quitaba la Santa Sede a los italianos para devolverla a Aviñón, o, de lo contrario, debía quitársele toda la autoridad hasta que quedase desprovista de significación alguna.

Pero esta vez había acudido al concilio, como representante del Papa, el arzobispo de Tarento. Callado y con gesto de desprecio, miró a la vociferante multitud mientras el cardenal Cesarini se retiraba de la tribuna, pálido, desesperado y con el rostro perlado de sudor. Si Cesarini representaba la buena voluntad y una ferviente fe en que todo el mundo deseaba tan sólo el bien de la Iglesia, el arzobispo de Tarento representaba una voluntad férrea, una voluntad fría y carente de otro ideal que no fuera el actuar únicamente a favor del Papa.

Aquella noche hubo peleas en las calles de Basilea. Enfrente de la catedral, me partieron la boca sólo porque pertenecía al séquito del cardenal Cesarini. En las casas, las luces estuvieron encendidas hasta la madrugada y ya no quedaba duda de que la mayoría del concilio, bajo la dirección del cardenal de Arlés, estaba dispuesta a conseguir, aunque fuese a la fuerza, que Aviñón fuera la sede de las negociaciones que debían celebrarse sobre la unión. La voluntad de Cesarini, elevada, llena de reproche y fervientemente buena, había perdido la batalla final. Aquella noche penó y rezó en su habitación, sin permitir que nadie se le acercara. Quizás era el último que todavía guardaba la fe en Jesucristo y en el Espíritu Santo. El arzobispo de Tarento hizo llamar a su presencia a los obispos y a los prelados de más alto rango partidarios del Papa, y les mandó armar a sus sirvientes y secretarios.

Para el doctor Nicolás de Cusa estos días representaron una temporada de honda pena, lo cual estorbó en gran medida nuestras clases de griego. La primavera ya había sembrado la tierra de flores, las aguas del gran Rin bajaban formando remolinos y los vientos cantaban encima de Basilea. El intranquilo curso de los acontecimientos me hizo temblar, aunque andaba en el mundo de los pensamientos y de las letras griegos. Pero el doctor Nicolás se retorcía las manos y me decía:

—Ya empiezo a pensar que el Santo Concilio no es la Iglesia de Jesucristo, sino la sinagoga del diablo. El papa

Eugenio jamás irá a Aviñón, y Dishypatus ha dicho claramente en su protesta que los griegos tampoco acudirán allí. Es verdad que se rumorea que Venecia le ha sobornado y que, más tarde, se puede convencer al emperador y al patriarca mediante negociaciones. Pero elegir a Aviñón significa la disolución de la Iglesia. Y aunque se deponga al Papa (¡qué idea más terrible!) y se elija a otro, el tiempo del cautiverio de los Papas en Babel debería prevenirnos de las consecuencias. ¡No más cismas, no más cismas! Me horrorizaría la idea de que mi libro sobre la unanimidad católica hubiese contribuido a llevarnos a un cisma, puesto que en él aseguré y demostré que el concilio estaba por encima del Papa.

Angustiado, exclamó:

—La Iglesia es el cuerpo de Jesucristo, pero esta multitud endiablada y vociferante sólo la ve como una institución que produce dinero a base de los Santos Sacramentos, monedas que corren por tuberías grandes y pequeñas. No desean otra cosa que tapar la tubería mayor, la que lleva a Roma, creyendo que así saldrá más dinero de las tuberías más pequeñas, las que les llevarán más dinero a sus propios bolsillos.

Con suma cautela, le pregunté:

—En este caso, ¿no lucha también el Papa para conservar esta tubería más grande y para poder decidir en qué bolsillos va a parar el dinero de las demás tuberías?

El doctor me contestó:

—¡No!, ¡no! A pesar de todo, el Papa es la cabeza de la Iglesia, y el cuerpo no puede vivir sin la cabeza. Es asimismo horrible y antinatural un cuerpo del que salgan dos o tres cabezas, como ocurrió durante el gran cisma. ¡No!, ¡no! La Iglesia es como un cuerpo agonizante al que ya picotean los cuervos, y nosotros mismos somos los culpables de ello, por nuestro egoísmo y por nuestra mala voluntad.

—Realmente —le dije—, no les tengo envidia a los padres del concilio, porque estos días todos deben decidir lo que quieren, y a los conciliadores y a los defensores de la paz se nos parte la boca.

En vano se negociaba en las comisiones para alcanzar un acuerdo de compromiso. En el siguiente plenario, el cardenal Cesarini intentó, una vez más, hacer uso de la palabra y recobrar la autoridad como legado del Papa, pero el vocerío creció a tales volúmenes en la iglesia, llena a rebosar, que sólo se podían oír las blasfemias de los que tenían los pulmones más fuertes, blasfemias más obscenas y vulgares que las que se podían escuchar en cualquier pelea tabernaria. Entonces, el cardenal perdió asimismo la compostura y empezó a gritar con rabia. Ello sólo empeoró las cosas, y seguro que el cardenal habría resultado herido si no hubiera sido porque la multitud estaba tan apretujada que le resultaba imposible sacar las armas o levantar las manos. Temiendo por su propia vida, el arzobispo de Tarento llamó al alcalde de Basilea, que acudió a la catedral acompañado de tropas municipales armadas. El concilio había perdido tan completamente su autoridad, que el alcalde se pudo permitir dirigirse a los obispos y a los prelados en un tono despectivo.

—¡Vaya, qué ridículos son ustedes! —gritó—. Se han reunido para traer la paz al mundo entero. Se han golpeado el pecho y han asegurado que reconciliarían a los laicos entre sí. Y ahora, tienen que recurrir a ésos para que traigan la paz entre ustedes.

El cardenal de Arlés y el partido mayoritario no se molestaron en intentar llevar a su bando al doctor Nicolás, porque daban por supuesto que estaba ya con ellos. Todos sabían que había conseguido su posición actual demostrando que las decisiones del Santo Concilio obligaban también al Papa. Entonces, ¿cómo podría no someterse a una decisión mayoritaria dictada por el Espíritu Santo? Además, su fracaso como abogado en un pleito eclesiástico había contribuido a que no se le considerase como un recomendable orador en una situación tan tensa, ya que todos sus esfuerzos se dirigían a lograr la paz y la reconciliación. Por ello, nadie le tuvo en cuenta y seguramente se pensó que era mejor que se mantuviera callado.

En cambio, el arzobispo de Tarento mostró hacia él, aunque en secreto, halagüeñas atenciones. Le invitaba a comer y a beber y, en todas las formas posibles, demostraba su respeto hacia su sabia ecuanimidad. Durante los ratos libres del doctor, intentábamos seguir estudiando el griego, pero él se mostraba más preocupado que antes y me decía, suspirando:

—Juan, hijo mío. Se trata de mi honor y de mi conciencia. ¿Qué debo hacer? ¿De qué lado tengo que ponerme? ¿Cómo puedo renunciar al concilio cuya autoridad he ayudado a construir, aunque él ahora me rechace? Ya no les comprendo. Aun tratándose del corazón más frío, ¿cómo no se enternecería ante la posibilidad de una unión entre las Iglesias romana y griega después de siglos? Lo están estropeando a sabiendas. El Papa no irá a Aviñón, ahora lo sé de fuentes fidedignas, y los griegos no acudirán a una reunión en la que no esté presente el Papa, esto lo sé con igual certeza. ¡Oh, siglo de tinieblas! ¡Oh, corazones endurecidos! ¡Qué desorden hemos causado nosotros que, con nuestra mejor voluntad, nos hemos reunido para traer la paz al mundo!

Yo entendía muy bien que, íntimamente, había adquirido más simpatías para con la minoría, pero lo que no comprendía era qué habría podido hacer aquella minoría para mejorar las cosas. El doctor Nicolás me explicó:

—Quizá no sea justo que el número de votos sea el que decida, ya que la mayoría de los cardenales y obispos están de parte del Papa, y si se contasen los votos según el rango eclesiástico de cada uno, aquel partido sería la auténtica mayoría.

Lleno de curiosidad, le pregunté:

—¿Es que ya no cree que el Espíritu Santo asiste a las votaciones e interviene en las decisiones?

Suspiró, se apretó las manos, y con los ojos muy abiertos y angustiados, respondió:

—Ya no sé en qué creer. No, no creo que nos acompañe ya el Espíritu Santo, cuando se empieza a contar votos con puños y armas.

El día siete de mayo de 1437 se celebró la decisiva sesión pública. Tengo mis razones para acordarme de esa fecha, porque, al dispersar a la Iglesia, también fue decisiva para mi futuro. Ya con anterioridad, ambos partidos habían luchado por la posesión del altar mayor de la catedral, como si el que lograse celebrar allí la misa pudiera decidir asimismo lo que debía acontecer en el concilio. La vez anterior, el arzobispo de Tarento había madrugado más. Ahora, el cardenal de Arles estuvo velando desde el anochecer y se fue a la catedral ya a la cuarta hora de la noche, vestido con un pesado sobrepelliz y tocado con la mitra, a fin de mantener su puesto ante el altar. Sus partidarios y sirvientes le rodeaban, y el ayuntamiento de Basilea había mandado tropas municipales para custodiar las calles.

Con prisa se hizo llegar al arzobispo de Tarento un mensaje sobre los planes del cardenal. Inmediatamente envió a un fornido monje para que ocupara, por lo menos, el púlpito, desde donde se leían las decisiones. Pero incluso el púlpito estaba ya ocupado. El monje hizo entonces uso de su fuerza física, pero los demás sacaron sus espadas antes de que las tropas municipales hubieran tenido tiempo de intervenir. Si no hubiera llevado una coraza debajo del hábito, seguro que le habrían matado. Al comenzar la sexta hora, era fácil notar que todos los eclesiásticos que acudían a la reunión llevaban escondida un arma bajo el atuendo. Se podía oír el ruido de las armaduras de hierro bajo las espléndidas capas de los cardenales y de los obispos, cuando andaban por los pasillos de la catedral para sentarse en sus asientos. Pero, esta vez, no se llegó a las manos para conseguir una plaza. Cada partido se agrupó alrededor de sus respectivos dirigentes a diferentes lados de la catedral, de manera que, por primera vez, se formó un espacio libre en el centro del coro. Todas las caras estaban pálidas por la tensión y la falta de sueño. Aquella mañana no se veían en el templo rostros hinchados por la bebida ni ojos turbios por la borrachera. La ocasión era demasiado seria. El odio mutuo había crecido tanto, que muchos de los eclesiásticos creían que iban a entrar en el templo a costa de su propia vida, a pesar de las palabras tranquilizadoras de sus superiores.

Yo me mantuve con el séquito de mi señor, el cardenal Cesarini. El doctor Nicolás llegó tarde y cabizbajo, con su bondadosa cara literalmente gris. Había estado rezando toda la noche. Después de santiguarse, levantó la mirada y se estremeció visiblemente al advertir que los partidos estaban incluso físicamente separados. Luego agachó la cabeza y, sin mirar a nadie, se acercó a nuestro lado, cerca del séquito del arzobispo de Tarento. Se oyó un rumor en las filas del partido contrario, pero aquel día nadie se atrevió a levantar la voz. La lucha armada estaba demasiado cerca. La misma mañana también me habían entregado una daga para llevar en el cinturón. El cardenal Cesarini me hizo una señal para que me situase detrás del Cusano a fin de protegerle, ya que no se había traído a ningún sirviente con tal objeto.

El doctor Nicolás empezó a sollozar en voz alta cuando sonó el hermoso salmo *Veni creator spiritus,* con el que se empezaban todas las reuniones públicas. Con él se había empezado también hacía cinco años, cuando estos hombres se reunieron por primera vez procedentes de todos los países para renovar la Iglesia y traer la paz a la humanidad. Había muchos más que lloraban abiertamente. La gente estaba emocionada y, como de mutuo acuerdo, los dirigentes de ambos partidos se acercaron a través del espacio vacío y, delante del altar y por última vez, empezaron a negociar sobre una posibilidad de reconciliación. Los demás se sentaron en sus bancos, rezando y sollozando. El corazón más endurecido no hubiera podido resistir insensiblemente el patético ambiente de esta reunión. En vano se prolongaron las últimas negociaciones hasta el mediodía. Ningún partido quiso ceder. Ambos habían ya escrito en secreto su comunicación final.

El obispo francés subió al púlpito para leer la decisión de la mayoría, por la que se designaba como sede de las negociaciones de unión la ciudad de Basilea o —en caso de que los griegos no la aceptasen de ninguna manera— Aviñón o alguna ciudad de Saboya. Para cubrir los gastos del congreso, todos los eclesiásticos, incluyendo el Papa y los cardenales, los monasterios y las órdenes religiosas, debían entregar una décima parte de sus ingresos. Cuando empezó a leer, el obispo de Lisboa se subió a una tarima al otro lado del templo y empezó a leer, a su vez, el comunicado final de la minoría. Según éste, el congreso de la unión debía escoger como sede Florencia, Udine u otra ciudad que fuese aprobada tanto por los griegos como por el Papa. Como puerto de desembarco de los griegos se recomendaba Venecia, Ravena o Rímini. Sólo después de que hubiesen llegado a uno de estos puertos se reclamaría a los eclesiásticos los diezmos para cubrir los gastos.

En el templo, tan sólo se oían las potentes voces de ambos lectores. Por lo demás, reinaba un absoluto silencio. El decreto de la minoría fue más corto. En cuanto el obispo de Lisboa hubo terminado su lectura, empezamos a cantar el *Te deum laudamus*. Durante el salmo terminó también el obispo francés, y la mayoría empezó el mismo salmo desde el obispo francés, y la mayoría empezó el mismo salmo desde el principio. De ninguna otra manera los partidos se molestaron mutuamente. Por el contrario, incluso los que más habían insultado en anteriores sesiones estaban ahora quietos y dignamente callados. Había algo estremecedor en esta imperturbada tranquilidad. Yo hubiera preferido ver que los muros de la catedral reventaban por la fuerza de los lamentos, porque estábamos todos presenciando la escisión de la Iglesia en dos y el comienzo de un nuevo cisma.

Acto seguido, la mayoría eligió a sus delegados que sin demora debían ir a Aviñón, hacerse cargo del préstamo prometido por la ciudad —para cuya garantía hubo que recaudar los diezmos— y embarcar para Constantinopla. Pero el cardenal Cesarini anunció enérgicamente que no pensaba certificar la decisión de la mayoría con el sello del concilio si no se sellaba asimismo la decisión de la minoría. Sobre este tema quedaron discutiendo los dirigentes, mientras los demás se ausentaban con la misma fría y estremecedora calma.

En la puerta de salida, y debido a la falta de espacio, la mayoría y la minoría se vieron obligados a mezclarse, a pesar de que cada uno intentaba evitar el roce con un representante contrario, recogiendo incluso los pliegues de sus capas para que ni siquiera la tela tocase al oponente maldecido por Dios. Yo estaba convencido de que, con igual sinceridad, cada partido creía que justamente el contrario había causado la escisión de la Iglesia. Pero una multitud es caprichosa, y esta vez el odio no iba dirigido contra el arzobispo de Tarento, aunque todos sabían y comprendían que la escisión había tenido lugar por voluntad suya y por mandato del papa Eugenio. No, por alguna extraña razón, el doctor Nicolás, al salir de la catedral, se convirtió en el blanco de las miradas más acusadoras. Al acompañarlo, oí a alguien, con la voz ronca por el odio, llamarle:

—¡Apóstata!

Y en seguida, en un tono bajo y siseante que iba in crescendo, se oyó por todas partes la misma y horrible palabra:
—¡Apóstata! ¡Apóstata!

Este vehemente siseo fue peor que los insultos y las blasfemias gritados en voz alta. Al pasar por el umbral, desde la penumbra del templo a la luz del día, el doctor Nicolás se paró un instante mirando a su alrededor con ojos miopes y moviendo torpemente las manos, como si quisiera rechazar la despiadada acusación y asegurar que, por obligación de su propia conciencia, se había unido a la minoría. En aquel momento fue rodeado por los eclesiásticos del partido opuesto y siendo separado del séquito del arzobispo de Tarento. Los siseados insultos le llovían por doquier, alguien le quitó el birrete de doctor y otro lo pisoteó. Sólo sacando mi daga y amenazando con ella a los más cercanos pude contener a la multitud. Estoy casi seguro de que no intentaban dañarle físicamente, porque todos seguían aún bajo los efectos de la estremecedora solemnidad de la reunión.

Pero, al sentir a su alrededor el odio y el desprecio de la gente, el doctor Nicolás levantó la cabeza, enderezó la espalda y movió la cabeza como para mirar a los ojos a todos y a cada uno. Parecía que aquella avalancha de odio y el propio hecho de que le hubieran elegido a él como cabeza de turco, representase la gota que colmaba el vaso y le separase definitivamente de la mayoría, convenciéndole de cuán justificada había sido su difícil decisión. Nada dijo. En su corazón era conciliador y constructor de la paz, pero la imperiosidad de tomar una decisión definitiva hizo que la fuerza de voluntad se despertase en él. Yo sentía que, a partir de aquel momento, el susurro «apóstata» no pararía de sonar en sus oídos y le obligaría, aún con más insistencia, a seguir el camino elegido. Allí, delante de la catedral de Basilea, el papa Eugenio se ganó su lealtad con más facilidad que con todas las maniobras y los razonamientos del arzobispo de Tarento.

Un desapacible silencio reinaba en la ciudad; la gente miraba con rostros asustados a los eclesiásticos que regresaban a sus casas, y los guardias armados del municipio seguían custodiando las calles. Toda la ciudad estaba invadida por un ambiente fúnebre, como si aquel día la cristiandad entera hubiera perdido algo insustituible. Ya no se gritaba ni se peleaba en las calles. Las inútiles palabras y las acusaciones habían quedado encerradas dentro de las cuatro paredes de la catedral.

Acompañé al doctor Cusano a su habitación y me quedé sentado al lado de la puerta, ya que él no me había despedido. Durante mucho rato permaneció sentado con la cabeza apoyada en ambas manos, como un hombre que ha tomado una decisión y ya no la puede revocar. Pero en sus oídos y en los míos, en el silencio de la habitación, seguía resonando la despiadada acusación:

—¡Apóstata! ¡Apóstata!

Con un intento de hacer acallar aquel siseo interior, dijo por fin:

—En mi corazón, yo no lo quería. Hasta el último instante esperé que ocurriese un milagro. Pero en estos tiempos duros y sin piedad no ocurren milagros. Lo que domina es el odio, las disputas y las opiniones opuestas. Entonces, ¿no hay nada que pueda reconciliar los contrastes para que formen un todo razonable? Tú, Juan, sé mi conciencia. ¿Qué otra cosa hubiera podido hacer?

Yo hubiera querido mantenerme ajeno, frío e imparcial en los asuntos del concilio, pero el alud de los acontecimientos me había llevado consigo.

—¡Dios tenga piedad de todos nosotros, doctor Nicolás! —exclamé—. ¿Cómo van a escuchar los griegos la llamada de la unión, si nuestra propia Iglesia se ha dividido en dos? ¿A qué lado escucharán? ¿Cómo se puede reconciliar un viejo cisma con otro nuevo y todavía más grave? ¿Se ha vuelto loco nuestro mundo? ¿En qué se puede creer ya, a quién escuchar?

—Me han asegurado —contestó él— que los griegos tienen la necesidad de lograr el apoyo de los países occidentales y acudirán a donde les diga el Papa. Una unión bien alcanzada devolverá a éste su autoridad. A partir de este momento, debemos hacer todo lo posible para reconciliar entre sí las Iglesias oriental y occidental, aunque el esfuerzo requiera nuestros oficios y nuestros bienes, nuestro honor e incluso nuestra vida. Por esto creo que tú y yo nos tendremos que separar pronto. Quizá tenga que emprender un largo viaje, lo cual me entristece, porque has avanzado en tus estudios de griego y, además, me has ayudado y consolado en muchas ocasiones, ya que yo no soy un hombre práctico y de acción, sino sólo un inútil pensador.

En el transcurso de los meses de invierno yo le había tomado cariño al doctor Nicolás por su carácter bueno y justo y por sus amplios conocimientos. La idea de la separación me chocó, y también pensé en mis estudios de griego, en los que ya nadie me podría ayudar. De todo corazón, me hubiera convertido en su sirviente aun sin sueldo, pero sabía que él no tenía dinero y yo no consideraba justo empezar a vivir a su costa. Por consiguiente, aquella noche nos separamos muy tristes los dos.

La tenacidad del cardenal Cesarini retrasó una semana el acto de sellar el decreto de la mayoría. Después de numerosas disputas y argumentaciones, se pudo reunir una comisión de tres personas para decidir sobre la cuestión de si se podía acompañar la bula del concilio con ambos documentos, o sólo el de la mayoría. El tercer miembro de la comisión, imparcial, fue de la opinión de que sólo se sellara la decisión de la mayoría. El notario le estampó su firma, se abrió el cofre que contenía el sello y, en el despacho de Cesarini, la decisión fue solemnemente sancionada con la bula. El mismo Cesarini no quiso presenciar este acto. En esta situación parecía que la causa de la minoría estaba perdida, y, acompañada de los gritos de alegría del partido mayoritario, la decisión se mandó a toda prisa a Aviñón. El cardenal Cesarini se encerró en su habitación y no quiso hablar con nadie. Aquella misma noche vino a nuestro patio un monje, me hizo señas con la mano y, con mucho secreto, me pidió que le acompañase.

Sin que nadie nos viera, el monje me llevó a la vivienda del arzobispo de Tarento. Éste, de facciones firmes y fuerte cuello, me saludó con la misma amabilidad con que hubiera saludado a un hijo perdido durante largo tiempo.

—El doctor Nicolás de Cusa me ha hablado de tu inteligencia, de tu diligencia y de tu interés por el idioma griego —dijo—. La Iglesia de Jesucristo te necesita, hijo mío, y tú, por tu parte, no tendrás que arrepentirte si la ayudas en un momento de apuro.

En la estancia había también un hombre pálido y nervioso, a quien reconocí como el notario del concilio.

—No hacen falta largas peroratas —prosiguió el arzobispo, mirándome fijamente—. Ya sabes lo que ha ocurrido. Sabes cómo una multitud de hombres rabiosos, muchos de los cuales ni siquiera saben latín, intentan dividir la Santa Iglesia y convertirla en un campo de batalla del vulgo. Una decisión equivocada, injusta y contraria a los intereses de la Iglesia ha impedido sellar la decisión de la minoría, que sólo perseguía el bien de la misma. Este buen hombre —señaló al notario—, por obligación de su propia conciencia, ha querido poner en peligro su oficio y su prosperidad en la tierra ratificando con su firma el sello, si podemos ponerlo en el decreto minoritario. Y hace falta un sello para convencer a los griegos. ¿Nos quieres ayudar en una causa tan buena?

Tomó de la mesa una bolsa de dinero y distraídamente la hizo sonar.

—¿Y qué podría yo hacer que no hayan conseguido los cardenales, ni los reverendos obispos, ni los sabios doctores? —le pregunté, asombrado.

—El cofre del sello está en el despacho de tu señor, cerrado con llaves —me explicó—. Cuando todos en la casa estén durmiendo, debes dejar entrar a los hombres que yo envíe. Hay que romper el fondo del cofre, pues de otra forma no se puede coger el sello.

—¡Pero yo no puedo engañar a mi señor el cardenal! —exclamé.

—No, no —se apresuró a decir el arzobispo—. Lo que ocurre es que no debe enterarse. A él hay que presentarle un hecho consumado, que ya no pueda remediar. En su corazón, reconocerá que era justificado y no te odiará por ello. Tampoco es necesario que se entere de antemano tu profesor, el doctor Nicolás, aunque esto se hace asimismo para su bien, ya que le hemos elegido para que viaje a Constantinopla gracias a las valientes palabras que ha pronunciado, al igual que hemos elegido al obispo de Lisboa, que tuvo el valor de leer en voz alta nuestra decisión.

—Pero esto es un delito —objeté.

—¿Y no es un delito aún más grande el dividir la Iglesia? —me preguntó—. Una vez se ha dado el paso decisivo, romper el cofre ya es un asunto sin importancia. Y no temas. Yo respondo de los hechos y te protegeré. Recibirás mucho dinero. Si tienes miedo, puedes huir de la ciudad y ponerte bajo la custodia del Papa. Yo me quedo aquí para responder de lo ocurrido.

Su firme seguridad y su intransigencia me impresionaron. A su lado, tanto el cardenal Cesarini como el doctor Cusano eran hombres débiles, con su idealismo justicialista. Él sabía lo que quería y se atrevía a responder de lo que hacía.

—No pido dinero —dije—. Si lo hago, ¿me promete que puedo acompañar al doctor Nicolás a Constantinopla como escribano suyo?

El arzobispo puso una de sus manos sobre mi cabeza y me bendijo. Me prometió encontrar a un buen artesano para que rompiera el cofre, y yo le hice observar que necesitábamos también a un segundo secretario para llevar a cabo el plan, porque yo sólo no podía hacerme con las llaves de la casa. Mi rapidez mental le impresionó mucho. Después de quedar de acuerdo sobre todas las medidas de precaución que había que tomar, me dijo:

—Ante los ojos del mundo, lo que haremos no está bien, pero nosotros mismos sabemos que está justificado. A pesar de tu juventud, puedes distinguir entre lo justo y lo injusto mejor que el cardenal Cesarini y que tu profesor, el doctor Nicolás. Dejemos que ellos conserven su tranquilidad de conciencia. Con mucho gusto te emplearé como secretario del doctor Nicolás durante un largo y peligroso viaje. Tú debes animarle con tu fuerza de voluntad, si empieza a dudar. Y si los embajadores de la mayoría llegan a Constantinopla antes que vosotros —lo que no creo—, entonces recuerda que no existe acto injustificado si sirve a la unidad de la Iglesia y a la autoridad del Papa. Eres el hombre adecuado para ser su acompañante y, a partir de ahora, no te faltarán amigos poderosos.

Me aseguró la absolución de todo cuanto hiciera para ser-

vir a la causa de la minoría, pero en mi corazón yo pensaba:
—¿Qué sabes de mí, buey del Papa? Una vez la Iglesia esté escindida, lo peor ya habrá ocurrido. Todo lo demás pierde importancia ante ello, y yo no creo en nadie. Entonces, ¿por qué no irme a Constantinopla para aprender el griego y para encontrar, quizás, escrituras de los antiguos? Si puedo comprar un viaje tan maravilloso cometiendo un delito tan insignificante comparado con todo lo demás, ¿por qué titubear?

Me sentía asombrosamente libre y valiente al tomar así, con los ojos abiertos, una decisión sobre mi propia vida. No me atraían ni el dniero, ni el favor del partido del Papa, ni un éxito notorio. Lo que me atraía era Bizancio, heredera de la cultura de la antigua Grecia. No pensaba en los peligros del viaje.

Tampoco temía ser descubierto. La casa de Cesarini era tranquila y la servidumbre dormía profundamente en sus aposentos. Además, los guardias de noche estaban acostumbrados a que se viera luz hasta la madrugada en las ventanas de las habitaciones de los eclesiásticos. Yo ya sabía a quién podía sobornar con el dinero que me había dado el arzobispo, para que fuese mi ayudante. Era el más astuto y charlatán de los secretarios. Con su falsa humildad y su facilidad de palabra, se había ganado el favor del cardenal, que era hombre de buena fe. Yo sabía que había abusado de las llaves en otras ocasiones, para robar y vender botellas de vino del cardenal. Por dinero y un trago estaba dispuesto a hacer lo que fuera, si su pellejo no corría demasiado peligro. Le ofrecí vino y le convencí fácilmente de que serviría mejor el interés del cardenal atreviéndose a esta aventura, sin que lo supiera aquél. Necesitaba esta argumentación para, más tarde, poder fingir que sólo había deseado lo mejor para su señor y para obtener el perdón del cardenal. En cuanto al asunto en sí, lo más elocuente fueron las monedas de oro del arzobispo de Tarento.

Por consiguiente, hurtó las llaves, y a la noche siguiente, cuando dormía toda la casa, nos fuimos al despacho del cardenal. El notario tenía mucho miedo y sudaba copiosamente. Con todo descaro, encendí las velas. Dimos la vuelta al cofre. El carpintero celebraba ya de antemano la absolución total y la buena recompensa. Como profesional que era, alabó la resistencia y la buena hechura del cofre, e incluso perdió excesivo tiempo en causarle el menor daño posible, primero haciendo un agujero en el fondo y, luego, quitando con un serrucho un buen trozo de madera. Mientras tanto, el secretario charlatán y el sudoroso notario, reforzaban mutuamente sus ánimos con el vino.

En cuanto hubimos conseguido sacar el sello, el notario recobró la confianza en sí mismo y empezó sus tareas profesionales. Con mucho esmero selló el decreto de la minoría y, con una bellísima caligrafía, certificó el sello con la firma de su nombre. Luego volvimos a colocar el sello en su sitio, y el carpintero fijó con cola el trozo de madera que había quitado a fin de que no se notaran las huellas, al menos a simple vista. Yo limpié el suelo y, al salir, cerramos de nuevo la puerta con llave. En el patio, en una noche de mayo, nos aseguramos una vez más de que habíamos obrado bien y que ninguno tenía nada que temer. Al relajarse después de la tensión, el notario y el secretario charlatán necesitaron más vino y decidieron irse a un prostíbulo, porque las tabernas ya estaban cerradas. El precioso documento quedó en mis manos y lo llevé al arzobispo de Tarento. Estaba en la cama, despierto, abrió el papel y dejó reposar en una de sus manos el hermoso sello que colgaba del mismo.

—Ya no puedo dudar —dijo piadosamente—. El Espíritu Santo está con nosotros. Nuestra causa es justa e inamovible. De otra manera, los ángeles seguramente no te habrían guardado de ser descubierto durante tu peligroso trabajo.

Al día siguiente asistió a la salida de los embajadores de la minoría. Además del doctor Cusano formaban parte de la embajada un obispo francés que se había unido a la minoría y el obispo de Lisboa. Nicolás de Cusa era el más erudito de los tres y sabía griego. Pero era igualmente importante demostrar al emperador de Bizancio, ya en la persona de los componentes de la embajada, el hecho de que la minoría del concilio representaba a todos los pueblos y de ninguna manera solamente a Italia. Por ello no se había elegido como miembro de la embajada a ningún italiano. El grupo debía viajar primero a Bolonia para recibir del Papa la confirmación de la decisión de la minoría, luego pedir prestado dinero en Florencia y, a continuación, seguir camino por mar hasta Constantinopla. Después de dudarlo mucho tiempo, también el embajador griego en el concilio, Juan Dishypatus, accedió a viajar con el grupo, para atestiguar con sus propios ojos que el Papa defendía de verdad la decisión de la minoría y la aprobaba.

El doctor Nicolás se sorprendió y se asustó al ver que el santo sello del concilio estaba colgando del papel del cual se le había nombrado portador. Renegó de su legalidad, dijo que el hecho sería descubierto más tarde o más temprano y manifestó su temor de que ello llevaría una mala fama a toda la minoría y a él mismo. Pero ya era tarde para arrepentirse. Aunque, de una parte, comprendía que el partido del Papa se aprovechaba fríamente de él por su fama de erudito, justo y ecuánime, de la otra su conciencia estaba tranquila, ya que creía haber tomado su decisión para el bien de la Iglesia. El arzobispo de Tarento le venció con su fuerza de voluntad, prometiéndole responder de todas las consecuencias.

En cambio, el doctor Nicolás se alegró mucho cuando se enteró de que yo le acompañaría como su escribano, y no pudo dejar de expresar sus muestras de gratitud al arzobispo de Tarento por su generosidad. Es cierto que él no era un hombre vanidoso, pero, al lado del numeroso séquito de ambos obispos, habría parecido pobre si no hubiera llevado consigo ni siquiera a un sirviente. Juan Dishypatus se hallaba casi en la misma situación. Su emperador no podía permitirse pagarle un séquito y, como hombre de honor, no había querido aceptar la ayuda que le había ofrecido el concilio. Al ver su sencillo equipaje, creí en seguida que eran verdad las habladurías de que había sido sobornado por Venecia. Incluso el caballo se lo había prestado el arzobispo de Tarento.

No pude abandonar Basilea sin el permiso del cardenal Cesarini, ya que estaba a su servicio y escaparme sin despedirme de él hubiera levantado sospechas. Sin tener todavía la más remota idea de que la decisión de la minoría había sido sellada en secreto (lo que también ponía en peligro su propia reputación, dado que el cofre se guardaba en su casa y dos de sus sirvientes habían ayudado a romperlo), aquel hombre noble y de buena fe escribió, en su propio nombre y como miembro de la presidencia del concilio, una carta al emperador de Bizancio y otra al patriarca de Constantinopla explicándoles por qué, en su opinión, la minoría tenía la razón. A mí me dio su bendición para el viaje y hasta dinero, porque conocía bien la pobreza del doctor Cusano. Seguramente hubiese yo debido sentir remordimientos cuando se despidió de mí con tanta amabilidad, y me bendijo aunque yo le había defraudado de una manera tan grave. En lugar de ello le compadecí, pensando que eran precisamente los hombres puros, desinteresados y de buena voluntad como él de quienes se burlaban los miembros, decididos y duros, de su propio partido. Igualmente burlado fue también el doctor Cusano. Hasta yo, un hombre joven e insignificante al lado de ellos, sabía lo que hacía. Ellos, no.

Salimos cabalgando de Basilea al esplendor del incipiente verano, como si saliésemos de una casa de muerte y desesperación a la luminosidad de la vida. La despreocupada alegría de andar me llenó la mente. Como meta del viaje y como sueño dorado estaba el Bizancio milenario y lleno de misterios. Aun después de haber perdido sus riquezas, seguía conservando la sabiduría griega. Asediada por los bárbaros como la última fortaleza europea en el este, extendía sus brazos hacia occidente, dispuesto por fin a reconciliarse después de siglos de suspicacias y cismas. Invitaba a los países occidentales que guerreaban y peleaban entre sí a emprender una cruzada conjunta para salvar los tesoros de su cultura de una mortal avalancha.

Invadidos por la alegre excitación de empezar el viaje, ambos obispos no paraban de hacer innumerables preguntas a Dishypatus y al Cusano. Una sonrisa iluminaba el melancólico y barbudo rostro griego de Dishypatus. En su dificultoso latín describía todos los peligros y contratiempos que había encontrado en el transcurso de su viaje a Basilea. Cambiaba su habla al griego, intentando utilizar palabras sencillas como si se dirigiese a gente simple o a niños, pero, aun así, el doctor Cusano era el único que entendía lo que decía, al menos en parte.

Los obispos le trataban con respeto, a él y al doctor Cusano. En las paradas que hacíamos para descansar o para pernoctar, con mucho tacto se turnaban en invitar a estos sabios hombres a que compartieran la mesa que habían mandado preparar, para que no tuvieran que notar su propia pobreza. Los gastos de las posadas se pagaban de una bolsa común. Yo dormía junto al doctor Cusano, y muchas veces tuve que compartir incluso su cama, por falta de más sitio. El andar a caballo y las incomodidades del viaje cansaban a los obispos, y el doctor Cusano no cesaba de pedir que no cabalgásemos demasiado aprisa, ya que tenía miedo de caerse del caballo. En cambio yo, con mi juventud, consideraba el viaje como una fiesta interminable. Estaba acostumbrado a otras condiciones cuando viajaba solo. Al cabo de unos días ya intentaba hablar en griego con Dishypatus. De mi boca, el idioma salía más fluido que cuando hablaba el doctor Cusano, mayor que yo. Dishypatus empezó a mirarme con buenos ojos y a explicarme en griego cuestiones teológicas, para demostrarme por qué tenía toda la razón al considerarme un hereje.

Después de nuestra partida, en Basilea se produjo un gran escándalo cuando se descubrió que se había abusado del sello. Había demasiada gente enterada, y los partidarios de la minoría no pudieron resistir la tentación de dedicar pequeñas y burlonas observaciones a la alegría de triunfo de sus adversarios, hasta que a éstos les picó la curiosidad. Al final, y bajo promesa de guardar el secreto, uno de los amigos de Eneas Silvio, se enteró del asunto y, naturalmente, le faltó tiempo para hacerlo público. En el plenario se acusó al cardenal Cesarini con rabiosas blasfemias, aunque resultaba evidente que no sabía nada del hecho. Se levantó el arzobispo de Tarento, relató todo lo ocurrido y manifestó que sólo él era el responsable. Sólo su alto rango eclesiástico impidió que la airada multitud le atacase. Cuando su abogado intentó tomar la palabra para defenderle, el arzobispo de Aquilea le asió por los pelos y, con sus propias manos, empezó a pegarle. Se declaró prisionero al arzobispo de Tarento y se le llevó a su vivienda, custodiado por los guardianes. El cardenal Cesarini lloró de pura desesperación, manifestó su protesta por la violencia y juró que todo había ocurrido sin su conocimiento. Su fama estaba tan bien establecida que la mayoría le creyeron. El arzobispo de Tarento consideró que lo mejor era escapar de su cautiverio formal en Basilea y se marchó a Bolonia, donde estaba el Papa. La mayoría del concilio votó para que le fueran retirados todos los oficios de la Iglesia y la mitra de arzobispo. El Papa, en su propio nombre, anuló esta decisión y le elevó al rango de cardenal.

Pero, mucho antes que él, llegó a Bolonia nuestra embajada. Nos enteramos de que Florencia ya estaba equipando los barcos para el viaje. Esta era la ciudad que el Papa prefería para celebrar el concilio de la unión. La república de Florencia se había mostrado como su más leal aliada en las guerras en que se había mezclado en Italia. Pero el poderoso conde de Milán presentó una protesta tan airada contra esta idea, que parecía que el asunto se encontraba en un callejón sin salida. En Bolonia, y según su costumbre, el papa Eugenio llevaba una vida austera y solitaria y pasaba su tiempo en negociaciones para hallar una propuesta de compromiso que no molestase demasiado a los príncipes de Italia ni al emperador de Alemania. De nuevo, este último había hecho saber que no aceptaba ninguna ciudad italiana, sino que prefería como sede a Budapest o a Viena.

En consecuencia, y hasta nueva orden, nuestra embajada se hospedó en Bolonia y el Papa nos pagó una estancia bastante buena. Pero pasaban los días, éstos se convirtieron en semanas, el suave y fresco clima de principio de verano cambió al asfixiante calor del estío italiano, y el doctor Cusano estaba cada día más nervioso, sin entender la demora impuesta por el Papa, puesto que, en su opinión, la cuestión más decisiva era la de saber cuál de las embajadas llegaría antes a Constantinopla para empezar las negociaciones relativas a traer a Italia al emperador y al patriarca.

Si yo hubiera sido mayor, más desarrollado intelectualmente y más interesado en la política, en el transcurso de estas calurosas semanas estivales, llenas de nerviosismo, habría podido obtener en Bolonia una excelente visión de las controversias europeas y del diabólico enredo en el que se veía implicado sin remedio el Papa. Sin hablar de los reyes, cada príncipe un poco importante tenía en Bolonia a sus embajadores, agentes e informadores. Todos competían entre sí para estropear los planes de los demás, se compraban y se vendían noticias y se movía el dinero para sobornar a los consejeros del Papa. Éste, sintiéndose acorralado, había llegado ya a un estado en que no podía confiar en nadie. La mayoría del concilio le había amenazado con destituirle y con elegir un nuevo pontífice si aprobaba el decreto de la minoría. Los príncipes le atemorizaban. Y, ante todo, le faltaba dinero.

Como escribano del doctor Nicolás de Cusa, yo tenía libre entrada en el patio y en el jardín del palacio papal. Tomé la costumbre de tumbarme bajo un árbol, junto a un surtidor de agua, para pasar las horas más calurosas del día. Al rumor del agua procuraba leer palabras griegas en una enciclopedia adquirida por el doctor Nicolás. Pero invariablemente me invadía la somnolencia. Durante varios días observé cómo una muchacha italiana muy bella, de ojos negros, intentaba acercarse a mí. Se inventaba algún pretexto, me hablaba y me sonreía tentadoramente. Yo creía que pertenecía a la servidumbre del palacio o al séquito de algún cardenal. Ésta no era la primera vez que las mujeres se me habían acercado hasta molestarme. Pero ninguna me había atacado con igual descaro, porque un día que me había dormido se me acercó de puntillas, agachó la cabeza y me besó en la boca.

Me incorporé de un salto, escupí y me froté la boca con la mano.

—¡Fuera de aquí, loca! —le grité, enfadado.

La muchacha se sentó a mi lado, suspiró, retorció sus dedos tostados por el sol y me preguntó:

—¿Por qué eres tan frío que ni siquiera quieres mirarme?

De buena gana le hubiera dado un empujón, pero sospeché que esto era justamente lo que ella esperaba para poderme agarrar y empezar conmigo una lucha fingida sobre el césped. Así pues, me levanté para irme. Pero la muchacha se angustió y se agarró a mi manga, diciendo:

—No, no, no te vayas. ¿No querrías ganar dinero?

Interpreté mal sus palabras y exclamé, desesperado:

—¿Qué diablos os pasa a las mujeres, que no me dejáis leer en paz? ¡Si aquí hay soldados e incluso nobles caballeros que estarían encantados de yacer, aun sin pagar, con una muchacha tan hermosa! Son ellos los que tendrían que pagarte a ti, pero a mí no me interesan estas cosas.

La muchacha también se mostró entonces airada, me pegó en la boca con la palma de la mano y me dijo entre dientes:

—Pagases lo que pagases no yacería contigo. ¿Qué te has creído? Todo lo contrario, siento una profunda aversión hacia los chicos pálidos como tú. Sólo pensaba que, seduciéndote, sería más fácil llevarte conmigo, porque este medio no me ha fallado nunca. No ha habido hombre que no me haya seguido sin hacer demasiadas preguntas, incluso los monjes. No han sacado ningún partido de mí, pero han regresado contentos, bien comidos, bien bebidos, y con dinero en los bolsillos. Si no lo crees, sígueme y recibe lo que se te ofrece.

No parecía peligrosa y yo no pensaba que llevara conmigo nada que valiera la pena de ser robado, lo cual, en caso contrario, hubiera justificado toda esa situación. Por eso me entró la curiosidad y le pregunté:

—¿Estás segura de que no te equivocas de persona? Soy Juan el Peregrino, escribano del sabio doctor Nicolás de Cusa.

La chica me contestó con entusiasmo:

—Exactamente. Es a ti a quien me han mandado buscar. Dame una mano y salgamos de aquí como suelen hacer los amantes, para que nuestra partida no llame la atención. Pero si intentas hacer algo más conmigo te morderé, porque de verdad eres un joven repugnante y mal educado.

Le di una mano y, charlando animadamente, me condujo a través de la puerta, levantando su cara amorosamente hacia mí y mirándome con sus brillantes ojos negros. Me llevó a una callejuela, y pasamos ante numerosas tiendas en las que se vendían telas de seda y alfombras, llamó a una puerta herrada y me guió hacia arriba por una oscura escalera. En una habitación bellamente decorada, me recibió un hombre joven, de brillantes ojos y hermosas facciones, cuya amarillenta tez denotaba su origen oriental. A su alrededor, había en la habitación una selección de objetos decorativos, alfombras orientales y piezas de brocado bordado con hilos de oro.

—Aquí está —dijo la muchacha—. Es inútil ofrecerle

vino y tampoco le interesa demasiado el dinero, pero es un joven curioso. Ésa es su debilidad.

El hombre sacó un par de monedas de plata y, sonriendo, las entregó a la muchacha. Ésta me sacó la lengua y se fue con aire orgulloso. Riendo alegremente, el hombre se dirigió a mí y pude ver sus blancos e impecables dientes.

—A mí tampoco me gusta beber, si no me veo obligado a ello —dijo—. Y poco me importa el dinero; me gusta repartirlo a mi alrededor cuando encuentro a un compañero agradable. En cambio, soy un hombre que quiere aprender, al igual que tú. Como ves, soy comerciante y me veo obligado a hacer largos viajes. No cuento con muchas amistades en esta ciudad, y en las tabernas y posadas sólo encuentro a borrachos jactanciosos. Por ello no te sientas molesto si utilizo medios como éste, para atraer hacia mí a hombres de los cuales espero obtener información útil.

Me invitó a sentarme y me ofreció dulces como si hubiera sido un niño. Hablando animada y agradablemente, me preguntó sobre las posibilidades de un vendedor de objetos decorativos en Basilea, sobre las tarifas aduaneras y sobre muchas cosas más de las que yo no tenía idea alguna.

—Soy un escribano, no un comerciante —dije.

—Si pronto vas a viajar a Constantinopla con tu señor —me respondió—, es útil recordar también informaciones de este tipo. No hay mucha gente que haga un viaje tan largo.

Con amargura, le contesté que nuestro viaje a Constantinopla parecía aplazarse hasta el infinito. Asintió con la cabeza, se puso serio y dijo:

—Sí, sí, he oído tales rumores. El concilio ha secado las mejores fuentes de ingresos del Papa, al prohibir los pagos por los nombramientos a diferentes puestos. Lo que aún queda por pagar debe liquidarse en Basilea y no en Roma. Además, el concilio ha decidido que, para los puestos que queden vacantes, sus propios miembros tendrán el privilegio, así que ni de ellos puede esperar el Papa obtener ingresos complementarios. Entonces, ¿cómo podrá pagar las negociaciones sobre la unión? ¡Si no hay lugar donde le dejen dinero prestado para preparar las cuatro galeras pesadas y para enrolar a los trescientos arqueros que protejan a Constantinopla! Ya sabes que ésa es la primera condición del emperador de Bizancio, antes de que se atreva a emprender el viaje. ¿Y, qué van a costar las negociaciones en sí? Cantidades de dinero que asustan a cualquier banquero un poco razonable.

Le conté que, en Aviñón, los embajadores de la mayoría se habían encontrado con las mismas dificultades.

—Pero parece que ya no se puede creer en casi nada —dije—, si el dinero puede hacer naufragar una causa tan grande y tan buena.

Sonrió y observó:

—Ya se ve que todavía no conoces mucho el mundo. En nuestros tiempos, es el dinero lo que más importa. Pero, a fin de demostrar mi confianza hacia ti y para que tú también confíes en mí, te puedo contar que he oído, de fuente fidedigna, que, a pesar de todo, el Papa obtendrá prestado desde Florencia el dinero que necesita para comenzar. La operación se llevará a cabo en secreto, y el Papa se comprometerá a trasladar las negociaciones más tarde o más temprano a dicha ciudad, para que la república pueda recobrar el dinero prestado, aunque, para calmar los ánimos, es necesario empezar las conversaciones en alguna otra ciudad italiana más imparcial.

Lleno de alegría, exclamé:

—¡Benditas noticias! ¡Por fin podremos emprender el viaje! Pero el rostro del hombre se puso sombrío, y me dijo:

—Me parece que aquí nadie tiene una idea correcta de la imposibilidad de todo este asunto. Soy un hombre que ha viajado mucho por el mundo. Conozco Constantinopla y sé bastante de los asuntos de los turcos porque he tenido que comerciar con ellos. A decir verdad, me horroriza con qué poca preparación y con cuánta ignorancia se envía a vuestra embajada a un peligroso viaje. Una sincera preocupación por el bien de la cristiandad me hace pensar que alguien debería prevenirles. Mira: la unión entre las Iglesias griega y católica es simplemente imposible y nunca podrá hacerse realidad. El comenzar una empresa descabellada sólo llevará al Papa a malgastar su dinero, expondrá a los embajadores a unos peligros insospechados y destruirá definitivamente la autoridad del Papa a los ojos de los países europeos cuando fracase el intento.

—¿Cómo puede hablar así?— le pregunté, disgustado.

—No conocéis a la Iglesia griega —respondió con tono de seguridad—. Ella se considera como la única heredera ortodoxa de la fe cristiana. Como un solo hombre, los habitantes religiosamente fanáticos de Constantinopla, bajo la dirección de los piadosos monjes, se levantarían en contra del emperador y del patriarca si en las negociaciones se regatease una sola letra del texto de su credo o de sus tradiciones. Por lo tanto, en caso de que se lograse empezar las conversaciones, éstas sólo llevarían a unas inútiles argumentaciones, porque ninguna de las partes estaría dispuesta a ceder. El emperador y el patriarca no pueden regatear por cuenta de su pueblo. Por otra parte, el Papa y los obispos no quieren ceder, porque, desde el punto de vista del pontífice, su reconocimiento como jefe de ambas Iglesias es el único objetivo de las negociaciones.

Me miró con fijeza y continuó diciendo:

—Créeme. Cada una de mis palabras es verdad. Como hombre sensato, tú mismo ya te has percatado de que en el concilio de Basilea sólo se ha discutido de dinero. Y es por el dinero por lo que el Papa quiere seguir estas conversaciones, esperando que la rica Iglesia oriental le proporcione inmensos ingresos suplementarios. En realidad, nadie piensa en la fe ni en la gloria, salvo los estúpidos sabios y teólogos, a los que se ha hecho mensajeros de sus superiores. Ésta es la única verdad sobre todo el asunto.

Triste, sacudió la cabeza esperando mis protestas. Como yo me callaba, continuó:

—Los apuros en que se encuentra el emperador de Bizancio le llevan a probar este último remedio. Pero el pacífico rey de los turcos, Murad, y su prudente visir mayor han dejado bien claro que, en cuanto a Bizancio, se contentan con las conquistas obtenidas hasta ahora. Con mucho gusto permitirán que Bizancio conserve la posición que tiene ahora, ya que el imperio, en la debilitada situación en que se encuentra, no representa peligro para el reino otomano, ya bastante ampliado y fuerte. Pero, forzosamente, el sultán debe considerar como acto hostil el comienzo de unas negociaciones con los países occidentales. ¿Crees que se quedaría a esperar el resultado de estas negociaciones y a la organización de una posible cruzada? Aunque, conociendo la población griega de Constantinopla, considerase como imposible la unión de ambas Iglesias, debe tener en cuenta el latente peligro. Bizancio estará perdido si, una vez se ausente el emperador para irse a Italia, el sultán concentra sus tropas contra Constantinopla y la conquista. Por esa razón el emperador y el patriarca, a la hora de la verdad, no se atreven a abandonar su país y a empezar negociaciones que no aprueban ni su propio pueblo ni los turcos. Como comprenderás, su sola existencia depende de una paz duradera con los turcos.

Se calló y quedó mirándome con expectación.

—¿Por qué me explica todo esto? —pregunté.

Abrió las manos, se encogió de hombros y me respondió:

—Si piensan emprender un viaje tan largo, creo que lo mejor que pueden hacer es partir con los ojos abiertos y sabiendo de qué se trata. Ello sería también bueno para tu señor y para aquellos dos obispos, que van a sacrificar su comodidad y harán peligrar sus puestos e incluso sus vidas por una causa perdida ya de antemano. ¿No sería mejor para todas las partes abandonar una idea sin esperanzas y devolver la concordia dentro de la Iglesia?

—De verdad, es usted un hombre desinteresado y sincero, al pensar así en lo que sería lo mejor para nosotros —dije—. Pero yo sería muy estúpido si me imaginara que el Papa y los cardenales no saben ya todo esto. Estoy seguro de que el emperador de Bizancio y el patriarca conocen a su pueblo mejor que nosotros. Además, los turcos ya habrían conquistado Constantinopla hace tiempo, si hubieran podido. Voluntad no les falta, ya que el sultán Murad la asedió en vano hace algunos años. Aun en su estado de pobreza y debilidad, aquella admirable ciudad pudo rechazar los ataques de los infieles. El intento les costó caro a los turcos y no creo que lo olviden fácilmente.

Medité lo mejor que pude y continué diciendo:

—Quizá la idea sea imposible. Quizá sólo desemboque en negociaciones inútiles y la unión no se haga nunca realidad. Quizás el Papa haya utilizado todo este asunto de la unión y de su sede tan sólo para ganar para su causa a los hombres de buena fe y para hendir una cuña que divida al Santo Concilio que, si hubiese sido unánime, le habría destituido de su posición como cabeza de la Iglesia y le habría sometido a sus decisiones. Quizá sea verdad el que se hayan convertido en meros mensajeros a un estúpido sabio y a unos piadosos obispos para llevar a cabo una gestión inútil, pero para ser tan sincero y honesto con usted como usted lo ha sido conmigo, le puedo confesar desde ahora mismo una cosa: a mí, todo este asunto no me importa en lo más mínimo. Se logre la unión o no se logre, yo tendré la oportunidad de viajar a Constantinopla y conocer la civilización griega. Ése es el único objetivo que busco por mi propio interés.

—¡Sí que eres un joven impío, al hablar de una manera tan descarada! Dios te castigará y te convertirás en esclavo de los turcos, defendiendo una causa que traerá la desgracia a todos los interesados sólo para satisfacer tus propios caprichos.

—No finja —le respondí—. Prefiero que sea igualmente sincero y me confiese por cuenta de quién me habla y qué es lo que quiere de mí.

Se apaciguó como una oveja e insistió:

—Como ves, sólo soy un tranquilo comerciante. La base de todo comercio fructífero es la paz. Por ello es fácil de comprender que desee saber cosas e intente prevenir a la gente de los conflictos que puedan interferir en mis negocios. A ti no te he preguntado nada que no supiera cualquiera. Tampoco te he descubierto nada de lo que no estuviera enterado cualquier hombre interesado en la política. No se me puede acusar de nada malo y llevo conmigo un salvoconducto comprado con dinero auténtico.

—Pero —continuó con énfasis y mirándome seriamente— servirías de una hermosa manera la causa de la paz, si presentaras mi mensaje a tu señor, el doctor Cusano, como una prevención muy seria, y le pidieras que lo tratase con los demás miembros de la embajada antes de empezar un viaje cuyo final desconocen. Y, otra advertencia: al viaje a Constantinopla no le faltan peligros aunque se vaya en un convoy de cuatro fuertes galeras. Aunque los caballeros de Rodas y los barcos de guerra venecianos protejan las rutas, los piratas tienen sus trucos. Incluso se podría pensar en la posibilidad de que el sultán enviara a los piratas catalanes, que viven bajo su protección, a acechar expresamente a vuestra embajada, a fin de cortar desde el principio el intento de lograr la unión.

—Comprendo su buena disposición —respondí—. Quizá pueda hablar de estas cosas con el doctor Cusano.

Se alegró y tomó su bolsa de dinero.

—Claro está, te pagaré por tus molestias —dijo—. Adviértele, demuéstrale la imposibilidad de la unión, pregúntale si de verdad quiere que los turcos empiecen una guerra y destruyan Bizancio, amenázale con los peligros de la mar y de los piratas, y no tendrás que arrepentirte.

Empezó a contar las monedas, formando pequeñas pilas ante sí y mirándome intencionadamente. Sacudí la cabeza.

—A mí no se me soborna —dije—. No me emborracho. Ninguna mujer me ha seducido todavía. Si hago lo que usted me pide es sólo porque me parece justo que mi señor sepa lo que va a hacer. Sin embargo, no hay advertencia que pueda impedir ya que ocurra lo que tiene que ocurrir. Pero si alguna vez alguien me quisiera tentar, si de verdad se intentase seducirme, entonces quizás algún amigo de usted podría ofrecerme como regalo en Constantinopla el manuscrito de *La Ilíada*. En ese caso, seguramente me lo pensaría varias veces antes de rechazar un regalo tan valioso.

—Cada uno tiene su locura —respondió—, pero tú sí que estás loco si pierdes tu juventud y la vista de tus ojos deletreando viejas escrituras. Tienes madera para más.

—¿Qué es más? —pregunté.

Abrió las manos, pero no supo contestar. El mismo día le conté al doctor Cusano todo lo relativo a aquel sospechoso encuentro y el aviso que se nos había dado. Inesperadamente, no se asustó, sino que se alegró y dijo:

—Éstas son buenas noticias. Si hasta hoy he dudado en mi corazón del éxito de la unión y me he preocupado por todos los contratiempos que va a encontrar, ahora la esperanza se despierta en mí de nuevo. Venga la advertencia de donde venga, demuestra que los que se oponen a la unión están seriamente preocupados. Si incluso ellos piensan que lograr la unión está dentro de lo posible, nosotros, que la queremos fomentar, podemos esperar lo mejor.

Un par de días más tarde, cuando regresábamos de la iglesia de oír la misa vespertina, en el crepúsculo y entre la multitud alguien intentó clavarme un cuchillo en el costado. Noté un golpe en las costillas, pero no fue hasta después de que hubimos podido dejar atrás a la muchedumbre, al tentar con la mano mi chaqueta, que noté un corte en la tela y, en la tapa de piel del libro que llevaba debajo, una fea raya que había dejado evidentemente un afilado cuchillo. Enseñé la huella al doctor Cusano, y lo primero que hizo fue reprocharme por haber llevado a la iglesia un libro terrenal para leerlo durante la misa. Pero incluso él tuvo que reconocer que mi mala acción me había traído suerte, ya que, si el cuchillo no hubiera tropezado con el libro, me hubieran podido herir de gravedad.

—¿No es ésta también una señal de la irracionalidad de todo lo existente? —le pregunté—. Lo malo recibe un premio, pero lo bueno es castigado.

Me contestó que, como filósofo, no podía creer que ni la providencia ni el diablo se entrometiesen de forma tan concreta en el curso de los acontecimientos como creía la gente inculta. Como tampoco podía demostrar que, por una rara coincidencia, lo que ocurría fuese razonable.

—En la inmensa variedad de lo que ocurre —dijo—, hay sitio para coincidencias todavía más extrañas, pero si intentas relacionar a la providencia con el pago que acabas de recibir por el endurecimiento de tu corazón, eres tan inculto como la vieja que echa la culpa al diablo cuando el gato le vuelca el cántaro de leche que tenía encima de la mesa. No podemos obtener un conocimiento cierto mediante experiencias como ésta, por muchas coincidencias que tuviéramos en que apoyarnos.

Yo le argumenté que él, como escéptico, era peor que yo, que me había llevado un libro pagano a la iglesia para incrementar mis conocimientos. A lo que me respondió:

—Muchas veces me has hablado de la sabiduría, de la incondicionalidad y de la verdad, y no he querido contradecirte porque eres joven y no deseo desanimarte en tus sinceros esfuerzos. Pero aquí, en Bolonia, metido en una red de extrañas intrigas y de inseguridad, he alcanzado, por fin, en mi interior, la incondicional seguridad de que a nosotros, los humanos, no nos está permitido tener conocimiento absoluto sobre nada.

Me quedé atónito y le pregunté cómo podía demostrar una conclusión tan desconsoladora. Apoyó las yemas de los dedos en sus sienes para concentrarse entre el bullicio de la calle y me dijo:

—Observando las criaturas de la naturaleza, he llegado a la conclusión de que, al igual que cada criatura de Dios intenta realizar lo que su propia naturaleza le exige, de la misma forma ha recibido los medios para alcanzar su meta. El ansia más íntima de los humanos es alcanzar la sabiduría y la comprensión; por lo tanto, podemos suponer que también ha recibido las facultades para llegar a ellas. Pero si investigamos la esencia de la sabiduría humana, pronto nos damos cuenta de que todo conocimiento nace de la comparación de lo ya sabido con lo desconocido. Por este camino podemos llegar lejos, pero nunca alcanzaremos lo infinito. El hombre no puede alcanzar la absoluta verdad, ni el conocimiento absoluto. Lo comprenderás mejor si defino a Dios como la verdad absoluta. Nunca podremos entender la esencia de Dios. En consecuencia, todas nuestras verdades quedarán limitadas para siempre, y en proporción con lo que ya sabemos. La absoluta verdad es infinita como lo es Dios, y por ello no la podemos entender.

»Tú no comprendes esto —añadió— porque estás acostumbrado a mirar todo lo que hay a tu alrededor como seres tangibles. Sin embargo, mis estudios de matemáticas me han llevado a comprender que el único conocimiento definitivo que el hombre puede alcanzar es la comprensión de que el definitivo conocimiento no es alcanzable para él porque, si así fuera, él mismo se convertiría en Dios. A esto lo llamo la ignorancia sabia como contraste de la ignorancia ignorante, ya que nos ofrece la única base firme en que podemos fundar nuestro pensamiento razonable, sin caer en fantasías.

—¿Y los sabios de Grecia? —pregunté—. ¿Y todos los grandes filósofos? ¿Sabe usted más que ellos?

Humildemente, respondió:

—De ninguna manera me imagino más sabio que cualquier otra persona, sino que confieso mi ignorancia. Pero una meditación detenida y lógica demuestra que todo cuanto rebasa lo que acabo de decir y se presenta con los requerimientos del conocimiento, son sólo fantasías, imaginaciones y suposiciones sin demostrar. Esta afirmación la mantengo rotundamente, porque he llegado a ella con grandes esfuerzos y tras haber pensado mucho. Te lo explico con una alegoría matemática: ¿puede una recta ser una curva?

—No —contesté—. La curva es lo contrario de la recta.

—Exactamente —dijo, alegrándose—. Pero piensa en una recta que toque tangencialmente a un círculo, e imagínate que este círculo es infinitamente grande. Entonces, la recta que lo toca, la tangente, se une forzosamente a él. En el mundo de lo infinito, los contrastes se encuentran y la recta y la curva son iguales. Después imagina que en el círculo, y tocándolo por dentro, se dibuja un polígono. Por muy pequeño que dibujemos sus lados, nunca podrá unirse a la circunferencia. La cuadratura del círculo es imposible. Pero si nos imaginamos que el número de ángulos del polígono crece hasta el infinito, entonces, en partículas minúsculas, se unirá a la circunferencia. Ésta es la única solución a la cuadratura del círculo. Asimismo, en lo infinitamente pequeño los contrastes se encuentran y se convierten en iguales. En consecuencia, encontramos a Dios tanto en lo infinitamente pequeño como en lo infinitamente grande. Pero en el mundo de la existencia y de los acontecimientos, el denominador común para todo es la finitud y la posibilidad de medición. Así, también el conocimiento humano se caracteriza por su limitabilidad. Sólo podemos decir y comprender los fenómenos en su relación con otros fenómenos finitos. Nada podemos comprender sobre su relación con lo infinitamente grande y con lo infinitamente pequeño. Por eso Dios tuvo que venir al mundo en forma de hombre. En Jesucristo se igualaron el hombre y Dios, lo finito y lo infinito.

—En el transcurso de mis viajes me enseñaron —dije— que Dios es tan grande y tan pequeño como el hombre. Yo creía como única verdad incondicional que Dios está en mi corazón. Si es verdad lo que usted dice, estoy inclinado a creer que en el ser humano se unen lo finito y lo infinito.

Mis palabras hirieron al doctor Nicolás.

—¡Esto son fantasías, imaginaciones, misticismos y herejías! —exclamó, excitándose—. El solo hecho de pensar es ya la demostración de la existencia del pecado original en el hombre. El pecado original no es, de ninguna de las maneras, la ciega obediencia a los bajos instintos carnales. Como sabes, los santos y los ascetas, incluso monjes sin educación, han demostrado que el hombre puede rechazar las tentaciones carnales. Tampoco puede ser el pecado original una debilidad derivada de las limitaciones del hombre, como lo son el orgullo, la vanidad, la envidia y la malevolencia, sino que mi meditación demuestra que el único pecado original del hombre es la falsa idea de que pueda alcanzar la absoluta verdad y el absoluto conocimiento. Esto es lo que yo entiendo como el pecado original, pero no puedo desarrollar más este pensamiento hasta que sea capaz de armonizarlo con la doctrina de la Iglesia y, por consiguiente, hasta que haya aclarado por completo, en mi fuero interno, la cuestión sobre la limitación del conocimiento.

Me exhortó a que ejerciera mi capacidad meditativa sobre la esencia de lo infinito, dado que no era nada fácil comprenderlo, sino que requería unos profundos ejercicios de meditación. El llevar el pensamiento a lo infinitamente pequeño y a lo infinitamente grande era sólo una alegoría, ya que de ambos conceptos había que eliminar todavía la idea de la grandeza y de la pequeñez, que pertenecían al mundo de lo finito. Lo infinito era Dios y, al igual que a lo infinito, tampoco a Dios se le podía atribuir un adjetivo de grandeza o de pequeñez. Además, no se podía pensar que lo infinito era existente ni que fuera inexistente, porque lo existente y lo inexistente lo relacionaríamos con el mundo de lo finito. Por todo ello, uno se podía acercar a lo infinito en los pensamientos y en la razón lógica mediante alegorías, pero la inteligencia humana jamás lo podría alcanzar ni captar.

Le había escuchado con tal ansia de comprensión, que había olvidado por completo que un cuchillo había querido herir mi costado. No fue hasta llegar al patio que volví a acordarme y le dije:

—Probablemente, nunca sabré quién me quiso herir y por qué, pero me entristece la idea de que un pequeño y limitado trozo de hierro pudiera, en un instante, dejar mi cuerpo sin vida y apagar mis pensamientos para siempre. Por ello, seamos prudentes en nuestra propia y limitada manera y evitemos la muerte, aunque la verdad de la muerte sólo sea relativa en comparación con todas las demás verdades limitadas.

Al día siguiente, el arzobispo de Tarento llegó a caballo al patio del palacio que ocupaba el Papa. Saltó de los lomos de su poderosa montura, produciendo ruido de armadura bajo su capa y tintineo de espuelas, y entró a paso de soldado. Con él, volvieron la voluntad y la decisión. Por fin, el Papa sancionó con su firma el decreto de la minoría, y Dishypatus accedió a que se fijase la sede definitiva de la reunión una vez el emperador de Bizancio y el patriarca hubieran llegado al puerto italiano de su elección. Aquel sombrío y melancólico sabio griego estaba tan angustiado por todas las demoras como nosotros. Ya no se podía dudar. En cuanto vio que el Papa aprobaba a la minoría, él reconoció asimismo por escrito y en nombre de su emperador y de su patriarca, como delegado suyo, que consideraba como el auténtico concilio a los presidentes nombrados por el Papa y a los obispos que se habían puesto de su parte. Hasta se atrevió a asegurar que el emperador y el patriarca emprenderían el viaje hacia Italia dentro de un mes a partir de la llegada a Constantinopla de los representantes del concilio legalizados por el Papa. Envió de antemano a Venecia a su primo, el arzobispo Condolmieri, para que alquilase allí las galeras de guerra previstas en el contrato, y le nombró comandante de las mismas. En Constantinopla, la embajada debía llevar a cabo las negociaciones en concordia con su delegado, Juan de Ragusa, y como refuerzo de la embajada envió con nosotros a dos obispos.

Incluso yo pude ver al Papa en el solemne acto de despedida. Por ello debía sentirme más agradecido al arzobispo de Tarento que al modesto doctor Nicolás. El arzobispo no se había olvidado de mí. Todo lo contrario, por su comportamiento y benevolencia comprendí que me consideraba como uno de los más fieles partidarios del Papa. Hasta llegó a insinuarme la posibilidad de obtener una prebenda razonable, que podría recibir, como excepción de las normas, después de regresar de Constantinopla. Yo le dije que no pensaba dedicarme a servir a la Iglesia, sino que me contentaba con estudiar a los poetas, porque mis conversaciones con el doctor Cusano me habían demostrado sobradamente que no servía como filósofo. Pero el arzobispo me contestó que ello no era ningún impedimento. Podría disfrutar de los ingresos de alguna sencilla parroquia y contratar a un vicario coadjutor para que se hiciera cargo de ella, a pesar de que yo no recibiera la tonsura. Supongo que me consideró algo raro e incluso un poco loco cuando le dije que no quería comprometerme a nada.

La bendición del Papa no me emocionó mucho, aunque tuve el honor de besarle una zapatilla. Le estuve observando atentamente mientras hablaba a la embajada. Era un hombre de bellas facciones, delgado y sombrío, y de ninguna manera un orador hábil y convincente como lo era el cardenal Cesarini. Yo sabía que era hijo de un comerciante nuevo rico de Venecia que, obedeciendo el mandamiento de Cristo, había repartido su herencia entre los pobres y se había convertido en monje. Junto con otro monje que mantenía los mismos principios, y después de que un pariente de éste fuera elevado al rango de Papa, él había sido destinado al servicio de la Curia. El motivo por el cual se le había elegido precisamente a él como Papa en el cónclave de cardenales, no se podía explicar de otra forma que porque éstos lo consideraban fácilmente influible. No había estudiado teología ni Derecho canónico y no le interesaba la literatura; sólo obedecía las duras reglas religiosas de su orden y, éticamente, era irreprochable. Desde el principio se había visto en conflictos con el concilio, conflictos que, a lo largo de los años, se habían convertido en un abismo que dividía a la Iglesia. Los habitantes de Roma se habían rebelado contra él y habían reinstaurado la república, por cuyo motivo había tenido que huir por el río Tíber en una barca de pescadores, acompañado de un solo sirviente fiel. Únicamente una racha de viento que se levantó de golpe le había salvado de las lanzas y de las flechas cuando estaba tumbado en el fondo de la embarcación, protegido por un escudo. Se había visto envuelto en guerras con los príncipes italianos. Según toda lógica humana, debía haberse sometido y buscado apoyo en el concilio. En vez de ello, con toda tozudez y descaro, había dividido al concilio con la cuestión de la unión, y la mayoría se había rebelado abiertamente contra él.

Por todos estos motivos observaba yo a aquel severo

hombre con una mezcla de horror y de curiosidad. No podía dudar de su voluntad de seguir a Cristo y, al mirarle, no podía acusarle de ambición personal. Por el contrario, me convencí de que no buscaba su propia gloria, sino que creía ciegamente que luchaba por la herencia de San Pedro, para la restitución del poder al trono del apóstol, y para el bien de la Iglesia y el de sus sucesores. Había nacido en tiempos sombríos y tristes, tiempos de la escisión definitiva, a los que muchos consideraban como la señal del fin del mundo. La amargura, los desengaños y el ayuno le habían dejado surcos en el rostro. Era la cabeza de la Iglesia, y el cuerpo no podía vivir sin la cabeza. Pero no pude entender por qué se le confiaron, precisamente a él, las llaves del reino de los cielos. Él creía tener la razón, pero la mayoría del concilio, seguramente, también creía tenerla, y los abusos, la avaricia y la vida impía de la Iglesia visible hacían comprensible la convicción de la mayoría.

Habló de la importancia que tenía la misión de la embajada, prohibió a sus miembros expresar en Constantinopla opinión alguna sobre las cuestiones en disputa entre las Iglesias oriental y occidental para cuya reconciliación se convocaba la asamblea de la unión, les prohibió entrar en discusiones y les autorizó para amenazar con la excomunión a los embajadores de la mayoría del concilio, caso de que intentasen persuadir al emperador de Bizancio y al patriarca a que rechazasen la invitación presentada por la minoría y aprobada por el Papa. Sin entrar en discusiones dogmáticas, debían intentar hacer amistad con los sabios de la Iglesia ortodoxa y recoger material que pudiera servir para la causa de la Iglesia católica en las futuras conversaciones sobre cuestiones religiosas. Sin embargo, todo esto debía quedar en segundo lugar. Lo que importaba era no olvidarse ni por un momento de que la única y primera misión era lograr que el emperador y el patriarca, con sus respectivos séquitos, viajasen lo más pronto posible a Italia. El resto se podía solucionar en el transcurso de las conversaciones.

—Háganles comprender nuestra fe y confianza incondicionales —dijo— en que el hecho de alcanzar la unión despertará a la cristiandad y la unirá después de la división. Gracias a ello, el peligro que amenaza a Constantinopla por parte de los turcos despertará las conciencias de los príncipes y encenderá en ellos la misma llama sagrada de entusiasmo que llevó a los países de occidente a las cruzadas, para recuperar el Santo Sepulcro. Si las noticias de nuestras guerras y disputas les hacen dudar, disminúyanlas y quítenles importancia con sus palabras.

Pero todos estos consejos y recomendaciones los pronunció secamente y sin entusiasmo, como si estuviese cumpliendo un desagradable deber. Eludía las multitudes y la compañía de la gente, por lo que le molestaba esta forzosa aparición en público. La severa soledad de la celda monacal había dejado huella en él. El arzobispo de Tarento, vestido con todo el lujo que correspondía a su nuevo rango de cardenal, se mantuvo de pie, en posición firme como una roca; su cabeza parecía hecha de hierro. Yo sospechaba que pensaba para sus adentros lo diferente que todo hubiera sido si el Papa y jefe de la Iglesia hubiera sido él. Esta idea me hizo respetar más al papa Eugenio como hombre, precisamente porque le faltaba esa firmeza de roca. En su corazón, tenía que luchar por cada decisión que tomaba y debía estar siempre inseguro de la justicia de lo que decidía. Por eso yo tenía más confianza en sus decisiones.

En el patio, cuando cargaba a los lomos del caballo las pertenencias del doctor Cusano, la muchacha italiana de ojos negros se me acercó. Me sonrió y tocó intencionadamente el desgarro que tenía en mi chaqueta y que yo mismo había remendado.

—¡Fuera de aquí! —le dije.

Se le encendieron los ojos. Apretó los labios hasta que se quedaron blancos, y el odio la hizo fea.

—Sabes leer libros, escribano Juan —dijo—, pero nada sabes de la vida. Este roto en tu traje debería enseñarte a ser más cortés con las mujeres y a no ofenderlas sin motivo. Sufrirás por tu brusquedad y por tu falta de modales.

—No te preocupes, jovencita, ya tengo bastante sufrimiento con la sabiduría, aunque tú no lo entiendas —respondí. Pero luego me invadió la curiosidad y le pregunté—: ¿Fuiste tú quien me quiso herir con el cuchillo?

Soltó una carcajada y me dio un empujón con la mano.
—Los hombres son bobos —dijo—. Salías de la misa vespertina con los ojos tan fríos y la cabeza tan erguida, que ni siquiera me viste entre la gente, paseando con un tonto que busca mis favores. Por capricho, le prometí un beso si te clavaba el cuchillo en un costado. Lo hizo sin titubear y se ganó el beso, a pesar de que no pudo herirte. Y no sé cuál de los dos es más tonto, él o tú.

—¡Y tienes la desfachatez de confesármelo! —exclamé, pensando cómo podía castigarla. En el patio se oía el ruido de los cascos de los caballos, los hombres armados ya estaban montando, y me invadía la alegría de partir. La abracé y la besé en la boca todo lo bien que supe. Ella cerró los ojos y, entre mis brazos, palideció. Luego, de repente, se soltó, me escupió y me pegó en la cara, rompió a llorar y se alejó corriendo.

Mi venganza no me produjo alegría. Todo lo contrario, me puso triste. Al salir a caballo de la ciudad estuve pensando que, realmente, no sabía mucho de la vida. Sin embargo, me rebelé pensando: «No quiero turbar mi cabeza y la claridad de mis pensamientos con la embriaguez de la tierra y de los sentidos. Quizá sea tierra, pero el brillo de los pensamientos en mí no puede ser sólo tierra».

También el doctor Cusano cabalgaba cabizbajo y ensimismado en sus pensamientos. Teníamos ante nosotros un largo viaje. Pensaba que él estaba rezando para sus adentros, considerando todas las dificultades del viaje y los contratiempos que nos esperaban. Pero cuando, por fin, levantó su redonda cabeza y sus inquietos ojos de niño para mirarme, dijo:

—La verdad es simple. Debe ser lo más simple del mundo. Entre la diversidad de todo lo existente y en la impenetrable red de mil nudos del pensamiento humano, forzosamente la definitiva verdad ha de ser tan simple que puedas encontrarla y verla en el destello de un solo instante. ¿Para qué molestarse, cuando los pensamientos de los más sabios y todos los libros que he leído sólo forman un muro a mi alrededor y me separan de la verdad más simple?

—La única verdad es la muerte —le contesté—. Esto lo comprendí ya cuando, en mis andanzas, me desperté al lado de un cementerio con el canto de un ruiseñor. Creo que la vida es como ese canto, igualmente desprovista de razón y de propósito.

Suspiró y me respondió:

—Así pensaban ya los discípulos de Zenón y de Epicuro, y no hay doctrina más triste. Por esto la palabra tuvo que hacerse hombre, para que pudiésemos ganar la vida eterna. Para un hombre que piensa, el umbral de la fe es alto, pero no inalcanzable. Y a un hombre razonable no le conviene gritar solamente: ¡creo porque es irracional! Para los judíos, la verdad es el pecado, para los griegos, la locura; pero, a pesar de todo, la verdad es tan simple que un niño la podría entender.

—¿Por qué se lo sigue asegurando a sí mismo tan insistentemente? —le pregunté—. Si creyese, no necesitaría tantas seguridades para armonizar su fe con los requerimientos de su razón y de su inteligencia. Doctor Nicolás, en su corazón usted es un escéptico. Por ello no me puede acusar o condenar si busco otra verdad que la de usted.

El Cusano exclamó:

—¡Soy un escéptico, soy apóstata de mi juventud, estoy sirviendo a una causa en la que no creo! Pero, ¡Dios, Dios!, si me diste el don de pensar, quisiste que lo usase también. ¡Déjame ver la luz de tu verdad! Aunque sea una vez, una sola vez en mi vida, me contentaría.

—Que sea el Papa la cabeza de la Iglesia —dije, intentando consolarle—. Y que sea usted la angustiada y escéptica conciencia de la Iglesia. Seguramente por esto le enviaron a usted a llevar a cabo la misión más grande de nuestro tiempo, a reconciliar el oriente y el occidente. Pero todo el mundo le pega en la cara al reconciliador y al constructor de la paz en estos oscuros tiempos. Por eso le acompaño y le protejo, a fin de satisfacer mi curiosidad de ver cómo cumple su misión.

Pero mientras él rezaba pidiendo una revelación, comprendí que la mía ya la había tenido bajo un árbol, al lado del muro del cementerio, cuando me despertó el canto del ruiseñor.

III

A mediados de agosto pudimos, por fin, salir de Venecia en las galeras de guerra alquiladas con el dinero del Papa. La mayor parte del tiempo el mar estaba en calma y navegábamos a remo a lo largo de las abruptas costas. A la puesta del sol, el mar tomaba un tono púrpura. Para mí, era el mar de Roma y de la Antigüedad. ¡Qué éxtasis me invadió cuando vi a lo lejos las costas de Grecia! Cuando desembarcamos en Patras quería abrazar a cada polvoriento árbol del laurel, a cada pilar roto y resquebrajado. Pero no podía desmentir la verdad. El calor del verano había quemado la tierra hasta darle un color pardo. Los antiguos templos estaban en ruinas. Los barbudos monjes, envueltos en sus negras capas, nos miraban a los latinos con la maldición puesta en sus ojos.

Ya en el barco, los venecianos me habían enseñado que el mar de Grecia era el mar del odio. Los turcos dominaban el Asia Menor en el este y a Bulgaria, Macedonia y Resalia en el oeste. Como último residuo del poder de Bizancio, los hermanos del emperador reinaban como unos déspotas en Morea, discutiendo entre sí e incluso aliándose con los turcos para promover sus ansias de poder. El hermano del emperador, Demetrio, había estado al lado del sultán Murad en el sitio de Constantinopla. Venecia y Génova habían invadido islas y fundado en las mismas puestos de comercio, compitiendo entre sí y odiándose. El déspota de Serbia pagaba impuestos al sultán, al igual que el de Albania. Venecia había invadido las costas de Dalmacia en su guerra contra el emperador de Alemania. Como últimos residuos del imperio latino fundado por los cruzados, algunos descendientes de condes y barones galos intentaban conservar sus islas. Aquí reinaba el odio de todos contra todos. Los cristianos odiaban a los musulmanes y los musulmanes a los cristianos. Los cristianos católicos odiaban a los de la religión griega, y los ortodoxos, a los católicos. Los campesinos pobres odiaban a sus señores y los nobles se odiaban entre sí. Lo mejor que podía hacer un forastero era callarse si no quería ofender a nadie. Éste era el estado actual del imperio de Bizancio, tan poderoso en otros tiempos. Los ladrones de los tiempos del odio y de la división se peleaban entre sí por los restos del imperio. Parecía descabellada la idea de traer la reconciliación en nombre de Jesucristo a un país en el que el hermano del emperador era capaz de usar la ayuda de los infieles contra su propio hermano.

En Patras embarcó el déspota de Morea, Constantino, el mayor de los hermanos vivos del emperador Juan VII. Tenía que pasar revista a los trescientos arqueros que debían contratarse en Creta, que estaba bajo el dominio de Venecia, y luego navegar con nosotros hasta Constantinopla. El emperador pensaba nombrarle su sustituto mientras él viajara a Italia. Durante su ausencia, debía responder de la seguridad de Constantinopla. Se decía que era un buen soldado. Pero entre los venecianos se rumoreaba que había ido de Constantinopla a Morea sin permiso del emperador y que, con la ayuda de los turcos, había intentado desterrar de allí a su hermano.

A mí me resultaba difícil creerlo. Era un hombre hermoso, de unos treinta años, y tenía una rizada barba. En el rostro se veía la misma sombría melancolía que yo ya conocía en la cara de Dishypatus. Producía una impresión de confianza y amabilidad y no era nada orgulloso, a pesar de que pertenecía a la familia imperial. Los nobles y educados griegos de su séquito parecían mucho más aristocráticos que él. No tardé mucho en percatarme de que, a pesar de su formal cortesía, en su fuero interno nos consideraba unos bárbaros. Aun en su pobreza y decadencia, su reino era milenario, y por esta razón consideraba a los príncipes y a los reyes de los países occidentales como unos advenedizos.

Para ganar tiempo, nuestra embajada se dividió en dos partes. Una fue directamente a Constantinopla, para evitar que el grupo que representaba a Aviñón llegase antes que nosotros. El doctor Nicolás y yo seguimos al príncipe Constantino a Creta. Durante el viaje en barco conocí al hombre más próximo al príncipe, el noble y sabio Phrantzes, que le acompañaba como consejero suyo. Me contó que habían sido educados juntos y que eran inseparables.

En modo alguno imaginé que el interés de aquel aristócrata hacia mí fuera una amistad nacida a primera vista. Entendí que lo que quería era sonsacarme la información que le era necesaria sobre los miembros de nuestra embajada, sobre el concilio y sobre la situación en Italia. Me dejó entender que, una vez en Constantinopla, nos encontraríamos con suspicacias y oposición, pero que al menos el príncipe Constantino consideraba como un imperativo político el conseguir la unión, porque sin ella Constantinopla sería destruida más tarde o más temprano. Añadió que personalmente, por motivos de razón y de sentimiento, él era un entusiasta partidario de la unión.

—Veneramos al mismo Cristo —me dijo—. En tiempos civilizados, esto debería prevalecer sobre los prejuicios de los brutos monjes y sobre la guerra de los teólogos acerca de la redacción de los textos sagrados.

Hablaba muy mal el latín, y a mí me sirvió de mucho el que, a petición mía, me fuera traduciendo al griego lo que me iba diciendo, con lo cual, en mis estudios, no tuve que recurrir al vulgar dialecto de los sirvientes y de los cocineros. Él, por su parte, permitió gustoso que le corrigiera las frases que pronunciaba en latín e incluso me lo agradeció.

Su refinado comportamiento y su impecable cortesía me impresionaron mucho.

—Quizás exista la misma diferencia entre la Iglesia romana y la Iglesia griega que entre la lengua latina y la griega —me dijo—. El latín es el idioma de los gobernantes y de los abogados; el griego, el de los poetas y el de los filósofos.

En los países occidentales, los que hicieron desarrollar la Iglesia fueron los eclesiásticos que habían recibido una educación en Derecho romano. En Bizancio, ha crecido con la base de la filosofía de Grecia. Vuestros conocimientos están dominados por la admirablemente estricta razón de Aristóteles, y los nuestros, por la profunda tradición de Platón. Para vosotros, lo más importante es la ley de la Iglesia y para nosotros, el espíritu. Si se logra la unión, nacerá como consecuencia un nuevo y fructífero intercambio entre dos Iglesias similares. Dadnos más orden, y nosotros os daremos un nuevo espíritu.

Sabía de memoria largos fragmentos de poesía griega, empezando por *La Ilíada,* y se tomó la molestia de recitármelos con su hermosa y educada voz. El príncipe Constantino inspeccionaba el barco y su armamento y conversaba sobre las tácticas de las guerras navales con el cardenal Condolmieri y con el capitán veneciano. El doctor Cusano no cesaba de dibujar figuras geométricas en el papel, y por las noches observaba las estrellas. El barco era su propio mundo, pequeño, pero ordenado. Como estábamos rodeados por el mar, quedaba lejos, inalcanzable, lo que ocurría en el tiempo. La paz invadía su mente. Habría deseado que el viaje por mar hubiera continuado indefinidamente.

En Candia, también llamada Creta, había una fortaleza de los venecianos, y su comandante ya había enrolado —en parte procedentes de su propia guarnición y en parte entre los temerarios indígenas de aquella montañosa isla— a los trescientos arqueros previstos en el contrato. Pero el déspota Constantino no se contentó con sólo pasar revista a los hombres formados en filas y contar su número. Les pasó revista a todos y a cada uno de ellos, armamento y equipos incluidos, rechazó a varios a causa de su edad o a su falta de preparación, y requirió que el armamento se completase con las existencias de los venecianos, para que cada soldado dispusiera por lo menos de un casco, de una coraza y de un buen arco. Los eclesiásticos consideraban desproporcionadas esas exigencias, y los venecianos pidieron precios exorbitantes por el armamento. Pero el príncipe Constantino dijo:

—Si los turcos atacan Constantinopla en ausencia del emperador, ningún fallo podrá ser reparado ya, ni con dinero, ni con lloriqueos, ni con rezos. Además, para prevenir desórdenes interiores en la ciudad, estos hombres deben ser soldados adiestrados y acostumbrados a la disciplina. Hace sólo unos años, los pescadores de Constantinopla organizaron una conspiración para conquistar la ciudad por sorpresa y entregarla a los turcos. Tuvimos que desalojar y destruir seiscientas casas, todo un barrio al lado de las murallas del puerto. Yo soy un soldado y no puedo regatear el contrato que el emperador ha firmado con el Papa.

Estas negociaciones nos llevaron algunos días, hasta que los mercenarios pudieron embarcar y seguimos viaje hacia el mar de Grecia, apretados y con un auténtico desorden a bordo. Cada isla que pasábamos estaba consagrada por las poesías y los cuentos de la antigua Grecia. Al acercarnos al estrecho del Helesponto deseé fervientemente que pasáramos por las ruinas de la ciudad de Troya, llamada también Ílion, a fin de poder ver, al menos en la azulada lejanía, la costa detrás de la cual se había erigido Ilion y en cuyas arenas los griegos habían varado sus barcos. El doctor Nicolás estaba interesado en los mapas y me aseguró que en los de Ptolomeo se había señalado el lugar de Ílion. Sentí un gran deseo de poder caminar, con *La Ilíada* en la mano, por los lugares donde habían tenido lugar las batallas inmortalizadas en los poemas. Pero la tierra estaba en manos de los turcos, y los venecianos me aseguraron que éstos mataban inmediatamente a todo cristiano al que hacían prisionero, si no llevaba un séquito armado y un salvoconducto de la cancillería del sultán o de sus gobernadores. Para las cercanías del Helesponto, los turcos no concedían tales salvoconductos, porque en las costas del estrecho tenían sus guarniciones y temían a los espías.

Después de haber pasado la isla de Mitilene, luego denominada Lesbos, se levantó una fuerte tormenta que desvió los barcos de su ruta. Intentamos alcanzar el buen puerto de la isla de Lemnos, pero, aunque llegamos a sotavento de la misma, el viento era tan fuerte que los remos no bastaron para gobernar las pesadas galeras. Tuvimos que navegar con el viento y, una vez hubo amainado, vimos que enfrente de nosotros, como si surgiera del mar, se alzaba un agreste y arbolado monte. En mi vida había visto un paisaje más salvaje e indómito, pero entre las rocas se veían edificios (que luego supe eran monasterios) y cúpulas de iglesias. La tormenta nos había llevado a las cercanías del monte Athos, el monte sagrado de los griegos. Incluso esta santa zona pertenecía ya a los turcos desde que conquistaron Tesalónica, pero los monasterios pagaban impuestos al sultán, y éste había dejado en paz a los mismos y les permitía practicar libremente su religión. Esta zona era tan sagrada que ni los turcos habían osado saquearla. Sólo una vez los piratas catalanes habían atacado a los monjes, atraídos por los tesoros de los monasterios.

Todos estábamos mareados y en un estado lamentable, los esclavos remeros, medio muertos y, además, uno de los navíos hacía agua. Tuvimos que procurar entrar en el puerto, comprar provisiones, renovar el agua de los toneles y reparar los daños sufridos por los barcos. Sólo el mandamiento del príncipe Constantino convenció a los monjes para que nos permitieran echar las anclas en el pequeño puerto de uno de los monasterios.

Me contaron que, durante mil años, no le había sido permitido a ninguna mujer pisar el santo recinto del monasterio. Phrantzes incluso me aseguró que, en el desolado silencio de estos bosques y montes, no se podía encontrar ni un animal hembra. En la biblioteca del monasterio principal había manuscritos que databan de los tiempos de la primera parroquia y de los primeros concilios. Pero los monjes de Athos, o los anacoretas que vivían en los montes, hacía siglos que no buscaban la sabiduría divina en los libros. Aseguraban que, con los ejercicios espirituales que habían desarrollado, llegaban a un contacto directo con Dios y que podían ver la luz divina.

Al doctor Nicolás le invadió una entusiasta excitación cuando se enteró de la existencia de los manuscritos.

—No sería justo que yo, un débil y escéptico hombre, dudara de la providencia de Dios —dijo—. Fue Él quien nos ha llevado a casi naufragar, y nunca he sentido un miedo más horrible, pero tuvo la intención de guiarnos aquí, al lugar más sagrado de la Iglesia griega, y debemos seguir la señal que nos ha dado.

—En el siglo pasado —explicó Phrantzes—, durante los años de la peste negra y de la muerte en general, la teoría palamídica, oriunda del monte Athos, venció a la teología racionalista y liberal del ermitaño Barlaam, y aquélla fue normalizada como la auténtica doctrina de nuestra Iglesia. Barlaam hasta se atrevió a recomendar una unión con la Iglesia occidental. Ésta es la razón por la cual no se puede esperar aquí ningún recibimiento amable.

Sin embargo, la influencia del príncipe Constantino como hermano del emperador y el propio orgullo de los monjes por sus reliquias religiosas y por su biblioteca, venció su natural animadversión hacia nosotros. La conquista de Tesalónica les había chocado también a ellos y se sentían inseguros bajo el dominio de los turcos, a pesar de que, ante mi gran sorpresa, los monjes sirvientes usaban ropas turcas. Seguramente tenían una fe tan firme en la superioridad de su doctrina, consagrada por el tiempo, en comparación con la doctrina occidental, que incluso esperaban poder convertir al Papa y a los embajadores del concilio. Nos enseñaron sus tesoros eclesiásticos, sus sagrados cálices, las pesadas casullas con adornos de oro, perlas y piedras preciosas, y sus iconos milagrosos, ennegrecidos por el humo de las velas. En el monasterio trabajaba toda una escuela de monjes artistas, que pintaban y doraban sus iconos según las minuciosas reglas de hacía siglos. Muchos de ellos eran de maravillosa belleza y causaban una auténtica veneración. Con su venta, el monasterio recibía buenos ingresos.

Ante nuestro asombro e incluso horror, encontramos entre los monjes a dos que sabían latín, que habían abandonado la Iglesia católica y se habían dejado crecer la barba. Con el entusiasmo de los apóstatas, nos hablaron de la ortodoxia de la Iglesia griega. La Iglesia católica había retorcido y añadido a las sagradas escrituras la doctrina de los apóstoles, el Papa era el Anticristo, y la Iglesia occidental una prostituta de Babel. El doctor Nicolás tuvo que usar toda su fuerza de voluntad para no entregarse a una discusión con ellos. Parecía que los monjes interpretaron mal nuestro sumiso silencio y creyeron que con sus argumentaciones nos habían impresionado mucho y nos habían humillado, porque permitieron que el doctor Nicolás pasase jornadas enteras en la biblioteca del monasterio. Allí encontró los textos en griego de los concilios generales sexto, séptimo y octavo, y el escrito de san Basilio contra Eunomio, jefe de una secta arriana. También, para su inmensa alegría, encontró un escrito anteriormente desconocido de Dionisio el Areopagita, porque sobre todos los filósofos apreciaba más las escrituras de aquel sabio griego y discípulo de Pablo, muchas de las cuales se habían divulgado por el occidente en forma de copias y de traducciones.

Le temblaban las manos cuando hojeaba los pergaminos, amarillentos por el paso de los siglos, y de los que la tinta casi había desaparecido. Los monjes habrían preferido enseñarle sus libros de salmos y de los evangelios, cuyas hojas eran pesadas por culpa del oro y de la plata de las letras mayúsculas y de las viñetas con miniatura, y cuyas tapas estaban adornadas con relieves de marfil y de piedras preciosas. No comprendían el sabio entusiasmo de un humanista ante unos libros que tenían tapas de madera, un aspecto insignificante y que estaban gastados por el tiempo. No guardaban los escritos de los filósofos y poetas paganos, aunque suponían que algunos de ellos podían hallarse escondidos en los arcones de la biblioteca. Tampoco disponían de un catálogo completo de sus libros.

El doctor Nicolás logró comprarles copias de los textos de los concilios y de san Basilio, y utilizó el tiempo en compararlas con los originales para asegurarse de su exactitud. Retorcía las manos, suspiraba y faltaba poco para que no se le saltaran las lágrimas cuando pensaba en el poco tiempo que teníamos para dedicarlo a estos tesoros. Sus hallazgos fueron más bien por azar que producidos por una búsqueda sistemática. Eso habría requerido meses, años quizás. Tuvo que valerse de los indiferentes consejos de los encargados de la biblioteca.

No puedo negar que me impresionaron mucho la milenaria sociedad monacal, sus sagradas tradiciones, sus extraños oficios religiosos, el aroma a mirra de las iglesias y el adusto monte Athos. Esta impresión no hizo más que aumentar cuando hicimos una excursión a la ermita de un monje, a fin de conocer los actos de servicio a Dios según los ritos palamitas. En el bosque no se veía a ningún ser viviente, ni se oía el canto de los pájaros. En su ermita, construida con troncos de árbol, el santo monje, cubierto con harapos rígidos por la suciedad, con la barba y el cabello descuidados y desgreñados, parecía, a primera vista, un salvaje. Pero irradiaba una profunda e incondicional paz interior. Nuestra visita no le molestó, porque con sus ejercicios había alcanzado la capacidad de separarse del mundo cuando lo deseaba. A petición del monje que nos acompañaba, se sentó en el suelo, la espalda contra la pared, bajó la barbilla hasta el pecho, elevó la mirada hacia los párpados hasta poner al descubierto el blanco de los ojos en contraste con el oscuro rostro, detuvo la respiración y empezó a repetir en voz baja la frase griega:

—Señor nuestro, Jesucristo, Hijo de Dios, ten piedad de mí.

Su murmullo se fue apagando hasta que no se podía oír, pareció que dejaba de respirar y su cuerpo comenzó a convulsionarse como si estuviera a punto de asfixiarse. Su barba se empapó de babas y entró en trance sin saber nada más de nosotros. Al cabo de cierto tiempo, el monje que nos acompañaba se espabiló y nos preguntó:

—¿Ven el halo de luz a su alrededor?

Ni el doctor Nicolás ni yo lo veíamos y tampoco Phrantzes. El monje se ofendió y dijo que aquello se debía al hecho de que éramos unos infieles. Él mismo veía claramente una débil luz alrededor del cuerpo del ermitaño, sobre todo en la zona del estómago, que era donde se alojaba el alma del ser humano. Nos aseguró que los monjes más santos, cuando entraban en el éxtasis más profundo y al ver con los ojos del alma la misma luz que Cristo en el monte Tabor, relucían como lámparas. Unos ojos agudizados por el ayuno y los ejercicios espirituales podían divisar en las noches oscuras, desde el monasterio, aquel halo de luz alrededor de las ermitas situadas en las lomas de los montes.

No tuvimos tiempo para quedarnos a esperar que el santo ermitaño despertara de su éxtasis. A mí sólo me asustaba verle en aquel estado parecido a la muerte, con el blanco de los ojos brillando en la penumbra de la cabaña. Al regresar, el monje intentó explicarnos lo mejor que pudo por qué, según su opinión, el hombre podía participar en su propio cuerpo de la luz de la iluminación divina. Las diferencias de idioma dificultaban sus explicaciones, y Phrantzes no nos podía ayudar mucho porque no era teólogo. Sería por ello que no comprendimos del todo sus razonamientos. Según lo que yo entendí, dijo:

—La luz de Tabor, la iluminación, significa la energía que irradia de Dios, un eterno movimiento divino que puede atravesar a sus criaturas sin menguar y sin perder nada. Esta irradiación de las fuerzas no creadas sobre los hombres creados, puede hacerles partícipes de las cualidades de aquellas fuerzas. Adiestrando su cuerpo con la meditación y ciertos ejercicios de respiración, el hombre puede experimentar en su propio cuerpo la indestructible, no creada y eternamente radiante energía de Dios y, de esta manera, recibir la luz divina.

Añadió que la iluminación y el llegar al contacto con Dios cuando el alma descansaba en Él, era el placer espiritual y físico más grande que el hombre podía sentir en la Tierra, como presagio de la gloria del cielo. Por ello, los anacoretas abandonaban el mundo alegres y cantando, y rechazaban todo cuanto no fuera imprescindible para mantener vivo el espíritu.

Todos estábamos bastante callados cuando volvimos a los barcos, como si hubiéramos regresado de un mundo extraño a la vida cotidiana y conocida. Tuvimos buen tiempo y un favorable viento de popa, de forma que en pocos días llegamos al estrecho del Helesponto y lo atravesamos con la ayuda de los remos. Los venecianos nos dijeron que en el estrecho había una fuerte corriente y que incluso una galera lo podía pasar con el viento en contra. Iluminado por el sol de septiembre, el mar de Mármara se nos presentó como lleno de brillantes y azules piedras preciosas. Luego, ante nuestros anhelantes ojos se alzaron la impresionante cúpula de la basílica de Santa Sofía y, al otro lado del puerto, la torre Galatea. Las invencibles murallas, con sus torreones, se levantaron del mar. Vimos los muros del viejo palacio imperial y del hipódromo en el acantilado y, con las banderas del Papa y de Venecia ondeando al viento, remamos hasta el puerto descargando salvas de alegría con los cañones.

Los venecianos dijeron que el puerto de Constantinopla era el mejor del mundo después del de Venecia. Al lado oriental de la bahía, que penetraba un buen trecho tierra adentro, más allá de las murallas, había una ciudad amurallada y gobernada por los genoveses, Pera. Al oeste de ella se hallaba la poderosa Constantinopla, rodeada de murallas y de innumerables torreones por mar y por tierra. Enfrente de Pera, el estrecho del Bósforo llevaba al mar Negro. Al lado oriental de este estrecho había también una pequeña ciudad gobernada por los turcos, que cobraban impuestos a los viajeros que cruzaban el estrecho para ir a Pera o a Constantinopla. De la misma manera, cobraban impuestos a los que atravesaban el Helesponto.

A ambos lados de la bahía del puerto, el agua era tan profunda que hasta el mayor de los buques podía atracar directamente en el muelle. En previsión de un sitio, el puerto se podía cerrar con una descomunal cadena de hierro que flotaba sobre troncos de madera y que podía ser fijada entre torre y torre, desde el lado de la ciudad al de Pera. Ésta era una ciudad completamente latina, aunque allí vivían también comerciantes griegos y judíos y, según me contaron los venecianos, no tenía otro defecto que el hecho de que era una ciudad de Génova y el conde de Milán era su señor. Añadieron que éste mantenía a un representante permanente ante la Puerta del sultán en Adrianópolis y que, en general, tampoco se podía confiar en los genoveses.

Nuestras galeras entraron en el puerto de Constantinopla cerca de la puerta de san Marcos, y me enteré de que este tramo de la orilla y sus casas pertenecían a los venecianos. El jefe de la bailía tenía poder judicial sobre los súbditos de Venecia. Los turcos tenían asimismo su propia zona para ejercer el comercio, allí podían también practicar su religión, y al emperador de Bizancio no le estaba permitido entrometerse en los asuntos de los turcos. No fue hasta este instante que me enteré de que el emperador de Bizancio pagaba impuestos a los turcos por su propia ciudad. Los venecianos hablaban incluso de diez mil ducados al año. Todos los pueblos, idiomas y colores de piel se mezclaban en este bullicioso y rico puerto, y el comercio unía, independientemente de los credos, a los griegos y a los latinos, a los turcos y a los armenios. Pero, según los venecianos, el dinero era intolerablemente caro en Constantinopla. La Iglesia griega permitía cobrar intereses por los préstamos, un diez por ciento al mes, aunque la Iglesia católica lo prohibía, de manera que los comerciantes los tenían que contabilizar en forma de ingresos en especie.

Desde su alojamiento, vinieron a recibirnos los obispos que se nos habían adelantado en el viaje, y con ellos estaban Dishypatus y el embajador del concilio, Juan de Ragusa. Abrazaron al doctor Cusano como si hubiera sido un hermano suyo perdido durante largo tiempo, enseñaron entusiasmados los barcos que ya se estaban preparando para el emperador Juan y el patriarca José, y aseguraron que las cosas no podían estar mejor de lo que estaban. Por parte del emperador y del patriarca sólo habían recibido desbordante amabilidad y comprensión. Incluso la población griega ortodoxa los veía con buenos ojos, porque se había difundido en la ciudad la idea de que la Iglesia católica quería corregir su herejía y ya no podía vivir sin la ayuda de la Iglesia ortodoxa. Juan de Ragusa no podía describir su indignación con palabras lo suficientemente duras, porque el concilio no le había hecho llegar información sobre el desarrollo de los acontecimientos. Era evidente que había descargado ya su ira innumerables veces sobre los embajadores que habían llegado antes, pero con el mismo fervor seguía explicando al doctor Nicolás las humillaciones que había sufrido.

—¡Me dejaron solo para que los griegos se burlasen de mí! —gritó—. En todo el invierno, no me atreví a salir de mi vivienda durante meses, porque la gente corría detrás de mí y me señalaba con el dedo. Me quedé sin dinero, no recibí información ni nuevos fondos para poder vivir, y tuve que recurrir a la benevolencia de los comerciantes piadosos, ya que, por mi conciencia, no pude aceptar el dinero que me ofreció el emperador. Luego me enteré de que, por fin, se había acordado que Florencia sería la sede del concilio para las conversaciones sobre la unión. Presenté el plan al emperador y éste lo aprobó. Pero a finales del verano oí rumores de que se había elegido a Padua o a Ancona. No sabía qué hacer. No he podido tranquilizarme hasta que llegaron estos buenos padres. Han reconocido que ustedes representan a la minoría numeraria del concilio, pero me han demostrado que esa minoría es la mayoría o al menos su parte más positiva; además, me han asegurado que, uno tras otro, los partidarios de la mayoría la abandonarán.

Al nuncio del Papa, que había viajado con nosotros, se le escapó una frase imprudente.

—Y aunque no fuera así —dijo—, la decisión del Papa es más vinculante que la del concilio.

Esto originó en seguida una ardiente disputa, dado que Juan de Ragusa no había abandonado el concilio, aunque había sido persuadido con lisonjas a que hablase en favor de nuestra causa al emperador y al patriarca. Para calmarle, hizo falta la capacidad conciliadora y los sabios argumentos del doctor Nicolás sobre la justificación de nuestra embajada.

—¿No he trabajado yo para el bien del concilio y para robustecer su autoridad? —preguntó el doctor Cusano—. ¿Defendería yo una causa errónea en contra de mi conciencia? No puede pensar tan mal de mí y de estos otros padres.

El doctor Juan se avergonzó y pidió perdón.

—Vamos a dejar las disputas para el concilio —dijo—. Dejemos que la buena causa prevalezca aquí sobre las diferencias de opinión, y demostremos nuestra unanimidad ante los griegos.

Dado el poco sitio que había habido en el barco, y unidos por las dificultades del viaje, yo había podido conversar con los reverendos padres como uno más, aunque con la debida deferencia. Ahora mi posición se convirtió de nuevo en la de un humilde escribano y sirviente, porque una vez en tierra firme, habiendo ya llegado a su meta, la importancia y el alto rango de los padres se acrecentaron a sus propios ojos. El recibimiento dado por el emperador Juan, marcado por un halagüeño respeto, sólo los aumentó. Pero Phrantzes se despidió de mí con una cortesía impecable, y el príncipe Constantino, al abandonar el barco, me dedicó unas amables palabras. Tenía la facultad de inspirar confianza y respeto hasta en los más humildes. De parte de los padres, en cambio, no tardé en recibir mordaces observaciones sobre mis intromisiones y sobre mi falta de respeto, y me dejaron entender que no era conveniente que, vestido con mis sencillas ropas, les siguiera como antes, porque el emperador les había designado un séquito con suntuosos uniformes y el patriarca había enviado, para su uso, unas mulas con bellos arneses.

Yo, por mi parte, sólo me alegré de poderlos dejar y vagar por mi cuenta para conocer la ciudad dorada de mis sueños. Pude probar mis conocimientos del griego e intenté comprender el embrutecido idioma vulgar que, para mí, difería tanto del de las viejas escrituras como el italiano del latín. Después de salir del bullicio políglota del puerto y haber pasado por la zona de las tabernas y de los prostíbulos, llegué a la ciudad griega propiamente dicha. Sus calles estaban desiertas y silenciosas; en muchos sitios, podían verse casas deshabitadas y en malas condiciones y palacios semiderruidos. En grandes espacios abiertos entre la ciudad y las murallas, había rebaños de ovejas y de cabras que pastaban. Y en los rostros de la gente vi la misma extraña melancolía que ensombrecía las caras de Dishypatus y del príncipe Constantino, y que también se reflejaba en las expresiones del rostro de un refinado hombre de mundo como era Phrantzes. Aquella triste melancolía los hacía hermosos, y su recogimiento en las iglesias era tan evidente y profundo que parecía que sólo vivieran para el más allá.

Sin embargo, aquella primera impresión era falsa, porque pronto me percaté de que los griegos de Constantinopla eran un pueblo fácilmente excitable, reñidor y dado a interminables discusiones. Engañaban todo lo que podían a los latinos, y fueron muchos los marineros que se quejaron amargamente de haber sido engañados en sus compras o de haber perdido su dinero en los prostíbulos. Decían que incluso los turcos eran más honrados que los griegos. Los turcos, callados y serios, a los que yo miraba con extrañeza, hacían como que ni siquiera vieran a los griegos o a los latinos. Pero un zapatero griego, que remendaba zapatos sentado en el umbral de su puerta, podía empezar a discutir con un verdulero que pasaba por allí sobre el número de alas de los serafines que custodiaban el trono de Dios, y excitarse enormemente con la disputa.

A pesar de su decadencia y pobreza, Constantinopla era una ciudad de maravillas. La basílica de Santa Sofía era la iglesia más grande del mundo, el mármol y el lapislázuli de sus paredes brillaban como un espejo, hasta que uno podía ver su cara reflejada en ellos. Las columnas que sostenían la inmensa cúpula eran las más grandes que había visto en mi vida, y la misma cúpula parecía erguirse hasta el cielo como una maravilla del arte de construir. Me contaron que esta cúpula había estado antes decorada con cinco círculos de oro del tamaño de ruedas de molino, pero que el emperador se había visto obligado a quitarlos y venderlos para pagar las guerras contra los turcos y los gastos originados por los frecuentes sitios de la ciudad.

Como en todas las iglesias griegas, el altar estaba separado del resto por un cerrado panel, del que colgaban los milagrosos iconos de Cristo y de la Madre de Dios. También me contaron que, como reliquias, la basílica poseía un vestido de Jesús, la punta de la lanza con que le habían herido el costado y un clavo que le había atravesado una mano. Con mis propios ojos pude ver en el coro la parrilla sobre la cual san Lorenzo había sufrido martirio hasta la muerte, y una gran piedra, en forma de lavabo, sobre la que Abraham había puesto comida para los ángeles cuando éstos iban a destruir Sodoma y Gomorra.

Además de la basílica de Santa Sofía, en Constantinopla había innumerables otras iglesias y monasterios, santificados por el tiempo. La misma basílica de Santa Sofía había estado en otros tiempos rodeada de monasterios. Sin embargo, ya no quedaban más que tres edificios construidos con mármol amarillento y decorados con columnas multicolores. Enfrente de Santa Sofía, a una cierta distancia, había el hipódromo, rodeado de muros de mármol parcialmente derrumbados, donde los griegos nobles practicaban la equitación y competían en el tiro con arco. Cerca de la basílica había también una columna extraordinariamente alta, coronada con una estatua ecuestre. El jinete llevaba un cetro y señalaba con su brazo la costa asiática dominada por los turcos. Los griegos decían que señalaba el camino a Jerusalén. El viejo palacio imperial, con sus murallas y grupos de edificios, ocupaba toda la colina costera al este del hipódromo y de la basílica de Santa Sofía. La mayor parte del palacio estaba deshabitada; sus salones sólo eran utilizados para ceremonias solemnes. El mismo emperador vivía al otro lado de la ciudad, en medio de los bellos jardines de Blachernai, cerca del puerto y las murallas de la ciudad.

La iglesia de los apóstoles se encontraba en una colina que se alzaba casi en el centro de la ciudad. Como su mayor atractivo me fue enseñado un trozo de columna, de la altura de un hombre, en la que ataron a nuestro Salvador para ser azotado por orden de Pilatos. Me aseguraron que en Jerusalén y en Roma había trozos de la misma columna, aunque mucho más pequeños. Los que los habían visto podían testimoniar que eran de la misma piedra, lo cual demostraba que procedían del mismo sitio. Este trozo de columna se hallaba a mano derecha nada más entrar en la iglesia, rodeado de una simple valla de madera. Cualquiera podía mirarlo y tocarlo. La abundancia de reliquias en Constantinopla era tal, que eran descuidadamente guardadas en arcones de madera en iglesias y monasterios. En uno de dichos arcones se custodiaba el cuerpo de un santo del que se había cortado la cabeza. Los monjes habían colocado en el mismo arcón la calavera de otro santo.

La reliquia más preciosa y maravillosa que vi estaba en la iglesia del monasterio del Pantocrátor. Era una mesa de piedra que Nicodemo había encargado tallar para su propia tumba y encima de la cual mandó colocar el cuerpo de nuestro Salvador cuando fue bajado de la cruz. Era de una piedra multicolor y, cuando la Santa Virgen lloraba al lado del cuerpo, parte de sus lágrimas cayeron sobre la piedra y aún podían verse. Al principio, creí que eran gotas de cera, pero el monje me permitió que las tocase con la mano y me exhortó a inclinarme y mirarlas de un lado, a contraluz. Mirándolas así, más parecían gotas de agua helada.

Pero, con todo lo que me enseñaban, cada guía se acordaba sin falta de hacerme observar que lo que veía era sólo un palidísimo recuerdo de lo que había sido antes Constantinopla, en los días de su grandeza y opulencia. Aún no hacía dos siglos y medio que los cruzados habían traicionado de una manera terrible el objetivo de su viaje y, con alevosía, habían conquistado y saqueado Constantinopla. La ciudad de los emperadores ya nunca se recuperó de aquella destrucción. Como recuerdo de ello, existían aquellas zonas baldías donde las cabras y las ovejas pastaban, cabe las ruinas de antiguos palacios.

Los venecianos, por su parte, decían con desprecio que la única razón del saqueo de Constantinopla había sido la inconmensurable perfidia y traición de los emperadores de Bizancio, que se habían aliado incluso con los sarracenos para destruir a los cruzados. Me dijeron que fuese, sin decir nada a los griegos, a la puertecilla que daba al puerto interior y observase allí la colina que se había formado con los huesos de los cruzados. Después de la conquista de Jerusalén y de Acre, los cruzados regresaron por Constantinopla. Los griegos los trasladaron en balsas desde el lado asiático a la ciudad, cobrando un alto precio, y luego los asesinaron a todos en aquel lugar aislado y rodeado de murallas, y apilaron los cadáveres en un alto montón. Según ellos, las zonas sin construir de la ciudad sólo eran resultado de los grandes incendios allí registrados.

Los habitantes de Constantinopla vivían en el pasado. La melancolía de la decadencia los rodeaba. Ya no se reparaban ni los palacios de los nobles, a pesar de que sus esquinas y dinteles se estaban ajando. En cambio, el emperador había intentado reparar las poderosas murallas y los torreones de la ciudad, después del último sitio de los turcos. Muchos de los griegos decían que sólo las innumerables e insustituibles reliquias de su ciudad habían protegido a Constantinopla de ser invadida por los turcos.

Pero si la basílica de Santa Sofía, con toda su magnitud, era la maravilla de la cristiandad, también las murallas de Constantinopla lo eran de la arquitectura y de la voluntad defensiva, y el mejor testimonio de la incomparable y pasada riqueza de esta cosmopolita ciudad. En su totalidad, ésta tenía la forma de un triángulo. El mar de Mármara y el puerto formaban dos lados de ese triángulo, protegidos por una sencilla muralla fuerte y almenada, con sus torreones. Las murallas de tierra adentro formaban la base del triángulo. Como soporte de las fortificaciones había una muralla inmensamente gruesa que, a los ojos de quien la veía por primera vez, parecía llegar hasta el cielo. Delante de ella se hallaba otra muralla más baja, también provista de torreones, y ambas murallas estaban protegidas por un ancho y profundo foso, el cual, con la ayuda de unos inmensos depósitos, estaba siempre lleno de agua. Este foso llegaba hasta el palacio imperial de Blachernai, pero allí el terreno, que se precipitaba abruptamente hacia el mar, había impedido la construcción de foso alguno. En su lugar, aquí se protegía la esquina de la fortaleza con robustas torres y murallas muy altas. Al salir por la puerta y observar estas fortificaciones, me pareció que destruir las murallas de Constantinopla era una tarea imposible incluso para un ejército superior en fuerzas, a condición de que la ciudad dispusiera de suficiente guarnición y armamento. Los cruzados habían podido penetrar en la ciudad por el lado del mar desde sus altos barcos, los cuales, gracias a la profundidad del agua, pudieron ser arrimados a la sencilla muralla costera. Pero los turcos no tenían semejante flota. Unas pocas galeras occidentales habían sido capaces de ahuyentar a sus débiles embarcaciones.

A pesar de todo esto, la premonición de una destrucción cada vez más cercana llenaba la mente de los habitantes griegos de Constantinopla. Durante el corto tiempo de una vida humana, habían visto cómo los turcos ampliaban y fortalecían su poder en zonas que antiguamente les habían pertenecido, y hacía sólo cinco años habían vivido el temido sitio. Por este motivo, de vez en cuando se inclinaban a considerar que lo mejor era una unión entre el este y el oeste en forma de enlace entre las dos Iglesias. El orgullo enfermizo, hasta doloroso, que tenían los griegos por sus tradiciones y su ciudad, los llevaba fácilmente a imaginar que era precisamente el occidente el que, por todos los medios posibles, intentaba conseguir la unión para poder recuperar la espiritualidad y la fe incondicionales perdidas por la profanación, virtudes que en el este, en su opinión, se basaban en la congregación original. De buena gana permitían que se llevasen los cálices y los tesoros eclesiásticos más valiosos de su ciudad, asegurándose a sí mismos y a los demás que el sólo hecho de verlos haría que los bárbaros países occidentales comprendiesen mejor lo que ganarían si la sagrada Iglesia oriental se dignase firmar la unión. Sin embargo, no querían cambiar ni una letra de su fe ni de sus doctrinas y, con su orgullosa pusilanimidad, no lo consideraban ni tan siquiera necesario.

El emperador Juan, el patriarca José y los demás altos dignatarios de la Iglesia ortodoxa conocían mejor el fondo de la cuestión, pero ninguno de ellos osaba hablar del tema en voz alta. A cualquier precio había que mantener la calma entre la población. Sólo al regreso, si las negociaciones no fueran bien, sería la hora de enfrentar a la gente con los hechos consumados. Obedeciendo el mandato del emperador, que era la cabeza de la Iglesia oriental y nombraba el patriarca de Constantinopla, ninguno de los dirigentes eclesiásticos se atrevió a rechazar el ser miembro del grupo negociador. Pero en los preocupados rostros y en los inquietos ojos de estos hombres barbudos y piadosos podía verse un secreto sentido de culpabilidad y de remordimientos de conciencia, como si estuviesen a punto de ir a traicionar su fe, a regatear con sus principios y a vender a Cristo a la Iglesia occidental, por el bien del interés político terrenal.

Gracias a esta tortuosa y tranquilizadora manera de explicar públicamente el asunto de la unión, la población griega de Constantinopla me trató incluso a mí, cuando me movía por la ciudad, con tolerante benevolencia. Se sentían halagados por el respetuoso interés que yo mostraba hacia las maravillas de su ciudad y hacia sus costumbres. Me guiaban gustosamente y algunos hasta me invitaron a comer, como si hubiesen sentido compasión por mi juventud y mi falta de experiencia. La mayoría de los griegos de la ciudad eran muy pobres. Entre ellos había asimismo gente sin trabajo, que pasaba el tiempo en las tabernas y en las calles, en interminables conversaciones y discusiones.

Los comerciantes ricos y los miembros de las antiquísimas familias nobles pasaban el tiempo en sus palacios amurallados, aislándose totalmente de la población común. También mantenían a sus mujeres fuera de la vista de los desconocidos, y utilizaban a eunucos como guardianes de sus esposas e hijas. Sólo se las podía ver en los solemnes servicios religiosos, en los que participaba asimismo la familia imperial, e incluso entonces el pueblo llano sólo las podía ver desde lejos.

A fin de ver reunida a toda esta nobleza, el domingo acudí a la basílica de Santa Sofía y, realmente, pude ver desde lejos al emperador Juan y al príncipe Constantino. La madre, la emperatriz Irene, y María, la esposa del emperador Juan, asistieron al servicio desde un balcón adornado con rejas doradas. Me contaron que la esposa del emperador era de la familia Komnenos, o Comenius, e hija del emperador de Trebisonda. Se decía que era joven y hermosa. Me quedé esperando delante de la basílica, entre la multitud, para verla montar en su caballo, pero los eunucos que la acompañaban elevaron con sus brazos una amplia capa, de forma que nadie pudo verla. Sólo después de que hubo montado fue cuando colocaron la capa encima de sus hombros y, en la cabeza, el tocado imperial, adornado en ambos lados con tres plumas doradas. Miraba directamente al frente, como si no se diera cuenta de la silenciosa multitud que la rodeaba, y su joven rostro estaba cuidadosamente maquillado. Para mí era bella como un ensueño y no habría necesitado ni colorines en la cara ni sus ropas de gala, pesadas por el oro y las piedras preciosas, para aumentar su hermosura. Murió sólo dos años más tarde.

Hacía poco más de una semana que estábamos en la ciudad, cuando se divulgó por el puerto la noticia de que las galeras de la mayoría conciliar se acercaban, trayendo la segunda embajada. Esto causó tal confusión entre nosotros que Condolmieri, el comandante de nuestra flota nombrado por el Papa, mandó que sonaran los clarines llamando a la tripulación de los barcos a sus puestos, a fin de salir del puerto e impedir por la fuerza la entrada en el mismo de la embajada de la mayoría. Por suerte, el emperador Juan lo prohibió rotundamente. Permitió que las dos galeras pasaran a remo por delante de su palacio y le saludaran con estandartes y salvas de cañón, pero poco más pudieron hacer los embajadores recién llegados.

Pronto se supo en la ciudad que esta embajada había sufrido graves contratiempos durante su viaje. Los mercenarios enrolados en el sur de Francia se habían amotinado, y en el mar de Grecia los piratas catalanes habían atacado a los barcos y tomado una de las galeras, con lo cual ya no podían asegurar las condiciones del contrato, de asegurar la defensa de Constantinopla. Su consternación fue inmensa cuando se percataron de que la minoría hacía tiempo que había convencido a favor de su causa al emperador y al patriarca, hasta el punto de que ambos se preparaban ya para partir. Con acusaciones tanto más rabiosas atacaron a su propio embajador, Juan de Ragusa, le acusaron de haber traicionado al concilio, y poco faltó para que olvidasen su rango de obispos y llegasen a agredirle con golpes y patadas. Aquel pacífico hombre estaba desconsolado, vertió amargas lágrimas y acusó al doctor Nicolás y a los obispos del Papa de ser lobos con piel de cordero, ya que, con falsas argumentaciones, le habían hecho apoyar una causa incorrecta.

La virulencia de la disputa se contagió hasta a los hombres más humildes, de forma que, para su morboso regocijo, los griegos pudieron contemplar en el puerto cómo los marineros se peleaban entre sí por la autoridad del Papa y del concilio. No era recomendable para la tripulación de las galeras del concilio ir a tierra, al menos cuando oscurecía. Los embajadores del concilio, por su parte, indignados (según ellos, justificadamente) por la injusticia que habían sufrido, se dirigieron con palabras poco respetuosas al emperador cuando, por fin, fueron recibidos en solemne audiencia, que aquél consideró no poderles negar. El obispo de Lausana perdió la compostura hasta el extremo que levantó la voz delante del emperador y juró que, cuando llegase a Italia, el papa Eugenio ya habría sido cesado y habría otro en su lugar.

Con calma, el emperador mandó contestarles que la mayoría conciliar ya no representaba al auténtico concilio y que ni siquiera deseaba la unión, sino que su único objetivo era trasladar la Santa Sede a Aviñón. Pensaba respetar el acuerdo hecho con el Papa en Bolonia por su embajador, y navegar a Italia con los barcos que el Papa le había enviado. La estancia de aquella embajada en Constantinopla se hizo tan incómoda que, al cabo de pocos días, volvió a embarcar llevándose a Juan de Ragusa, y éste se marchó profiriendo tales maldiciones al pasar por delante de nuestros barcos, que cualquiera habría pensado que éstos deberían hundirse como si fueran piedras. Por suerte, los obispos del Papa, para calmar a los supersticiosos marineros, fueron capaces de contestar con la misma, si no con mayor competencia, a estos insultos entre eclesiásticos. Además, eran superiores en número, de forma que, según los cálculos de los marineros, quedaron vencedores en esta guerra de palabrotas.

El doctor Cusano no participó en esta vergonzosa escena. Permaneció en la cubierta del barco, vertiendo lágrimas y suplicando con voz rota que los obispos se acordasen del amor a Jesucristo. Pero, como respuesta, sólo le gritaron «¡apóstata!», con voz tan estruendosa que hizo resonar las murallas del puerto, e incluso del lado de Pera los curiosos genoveses preguntaron, más tarde, quién era tan horrible apóstata de la cristiandad.

Nuestros ánimos no eran muy altos cuando los barcos se alejaron más allá del alcance de la voz. Llevábamos mucho tiempo de viaje y no podíamos saber cómo se había desarrollado el concilio después de nuestra partida. La egoísta confianza en su propia causa y las prisas que tenían estos padres de la Iglesia enviados por la mayoría de regresar para informar al concilio de lo ocurrido, eran propicias a despertar malos augurios. Nuestra posición era tanto más difícil cuanto que, ante los griegos, teníamos que fingir que poseíamos una sólida fe y seguridad en la causa del Papa, e intentar minimizar el vergonzoso incidente ocurrido, que de ninguna manera tenía que poder influir en las negociaciones sobre la unión.

A pesar de la evidente buena voluntad del emperador y del patriarca, nuestra salida se iba aplazando semana tras semana. Ya un año antes, el emperador había enviado embajadores a que convencieran también a los patriarcas de Alejandría, de Antioquía y de Jerusalén, para que participasen en las negociaciones sobre la unión. Como éstos, por su parte, dependían del poderoso sultán mameluco de Egipto, no se atrevían personalmente a emprender viaje, porque el sultán egipcio, al igual que el soberano turco, podía considerar las conversaciones como un acto hostil. En vez de ello, ofrecían sus poderes a eclesiásticos bizantinos de confianza, autorizándoles, como representantes suyos, a estar de acuerdo con todo lo que se decidiera, conforme a los anteriores concilios y con la Biblia, sin quitar ni cambiar nada. Claro está, unas autorizaciones como éstas no servían para nada y sólo en el último instante el emperador recibió de ellos unos poderes sin ninguna clase de condiciones. También tuvo que negociar con los emperadores de Moscú y de Valaquia y con su suegro, el emperador de Trebisonda, sobre la participación de éstos en las conversaciones de la unión. Como contraste del cisma entre la cristiandad occidental, por fuerza tuvimos que respetar la diplomacia bizantina cuando el emperador logró convencer a los representantes de su Iglesia, dispersados por varios países, para que se pusieran de acuerdo sobre la composición de su embajada. El emperador Juan quiso que el grupo representara tan ampliamente como fuera posible a todas las tendencias de su Iglesia. Invitó a participar también en el mismo a sabios griegos y a inteligentes cortesanos, que deseaban aumentar sus conocimientos y crear fructuosas relaciones en la futura asamblea internacional. Según nos dejaron entender, el solo hecho de aceptar su invitación y de acudir a las conversaciones, ya significaba buena voluntad y favorable disposición a que la unión se lograse. Pero, en sus corazones, todos aquellos hombres fanáticos de la fe no eran partidarios, ni mucho menos, de la unión de ambas Iglesias. Dentro de sí cultivaban la desconfianza y el odio ancestrales hacia los latinos. Hubo muchos detalles que nos permitieron sospechar que varios de los diez obispos más importantes que iban a participar en el viaje, sólo lo hacían para discutir e intentar evitar por todos los medios el que la unión naciera.

Según el contrato, el Papa había accedido a pagar el viaje y la estancia en los países occidentales de un total de setecientas personas. Era evidente que, con el lujo y el alto número de personas de su séquito, el emperador deseaba demostrar ante todos los pueblos el invencible honor de su milenario trono, al lado de los bárbaros príncipes occidentales. El patriarca y los obispos, por su parte, con sus valiosísimos atuendos eclesiásticos y con los preciosos cálices utilizados en la misa, sólo querían deslumbrar a la Iglesia católica, como si aquello fuese un testimonio de la superioridad de su fe. Los preparativos del viaje estuvieron marcados por unas enormes cantidades de egoísmo y de vanidad. Por ello se retrasó la salida, y ni el peligro de las tormentas de la peor época para la navegación que se avecinaba, asustaron al emperador ni al patriarca hasta el punto de hacer que acelerasen los preparativos.

Día tras día, el doctor Nicolás se ponía más sombrío y melancólico. Ayunaba y rezaba mucho, adelgazaba y empalidecía. La inquietud de sus pensamientos se reflejaba tan claramente en su frente y en sus ojos, que su sola presencia inquietaba también a los demás. Era verdad que seguía tratándome con amabilidad, pero en seguida se le notaba que prefería estar solo. Con las cosas así, con la luz del sol cada día más fría y con las hojas cayéndose de los árboles, cada vez me movía solo por la ciudad con más frecuencia.

Si yo hubiera sido frívolo o si hubiera tenido ganas de hacer algo malo, mi libertad me habría podido costar cara. A diario tenía que moverme por la zona portuaria, donde no faltaban tentaciones. Los marineros, al percatarse de mi soledad, me invitaban a ir con ellos a los prostíbulos y me ofrecían vino. Contaban obscenas anécdotas de las mujeres del puerto, de las que había de todos los pueblos de oriente y occidente, de todos los idiomas y de todos los colores de piel, que competían entre ellas para demostrar sus extrañas habilidades amorosas. Al rechazar sus invitaciones, empezaron a considerarme como una persona rara y a rehuirme. Yo mismo tenía la sensación de que, en medio de la bulliciosa variedad de los fenómenos de la vida, había pasado como un extraño, sin poder contactar con los demás seres vivos y sin hablar su idioma, a pesar de conocer sus palabras. No tenía ninguna razón para sentirme orgulloso de no caer en las tentaciones, ya que me faltaba el deseo. Sólo tenía la sensación de que el agua clara de mis pensamientos me rodeaba, límpida y fresca. Esto me causó una profunda satisfacción, pero a la vez notaba cómo me separaba de los demás, como si lo mirase todo igual que un pez a través del agua de su estanque.

Sin embargo, la mayor tentación que encontré fue la de dejarme llevar por la extraña sensación de eternidad que me invadía en esta ciudad olvidada por el occidente. La vida multicolor y el ajetreo del puerto sólo eran un disfraz para disimular la pasividad que se ocultaba debajo. Las desiertas y silenciosas calles, la inmovilidad de un pastorcillo cuidando sus cabras en las zonas baldías, la lenta charla carente de sentido que, de la mañana a la noche, mantenían los ociosos que se reunían en las tabernas, todo reflejaba un raro y contagioso letargo de la voluntad. Empecé a sospechar que la lentitud de los preparativos para el viaje era la expresión de la misma y extraña falta de decisión. Yo también me contagié de las ganas de dejar que pasaran los días, sin hacer nada, sin emprender nada.

Cerca de la basílica de Santa Sofía había encontrado una desvencijada casa de madera, en la que un viejo griego alquilaba libros de texto para colegiales y vendía manuscritos griegos en copias baratas. También en su casa parecía que el tiempo se había parado, y me permitió hojear sus libros y leerlos, en cuanto se hubo cerciorado de que llevaba las manos limpias. Tomé la costumbre de pasar por su casa todos los días después de mis paseos y leer una o dos páginas de *La Ilíada*. Me apunté algunas de las estrofas más bellas, aunque me molestaba la sensación de que era como si estuviera hurtando algo. El griego era un viejo dormilón y medio ciego a causa de su profesión. El hecho de que yo perteneciera a la embajada latina sólo despertó en él un vago asomo de interés.

—Nada sirve ya para nada —decía—. Las señales de los tiempos apuntan hacia el fin. Los monjes gobiernan y ya no se respeta a los poetas. Aparte de las capillas privadas, sólo nos quedan ocho iglesias públicas, pero en cambio hay doscientos monasterios en nuestra ciudad. En los momentos de apuro siempre se ha hablado de la unión, pero los monjes prefieren que nuestra nación se muera en su doctrina ortodoxa antes de regatear una sola letra de la misma. Por eso todo es inútil y una mera quimera. Nos esperan los últimos tiempos y reinará el Anticristo, pero, gracias a Dios, yo ya no tendré que verlo.

Un día lluvioso fui temprano a su tienda y mi confusión fue grande al ver que, en su lugar, estaba sentada una joven y pálida muchacha. La joven tenía un rostro de finos rasgos y sus ojos eran oscuros y brillantes. Me miró con igual confusión y dijo tímidamente:

—Mi padre ha salido, pero volverá pronto. ¿Le puedo atender yo en su lugar, señor?

Le contesté que sólo era un pobre escribano latino y que su padre me había permitido hojear sus libros, pero que, naturalmente, no quería estorbar. Levantó una mano para detenerme, y dijo:

—Mi padre me ha hablado de usted. Puede mirar tranquilamente lo que quiera.

Su presencia me turbaba y, mientras leía, sentía todo el tiempo su brillante mirada, fija en mi nuca, pero pronto me quedé absorto en la belleza de una poesía en lengua difícil y la olvidé del todo. Luego sentí el leve toque de una de sus manos en mi brazo y, cuando levanté la cabeza, asustado, me dijo con ternura:

—Su chaqueta está mojada. ¿Por qué se queda de pie? Acérquese al brasero y siéntese, para que sus ropas se sequen mientras lee.

Se había ruborizado y respiraba con agitación. Su intención era tan evidentemente buena, que fui incapaz de contestarle bruscamente. Me limité a decirle que la humedad de la chaqueta no me molestaba y que estaba acostumbrado a estar de pie. Pero su cara era limpia y luminosa como la de un ángel, y casi involuntariamente me vi obligado a obedecerla. Una vez sentado me sentí bien al calor del brasero y alguna vez levanté la vista del libro para mirarla. Su hermosura de muchacha era de una pálida luminosidad y tan lejos de todo lo terrenal que no sentía hacia ella el mismo rechazo que había sentido hacia otras mujeres intrusas. Todo lo contrario, ante su respetuoso silencio me entraron ganas de hablarle. Parecía como si hubiera intuido mis pensamientos y mi timidez, porque me dijo con voz temerosa:

—Debe de sentir amor por los libros, ya que sostiene en sus manos a Homero tan tierna y delicadamente.

Alguna estúpida y defensiva ocurrencia me hizo preguntarle secamente:

—¿Qué quiere decir con «amor»?

Una sonrisa le iluminó el rostro y respondió, como si hablara de memoria:

—El amor es el acercamiento al bien, el intento de poseerlo siempre.

Asombrado y encantado, exclamé:

—¿Ha leído usted a Platón?

La joven me respondió:

—Mi padre me ha enseñado retórica y me ha explicado el sistema de Aristóteles. Yo misma he leído diálogos de Platón, y ni la geometría, las matemáticas, la astronomía o la música me son totalmente desconocidas. No tengo motivos para vanagloriarme, pero bien puede conversar conmigo sin tener que despreciarme y sin poner en peligro su rango de sabio.

No la podía creer. Por ello le hice algunas preguntas, a las que contestó como una entendida. En mi interior tuve que reconocer que sus conocimientos estaban quizá mejor ordenados que mis propios y confusos pensamientos. Lleno de asombro, exclamé:

—¡Jamás he encontrado a una mujer como usted!

Se ruborizó de contento y respondió rápidamente:

—No, no, no soy una mujer sabia y ni siquiera amo los libros. Pero, por obligación, he de vivir entre ellos. Por esto muchas veces los libros me parecen como cárceles del alma. Para el conocimiento humano, basta conocer a Dios y la incomprensible gracia de la salvación. Todo lo que perturba este conocimiento es un saber superfluo y malo. Incluso la belleza de la poesía es sólo el reflejo de la belleza celestial.

—Seguramente se siente muy feliz creyendo saber lo que su fe le dicta —le dije—. Yo no puedo creer que el hombre viva en la tierra sólo para la vida del más allá.

—No, no —me contestó animada—. ¿Cómo podría sentirme feliz en un mundo lleno de fallos? En el cielo encontraremos respuesta a todas nuestras añoranzas. Sólo en el cielo podemos alcanzar la felicidad. Sólo la fe te lleva al cielo. De otra manera, ¿qué sentido tendrían el nacimiento, la vida y la muerte humanas?

Me invadió un deseo irresistible de decirle algo que jamás había osado decir a nadie.

—¡No creo en el cielo ni en el infierno! —exclamé—. Cuando una persona se muere, yace sin moverse y deja de existir. Es la palabra de la Biblia. Aunque yo no creo tampoco en la Biblia porque está escrita por hombres y, al disputar sobre su texto, los hombres se matan entre sí. No, sólo la fe puede convertir lo insensato en sensato y lo irracional en razonable. Y yo no tengo fe. Por esto, para mí todo es insensato e irracional.

Se asustó un poco al oír mis palabras, pero pronto volvió a sonreír con aquella expresión angelical, y me dijo:

—¿Por qué me lo dices tan bruscamente y te excitas como santo Tomás, que tuvo que meter su dedo en la llaga de Cristo para poder creer? ¿No adviertes tú mismo que tu falta de fe también es fe? Cuando yo creo que todo tiene su razón, tú crees que nada la tiene. Si yo no puedo demostrar mi fe, tú tampoco puedes demostrar la tuya. Tú sólo eres un hombre triste, testarudo y muy latino. Hace tiempo que, nosotros, los griegos, tenemos aclaradas todas estas inútiles ideas, y hemos ganado la paz para nuestras almas.

Sus palabras me chocaron como si hubiese abierto un abismo ante mí, ya que, al luchar solo en la arrogante luminosidad de mis pensamientos para superar todo lo que creían los demás y lo que consideraban como verdad, no había comprendido que, al fin y al cabo, para negarlo todo hacía falta una fe tan incondicional como para aceptarlo todo. Me quedé sin habla ante aquella chica joven que me miraba sonriendo tímidamente. Me dejó meditar y luego añadió en voz baja:

—El mundo de los sabios griegos fue un bello mundo, pero desconsolado. Para resolver las últimas preguntas se vieron obligados a concentrarse en misterios, a fin de lograr, mediante ritos secretos, una unión con la divinidad que no pudieron alcanzar basándose en sus conocimientos. Su gran matemático dijo: «Dadme un punto de apoyo en el universo y moveré el mundo». Jesucristo dijo: «Si tenéis fe por el peso de una semilla de mostaza, moveréis montañas». La fe no es debilidad. La fe es fuerza. Es una fuerza tanto mayor cuanto más profunda es la desesperación desde la que crece.

Yo volví a discrepar rotundamente y le dije:

—No estoy desesperado, en absoluto. ¿O es que lo parezco?

Soltó una risita tintineante como un cristal, me tocó una mano con sus delgados dedos y me preguntó, burlona:

—¿Te digo a qué te pareces?

Su encantadora amabilidad hizo desvanecer mi irritación, y me avergoncé de mi fanatismo y de mis grandilocuentes palabras. La joven, sin embargo, retiró de repente la mano, se puso seria y dijo:

—Si fueras griego, no podría hablar contigo tan sinceramente, porque me considerarías mal educada. En las calles, nosotras debemos tapar nuestras caras, mirar al suelo y contestar sólo si nos hacen una pregunta. Pero tú eres extranjero y no conoces nuestras costumbres. Además, pronto te irás de viaje y no volveré a verte. Entonces, ¿por qué no podría hablarte con toda sinceridad? Espero que, a pesar de todo, no pienses mal de mí.

Le contesté fervientemente que ni se me había ocurrido hacerlo.

—Tú eres diferente de las demás —le expliqué—. Por tu belleza y tu sabiduría podría creer que eres un ángel. De verdad, he encontrado a muchas clases de mujeres en mis viajes por diferentes países, y no las he tenido en mucha estima. La mayoría de ellas son unas charlatanas y su primer pensamiento es cazar al hombre en sus redes.

Se ruborizó, desvió de repente su mirada de mí y se fue rápidamente al otro lado de la estancia, donde empezó a remover algunos libros. Temí haberla ofendido con mis palabras y añadí apresuradamente:

—No, no, tú no eres así y nunca podría pensar nada malo de ti.

Sin querer volver a mirarme me dijo, al cabo de un rato y en voz baja:

—Mi padre está viejo y cansado de la vida, y no somos ricos. Cuando él haya muerto, pienso ingresar en un convento, para no tener que someterme a lo que las mujeres generalmente deben someterse. El toque de los hombres es brutal, sus caricias son crueles, y sus deseos solamente terrenales. Sólo una mirada ávida, unas palabras descaradas, me hacen sentir maculada.

Algo dentro de mí empezó a temblar deliciosamente, e incluso me tembló la voz cuando le dije:

—Lo he sentido en ti, en la luminosidad de tus ojos al mirarme. Nunca antes he experimentado una cosa semejante. Es como si ya te hubiera conocido antes. Es como si te hubiera encontrado en un sueño.

Me miró con los ojos asustados, pálida de emoción, apretó las manos contra el pecho y me rogó:

—Entonces, aléjate de mí, vete pronto.

Pero apenas tuve tiempo para volverme e irme, con la cara arrebolada, cuando exclamó como si experimentara una gran angustia:

—¡No, no te vayas!

En aquel instante entró su padre, medio ciego, tentando el

camino y tocando las paredes según avanzaba. Llevaba en una cesta un pan, un queso y un manojo de verduras. Me reconoció y me saludó amablemente. Entregó la cesta a su hija y dijo:

—Ya te puedes ir, Ana. Espero que nadie te haya molestado durante mi ausencia.

Sin contestar palabra, la muchacha entró en la trastienda, separada por una cortina y, al irse, me dirigió una última y angustiada mirada. Se le habían llenado los ojos de lágrimas. Casi no la conocía, pero, en mi confusa mente, me pareció más conocida que ninguna otra persona en el mundo. Ya no podía mirar los libros, así que, al cabo de un rato, huí de la tienda. El rostro me ardía y no tenía ni un solo pensamiento razonable en la cabeza. Anduve bajo la lluvia, por las desiertas calles, y no pude comprender lo que me había pasado. Temía haberme puesto enfermo y me sentía mareado por la emoción.

A la mañana siguiente, cuando me desperté, el sueño se había llevado mi confusión y me sentía sano de nuevo. Pensé que sería mejor no ir más a la tienda para hojear libros, pero una fuerza independiente de mi voluntad me llevó a sus cercanías. Me quedé al lado del muro del hipódromo, mirando los arcos de los competidores y oyendo el sonido de las flechas en el aire y los gritos de los hombres, pero, en realidad, no oía ni veía nada. Luego vi cómo el hombre salía de la tienda, con la cesta en el brazo y tentando la calle con el bastón. Hacía un espléndido día de sol y desde el mar de Mármara entraba un viento fresco; pero, cuando entré en la tienda, en mi corazón había la misma angustia que hubiera podido tener un asesino.

La muchacha se levantó de un salto, apretó sus delicadas manos contra el pecho y me miró fijamente; tenía el rostro pálido. Me quedé al lado de la puerta sin atreverme a acercarme. Por fin, me preguntó con voz temblorosa:

—¿Por qué has vuelto, por qué?

—¿No me esperabas? —le contesté.

Volvió la cabeza y empezó a tambalearse, buscando el apoyo de la pared. Me acerqué rápidamente a ella y la rodeé con los brazos para sostenerla. Debajo de sus largas ropas era tan fina y delgada que parecía una niña entre mis brazos. Apretó las manos con fuerza contra mi pecho y susurró:

—No, no me toques.

Pero, al cabo de un instante, levantó las manos, me rozó ligeramente el cuello con los dedos y rompió a llorar. Yo también empecé a llorar. No pude evitarlo, me sentía demasiado triste y dolorido. Las lágrimas brotaban de mis ojos, y me rodaban por las mejillas y caían sobre la cara y manos de la muchacha. Ésta temblaba y se estremecía en mis brazos. Sentí que me invadía un inmenso y melancólico sentimiento de liberación. Me sentía dispuesto a todo. Quería protegerla contra todo lo malo. Por esto la apreté firme y cariñosamente contra mí.

—Ana —susurré, y no había podido haber nada tan delicioso como su nombre en mi boca.

Oprimió fuertemente una mejilla contra mi pecho, luego se apartó tiernamente, se secó las lágrimas con los nudillos, me miró y dijo:

—Esto es pecado.

—¡No, no! —le respondí—. ¿Cómo puede ser pecado? En mí no hay ni un mal pensamiento. Sólo quisiera ser bueno para ti, para todas las personas. Quisiera perdonar a mis enemigos y alabar a Dios porque tú existes. ¿Cómo podría esto ser pecado?

—Yo lo sé mejor —me respondió—. El temblor de mi corazón es terrenal cuando te miro a los ojos y toco con una de mis manos tus firmes mejillas. Seguramente mis ojos están nublados. Seguramente llevo un feo rubor en mis mejillas. Me avergonzaría de mí misma si me mirase en el espejo. Soy un ser despreciable y ni la más fervorosa oración me puede ya purificar.

Se sentó, y mis rodillas también estaban tan temblorosas que tuve que sentarme en una banqueta, enfrente de ella. Nos tomamos las manos y nos miramos a los ojos.

—Tus ojos son límpidos como el agua —me dijo.

Yo le contesté:

—Tú eres lo más hermoso que jamás he visto en el mundo.

Negó fervientemente con la cabeza y bajó la mirada. Luego preguntó, con un hilo de voz:

—¿Qué es lo que quieres de mí?

—No lo sé —le contesté con toda sinceridad, y mi cuerpo

entero comenzó a temblar—. Sólo quiero mirarte y sentirte cerca de mí.

La muchacha también empezó a temblar. Luego, inclinó la cabeza hacia mí y mi boca encontró sus temblorosos, asustados labios. Estos labios suaves y tibios tocaron mi boca, y de repente me llenó una sensación de éxtasis que casi era un dolor, porque con este inocente beso sentí que la poseía de una manera más profunda y hermosa que jamás después, ocurriera lo que ocurriera. Su pureza se encontró con la mía, y después de este encuentro sólo podría venir la tristeza, el pecado y la muerte, pero nunca nada más luminoso. Por esto me dolía el corazón, como si la hubiese perdido en el momento en que se me entregó en aquel beso.

—Debes irte —me dijo luego—. Si quieres volver a verme, ven el domingo a preguntar a mi padre si puedes acompañarme a la iglesia. Quizá te lo permita, ya que piensa bien de ti. Yo también quiero pensar bien de ti, aunque de mí misma ya no pienso nada bueno. ¿Vendrás?

En consecuencia, a la mañana del domingo regresé para recogerla. Ella ya había hablado con su padre y se había vestido con sus mejores ropas, que la cubrían de la cabeza a los pies. Hasta se había tapado la cara con un velo y no pude ver ni siquiera sus manos. Experimenté la sensación de que no hubiera quedado de ella nada material para mi mirada.

—Tengo confianza en ti —me dijo su padre—. Acompáñala a la iglesia y tráemela sana y salva directamente a casa. Ella es lo único que tengo y no quisiera que le ocurriera nada malo.

En la iglesia, estando de pie o arrodillado al lado de Ana, participando en un servicio que era desconocido para mí, tuve la sensación de que me hubiera ausentado del mundo tangible y sentí un recogimiento más profundo que nunca había sentido. Los coros de ángeles que cantaban los desconocidos himnos sonaba en mis oídos, y me parecía que aquella música sobrenatural era la eterna canción de la antiquísima ciudad imperial, como contrapeso a la destrucción universal que se sentía acercarse y a la cansina apatía ante todo lo terrenal.

Al salir de la iglesia, le dije:

—Ésta es la ciudad de Cristo y nunca podrá destruirse.

Esta ciudad es más que la derrumbada Roma y la amo más que a ninguna otra ciudad del mundo, porque es tu ciudad.

—Ha llegado el otoño —me respondió la muchacha—, las hojas están caducas y tú y yo hemos sido creados para vivir el otoño del tiempo. Todos los pensamientos ya han sido pensados, ya no puede ocurrir nada nuevo, los corazones están cansados del mundo. Quizá la gente pensaba de igual manera antes del diluvio.

Después de los días fríos y lluviosos, el sol de noviembre iluminaba Constantinopla tiñendo de oro las fachadas de mármol amarillento de los edificios públicos, y haciendo que las plomizas cúpulas de las iglesias reflejasen una luz plateada, que nos dejaba ver las transparentes costas asiáticas como un sueño allende las turbulentas aguas del mar de Mármara y el estrecho del Bósforo. Me invadió una embriaguez de belleza, a mí que no conocía la embriaguez. La luminosidad de mi éxtasis me hizo sentir tan ligero como si ya no fuera un mortal ligado a la tierra, sino que levitara en el aire. Tan ligero sentí mi cuerpo y tan obcecados estaban mis ojos.

Anduvimos muy lenta y discretamente uno al lado del otro, sin ni siquiera tocarnos con las manos, pero a paso tan moroso que parecía que ninguno de los dos quisiera que este paseo terminase jamás. Cuando, por fin, nos acercamos a su casa de madera, inclinada bajo el peso de los años, Ana sacó una mano de entre los pliegues de su vestido y, tímidamente, me tocó la manga para hacerme parar en el jardín donde los carcomidos tocones de ancestrales árboles todavía querían sacar nuevos brotes de sus raíces. Hacía tiempo que el estanque de mármol se había secado y estaba lleno de basura traída por el viento. La hierba crecía entre las rotas losas. Nos volvimos para mirarnos, y Ana descubrió su rostro de finos rasgos y sus luminosos ojos. Había una sombra azul de cansancio alrededor de ellos y sólo sus labios tenían un tenue color rosado.

—No podemos seguir así —me dijo—. Supongo que tú también lo comprendes.

No le pude contestar. La voz no me salió de la garganta. En vano intenté negar con la cabeza. Acariciando mi manga con las yemas de sus dedos, continuó:

—Supongo que esto tenía que ocurrir, porque era vanidosa y engreída y me imaginaba mejor que las demás mujeres. No quería ser de carne, sólo del cielo, pero creo que esto es imposible y por ello debiste venir tú a sorprenderme.

Las lágrimas asomaron a sus ojos, bajó la cabeza y me rogó:

—Sin embargo, no me consideres una mala mujer, aunque la primera vez que nos vimos caí en tus brazos. No lo hice queriendo y supongo que tú tampoco. Es inútil que me defienda acusándote de ser un forastero seductor, porque ni lo eres ni tienes malas intenciones para conmigo. No puedo cometer tan terrible equivocación, porque entonces todo perdería su valor y ya no podría seguir viviendo. Por esto te ruego, mi único amor, que renuncies a mí a tiempo, que te vayas y no vuelvas más a mi lado.

Al darse cuenta de mi consternación y de mi dolor, me tomó un brazo con ambas manos, me zarandeó levemente y dijo:

—Si sé por seguro que no te volveré a ver nunca más, quizá recobre la paz en mi corazón. Como comprenderás, no lo digo para herirte. Tú eres el único hombre que jamás ha despertado una añoranza en mí, nunca mientras viva amaré a ningún otro y jamás te olvidaré, sino que hasta los días de mi vejez en el convento rezaré por ti.

Mi juventud me hizo contestar:

—Ni tú ni yo llegaremos a viejos. En nuestros tiempos, ya no se vive hasta llegar a viejos.

La muchacha había agotado las fuerzas al hacer su sincero ruego y ya no podía hablar.

—En todo caso, pronto he de marcharme —le dije—. Quizá ya dentro de pocos días los barcos izarán las velas y el mar me devolverá a los países jóvenes. Quizá nunca podré volver, aunque quisiera, y no sé cómo será mi vida. De verdad, Ana, ¿me puedes negar estos pocos días que podemos pasar juntos?

Apreté sus frías manos entre las mías y añadí, ardiente y avergonzado:

—Yo tampoco he añorado todavía a ninguna mujer, ni he reconocido mi propio cuerpo. Pero cuando tu boca toca la mía ya no me conozco, y un solo roce de tu mano me hace sentir dolorosamente feliz. ¡No, no, yo no te puedo dejar así!

—Pero no podemos seguir de esta manera —dijo sin convicción. Luego añadió, tímida entre las tímidas y como una pregunta que no era mucho más que un suspiro:

—¿Verdad que no?

Al suplicarme de esta manera se entregó a mi poder y me dejó la elección a mí. Por aquel pequeño suspiro supe que ella también deseaba en su corazón, independientemente de su voluntad, que yo encontrase una solución para lo imposible. Esto representaba la debilidad femenina en ella y, no obstante mi juventud, mi instinto me previno que una sola palabra en este sentido produciría un seísmo capaz de hacer derribar todos los muros, destruir las defensas y exponer el tesoro al atacante. Pero yo no era un atacante. Era tan orgulloso y tímido como ella.

A pesar de todo, no podía renunciar a ella de esta manera. Sabía que ella tenía razón y ella también sabía que la tenía, pero con tanta más fuerza nuestras manos se entrelazaron y, confusos, sin saber lo que realmente deseábamos, regresamos a casa de su padre. El viejo suspiró de alivio al vernos, tocó con las dos manos las mejillas de Ana, la besó en la frente y me invitó a que compartiera su sencilla comida. En el mobiliario de la trastienda podían verse vestigios de pasadas riquezas, pero todo estaba ajado y descolorido. A la mesa, decorada con incrustaciones, le faltaban trozos, y la alfombra estaba raída. Ellos nunca comían carne, pero el viejo bendijo el pan antes de partirlo y nos dio un pedazo a cada uno de los dos. Comimos sopa de verduras, queso de cabra y fruta. También había comprado vino, probablemente pensando en mí, porque el viejo se sorprendió mucho cuando le dije que prefería el agua. Después de insistir en vano para que lo bebiera, se lo tomó él, alegrándose secretamente, y se puso de buen humor.

En cuanto Ana hubo recogido la mesa y abandonado la estancia, el viejo se dirigió a mí, titubeando, y dijo con cautela:

—Sin preguntarte nada, te confié a mi hija para que la acompañaras a la iglesia. Ahora has compartido una comida con nosotros. Creo que ya es hora de que me cuentes algo de ti. ¿De dónde eres? ¿Cómo es tu familia? ¿Viven tus padres? ¿De qué clase social son? ¿Tienen medios económicos o te ganas tú la vida, y qué planes tienes para el futuro?

La optimista confianza de sus preguntas me embarazó, pero a la vez enfriaron mi mente, como si hubiera encontrado una inesperada trampa en mi camino. Mi tardanza en contestar apagó su esperanza y dijo, desilusionado:

—La pobreza no es ninguna vergüenza, y tú mismo has podido observar que nosotros ya no somos ricos. No obstante, mi hija podría tener pretendientes incluso de importancia, pero no ha querido saber nada de ninguno. Además, es débil y delicada, así que supongo que es mejor que se compre un sitio en un convento cuando yo ya no exista para protegerla. Por favor, no confundas su mente, ya que es inexperta y demasiado buena para este mundo. Sin embargo, cuéntame qué planes tienes para el futuro. Me parece que me debes eso, porque te he tratado con amabilidad a pesar de que eres forastero y hereje entre nosotros.

Le contesté con sinceridad que no tenía planeado mi futuro de forma alguna. Carecía de dinero para estudiar en la universidad y no me quería atar supeditándome a conocimientos ya existentes.

—En general —le dije—, no he querido comprometerme con nada y acompaño al doctor Nicolás de Cusa como escribano sólo porque, de otra forma, no habría podido estudiar griego. Antes de esto, viajé por muchos países como hermano del espíritu libre y me gané la vida principalmente aceptando limosnas. No he querido atarme al dinero más de lo que es indispensable para poder vivir, y no tengo otros bienes que los que llevo encima, a fin de no atarme tampoco a lo material. No bebo vino y he evitado las tentaciones porque no me atraen, y el aumento de mis conocimientos ha producido más satisfacción y gusto a mis sentidos.

Suspiró muy decepcionado y dijo:

—Así que eres un cínico. Sólo te falta una piel de cabra que te cubra los hombros. Ya me lo temía, y un hombre viejo no debería creer en los sueños.

—Usted vende libros, usted también es un filósofo —le

respondí—. ¿Por qué me desprecia, si intento contentarme con poco y practicar la filosofía en mi vida?

Con ánimo de tranquilizarme, me tocó una mano y dijo:

—Naturalmente que no te desprecio. Mientras el hombre es joven y libre puede hacer con su vida lo que quiera. Pero cuando una persona desea algo, simultáneamente se compromete. Por esto debes decidir qué quieres y si estás dispuesto a comprometerte por ello. Creo que lo entiendes.

Mi ser entero se rebeló contra él, ya que comprendí bien hacia donde iban dirigidas esas palabras. A pesar de ello, exclamé con vehemencia:

—¡Por Dios, no entiendo qué quiere decir!

En tono conciliador, me respondió:

—Hace tiempo estudió aquí un latino llamado Filelfo, de quien la gente se reía por su divertido acento. Pero él siguió estudiando con tesón la retórica y las escrituras de los antiguos, y se casó con una joven de una buena aunque empobrecida familia. He oído decir que ha tenido mucho éxito en Italia y se ha hecho famoso, y a su mujer no le falta nada.

Ante mi obstinado silencio, se inclinó hacia mí y me dijo casi suplicando:

—Nosotros, todas las antiguas familias, estamos empobrecidos. No tenemos ni hijos, y nuestras mujeres se mueren jóvenes porque ya no tienen fuerzas para dar a luz. Ya ves, yo también tengo solamente a mi hija, sólo a ella, y no tenemos futuro alguno en nuestra moribunda ciudad, que los turcos destruirán. Desearía lo mejor para mi hija. Quizás, en otro ambiente, podría empezar a florecer y a disfrutar de la vida como lo hace la gente joven. Aquí, sólo vivimos para el más allá. ¿Qué piensas, hijo mío?

Lleno de pánico, pensé que, verdaderamente, lo mejor hubiera sido seguir el consejo de Ana y huir de ella cuando estuvimos junto a la rota pila de mármol. También su tímida y titubeante «¿verdad?», adquirió un nuevo y terrible significado para mí. Sólo tenía la sensación de la total inutilidad de todo, al pensar que un fútil toque de labios y un roce de manos amenazaba mi libertad y me iba a llevar al matrimonio, en el cual nunca había pensado. Pero, susurrando de una manera conmovedora, como si temiera que Ana nos oyese, el viejo siguió diciendo:

—Tengo mi librería y tú podrías ayudarme a copiar libros. Al mismo tiempo, podrías aumentar tus conocimientos. La casa es de mi propiedad, y con muchos sacrificios he ahorrado dinero para la dote, a fin de que ella, a su elección, pudiera casarse con un hombre bueno o comprarse un sitio en un convento. Me ha hablado de ti con las mejillas ruborizadas y no desearía que sufriera una decepción. Y bien, ¿qué piensas, hijo mío?

—¿Es Ana quien me propone esto? —le pregunté consternado, y la purísima ternura que había sentido hacia ella se convirtió en un amargo odio.

—¡No, no! —negó el viejo apresuradamente—. No le digas que te he hablado así. Nunca me lo perdonaría. Pero Ana es infantil e inexperimentada y estoy preocupado por ella. Si eres un hombre de honor y tus intenciones son sinceras, debes comprenderme. Pero, si no estás dispuesto a casarte, he de prohibirte que la vuelvas a ver y a perturbar su mente. De otra manera, pondrás en peligro su reputación.

Me levanté y dije:

—Ha sido muy amable conmigo, pero necesito pensar en esto.

—Claro, claro —contestó el viejo en tono conciliador, poniendo una de sus manos en mi hombro—. Y no estés enfadado si te he explicado abiertamente la situación, porque seguramente tú tampoco no tienes todavía mucha experiencia, al igual que todos los jóvenes filósofos. Pero quiero pensar en ti como si fueses mi propio hijo, y créeme: después de la juventud, la libertad cobra un sabor amargo, y el matrimonio es lo que rápidamente hace sentar la cabeza al hombre. Los pensamientos no engordan a nadie, pero tienes delante de ti toda una vida y, si te las sabes arreglar bien, puedes alcanzar fama y riqueza. Quizá sea ésta tu oportunidad, y por ello la providencia te condujo a mi casa. Cualquiera no trataría tan bien a un joven de quien no se sabe nada y a quien, para ser sinceros, muchos sólo considerarían un vagabundo y un aventurero. Yo te puedo apreciar mejor y creo en tus posibilidades.

Supuse que el vino se le había subido a la cabeza. Sería

por este motivo que parloteaba tanto y en un tono tan amable, sin mala intención alguna. Pero, en mi ya enfriada mente, él me hacía ver a mí mismo como me habría visto cualquier persona cabal, y mi libertad ya no me producía alegría, sino que en ella se mezclaba un desagradable sabor. Durante un fugaz momento estuve tentado de someterme a mi destino, sacar de él lo que se pudiera y contentarme con la felicidad sin sentido de una persona corriente. Sin embargo, la rebelión seguía viva en mí y no podía comprender que la meta y objetivo de mis viajes fueran tan simples. En consecuencia, repetí:

—Necesito pensar en esto.

Pero, al decirlo, ya sabía cuál sería mi decisión.

Ana volvió a la habitación. Sus ojos estaban oscurecidos por el espanto, como si hubiera intuido de lo que habíamos hablado.

—¿Ya te vas? —me preguntó, siguiéndome a través de la tienda y hasta la puerta.

Seguía pareciéndome hermosa, pero ya no la veía como un ángel. Su padre, al intentar atarme con sus tentaciones y empujarme hacia la cama nupcial junto con su hija, me había abierto los ojos y me había hecho comprender que, al acercarme a Ana, sólo había seguido las tentaciones de mis sentidos, por muy luminoso y celestial que todo me hubiera parecido. Ante mis ojos Ana descendió al nivel de todas las demás mujeres y, con un trasnochado desespero, sentí que sólo la deseaba de una manera carnal. La deseaba, pero, a la vez, sentía repugnancia hacia mi propio deseo. A pesar de todo, la abracé, la besé fervorosamente, le palpé el cuello y los pechos y la acaricié como pude, en mi ignorancia. Se apretó contra mí, casi desvanecida, sus mejillas se encendieron y me susurró una y otra vez:

—No me hagas daño.

De repente, la mordí en el cuello, ya que no se me ocurrió cosa mejor. Soltó un pequeño grito y se quedó inerte entre mis brazos.

En el instante en que más la deseaba supe que no la amaba, al menos no lo bastante. Había buscado en ella un sueño creado por mis sentidos, despiertos por vez primera. Al hablar con su mejor intención, su padre había derribado mis ilusiones y me había hecho ver desnuda la verdad en mí mismo y en Ana. El alma sólo crea carne, y la carne es sólo alma y no se les puede separar. En la tierra no había ángeles, sino sólo hombres y mujeres unidos por el deseo. Cuando la abrazaba y la acariciaba, lo mejor de mí se ausentaba de ella cada vez más. Al tocarla, la perdí para mí y seguramente lo hice adrede para liberarme de ella. Si la hubiera amado de verdad no habría dudado, habría aceptado la oferta de su padre.

Cuando puse una de mis manos en su pecho intentó débilmente apartarla, levantó su nublada vista hacia mí y dijo en un susurro:

—Me estás arrojando al infierno.

Entonces yo también me calmé, la solté y me quedé de pie ante ella, con las rodillas temblorosas y sin poder mirarla.

—Eres malo y cruel —dijo—. ¿Por qué no te fuiste cuando te lo pedí? ¡Si yo no te he hecho nada malo! ¿Por qué me odias?

Tocó la huella de mi mordedura en su cuello, empezó a sollozar y continuó:

—Te tengo miedo. Pero incluso mi miedo es dulce. Me haces daño. Pero hasta el daño es dulce. ¿Qué cosa más horrible me has hecho, que ya no soy lo que era y me avergüenzo de mí misma?

Desesperado, le pregunté:

—¿Es así todo esto, Ana?

—Supongo que sí —me contestó—. Así será, como lo es todo. Y nunca más tendré paz de ti, aunque te marches. Ya no soy pura. Mi cuerpo no es puro. Mis pensamientos no son puros. Con tu boca y con tus manos, me has arrojado al infierno para el resto de mi vida, aunque yo quería tu boca y tus manos. ¿Qué es lo que me pasa? Me haces enfermar. Me arde la cabeza, se me corta la respiración.

Le tendí una mano, pero la joven se retiró, asustada.

—Me he portado mal contigo, Ana —le dije—. ¿Me puedes perdonar si me voy y no vuelvo más?

—¡No, no! —exclamó, angustiada—. No te vayas, a pesar de todo. No. No te has portado mal. Es que no tengo experiencia y aún no entiendo mucho de la vida. Me puedes besar si quieres, pero no me abandones.

Entonces me invadió la tentación y pensé que, ya que no creía en nada, ahora tenía la ocasión de probar mi incredulidad. Si no crees en nada, la bondad y la maldad son sólo palabras, y el hombre realiza su objetivo tanto en lo malo como en lo bueno. ¿Por qué no intentar ser absolutamente malo y poseerla así en su debilidad? Dentro de unos días, seguramente ya nos iremos y nadie puede perseguirme, haga lo que haga. Al menos, ¡sé absolutamente malo ya que no has sabido ser absolutamente bueno!

Con voz ronca de dolor y de vergüenza, le pregunté:

—Por la noche, cuando tu padre se haya dormido, ¿me abrirás tu puerta si llamo?

—No —respondió, horrorizada— no, no puedes pedirme esto.

Su resistencia me hizo insistir. Odiándome a mí mismo, le dije:

—Si me quisieras de verdad, no dirías eso.

Me miró como puede mirar un animal herido y susurró:

—¿Quién eres tú, en realidad? ¿Por qué me tientas? Es un pecado.

—Eres tú quien me tienta a mí —le dije bruscamente—. Pero está bien. Sea como tú quieras. Me voy y no volveré.

Me separé de ella y, obcecado, salí dando un sonoro portazo. La joven me siguió corriendo y me alcanzó en la esquina de la calle.

—¡No me sigas! —le espeté—. ¿Qué más quieres de mí? Me estás molestando.

—Te odio —dijo—. Hasta Dios te castigará. Debería asestar una cuchillada en tu pecho y en el mío también. Pero ven por la noche, si lo deseas. Supongo que, después de esto, me dejarás en paz.

Volví al barco sintiéndome confuso como un borracho y odiándome tan amargamente que hubiera preferido estar muerto. Miraba hacia adelante sin ver, y pensaba en Ana cuando estaba arrodillada a mi lado en la iglesia, mientras sonaba el himno como un coro celestial. ¿Qué era la verdad, mi obcecada ternura y mi deseo de hacer el bien a todo el mundo, o el oscuro deseo en mi cuerpo y la tentación de romper su fragilidad para deshonrarla? Temblores fríos y calientes me atravesaban el cuerpo. Me sentía enfermo. Cayó la noche. Salió la luna, plateando las colinas y los edificios de la ciudad. Miré el agua oscura y pensé que sería peor que un asesino si me acercaba a ella con toda la sangre fría y sin sentir un amor verdadero. Pero sabía también que Ana me estaba esperando, igualmente llena de conflictos, igualmente angustiada y desolada como lo estaba yo.

La luna subió hacia su cenit. La noche avanzaba. El puerto se había sumido en el silencio. Estaba solo en el mundo. Dios estaba en mí. Pero, por vez primera, supe que el diablo también estaba en mí. Sintiendo un horrible orgullo y un éxtasis de conocimiento, advertí que en mí habitaba asimismo el príncipe de las tinieblas. El cielo y el infierno estaban en mi propio corazón. Yo tenía la posibilidad de elegir. Un hombre corriente hacía bien o mal por lo que le mandaban sus sentimientos, siempre vacilando entre ambos. Yo tenía el poder de hacer el mal a sangre fría y premeditadamente. Aquello era un pecado para el que en mi mente no cabía perdón, un absoluto e imperdonable pecado.

Me acordé de las palabras de doña Dorotea, de que yo tenía la facilidad de inspirar amor, sin poderlo sentir. Mis varias experiencias parecían confirmarlo, pero hasta ahora la molesta intrusión femenina sólo me había producido aversión, ya que ni yo mismo había sabido nada del amor. No fue hasta conocer a Ana que tuve la primera noción del terrible dolor de la pasión y de mi capacidad de dominar a otra persona con la fuerza del amor de ella. Era un horrible placer poder dominar a otro y obligarle a hacer algo que su educación, su religión y su conciencia condenaban como pecado. Pero, si de verdad había en mí una capacidad de inspirar amor, ¿por qué no adiestrarme en esta capacidad, al igual que algunos se adiestraban en el uso de la espada o del arco, otros desarrollaban su retórica para convencer a la gente, y otros estudiaban leyes para hacer justo lo injusto?

Así pensaba. Pero al mismo tiempo recordaba, abrumado por una desilusión sin consuelo, la inmensa alegría que había experimentado al besar por primera vez los labios de una muchacha inocente, y cuán rápidamente esta alegría se había convertido en una oscura pasión que no podía satisfacerse. No era culpa de Ana, sino mía, ya que yo no poseía la capacidad de conservar mi amor más allá del contacto corporal, lo cual sólo produjo en mí un sentimiento de vergüenza y de aversión. El despiadado requerimiento que le había hecho era únicamente producto de un amargo deseo de castigarla por algo que yo mismo era incapaz de sentir. Ana era mi presa y temblaba en mi poder. Aquello ya era bastante malo. ¿Por qué herirla más? Ahora que ya sentía mi poder sobre ella, yo no habría sacado ninguna satisfacción ni provecho.

Un frío deseo me hizo temblar al mirar las negras aguas. La noche pasó y no fui a llamar a su puerta. No quise atarme, ni a lo malo ni a lo bueno. Me quedé a medio camino, porque todavía era joven.

Un par de días después, el doctor Nicolás vino a buscarme al barco y me preguntó, irritado:

—¿Por dónde has vagado, cómo pasas el tiempo y quién te paga el sueldo? Debes acompañarme al palacio y estar de pie detrás de mí, porque me han elegido para que hable al emperador y haga acelerar los preparativos para emprender el viaje. De otra manera, nos vamos a ahogar todos en las tormentas de invierno o deberemos aplazar el viaje hasta la primavera, y entonces quizá ya no haya Papa que nos reciba. Cámbiate y ponte ropas mejores, péinate y pide prestado a alguien un sombrero decente.

Le aseguré que todas las mañanas le había esperado delante del edificio donde se alojaban los obispos para ofrecerle mis servicios, pero que, para mi disgusto, él había preferido prescindir de mí.

—Y no tengo otra ropa que la que llevo puesta —añadí—. Debería haberse dado cuenta de ello, si alguna vez dirigiera sus pensamientos a los asuntos terrenales y no pensase siempre en la emanación del espíritu y en los iones, en lo que no ha comenzado y en lo que no ha terminado, hasta que le duele la cabeza.

En seguida se arrepintió de sus bruscas palabras, porque era un hombre bueno y de carácter amable, me pidió perdón y dijo:

—Alrededor de la teología mística de los griegos aún cuelgan los restos de las herejías neoplatónicas, agnósticas y maniqueas, así que ya los árboles no me dejan ver el bosque. A decir verdad, Juan, el asno que han puesto a mi disposición, a pesar de sus arreos de plata, es un animal tan tozudo y de tan mal carácter que tendrás que venir a llevarlo de las riendas, para que no quede en ridículo ante los griegos. No es que me importe mi dignidad, prefiero andar a pie con la misma humildad que los santos apóstoles, pero debo mantener la dignidad de la Iglesia a la que yo, indignamente, represento. Los sirvientes griegos que han puesto a nuestra disposición no quieren guiar el asno a través de la ciudad, alegando que ello no forma parte de sus deberes. Tienen más orgullo que su emperador, y se burlan de nuestras costumbres, de tal manera que pronto no sabré cómo cortar la carne con el cuchillo ni cómo tener el pan en mi mano.

Su propuesta poco meditada me horrorizó.

—¿Es ésta la gratitud que me muestra después de todo? —le grité—. ¿Quiere rebajarme a la condición de un mozo de cuadra, aunque ya tengo bastantes penas para mantener su dignidad entre los secretarios de los obispos, que me tratan a codazos? ¿Qué cree que la gente pensaría de mí cuando me vieran guiando un burro por las calles? Su razón se ha turbado por pensar demasiado, ya que ni siquiera se da cuenta de ello.

Sus amables ojos se llenaron de lágrimas y retorció las manos con ademán inseguro, comprendiendo cuán desagradable era su propuesta para cualquier hombre joven que se apreciase.

—Pero, es que no me atrevo a montar aquel malicioso asno si alguien no lo guía —dijo, con voz plañidera—. Ya antes me caí de un caballo y tengo débil una pierna. Ten piedad de mí, Juan, y te lo recompensaré. Y nadie puede confundirse con tu rango, ya que puedes seguirme hasta dentro y estar de pie detrás de mí. Vamos a pedir prestada para ti una chaqueta con bordes dorados, unos pantalones rojos y, en la cabeza, te pondremos un sombrero también rojo. Además, tu amigo Phrantzes ha preguntado por ti y se ha extrañado de dónde te escondes, ya que no se te ha visto después del viaje. Quizá lo veas en Blachernai, y después de la audiencia puedes hacer lo que quieras, si de mí depende. Con mucho gusto regresaré a pie y abandonaré aquel maldito burro.

Intentaba convencerme así, con los ojos lacrimosos, y al sopesar los pros y los contras de una tarea tan desagradable, tuve que aceptar su solicitud. Pero mi orgullo no me permitió acicalarme con lujos prestados para competir en vano con los pajes y soldados del palacio imperial.

—No —le dije—, cómpreme tan sólo una chaqueta nueva, esto es, sólo lo justo. Usted tampoco lleva otra cosa que una capa negra y un birrete de doctor. En mi negro atuendo de escribano ya hay suficiente dignidad para mí. Vestidos de oro y terciopelo ya pueden vanagloriarse los que no tienen nada por dentro. Estemos en el palacio imperial como Diógenes, que dejó que su vanidad quedase a la vista por los rotos de su capa. De esta manera despertaremos más atención y más aprecio, en un ambiente que ya está harto del lujo de los vestidos.

En los jardines de Blachernai ya reinaba la desolación del otoño. Según tenía entendido, la audiencia se había concedido por voluntad del emperador, a fin de que pudiera demostrar a sus obispos, reunidos en la ciudad, que la embajada latina le presionaba para que fijase la fecha de salida. Aun en este último instante, entre los griegos más fanáticamente religiosos había nacido una duda sobre la unión. Los obispos llegados de las ciudades en poder de los turcos temían que éstos empezasen a presionar contra el libre ejercicio religioso de los griegos, ya que el soberano Murad había puesto bien claro que consideraba el comienzo de las negociaciones sobre la unión como un acto hostil, tanto por parte del emperador como de la Iglesia. Se había vuelto a sacar a la luz la escisión dentro de la Iglesia latina. Con las conversaciones sobre la unión sólo se irritaría a los turcos, sin lograr nada positivo, aunque lo hiciese el Papa y sus cardenales y obispos. Pero el emperador había dado a entender que si se le hablaba en un tono lo suficientemente convincente y rotundo sobre los peligros de los constantes retrasos, en su respuesta fijaría la fecha de salida y de esta manera, y de una vez por todas, haría acallar toda conversación inútil y acabaría con todas las intrigas.

En consecuencia, guié al doctor Nicolás a lomos del burro a través de Constantinopla, y, para mí gran alegría, la vanidad venció asimismo a los obispos, cuando vieron que el doctor Nicolás había decidido usar un medio de transporte tan digno. En el último momento, obligaron a sus escribanos a que guiaran sus asnos y, ruborizados por la humillación, estos orgullosos hombres anduvieron cabizbajos por las calles llevando los burros por el ronzal. Yo no tuve tiempo para observar si nuestro desfile producía hilaridad o respeto entre la población de Constantinopla, porque el asno del doctor Nicolás era en verdad un vil animal y bastante trabajo tuve arrastrándolo.

La audiencia en sí tuvo lugar en el edificio destinado a las ceremonias, y me sentí muy contento al poder dejar las riendas del burro a los demás secretarios y seguir al doctor Nicolás hacia dentro, pasando por delante de los espléndidamente uniformados guardias y llevando entre las manos, con mucho respeto, el texto del discurso. Las paredes de los salones y de los pasillos eran de mármol pulido, pórfido y lapislázuli. Los suelos estaban cubiertos de valiosas, aunque gastadas, alfombras. De los techos colgaban lujosísimas lámparas, pero para ahorrar aceite y velas la audiencia se celebró durante el día. El palacio estaba frío como una tumba, porque sólo se habían colocado braseros a ambos lados del trono imperial, decorado con oro y con la imagen de un águila bicéfala. No había muchas personas presentes en la audiencia, pero todas llevaban sus ropas de gala por las que podía conocerse su rango, y todas se hallaban de pie en unos puestos minuciosamente definidos. A nosotros, también nos indicaron nuestros puestos y pude ponerme detrás del doctor Nicolás. El príncipe Constantino entró en la sala acompañado de Phrantzes y se colocó a la derecha del trono. El último en entrar fue el emperador y su séquito. Con cara de enfadado, se sentó en el trono, se estremeció un poco, cambió de posición y mandó que el maestro de ceremonias recitara las sagradas letanías. El emperador calzaba botas de púrpura adornadas con águilas bicéfalas, como señal de que él era el Basileus, rey de reyes, emperador del eterno reino y encarnación de Dios en la tierra.

Era un hombre moreno y de rostro hermoso, en la mejor época de su vida. Llevaba una barba negra y corta. Sus ojos eran grandes y expresivos y su cara podía adquirir visos de una gran vivacidad. En seguida se veía que era muy consciente de su rango y que tenía mucho temperamento. Escuchó con atención el discurso del doctor Nicolás, y debo confesar que éste habló muy bien, tranquila y convincentemente. Una vez más, juró y aseguró que, en efecto, la minoría del concilio, era la mayoría, y que representaba a la verdadera Iglesia, ya que la apoyaba el Papa y los cardenales. Repitió todas las argumentaciones presentadas hasta el momento y resumió el contenido de su discurso en una frase final:

—La Sede Apostólica, el Papa y el colegio de los cardenales, no se han equivocado ni nunca se equivocarán en las cuestiones religiosas, ya que son las piedras sobre las que está construida la Iglesia.

Hasta este punto había llegado a renegar de los ideales de su juventud, habiendo él mismo demostrado la infalibilidad y la superioridad del concilio sobre el Papa. Delante del emperador de Bizancio, rodeado de los extraños atuendos de los griegos y del brillo del mármol y del oro, se reconoció a sí mismo como fiel servidor del Papa. Terminó rogando al emperador que fijase la fecha de salida, para hacer realidad el testamento de Jesucristo sobre el amor mutuo de sus servidores. Para convertir en realidad este testamento, él había sacrificado ahora, por la presión de su conciencia, su fama de sabio, su convicción personal y la fe de su juventud. Al terminar su discurso era un hombre muy pobre, porque acababa de renegar por completo de todas sus convicciones y se había despojado de su valor anterior.

Seguramente el resultado valió la pena de aquel sacrificio. El emperador mandó leer un manifiesto adornado con un sello de oro, fijando como día de salida el veintisiete de noviembre. Pareció como si en la sala se oyera un suspiro de alivio generalizado. Muchos de los griegos se miraron y sonrieron. Pero el mismo emperador estuvo muy serio, como si hubiera sentido el peso de su decisión. Después de varias solemnes ceremonias, que para mí carecieron de significado, se levantó del trono y los numerosos cortesanos le siguieron en un orden riguroso. La audiencia había terminado y Phrantzes se nos acercó desde el otro lado de la sala y dijo:

—Vamos a buscar un sitio más templado. Aquí, hace un frío de mil demonios.

Sintiéndonos liberados después de la rigurosidad de las ceremonias, le seguimos hablando animadamente. Phrantzes nos pidió perdón por la austeridad de la audiencia y por la falta de los coros que habitualmente cantaban himnos en loor del emperador.

—Pero con esto habríamos perdido todo el día —dijo—. Y el emperador ya ahora está enfadadísimo, porque su asiento no había sido calentado.

A través de los jardines, nos acompañó a un bien templado edificio de madera, donde todo el mundo pudo comer y beber lo que quiso, invitados por el emperador. En la casa había jaulas y en cada una, un pájaro inmóvil. De vez en cuando podía oírse un delicioso y cristalino canto. No me di cuenta de ello hasta que Phrantzes me explicó que los pájaros no estaban vivos, sino que eran unas máquinas cantadoras hábilmente construidas por los griegos. Es la maravilla más grande que vi en el palacio.

Después de conversar cortésmente con los obispos y con el doctor Nicolás, Phrantzes se dirigió a mí y dijo:

—No te hemos visto, pero sin embargo no has estado invisible. ¿Cómo van tus estudios? ¿Ya has avanzado desde *La Ilíada* hasta *La Odisea*? Hablas el griego con más soltura que antes y tienes un acento casi correcto. Supongo que no has encontrado tú mismo la mejor y más barata manera de que un hombre joven y bien parecido pueda aprender rápidamente un idioma extranjero. Sería una pena, porque yo te ofrecería una persona que te enseñaría.

Le pregunté a qué manera se refería y quién era la persona que estaba dispuesta a enseñarme. Me sonrió con aquella sonrisa suya de hombre de mundo y me contestó:

—Está claro que has encontrado una muchacha para que te enseñe las complicadas declinaciones del griego y otras habilidades, que en nuestra ciudad se parecen a los verbos irregulares en el sentido de que también están dominadas por la libertad y por el capricho.

Se dio buena cuenta de la confusión que me estaba produciendo con esas palabras, y prosiguió en tono despreocupado:

—Naturalmente, no te voy a preguntar por tus aventuras, y el callarse es la primera condición de éxito en este arte que vuestro Ovidio, al estilo latino, construyó en seguida en forma de sistema. Pero me gustaría saber tu opinión personal acerca de cuál es mejor, el arte de amar latino o el griego. ¿Prefieres la pesada rigurosidad de Roma o la frívola alegría y las inocentes travesuras de Grecia?

—¡Por Dios! —exclamé, escandalizado—. ¿De qué está hablando? ¿Qué sospecha de mí? ¿Cree que he pasado todo el tiempo que llevo aquí corriendo detrás de las mujeres? Aparte de que ello sería imposible porque tienen la costumbre de encerrarlas en jaulas e incluso las obligan a taparse la cara ante los extranjeros.

—No hay nada imposible en el arte de que hablo —me contestó—, y, sin duda, tenemos nuestras buenas razones para encerrar a nuestras mujeres en jaulas. Pero las dificultades sólo aumentan el encanto del arte, al igual que la dificultad del idioma griego aumenta su belleza, y cuando menos se ve de una mujer, tanto más tentadora es a los ojos de un hombre. Sea como sea, una mujer sabia y comprensiva es la mejor maestra de idiomas para un joven, el interés personal aumenta la capacidad de aprender y, dentro del marco de la amistad, ambos se producen placer, la maestra a su alumno y el alumno a su maestra. Realmente es una pena si debo entender, basándome en tus palabras, que no has encontrado una maestra así y que tus prejuicios te hayan impedido quizás utilizar un atajo tan bello para tus estudios.

—No tengo prejuicios —dije—. Pero los placeres de los sentidos no me han atraído, y no entiendo muy bien qué quiere decir. Y aunque lo entendiera ya es tarde, porque al final de la semana emprenderemos el viaje.

—¿Así que nadie ha logrado todavía seducirte en esta ciudad? —preguntó—. ¿No te han seguido muchachas riendo tontamente, no te ha llamado una blanca manita entre las cortinas de una litera, no te han echado una flor de entre las rejas del gineceo en las iglesias? ¿Es que tu castidad, es de verdad, tan inconmovible?

—Sí, búrlese de mí —dije—. Hace una semana, quizás hubiera sido inconmovible, pero ahora ya no estoy tan seguro de mí mismo.

—¿Quieres ponerte a prueba? —preguntó—. No le demos más vueltas. Entre gente civilizada el amor no es pecado. En Constantinopla, incluso en el palacio de Blachernai, hay mujeres avanzadas, liberales y hermosas, que no tienen nada en contra de una aventurilla, si tiene lugar en secreto y pueden estar seguras de un absoluto silencio. Si quieres, gustosamente te presentaré a una de estas mujeres.

—En los prostíbulos del puerto —contesté— también hay mujeres bellas y liberales. A través de los marineros, un par de ellas me han hecho entender que sería bienvenido a sus camas sin pagar nada, si yo quisiera. Pero sólo siento aversión hacia tales mujeres.

Se ruborizó un poco cuando comparé a sus frívolas amigas con las prostitutas del puerto. Sin embargo, no se enfadó sino que respondió:

—Sí que eres testarudo, pero es evidente que el hecho de que seas forastero y tan retraído atrae a las mujeres. En este asunto yo sólo soy un mensajero y, a decir verdad, no me tomaría el papel de proxeneta si no se tratara de una mujer que se merece todas las atenciones. Quiera lo que quiera de ti, puedo asegurarte que no tendrás que arrepentirte, y yo mismo estaría dispuesto a dar cualquier cosa por cambiar de lugar contigo. Pero si emprendes este asunto, te digo de antemano que te vas a jugar la vida. Si dices una sola palabra de ello, te encontrarás en el mar con el cuello cortado, y los peces se comerán este hermoso rostro que podría encaprichar incluso a un hombre.

Su tono de misterio me impresionó, puesto que percibí que hablaba en serio.

—¿Por qué precisamente yo, y quién es que quiere conocerme? —le pregunté.

—¿Cómo voy a saberlo yo? —me contestó—. Y no hagas preguntas. Ésta es la primera condición. No preguntes nada, no te asombres de nada y no demuestres ninguna clase de curiosidad. Y si, como amigo, puedo darte un consejo, cuanto más retraído te muestres mejor impresión causarás.

Tomó una bonita y redonda manzana de una fuente que le ofreció un sirviente, me la dio y dijo:

—Toma esta manzana y sigue al eunuco que te señalaré. Te llevará a una habitación en la que hay tres mujeres. Míralas bien y luego entrega la manzana a la que consideres la más hermosa. Si alguna de ellas intenta hacerte hablar, no digas nada ni contestes a ninguna pregunta. Pero no tengas prisa en tu elección porque, si te equivocas, insultarás profundamente a una dama de muy alto rango. No hay nada malo en esto, el juego divierte incluso al eunuco. Ellas quieren saber cuál es la más bella a los ojos de un latino, y te han elegido a ti como árbitro. En cuanto hayas entregado la manzana, volverás por el mismo camino y yo te esperaré aquí con mucha curiosidad.

Hizo una señal con la cabeza al eunuco, cuya cara era redonda e imberbe, y al que seguí, con la manzana en la mano, mientras él se reía. Me llevó a la parte trasera del edificio y, por unos paseos flanqueados de árboles, a un palacio que se hallaba cerca de las murallas de la ciudad y del palacio imperial, en cuya habitación de pórfido daban a luz las emperatrices. Pasamos una puerta lateral, y me llevó por unas escaleras a una bonita y cómodamente amueblada habitación, cuyas ventanas estaban protegidas por fuera con rejas doradas. En la habitación había tres hermosas mujeres. Una era morena, otra rubia y la tercera se había teñido el pelo de rojo. Al verme, soltaron una tintineante risa y se levantaron para pasar delante de mí, mirándome a los ojos con curiosidad. Las tres iban vestidas de igual manera con sencillas ropas blancas, pero la tela era de seda y llevaba bordados de plata. Los blancos brazos y cuellos estaban desnudos y los cabellos habían sido peinados con arte y fijados con cintas de plata y alfileres de adorno.

Intenté mirarlas con atención y vencer mi timidez, pero su risa y sus atrevidas miradas hicieron que se me calentasen las mejillas. La morena casi se apretó contra mí, me tiró de la manga como haciéndome una señal y acercó su rostro al mío hasta que pude sentir el fuerte aroma de sus perfumes. La pelirroja me hizo payasadas, con los ojos llenos de risa. Tenía la nariz respingona y gruesos los labios, lo que la hacía parecer temerariamente frívola. La más callada de ellas era la mujer rubia, que tenía delicadas extremidades y fina cara. Sus cabellos eran de un color tan dorado que sospeché que ella también se los había teñido. Me miraba con ojos meditabundos y curiosos y se ruborizó un poco cuando se encontró con mi mirada. Después de pasar delante de mí muy lentamente, se acercó a la ventana aparentando que miraba hacia fuera, pero yo me di cuenta de que respiraba con dificultad, como si estuviera muy tensa.

—Es mudo —dijo la morena, burlona.

—Di algo —me exhortó la pelirroja, y me guiñó un ojo como prometiéndome los placeres más maravillosos y tentadores.

Volví a mirar a las tres, sin sentir hacia ellas ninguna clase de atracción. Pero la rubia me parecía la más bella y la que se portaba con más decencia. En consecuencia, me acerqué a ella y le ofrecí la manzana. Su rostro se iluminó como ante una inesperada alegría, pero, sin embargo, negó con la cabeza fingiendo espanto, hizo como si echase una tímida mirada a las otras dos y no aceptó la manzana. Las mujeres que yo había rechazado intentaron asustarme con gritos y exclamando que me había equivocado. A pesar de todo, puse la manzana en la mano de la mujer rubia. El contacto con mi mano la hizo estremecer como si fuera tímida, pero cuando me miró a los ojos pude percatarme de que estaba lejos de serlo y que tampoco era tan decente como yo había pensado.

Al volverme para salir, la pelirroja me dio un doloroso pellizco y la morena me pegó un leve cachete, pero, sin regañarme más, dejaron que me fuera y el eunuco me llevó de regreso a la sala donde se celebraba la fiesta. El doctor Nicolás y los obispos seguían allí, comiendo, bebiendo y hablando animadamente con los cortesanos que les rodeaban. Tenían todos los motivos para celebrar este festejo, ya que la decisión del emperador significaba el final de una espera de casi dos meses y el feliz término de la tarea de la embajada. Phrantzes se me acercó y preguntó, curioso:

—¿Cómo te fue?

El eunuco contestó, riendo:

—Tuvo mucha vista.

—Elegí a la que me pareció la más hermosa —dije—. Pero el juego no me divirtió nada.

—¿Has visto mujeres más bellas en algún país occidental? —preguntó Phrantzes.

—He tenido cosas más importantes que hacer que mirar a las mujeres —le contesté, irritado—. Dime, ¿quién es ella?

Phrantzes se puso sombrío y respondió:

—No preguntes, es mejor para ti.

Luego me guió muy amablemente por el edificio, enseñándome las maravillas allí existentes y cuyo propósito era divertir a los embajadores que llegaban de los países bárbaros. Aburrido, pensaba ya en regresar al barco, pero él me entretuvo tercamente como si estuviera esperando algo. Intentando mantener mi interés, me presentó al bibliotecario superior, Balsamón, y le preguntó si me podía enseñar la biblioteca del emperador. Le contestó que, a un latino, le sería muy útil ver la apabullante colección de escrituras que había reunido con vistas al viaje, para demostrar que el Espíritu Santo no procedía del Padre y del Hijo, sino, como máximo, a través del Hijo. Phrantzes palideció de cólera y le recordó que el emperador había prohibido rotundamente toda argumentación previa con los latinos. El bibliotecario superior se asustó y dijo que había querido bromear. Phrantzes le espetó que no se podía bromear con las cosas sagradas.

—Quizá sea un hombre pecador y corrompido por el mundo —dijo—, pero sé mantener separados lo sagrado de lo que no lo es.

Me llevó al archivo y me quedé desalentado al ver los innumerables arcones en que se había metido toda la sabiduría teológica del oriente para el viaje.

—Dios tenga piedad de todos nosotros —dije—. A decir verdad, hará falta la presencia del Espíritu Santo y todo el amor cristiano antes de que se hayan solucionado todas las discrepancias. Hasta los Santos Apóstoles se horrorizarán al ver estos montones de libros, porque ellos fueron elegidos de entre los pobres y los ignorantes. Durante mil cuatrocientos años hemos sido capaces de enterrar la sencilla doctrina y la gracia de Jesucristo debajo de esta inmensa sabiduría terrenal.

—No te asustes —dijo Phrantzes—. Todo esto ya está solucionado de antemano. El emperador conseguirá la unión, porque políticamente es imprescindible. Aunque los debates durasen un año o dos, es obligado que la Iglesia latina y la griega lleguen, por fin, a un acuerdo sobre el origen del Espíritu Santo. Si los hombres más sabios de ambas Iglesias, en nuestros tiempos civilizados, no alcanzan la unanimidad o, al menos, un compromiso satisfactorio, quedaremos en ridículo ante los paganos y los mahometanos.

Hasta la caída de la tarde estuvimos viendo juntos los manuscritos más antiguos de Platón que había en la biblioteca. Phrantzes me enseñó asimismo algunos manuscritos alejandrinos muy frívolos, pero no me divirtieron.

—Está oscureciendo —me dijo por fin—. Te daré un acompañante que te iluminará el camino con su antorcha.

Le contesté que era un honor demasiado grande para mí, pero él insistió, me acompañó como medio distraídamente hasta la puerta del palacio y se quedó mirando a su alrededor, hasta que se nos acercó un hombre, sucio y con cara de imbécil, que me señaló con el dedo, y aquél le dijo:

—Lleva a este joven donde tiene que ir.

El hombre encendió su antorcha con la que había al lado de la puerta, soltando gruñidos incomprensibles.

—No sabe hablar —explicó Phrantzes—, pero puedes seguirle sin miedo. Sabe adonde vas. Yo no lo sé ni quiero saberlo, pero te deseo todos los éxitos en tus continuos estudios del griego.

Empecé a temer que me había metido en algo que no podría solucionar yo solo, porque después de guiarme durante algún rato por la calle principal, mi acompañante torció hacia una callejuela apartada y cuando intenté resistirme y explicarle que la misma iba hacia el puerto, se colocó delante de mí y, con insistentes golpecitos, me dio a entender que debía seguirle. Era fuerte y sus puños parecían duros, de manera que no quise empezar una pelea con él en la oscura calle. Le seguí y después de haber andado un poco me señaló una puertecita en el muro y me exhortó a entrar. La puerta no estaba cerrada con llave, entré, y el hombre se marchó y apagó la antorcha.

A la luz de la luna pude ver que había entrado en un jardincillo, en el centro del cual había una menuda casita de madera. Se veía luz en las rendijas de las contraventanas y de la puerta. Entré y miré a mi alrededor, pero no vi a nadie. Un par de lámparas iluminaban la estancia despidiendo un delicado perfume y en la gruesa alfombra había bordadas flores multicolores, de forma que me parecía como si estuviera andando por un florido jardín. Encima de una mesa baja había dispuesta fruta, dulces y vino. Detrás de un ligero cortinaje había otra habitación, con una ancha cama y un lavabo con tapa de pórfido y con valiosas jarras y toallas. Todo esto me pareció ominoso y me vino un deseo loco de salir corriendo, como si me hubieran tendido una trampa. Sobre un atril de madera negra había un libro encuadernado en piel y decorado en oro. Una de las lámparas había sido colocada cerca para iluminarlo. Me arrodillé sobre el cojín y abrí el libro al azar, pero volví a cerrarlo de golpe y me levanté de un salto. El libro sólo contenía dibujos persas coloreados, cuyo objetivo no podía equivocar ni al más inocente.

Salí apresuradamente al jardín. La luz de la luna plateaba los desnudos árboles. Las hojas secas de los plátanos crujieron bajo mis pies. La puertecita seguía abierta. La entreabrí, y miré a la sucia callejuela. No se veía a nadie. El ruido de la ciudad parecía haberse alejado, era como si me encontrase en otro mundo. La confusión de mis pensamientos se volvió a convertir en una temeraria paz. Pensé que ya no era un niño. Pensé que no actuaba obcecado por mis sentidos, sino fría y premeditadamente. Había estado dispuesto a cometer un terrible pecado por culpa de mi propia desilusión. Sólo me había detenido la reflexión de que habría hecho daño inútilmente a una muchacha inocente, destruyendo su vida. La persona que me había hecho llegar hasta aquí estaba lejos de ser inocente. Pasase lo que pasase, ella sabría responder de las consecuencias. Pero si me suponía una inexperta víctima suya y ello le causaba placer, se equivocaba. Mi frialdad me protegía. Ninguna mujer podía deslumbrarme con sus tentaciones. Al menos, esto es lo que creía. La elección quedaba en mis manos.

Vacilante, permanecí un rato al lado de la puerta, la volví a cerrar y regresé a la casita. Ya no me hallaba solo en la estancia. Completamente inmóvil, de pie en la penumbra de un rincón, estaba la mujer de los cabellos dorados. Al verme se movió, dejó caer su verde capa y se acercó a la mesa con armoniosos movimientos. Intentaba fingir una natural despreocupación, pero, ante mi asombro, noté que le temblaban los blancos dedos cuando eligió un dulce de la mesa y lo mordisqueó distraídamente. Por muy increíble que me pareciera, experimenté la sensación de que tenía tanto miedo de mí como yo de ella.

Sin mirarme, me preguntó en voz baja:

—Ibas a marcharte. ¿Por qué?

Llevaba el rostro ligeramente maquillado y, con su belleza, parecía una imagen. Se había pintado las cejas como delgadas líneas de azul oscuro y su boca estaba teñida de rojo. También llevaba algo de carmín en las mejillas y, alrededor de los ojos, una sombra azul.

—No me gusta esto —dije—. ¿Qué quiere de mí?

Me contestó preguntando:

—¿Por qué me diste la manzana precisamente a mí?

—Usted era la más hermosa de todas —contesté—. Supongo que es la mujer más bella que he visto jamás.

—¿Y no te basta esto? —preguntó. Y a continuación pidió—: Sírveme vino.

Le escancié vino en una bonita copa de cristal. La levantó con mano temblorosa y bebió. Estaba tan asustada que derramó un poco sobre la delgada y blanca seda de su vestido.

—¡Oh! —exclamó, tocando la mancha con sus dedos. Titubeando, me ofreció luego la copa y preguntó—: ¿No quieres beber conmigo?

—Nunca he bebido vino —le respondí.

—Lo hace todo más fácil —insistió.

—Precisamente por esto —dije.

—Sin embargo, bebe —me rogó—. Bebe para complacerme. Bebe tu primera vez conmigo, porque estoy muy asustada.

Tomé la copa de su mano. Al rozar nuestros dedos, la mujer se estremeció. Bebí un buen trago. El vino despedía un fuerte olor y su sabor amargo me llenó la boca. Le habían mezclado mirra. Mi cuerpo fue invadido por un tenue calor. La mujer se sentó, me hizo sentar a su lado y empezó a hablar:

—Te equivocas mucho si empiezas a despreciarme por mi comportamiento. A mí tampoco me gusta esto. Y no es mi costumbre ver en secreto a hombres desconocidos. Todo lo contrario, te tengo miedo y me arrepiento mucho de haber comenzado todo esto.

Miré a mi alrededor con aire sarcástico. Se encolerizó y exclamó:

—¡No, no, no me comprendes! Esta casa no la he arreglado yo. Hasta hoy ni siquiera sabía que existían tales casas. Tengo una frívola amiga que me ha venido asegurando que una mujer como yo tiene el derecho de hacer lo que quiera, aunque a los ojos de los demás sea un pecado. Cuando me contaba sus propias aventuras pensaba que bromeaba y se lo inventaba todo. En este instante, estoy muy confusa al ver que lo que me contaba es verdad. Lo único que quería era verte con toda inocencia para hablar contigo sin que nos molesten ojos ajenos, pero ahora estoy asustada.

—Nada nos impide hablar —dije—. Es verdad que está entrando la noche y estamos solos, pero no seré yo quien atente contra su inocencia y abuse de su falta de previsión.

Se mordió los labios, me echó una mirada y me dijo, un poco irritada:

—Por favor, bebe un poco más de vino.

Hice lo que me había pedido y me sentí agradablemente soñoliento. Me hacía mucha gracia hacerla rabiar.

Intentó otra vez convencerme y dijo:

—Debes comprenderme. Te vi en la basílica de Santa Sofía donde acompañé a las damas imperiales al servicio religioso. Desde entonces he querido volver a verte. Hasta he hablado demasiado de ti, porque mis amigas han empezado a bromear conmigo. No te burles también tú de mí, ya que me he arriesgado tanto y he puesto en peligro mi reputación para poder verte.

—¿Y no habría podido servir para lo mismo un fornido mozo de cuadra o un avispado cortesano? —pregunté.

Sollozó, y logró derramar una lágrima de sus hermosos ojos.

—Eres cruel y malicioso al decirme esto —me acusó—. Me has embrujado y no desearía otra cosa que poder dejar de pensar en ti, pero tu imagen me sigue día y noche y tus fríos ojos me llenan de angustia.

—No digas tonterías —le contesté, porque el vino me hacía sentir fuerte—. Tú sólo eres una prostituta, una frívola e indecente mujer, peor que las meretrices del puerto, si sólo haces por tu placer lo que ellas hacen por dinero y obligadas por la necesidad.

Se puso de pie de un salto, fuera de sí por el asombro y la rabia y, golpeando el suelo con el pie, exclamó:

—¿Cómo puedes, cómo te atreves a hablarme así, cuando estoy intentando vencer toda mi timidez femenina y confesarte que, sin querer, me he enamorado de ti?

La así de un brazo y la obligué a sentarse de nuevo a mi lado.

—No finjas —dije.

Sin intentar liberarse de mi mano se quedó mirando hacia el frente, mordiéndose los labios y con la cara convulsa como si estuviese a punto de llorar.

—No me crees —dijo luego—. Supongo que la culpa es mía. Me equivoqué y ahora tengo que pagar por ello. Puedes despreciarme. Estoy en tu poder. Haz conmigo lo que quieras. Como ves, ya no lo puedo impedir.

—Yo no quiero nada —contesté. Le solté el brazo y me recosté. El vino me hacía sonreír de placer—. Fuiste tú quien me hizo llegar aquí. Haz tú lo que quieras, yo no me opondré.

Me miró con sus ojos negros en el maquillado rostro y dijo:

—Si me quedase lo más mínimo de propia estimación, me iría y mandaría a alguien para que te matara.

—Por favor, hazlo —respondí, sin saber ya con seguridad si hablaba yo mismo o el vino mezclado con mirra que tenía dentro—. En efecto, me harás un gran favor si mandas que me maten. He llegado al final de mi camino y ya no sé qué hacer. No soy bueno y no sé ser lo suficientemente malo tampoco. A decir verdad, estoy desesperado. Sólo por esto seguí tu tentación. Si quieres saberlo, me siento completamente miserable.

»El vacío por encima, el vacío por abajo y, en medio, un puñado de tierra —continué, mientras empezaba a tener unas enormes ganas de llorar—. Incluso la belleza es tan sólo un espejismo y puedo ver la mueca de la calavera detrás de tu suave rostro. Y no hay nada más. Por esto sería lo más sencillo si mandases a alguien que me matara. Pero no lo harás. Me harás algo mucho peor. En tus brazos, me quieres llevar a la tristeza y a la vergüenza de la tierra de una tumba.

—¿De verdad eres infeliz? —me preguntó, interesada—. Yo también lo soy. Y no bebas más vino, no te conviene. Todo es mucho más agradable si no te emborrachas.

—No digas tonterías, loca —le solté, irritado—. Dame un trago de vino, porque soy como un tonel agrietado y hasta mis conocimientos se han escapado entre las resecas tablas. Después puedes entretenerme contándome tus penas, para que podamos ser infelices juntos y, pecho contra pecho, llorar las miserias de la vida. Luego cuéntame tu filosofía para que aprenda de ella.

Me miró apreciativamente y contestó:

—Te daré más vino si primero me besas. También comprenderás mi filosofía si quieres besarme.

—Muy bien, trato hecho —dije. La agarré y la besé. Ella se agarró a mí y contestó a mi beso de una manera que me sobrecogió. Parecía que se hubiera abierto un infierno lleno de llamas dentro de mi boca. Jadeante, se retorció entre mis brazos hasta que una buena parte de su cuerpo quedó expuesta, de cintura para arriba. Al relajarse, se cubrió los pechos con las manos y susurró:

—No, no, no debes hacer esto.

Me apartó de ella y, al cabo de un instante, se levantó sin molestarse en tapar su hermosa desnudez y me sirvió más vino, pero sólo media copa. Su vestido colgaba de uno solo de sus hombros. Por ello, le pregunté:

—¿No tienes frío?

—No, no tengo frío —contestó—. ¿Entendiste mi filosofía? —me preguntó.

—Quizás —contesté—, aunque parte de ella aún me queda por adivinar, pero tenemos toda la larga noche por delante. Como griega, eres una sofista y, según puedo observar por tu comportamiento, eres también por lo demás una mujer bien educada. Por esto me gustaría que me expliques asimismo con palabras tu filosofía, antes de demostrármela con hechos.

—¿Hablas en serio? —me preguntó, asombrada—. ¿Eres de madera o de hielo? Ten cuidado, porque tu frialdad pronto me haría enfadar.

—El gato también se queda a veces sin el ratón, si tiene demasiada prisa —le dije, bromeando, mientras una risa producida por el vino burbujeaba dentro de mí, hasta que me parecía que mi cuerpo entero estaba lleno de suave espuma. A decir verdad, a mis ojos era muy bella y yo la miraba experimentando un placer desapasionado, como si estuviera contemplando la escultura más hermosa.

—Soy mujer y pienso con mi cuerpo —dijo—. Ésta es mi filosofía. Los hombres más sabios se suben hasta el cielo y cuentan con números las medidas de las esferas. A los místicos se les revela la luz de la verdad cuando se hunden, rezando y ayunando, en las profundidades de sus meditaciones. Los hombres se imaginan que andan inmensas distancias en las alturas del universo y en las profundidades de su propia alma. Para mí, todo esto son tonterías. Durante el breve momento del éxtasis, experimento en un punto muy concreto de mi cuerpo una sensación ilimitada, que me da mucho más que lo que jamás pueda sentir toda la sabiduría y toda la filosofía masculinas. Ésta es mi filosofía. Para mí es la verdad que yo comprendo, pero como teoría es igualmente imposible de demostrar como las de los hombres cuando dicen que han encontrado la verdad.

—Tu verdad es un pecado y tus palabras, una blasfemia, mujer desvergonzada —dije.

La mujer me acarició levemente una rodilla, moviendo lentamente su mano por mi cuerpo hacia arriba, y dijo:

—Hay muchas clases de verdad, unas para los avanzados y otras para los que no lo son. A mí me han asegurado que, para una persona avanzada, ya nada es pecado. Incluso dentro de la Iglesia, ha habido doctrinas según las cuales el placer de los sentidos es deseable y no se debe prohibir, aunque estas doctrinas hayan sido consideradas como herejías. Sin embargo, mi razón de mujer no puede asimilar las doctrinas esotéricas. Sé solamente que la Iglesia gobierna los medios de la Gracia mediante una sabiduría teológica que no está al alcance de los legos. Fuera de la Iglesia no existe la salvación, se esté en pecado o sin él, pero a través de la Iglesia siempre tendré la Gracia a mi alcance, por muy pecadora que sea. Entonces, si mi verdad es pecado, siempre tendré ocasión de arrepentirme cuando sea vieja y fea y esté cansada de mi verdad.

Intentando calmarla, le así una mano y le pregunté, enfadado:

—¿Qué intentas hacerme?

—Sólo enseñarte mi filosofía —contestó, respirando aceleradamente—. Quítate estas molestas ropas y veremos qué filosofía es más fuerte, la tuya o la mía.

—Tendré frío —dije, resistiéndome.

Pero el vino apagaba mi sentido del pudor e hizo que la ropa empezase a molestarme.

—No temas, no tendrás frío —respondió, arrodillándose delante de mí y empezando a desabrochar las hebillas de mi traje. Y tenía razón. No tuve frío.

Pero sus expertas caricias demostraban que era verdad todo cuanto le había dicho de ella. No sentía amor hacia mí. Me manipulaba como a una máquina, cuya mecánica sus labios y sus dedos conocían hasta el último detalle. Todo me lo hizo fácil y mi inexperiencia sólo le produjo placer, hasta que el mío me hizo temblar como si sintiera un punzante dolor y mi fuerza de vida salió de mí a borbotones, igual que la sangre de una arteria cortada. Entonces ella se estremeció, abrió los ojos mirando a lo lejos, y sus pupilas quedaron inexpresivas como las de una muerta. Luego sonrió, me miró y volvió a empezar, continuando su horrible juego hasta que me sentí mareado y no pude más.

Entonces se puso muy tierna, me acarició levemente las mejillas y los costados, me dijo bellas y tiernas palabras y me susurró al oído:

—Todavía eres un niño. Eres un muchachito encantador.

Pero, créeme, las personas están terriblemente solas en el mundo. Las palabras son sólo unas señales incompletas y te hacen equivocar. Nunca puede el hombre conocer a otro por las palabras. Únicamente en la cama dos personas pueden encontrarse y sentirse la una cerca de la otra. Cuando dos personas se encuentran en la cama sin querer hacerse daño, es la representación de la amistad sublime. Es una cosa de la que jamás tendrás que arrepentirte.

Así me habló después de haberme dejado completamente exhausto, de haberme utilizado para su propio placer y de haberme producido un inmenso placer a mí también. Así me enseñó, y esta filosofía suya me gustó más que la primera, así que caí en un profundo sueño sin tener ya miedo alguno de ella.

El sol ya había salido cuando me despertó por la mañana, vestida con su capa verde.

—Es hora de levantarse —dijo—. Lávate y come. Luego ven al jardín. Te quiero dar un recuerdo para que no me olvides. Pero después tendrás que irte y nunca más debes volver a verme.

Me levanté de la cama, y jamás había sentido el agua tan fresca y viva en mi tibia piel. Me vestí rápidamente y sentí mi cuerpo más ágil que antes; el mero hecho de moverme me producía como un encantamiento. Estaba muy hambriento y comí todo cuanto quedaba en la mesa. El comer me produjo placer. Sólo sentía la cabeza un poco pesada. Sin remordimientos, bebí un poco de vino. Un delicioso y acariciante temblor pasó por todo mi ser, como si hubiese renacido en una mañana paradisíaca.

Al salir al jardín, me quedé deslumbrado por un raro sol de noviembre. Encima de mi cabeza, el cielo tenía un intenso color azul. En el jardín, protegido por muros, no se sentía el viento y hacía calor como en verano. Vi a la mujer de pie al lado del estanque de agua bordeado de piedras verdes, y cuando me acerqué a ella vi un par de peces grandes que nadaban en el agua cristalina, moviendo lentamente las aletas. Al moverse, se podían ver los plateados costados moteados de púrpura.

La mujer fingía no verme. Con los ojos medio velados

y soñadores, dejó caer la capa verde y quedó desnuda al borde del estanque. Con lentos movimientos, tomó una bandejita de plata y empezó distraídamente a tirar a los peces unas bolitas que parecían de cera. El agua se movía levemente cuando los peces se acercaban para comer. Con delicados movimientos, la cabeza baja como si meditase, daba de comer a los peces, consciente en todo momento de su belleza. A la luz del sol su cuerpo parecía de oro y de marfil. Sin mirarme ya, hizo un movimiento con la cabeza indicándome que tenía que marcharme. Lo entendí, al igual que entendí lo superfluas que hubieran sido las palabras en aquel instante.

Ya al lado de la puerta, miré su cuerpo tan bellamente redondeado y sus soñadores movimientos, sin sentir deseo, deslumbrado tan sólo por su hermosura. Luego me fui, sabiendo que no olvidaría jamás esta última visión. A pesar de que su belleza era sólo una cáscara vacía y sus pensamientos, lujuria premeditada, experimenté una gran gratitud hacia ella por separarse de mí de una manera tan bonita.

Me había enseñado a conocer mi cuerpo, el deseo y el placer, pero si se imaginaba que había logrado que yo asimilara su filosofía o la echase de menos, se equivocaba. Cuando aborrecía el placer, no sabía exactamente de qué huía en las mujeres. Ahora sí lo sabía y mi experiencia me hizo fuerte, porque supe que el placer no valía la pena de que jamás me entregase ciegamente como esclavo de mi propio cuerpo, siguiendo mis pasiones. En sus brazos, y a pesar de mi embriaguez, había conservado mi frialdad y mi capacidad de deliberar, y al mirar su rostro durante el fugaz momento de su éxtasis había visto en sus ojos que el placer era el hermano de la muerte. Yo era el señor, y la pasión era el esclavo que yo podía someter y poner a mi servicio, si quería. Esta seguridad me hacía fuerte.

Mientras me dirigía al puerto, mi seguridad creció y comprendí que aquella mujer, con su filosofía, sólo era una persona débil, falible y equivocada, que en su obcecación intentaba adornar la cárcel de su cuerpo con un delicioso nido de placeres. No se la podía condenar, sino únicamente compadecerla, porque sería castigada ya durante su vida. Después de perder su belleza, debería experimentar que lo único que quedaba era su deseo, que la torturaría hasta el final de sus días y la reduciría al nivel de los animales. Había elegido el camino del infierno carnal y un día, cuando procurase dejarlo, debería darse cuenta, horrorizada, de que ya era demasiado tarde.

Todo esto me imaginé que comprendía con la perspicacia de mi juventud y con mi crecida propia estimación. Un dulce fuego seguía correteando por mi cuerpo y no experimentaba arrepentimiento ni dolor por mi pecado y mi caída. Todo lo contrario, sentía que había crecido y que mis conocimientos habían aumentado. Externamente era pobre, pero me vanagloriaba de mi pobreza porque mi secreta seguridad me decía que dentro de mí había algo que el más rico me hubiera podido envidiar. Con la pasión como arma, el cuerpo humano podía hacerse sonar como cualquier instrumento de música y sacar de él todas las notas a voluntad, desde el éxtasis hasta la más honda desesperación. Eran las mujeres las que mejor sabían hacerlo, volviendo locos a los hombres más sabios y llevándoles a hacer tonterías, pero el hombre que aprendiera el mismo arte podía, fríamente, aprovecharse de las mujeres si lo deseaba, y ni el más protegido pudor, ni la más ferviente religiosidad, ni la mejor educación, protegían a la mujer del acoso de un seductor.

Un irresistible impulso me llevó a través de la ciudad hasta la basílica de Santa Sofía. Sus pilares no me cayeron encima, ni lloraron por mí las imágenes de los santos con sus doradas facciones. La cúpula de la sabiduría se elevaba a alturas vertiginosas sobre mi cabeza y no me sentía pecador, sino que mi mente estaba abierta y fríamente despejada. Se había escrito: «Pobre del que produce la tentación». Pero uno se podía salvar después de caer en la tentación, porque el mayor pecado era el de seducir premeditadamente a otra persona. Yo había encontrado la tentación, y la tentación estaba en mí en forma de posibilidad de usar mi poder sobre los demás para llegar a mis propios y egoístas objetivos. En el resplandor de pórfido y mármol pulido, oro y piedras preciosas, el Tentador, en forma de mi persona, paseaba por la iglesia más maravillosa de la cristiandad. Yo era el ángel caído, el sirviente del negro dios si quería someterme a servirle para ganar el mundo entero.

Pero yo no quería hacer tal cosa. Anhelaba sabiduría y más sabiduría. La riqueza y las joyas, las valiosas ropas y los placeres de la mesa sólo ataban al hombre y le esclavizaban. Como si hubiese tenido una aparición, de repente vi con claridad que este maravilloso templo, con todos sus tesoros, con sus pilares de pórfido originarios de templos paganos y con todo su lujo, era tan sólo un edificio erigido por manos humanas, en cuya fría penumbra se hallaba enterrada la fe viva. La basílica reflejaba tan sólo la ambición humana, el estúpido orgullo humano por vencer todas las anteriores maravillas de la arquitectura. Era una maravilla hecha por el hombre y no por Dios. La fe estaba muerta y enterrada. Usando los medios de la Gracia, los santos sacramentos, la Iglesia seguía adelante, pero vacía por dentro. Se podía encontrar a Dios más fácilmente en el más pobre corazón humano que en esta abominable y muerta maquinaria de costumbres, leyes y teología. Pero si alguien tuviera la valentía de elevar su voz para manifestarlo, sería lapidado, quemado en una hoguera o expulsado de entre los hombres como el peor hereje.

Asustado por mis propios pensamientos, regresé al puerto por una tortuosa callejuela y subí al barco, sin ni siquiera mirar la casa inclinada en la que me había imaginado conocer el amor celestial. Tan totalmente, como una sombra, se había alejado Ana de mi pensamiento.

Sin embargo, ella no me había olvidado. Al día siguiente un marinero vino a decirme, burlón, que alguien preguntaba por mí en el muelle.

—Una muchacha —dijo— delgada como una gallinita desplumada. Y está llorando. Espero que no la hayas seducido. En tu cara se puede ver la hipocresía. ¿Dónde estuviste hace dos noches?

Me dio un codazo en el costado, guiñó un ojo y propuso:

—Haz que entre en el barco y la compartiremos. Un pecado compartido es más llevadero.

Supongo que no tenía tanta malicia, sino que sólo se sentía curioso, ya que los marineros tienen la costumbre de jactarse de las cosas más terribles que dicen haber hecho o que están dispuestos a hacer, aunque, a la hora de la verdad, son buena gente y se muestran piadosos, sobre todo estando en peligro de naufragio. Al menos sabían rezar con igual fervor que con el que blasfeman en tierra firme. Por ello no presté atención a sus insinuaciones, salí al muelle y, experimentando gran irritación, encontré efectivamente a Ana, tapada hasta la cabeza con un velo barato; una cesta le colgaba del brazo. Algunos marineros se habían reunido a su alrededor y la molestaban, tirando de su velo para verle la cara, invitándola a embarcar para conocer la nave y explicando detalladamente lo que iban a hacerle en cuanto estuvieran bajo la cubierta. Cuando llegué, me hicieron sitio fingiendo respeto, dándose golpecitos entre risitas y señalándome con el dedo. Ana se agarró a mi brazo, temblando de miedo. La saqué rápidamente del muelle y la acompañé otra vez a la ciudad, preguntándole enfadado por qué había puesto en peligro su reputación viniendo al puerto, que, sin acompañante, sólo era visitado por las malas mujeres.

—Por Dios, Ana, ¿qué más quieres de mí después de haberte dejado en paz? —pregunté.

Me miró con los ojos llenos de lágrimas y su rostro era tan pequeño y estaba tan pálido que parecía todo ojos.

—Se ha fijado la fecha de tu salida —contestó—. Tenía que verte una vez más.

Su rostro tenía las facciones tan finas y era tan inocente como la imagen de la Virgen en la iglesia de los Apóstoles. Comprendí bien el esfuerzo que había tenido que hacer para acudir sin protección al sucio y bullicioso puerto. Creo que sentía como si algo se hubiera roto dentro de ella, al darse cuenta de que ningún orgullo ni pudor femeninos pudieron impedirle buscarme. Como era consciente de ello me sentí halagado. Cuando la miraba y la sentía temblar a mi lado, tuve un vago recuerdo del encantamiento de la primera vez que nos vimos. De nuevo era a mis ojos como un ángel que había tenido que bajar de la luminosidad del cielo a las tinieblas de la tierra. Tuve la sensación de que su cuerpo hubiera brillado bajo las sencillas ropas, como una lámpara de alabastro.

—Ven, te acompañaré a casa —dije.

Me siguió humildemente, pero no me dirigí colina arriba, sino que empezamos a caminar desde la puerta de San Marcos, entre la muralla y el borde del agua, hacia la iglesia de San Demetrio y el pilar gótico. Allí, en una empinada colina, había viejos árboles y trozos medio enterrados de los pilares de un antiguo templo pagano. Desde una terraza de aquella colina, podíamos ver las murallas de la costa y sus torreones, Pera con sus edificios al otro lado del puerto, el azul del Bósforo y las olas del mar de Mármara con sus chillonas aves.

—Aquí estamos a solas —dije, y me senté en el suelo. Ana extendió su capa y se sentó a mi lado, tapándose púdicamente los pies. Al mirarla, sentí de repente mucho hambre. Palpé la cesta que ella había traído, partí un trozo de pan y, con mi cuchillo, corté un pedazo de queso. Cuando me puse a comer todo volvió a ser natural y entonces pude sonreír de nuevo.

—Supongo que me alegro de volver a verte —dije—. Perdóname si me enfadé al principio. Seguramente fue por culpa de los marineros.

—Has cambiado —me dijo, mirándome fijamente a la cara, asustada—. Ya no eres el mismo de entonces.

Me encogí de hombros y mordí el pan, que me supo a maravilla ya que estaba hambriento. La tierra estaba fría debajo de mí, pero el contacto del suelo le supo a maravilla a mi cuerpo, el roce del viento en mi cara era también una maravilla y, con tantas cosas que me parecían maravillosas, aspiré el húmedo aroma de la hierba marchita.

—Me alegro al verte comer —dijo—. Me alegro al ver tus blancos dientes y cómo se mueven tus mejillas. Me alegran tus largas pestañas y la frialdad de tus ojos. Me alegran tu frente y tus cabellos. Eres muy bueno dejándome mirarte una vez más. Voy a encerrar en mi corazón cada rasgo tuyo para no olvidarte nunca.

—No digas tonterías —le interrumpí—. Tú eres la hermosa, y no yo.

Y era verdad. Al mirarme con sus brillantes ojos estaba tan etéreamente bella y tan lejos de mí, que no tuve ganas de tocarla.

—También fuiste bueno no viniendo la noche del domingo —continuó en voz baja y desviando la mirada.

—¿Me esperaste? —pregunté.

—Sí, te esperé —susurró—. Sí —dijo en voz más alta—. Te esperé detrás de la puerta hasta que se puso la luna. Mientras esperaba tuve frío y estuve llorando. Temía tu llegada. Pero, en mi corazón, supongo que sabía que no vendrías. Fuiste bueno no viniendo. Quizás a última hora no hubiera podido negarte lo que querías. Había decidido negártelo. Te esperé sólo para decirte esto. Sin embargo, fuiste bueno no viniendo.

—No era bondad —contesté, tomando una de sus manos lentamente—. Así que me esperaste sólo para decirme «no». ¿Es cierto?

Confusa, intentó retirar la mano.

—No lo sé —susurró—. Tu voluntad es más fuerte que la mía. Yo ya no tengo voluntad. Te amo demasiado. Te tengo miedo, pero a la vez te añoro. Te añoro demasiado.

—Ya se te pasará cuando me haya ido —le dije—. Los que tienen experiencia dicen que la añoranza pasa rápidamente.

Me miró con fijeza e hizo una mueca como si fuera a llorar.

—Has cambiado —repitió—. Ya no eres el mismo. ¿Qué te ha ocurrido?

—Adelante, llora —dije—. Tus lágrimas me producen placer. Tengo curiosidad por ver lo fuertes que son los sentimientos que puedo inspirar en ti, hablándote y tocando tu mano.

—¿Qué te ha ocurrido? —exclamó, en voz más alta—. ¿Alguien te ha hecho daño?

—De ninguna manera —contesté y, aun sin querer, mis labios empezaron a temblar—. Sólo me han hecho favores.

La tristeza me atravesó el cuerpo como un puñal, desde la cabeza hasta los pies.

—¿Por qué no me dejaste leer tranquilamente aquel día en tu casa? —le pregunté, en tono acusador—. ¿Por qué me despertaste para que te mirase a los ojos? Yo te creía un ángel, pero no pueden mezclarse el fuego y la tierra. Vence la tierra y apaga las brasas. Tú me condenaste y me ataste a un tiempo, un lugar y una red de circunstancias. Quizá no fue culpa tuya. Quizá fue sólo una quimera el que yo fuera libre antes de verte.

La muchacha meditó sobre lo que le había dicho y su razón griega me comprendió mejor de lo que esperaba.

—Pues seamos tierra juntos —me susurró—. Bebamos de la copa del tiempo y del lugar, ya que ambos sólo somos humanos. Ya no dudo. Bendigo la maldición del tiempo y del lugar, si tú los compartes conmigo.

—¿Para qué va a servir ya? —le pregunté, irritado.

Me miró, pálida por la decepción, y por vez primera experimenté la terrible capacidad femenina de saber más de lo que dicen la razón o los ojos. Cuando ama, hasta una niña es mujer, y una inocente sabe tanto como una persona experimentada. Era una niña y una mujer en el mismo cuerpo, la que me preguntó:

—Aquella otra, ¿era mucho más bonita que yo?

—Tonterías —contesté—. Su belleza era una belleza artificial. Era bella como uno de los pájaros mecánicos de las doradas jaulas de Blachernai. Como ellos, también sus plumas eran de seda multicolor y sabía cantar. Al juntarme con ella no hice daño a nadie. ¿Quién puede dañar a un pájaro sin vida? Tú eres un pájaro vivo. Todavía no estoy preparado para hacer daño a otra persona. Pero ya llegará la hora. Ahora ya lo sé.

Se echó al suelo, se cubrió la cara con las manos y se lamentó:

—¡Oh, si hubieras venido, a pesar de todo! ¡Si hubieras venido! Así me haces más daño que habiendo venido.

—Estás loca —dije, estúpidamente—. Estando las cosas como están, nada malo ha ocurrido entre nosotros.

Con un gesto brusco se levantó sobre las rodillas y, con un vivo rubor en el rostro, respirando entre sollozos, me agarró el pelo con ambas manos y me zarandeó hasta que temí que se me soltara la cabeza.

—¡Al menos podrías haberme mentido! —gritó—. ¡Podrías haberlo negado todo, podrías haberte reído y podrías haberme llamado tonta por pensar ni siquiera en semejante cosa! Incluso hubiera preferido esto. En seguida lo noté en ti, a primera vista. Pero, si me hubieras mentido, habría querido creerte y negar lo que vieron mis propios ojos. Eres un indecente y desvergonzado libertino, un seductor y un cínico y no te mereces ni tan siquiera una mirada de mi parte.

»Realmente, ¿es mucho más guapa que yo? —siguió diciendo—. ¿Cuántas veces la has visto y has venido viéndola todo este tiempo, mientras me tentabas a mí, que soy una pobre muchacha? ¿Qué sabes de mí? ¿Crees que yo no hubiera sabido amarte, si ni siquiera quieres tocarme? ¿Qué es lo que quieres de mí y por qué me torturas?

Su furia me asustó de verdad. Aguantando la cabeza con mis manos e intentando arreglarme el pelo con los dedos, le respondí:

—¡Estás como poseída, ya no te conozco! No soy yo el que te molesta, sino que tú eres la que vas detrás de mí, y no tengo por qué darte cuenta de mis actos.

—Sí que tienes —dijo—, y nunca podré perdonarte el que te hayas comportado conmigo de una manera tan falsa y engañosa.

Para defenderme, la cogí de las muñecas y la acusé:

—Te portas como si estuvieras endemoniada.

Se esforzó para liberar las manos, pero no con demasiado tesón.

—Quizás esté endemoniada —contestó—, pero eres tú quien me ha embrujado. Bien, adelante, usa tu fuerza física ya que estoy a tu merced y me has sacado de quicio. Supongo que fue por esto por lo que me trajiste a este apartado lugar, donde no hay nadie que nos pueda ver.

Asustado, la solté en el acto. Era evidente que a ella no le agradó mi gesto, pero bajó la cabeza y empezó a tirar nerviosamente de los tallos de hierba que tenía al alcance. Al rato, me miró con ojos melancólicos, levantó una mano para acariciarme el pelo y me preguntó en tono conciliador:

—Espero no haberte lastimado la cabeza.

El roce de su mano era tierno y delicioso y, por una razón desconocida para mí, me entraron ganas de llorar.

—Supongo que te quiero, Ana —dije—, pero no te amo lo suficiente y creo que no tengo capacidad de amar. Por esto, perdóname por haberme entrometido en tu vida y por haber turbado tu mente. Tú eras inocente y la culpa fue mía.

Me miró y reconoció con toda sinceridad:

—No soy tan inocente como te crees. Me avergüenzo de ello, pero yo quise atraparte. Ahora ya comprendo que no puede ser. Fue a petición mía que mi padre te hizo una oferta que algún otro hubiera aceptado encantado. Cuando vi que a ti te asustaba, me desesperé y pensé que si me seducías ya no podrías dar marcha atrás y te podría obligar a casarte conmigo. Por esto te esperé aquella noche, pero tú no viniste. Aun hace un momento pensé que podría seducirte. Hasta este punto me siento atraída por ti. Hubiera estado dispuesta a ponerlo todo en juego, porque existía la pequeñísima posibilidad de que, una vez te hubiera hecho violarme, tu conciencia no te hubiera permitido dejarme en un apuro. El demonio ha hablado en mí, pero ya pasó y sé que tú no eres para mí.

—No puedo, no quiero comprometerme —le contesté con humildad—. A ti sólo te traería desgracia. Intenta comprenderme un poco, también.

Pálida como la muerte, me dijo:

—Ya lo comprendo. Tú no me amas. Quien ama sólo soy yo.

No pude contestar a esto. Se levantó, sacudió la capa y se volvió a cubrir con ella. Hacía tanto frío que temblaba. El Bósforo estaba delante de nuestros ojos como una ruta a los países lejanos. Sin mirarme, sacó del fondo de su cesta un libro encuadernado con tapas de madera.

—Te interrumpí cuando estabas leyéndolo —dijo, entregándome el libro—. Por favor, continúa desde donde llegaste.

Confuso, tomé el libro de sus manos. Era aquel gastado ejemplar de *La Ilíada* que yo había estado leyendo en la tienda de su padre cuando ella se me acercó, tocando mi brazo y pidiendo que me sentara para secar mi ropa.

—¿Qué? ¿Me lo regalas? —le pregunté, incrédulo—. No lo puedo aceptar. Es un libro muy valioso.

Pero la tentación me venció y empecé a hojear con dedos anhelantes las páginas gastadas por las esquinas y, con ojos hambrientos, devoré las inmortales estrofas.

—Es un regalo mío para que, alguna vez, te acuerdes de una muchacha griega muy pobre y desdichada —me dijo Ana.

—Pero —dije, aún dudando y sintiendo que mi orgullo se rebelaba—, yo no tengo nada para darte.

—Ya me has dado bastante —respondió, misteriosa, intentando sonreír, aunque sólo una dolorosa mueca se le formó en los labios—. ¡Si yo amo estos dedos tuyos llenos de curiosidad y esta encantadora mirada de tus fríos ojos! Permíteme el placer de poderme imaginar alguna vez, pensando en ti, que soy un libro entre tus manos. Un libro que vas leyendo hasta que esté gastado y manchado, un libro que tocan tus dedos y miran tus ojos con más encantamiento que al tocarme y verme a mí. Como contrapartida, me basta con esto.

Desvió su cabeza sin poder contener las lágrimas de su amargura. Regalándome, en su pobreza, aquel valioso libro, me despedía como una princesa a un mendigo. Yo le debía el que se pudiera anotar esta victoria y ninguna vanidad ni orgullo herido pudieron detener mi exuberante alegría.

—¡Ana, querida, querida Ana! —exclamé—. ¿Cómo podré jamás agradecértelo bastante?

Por un imperativo de mis sentimientos, la abracé y besé cálidamente sus inertes labios, y con los míos enjugué las lágrimas que le brotaban de los ojos. Ella sólo exhaló un suspiro, sin responder a mis besos, se retiró de mis brazos, me miró con ojos centelleantes por el odio, y dijo, con desprecio hacia ella y hacia mí:

—Si algún día vuelves a Constantinopla, Juan el Peregrino, sabes que quizás aún queden otros libros importantes en la tienda de mi padre. Rezaré para que tengas buen viaje y para que no te ahogues en el mar abrazado a un libro.

La acompañé hasta la esquina de la casa de su padre y ya no intercambiamos muchas palabras. Bajo mi brazo, el pesado libro me producía una sensación de palpitante alegría, y en mi interior supe que nunca más en la vida recibiría un regalo que me produjera el mismo júbilo. Al caminar al lado de

Ana, lo único que sentía era una impaciencia irrefrenable por retirarme a mi soledad para poder leer a Homero en un libro de mi propiedad. Aquel júbilo venció a todo sentimiento de culpabilidad en mi corazón y, para despedirme, le besé las manos y le sonreí como si estuviera embobado. Pero algo en Ana se había endurecido y cerrado para mí cuando me entregó su regalo, y yo lo acepté como si de esta manera ella se hubiera librado de mi poder.

Por el hecho de poseer un valioso ejemplar completo de *La Ilíada* era yo más rico que nunca en mi vida, pero pronto me percaté de que mi riqueza me ataba, porque tuve que tomarme muchas molestias para esconder el libro, temiendo sin cesar que alguien me lo robase. El doctor Nicolás me permitió que usara su diccionario para leerlo, pero mi euforia inicial se esfumó pronto y, en los momentos de cansancio, cuando se me nublaba la cabeza hasta que no entendía nada al hojear sus páginas, me invadía una terrible sensación de que Ana, al entregarme el libro, me había entregado también su cuerpo, de forma que era a ella a quien tocaba y a sus ojos a los que miraba al hojear las páginas del libro y al descifrar sus palabras.

Llegó el día de nuestra partida y, después de un indescriptible desorden y bullicio, el emperador embarcó por fin en su galera de tres remos y de proa dorada, una vez celebradas innumerables ceremonias consagradas por la tradición. Al caer la tarde, con la música de las trompetas y de los tambores, con cientos de estandartes ondeando en los mástiles, al ruido de las salvas de los cañones y con los habitantes de Constantinopla agitando banderas y trapos blancos desde las murallas y las colinas, nuestras galeras salieron del puerto desfilando solemnemente detrás de la galera imperial. Soplaba la brisa nocturna procedente del Bósforo, se izaron las velas y pronto desaparecieron en la penumbra las doradas cúpulas y las grises torres de las iglesias.

Sin embargo, no tuve tiempo para melancolías, porque el barco estaba lleno hasta los topes y el recogimiento de los rezos al partir cambió bruscamente en disputas, codazos, palabrotas y hostilidad entre los griegos y los latinos. A pesar de que, además de los barcos fletados por el Papa, el emperador había añadido al convoy sus dos grandes buques, se había visto obligado, por falta de espacio, a cargarnos con algunos de los miembros de menos rango de su séquito, a los que el patriarca José había añadido un numeroso grupo de monjes. El mismo emperador llevaba consigo su caballo, sus perros, y hasta su halcón de caza, de forma que los relinchos y los ladridos se oían por encima del agua. Yo tuve bastante trabajo para encontrar un rincón tranquilo donde dormir y para defenderlo con los puños, porque los griegos dieron por descontado que tenían el privilegio de escoger los mejores sitios. Poco faltó para que los marineros, hartos ya, no echasen a alguno de ellos al agua, la primera noche.

El viaje no comenzó con buenos augurios, pero lo peor quedaba todavía por venir.

IV

Antes de nuestra salida se había extendido por la ciudad el rumor de que en nuestros barcos habían escondido esclavos cristianos escapados de los turcos. El comandante turco que cuidaba en la ciudad los intereses del sultán había presentado un insultante requerimiento para que se permitiera que sus jenízaros revisaran los barcos antes de que partiéramos, ya que el emperador tenía el deber de devolver los esclavos turcos que se habían escondido en su ciudad. El comandante de nuestras galeras, Condolmieri, había prohibido terminantemente las inspecciones, y el emperador, para salvar lo poco que le quedaba de su autoridad, no pudo permitir que los turcos revisaran tampoco los barcos suyos. Consiguió un acuerdo según el cual sus propios funcionarios registrarían los barcos y él mismo, con su palabra de emperador, respondería de que en los mismos no hubiera esclavos escapados. Los marineros que habían ayudado a los fugitivos los escondieron como mejor pudieron y, en secreto, les dieron de comer durante los días de espera y, como cristianos, los funcionarios del emperador cerraron los ojos según una costumbre ya tradicional.

El primer día de viaje, y una vez en alta mar, los marineros permitieron que sus protegidos subiesen a cubierta y se jactaron abiertamente de cómo habían engañado a los turcos. Con la falta de sitio en los barcos, habría sido difícil disimular la presencia de aquellos hombres vestidos de harapos, llenos de las llagas causadas por las cadenas y extenuados por la tensión del viaje de su fuga. Llorando y fuera de sí por la alegría, salieron a cubierta, besaron las manos de los marineros que los habían ayudado y la misma cubierta del barco salvador, y empezaron a contar terribles historias, quizás incluso exageradas, sobre la tiranía y los sufrimientos que habían experimentado mientras estuvieron en poder de los turcos.

La consecuencia de todo ello fue que al llegar al estrecho del Helesponto, el emperador, a fin de evitar mayores dificultades con los turcos, dio la orden de entregar a los esclavos fugitivos. Los misericordiosos marineros no pudieron comprender esta humillante y cruel orden, aunque su necesidad tuviera una explicación desde el punto de vista político. La terrible decepción de aquellos pobres hombres podía haber conmovido hasta a un corazón de piedra. Primero, fueron incapaces de comprender que la orden fuera cierta, pero cuando vieron cómo una barca tripulada por hombres armados iba de barco en barco recogiendo a los esclavos, se tiraron al suelo y nos rogaron que antes les matásemos. Los marineros lloraban y empezaron a maldecir al emperador y a todos los griegos. Cuando la barca atracó al costado de nuestro barco y el jefe de los soldados ordenó a gritos a todos los esclavos que bajaran para no tener que obligarlos por la fuerza, un hombre delgado y barbudo perdió la compostura, arrebató el cuchillo de un marinero y se cortó la arteria de una de sus muñecas. Con los ojos en blanco bailando locamente en su sucia cara, empezó a sacudir la mano, de la que borboteaba sangre, salpicándonos a todos con ella y maldiciéndonos a nosotros y a toda la cristiandad.

Este horrible incidente nos desmoralizó a todos. Es verdad que, una vez sacados los esclavos, los griegos, para calmar su conciencia, intentaron asegurarnos que aquellos esclavos fugitivos seguramente eran criminales y hombres peligrosos, ya que por lo general los turcos trataban bien a sus esclavos y, al cabo de unos años, incluso les daban la libertad, según ordenaba su religión. La mayoría de los esclavos sensatos aceptaban bien su destino y algunos hasta se convertían en musulmanes y, como renegados, se volvían más turcos que los mismos turcos. Entonces uno de los marineros dijo:

—Dios os castigue y os convierta en esclavos de los turcos, para que sepáis lo que es la esclavitud.

Mi interés se despertó y empecé a preguntar a los griegos cómo era posible que, en los países conquistados por los turcos, los cristianos no se rebelasen sin cesar a pesar de que formaban la mayoría. Según toda razón, debía pensarse que el poder de los turcos era inseguro pero, por el contrario, los búlgaros y los macedonios se habían convertido, bajo su reinado, en pueblos pacíficos, aunque antes tuvieran constantes guerras entre sí y contra los bizantinos.

—Ésa es la paz de la muerte —dijo uno de los griegos que no hizo más que hablar mal de los turcos.

Pero los que entendían mejor me explicaron que los turcos, en los países que conquistaban, sólo perseguían a los anteriores nobles y señores, matándolos sin piedad, hasta a sus mujeres y sus niños, y sólo perdonaban la vida a los que se convertían al Islam y se prestaban a servirlos. En cambio, los turcos trataban bien a los campesinos y a la gente pobre, les permitían el libre ejercicio de su religión y les cobraban muchos menos impuestos que lo que antes habían tenido que pagar a sus señores. El impuesto más duro para los cristianos era un número fijo anual de varones jóvenes y sanos, de los que los turcos se apropiaban para educarles en la religión islámica y para ser soldados. Pero, una vez ascendidos a jenízaros, estos muchachos solían estar contentos con su destino y se avergonzaban de sus padres cristianos.

También me contaron cosas que antes no sabía sobre la religión de los turcos. Por ejemplo, que éstos no veneraban a Mahoma como dios, sino que sólo lo consideraban como mesías de Dios. A Jesús le respetaban como a un profeta, pero no lo reconocían como Hijo de Dios, porque Dios no podía tener un hijo. Yo sabía que su profeta les había prohibido beber vino, pero los griegos se rieron con desprecio y dijeron que esto era una mera comedia. Incluso me contaron que a su sultán le gustaba mucho el vino y solía acoger a su alrededor a poetas que alababan los placeres de beberlo. Sus cortesanos le animaban a que abusara del vino porque, cuando estaba borracho, se volvía muy generoso y podía hacer grandes regalos a cualquiera que se encontrase delante de él.

—¿Y cómo es su sultán? —pregunté, curioso.

Un escribano griego que había visitado Adrianápolis con una embajada bizantina y había visto al sultán con sus propios ojos, respondió:

—No es un auténtico sultán, sino únicamente el emir de los turcos. Sultán puede serlo tan sólo un soberano de los mahometanos que posea las llaves de La Meca. Por ello, el príncipe mameluco de Egipto es el único sultán auténtico, de la misma forma que el basileo de los griegos es el único y verdadero emperador y el rey de reyes. Por lo demás, ese Murad es un hombre bajo, robusto y de cara redonda. Dicen que es benevolente y mantiene su palabra mejor de lo que podría esperarse de un hereje. De ello se deriva que nuestro emperador tenga también que respetar los acuerdos, ya que Murad no rompe la paz si no tiene un buen pretexto para ello. Aquellos pobres esclavos hubieran podido ser tal pretexto y por esto fue criminal e injusto el que vosotros, ignorantes latinos, los escondierais en vuestros barcos.

Miró altivamente a su alrededor y siguió diciendo:

—Además, no es de extrañar que actúe en contra de la prohibición del Corán de beber vino, ya que, de la misma manera, los príncipes latinos violan vuestro ayuno y comen carne los sábados, e incluso vuestros monjes comen pescado durante la temporada de ayuno, aunque los peces tengan sangre. De la misma forma, habéis falsificado la doctrina de Cristo con vuestros añadidos, hechos a base de los cuatro primeros concilios bajo la dirección del Espíritu Santo, pero en contra de las explicaciones de los Padres de la Iglesia. Así que, con razón, a nuestros ojos los cristianos sois tan herejes como los que veneran a Mahoma.

De esta manera estuvo buscando pelea mientras nuestros barcos iban deslizándose a remo por los estrechos del Helesponto; las amarillentas colinas otoñales bordeaban las costas por ambos lados. Los pocos de entre nosotros que sabíamos griego empezamos a enrojecer de ira, pero por suerte los marineros no le entendían, ya que, de lo contrario, se habría producido una pelea. El agua estaba negra como en otoño, en el cielo se veían nubes de lluvia y pronto empezó un relente que empujó los barcos hacia tierra, a pesar de todos los esfuerzos de los remeros.

Habíamos emprendido el viaje en la peor estación del año, cuando los comerciantes y los navegantes sensatos ya habían terminado los suyos. Esto lo pudimos comprobar con creces, ya que las tormentas y vientos contrarios que encontramos no parecían tener fin. Los griegos empezaron a murmurar, en tono cada vez más malicioso, que el propio Dios estaba en contra de la unión, lo que testimoniaban todos los contratiempos sufridos por sus anteriores embajadores en sus viajes. Varias veces tuvimos que acudir a puertos de emergencia para reparar los daños sufridos por los buques y para tapar vías de agua. Asimismo tuvimos que esperar en los puertos a los barcos que se retrasaban, hasta que el mantener unida a la flota empezó a parecer una tarea imposible. A nuestro miedo y angustia había que añadir el constante mareo, del que los viejos y delicados de salud nunca se recuperaron totalmente, volviendo a padecerlo cada vez que continuábamos la navegación. Según se prolongaba el viaje las provisiones empezaron a escasear, el emperador no accedió a pagar para adquirir más y nuestra embajada ya no tenía fondos suficientes, de forma que tuvimos que pedir dinero prestado a los venecianos y comprar provisiones a unos vergonzosos precios de usurero, para compensar el pago de intereses, prohibido por la Iglesia. En sus centros de comercio, los genoveses no nos quisieron fiar. Dos enclenques monjes griegos, debilitados por el ayuno, murieron durante el viaje y se les tuvo que inhumar en el mar. También se dijo que el patriarca José se encontraba muy débil, pero el emperador se apenó más por su caballo y por sus dos bonitos perros de caza, que no resistieron el viaje y murieron. Se contaba que derramó amargas lágrimas mientras tenía en su regazo la cabeza de uno de estos perros, moribundo.

En enero, por fin, llegamos a Morea y recibimos la confirmación de que el Papa había designado como sede de las negociaciones sobre la unión la ciudad de Ferrara y había ordenado que el concilio de Basilea se trasladase allí. La mayoría del concilio, por su parte, amenazó ahora con destituirle definitivamente y con elegir un nuevo Papa. Según se pudo observar, esta noticia preocupó mucho al emperador. Ordenó que la flota debía atracar en Venecia y obligó a su hermano Demetrio a que nos acompañase desde Morea, porque no tenía ninguna confianza en él y quería evitar una guerra entre ambos mientras él se hallaba ausente. Se decía que aquel Demetrio era el más traidor y el más insignificante de todos los hijos del emperador Manuel, aunque otros argumentaban que éste había cometido una injusticia con él y, en efecto, hubiese debido nombrarle gobernador interino de Constantinopla, ya que había nacido en la habitación de pórfido del palacio, mientras que al nacer el príncipe Constantino su padre no era todavía *basileo,* emperador.

Supuse que los obispos griegos se habían inquietado a causa de las dificultades del viaje y por los peligros a que habían estado expuestos o que, por cualquier otra razón, se estuvieran preparando para las arduas negociaciones que debían entablar con los latinos. En todo caso el emperador, a fin de tranquilizarles o para darles algo más en qué pensar, les mandó temas para ser discutidos y ordenó al metropolitano de Éfeso que le preparase una investigación sobre las posibilidades de que los seres irracionales, tales como los caballos y los perros, alcanzasen la inmortalidad. Dijo que la sabiduría y la lealtad de un perro eran más grandes que las de muchas personas, y por ello le habría gustado que le demostrasen que hasta los perros tenían al menos un asomo de alma inmortal y una limitada posibilidad de alcanzar la vida del más allá en alguna forma.

Así logró que Marco Eugénico se callase de momento y comenzase a estudiar las escrituras de los Padres de la Iglesia, porque ya se había destacado negativamente entre los obispos griegos, hablando sin cesar contra la unión y expresando abiertamente su odio contra todo lo latino. A los demás obispos suyos el emperador les dio para su meditación el tema de cómo podía estar en armonía el eterno castigo del infierno con la justicia divina. En su opinión, ningún acto cometido por el débil ser humano durante su corta vida terrenal le podía condenar a un castigo eterno. No quería dudar de ello, pero deseaba que alguien se lo demostrara de manera indiscutible, e invitó de buena gana a que también los obispos de nuestra embajada y el doctor Cusano participasen en el debate.

Yo pensaba que el emperador obraba con mucha prudencia al diseminar los diferentes puntos de vista entre latinos y griegos en un semejante debate general. Además, debido a los temas que había presentado, sentí gran simpatía hacia él y pensé que, a pesar de la alta posición que ocupaba, tenía el corazón lleno de dudas, como era propio de un ilustrado hombre moderno. Desde entonces, le miré con admiración cada vez que podía verle y experimentaba un secreto sentimiento de hermandad hacia él, pensando que detrás de todas las ceremonias y ropas bordadas de oro había un hombre parecido a mí. Por esto le perdoné la altivez que demostraba de mil maneras y le comprendí incluso en este aspecto. Parecía que, como representante-sombra del poder del antiguo Bizancio, fuera dolorosamente consciente de que todo el lujo que le rodeaba era sólo un disfraz de la pobreza. Debido a ello, lo vigilaba todo con enfermiza atención para descubrir las posibles violaciones del protocolo contra su rango, al igual que un hombre pobre, pero orgulloso, considera fácilmente como un insulto algo que de ninguna manera había tenido la intención de serlo.

El doctor Cusano no quiso acudir a la invitación del emperador ni participar en las doctas conversaciones. Se negó con toda educación y rogó que se informara que estaba demasiado cansado y enfermo por culpa de las incomodidades del viaje. Es cierto que éste le había cansado, ya que durante varias semanas no había podido comer casi nada y durante las horas de descanso se sumía tan intensamente en sus propios pensamientos que a veces ni me oía cuando le dirigía la palabra. Intenté cuidarle como mejor pude, pero en mi corazón me había alejado de él y su tierna docilidad me irritaba, aunque más bien hubiera tenido que compadecerle por su rostro chupado y por sus ojos inquietos por tan dolorosa meditación. En las angustiosas circunstancias de un viaje por mar, su carácter poco pragmático le hacía indefenso y, cuando se acordaba, demostraba una humilde gratitud por mis desvelos. Me enfadé por su negativa y le dije:

—Por favor, doctor, levántese, pasee en tierra firms, coma cosas frescas de una vez ahora que ya las tenemos y compórtese como una persona humana. Los hombres más sabios de la Iglesia griega le ofrecen su compañía y el propio emperador siente curiosidad por oírle en el debate. Quizá jamás vuelva a presentársele semejante ocasión.

—Déjame en paz, Juan —me contestó—. Todo lo que hablen es pequeño comparado con lo que está madurando en mí. Me arde la cabeza y sé que estoy en el umbral de algo tras lo cual encontraré la respuesta a todas las preguntas. Diviso una llave de oro que abrirá todas las puertas, si llego a alcanzarla. En mi cabeza está quemando la piedra filosofal que los sabios han buscado en todos los tiempos. Oh, no, no; todo en mí duele como si mi espíritu sólo fuera un absceso horrible que debe reventarse.

Me preocupé de verdad por su estado de ánimo, al ver sus errantes ojos y el movimiento inquieto de sus manos. Efectivamente, su cabeza estaba caliente cuando la toqué, así que empapé un paño en agua fría para aplicárselo a la frente. Pensé que el exceso de lectura y su gran sabiduría se le habían subido a la cabeza y que su blando carácter sufría demasiado por la escisión de la Iglesia, de lo que él en parte era culpable por las obligaciones de su conciencia. Suponía que las fatigas del viaje y la difícil tarea de la embajada, mientras él iba luchando constantemente con su conciencia, habían sido demasiado para él. Sin embargo, me sonrió con dolor y me dijo:

—Ni mi dolor es físico, ni mi enfermedad es corporal. Mejor dicho, estoy como una gallina que está poniendo un huevo o como una vaca preñada, pero todavía no sé qué clase de huevo va a poner mi espíritu.

Sus palabras reforzaron mis sospechas y no sabía qué hacer, porque los obispos ya habían desembarcado para asistir a la fiesta del emperador y no tenía a nadie a quien consultar. Como se impacientase e insistiera en que le dejase en paz, subí a cubierta y pedí a los marineros que estaban de centinelas que le observasen discretamente con especial atención.

Por lo demás, el barco estaba vacío y su solo olor me repugnaba; así pues, me fui a tierra para pasar el tiempo y me mezclé con los demás espectadores que se habían reunido para escuchar los tambores y trompetas que distraían a los invitados del emperador. El arzobispo de Nicea, Juan Besarión, tuvo la amabilidad de dirigirme la palabra para expresar su sentimiento por la indisposición del doctor Nicolás. Era un hombre grande y tenía una cara redonda, ennoblecida por la meditación. Hacía poco que le habían ascendido de monje a arzobispo y era igualmente amable con los humildes que con los nobles. Estaba considerado como el más sabio de todos los obispos griegos, porque su interés no se limitaba sólo a la teología, sino que estudiaba también con entusiasmo los libros terrenales. Siempre que tenía la ocasión demostraba una gran amabilidad hacia nosotros, los latinos, todo lo contrario que tantos otros griegos. Por ello me atreví a preguntarle algunas palabras de *La Ilíada* que yo no comprendía y él se entusiasmó tanto que se olvidó de entrar en la sala y se quedó largo rato conversando conmigo, enseñándome. Supongo que se percató de mi sincero interés, pero también de la escasez de mis conocimientos, ya que, para finalizar, me dijo con mucho tacto y amabilidad:

—En el barco, tengo expuesto en mi camarote el Códice de Suidas. Es una estupenda enciclopedia para toda persona que quiera refrescar la memoria y aumentar sus conocimientos leyendo citas de las escrituras de los antiguos. Si lo deseas, puedes entrar para leerlo y copiar lo que quieras mantener en tu memoria, pero no lo saques del camarote porque es un libro raro y valioso.

Me quedé encantado, porque conocía bien la fama del Códice de Suidas. Quien lo poseía podía dominar, en una forma fácil y en un orden fonético, una cantidad tan inmensa de conocimiento reducido a lo esencial, que recogerlo de otra manera hubiese requerido decenios. Con voz temblorosa, agradecí a Besarión su confianza y me incliné para besarle el borde de la capa. Él, sin embargo, me prohibió que le demostrase mi respeto de aquella forma, y dijo:

—Un escritor árabe ha dicho que, ante Dios, la virtud de un mosquito y la de un elefante pesan lo mismo. Anhelar la sabiduría es anhelar el bien. Por ello, en este anhelo, un obispo y un escribano son iguales.

Le contesté que, no obstante, el elefante continuaba siendo elefante y el mosquito, mosquito, pero si el zumbido de un mosquito podía llegar hasta el Cielo, él podía estar seguro de que aquel débil zumbido rezaría siempre por el magnánimo elefante. La metáfora le hizo reír y entró. Hombre de gran estatura y bien parecido, semejaba de verdad un espléndido elefante al lado de los demás griegos, más bien de talla pequeña. De él aprendí que el poder del espíritu siempre podía permitirse ser magnánimo y que la avaricia espiritual es un testimonio de la pobreza del espíritu.

En consecuencia, me fui corriendo al barco del emperador y sus perros empezaron a aullar y a saltar de alegría al ver que alguien se acercaba, puesto que, sin contar a los centinelas, este barco de proa de oro estaba también totalmente vacío. ¡Tanto habíamos todos empezado a aborrecer los barcos! En el camarote de Besarión, había el mismo horrendo tufo que tan inseparablemente estaba ligado con los largos viajes por mar. Además, estaba tan oscuro que no podía leer, pero sin pedir permiso a nadie encendí una vela y vi que había allí abierto todo un arcón lleno de libros, algunos de los cuales Besarión había sacado como si hubiese querido refrescar sus conocimientos antes de las conversaciones que se tenían que celebrar en la fiesta del emperador. Había tal número de libros que me pareció que no se podría notar si alguno desapareciese y, además, el camarote no estaba cerrado con llave. Pero vencí inmediatamente la tentación, causada por la falta de cuidado en el camarote, tentación que sólo puede comprender un amante de los libros que haya vivido siempre como un pobre y sin ellos, y me reproché a mí mismo por el mero pensamiento que había tenido. Encontré en seguida el gran Códice de Suidas y pensé buscar la cita relativa a Homero, pero por doquiera que abriese aquel maravilloso libro mis ojos veían un nombre interesante en una escritura, que me sentía obligado a empezar a descifrar. Me invadió una auténtica desesperación al comprender que, ni durante una mañana y una tarde más largos, podría nunca hacer otra cosa que tocar muy por encima y al azar estos tesoros de la sabiduría concentrada. Besarión había dejado asimismo a la vista un glosario griego-latino que me sirvió de ayuda mientras leía, puesto que aún no sabía suficientemente bien el griego como para poder leer y entender sin dificultad los complicados textos. Es que ahora tenía delante de mí los más valiosos pensamientos de los mejores poetas, filósofos, historiadores, lingüistas, Padres de la Iglesia y sabios griegos de todos los tiempos, y empecé una indescriptible lucha contra mi ignorancia, con las mejillas encendidas y el corazón ardiendo de anhelo por saber.

El día se convirtió en tarde y la tarde, en noche, y con la conciencia dolorida encendí vela tras vela, porque no podía parar. No me acordé de comer y mi estado podría compararse con el de la más total embriaguez. Por fin oí voces y risas y pasos que se acercaban. En la fría noche, los portadores de antorchas y los trompeteros acompañaban al patriarca y a los obispos hacia el barco. Besarión entró en el camarote y se asombró al encontrarme allí.

—¿Has estado leyendo durante todo este tiempo? —me preguntó; y me pareció ver que su mirada se dirigía, con reproche, a los restos de las velas.

—Yo, un hombre pobre —le respondí—, he oído cómo las musas se reían a mi alrededor, he conversado con laureados filósofos y he estado sentado en una deslumbrante luz en la escalinata de la Academia de Atenas, mirando las sombras de los transeúntes en el mármol. Perdóneme por ello.

A decir verdad, estaba tan conmovido que las lágrimas me rodaron por las mejillas.

—Ya lo creo que tu luz ha sido deslumbrante, puesto que estás gastando mi última vela —me dijo, bromeando—. Pero no te entristezcas por ello. Está bien que no te hayas estropeado la vista con una luz insuficiente. La sabiduría te espera siempre y no hay otra esperadora más paciente, pero jamás podrías recuperar tus ojos.

Bostezó abiertamente y comprendí que, a pesar de todo, mi intrusismo le había molestado, de tan claramente como me dejó entender que era la hora de que me marchara. Le di las gracias balbuceando, me retiré por la puerta, me di un golpe en la cabeza con las tablas de la cubierta y subí por la angosta escalera. Los hermosos perros del emperador aullaron como endemoniados y corretearon ciegos de alegría por toda la cubierta cuando, a la luz de las antorchas, el emperador los saludó y jugó con ellos. Estaba bastante embriagado y soltó una enorme carcajada cuando uno de los perros tropezó con mis pies y me hizo caer de bruces sobre la cubierta. El perro soltó un gruñido y, al levantarme yo a toda prisa, el emperador se tranquilizó y se me acercó para cerciorarse de que el can no había sufrido daño. En ese caso, creo que me habría castigado, pero, al advertir que yo era un latino, se limitó a murmurar algunas palabras de enfado mientras acariciaba al perro. Ante las prisas que me dieron los centinelas, salí corriendo hacia el muelle. Sin embargo, este incidente no nubló la alegría que yo sentía cuando regresé a nuestro barco, a la luz de las estrellas.

Una vez allí, un guardia se me acercó con aire culpable y me confesó que el doctor Cusano había desembarcado y aún no había regresado.

—No me oyó cuando le dirigí la palabra y ni siquiera me vio —se defendió el marinero—, y yo no pude retener por la fuerza a un hombre de tan alto rango y tan sabio.

Era medianoche, todo el mundo había regresado a bordo y ya estaban durmiendo, de modo que me preocupé mucho temiendo que el doctor Nicolás se hubiera caído a las aguas del puerto o le hubieran atacado los ladrones callejeros. Salí corriendo a buscarle por las calles; había una oscuridad que apenas permitía ver dónde uno pisaba, porque sólo quedaba el faro alumbrando el puerto. Por este motivo regresé al barco para buscar una antorcha y, al lado mismo del embarcadero, el doctor Cusano vino a mi encuentro, me abrazó entusiasmado, y exclamó:

—¡Aquí estás, mi querido discípulo Juan! ¡Te he estado buscando!

Se portaba tan irracionalmente y tan en contra de sus costumbres que empecé a sospechar que, al fin y al cabo, había acudido a la fiesta del emperador y se había emborrachado. Cuando le alumbré el rostro, vi que tenía las mejillas manchadas de lágrimas, pero, a la vez, su expresión era tan iluminadamente feliz que nunca le había visto así.

—Venga conmigo, es la hora de acostarse —le dije en tono tranquilizador—. Le tomaré del brazo y así nadie se dará cuenta de su estado.

Pero él se liberó de mi mano y dijo:

—No podremos hablar en el camarote, porque los vecinos empezarán a golpear las paredes y tampoco cabría ya en el pequeño camarote del barco. Sígueme bajo el cielo libre para conversar a la luz de las estrellas, porque he de hablarte para aclararme a mí mismo con palabras la asombrosa verdad que he encontrado.

Seguí pensando que estaba enfermo o embriagado, pero, lleno de entusiasmo, me llevó a las ruinas del templo, me hizo sentar sobre un trozo de pilar lleno de surcos y me ordenó que le escuchara con atención. Se puso a pasear impacientemente arriba y abajo delante de mí, gesticulando y sin ser capaz de contener su excitación.

—Hijo mío —me dijo—, ¿te parece oscura esta noche?

—Desde luego que sí —le contesté—. Y también tendremos frío.

—Tú dices: la noche está oscura —me respondió—. Y yo digo: la noche está luminosa. De dos argumentos opuestos, el uno descarta al otro. Esto es lo que nos han enseñado. Si una mesa es negra, no puede ser blanca. Ni la noche puede ser al mismo tiempo oscura y luminosa. Hasta ahora, ésta ha sido la base de todo pensamiento racional, y ningún sabio ha tenido el atrevimiento de avanzar más, por temor a entrar en las tinieblas. Pero, aparte de la razón, poseemos la inteligencia y la intuición, y esta noche se me ha revelado como la luz de un rayo, una aparición y una bendición, el conocimiento de la coincidencia de los puntos opuestos. Esta *coincidentia oppositorum* es una verdad tan sencilla, tan clara y tan fácilmente comprensible, que toda la tarde he estado derramando lágrimas de felicidad por haberla entendido. Por encima de nuestra razón, pero al alcance de nuestro intelecto, todos los puntos opuestos se encuentran en una perfecta armonía. Lo negro y lo blanco, lo luminoso y lo oscuro, lo temporal y lo intemporal, el hombre y Dios, lo finito y lo infinito.

—Dios tenga piedad de usted, querido doctor Nicolás —dije, asustado—. El exceso de pensar le ha vuelto loco.

—No, no estoy loco —contestó—; todo lo contrario, nunca he sabido pensar con tanta sencillez y claridad. En el limitado mundo de la razón, en el mundo de mi sabia ignorancia, los puntos opuestos se anulaban mutuamente. Pero en el mundo de la verdad superior que se me ha abierto hoy, están y deben estar en armonía. Esta revelación mía, en el mundo de lo espiritual, tiene más poder que la pólvora, porque en un momento luminoso como un rayo, hará pedazos todos los dogmas conocidos hasta ahora, toda la escolástica y toda la filosofía. *Universalia sunt realia,* pero también *universalia sunt nomina.* Ninguna de estas expresiones es equivocada, sino que ambas son verdad. Y esto no es una presuposición ni un argumento sin demostrar. Gracias a mi revelación es un conocimiento tan seguro como el de que los puntos opuestos se neutralizan.

A la fuerza tuve que empezar a prestarle atención, puesto que también comenzaba a revelársemela importancia de su pensamiento, aunque mi razón aún no podía comprenderlo porque estaba atado al mundo de la realidad racional. La enorme sabiduría de Suidas me había dejado confuso y con la mente cansada, de forma que todo en mí se había acallado y estaba receptivo escuchando.

—Entonces, lo bueno y lo malo, la vida y la muerte, la fe y la falta de ella, ¿no se anulan mutuamente? —pregunté—. ¡Pero esto es irracional! ¡No, todavía mucho peor, es anarquía!

—Es racionalidad superior —contestó el doctor Cusano—. No lo puedo demostrar con palabras, ya que éstas sólo son deficientes señales del mundo finito, con las que, a tientas, intentamos comprendernos los unos a los otros. Dado esto, sólo puedo explicar mi pensamiento con metáforas, y las metáforas matemáticas sirven mejor para este propósito, porque son tan inmateriales como es posible serlo para el pensamiento. ¿Te acuerdas de lo que te hablé sobre la recta y el círculo y sobre el polígono dibujado dentro de éste? La unión de la recta con la circunferencia en lo infinitamente grande, y la unión del polígono a la circunferencia en lo infinitamente pequeño son una metáfora de lo que quiero decir. De la misma manera que en estos ejemplos los puntos opuestos se encuentran en armonía, todos los puntos opuestos se encuentran, a la luz del rayo de mi revelación.

—Pero —le dije, perplejo—, haciendo pedazos con su revelación todo cuanto se ha pensado hasta ahora, destruirá asimismo la teología. ¿Qué dice sobre el pecado y la misericordia, la redención y la salvación, la Iglesia y los Santos Sacramentos, el Cielo y el Infierno?

Lleno de reverencia, Cusano respondió:

—Mi conocimiento no niega la fe. Mi conocimiento es el último peldaño de la sabiduría humana, y allende él comienza la mística teología. Los escolásticos han temido y han odiado su poca claridad. Empero, no quita la luz, sino que lleva a la misma luminosidad de la revelación que yo he experimentado como la más maravillosa bendición que un humano puede tener.

Las lágrimas volvieron a resbalarle por las demacradas mejillas cuando continuó diciendo, con voz rota:

—El tiempo retuvo su paso, lo temporal se unió con lo intemporal a la deslumbrante luz de mi descubrimiento, y hasta el fin de mis días agradeceré a Dios por haber podido experimentar esta maravilla una vez en la vida.

—Pero —insistí—, todos no poseen la fe que posee usted, doctor Nicolás. Lo único que vuelve a demostrarme con sus palabras es que la fe es un salto de la desesperación a la oscuridad. Las apariciones y las revelaciones no son dadas a cualquiera. De su doctrina entiendo tan sólo que, en la unión de sus puntos opuestos, lo justo y lo injusto, la verdad y la mentira, todo tiene el mismo valor y, en consecuencia, no existe nada absolutamente bueno o absolutamente malo, ni absolutamente justo ni absolutamente injusto, sino que todo tiene una interrelación en el mundo de lo temporal, hasta el punto de que quedan iguales en el mundo de lo intemporal. Ésta es una doctrina infernal, porque resta toda la base a la moralidad.

—¡No! —respondió con vehemencia—. Ésta es una doctrina celestial porque hace encajar entre sí todos los puntos opuestos y ofrece al ser humano una concepción de una verdad suprema, en la que un corazón inquieto alcanzará la paz y el descanso. Sin embargo, si piensas aplicar mi doctrina a la vida cotidiana, ahí se me ofrece la vocación de un reconciliador. Puesto que los puntos opuestos se encuentran en lo infinito, debe existir una posibilidad de reconciliar las opiniones opuestas dentro del mundo finito.

—Así que la mayoría y la minoría se encuentran bajo la bendición del Papa y ambas tienen razón —le dije con sarcasmo, comprendiendo de repente la razón más íntima de su revelación—. ¿Es que se siente tan culpable, doctor Nicolás, que, a fin de tranquilizar el contraste de opiniones en su fuero interno, debe hacer pedazos todo el pensamiento racional?

Levantó la cabeza y respondió con calmosa dignidad:

—Las fuentes más cristalinas emanan de los pantanos más profundos, y tu liviano sarcasmo ya no me hiere. Mi conciencia ha sido como el látigo de Dios en mi espalda, y ahora me ha llevado más allá del umbral que el pensamiento humano no se había atrevido a franquear hasta ahora. Al mirar hacia atrás, mi salida de Basilea y nuestro viaje, con todos sus acontecimientos e incidentes, se funden en un todo que me ha guiado de una razón a otra por la fuerza de la Providencia, hasta que he llegado a mi revelación. Mi seguridad me hace más humilde y más pequeño que nunca; no tengo orgullo o autoestimación, porque mi idea ha surgido de la completa desolación y confusión de nuestro tiempo, y también sin mí habría debido salir a la luz. Un seguro conocimiento sobre la unidad en lo infinito de los puntos opuestos, libera el pensamiento a seguir adelante y ya no tenemos que imaginarnos que sólo nos esperan los últimos días.

Mientras hablaba se extasió, empezó a arder y exclamó:

—¡De verdad, Juan, todo el pensamiento desarrollado hasta ahora sólo ha sido una inacabable y desconsolada repetición de lo ya pensado, puesto una y otra vez en forma de nuevas palabras, hasta que de la fresca fruta de la sabiduría se ha exprimido todo el zumo y sólo queda la pulpa sin vida! Hoy en mí, ¡en mí!, ha comenzado una nueva era, avistada por los mejores sabios más allá de la letra muerta, sabios que no se han atrevido a dar el último paso. Alrededor nuestro el mundo se abre hasta el infinito, cuando el teorema de Aristóteles ya no levanta muros para impedirlo. Juan, hijo mío, discípulo mío, mi mente tiembla en la seguridad de mi conocimiento, al sospechar cómo cambiará el mundo cuando los puntos opuestos ya no se neutralicen.

Calló un momento, tocó mi hombro con una de sus manos y, con dedos temblorosos, intentó encontrar mi cara en la oscuridad. Su voz bajó hasta que sólo fue un susurro, como si él mismo temiera sus propias palabras. Afloró una pequeña sonrisa para no asustarme cuando me dijo:

—Cuando estudié en la Universidad de Padua, mi mejor amigo fue un tal Paolo Toscanelli, hijo de un médico florentino. Uno al lado del otro, nos sentábamos encima de la paja a los pies de Prosdocimo Beldomandi, y escuchábamos sus clases de música y astrología, hasta que, entre la claridad de los maravillosos cálculos matemáticos, nos parecía oír la música de las esferas celestiales. Toscanelli me confió una idea que a mí me pareció tan descabellada como te pueda parecer a ti ahora. Me dijo que la Tierra es un globo, y que navegando el suficiente tiempo hacia el oeste, al final se llega al este. El este y el oeste no son irreconciliables como puntos opuestos, sino que se unen en la armonía de los puntos opuestos. En la claridad de mi revelación, también aquella deslumbrante idea es natural, sencilla y clara como el agua, aunque supera la razón y experiencia que hemos tenido hasta ahora.

—Doctor Nicolás —dije—, o está usted loco o lo estoy yo. Me hace morder el puño para comprobar si estoy despierto. En esta claroscura noche parece como si hubiéramos salido del mundo existente hasta hoy, y se nos caigan las cadenas del tiempo y del lugar. Pero esto no es verdad. No lo puedo creer. La piedra es piedra, y piedra se quedará. No se la puede cambiar.

—¡Juan! —exclamó, y me tomó ambas manos con las suyas, apretándolas tan fuerte que me hizo daño—. En la claridad de mi revelación, esta noche el plomo se ha convertido en oro de una manera mucho más milagrosa que jamás en los aburridos y cotidianos experimentos de los alquimistas. En la unidad de los puntos opuestos el plomo puede convertirse en oro, y el hombre tiene posibilidad de vencer a la muerte y alcanzar la vida eterna. Para mí esto no es fe, sino conocimiento basado en la seguridad, de forma que sólo una persona simple y limitada puede negarlo, ya que su pensamiento no es capaz de llegar hasta mi revelación.

Hizo una pausa y siguió diciéndome:

—Juan, hijo mío, debes comprenderme. Tus pensamientos son claros como el agua y tu razón todavía no ha sido anquilosada por la antigua sabiduría de las universidades, así que sólo respetas las tradiciones del pensamiento filosófico y únicamente en las autoridades. Por ello tienes la capacidad de comprenderme mejor que los demás, si tienes voluntad de comprender y no tienes miedo a mi pensamiento.

—Quizá le entienda —respondí, poniendo la cabeza entre las manos—. Quizá me está amaneciendo lo que quiere decir y quizás un día lo entienda tan claramente como usted. Quizás haya nacido en un tiempo de renovación y no sólo en los días del fin del mundo, aunque yo me imaginaba que todos los pensamientos ya se habían desarrollado hasta las últimas consecuencias y la sabiduría había alcanzado sus límites. Pero soy joven, más joven que usted, y más duro, doctor Nicolás. Por ello su conocimiento puede ser peligroso para mí. Si lo asimilo, sacaré mis propias conclusiones y las adaptaré a la vida cotidiana.

Empero, para comprender esto, su mente ya se había cerrado y, por otra parte, era una persona demasiado buena y mi temerario presentimiento aún no había tomado suficiente forma para que yo pudiera empezar a explicar algo de lo que sólo tenía una vaga idea. Lo único que vi claro era que, si su revelación era verdad y de auténtico conocimiento, él, sin saberlo y con la buena fe de un niño, mantenía en sus inseguras manos algo que para un hombre que piense significaba un explosivo mil veces más potente que la pólvora y podía destruir todo el mundo hasta ahora existente. En la oscuridad no podía ver bien su cara, y me invadió un supersticioso miedo, como si ante mí no estuviera él sino un brujo, un fantasma o un tentador. Por eso yo, a mi vez, le toqué la cara con los dedos y le dije:

—Volvamos al barco, doctor Nicolás. Usted ha estado enfermo, la noche es fría y sus nieblas son malsanas.

Me aseguró que no sentía frío con el éxtasis de sus pensamientos, pero, habiendo podido descargar su mente, me siguió sin ofrecer resistencia. En el embarcadero se paró una vez más y exclamó:

—¡Una gran verdad siempre es sencilla! Es la mejor piedra de toque. Mi sabiduría cabe en dos palabras: *coincidentia oppositorum*. No existe una verdad más clara, más grande, ni más liberadora. Por ello estoy andando como si ya no tuviese piernas y como si lo material y lo inmaterial se uniesen en mí en una deliciosa armonía.

Le llevé del brazo hasta su camarote, le ayudé a desvestirse y le arropé en la cama. Con el enorme alivio que experimentó después de toda la angustia, se durmió en seguida, e incluso dormido su rostro estaba iluminado por la felicidad. A la llameante luz de la vela, estuve largo tiempo contemplando aquella cara manchada por las lágrimas y surcada de profundos pensamientos, intentando determinar si era un loco o un genio, un demente al que habría que encadenar o uno de los más grandes pensadores producidos por cualquier época.

Desde Morea, nuestro viaje continuó sin mayores contratiempos por las agrestes costas hacia Venecia o, mejor dicho, estábamos tan entumecidos por los sufrimientos que habíamos tenido en el mar de Gracia, que dimos gracias a Dios cuando las velas ya no hicieron más ruidos parecidos a truenos, las bordas de los barcos ya no estaban cada momento a punto de romperse, ni se partían los remos con el acompañamiento de los gritos de dolor de los remeros, que podían oírse por encima del rugido del mar. El día ocho de febrero de mil cuatrocientos treinta y ocho echamos las anclas al amparo de la isla del Lido, a la altura de la Capilla de San Nicolás, vimos el campanario de Venecia y las cúpulas de las iglesias elevarse del mar, y a nuestro encuentro vino el *Bucentauro,* buque de gala del *dux,* dorado de arriba abajo, acompañado de doce galeras maravillosamente adornadas y de innumerables góndolas. El mismo dux, rodeado de sus senadores, nos recibió con un lujo que hizo palidecer hasta las ropas de gala de los obispos, con sus mitras y sus báculos, al lado de las purpúreas capas de los venecianos. Sólo el brocado de oro y la brillante corona adornada con plumas que llevaba el emperador Juan podían competir con la opulencia oriental del dux.

Al día siguiente, nuestros barcos atracaron en el muelle al lado de los delicados arcos de mármol del palacio de los dux, entre salvas de cañones y el sonido de las campanas de todas las iglesias de la ciudad, mientras los trompeteros hacían sonar sus esbeltos instrumentos. Supongo que el recibimiento que nos dispensaron en el puerto de Venecia fue uno de los espectáculos más brillantes que unos ojos mortales jamás habían visto en nuestros tiempos, lo cual contribuyó a que el agradecimiento del emperador Juan se acentuara todavía más. También el patriarca y los obispos griegos sintieron crecer su autoestima y se quedaron aún más convencidos de que, en su opinión, de ninguna manera habían venido como mendigos y en petición de auxilio al mundo occidental, sino todo lo contrario, acudían como portadores de la Gracia de la fe que se había conservado ortodoxa de la antigua Iglesia, a fin de corregir al embrutecido occidente sus errores de fe, dado que el occidente ya no podía arreglárselas solo, de lo cual el mejor testimonio era la escisión de la Iglesia católica. Me empezó a parecer que, de verdad, comenzaban a creer sinceramente que traían el amor del Padre Dios, la resurrección de Cristo y la participación del Espíritu Santo, como un nuevo y feliz mensaje para el pagano Occidente.

A los obispos católicos de nuestra misión les indignó que, en el solemne cortejo, les colocaran detrás de los griegos, de manera que sólo el representante del Papa, Traversari, tuvo un lugar detrás del patriarca José, como si fuera su humilde acompañante. Hasta el benevolente doctor Nicolás me susurró:

—En las redes de la Iglesia también hay peces podridos, pero ello no puede afectar a la Iglesia de Cristo, y el Papa ha heredado de Pedro las llaves del Reino de los Cielos. Los venecianos nos causan perjuicio al adular demasiado a los griegos.

Quizás hubiera podido apreciar mejor el esplendoroso recibimiento si yo mismo hubiera podido participar en el cortejo, pero tuve que quedarme en el barco para copiar cartas, y la noche anterior ya me había enterado de que los asuntos no se desarrollaban tan bien como parecía a primera vista. Después de haber permanecido tanto tiempo sin información exacta y fidedigna sobre los acontecimientos que ocurrían en occidente, las noticias se nos habían echado encima con una avalancha que asustaba. El concilio reunido en Basilea hacía tiempo que se había negado a trasladarse a Ferrara y había declarado nula la bula papal. Todavía antes de Navidad, el cardenal Cesarini había hecho un intento para lograr un acuerdo, a fin de que toda la cristiandad no fuera objeto de la burla de los griegos. Al oír que nuestra flota se acercaba, el papa Eugenio hacía ya un par de semanas que había acudido a Ferrara, pero el mismo día de su llegada el concilio de Basilea, mediante un decreto, decidió suspenderle hasta nuevo aviso de su oficio y arrebatarle todos sus poderes, tanto terrenales como eclesiásticos. Si no se sometía a la voluntad del concilio, se le amenazaba con apartarle definitivamente de la sede papal. El concilio se reservó los poderes del Papa, declaró sin efecto todo cuanto hiciere a partir de aquel instante y prohibió, en los términos más rotundos, a los príncipes terrenales, a los cardenales, a los obispos y a los eclesiásticos de menor rango que obedeciesen al papa Eugenio en asunto alguno.

El emperador de Alemania, Segismundo, había muerto a principios de diciembre. Hasta entonces, su autoridad había impedido al concilio tomar decisiones finales. Ahora parecía como si el infierno se hubiera desatado. En Francia, la guerra contra Inglaterra había estallado de nuevo, aún más devastadora. En Bohemia, se había desencadenado una nueva guerra religiosa después de que los taboristas (que así se llamaba a los seguidores de Juan Huss) hubieran proclamado rey a un príncipe polaco, como sucesor del emperador. Parecía que, en diferentes partes de Europa, los volcanes apenas apagados hubieran vuelto a vomitar fuego y lava. Todos los objetivos del concilio de Basilea se habían desvanecido. La Iglesia había sufrido una bancarrota en los asuntos espirituales y en los terrenales, la mayoría del concilio se había declarado autoritariamente como administradora de los bienes, y la causa del Papa estaba en una situación más precaria que nunca.

En un corto plazo de tiempo volvimos a un mundo que había cambiado temerariamente, a un mundo en el que los puntos opuestos se habían agudizado hasta crear guerras irreconciliables. El concilio dejó entender al emperador Juan que un tratado de unión entre ambas Iglesias conseguido bajo la dirección del papa Eugenio no tendría valor, vigor, ni significado. Traversari, por su parte, aseguró en nombre del Papa que el nuevo concilio ya se había inaugurado en Ferrara y que allí acudían cada día más eclesiásticos de alto rango. El emperador Juan se aprovechó de la oportunidad y manifestó que necesitaban dinero para poder vivir al estilo que suponía su rango. Los venecianos, por su parte, le insinuaron que lo más prudente sería que no escuchara ni la invitación de Basilea ni la de Ferrara, sino que se quedara en Venecia y requiriese la presencia del Papa allí. Le aseguraron que, en ese caso, no le faltaría dinero, y la esplendidez de su recibimiento encandiló a los griegos hasta el punto de que empezaron a considerar en serio el quedarse en Venecia. Evidentemente, hubiera sido una gran victoria para la autoridad del emperador y de toda la Iglesia griega si el Papa hubiera tenido que asentir a su requerimiento y acudir a ellos. Al arzobispo de Éfeso, especialmente, le gustó la idea de humillar al Papa, hasta el extremo de que entre los griegos se desencadenó una ardua disputa y, embriagado por todo el lujo y por su crecida autoestima, el arzobispo dio un golpe de báculo a la cabeza de Besarión, quien consideraba y mantenía que el anterior acuerdo les comprometía. Este grande hombre tuvo que quitar el báculo de las manos del otro.

De entre la alegría de los fuegos artificiales, del ruido ensordecedor de las trompetas y los tambores y del frívolo jolgorio de la muchedumbre en la plaza de San Marcos, el doctor Nicolás tuvo que emprender viaje a Ferrara en plena noche. Uno de los obispos de nuestra embajada nos acompañó y, melancólicos, vimos desde nuestro barco un halo de luz encima de la ciudad en fiestas, mientras nosotros nos alejábamos en la oscuridad del mar.

Después de tomar tierra en Francolino, cabalgamos hasta Ferrara con toda la rapidez que nos lo permitió la delicada salud del obispo y el miedo del doctor Nicolás. Pero, si creíamos que allí encontraríamos a un Papa deshecho por los contratiempos, nos equivocamos. El concilio, que ya había empezado, había dejado su huella en la ciudad; a cada paso podían verse mitras de obispos y capas de prelados rodeadas de respetuosas multitudes de gente que aún no se habían cansado de arrodillarse en la calle para pedir la bendición a los altos eclesiásticos. Cuando preguntamos por el camino del palacio destinado a residencia del Papa, lo primero que nos contaron fue que ya habían llegado a la ciudad setenta obispos e innumerables prelados, doctores, abades y monjes. Cuando la gente se enteró de que llegábamos directamente desde Constantinopla, jubilosos hombres y mujeres se agolparon a nuestro alrededor desde todas las direcciones y nos acompañaron hasta el palacio, e incluso se habrían adentrado con nosotros hasta el patio si los soldados contratados por el conde de Ferrara como guardias del Papa no se lo hubieran impedido. Para nuestra consternación, parecía que toda la ciudad bullía en una embriaguez de éxito y júbilo, en espera de un fabuloso enriquecimenito gracias al concilio.

No tuvimos tiempo ni de descender de los caballos cuando el cardenal Nicolás Albergati vino a recibirnos, corriendo escalera abajo, olvidando su edad y su ondeante capa de cardenal. Bendijo nuestra llegada y nos dio prisas para que entráramos tal como estábamos, llenos de barro y cansados, tanta era la impaciencia con que el Papa nos esperaba. En medio de este barullo de júbilo y casi con las mismas ropas con que habíamos llegado, a mí me llevaron también dentro casi en volandas, detrás del doctor Nicolás y el obispo, de forma que, antes de que pudiera reaccionar, estaba de rodillas besando la zapatilla del papa Eugenio, quien me la había acercado con un gesto impaciente. Pero nada más empezar la conversación, con igual rapidez me volvieron a sacar de la estancia, cuando la severa mirada del Papa se encontró conmigo y preguntó quién era yo.

Sin embargo, no tuve que lamentar un trato tan poco amable, porque más que suficientes obispos, doctores y secretarios me rodearon en seguida, acompañándome al piso inferior, a la mesa del banquete, para escuchar noticias sobre nuestro viaje y sobre los griegos. Yo, por mi parte, me enteré de que las cosas estaban estupendamente bien. La muerte del emperador alemán, Segismundo, había eliminado el último impedimento grave para la elección de Ferrara como sede de la reunión, y la llegada de los griegos representaba para el Papa una victoria moral tan grande que por fuerza tenía que afectar a toda la cristiandad. Ya se había establecido el protocolo en cuanto a las plazas asignadas a cada participante en el concilio y, en aquellos momentos, se estaba preparando un decreto según el cual los miembros del concilio que se habían quedado en Basilea, concilio que el Papa había declarado nulo, eran declarados a su vez separados de su oficio y de su prebenda y excomulgados. Además, el nuevo concilio de Ferrara tenía la intención de requerir a los burgueses de Basilea a que ahuyentasen por la fuerza de su ciudad a los eclesiásticos que allí se habían quedado, si no se marchaban voluntariamente dentro de treinta días. De otro modo, se les amenazaba con la excomunión y la maldición de la Iglesia, y toda la cristiandad cortaría cualquier tipo de contacto con la ciudad maldita.

Todo aquello me parecía muy bonito y, a fin de vencer el cansancio del viaje y mis propios escrúpulos, alguien vertió vino en mi reluctante boca, hasta que el futuro del nuevo concilio empezó a antojárseme, también a mí, como prometedor. Pude sentir que era un héroe bastante considerable después de haber hecho el viaje a Constantinopla, viaje que muy pocos habían hecho, y pudiendo mencionar nombres de arzobispos griegos como si los hubiera tratado a diario. La mayor curiosidad se dirigía hacia el emperador, cuya apariencia, costumbres y ceremonias pude describir como testigo visual. Al cabo de un rato, un secretario miembro del séquito del Papa en Bolonia me reconoció como el hombre que había ayudado a sellar en Basilea el decreto de la minoría, de manera que, según avanzaba la velada, empecé a sentirme más importante de lo que, en honor a la verdad, me merecía. No tuve razón alguna para disimular mis incrementados conocimientos del griego. Por eso, los secretarios de la cancillería del Papa, que se habían emborrachado conmigo, me llevaron del brazo y con mucho celo ante el notario, hablaron entusiásticamente de mis méritos hasta que él, agradecido, me apuntó en la lista de los intérpretes del concilio y me pagó tres monedas de oro como sueldo del primer mes. No parecía que el Papa estuviera falto de dinero en aquellos días y, por otra parte, era muy comprensible que quisiera contratar a todos los que supieran aunque fuese un poco de griego, porque no abundaban. Por otra parte, el contratarme a mí para evitar que me contratasen los griegos, fue un acto sensato, aunque en aquel momento no podía pensar tan lejos.

Empero, lo que con facilidad se obtiene, con facilidad se pierde, porque la misma noche perdí ya una de las monedas de oro. A fin de escapar de la severidad del Papa, los secretarios me llevaron a una posada para que pudiera regar mi nuevo oficio como era debido y, naturalmente, quise mostrarme merecedor de su amistad, aunque intenté no excederme en beber vino. Se nos juntaron también algunas mujeres que habían llegado a Ferrara desde diferentes ciudades italianas, incluso desde tan lejos como Florencia, y ellas sí que me habrían librado con mucho gusto de todo mi dinero si hubiera cedido a sus tentaciones. Por suerte, todavía estaban asustadas y no se atrevían a portarse con demasiado descaro, dado que, nada más llegar a Ferrara, el Papa había convocado en la capilla de su palacio a todos los eclesiásticos, sin importar su rango, y les había pronunciado un severo discurso avisándoles de que ahora debían dedicarse en serio a la renovación de la Iglesia, renovando antes que nada su propio comportamiento.

—Ya se ha hablado bastante —había dicho—. No nos hacen falta palabras, sino hechos y buen ejemplo.

Por este motivo, a muchas de las mujeres que acudieron a la ciudad se les había prohibido la entrada ya en las puertas de la misma, y éstas con las que yo estaba hablando habían podido entrar sólo a base de pagar a los centinelas para demostrar su buena reputación. Luego, el dueño de la posada las había contratado a toda prisa para desempeñar unas ficticias tareas de lavanderas, cocineras, mujeres de limpieza y planchadoras. Tuve más que suficiente trabajo para arrancar a mis nuevos amigos de sus manos y hacer que volviesen al palacio. Por suerte, aún no se habían cerrado las puertas, ya que el Papa y los cardenales seguían conversando sobre las medidas a tomar a raíz de la llegada de los griegos, así que pudimos entrar con todo sigilo y me prepararon una cama en el suelo de la sala de los secretarios.

Lleno de remordimientos, al día siguiente busqué al doctor Nicolás, pero pronto advertí de que no tenía mucho de qué arrepentirme, ya que, escuchando la conversación de los secretarios, en realidad me había enterado de muchos más asuntos prácticos del nuevo concilio que el doctor Nicolás al explicar el viaje de la embajada al Papa y a los cardenales. Para impedir las tentaciones de los venecianos, el Papa envió inmediatamente más dinero a Venecia y ordenó a Traversari que, para salir del paso, pagase al emperador Juan y al patriarca José incluso más de lo que habían solicitado. Hombre humilde y sin pretensiones, al doctor Nicolás no se le había ocurrido pedir dinero para sí mismo, y ni siquiera supo organizar su alojamiento en Ferrara, porque sólo le preocupaban el éxito del concilio y convencer a los griegos de que acudieran cuanto antes a Ferrara. Gracias a mis nuevos amigos pude arreglarlo todo de la mejor manera, ya que ellos sabían a quién debía dirigirme en cada asunto, así que no tuvimos pérdidas de tiempo correteando al azar por la ciudad. Y ya era hora de darse prisas, porque se estaban reservando los mejores edificios para uso de los griegos, y lo primero que hacía cada uno de los eclesiásticos que llegaba a la ciudad era pedir dinero para los gastos y una residencia acorde a su rango. El príncipe de Ferrara sólo había concedido alojamiento libre al Papa, a su Curia, a los cardenales y al emperador de los griegos, al tiempo que les hacía exentos del impuesto general de usos y consumos, aplicado a todas las compras. A los demás asistentes al concilio se les consideró como presas libres de los habitantes de la ciudad y como gordas vacas lecheras, de forma que, a fin de organizarse bien, se necesitaba dar muchas vueltas. Gracias a mis esfuerzos pudimos disponer gratis de hasta dos habitaciones y de un documento que nos eximía del impuesto de usos y consumos.

Antes, todas estas tortuosas maneras y buscar el propio interés a costa de los demás, me habría parecido desagradable y hasta innecesario, porque el aumentar los conocimientos y el crecimiento espiritual me importaban muchísimo más que el éxito externo. Sin embargo, y contra mi voluntad, había entrado en la senda del éxito y me producía placer saber ver más allá también en los asuntos externos. Asimismo era sabiduría el saber que debajo de las cosas y de las ideas más hermosas se escondían descaradamente egoísmo y avaricia. En toda intriga y rivalidad entre personas, las debidas relaciones eran las que más ayudaban a avanzar al hombre, y el valor de éste se calculaba según las relaciones que había logrado obtener. Al darse como segura la llegada de los griegos, se esperaba de mí que podría entablar relaciones con ellos y por este motivo podía ser útil. Al lado de esto, era igual si yo era un hombre puro o un libertino, un pecador o un ser inmaculado, mientras me declarase fiel partidario del Papa, respetase externamente los dictados de la Iglesia y reconociese las reglas del juego. Nadie en Ferrara preguntaría por los sentimientos que albergaba en mi corazón, si para lo demás era inteligente y astuto y, en consecuencia, útil. Observar esta circunstancia me excitó la curiosidad y me invadió la necesidad de demostrarles que podía salir airoso en su juego de sangre fría y descaro, sin comprometerme a nada y conservando mi libertad espiritual.

El doctor Cusano no comprendía esto. Debido a su buen corazón, a su buena voluntad y a su sincera piedad, quería pensar también lo mejor de todos los demás, explicarlo todo de la mejor manera, ser el reconciliador de todos y el constructor de la paz, sin interesarse nunca por su propio bien. No tenía ambición y no era avaro, aunque miraba mucho su dinero. En todo, y olvidándose de sí mismo, sólo deseaba la gloria de Dios y el bien de la Iglesia.

—En las redes de la Iglesia, también hay peces podridos —repetía una y otra vez—, pero ello no mengua la santidad de la Iglesia.

La mayoría del concilio de Basilea le había declarado apóstata y había interpretado mal sus móviles. Por esto quiso cuidarse aún más, para que nadie le pudiera acusar de haber buscado su propio éxito al elegir la parte que le pudiera proporcionar más ventajas personales. Y cuanto más dudaba y se examinaba a sí mismo, con tanta más firmeza se adhería al partido del Papa, como si, al trabajar por ese partido y por aumentar la autoridad del Pontífice, se demostrara al mismo tiempo a sí mismo que tenía razón cuando eligió al Papa en vez de a la mayoría.

Recibimos muchas visitas y, en el palacio del Papa, el doctor Nicolás tuvo cada día oportunidad de mostrar a cardenales y doctores los manuscritos y códigos que había comprado a los monjes de la Montaña Santa y en Constantinopla, porque, en espera de la llegada de los griegos, los futuros parlamentarios intentaban enterarse lo mejor que podían de las diferencias existentes entre las Iglesias griega y latina y recopilaban de las escrituras de los Padres de la Iglesia testimonios para defender su propia causa. El doctor Nicolás pudo anunciar ya de antemano que los griegos sólo tenían la intención de reconocer como objeto de compromiso las decisiones de los siete primeros concilios y de referirse tan sólo a los Padres de la Iglesia griegos. A san Agustín los griegos casi no lo conocían. Ante la indignación que esto levantó entre los presentes, el doctor Nicolás intentó, en tono conciliador, defender también la postura adoptada por los griegos y demostró, a base de sus códigos, que la añadidura latina al credo, *filioque,* desde el punto de vista griego bien podía ser heterodoxa, a pesar de que tal vez los griegos no pudieran negar que el Espíritu Santo no viniese del Padre y del Hijo.

Al cabo de unos días, los altos eclesiásticos empezaron a mirarse los unos a los otros y a sacudir la cabeza cuando hablaba el doctor Nicolás. Abiertamente no dijeron nada, pero yo entendí bien que le consideraban demasiado buena persona para debatir con los griegos, y que hasta sospechaban que en el transcurso del viaje se había contagiado de alguna intoxicación griega. Quizá tenían algo de razón en eso, porque semejante viaje no pasa sin dejar huellas en una persona que piense. Sólo que la ardiente devoción del pueblo y la luminosa dicha en sus rostros que habíamos visto en las iglesias de Constantinopla, diferían mucho de las de nuestra misa, que se había vuelto fría y durante la cual incluso altos eclesiásticos podían pasear por la iglesia conversando entre ellos y estorbando la ceremonia. Una persona que hubiera visitado Constantinopla no podía negar el hecho de que en la vieja Iglesia quedaba mucho más del Espíritu Santo y de la libertad que en la Iglesia latina católica, que se había vuelto más mundana. Era verdad, el doctor Nicolás tenía una intoxicación griega, en el sentido de que deseaba que la unión de ambas Iglesias aportase nuevo espíritu vigorizador a la Iglesia en su conjunto.

Al darme cuenta del rumbo que habían tomado los acontecimientos, consideré mi deber advertir al doctor Nicolás, y le dije:

—Usted habla de un modo imprudente, y pronto pondrá en peligro su fama de sabio y bajo sospecha su fe, si sigue así y defiende los desvíos de la Iglesia griega.

—La Iglesia griega es una Iglesia vieja, con espíritu vivo —me contestó.

—¿Y qué? —respondí—. No es esto lo que se le va a preguntar a usted. El objetivo de los futuros debates es vencer a los griegos y hacer que se convenzan de sus propios errores. Para ello debe encontrar testimonios y no para defenderles.

Sorprendido, me contestó:

—Pero Juan, te equivocas. El objetivo de los debates es, con espíritu de amor, encontrar la verdad y reconciliar las diferencias.

—Entre esta gente, la verdad será como un niño abandonado —dije con amargura—. Nadie le pedirá la verdad, porque la Iglesia católica tiene su propia verdad inamovible, con la que no regateará, al igual que la Iglesia griega. Tal vez en la coincidencia de esos puntos opuestos suyos, estas dos verdades se unen en armonía, pero en este mundo temporal perderá usted su reputación si, como latino, defiende la verdad de los griegos.

Pero él no me comprendió porque, con la sencilla sinceridad que anidaba en su corazón, se imaginaba que el verdadero objetivo de las negociaciones era solamente hallar la verdad. Me acusó de endurecido e incluso de falta de respeto para con el Papa y los cardenales, por dudar de que buscasen la verdad.

—¿Por qué iban a buscar nada, si ya tienen su verdad? —le contesté, impaciente—. Mejor sería que se callara. De otro modo, predigo que pronto le espera el viaje de salida de esta ciudad, y en el concilio no se echará de menos su sabiduría.

Aquellos días llegó también el cardenal Cesarini procedente de Basilea, después de haber intentado hasta el último instante conseguir una reconciliación y, por fin, y por orden papal, accedió a reconocer el concilio de Ferrara. Estaba sombrío y desalentado, pero el Papa le recibió con grandes honores y le dejó entender que también en el nuevo concilio conservaría su eminente posición. Casi a la fuerza se vio contagiado del general optimismo activo, porque todos esperábamos la llegada de los griegos como si de una fiesta se tratara. Yo no tenía muchas ganas de ver al cardenal y evitaba todo lo que podía encontrarme con él. Pero, un día, acudió inesperadamente a nuestra vivienda y, al encontrarme con su mirada, no pude hacer más que arrodillarme ante él y rogarle que me perdonase por haberle fallado en su confianza en el asunto de los sellos, aunque mis intenciones habían sido buenas. Mi mejor defensa fue el hecho de que no había aceptado dinero por lo que hice, y el doctor Cusano empezó a testimoniar mi sinceridad, explicando lo mucho que había hecho por él durante nuestro viaje. El cardenal Cesarini era lo suficientemente justo para reconocer que el arzobispo de Tarento fue el verdadero culpable y que era comprensible que yo, joven y poco experimentado, le creyese más a él que a mí mismo.

—Pero —dijo—, la causa de la Iglesia es tan grande y sagrada que no se la puede manchar con hechos innobles.

Me atreví a recordarle que el concilio de Constanza había mandado a la hoguera al doctor Huss, a pesar del salvoconducto del emperador. Si una causa buena y correcta podía liberar de su palabra hasta a un emperador, romper un arcón por el bien de la indestructible, eterna y única Iglesia, era un asunto carente de importancia. Con el rostro demacrado y lleno de surcos producidos por las luchas interiores, el cardenal Cesarini me miró y dijo:

—Que sea Dios quien decida sobre la justificación de lo que hiciste. Yo no quiero hablar más de ello. Sólo te pido que seas sincero contigo mismo y reconozcas si tu acto estuvo bien o mal.

Sus brillantes y dominantes ojos de idealista me miraron con fijeza. Me habría sido fácil negarlo, pero bajo su mirada comprendí que ya no hablábamos ante el mundo con las medidas convencionales de acusación y de castigo, sino que él me forzaba más allá de todo esto para que pasara cuentas conmigo mismo. Esta sensación no me gustó, pero involuntariamente le tuve que admirar y amar por ello, a pesar de mi reluctancia. Me estremecí, pero no rehuí su mirada.

—Como quiera, mi señor —dije—. Ante mis propios ojos no está justificado lo que hice, y no lo hacen más justificado las injusticias cometidas por personas más importantes que yo. Bien. Confieso. Entonces, castígueme, me lo he merecido.

El cardenal suspiró profundamente, se relajó y a continuación me dijo:

—Tu propia confesión es bastante castigo. No me preocupa mi reputación, que pusiste en peligro. Más temí que tu acto hubiera causado algún daño a tu alma. No ha sido así. Por ello, vamos a olvidar y a borrar todo el asunto. Pero no vuelvas a hacer cosas como ésta.

Sus palabras penetraron en mi endurecido corazón y me causaron tal dolor que mis ojos se llenaron de lágrimas y le besé la delgada mano con devoción. Él la retiró como si el contacto físico le fuera desagradable y dijo, más bien para sí mismo que dirigiéndose a mí:

—¡Oh, Dios! No me lleves nunca a la tentación de servirte de una manera que mi conciencia diga ser errónea.

Experimenté una amarga vergüenza, y se me reveló con toda su desnudez la falta de meditación y la frivolidad de mi acto. Comprendí que él se imaginaba, como era propio de su noble corazón, que yo había hecho lo que hice pensando en el bien de la Iglesia, ya que materialmente no me había producido gran provecho. Hasta más tarde no entendí que tal vez, a pesar de todo, él veía cuál era mi fuero interno y quiso darme una lección, al observar con qué vulnerable orgullo y con qué tristeza estuve vacilando entre lo bueno y lo malo. A ello se debía el que fingiera considerarme mejor de lo que era, a fin de obligarme a corregirme y así responder a la imagen que él quería tener de mí. Pero, al mismo tiempo, seguramente rezaba también por sí mismo, entre las tentaciones e intrigas espirituales de Ferrara y de nuestro tiempo.

En todo caso, mi arrepentimiento y mi vergüenza hicieron que volviera a despertarse en mí el anhelo por lo absoluto, aquella ardiente necesidad de mi corazón de mantenerse recto ante mí mismo. Ya había estado a punto de pensar que todo era vil. Mi encuentro con el cardenal me ayudó a marcar de nuevo las fronteras entre lo espiritual y lo mundano. Podía seguir la corriente hasta cierto límite, pero no debía comprometerme con nada. Esta seguridad hizo que me avergonzara asimismo de los consejos que había dado al doctor Cusano. ¿No era cierto que, como un tentador, le había susurrado al oído verdades que para él no tenían valor? En lo referente a la fama y el éxito externos, podía alcanzar una importante posición en la reunión de Ferrara, pero ello presuponía que negase parte de lo que él consideraba como verdad. Lo que ganaría en lo externo lo perdería en lo espiritual o, en caso contrario, se convertiría en alguien totalmente imposible para sí mismo. Por ello, lo mejor que se le podía desear era que le mandasen fuera de Ferrara, a pesar de que él, ya de antemano, se alegraba de su sabiduría y de los testimonios que había hallado para reconciliar las Iglesias mediante mutuas concesiones, en el espíritu de la verdad y el amor.

El impulso que el cardenal Cesarini me dio llegó en el momento oportuno, porque, de no haber sido así, todas las quisquillosas, insignificantes y terrenales intrigas relacionadas con la llegada de los griegos a Ferrara habrían podido obcecarme y hacer que también yo considerase todos estos aspectos externos como los principales. No pudimos enterarnos bien de lo que de verdad ocurría en Venecia entre los griegos, ya que éstos intentaron por todos los medios mantener en secreto sus disputas. Sin embargo, se tenía la impresión de que el viejo patriarca José y sus obispos estarían inclinados a quedarse en Venecia en espera de que se aclarase el cisma de la cristiandad. Él era viejo y estaba delicado de salud, había sufrido mucho durante el viaje marítimo y no le atraía seguir viajando. Aparte de ello, se negaba rotundamente a reconocer la superioridad del Papa y temía que, durante las ceremonias del recibimiento, el Pontífice le humillara. De ninguna forma quería besar el pie del Papa, sino que, según nos enteramos, repetía hasta la saciedad, con su temblorosa voz de viejo:

—Si el Papa es mayor que yo, le trataré como a mi padre. Si tiene mi edad, le consideraré como un hermano mío. Si es más joven que yo, seré benévolo con él como si fuera mi hijo.

Pero el emperador Juan, después de haber recibido del Papa más dinero del que había pedido y después de divertirse en Venecia hasta no poder más, se percató de la necesidad política y emprendió viaje a Ferrara acompañado de su séquito, obligando así al patriarca y a los eclesiásticos a seguirle, tanto si lo querían como si no. A principios de marzo, al mismo tiempo que la primavera llegaba con sus inundaciones, que las aves acuáticas llenando las embarradas lagunas y que las innumerables ranas croaban en los charcos, el emperador y su séquito llegaron a Ferrara. El marqués Niccolò le organizó un recibimiento de acuerdo con su rango, aunque no fue capaz de crear el mismo ambiente de lujo y brillantez que los venecianos. El emperador cabalgó directamente al palacio del Papa y éste le recibió rodeado de sus cardenales y de los altos representantes de la Iglesia. No tuvo que humillarse besando el pie del Papa, el cual le recibió como al eterno emperador de Bizancio, intentando satisfacer su vanidad en todo lo posible.

También el marqués Niccolò, vasallo del Papa, trató al emperador como a tal, mostrándole enorme respeto, pero deseando en sus adentros que el emperador, una vez celebradas las formales ceremonias inaugurales y como hombre más joven y forastero, se portase con él con la abierta amabilidad que correspondía a su anfitrión. Con razón se sentía orgulloso de su formidable *castello,* de las costumbres francesas de su corte, de los sabios que había reunido a su alrededor y en su universidad, de sus granjas de faisanes y de sus cotos de caza. Sin embargo, el emperador, que cuidaba con enfermizo celo su alta alcurnia, aceptó gustosamente desde el principio toda su hospitalidad, pero dio a entender que le consideraba de un rango infinitamente inferior a él. El emperador se alojó con su séquito en el palacio que el marqués había puesto a su disposición, instaló allí sus caballos, sus perros y sus halcones, y estableció su propia corte en la que se observaban minuciosamente todas las antiquísimas ceremonias bizantinas, para realzar su posición imperial. El marqués Niccolò pronto se dio cuenta de que las molestias causadas por un invitado tan ilustre eran mucho mayores que la honra que le había proporcionado.

Tres días más tarde, llegó el patriarca José con sus obispos y sus barcazas llenas de mercancías por el desbordado río, pero se negó a desembarcar antes de que se le asegurara que no tendría que humillarse a besar la zapatilla del Papa. Se quejaba de las incomodidades del viaje fluvial y de los peligros que habían corrido sus valiosos objetos sagrados y sus arcones de libros. El papa Eugenio no tardó en hacerle saber que él y sus eclesiásticos podían elegir libremente la manera que desearan saludarle. Sobre este tema los griegos discutieron durante más de una hora, mientras los guardias de honor y el pueblo curioso esperaban impacientes a lo largo del trayecto que había que recorrer. Por fin se llegó a un acuerdo y se les acompañó al palacio papal. El Papa se levantó de su asiento para saludar de pie al patriarca José, que se tambaleaba debido a la edad y a la enfermedad, y éste le dio un beso hostil en la mejilla. Después de esta ceremonia, de la que todo amor cristiano estuvo ausente, el Papa sentóse rápidamente, y los obispos y demás personalidades griegas tuvieron el honor de acercarse a él y besarle, primero en una mano y luego en una mejilla.

Después del recibimiento, se acompañó a los griegos a las viviendas que se les tenía asignadas y el patriarca José se acostó inmediatamente. Casi acto seguido se empezaron a recibir en el palacio del Papa quejas sobre la inaptitud de las viviendas y sobre innumerables detalles más que, según los griegos, no estaban a la altura de su rango. Era innegable que Ferrara, llena de barro y humedad en la primavera, y a cuyos habitantes se les llamaba ranas en otras partes de Italia, no era el lugar más agradable para hombres de edad, aunque la exuberancia de la primavera, los remolinos de las aguas del deshielo y el ruido de las alas de las aves acuáticas encantasen a un joven como yo. Con su gran paciencia y con ánimo conciliador, el papa Eugenio hizo cuanto pudo para evitar que los pequeños detalles alterasen el humor de los griegos. Así, y con cierto despego, les hizo saber que en Ferrara podían celebrar sus misas de la manera que desearan. Ello molestó a los griegos, que ya habían decidido celebrar los servicios religiosos a su propia manera y no consideraban necesitar para ello el permiso del Papa. A decir verdad, se enfadaron tanto, que por poco dejaron de celebrar dichos servicios, para demostrar que de forma alguna se acogían al permiso del Pontífice.

El papa Eugenio les dejó solos durante unos días a fin de que tuviesen tiempo para tranquilizarse y familiarizarse con Ferrara. Después, les envió un mensaje en el que decía que deseaba poder empezar las conversaciones dentro de poco. Pero el patriarca José se limitó a mandar una contestación alegando enfermedad, y nadie pudo saber con certeza si esto era verdad o se trataba sólo de un pretexto para aplazar las negociaciones, o mero capricho de viejo, de lo cual resultó que la enfermedad del patriarca fue durante varios meses el secreto más comentado en Ferrara. El emperador Juan, por su parte, informó que su deseo era que se debía invitar asimismo a los príncipes de los países occidentales a que participasen en el concilio. Esto, naturalmente, era imposible, ya que en occidente había una total división, y las guerras devastaban Italia, Francia y Bohemia. Pero él no quiso escuchar las explicaciones y, para complacerle, el papa Eugenio envió nuncios a los diferentes países, con cartas de invitación para sus príncipes. Una vez conseguido esto, el emperador Juan se dignó avisar que estaba dispuesto a comenzar las conversaciones. Sólo quería asegurarse de antemano de que se le reservara el primer puesto en el sínodo de la unión. En este caso, el Papa bien podía ocupar el segundo lugar. Una exigencia tan desorbitada llegó a producir enfado hasta en el papa Eugenio.

—Si se tratara de mí como persona —dijo—, me colocaría aunque fuera al lado de la puerta con tal de hacer avanzar las cosas. Pero, ante los ojos de la cristiandad, el lugar del Papa es superior al del emperador.

Se tardó casi un mes en hacer las negociaciones para encontrar una solución de compromiso que satisficiera a todos los interesados en este importante asunto de protocolo. Yo me había acostumbrado a ir a la enorme cocina del palacio del Papa, donde tomaba muchas comidas en compañía de los escribanos y secretarios menos importantes, a fin de mantenerme al día sobre el desarrollo de los acontecimientos. Al cabo de un mes me impacienté y exclamé, furioso:

—¡De verdad, parece que el rango terrenal y la altura de los asientos sean más importantes para el emperador y el Papa que la unión de las Iglesias después de un cisma de siglos! Si se tarda un mes en resolver detalles tan insignificantes, todos peinaremos canas antes de que se pueda empezar a discutir la relación que hay entre los diferentes componentes de la Santísima Trinidad.

Un escribano, que a lo largo de sus años de servicio se había vuelto canoso y que solía explicar que el color de su roja e hinchada nariz era consecuencia de unos fríos y, de ninguna manera, del uso desmesurado del vino, me tranquilizó diciendo:

—El primer precepto de toda jurisprudencia es aprender a pedir aplazamiento en todas las causas. Dándose prisas no se pueden llevar a cabo unas conversaciones tan importantes como éstas. El quedar de acuerdo sobre el protocolo no es una cosa insignificante. De la misma manera que los generales envían a grupos de observadores a presenciar las refriegas en los puestos más avanzados a fin de conocer la fuerza del enemigo, igualmente en las negociaciones sobre el protocolo se tienta la decisión y la resistencia de la parte contraria. Una vez se haya conseguido el protocolo, las tropas han sido colocadas en sus puestos de lucha y los oponentes conocen las fuerzas de cada uno. En efecto, el decidir sobre el protocolo ya es un presagio sobre el resultado final de la lucha. Por ello, vayamos a la catedral para ver lo que se ha hecho allí, y así podré predecir cómo terminarán las conversaciones sobre la unión, duren lo que duren.

En consecuencia, fuimos todos a la catedral de tres puertas, donde un buen grupo de artesanos trabajaban, colocando asientos y bancos. Pudimos ver que para los griegos se había reservado el lado de la Epístola y para los latinos, el del Evangelio, lo cual demostraba que se reconocía que ambas partes eran iguales en las conversaciones. En el lado latino se había colocado un asiento para el Papa, que, a ojo, parecía un poco más alto que los demás. Junto a él, un pequeño peldaño más abajo, había un asiento de honor. A nuestra pregunta, el carpintero contestó que era la silla del emperador romano de Alemania. Le contamos que el emperador había muerto y que aún no se había elegido a uno nuevo, pero nos respondió que esto no era asunto de su incumbencia. Aún un peldaño más abajo se habían colocado los asientos de los cardenales, uno al lado del otro y, todavía más abajo, bancos con cojines para obispos y prelados.

El lado de los griegos había sido arreglado de la misma manera, con la excepción de que le faltaba el asiento correspondiente al Papa, pero al emperador Juan se le había reservado, enfrente del asiento del emperador romano que quedaría vacío, una silla exactamente igual de alta y decorada de la misma manera. El asiento del patriarca José era igual que el del Papa, sólo que estaba colocado un peldaño más abajo, y también era más bajo que el del emperador Juan. El experimentado escribano sacudió la cabeza y observó:

—Por todo esto puede verse que estas negociaciones las ha llevado a cabo el emperador de los griegos y no el patriarca. Yo sospecho que la enfermedad de éste nos hará una jugada en la inauguración del concilio. Pero supongo que el emperador podrá estar contento con un lugar que le reconoce igual en rango al emperador romano de Alemania, aunque no quede más que una sombra de su poder.

Espantados, empezamos a tirar de él, porque en aquel instante entraba en la catedral un vistoso grupo de griegos para examinar los preparativos. Los artesanos les hicieron sitio respetuosamente, y nosotros también nos retiramos a las sombras del templo. En el grupo divisé al médico y al astrólogo del emperador. El astrólogo, como matemático, llevaba un metro, y todo aquel distinguido grupo comenzó, inclinándose y arrodillándose, a medir la altura del asiento de su emperador y compararla con la del emperador de Roma. Para colmo, yendo a gatas por el suelo, apreciando a ojo y midiendo con el metro, se cercioraron de que ninguno de los asientos reservados a los griegos era más bajo que el de los latinos. Para mí, aquel panorama resultaba tan ridículo, que no pude evitar sonreír al pensar que el objetivo de los debates era reunir las Iglesias oriental y occidental en una sola Iglesia de Jesucristo. Pero el viejo escribano sacudió la cabeza airadamente y observó con la máxima seriedad el minucioso acto. Cuando los griegos, por fin, se fueron, se santiguó y dijo:

—Éstos son los presagios y los augurios. Externamente se hacen concesiones a los griegos, pero, en efecto, nuestra sagrada Iglesia vencerá a estos cismáticos. A decir verdad, no queda más que su cáscara si un hombre ha de demostrar con un metro su valía ante sí mismo. Pero alegrémonos, porque se gastará mucho tiempo en la tarea y se usará mucho papel, y para celebrarlo nos podemos permitir pagar una medida de vino cada uno, ya que durante todo este tiempo cobraremos nuestro sueldo.

Sin beber yo, le pagué su medida de vino al escribano en una taberna que se hallaba cerca de la catedral, taberna que desde el principio había sido su meta. En contrapartida, me contó bastantes chismes de la corte del marqués de Ferrara, y dijo:

—El marqués Niccolò es de la familia de Este, hombre piadoso y gran peregrino. Hasta ha visitado Tierra Santa a fin de purgar sus pecados, para lo que ya tiene razones porque, a pesar de que ha cumplido los cincuenta años, todavía es hombre vigoroso y se dice que ha tenido más de doscientas concubinas, de manera que, en la región de Ferrara, en esta competición no le vence nadie más que un abad de Pomposa, de quien se dice que ha manejado ya a mil mujeres. El marqués hizo cortar la cabeza a su segunda mujer, Parisina Malatesta, porque sedujo a su hijo mayor, y en cuanto a esto no puedo decir otra cosa en su defensa que, con toda ecuanimidad, también hizo cortar la cabeza a su hijo. Ahora está casado con su tercera esposa, pero igualmente tiene en estima a sus hijos ilegítimos, y hace tiempo que nombró a uno de ellos, Leonello, como sucesor suyo, para lo cual ha recibido la bendición del Papa. La más bella de sus hijas se llama Beatriz, y los hombres más jóvenes que yo dicen que han tenido una visión del paraíso al ver su cara, aunque yo, viejo y cansado de los deseos carnales, prefiero echar un vistazo al paraíso a través del fondo de una jarra de vino.

Una vez hubo echado su vistazo al paraíso de la manera mencionada, continuó su ameno parloteo:

—Es verdad que tiene tantos hijos, que la mala gente dice que en ambas orillas del río Po sólo hay marqueses correteando, pero yo creo que, aparte de los nacidos dentro del matrimonio, sólo ha reconocido legalmente a veintidós. En efecto, se dice que ha fundado la Universidad de Ferrara tan sólo para darles buena educación a todos ellos. Invitó al famoso Guarino como profesor de Leonello, y por eso hay ahora en Ferrara la mejor escuela para jóvenes nobles. Para su hijo Meliaduse pidió como profesor a Aurispa, que es el más perezoso de todos los humanistas y, por pura pereza, jamás devuelve los manuscritos que pide prestados, de forma que ha reunido una gran biblioteca. Dicen que incluso Filelfo lleva casi doce años exigiéndole desde Florencia algún libro que le prestó.

Le pregunté por qué, después de haber rehusado Filelfo, a ninguno de estos dos famosos sabios conocedores del griego se les había invitado como intérpretes del concilio, a pesar de que vivían en Ferrara, sino que se había elegido como intérprete principal a un tal doctor Nicolás Segundino, completamente desconocido para mí y a quien aún no se había visto, siquiera para poderle presentar mis deficientes conocimientos de griego. Mi amigo el escribano observó:

—Guarino tiene su escuela y Aurispa es demasiado perezoso y, además, ambos tienen que cuidar de su reputación, de modo que no quieren empezar a debatir las expresiones griegas con sabios de esta nacionalidad. Estoy seguro de que conocen bien a Homero, pero el doctor Segundino está más enterado del vocabulario teológico griego. No le tengas miedo alguno, ya que tu nombre figura en la lista y te pagan el sueldo.

Y siguió aconsejándome, tras una pausa:

—Eres un muchacho serio, pero no exageres esta seriedad mientras seas joven. Serás más prudente si eliges la doctrina de la moderación como lo he hecho yo, así que no

soy muy pecador pero tampoco me imagino libre del pecado.
En cuanto a tus conocimientos de griego, me importan muy
poco. No te traerán el éxito; si algo te puede ayudar es tu
buena presencia y tus refinados modales. En efecto, a juzgar por tu apariencia, más te valdría empezar a leer novelas
francesas sobre Ginevra y Meliaduse y cultivar los círculos
de la corte. Asimismo, y con la ayuda del doctor Cusano, podrías intentar meterte en la universidad y entablar amistad
con aquellos sabios humanistas. Para ganarla, no hace falta
más que una expresión de inteligente atención en la cara y
un fuerte trasero para aguantar sentado escuchándoles. Solamente en caso de que te interese un oficio eclesiástico podrás
sacar partido de tu trabajo de escribano durante el concilio.
Pero, sea cual sea tu objetivo, tendrás que definírtelo a tiempo. De otra forma, sólo estás perdiendo el tiempo y no vas
a ningún lado.

—Su consejo es bueno, pero a mí no me conviene —contesté, y me quedé meditabundo para aclarar mis propias e
incipientes ideas—. No anhelo un éxito externo tal como
usted lo entiende. La verdad es que ni yo mismo sé lo que
quiero, pero Dios tenga piedad de mí, maese Mateo, si algo
deseo es comprenderme a mí mismo y a Dios.

—Pobre chico —respondió—. ¿Te crees más sabio que
la Iglesia? A mí no me basta con que la Iglesia sepa sobre
Dios todo cuanto yo, con mis pocas luces, no puedo comprender, y si mi propio ser me empieza a molestar demasiado, me
emborracho, y cuando me sereno, a mi edad ya tengo bastante
quehacer con mi miseria física para que me preocupe mi espíritu.

—Seguramente seré ridículo, querido maestro —dije—,
pero hace un momento, cuando vi en la catedral cómo los funcionarios del emperador medían con un metro la altura de
su asiento, me invadió una repentina desesperación. La Iglesia no puede saberlo todo, ya que a este concilio se ha invitado a los más sabios eclesiásticos del occidente y del oriente a fin de reconciliar las diferencias de las doctrinas, y ambas partes creen tener la razón. Siento un terrible dolor cuando pienso que ellos también, tal vez, medirán con metros del
espíritu algo que no se puede medir. Sí, sí, con suspicacia irán

corriendo los unos a los otros a espiar los metros de cada uno, gritando: «¡Tu metro está falsificado!» o «¡Tú estiras tu metro!». Las medidas del Santo Dios de la Trinidad no se miden con un metro, como el asiento del emperador.

El viejo escribano hizo la señal de la cruz y dijo:

—Joven, no empieces a pensar demasiado en la unidad de las tres personas de Dios, porque con estos pensamientos han perdido la cordura hombres más inteligentes que tú. Lo que de ellos podamos saber a base del mensaje de la Biblia, las decisiones de los concilios y las explicaciones de los Padres de la Iglesia, lo veremos mejor y con más exactitud que nunca en las futuras conversaciones. Conténtate con eso y escucha lo que se ha pensado y escrito, y no le des vueltas en la cabeza a un asunto que un hombre corriente no puede comprender. Lo único que tienes que hacer, al igual que yo, es tener fe para que tu alma se salve.

No pude evitar irritarme, y le grité:

—¡A mí no me basta la fe! Yo también quiero comprender lo que podría creer, en la medida en que es posible para un ser humano.

—Cálmate —dijo—. Cuando pierde la calma, el hombre sólo demuestra que en su fuero interno no cree en su causa. Entonces, tú no crees, y eso te duele. Pero, querido hijo, ¿por qué no acatas el orden del mundo, que en todo caso no puedes cambiar? En nuestros tiempos, una verdadera fe es *avis rarisima*. ¡Si supieras cuántos eclesiásticos, incluso de alto rango, hace tiempo que han perdido la fe, si es que la han tenido alguna vez! Conténtate humildemente y al igual que los demás mortales, con el testimonio de la boca y con los signos externos de la Gracia. Por supuesto, cuando un hombre pierde la fe, al principio se siente triste, pero te aseguro que esto pasa rápidamente; y el hombre sensato empieza a sentir poco a poco cierta sensación de liberación.

Se quedó pensativo mirando su jarra de vino y luego siguió diciendo melancólicamente:

—Creo que para una persona que piense, la fe es algo como la virginidad para una joven. Una vez perdida, se siente triste de una manera indefinible, pero de forma asombrosamente rápida se percata de que aquella pérdida puede serle fuente de muchos placeres y diversiones. En última instancia, claro está, todo es mera vanidad, pero un hombre sabio puede encontrar en este mundo de vanidades bastante placer y entretenimiento, hasta que le llegue la hora y el polvo vuelva a ser polvo.

Le miré, incrédulo.

—Maese Mateo —le pregunté—. Entonces, ¿usted tampoco tiene fe?

—Ya no soy joven —contestó en voz baja. Pero, de repente, él también se encolerizó, dejó de un golpe su jarra encima de la mesa y exclamó: —¡Por Dios, hijo, llevo más de treinta años trabajando en la cancillería del Papa! Si después de ello aún tuviera fe, sería más que un ser humano, sería santo. O tal vez —se calló un momento para recobrar la calma— mi cólera demuestra que, a pesar de todo, todavía me queda algo de lo que he perdido. Y seguramente no te hablaría así si no hubiera en mí algo que sigue latiendo. Por esto me harías un gran favor, querido hijo, si me pidieras otra medida de vino para que pueda acallar un poco estos latidos. Me hacen recordar de manera desagradable los tres golpes de tierra que un día caerán sobre mi féretro.

Le pedí más vino y le seguí mirando sin poder creer lo que veía, intentando encontrar en su rostro, detrás de la hinchada nariz y los miopes ojos, al joven que había creído pero que había perdido la fe. Supongo que algo de ese joven aún perduraba en él, porque correspondió a mi mirada con tierna seriedad, sin cambiar nuestra conversación por una charla bromista.

—Así pues, no estoy solo con mis dudas —dije.

—Ni mucho menos —contestó rápidamente—. Somos muchos los que dudamos.

Llegó el vino y él tomó un buen trago.

—De mil personas, quizá sólo cien saben pensar de manera que merezcan la denominación de personas. De estas cien, tal vez una tiene verdadera fe y diez se quedan escépticas para toda la vida, lo cual también es señal de fe, aunque quizá no lo entiendas todavía. Algunos seres débiles pueden caer en la brujería y las ciencias ocultas, para así engañarse a sí mismos. Pero el resto elige el destino corriente del hombre y se calla. Para ellos, la Iglesia se convierte en una costumbre que siguen por mor de seguir un orden, y si en algo piensan después de perder la fe, quizá piensen que permaneciendo en la Iglesia no perderán nada, sino que, a lo mejor, ganarán la vida eterna, en caso de que fuera verdad lo más improbable y el alma personal de cada uno fuera realmente inmortal. Juegan con la nada para alcanzar un gran premio, pero creo que sólo podrán ganar la nada.

—¿Cómo hemos llegado a hablar de estas cosas? —le pregunté, y miré asustado a nuestro alrededor—. ¿Cómo nos atrevemos a hablar así?

Asintió con la cabeza y dijo:

—Exactamente. No se habla de estas cosas. Pero mira a tu alrededor. El mismo vacío por todas partes. La cristiandad está cansada y ha perdido la fe. Por ello se autodestroza con las guerras y se agobia con las conversaciones que ya no llevan a ninguna parte, porque falta la fe. Hijo mío, naciste en un tiempo extraño. Ya no podemos desear nada del futuro. Solamente tenemos el pasado, y su fuente se secará con nosotros.

»Hasta tal punto se ha secado —continuó diciendo, con amargo sarcasmo—, que lo que más divierte al príncipe y a su corte es leer novelas, cuentos escritos por ingeniosos novelistas sobre las maravillosas aventuras del rey Arturo y sus caballeros.

Esas palabras me causaron un gran impacto porque, al fin y al cabo, ¿qué otra cosa eran Virgilio y Homero, Cicerón y Aristóteles, que una desesperada huida del hombre de nuestro tiempo hacia el pasado, ya que el presente había dejado de producir pensamientos fructíferos y el hombre estaba obligado a mirar hacia atrás, no pudiendo ya desear nada del futuro? Otro pensamiento todavía más temible se despertó en mí. Quizá también el hecho de que los sabios de la Iglesia, tanto latinos como griegos, se apoyasen como doctrina en las explicaciones de los antiguos Padres de la Iglesia, era una huida similar hacia el pasado, porque nadie creía ya en la capacidad de pensar del hombre del presente.

—Qué sermón tan triste me ha echado, maestro —le dije, intentando sonreír—. Pronto me convencerá de que todo nuestro pensamiento es sólo una cáscara vacía, de la que el gusano del tiempo se ha comido toda la pulpa viva.

Asintió con la cabeza e, influido por el vino, rompió a llorar de repente y exclamó:

—¡Esto es lo que le ocurre al hombre que ha perdido la fe, pero me alivia hablar de ello con otra persona! Sí, sí, dicen «persona», y aquellos sabios humanistas creen que han encontrado a la nueva persona en la gramática y en las palabras griegas, y a ella le aseguran que tiene derecho de vivir su vida plenamente. No vivimos sólo para el cielo, dicen. En la belleza y en el inmaculado pragmatismo de la naturaleza dicen ver a Dios, y manifiestan que el hombre debe poner en práctica su propia razón de ser disfrutando de la vida de todas las maneras posibles. Al igual que el gran humanista Lorenzo Valla, al igual que el propio Guarino, muchos abandonan los ideales de los monjes y del estoicismo, y aseguran que lo importante no es negarse a la vida, sino decirle que sí.

Mientras le resbalaban las lágrimas de los ojos, se inclinó hacia mí, hinchado como un cadáver, respiró en mi cara el desagradable olor a vino, y se lamentó:

—Hijo mío, te voy a contar un secreto, mientras dispones de tiempo para elegir. La naturaleza es un monstruo. La naturaleza es un Saturno que devora a sus propios hijos. Les obedecí y realicé la naturaleza en mí mismo. Pero, ¿qué soy yo? Un cascajo humano, experimentado en mi oficio y astuto, para quien ya nada es sagrado. Vivo carcomido por las pasiones, como un cadáver lleno de gusanos en su féretro, y así hasta el día en que me muera.

Intenté decir algo, pero él levantó una mano para hacerme callar y gritó:

—¡Ya sé, ya sé que soy débil y no tengo facultades! Hay muchos otros que se pueden realizar creando belleza a su alrededor, esculpiendo esculturas, construyendo maravillosos edificios, calculando las rutas de las estrellas, pero una persona que siga los dictados de la naturaleza, nunca tendrá paz. Según la despiadada lógica de la naturaleza, el más grande mata al más pequeño, el más fuerte, al más débil. Por ello el hombre que sólo reconoce a la naturaleza es un asesino en su corazón. El débil se mata a sí mismo, el fuerte canaliza su voluntad en hechos y asesina a los demás. No son los poetas ni los filósofos los que determinan la evolución de la historia, sino los asesinos, los gobernantes que obligan a la gente a matarse entre sí y, jubilosos por su victoria, citan a la historia como testigo de su éxito. Ya pueden tener en sus banderas a Cristo y a la cruz; ellos han perdido la fe y han elegido la naturaleza, y no puede haber para ellos ni gracia ni resurrección, aunque, con el temor a los tres puñados de tierra, se arrastrasen una vez más al pie de la cruz para besar las heridas de Jesucristo.

Ya hablaba de manera incongruente, pero comprendí lo que quería decir y sentí una profunda compasión por su impotente desconsuelo. Le exhorté a que se levantara y, tomándole de un brazo, le acompañé a su vivienda y le ayudé a acostarse. En medio de su embriaguez cruzó sus manos de escribano, deformadas por el reumatismo y manchadas de tinta, y gritó desesperadamente, mientras las lágrimas le mojaban las mejillas:

—¡Jesucristo, Hijo de Dios, que moriste por mis pecados, ten piedad de mí aunque no tenga fe!

Este comportamiento suyo me repugnó y me sonó a blasfemia, por lo cual me retiré con todo sigilo. La siguiente vez que nos vimos me dirigió miradas llenas de sospecha y me dijo que la vez anterior había estado tan borracho que no se acordaba de nada de lo que había dicho. Le contesté que yo tampoco me acordaba de mucho y que no pensaba mantener en mi mente parloteos de borrachos. Se tranquilizó visiblemente y me aseguró su amistad, pero de entonces en adelante empezó a huir de mí como si se avergonzara de sí mismo y me temiera.

El día nueve de abril se celebró en la catedral de Ferrara la ceremonia inaugural del concilio de la unión. El patriarca José estaba enfermo, y por lo tanto no tuvo que sentarse en un asiento más bajo que el del Papa, pero se leyó un comunicado suyo en el que se requería que todos los eclesiásticos occidentales, y especialmente los que todavía estuvieran en Basilea, acudieran al concilio, amenazándoles, en caso contrario, con la excomunión. El Papa, por su parte, comunicó en su bula a la cristiandad la llegada de los griegos y, después de ello, éstos y los latinos declararon unánimemente la reunión de Ferrara como la única verdadera para debatir la unión de ambas Iglesias.

Al mismo tiempo se informó desde Basilea que la mayoría del concilio, que había permanecido en aquella ciudad, había comenzado un proceso judicial contra el doctor Cusano y contra los otros dos miembros de nuestra embajada. Se habían congelado los haberes del doctor Cusano y las pertenencias y los libros que habían quedado en su vivienda habían sido robados y destruidos. Además, los padres del concilio amenazaban con airadas blasfemias a los reunidos en Ferrara, acusaban de traición al emperador de Bizancio y preparaban un proceso judicial contra el Papa para separarle de su oficio y para elegir a uno nuevo. Si parecía que en Ferrara brillaba el sol y la primavera adquiría toda su exuberancia, arriba en los Alpes se estaban formando negras nubes de tormenta, con rayos y truenos.

Pero en Ferrara los griegos celebraron la Pascua florida con fastuosas ceremonias; y al alba, el mismo emperador con su séquito fue a pie y con una vela encendida en la mano hasta la iglesia que se le había cedido para su uso, a fin de celebrar la resurrección de Cristo. Bastantes miembros de la corte de Ferrara y eclesiásticos occidentales estuvieron presentes para observar la extasiada alegría de su ceremonia religiosa. Cuando los griegos se besaron entre sí y a todos los que encontraban en su camino les saludaban jubilosos diciendo «Cristo ha resucitado», su entusiasmo se contagió al pueblo, y los habitantes de Ferrara, medio en broma, empezaron a saludarse de la misma manera. El lujo de los sagrados cálices de los griegos y sus pesados atuendos, bordados con perlas y piedras preciosas, causaron un gran impacto en todos los presentes. Pero las personas pensantes compararon la celebración de la Pascua en ambas Iglesias y estimaron que, aunque la nuestra, muy correctamente, ponía más énfasis en el calvario y en la muerte de Cristo, la concepción griega tenía también su justificación cuando celebraba, ante todo, su resurrección.

De la corte del príncipe Niccolò había acudido asimismo, en secreto, un grupo de gente para ver la ceremonia de los griegos. Por sus atuendos se les podía distinguir fácilmente del resto de los asistentes. Sonrientes, curiosos y susurrando entre sí, sostenían en sus manos las velas que los barbudos monjes con capas negras les habían ofrecido, como si estuvieran pecando al participar en la ceremonia de una Iglesia cismática. Mientras yo pensaba en el misterio de la resurrección, oliendo el incienso extraño para mí, a la temblorosa luz de innumerables velas y escuchando el coro que cantaba un jubiloso himno griego, mi mirada encontró entre la multitud a una mujer joven, cuyo rostro, de vivaz belleza, y cuyos ojos, llenos de brillantez y de destellos llenos de curiosidad, me llamaron la atención de tal manera que tuve que volver a mirarla una y otra vez. Su belleza terrenal, iluminada por el entusiasmo, se unió en mi mente con la celestial devoción de la ceremonia.

Cuando salimos de la iglesia a la deslumbrante luz primaveral de una mañana de Pascua, seguí a la multitud sin pensar qué hacía y por qué. Los griegos se besaban entre sí, y los demás se paraban, curiosos, a mirar al emperador Juan y a su séquito y, luego, imitando a los griegos, empezaron a darse besos, jugueteando y riéndose alegremente. Aquella muchacha, la más hermosa y encantadora de todas, se quitó el velo de la cabeza y por debajo del tocado de perlas le cayó sobre los hombros una avalancha de rubios rizos. Con una risa argentina, esquivó los brazos de sus acompañantes y, escapándose de ellos, corrió directamente hacia mis brazos, ya que yo me había detenido para mirar su juego. No sé lo que me ocurrió, pero el hecho es que, invadido de un indescriptible júbilo, la besé rápidamente en ambas mejillas y, mientras seguía sosteniéndola en mis brazos enfrente de mí, le dije solemnemente en griego:

—Cristo ha resucitado.

Dos hombres jóvenes pertenecientes a su séquito soltaron una exclamación de enfado y se acercaron a mí, mientras yo la seguía mirando a los ojos. La muchacha se había ruborizado y seguramente se enfadó en el primer momento, pero, mirando a su alrededor, empezó a sonreír con evidente alegría, se puso de puntillas para besarme con suaves labios en las dos mejillas y dijo, imitando a los griegos aunque con errores de dicción:

—Realmente, Cristo ha resucitado.

En aquel instante, sus acompañantes la arrancaron de mis brazos y uno de ellos se plantó delante de mí, protegiéndola con su cuerpo y buscando la daga en su cintura. Pero la joven le detuvo y dijo, riendo:

—No, no, si es griego.

Todos se quedaron parados mirándome fijamente, cuando en aquel momento pasó por delante de nosotros el arzobispo Besarión, acompañado de un par de monjes. Me junté a ellos con tanta naturalidad como si de verdad hubiera sido un griego más, pero eché todavía una mirada hacia atrás, sonriendo y saludando con la cabeza. La muchacha sonrió a su vez y levantó un brazo para saludarme. Luego todo el grupo empezó una vehemente discusión entre sí, y quizás aún me habría podido pasar algo malo si no hubieran creído de verdad que yo pertenecía al grupo de los griegos y, por otra parte, no debían querer llamar la atención, ya que posiblemente habían acudido sin permiso desde el *castello* a la ciudad.

Pensé que seguramente nunca más volvería a ver a la muchacha, ya que sus ropas y su séquito demostraban que pertenecía a los aristócratas, de la corte de los cuales me separaba el insalvable abismo de ser tan sólo un vulgar escribano latino. Este pensamiento me entristeció de manera inexplicable, mientras aún sentía en mis mejillas el roce de los suaves labios de la joven y conservaba en mi retina el brillo alegre, curioso y valiente de sus ojos. Con la cabeza vuelta hacia atrás, buscándola con la mirada, no me desperté de mis pensamientos hasta que el arzobispo Besarión me dirigió la palabra. Era evidente que había presenciado todo el incidente, porque me miró con una franca risa en sus grandes facciones y me dijo:

—Ahora entiendo por qué has olvidado a Suidas y a Homero. Vosotros los latinos decís: «Juventud es locura», pero hoy desearía que yo también fuera joven y la mitra no pesara en mi cabeza, porque la muchacha es como la misma primavera.

Le besé la mano con entusiasmo y contesté:

—Por suerte, creyó que yo era griego. De otra forma me hubiera podido ocurrir algo malo. ¿Me puede perdonar?

—¿No sabes quién es? —me preguntó.

—¡Qué me importa quién es! —contesté—. Jamás volveré a verla. En ella sólo besé a la primavera, a la juventud, a la fascinación de los sentidos, al sol, a las flores, a todo este mundo de Dios.

—No me extraña que la poesía te embriague —dijo—. Esta mañana de Pascua, en la escalinata de la iglesia, besaste a Beatriz, la hija del príncipe de Ferrara. Un recuerdo así cualquiera podría guardarlo con orgullo en su corazón.

—¿Era ella? —pregunté, asombrado y asustado—. ¿De quién se dice que es la mujer más hermosa de Ferrara? Pero es verdad; al mirarla yo también tuve una idea de lo que debe de ser una mañana en el paraíso. ¿Cómo pudo conocerla, señor?

—He visitado el *castello* para conversar con el sabio Ugo Benz —me explicó—. El propio marqués Niccolò se dignó enseñarme unas miniaturas modernas pintadas por sus artistas en unos libros. Mi barba y mi capa griegas despertaron la curiosidad de sus hijas. No me acuerdo de las demás, pero ni un eclesiástico olvida fácilmente el rostro de Beatriz.

Tuvo la amabilidad de invitarme a su vivienda, a comer las extrañas viandas de Pascua de los griegos, y mandó a un sirviente suyo que me prestara una chaqueta griega, puesto que él también temía que, si aquel día me volvía a encontrar con aquellos jóvenes cortesanos y se percataban de que yo era un latino, podía recibir una daga en el pecho por haber ofendido a la hija del príncipe, a pesar de que ella misma no había parecido considerarlo como una ofensa. La consecuencia de ello fue que, al andar por la calle, muchas de las chicas de oscuros ojos de Ferrara me pararon para besarme en ambas mejillas y para contarme que Cristo había resucitado. Pero a mí no me tentaron las promesas de su ardientes mejillas y ojos. Me limité a corresponder educadamente a sus saludos, sin intentar entablar una amistad en la cual las dificultades de idioma no habrían molestado a ninguna de las partes, ya que ellas me creían un griego.

Aquella tarde, a la hora del crepúsculo, fui andando hasta el *castello* y miré sus agrestes murallas y torres. Al lado de la puerta, en el extremo de la viga de la horca, colgaba una pequeña jaula de hierro que aún contenía los restos de un ladrón, muerto de hambre y de sed, a la espera del siguiente ocupante de la jaula. La hermosa Beatriz era tan lejana e inalcanzable para mí como lo es el cielo desde la tierra. Quizá fuera precisamente debido a ello el que siguiera sintiendo con tanto ardor el roce de sus suaves labios en mis mejillas. En la amargura de mi juventud prefería anhelar y admirar lo inalcanzable, porque lo alcanzable no tenía ningún valor para mí. Pensé que quizá fuera este mi destino y mi maldición. El amor, la sabiduría y Dios, eran para mí igualmente inalcanzables, porque algo en mí me impedía contentarme sólo con lo que alcanzaban los demás. Pero este nuevo conocimiento sobre mí mismo no me hizo desgraciado, aunque tampoco me alegró. La indescriptible tristeza de lo inalcanzable me hizo temblar con temblores tan extrañamente deliciosos que me parecían un placer, un placer más refinado y ardiente que el que jamás me pudiera producir una brutal sensación carnal.

Como podía esperarse, la atención que llamó la ceremonia pascual de los griegos indignó al papa Eugenio y a los cardenales, y en la cocina del palacio papal se repetían muchas frases mordaces sobre cómo incluso hombres sensatos podían dejarse seducir por lo raro y lo extraño, sin hablar de las mujeres, que se habían vuelto locas por todo lo griego, hasta el punto de que se vestían al estilo griego y requerían que sus maridos se dejasen una barba como los griegos. Con éstos, habían acudido a Ferrara numerosos comerciantes, y las joyas, telas e iconos que vendían tenían una gran aceptación. Pero todo ello sólo era una fiebre y una moda, que podía esperarse pasaría pronto.

En todo caso, el Papa quiso aprovecharse del buen humor de los griegos y poco después de la Pascua propuso que se iniciasen las negociaciones. Al cabo de muchos rodeos, los griegos eligieron entre ellos una comisión compuesta de diez hombres para preparar los debates, y el Papa nombró una comisión igual. Pero, cuando estas comisiones se reunieron, se puso en evidencia que el emperador había prohibido rotundamente que la suya tocara el tema de las diferencias entre las doctrinas de ambas Iglesias. Como es lógico, esto consternó a los latinos hasta el punto de que se empezó a decir que la conversación con los griegos equivalía a una conversación entre sordos.

Pasaron los días y las semanas hasta que, en la tercera reunión de las comisiones, el cardenal Cesarini consideró que lo mejor era definir en cuatro puntos las principales diferencias entre ambas Iglesias. La primera y más importante cuestión era la del origen del Espíritu Santo y la de la palabra *filioque* que los latinos habían añadido al Credo. La segunda era la cuestión sobre las obleas, ya que la Iglesia griega utilizaba pan fermentado y la católica, sin fermentar. La tercera diferencia la formaba la doctrina sobre el purgatorio, y la cuarta, la cuestión sobre el Papa como cabeza visible de la Iglesia. Marco Eugénico explicó de entrada que los griegos en ningún caso podrían ni siquiera discutir el primer punto, y después de muchos intentos de convencerle, el emperador accedió por fin a que las comisiones discutiesen sobre los dos últimos puntos.

Por fin, yo también tuve ocasión de conocer a mi superior, el doctor Nicolás Segundino. Oriundo de Negroponto —también llamada Eubea—, era un hombre alto y delgado, todavía joven, en cuyo rostro alargado y en cuyos ojos de color azul pálido había siempre una expresión de sufrimiento y de infinita melancolía. A primera vista, era un sabio distraído, pero no tardé en advertir que en sus pensamientos había brillantez y astucia. Como conocedor de idiomas, era un auténtico genio, de forma que era capaz de traducir simultáneamente y sin titubeos lo que se hablaba, del griego al latín y del latín al griego. Dio su total aprobación a mis conocimientos del latín y luego me hizo escribir al dictado un fragmento de texto griego. Después de corregirlo me lo hizo traducir al latín. Al final me dijo:

—Nadie es maestro al nacer, pero sabes hablar el griego mejor que muchos otros de los perezosos burros que se han contratado como si fueran mi cruz. También eres el primer hombre que reconoce honestamente los fallos de su conocimiento y se me presenta en busca de trabajo y no sólo para preguntar qué día se le paga el sueldo. Si quieres hacer un esfuerzo, pronto aprenderás a llevar las actas en las sesiones de las comisiones, lo cual no es difícil porque los textos de los discursos más importantes se nos entregan ya escritos, y en cuanto a los debates libres, sólo se apunta lo esencial, que tampoco es de mucha importancia, porque los griegos, después de hablar sin premeditación, posteriormente desmienten haber dicho nada parecido y, en todo caso, corrigen sus textos de la manera que mejor les parece. Escuchando, tomando notas y traduciendo los discursos griegos al latín y los latinos al griego, disfrutarás de una enseñanza imposible de mejorar, si de verdad deseas aprender algo. También podrás ejercer tu inteligencia apuntando sólo lo esencial de los discursos, ya que no tenemos la intención de tomar nota de todo lo que se les ocurra decir.

—¿De verdad me acepta como su ayudante? —le pregunté, sin poder creer a mis oídos y casi sin poder respirar de entusiasmo—. Me presenté ante usted tan sólo para confesarle que, bajo falsos pretextos, he venido cobrando un sueldo excesivo que me paga la cancillería, y para rogarle se dignase asignarme cualquier trabajo, por humilde que fuera, a fin de no sentirme como un inútil parásito.

Sonriendo levemente, me contestó:

—Creo que en esta casa hay parásitos más inútiles que tú, sin hablar de los griegos que, a juzgar por su comportamiento, parecen haber decidido quedarse aquí para siempre y ser mantenidos por la cristiandad.

Me atreví a preguntarle qué creía que los griegos buscaban con sus rodeos y tardanzas.

—Tú mismo estuviste en Constantinopla y los conoces mejor que yo —me contestó—. ¿Qué piensas?

Le contesté a mi vez:

—Algunos dicen que el emperador espera la llegada a Ferrara de los príncipes de los países occidentales y la de los Padres de la Iglesia que se han quedado en Basilea. Pero ni el emperador ni sus consejeros pueden ser tan estúpidos como para creer que acudirán todavía. Por otra parte, no se puede conseguir una unión entre las Iglesias sin alcanzar un acuerdo sobre las diferencias existentes. Y sin negociarlas no se puede llegar a ningún acuerdo.

—¿Crees que los griegos, de verdad, desean la unión? —preguntó en voz baja y con una expresión de infinita melancolía en su rostro, pero una astuta sonrisa le brillaba en los ojos, lo cual le dio un aspecto gracioso.

—Unos lo desean y otros no —dije—. El patriarca es un hombre viejo y enfermo, y obedece a su emperador. Estoy seguro de que Besarión desea la unión. Marco Eugénico, por su parte, odia todo lo latino. A decir verdad, parece que el emperador teme a sus propios obispos y que los conflictos se convertirán en irreconciliables si ellos comienzan a debatirlos. Por otro lado, la unión y la cruzada que la seguirá es la única esperanza que tiene el emperador para conservar a Constantinopla libre del poder de los turcos. ¡Si allí se vive como en una ciudad sitiada! Empero, supongo que el emperador no se imaginará que pueda alcanzar un acuerdo sobre la unión de las Iglesias así, por las buenas, sin tratar para nada las diferencias que existen entre las doctrinas. Un acuerdo de este tipo carecería de todo valor si los griegos, en su fuero interno, siguiesen siendo cismáticos.

—Sin embargo, esto es con toda evidencia lo que intenta conseguir —dijo el doctor Segundino, haciendo una amarga mueca—. Por eso, todo cuanto se habla son pretextos inútiles, y lo que nosotros apuntemos o traduzcamos carece de importancia. El tiempo actúa a su favor. Cada día le cuesta al Papa enormes cantidades de dinero y las exigencias de los griegos son ilimitadas. Como sabes, el Papa se ha comprometido a correr con los gastos de su manutención y a pagarles dietas, así que, permaneciento aquí, no tienen nada que perder. Por otra parte, para el Papa es cuestión de autoridad el alcanzar un acuerdo tan pronto como sea posible. Sólo el lograr la unión puede demostrar a la cristiandad la justificación del concilio de Ferrara. En consecuencia, mi joven secretario Juan, tendrás mucho tiempo para aprender tu oficio y mejorar tus conocimientos del griego, escuchando inútiles parloteos.

Y, de verdad, me llevó consigo y junto con otros secretarios y traductores experimentados, a la siguiente reunión de las comisiones, en cuya ocasión tuve el gusto de escuchar cómo el cardenal Cesarini explicaba abierta y claramente lo que la Iglesia católica sabía del purgatorio. Marco Eugénico le contestó y después el cardenal Juan Torquemada, le rebatió. Finalizado esto, los griegos solicitaron un aplazamiento, a fin de buscar en las escrituras de los Padres de la Iglesia que ellos habían aceptado los pasajes que trataban del purgatorio y luego entregar una contestación por escrito, con los pertinentes anejos. Únicamente Besarión manifestó que también la Iglesia griega reconocía la existencia de un lugar de purificación de las almas después de la muerte, pero negó que fuera a través del fuego y presentó, en su lugar, la oscuridad o una tormenta como castigo. Según él, el único fuego era el fuego eterno del infierno. Marco Eugénico le contestó con igual enojo con que lo había hecho al cardenal Torquemada, de modo que pudimos comprender que ni los mismos griegos eran unánimes entre sí sobre lo que enseñaba la Iglesia.

Aquella noche, más tarde, cuando regresé a nuestra vivienda, el doctor Cusano estaba despierto esperándome entusiasmado y, para saludarme, exclamó:

—¡Hijo, hijo, no soy una piedra olvidada en el camino, sino que el Papa me ha asignado una importante misión! Empieza a preparar mi equipaje, porque mañana mismo emprendemos viaje a los países alemanes.

Desde hacía días estaba melancólico y había pasado el tiempo anotando su filosofía sobre la unidad de los puntos opuestos, porque en su corazón se sentía ofendido de que, a pesar de su sabiduría, no se le había elegido como miembro de la comisión para discutir con los griegos. Yo ya se lo había predicho y, naturalmente, me alegré por él de que ahora hubiera recibido una compensación a su desencanto. Pero no me contagié de su entusiasmo, ni mucho menos. Al contrario, me entristecí y me sentí decepcionado pensando que tendría que abandonar Ferrara a toda prisa, renunciar a mi nuevo oficio que acababa de obtener, dejar a los amigos y favorecedores que ya empezaba a tener en la ciudad y, además, tenía que reconocerlo, no quería perder la oportunidad de volver a ver a la hermosa Beatriz. Por todo ello le pregunté, con suspicacia:

—¿Qué clase de misión le han asignado?

Me contó que en los países alemanes había nacido el partido de los grises, que no quería definir su postura ante ninguno de los concilios, ni ante el de Basilea ni ante el de Ferrara. Su misión era la de convencer a estos grises para que se pusieran al lado del Papa, al tiempo que debía lograr que los príncipes se desentendieran del proceso judicial contra el Sumo Pontífice que iba a empezar en Basilea. Tal vez debiera también meter su cabeza en la boca del león viajando a Basilea.

Pero no iba a estar solo, ya que el Papa había designado a sus hombres más astutos y competentes para desempeñar la misión. El doctor Cusano mencionó al cardenal Albergati, al doctor Parentucelli, al español Juan Carvajal y al tomista más famoso de nuestros tiempos, Juan Torquemada, como si cada uno de estos nombres le hiciera subir de valor y satisficieran su vanidad de sabio, dado que estos mismos nombres demostraban que el Papa le consideraba a él, hijo de un pescador de Cues, igual a ellos.

—Es un trabajo de Hércules —le dije, sin entusiasmo.

—¡Es el trabajo de mi vida! —exclamó el doctor Cusano—. Si el mundo tiene que recordarme, lo hará como constructor de paz y como conciliador de conflictos. Ésta debe ser la intención de Dios, como si mi carácter y mi eduación, todas mis experiencias y mi revelación cual aparición me hubieran ido preparando solamente para esta misión, para el bien de mi patria y para el de la unión de la Santa Iglesia. ¡Oh, Juan, volveremos a ver las abundantes aguas verde pálido del Rin y del Neckar, respiraremos el aire fresco de los altiplanos, mientras Ferrara se quedará en el sofocante calor del verano italiano!

Poco faltó para que no despertara en mí las ganas de viajar, al describirme con muchas y bonitas palabras los países sajones, como si hubiese echado de menos su tierra desde hacía tiempo. Sin embargo, yo ya había tomado demasiado gusto por las refinadas costumbres de Italia y por la erudita compañía, para que me entusiasmara el viaje a países cuyas costumbres eran brutales, el vino, agrio, y las mujeres, corpulentas y de movimientos torpes como vacas, y donde los aristócratas no sabían escribir ni aprendían a hablar un latín decente.

—No, doctor Nicolás —le dije—. Usted ha sido muy bueno para conmigo y yo le profeso un gran cariño y respeto, pero ya no puedo seguirle. ¿No se acuerda de que tengo mi oficio y de que mi sueldo viene de la cancillería del Papa? En los países sajones, como discípulo suyo, mis conocimientos de griego no me servirían para nada.

—Juan, la sabiduría y el conocimiento están en todas partes —me contestó, asombrado. Pero, entendiendo mal mis palabras, se rió de alegría y continuó diciendo—: Yo también puedo pagarte ya tu sueldo, porque el Papa, en su inmensa bondad, me ha compensado las pérdidas que sufrí en Basilea y me ha asignado la bolsa de viaje más generosa que jamás me hubiera atrevido a esperar. ¿No comprendes, Juan, que te estoy ofreciendo un futuro? Al final de mi camino, si consigo mi meta, se ve la mitra de obispo o quizá la capa de cardenal. Yo no emprendo este viaje para perseguir mi propia gloria, pero, en el transcurso de su audiencia, el Papa me dio a entender que también compensaría mis servicios.

Puso una mano en mi hombro con ternura y dijo, en tono conciliador:

—Me parece que te he tenido algo abandonado y seguramente habría tenido que pagarte por tu trabajo, aunque, ¿no es verdad que siempre te he dado lo que necesitabas? Bien es verdad, igualmente, que tal vez no haya caído en la cuenta de que eres un hombre joven y laico y necesitas tener dinero en tu bolsillo. ¿Por qué no me hablaste de tus necesidades? Tú conoces mejor que nadie cuán distraído soy y lo poco que significa para mí la feria de la vanidad del mundo cuando sumo valores en mi pensamiento.

La paternal ternura de su redonda cara y la alegría que se reflejaba en sus miopes ojos me desconcertaban.

—Queridísimo doctor, no le abandono por dinero —le contesté, tartamudeando—. Nunca piense eso. Seré yo quien tendré una deuda eterna con usted, por su bondad y sus enseñanzas. Sin embargo, tengo mis razones para quedarme aquí, y no pregunte cuáles son porque ni yo mismo las tengo lo bastante claras. Sólo sé que hay algo que me dice que mi destino está en este lado de las montañas y no en el otro.

Se puso serio y se inclinó para mirarme a los ojos. Me invadió una honda ternura al ver lo calvo que se había quedado y con cuánta profundidad se le habían grabado los surcos en el rostro y en la frente. Las lágrimas me asomaron a los ojos pensando en la difícil misión del doctor Nicolás, que me pareció igual a la de mandar a una indefensa oveja a la boca de los lobos. Su cabeza parecía demasiado pesada para ser soportada por el delgado cuello, y los tiesos y largos pelos de sus cejas le hacían parecer un búho, pero la seria preocupación y la constante inquietud de sus ojos verdosos me lo hacían diferente de todas las demás personas. Asimismo, había aprendido a amar sus tímidas manos de sabio que, cuando hablaba, siempre jugueteaba con algún objeto. Muchos aspectos en él me habían irritado, me había causado muchísimas molestias y, con el anhelo de la incondicionalidad propio de mi juventud, no siempre había podido apreciar suficientemente su infinita y paciente voluntad de paz y su constante intento de conciliación. No fue hasta el momento de la despedida cuando me percaté de lo mucho que significaba para mí. Ya cuando niño, debido a mis sufrimientos y humillaciones, había aprendido a hacer insensible mi corazón a todo tipo de ternura y a rechazar la amistad, hasta el punto de que quería borrar de mi mente todos los recuerdos de mi niñez como si no hubiera nacido como ser humano hasta haber oído el ruiseñor al lado del muro del cementerio. Pero ahora las barreras se habían roto dentro de mí, me puse de rodillas ante aquel hombrecillo, le besé las manos y le rogué:

—¡Oh, doctor Nicolás, cúidese mucho para que nada malo le ocurra! Aunque no seguirá mis consejos si considera justificada alguna causa, al igual que no escuchó a su padre cuando le pegó con el remo en la cabeza y le tiró los libros al agua.

—Hay que obedecer a Dios antes que al hombre —me respondió—. También Sócrates, en su *Daimónides,* sintió la voz de Dios a pesar de ser pagano. Aunque en el mundo de lo finito nuestras verdades son relativas, la voz del espíritu me dice lo que es justo y lo que no lo es. Al igual que a Sócrates, a mí también me hace parar a menudo en mitad de la frase, pero lo prefiero a hablar bien por pura retórica diciendo cosas que siento que no son justas. Esto es todo cuanto querría dejarte como herencia, mi querido y escéptico Juan. Lo único que me preocupa es si estás ya maduro para quedarte solo. Por lo demás, como es natural, harás lo que consideres mejor para ti. No te reprocharé por ello.

Me divirtió su amable preocupación porque me iba a quedar solo, ya que espiritualmente también había estado solo cuando viajaba con él y, en mi opinión, ni su compañía ni sus enseñanzas habían influido de manera alguna en mis actos.

—El hombre siempre está solo —le dije tiernamente, para no ofenderle.

—No, el hombre no está nunca solo —me contestó, convencido—. A la luz de la comprensión, el hombre puede sentir la eterna presencia de Dios y puede sentirse a sí mismo como una limitada parte de Él. Si llegas a esta comprensión, jamás estarás solo, como yo tampoco lo estoy. Esta intuición es más sublime que la razón o la inteligencia dentro de sus límites normales. A través de ella, también un hombre que piense puede alcanzar la fe.

—Es usted un hombre feliz, queridísimo doctor —le dije, sintiendo cierta amargura en el corazón.

—La única y verdadera felicidad del hombre está junto a Dios —dijo—. ¡Por todos los santos, por qué lucha más terrible he tenido que atravesar a fin de llegar a la inmensa felicidad del conocimiento y de la seguridad! Por eso creo que es demasiado pedir que, en la ebullición de tu juventud, los ojos de tu mente se abran y vean. Prefieres creer a tus ojos terrenales a pesar de que no existe nada más engañoso que los sentimientos humanos.

En medio de la melancolía de la despedida, sonrió levemente y siguió diciendo:

—Esto te lo puedo demostrar con una pequeñísima prueba. A ver, cruza tus dedos índice y medio y tócate la nariz con las yemas. Cierra los ojos y, luego, dime cuántas narices tienes según el testimonio de tus sentidos.

Hice lo que me pedía, y las yemas de mis dedos me dijeron que, sin lugar a dudas, tenía dos narices.

—Tan solo es un truco infantil —continuó—. Pero mis estudios de matemáticas y de astronomía, y las demostraciones de mi amigo Toscanelli, me han convencido de que la Tierra tiene la forma de un globo a pesar de que nuestros ojos nos dicen otra cosa. Es más, la Tierra tampoco puede ser el centro del universo, ya que el infinito no puede tener ningún punto central, sino que cualquier punto en él puede ser su centro. Luego, hay que suponer que la Tierra se mueve en el universo de la misma manera como se mueven el Sol y las estrellas. Esta revelación, te la presento, asimismo, como conocimiento seguro y, ante esta enorme vista, podrás comprender que Dios es más infinito y más grande de lo que el hombre jamás podrá expresar con palabras. Debido a ello, con nuestras limitadas palabras humanas nunca podremos decir lo que es Dios, sino, a lo sumo, lo que no es.

—Oh, doctor Nicolás —le contesté—. Yo sólo sé que he nacido en este mundo, a esta vida, y que por eso debo realizarme dentro de los límites de la misma. Tal vez sea ciego, quizá sea joven y estúpido, pero su doctrina resulta infernal para mí. No existe el conocimiento seguro, ni lo bueno y lo malo se neutralizan. Esto es lo único que entiendo de su doctrina, porque yo no he tenido la mística revelación que tuvo usted. Y en cuanto a lo último que dijo, me convence aún más de la perfecta inutilidad de todo lo existente y de la insignificancia de la vida humana al lado del universo, así que, de verdad, no tiene ni la importancia de una mota de polvo.

Su benevolente rostro se tornó severo y me miró seriamente, diciendo:

—Te dejo una herencia de gran peso, Juan; pero algo en mí me dice que serás capaz de llevarla y crecerás para comprenderla hasta que se te abran los ojos. Seguramente te sería más fácil vivir sin la carga del conocimiento y, según las medidas terrenales, tal vez serías más feliz, pero esa felicidad no es la verdadera.

—Si al menos sintiera una ebullición dentro de mí —le repliqué—, pero mi juventud es fría, mi razón vigila cada paso que doy, y no creo en nada sin antes probarlo con mi propia experiencia. Además, sospecho que su revelación es producto de su propio carácter benévolo, a fin de darle la paz en sus conflictos interiores. Mi carácter es diferente del suyo y no espere que yo crezca hasta alcanzar su revelación. Se lo digo de antemano para que no espere demasiado de mí, ya que quiero serle tan honrado como pueda. Yo más bien creo que, de forma latente, lo único que me ha frenado ha sido su buen ejemplo, y quizás en mi corazón necesito separarme de usted para realizarme a mí mismo antes en lo malo que en lo bueno, porque mis conocimientos ya no me permiten valorar más lo bueno que lo malo, sino que pienso que ambos conceptos dependen de las costumbres de los diferentes países y pueblos. Lo que antes se consideraba malo se consiente ahora y al revés; así que, en realidad, todo es terriblemente relativo, hasta el extremo de que alguien, intentando hacer el bien a otro, le puede causar un mal irreparable.

—Tú no eres así —me contestó con ternura—. Es que aún no te conoces.

Ya no hablamos más. Empecé a preparar su equipaje y al día siguiente compramos para él un nuevo baúl y yo le encontré el sirviente alemán de un obispo, que estuvo dispuesto a acompañarle y a cuidarle durante el viaje. El alemán estaba tan harto de Ferrara y de todo lo italiano que dio gracias a Dios por poder regresar a su patria. Según me dijo, echaba de menos la cerveza y las salchichas de verdad, en vez del vino y de las ancas de rana. Le expliqué lo mejor que pude cómo debía cuidar al doctor Nicolás, mantenerle los pies secos y el estómago caliente, y estar alerta de que no cayese del caballo cuando se hallaba sumido en sus pensamientos, y que no quedase afectado por las dolorosas llagas como consecuencia de largas horas de cabalgar.

A la hora de nuestra despedida, el doctor Cusano, para mi gran consternación, me entregó quince monedas de oro en una bonita bolsa de cuero como remuneración por mis servicios. Cuando las rechacé horrorizado, alegando que él no se podía permitir semejante dispendio, me contestó:

—Me sobra dinero para mis pocas necesidades. Tú eres joven y necesitas ropa, papel y libros, y tal vez quieras obsequiar a tus amigos, porque, en mi opinión, la alegría de obsequiar es seguramente la más grande de las alegrías que el dinero puede proporcionar al hombre. Por ello, permíteme que tenga esta alegría.

Luego siguió diciendo:

—Soy un hombre poco práctico y no cuido de mi apariencia. Me basta con estar limpio y tener una capa que no esté rota. Sin embargo, exhibir ropas andrajosas puede demostrar igual vanidad y ganas de llamar la atención que el exceso de opulencia en el atuendo. En consecuencia, no sigas demostrando tu tendencia de filósofo con tus vestimentas; eso sólo es signo de juventud. Adquiere la mejor ropa correspondiente a tu condición y no temas al barbero. Y no prestes demasiada atención al dinero, sino que gástalo si temes que te empiece a pesar. Ahorra sólo un par de monedas de oro para el día de mañana. Gastar dinero produce un gran placer, como he podido comprobar durante los últimos días cuando me he estado equipando para el viaje, comprando objetos inútiles y lujosos. Es uno de los placeres de la riqueza, y tú también debes sentirte rico de una vez, como yo me he sentido durante estos días.

Escuchando sus placenteras palabras y consejos le acompañé un buen trecho hasta las afueras de la ciudad, andando al lado de su caballo, agarrado a la silla. Por fin me quedé de pie en el camino resecado por el verano y le estuve mirando hasta que los caballos desaparecieron al otro lado de la llanura. Toda su inmerecida bondad hacia mí me hacían escocer los ojos y dolerme el corazón. En apariencia era un hombrecito, pero espiritualmente era un gigante. Al separarme de él, me pareció que había perdido algo definitivamente. Además, me sentí más solo que jamás había creído que me podría sentir. Abandoné la carretera y empecé a caminar sin destino hacia la sombra de los árboles, hasta que llegué a la orilla de un río bordeado de cañas. Allí me eché al suelo, olí la hierba y la fangosa agua, y me pareció como si la tierra que había debajo de mí tuviera un movimiento de vaivén cuando miré la inmensidad del cielo azul.

Al rato de estar echado, una ligera brisa trajo a mi olfato un repugnante tufo dulzón, demasiado conocido por mí desde mi infancia. Asustado, me levanté y encontré en la orilla el putrefacto cadáver de un hombre, tapado con unos harapos. Los zorros habían roído aquellos restos y los escarabajos hurgaban en sus cavidades. Algo en mí me hizo hablarle al cadáver, y le dije:

—Ahí estás, tumbado, y nadie pregunta de dónde viniste ni adónde ibas. Ahora, ¿dónde están tu espíritu y tus pensamientos? Si te vieras en este instante, seguro que no creerías más en la resurrección de tu cuerpo el último día.

Pensé en el alma humana y pensé también que un golpe en la cabeza, que rompa el cráneo, podía convertir a un hombre alegre y vivaz en un pobre ser tembloroso y demente. También pensé en los faltos de inteligencia desde su nacimiento, a los que ningún destello de razón parecía diferenciar de un animal. Hasta me acordé de los viejos que, al avanzar en edad, perdían la memoria y chapurreaban tonterías como los niños. En ellos, ¿dónde se hallaba ese alma inmortal? ¿En qué rincón de la cabeza o en qué recodo del intestino se la podía encontrar? Con el olor del cadáver en mi nariz, pensé igual que la mañana de mi despertar: la muerte es la única verdad.

Sin embargo, ya no era igual que antes. Aunque sabía que sólo me esperarían molestias y dificultades si anunciaba mi hallazgo, me fui a buscar gente y, después de andar durante largo tiempo, encontré a un par de campesinos que cortaban heno, con sus mujeres que lo amontonaban, vestidos tan sólo con largas camisas, debido al calor. Tuve dificultades para hacerles entender lo que quería y ni siquiera mostraron curiosidad por lo que había encontrado. Cuando, por fin, logré que me siguieran, uno de los hombres se limitó a darle vuelta al cadáver con su horca para ver si debajo había algo de valor, pero de los descompuestos restos del cadáver únicamente salió un montón de escarabajos. Me dijeron que nada tenían que ver con el muerto. Seguramente era un criminal que se había escapado o un vagabundo. Se contentaron con santiguarse e intentaron irse, sin más.

Pero yo tenía dinero, y algo en mí exigía que enterrase aquel cadáver desconocido, del que nadie quería saber nada. Supongo que el hombre es el único hermano del hombre, pensé, y si no lo puedo amar, al menos puedo tener piedad de él. Por eso di dinero a los campesinos y los seguí hasta su miserable aldea, pude adquirir una especie de féretro, y alquilé una barca para que fuera a recoger el cadáver. Todo el mundo sentía aversión por la tarea y me miraban con suspicacia, sin entender el por qué yo, un forastero, insistía tanto en conseguir que aquel cadáver fuera sepultado en tierra bendita.

También, al principio, el cura se negó rotundamente a dar los santos sacramentos al cadáver de un desconocido, de forma que tuve que entregarle una moneda de oro antes de que accediera a cumplir con la obligación de su oficio. Al sepulturero le pagué igualmente e hice sonar las campanas de la iglesia antes del entierro. Mi locura llamó tanto la atención que, al fin, se reunió un buen número de gente alrededor de la tumba cuando el cadáver fue depositado en ella a la hora del crepúsculo. La gente parecía entender que era verdad que estaba enterrando a mi hermano, víctima de los bandoleros; me susurraron sus condolencias y muchas mujeres lloraron. A fin de completar mi extraña diversión, invité al cura y a los campesinos a la posada del pueblo y, en memoria de mi difunto hermano, les pagué un tonel de vino. Mientras se embriagaban, yo permanecía en el umbral de la puerta mirando la luz violeta y las negras siluetas de los cipreses, y de verdad tuve la sensación de que había enterrado a mi único hermano.

Pero el cura, a pesar de haber bebido vino, seguía siendo suspicaz, se quedó mirándome, y empezó a comentar que hay una ley de la naturaleza que siempre obliga al asesino a volver al lugar del crimen, e insistió en que nadie que estuviera en su sano juicio gastaba tanto dinero en un asunto que no le concernía. Sólo la expiación de un pecado podía justificar semejante comportamiento, dijo, y exigió que le diera mi nombre y mi dirección en la ciudad por si las autoridades querían intervenir en tan extraño asunto.

No presté mucha atención a lo que decía, bebí algo de vino yo también y, como recuerdo del difunto, conservé la hebilla de su cinturón, verde de moho. Cuando salió la roja luna sobre la llanura, les dejé sin despedirme y pasé la noche en un pajar, cerca de la ciudad. Cuando se abrieron las puertas, me fui directamente a misa, y luego a la cancillería del doctor Segundino a traducir discursos griegos al latín. No pensé más en el asunto. Sin embargo, limpié la hebilla del muerto y vi que estaba adornada con bonitas figuras, como si fuera obra de los árabes, pero desde luego no era un objeto de valor. A pesar de todo decidí guardarla como recuerdo, deseando que me aportara suerte, aunque en mi corazón no creía en los amuletos ni en los talismanes.

Por culpa de aquella hebilla me ocurrió algo tan increíble y extraño que, si hubiera tenido un mínimo de superstición, por fuerza habría tenido que creer en los fantasmas y en la brujería.

V

Después de innumerables disputas entre los griegos, y en cuanto Besarión y Marco Eugénico hubieron presentado las tesis sobre sus respectivos dogmas en cuanto al purgatorio, llegamos por fin al punto en que los griegos presentaron, como manifiesto definitivo, un documento en el que se leía: «Antes de la resurrección del cuerpo, el castigo de los condenados no es completo. El castigo completo no entra en vigor antes de que el cuerpo resucitado haya recibido su parte del castigo. De la misma manera, los piadosos disfrutan como almas de la beatitud inmediatamente después de la muerte, beatitud que el alma puede sentir, pero la resurrección del cuerpo añade a esta beatitud un éxtasis que hace que el cuerpo resplandezca como el sol».

Los griegos no quisieron dar más explicaciones sobre su credo y rehusaron toda conversación complementaria sobre el tema. Dado que ni ellos mismos conocían del todo los detalles de su religión, aceptando sola y exclusivamente lo que los Padres de la Iglesia habían siempre testimoniado, en todas partes y unánimemente, y habiendo dejado las manifestaciones contradictorias a la libre elección de cada uno, incluso este resultado lo consideramos como una pequeña victoria, a pesar de que estaba en abierto conflicto con el claro y sencillo dogma de la Iglesia católica. Aquel día mi tarea fue apuntar lo que dijo Besarión durante el debate libre, y fue fácil porque habló en griego y él mismo se tradujo al latín, sin necesitar para ello la ayuda del doctor Segundino. Después puse a toda prisa en limpio mis apuntes, y pasé por mi vivienda para cambiarme de ropa a fin de llevar enseguida el texto a Besarión, para que lo revisase y corrigiese, con la esperanza de que, mientras tanto, me permitiría leer a Suidas, tal como había acontecido en anteriores ocasiones.

Pero mi guapa patrona me esperaba en las escaleras de mi vivienda. Generalmente, cuando nos veíamos me dirigía una secreta sonrisa, pero esta vez estaba asustada y me dijo que me esperaba un extraño y temible visitante, que se había ido a mi habitación sin pedir permiso. En vano le pregunté qué era lo que había de tan temible en el visitante. La patrona no lo supo explicar, se limitó a hacer la señal de la cruz y me rogó encarecidamente que sacara de la casa al extraño forastero cuanto antes.

Empezaba a ser la hora del crepúsculo, y en mi habitación, al lado de la puerta y de pie como si hubiera estado allí desde el amanecer de los tiempos, había un hombre todavía joven, pálido como la muerte y con algo salvaje e indómito en la mirada. Su negra barba estaba descuidada y no dejaba de apretar su capa contra su cuerpo, como si tuviera frío a pesar del calor estival. Era cierto; había en él algo tan extraño y antinatural que me estremecí al verlo.

—¿Qué quiere de mí? —le pregunté, enfadado.

—¿No me conoces? —me preguntó a su vez, con una misteriosa sonrisa, exenta sin embargo de malicia.

Sacudí la cabeza con vehemencia y se me ocurrió que tal vez se trataba de un loco.

—Mírame bien —me pidió, mientras la habitación iba quedando cada momento más en la penumbra, de forma que su cara aparecía ante mis ojos con un tono de fantasmal blancura—. ¿O es que los zorros royeron tanto mi cara que ya no me reconoces?

Mi cuerpo quedó bañado por un sudor de pánico.

—¿Está delirando? —le pregunté.

Se movió como para acercarse y yo levanté las manos para

rechazarle, porque me parecía que de él salía un aire frío que me rozaba la cara.

—¿No eres tú quien enterró en la aldea un cadáver que habías encontrado en el bosque? —preguntó—. Bien. He venido para darte las gracias por lo que hiciste, pero, ¿tienes algo que identifique a la persona que enterraste?

Aliviado, pensé que era alguien en busca de un pariente desaparecido. Saqué la hebilla de cinturón y acto seguido se la enseñé.

—Exactamente —dijo, y abrió la capa y me mostró una hebilla idéntica en el cinturón—. Soy el mismo, pero no debes temerme ni sospechar de mí. Sólo he venido para buscar mi hebilla y darte las gracias, ya que me has hecho el servicio más grande que un ser humano puede hacer a su semejante. Por eso sólo deseo tu bien.

—¡Váyase! —grité, y todo mi cuerpo empezó a temblar de pánico—. ¡Usted está loco o me está gastando una horrible broma!

—Hermano mío —dijo—, la hebilla que tienes en tu mano es testimonio de que eres mi hermano. Lo que más desees en este mundo, yo lo haré realidad. Tan verdad es que me he levantado de la tumba para darte las gracias, como lo es que tu deseo más ferviente se realizará.

Me parecía sentir en su alrededor el gélido aire de la muerte y, sin poder moverme, creí que estaba sufriendo una pesadilla. Entonces se me ocurrió una idea descabellada, una loca esperanza se despertó en mí y, a fin de responder a la broma con otra aún más horrenda, le contesté:

—Aunque seas el mismo diablo, cumple tu promesa y déjame ver a Beatriz una vez más.

—Beatriz —repitió—. ¿De verdad no deseas nada mejor, una vez que puedes elegir?

Negué con la cabeza; tenía reseca la garganta. Se encogió de hombros y dijo, en tono despectivo:

—Esta misma noche estará en tus brazos, si me devuelves la hebilla.

Entonces ya no pude más que soltar una carcajada; su promesa era demasiado descabellada.

—No sabes lo que dices —le contesté—. Ello demuestra

que eres un estafador y no pienso devolverte la hebilla. Es mía y no tuya.

Miró a su alrededor, como si ya hubiera estado demasiado tiempo conmigo.

—Pues guárdate la hebilla —dijo—. ¿Para qué me sirve ya ahora? Sin embargo, para que me creas, hágase realidad tu deseo. Gracias por el servicio que me prestaste. Jamás volverás a verme.

Dio una rápida vuelta, salió por la puerta y la cerró sin el menor ruido; y no pude oír sus pasos por la escalera. Recuperándome de mi momentánea parálisis, abrí la puerta violentamente y corrí detrás de él, pero, ya en la calle, aunque miré en todas direcciones, no pude verlo, aparte de que ya había oscurecido. Sospeché que debía de pertenecer a una hermandad secreta o a una banda de ladrones, cuya señal de identificación era esa complicada hebilla. Después de haberse enterado del hallazgo del cadáver, había querido asegurarse con sus propios ojos de la identidad del difunto y, como mejor procedimiento, había considerado que me debía asustar con sus cuentos a fin de que yo no fuera husmeando sus huellas. Le habría sido fácil obtener del cura mi nombre y dirección. Ésa debía ser toda la verdad. Un hombre más supersticioso se habría quedado confuso, pero a mí se me despejó la cabeza cuando el visitante cayó en la trampa que le tendí, prometiéndome que la misma noche tendría a Beatriz en mis brazos. Para cumplir con esta promesa habría tenido que ser realmente el diablo. Volví a reírme, pero no obstante sentí escalofríos por todo el cuerpo y estuve observando toda la estancia mientras me ponía mis mejores ropas. Me arrepentí de no haberlo tocado, para sentir con mis propias manos que sólo era de carne y hueso.

Cuando me disponía a salir, mi patrona se levantó de su silla de tejer y me preguntó:

—¿Ya salió? ¿Quién era aquel terrible hombre?

Se me acercó, con aquella tierna y secreta sonrisa en los labios, y me arregló el cuello de la camisa. Le contesté que el hombre se había marchado y que ya no debía tener miedo.

—No suelo tener miedo —dijo—. Pero mi marido está de viaje y a ese forastero sí que le temí. Por ello voy a cerrar la puerta con llave. Si llega tarde, llame fuerte, porque tengo un sueño profundo.

Su marido era comerciante de sal, y a veces viajaba a Comanchio. A mí me pareció excesivo que se levantara por mí, ya que tenía a su sirvienta, pero me dijo que, en verano, ésta dormía en la buhardilla del establo debido al calor.

—No piense que me molestará, señor Juan —me dijo—. Le sirvo con mucho gusto, ya que siempre se comporta conmigo con buenos modales y cortesía. ¿No echa de menos a su padre, a su madre y a sus hermanos, estando solo en esta ciudad extraña para usted?

Su repentina locuacidad me molestó, pero pensé que charlaba por el mero hecho de sentirse aliviada al haberse librado de mi visitante. Casualmente, en aquel momento su hijo empezó a llorar, por lo que tuvo que ir a consolarle. Sin sentir vengüenza alguna ante mí, abrió su vestido y descubrió un blanco y redondo pecho y empezó a dar de mamar al pequeño, con aquella secreta sonrisa en la cara. Era una mujer corpulenta y hermosa, y sus ojos eran como de terciopelo marrón. Me fui rápidamente, porque al mirarla el calor había subido a mis mejillas.

Me había entretenido demasiado. Besarión me vino a recibir en la puerta de su casa, me tomó del brazo y me llevó consigo a toda prisa.

—Rápido —me dijo—. Ya llegamos tarde para la compañía de las musas. El príncipe de los médicos y de los filósofos nos está aguardando.

Sus palabras me confundieron tanto que le seguí, tartamudeando algo sobre la revisión de los textos. Su amplio rostro empezó a tomar color, debido al enfado, y pronunció una expresión irreproducible sobre el mejor uso que se podía dar a aquellos papeles. Era evidente que los griegos habían vuelto a pelearse entre ellos, porque parecía que aquellos de sus obispos que eran contrarios a la unión ya odiaban más a Besarión que a los latinos.

—El emperador ha vuelto a prohibir todas las discusiones —dijo—. Sigue cazando, y está exterminando los ciervos y los faisanes del príncipe. Lo único que se necesita para la unión es buena voluntad, que es precisamente lo que falta. Si al menos se pudiera llegar a un acuerdo sobre un principio general: *In necessariis unitas, in dubiis libertas,* es decir, aprobar los testimonios idénticos y, en cuanto a los conflictivos, permitir que cada uno crea lo que le parezca más verdadero, mientras no esté reñido con los dogmas. Y eso es exactamente lo que ambas partes temen más que al mismo Satanás. La Iglesia de la ley y la Iglesia de la libertad son incompatibles. En consecuencia, busquemos consuelo en la compañía de las musas y vayamos a ver si los filósofos de nuestro tiempo pueden llegar a un mejor acuerdo entre sí sobre las diferencias que hay entre Platón y Aristóteles.

Siempre agarrado a mi brazo, me llevó a un iluminado jardín desde el cual se oía la música de trompetas y tambores, y donde las mesas de banquete estaban iluminadas por las inmóviles luces de las velas en la calurosa noche de verano. Entonces fue cuando intenté liberar mi brazo, diciéndole que a mí no me habían invitado.

—Tanta más vergüenza para los latinos —me contestó, tan despreocupadamente que empecé a sospechar que había bebido vino de antemano, para consolarse de su disgusto—. Me pidieron que invitase a una persona de mi elección, pero en este instante no tengo a nadie lo suficientemente agradable entre mis compatriotas, y por eso te elijo a ti.

Me llevó entre la risueña y bulliciosa multitud que estaba en el jardín del doctor Benz. En el lugar de honor se hallaba sentado el propio marqués Niccolò y, mezclados entre sí, sabios latinos y griegos. Reconocí al primer bibliotecario del emperador y a Gemisto Pletón con su blanca barba; pero, luego, me quedé deslumbrado y ya no vi a nadie más que a la hija del príncipe, Beatriz, que estaba colocando hermosas coronas de flores en la cabeza de los invitados.

En mis ojos, era como la misma primavera. Había atado sus rubios rizos con una cinta de plata e iba vestida a la griega, pero, según la última usanza francesa, había dejado desnudo un pecho, que tapaba sólo con un transparente velo. Sus brazos estaban desnudos, y en sus también desnudos pies llevaba sandalias de plata, cuyas igualmente plateadas cintas rodeaban sus delicados tobillos. Un niño desnudo y con el pelo rizado andaba detrás de ella portando una cesta, de la que ella escogió una corona que colocó en la cabeza de Besarión.

—Platón, en sus banquetes, no prohibió la entrada a jóvenes guapos —dijo Besarión—. Esta noche, el valor del invitado lo determina exclusivamente su anhelo por el bien sublime, por el conocimiento y por la perfecta belleza. No reconocemos otro rango o valor.

Me empujó y me colocó delante de Beatriz. Estremeciéndose, aquella hermosísima muchacha reconoció mi cara. Se ruborizó, pero no desvió su mirada de mis ojos y, sonriendo, puso una corona de flores en mi cabeza. Muy consciente de su belleza, soportó con los ojos brillantes las miradas de admiración de todo el mundo. Si me hubiera atrevido, me habría arrodillado ante ella para adorar su hermosura. Estaba confuso y deslumbrado y, a la vez, me pareció que la sangre se me helaba en mis venas, al darme cuenta de lo que significaba este inesperado encuentro. Por suerte para mí, Besarión me llevó hacia adelante y me presentó al anfitrión. Se decía que el doctor Hugo Benz, gordo y lleno de la alegría de vivir, dominaba con igual competencia todos los sectores de la sabiduría. Antes que en Ferrara, había dado clases inmortales en Florencia, Bolonia, Padua, e incluso en la Universidad de París. Se levantó para abrazar a Besarión y permitió que yo le besara respetuosamente una mano. Ya estaba lo suficientemente alegre por culpa del vino para no prestar demasiada atención a mi presencia. Haciendo sitio a su lado para Besarión, indicó con toda discreción al camarero que me llevase a una mesa lateral, a la sombra de los arbustos, más propia de mi rango.

Si había anhelado tener conocimientos, esta noche tuve la oportunidad de mi vida de obtener cuantos pudiera desear, recibiéndolos, además, directamente de los labios de los más famosos sabios de mi tiempo. Era evidente que la mayor parte de los invitados había empezado la tertulia ya por la tarde, en el jardín y al lado de las mesas, pero, después de nuestra llegada, la conversación se centró alrededor de nuestro anfitrión. Éste, en voz alta, retó a todos los presentes a preguntarle cualquier cosa sobre el ramo de la ciencia que fuera, prometiendo contestar con lo que los antiguos hubieran escrito sobre ello. Y, en efecto, respondió hablando tan bien y demostrando una tan profunda asimilación de la vieja sabiduría de los latinos y de los griegos, que hasta los oyentes más envidiosos se sintieron forzados a proclamar su admiración, aparte de que el abundante vino tuvo asimismo su parte en la benevolencia de los ánimos. Según avanzaba la velada, la discusión se concentró cada vez más en Platón y Aristóteles, en ideas y categorías, en realismo y nominalismo. El viejo Gemisto Pletón habló sobre Proclo y aclaró con metáforas prácticas las diferencias que existían entre Aristóteles y Platón, hasta que muchos de los latinos le dijeron, gritando, que preferían casar entre sí las doctrinas de ambos. Salió la luna, y los árboles y los arbustos del jardín empezaron a exhalar un pesado perfume, mientras el vino me calentaba el cuerpo como una pequeña llama.

Y es que no escuchaba. A mí me daba lo mismo si Dios era trascendental o inmanente, si Platón y Aristóteles eran los precursores de la doctrina de la Iglesia o si estaban en conflicto con ella, o si los conceptos generales y las ideas de Dios se hallaban en sus pensamientos y en sus criaturas o eran sólo palabras. Ni por vanidad tuve que aparentar estar escuchando con expresión de sabio, a punto para asentir con la cabeza cuando lo hacían los demás, tal como imitaban a éstos algunos jóvenes de la nobleza que ni siquiera comprendían suficientemente bien el latín. Y es que nadie me prestaba atención. Yo, por mi parte, sólo tenía ojos para Beatriz y sentí en todo mi ser que era joven, que estaba vivo y que añoraba la belleza en su más hermosa forma terrenal. Sus rubios rizos y sus pardos ojos, sus blancos brazos y hombros, su caprichosa, cautivadora y orgullosa sonrisa, todo en ella significaba más que la filosofía para mí. Nunca había tenido semejante sensación, y de la misma manera que la presencia de aquel extraño forastero en mi habitación me había cubierto de un sudor frío a la vez que me hizo pensar que el mundo de la realidad ocultaba secretos más temibles de lo que quería creer, igualmente tenía ahora la sensación de haber encontrado en mí mismo a un extraño, a un ser que ardía y deseaba fríamente, a un ser para quien ya nada tenía importancia salvo el conseguir un descabellado objetivo.

Me fue fácil observar que Beatriz empezaba a sentirse aburrida y quizá también abandonada, ya que nadie le prestaba ahora demasiada atención después de haber recibido la corona de sus manos y haberse juntado a seguir la complicada conversación. Por fin se levantó, cogió de la mesa una pequeña jaula de oro que contenía un pájaro de bonitos colores, y empezó a caminar llevándola en su mano como si fuera una linterna. Parecía distraída y sumida en sus propios pensamientos. Pasó por delante de mí y me miró directamente a los ojos, pero con expresión de no conocerme ya de nada ni de acordarse de mí, y se alejó entre los árboles hacia el jardín iluminado por la luna, hasta donde no llegaba la luz de las antorchas. Me levanté también y la seguí.

A la luz de la luna parecía una visión luminosa de otro mundo, mientras caminaba con el brazo en alto sosteniendo la pequeña jaula de oro, y con el hombro y el pecho desnudos. Con la cabeza un poco ladeada, miraba hacia adelante con ojos soñadores, teniendo cuidado de mantenerse siempre a la luz de la luna. Desde la sombra de los árboles me puse en su camino y le pregunté:

—¿Busca al hombre como Diógenes con su linterna?

La mujer se estremeció como si de verdad le hubiese despertado de sus sueños, aunque yo estaba seguro de que todo el rato había sido consciente de que la seguía.

—¿Cómo se atreve a hablarme? —me preguntó—. ¿Quién es usted?

Ya que me quedé callado, sonrió de repente y continuó:

—Ah, es uno de esos griegos. Me parece que le he visto en compañía del arzobispo Besarión.

Hasta entonces no caí en la cuenta de que, de verdad, me consideraba un griego. Delante de la iglesia había yo seguido a Besarión y aquí había acudido con él. Por si aquella equivocación me hacía más interesante para ella, no quise rectificarla.

—Los de allí —le contesté— se refieren a las escrituras de los antiguos para testimoniar la perfecta e incondicional belleza de Dios. Quizá los viejos desdentados necesitan tales testimonios. A mí me basta con mirarla a usted, alteza, para creer en la belleza del cielo.

—¿De verdad? —dijo—. Creo que se equivoca. Me han

dicho que los ojos pardos no hacen juego con el pelo rubio. Además, tal vez mi boca es un poco demasiado grande y mi nariz algo chata aunque sea recta. Pero mi pecho es bonito y me atrevo a enseñarlo. Muchos de estos eclesiásticos tan estrictos no han querido mirarlo, sino que han desviado el rostro como si hubiesen temido la tentación. Pero una belleza perfecta no puede seducir a nadie, ya que es divina. A decir verdad, estoy disgustada por los reproches que he recibido, porque un vestido como éste está completamente permitido en la corte del rey de Francia, caso de que las mujeres tengan algo que enseñar. Como sabrá, este modelo lo ha ideado la hermosa Cecilia Sorel.

Hablaba con vivacidad y naturalidad, como si, al observar mi confusión y mi pasión, quisiera darme tiempo para recuperarme. Mientras hablaba iba dando vueltas, para que pudiera ver su vestido de todos los lados. Sonriendo alegremente, siguió diciendo:

—Dicen que es la mujer más hermosa del mundo, ¿verdad? Y también se dice que es de gran utilidad para el rey, porque su hermosura atrae al lado de éste a jóvenes e inteligentes hombres que quieren guerrear contra los ingleses. Yo era sólo una niña cuando éstos quemaron a la Virgen porque vestía ropas de hombre. A mí también me gustaría vestir como un hombre e ir cabalgando a la guerra. ¿Le gusta cazar con halcones?

—¿Por qué me lo pregunta? —le contesté, sorprendido.

—Oh, ¡no hay nada más encantador que ir a caballo al bosque temprano, por la mañana! —contestó—. Cuando el halcón, con un grito, se te levanta del brazo y ataca con sus afiladas garras a un faisán, haciendo volar por los aires un montón de plumas multicolores, siento la necesidad de gritar de alegría.

Me miró con ojos inquisitivos y rozó un brazo con una mano.

—Si le gustase la caza con halcones, pensaba que quizás alguna vez podría venir con nosotros. Ya sabe que mi padre está haciendo todo cuanto puede para que se encuentre a gusto en Ferrara.

Me di cuenta de que Beatriz se había equivocado por completo en cuando a cuáles eran mi rango y mi posición, lo que me hizo desesperar.

—¿Cree en la brujería, alteza?

—¡Uy! —exclamó—. No me hable de cosas horribles y desagradables en una noche como ésta.

—Podría contarle una historia —le dije—. También se refiere a usted. ¿Ignora, seguramente, que desde la mañana de la Pascua sólo he estado pensando en usted y, como el más maravilloso de los regalos, sólo he deseado poder volver a verla?

—No comprendo lo que quiere decir —me respondió, altivamente—. ¿La mañana de la Pascua?

Sacudió la cabeza como si hubiera olvidado completamente nuestro encuentro en la escalinata de la iglesia.

—Es natural que no se acuerde de mí —me apresuré a decir—. Usted es el sol. Cualquiera que la vea queda deslumbrado, acordándose únicamente de usted. Yo sólo soy una sombra en su camino y desapareceré. No puedo, y ni siquiera lo intento, competir con todos los jóvenes nobles que seguramente estarían dispuestos a dar su vida por una sola mirada de usted. Pero permítame que le cuente mi historia. Es tan extraña, que no podría creerse que en nuestros tiempos ocurran cosas como ésta.

Dejó la jaula en un banco de mármol, se sentó y levantó la cara hacia la luna. Le conté rápidamente cómo, al pasar por el bosque, había encontrado un cadáver y, por seguir un impulso, lo había hecho enterrar; cómo aquel hombre fantasmal había venido para exigir su hebilla, y en señal de gratitud, me había prometido satisfacer mi deseo más ferviente, y cómo, de una manera tan inesperada, mi deseo se había hecho realidad.

Por lo que le conté debió entender que no era griego y que no tenía posición que me diera derecho a ni siquiera dirigirle la palabra. Me pareció como si, al escucharme, se hubiera vuelto más fría, y que no me había creído del todo.

—Enséñeme esa hebilla —me dijo, con suspicacia.

Saqué la hebilla de la bolsa que llevaba en la cintura y se la enseñé. La tomó y le dio vueltas en sus manos.

—Una insignificante hebilla de cobre —dijo con desdén, devolviéndomela—. Tómela, me da miedo.

Con la cabeza ladeada me miró con fijeza y dijo, con aspereza:

—Su historia es increíble.

—Tan increíble, que no habría podido inventármela.

—Nada de eso. Esa hebilla me hace temblar, como tiemblo cuando presencio una ejecución y veo cómo brota la sangre de un cuello cortado. Bien puedo creer que un alma vuelva a usted desde el purgatorio en forma de fantasma, porque es cierto que hizo un incomparable favor al pobre hombre. Sin embargo, si pudo usted desear cualquier cosa, jamás podré creer que se haya contentado con sólo verme. Esto es una mentira, y la dice sólo para complacerme. Y eso no me gusta.

—¡Pero, alteza Beatriz! —exclamé, para rechazar una acusación tan injusta. La joven levantó una mano para hacerme callar y dijo, en tono acusador:

—No, no, si tuvo usted la oportunidad de desear la mayor de las riquezas, una corona de príncipe, la mayor valentía en la batalla, o todo lo demás que pueda desear un hombre, ¿cómo se habría contentado con una cosa tan insignificante? Esto es lo increíble de su historia, y nada más.

Perdiendo la paciencia por culpa de una acusación tan poco justificada, exclamé:

—¡A pesar de todo, aquel difunto me prometió que esta noche la tendría a usted en mis brazos!

Beatriz se levantó de un salto y me miró como si hubiera querido pegarme.

—En sus brazos —dijo, como no creyendo lo que acababa de oír—. Eso no me lo contó al principio. Me está ofendiendo. Por tener un pensamiento tan vergonzoso quisiera matarlo.

Pero al estar cerca de ella, la increíble aventura que me había acontecido, el vino que había bebido, y aquel ardiente extraño que había en mí, para quien ya nada más tenía importancia, me excitó hasta que la tomé con vehemencia en los brazos y la besé una y otra vez, a pesar de la enérgica resistencia que opuso. Beatriz, al darse cuenta de que el resistirse no servía para nada, se quedó rígida en mis brazos y cerró los ojos. Así que, jadeante, la solté y le dije:

—Era verdad. El deseo se ha cumplido, y ahora puede ocurrirme lo que Dios quiera.

Beatriz no se marchó corriendo, como yo hubiera creído que lo haría, para llamar a los guardias o ir a quejarse a su padre el príncipe, por un comportamiento tan desvergonzado. No. Abrió lentamente los ojos y me miró con un extraño y frío brillo en ellos. Todo el cuerpo le temblaba, como si sintiera frío.

—Todavía nadie se ha atrevido a tratarme así —dijo al cabo de un rato, con voz tensa—. Pero esto me servirá de lección. Eso es lo que le ocurre a una si entabla conversación con un hombre sin educación, bruto y torpe. ¡Por Dios, si ni tan siquiera puedo contar a nadie que un paria sin apellido se ha atrevido a tocarme! Perdería mi reputación para siempre. Si tuviera un cuchillo se lo clavaría en el corazón, ya que no puedo pedir a nadie más que le inflija un castigo más horrible.

Levantó una mano y me pegó con todas sus fuerzas, primero en una mejilla y luego en la otra. Más que los golpes, me dolieron sus palabras, que demostraban el más profundo de los desprecios.

—Beatriz —le dije—, antes no conocía la pasión, pero ahora sí la conozco. Yo le daré un cuchillo y puede matarme. Sin embargo, primero debe besarme.

Volví a abrazarla, y me pareció como si hubiera utilizado todas sus fuerzas en las bofetadas, porque ya no se resistió ni desvió la boca. Todo lo contrario, tuve la sensación de que respondía a mi beso, por extraño que ello fuese. La joven no dejaba de temblar y yo sentía este temblor como un éxtasis, que casi me producía dolor, al besarle un hombro y un pecho. Yo también temblaba cuando la solté y saqué mi afilado cuchillo, el que utilizaba para sacar punta a las plumas y para comer.

—Máteme, alteza Beatriz —dije—. Y no será un castigo sino una gracia, porque no puedo desear nada más grande que esto en mi vida, y sólo viviría añorándola a usted.

Tomó el barato cuchillo, y su sola vista la hizo enfadar.

—Un cuchillo de escribano —dijo, despectivamente.

De un tirón abrí mi chaqueta y mi camisa y le dije:

—Clávemelo en el pecho. No me dolerá más de lo que me pueda doler su desprecio.

Le temblaba todo el cuerpo. Levantó el cuchillo y apareció en su cara una mueca que la hacía fea y un frío brillo en los ojos. Moviendo con rapidez el cuchillo me hizo una larga herida en el pecho, de la que empezó a brotar sangre en seguida. Sin embargo, no tuvo intención de matarme, ya que en ese caso me lo habría clavado. Como sin creer lo que veía, se quedó mirando la herida que me había hecho en el pecho.

—Te está saliendo sangre —dijo, al tiempo que dejaba caer el cuchillo de la mano—. ¿De verdad estás tan enloquecido que me dejarías matarte por un beso?

—Clávelo hondo —contesté—. ¿No sabe ni siquiera cómo se usa un cuchillo?

Pero yo ya sabía que no quería o no se atrevía a matarme, y apreté un pliegue de la camisa contra mi pecho para evitar que la sangre me manchara la ropa.

—Como un halcón —dijo—. Que profiriendo un grito clava las afiladas garras en el caliente cuerpo del ave. No, todavía no he encontrado a un joven más loco que tú.

Hizo unos pasos como para ausentarse.

—Se olvida de su pájaro —le dije.

—Es verdad, hasta mi pájaro olvido —contestó, volviendo al banco y tomando la jaula, pero quedándose luego a mirarme. Su hermosura era tan indescriptible que se me cortó la respiración al mirarla.

—Arrodíllate ante mí —me ordenó, altiva.

Le obedecí, y con su mano libre me asió de los cabellos, inclinó mi cabeza hacia atrás, y besó mi boca, violenta y apasionadamente. Sacudiéndome de los cabellos, dijo con voz ronca:

—Si jamás vuelves a intentar verme o hablarme, mandaré a los perros que te destrocen u ordenaré que los cazadores te persigan con sus lanzas como si fueras un peligroso jabalí, y gritaré de alegría cuando te maten.

Me soltó la cabeza y regresó rápidamente al lado de los demás, llevándose la jaula del pájaro. La deseé con una rabia impotente, pero si es cierto que yo sufría, sentía al mismo tiempo un inmenso placer al pensar que ella seguramente no me olvidaría. De esto tenía el testimonio de sus palabras y de su rabioso beso, que casi había sido un mordisco. Escondiéndome entre los arbustos y apretándome los faldones de la camisa contra la herida, pude salir del jardín sin llamar la atención.

Quité de mi cabeza la corona de flores y la tiré al suelo tan pronto estuve en la calle.

La puerta del comerciante de sal estaba cerrada con llave, pero la patrona vino a abrirla en cuanto hube llamado.

—La noche es calurosa y no he podido dormir —me dijo, aguantando cerrada la bata con que se había cubierto al levantarse, desnuda. Le pedí agua y trapos para limpiar mi herida. Encendió una vela y soltó una exclamación de pena al ver mi ensangrentado pecho.

—¡Pobre de usted, señor Juan! —me dijo—. Es usted un tonto, exponiéndose a peligros por causa de una muchacha. Las jóvenes no saben nada del amor, y tan sólo para satisfacer su vanidad instigan a los muchachos a pelearse entre sí por sus favores. Creía que usted era más sensato. Permítame que le ayude.

Me ayudó a quitarme la chaqueta y la camisa, me lavó la sangre del pecho, y suspiró de alivio al ver que la herida no representaba peligro alguno, a pesar de que me dolía y dejaba la piel de alrededor tensa y entumecida. Sus manos me acariciaban el pecho con ternura y me hicieron temblar de placer. Por fin, me puso un amplio vendaje para proteger la herida.

—Tiene la piel caliente, está inquieto y además ha bebido vino —me dijo, acercándose como para olerme el aliento.

Pero ella también tenía la piel caliente y estaba inquieta y no me miró a los ojos. De repente, puso su cabeza contra mi cuello, me rodeó con los brazos y empezó a sollozar. Pude sentir el fuerte perfume de su piel y de sus cabellos, y su presencia me proporcionó un delicioso consuelo en mi agitado estado. Cuando levantó la cabeza la besé, y ella respondió con tierna entrega. Su rostro comenzó a irradiar una deliciosa ternura y me dijo:

—Oh, señor Juan, me avergüenzo porque no soy una mala mujer. Usted me gusta mucho, los pecados pueden ser perdonados y muchos aseguran que una mujer no puede quedar encinta mientras está dando de mamar. Si quiere y si no le resulto desagradable, me alegraría mucho que viniera a la cama conmigo y me abrazara.

La seguí a la cama y descargué en ella mi desesperada pasión y mi agitación. La patrona suspiró y sollozó en mis brazos, me rozaba el cabello de vez en cuando y susurraba:

—¿No te cansarás demasiado, amor mío?

Por fin me dormí, con la cabeza apoyada en sus tibios pechos que olían a leche. Como mujer prudente, al oír los gallos por la mañana me despertó y me envió a mi habitación para que siguiera durmiendo.

Al día siguiente, ante la gente, se portó como si nada hubiera ocurrido, me dirigió un alegre saludo y me siguió con la mirada, con aquella bella y secreta sonrisa en los labios. Su sensatez me agradó y, a decir verdad, ella misma, ahora que la miraba con otros ojos, me gustaba tanto que me admiraba no haberle prestado ninguna atención. Por la noche, antes de acostarme, me trajo un pollo que había asado en una vasija de barro y algo de fruta, pero se movía por la habitación mirando al suelo y evitando el menor roce corporal conmigo, como si temiera que yo condenara su comportamiento de la noche anterior, a pesar de que yo era asimismo partícipe de lo ocurrido. Con voz algo triste me deseó las buenas noches, y yo sentí gratitud hacia aquella sensata mujer por no molestarme más y por haberme ayudado precisamente en el momento en que más ayuda necesitaba, dándome algo más en qué pensar que en la altiva Beatriz.

El comerciante de sal regresó de su viaje, orondo y tostado por el sol, y seguramente yo habría debido sentir una profunda culpabilidad al encontrarme con él, pero la naturaleza humana es tan extraña que me hizo sentir hacia él una especial amistad, y me dirigí a él con más naturalidad y con menos reserva que antes. De ello se derivó que él empezó a invitarme a compartir sus comidas si estaba en casa a la hora de comer, y no le molestó el que su mujer remendase mis camisas, cosiera las cintas de mis prendas y demostrara toda clase de tiernos cuidados para conmigo. Hasta comencé a querer a sus hijos, les compraba dulces y les acariciaba la cabeza cuando me los encontraba.

Gracias a la patrona, experimenté la sensación de haberme despertado de una pesadilla, y me horrorizó mi comportamiento con Beatriz, que ahora, cuando todo ya había pasado, me causaba miedo por las consecuencias que hubiera podido tener. Sin embargo, eché toda la culpa a la hebilla y a la descabellada historia que el ladrón me había contado, considerando una pura coincidencia el que hubiera encontrado a Beatriz aquella misma noche. Me aseguraba a mí mismo que los muertos no se levantan de sus tumbas para hacer promesas a los mortales. Si mi loco deseo se había hecho realidad fue únicamente gracias a una casualidad y a mi valentía. Y si pensaba en Beatriz, quería pensar en ella como en un inalcanzable sueño. No obstante, mi secreta pasión siguió viva en mí como el fuego debajo de las cenizas.

El sofocante calor del verano de Ferrara tendía a paralizar la voluntad y los pensamientos. Las paredes que daban al mediodía quemaban bajo la mano y, cuando se andaba, el caliente polvo entraba en la boca y en la nariz. Alrededor de la ciudad flotaba el olor del agua putrefacta de las lagunas y de los canales. En el transcurso de las horas más calurosas del día, la gente dejaba de trabajar y el ambiente no volvía a cobrar vida hasta el crepúsculo. Las conversaciones y las negociaciones se celebraban después de la caída de la noche y en un angustiado ambiente de agitación y de irritación. Todos estaban molestos con todo. El emperador de los griegos se encerró en su vivienda, se negó a dirigir la palabra a cualquier latino y se contentó con salir alguna vez a caballo antes del amanecer; iba al bosque a destruir con sus halcones y sus perros la caza del marqués Niccolò. Los griegos se peleaban entre sí sobre sus doctrinas religiosas, y parecía que una languidez y falta de fuerza de voluntad se apoderaba asimismo del Papa y de los cardenales. Debido a la guerra en Italia, los ingresos del Papa se agotaron. El emperador, por su parte, manifestó que la unión no podría cumplir sus objetivos, ya que los príncipes occidentales no acudían al concilio y, en consecuencia, no se podía esperar una verdadera cruzada contra los turcos.

Finalmente, una mañana de pleno verano la inquietud latente se convirtió en un terrible tumulto. Jinetes armados cabalgaban por las calles, altos eclesiásticos corrían asustados hacia el palacio del Papa, y desde el *castello* se oían las trompetas de alarma. Nos enteramos de que, en la noche anterior, antes del cierre de las puertas de la ciudad, los obispos griegos contrarios a la unión se habían marchado de Ferrara por distintos caminos, llevándose todas sus pertenencias. Los principales instigadores habían sido Marco Eugénico y el metropolitano de Heraclea. Tenían la intención de embarcar en secreto en Francolino y de huir a Constantinopla. Si lograban su propósito, ello significaría el final del concilio de Ferrara y el fracaso de la unión. Por eso no me asombré cuando vi al mismo Besarión corriendo hacia el palacio del emperador, con las faldas de la capa recogidas bajo el brazo.

Por suerte, la escapada de aquellos hombres cobardes y quisquillosos se retrasó, y los mensajeros del emperador los encontraron en Francolino. Se vieron obligados a obedecer la orden del emperador y regresar a la ciudad, porque, para mayor seguridad, los mensajeros iban acompañados de toda una tropa armada de caballería. Sin embargo, el fracaso de su intento y su poco honroso regreso a la ciudad no mejoraron los ánimos. Todo lo contrario, aquel intento demostró de una manera alarmante al Papa y a todos los latinos cuán profunda eran las discrepancias de opiniones entre los griegos. ¿Cómo podríamos esperar la unión y la reconciliación de las cuestiones en litigio, si los eclesiásticos griegos más importantes intentaban huir de los debates ya antes de que ni tan siquiera se hubiera iniciado la discusión de los puntos más importantes? La decidida actuación del emperador era nuestro único consuelo, demostrándonos que al menos él aún no había perdido la esperanza.

Poco después de esto estalló una terrible tormenta y los rayos mataron a varias personas y cabezas de ganado en las cercanías de la ciudad. Pero la tormenta refrescó el clima y, nada más terminada, llegó a la ciudad, como traído por el mal tiempo, el metropolitano de Kiev, Isidro, el representante eclesiástico de más rango de las posesiones del gran duque de Rusia. Aquel griego menudo y activo estaba encantado de haber llegado por fin. Había tenido enormes dificultades para vencer la resistencia del gran duque Vassili hacia la unión, aparte de que su viaje había durado meses. Las extrañas vestimentas de sus sirvientes y su raro idioma llamaron tanto la atención que siempre había gente andando detrás de él por dondequiera que fuera. Cuando el Papa le recibió, a pesar del estío iba vestido con una valiosísima capa de armiño y trajo como regalo caras pieles para el emperador Juan y el Papa. Pero lo más importante fue el hecho de que estaba sinceramente convencido de la necesidad de la unión, y usó toda su capacidad dialéctica y todo su entusiasmo, aún no mermado por el ocio y las disputas, a fin de convencer a los demás griegos de que las diferencias de opinión sobre ciertas doctrinas, o la tradicional actitud reacia de los griegos hacia los latinos, no debían hacer fracasar la gran meta común. Desde el principio se hizo amigo de Besarión y por esta circunstancia le pude ver a menudo.

El emperador Juan siguió negándose a continuar las conversaciones con la misma terquedad que antes, a pesar de que ya se acercaba el otoño. Dejó entender que tampoco el Papa cumplía con su promesa, al no enviarle suficiente dinero para sus gastos. El Papa, por su parte, ya estaba suficientemente preocupado porque el capitán Piccinino, de las tropas del conde de Milán, estaba devastando los territorios papales, por lo que el Pontífice se vio obligado a celebrar negociaciones políticas encaminadas a unir Florencia, Venecia y Génova en una alianza contra el conde de Milán. En la ciudad empezaron a circular rumores de que aquel famoso capitán dirigiría pronto sus tropas contra Ferrara. El conde de Milán era el señor de la ciudad de Pera y, en consecuencia, dependía de los turcos en cuanto a sus intereses comerciales. Debido a ello, el interrumpir el concilio con actos bélicos podía ganarle el favor del soberano de los turcos. La sola idea parecía imposible, pero al conde de Milán, Felipe María, se le conocía como a un príncipe descarado y egoísta, que mantenía a su embajador particular en la corte del sultán Murad y había enviado a éste perros de caza como obsequio. Por todo ello, al Papa le importaba en aquel instante más el asegurar la continuidad del concilio de Ferrara mediante una alianza política, que chantajear al emperador Juan para que continuara con las conversaciones.

En consecuencia, nuestra oficina de traductores greco latinos dirigida por el doctor Segundino vivía días de calma, y en un par de ocasiones nos proporcionamos una cesta de provisiones y salimos al campo para todo el día, a fin de pasear. Pero, ante nuestra gran sorpresa, el papa Eugenio nombró secretario de la Curia a aquel famoso sabio Juan Aurispa, el cual nos mandó, a todos los secretarios conocedores del griego, que le fuéramos a ver a su espléndida casa; nos recibió en el jardín y nos dirigió un severo discurso, en el que dijo:

—La pereza es la madre de todos los vicios y, especialmente para los jóvenes, resulta peligrosísimo disfrutar de un desproporcionado sueldo en comparación con sus breves conocimientos, y sin tener nada que hacer. Por ello, y para el bien de todos ustedes, he preparado un estupendo plan para que aumenten sus conocimientos y ejerciten su escritura. A partir de hoy, cada día deben copiar un cuadernillo de un texto griego que les daré. El doctor Segundino ha tenido la amabilidad de prometerme revisar el texto y castigarles por las faltas que hayan cometido. Es asunto suyo decidir cómo dividirán el trabajo entre todos, pero «quien no trabaje tampoco comerá», como dice el refrán.

A ninguno de nosotros se nos ocurrió ni tan siquiera dudar de su derecho a ordenarnos trabajo, y yo personalmente me alegré, pensando que después del ocio podría conocer la famosa biblioteca de Juan Aurispa, de la que se decía que contenía más de doscientas obras griegas originales. Sin embargo, después de haber hecho unos cálculos con los demás, empezamos a lamentarnos amargamente, porque la tarea era durísima si, además del trabajo cotidiano, debíamos copiar un cuadernillo al día.

—¡Son dieciséis páginas de folio a dos columnas! —dijo el más audaz de nosotros.

—Y cada columna tiene sesenta y dos líneas y cada línea, treinta y dos letras —ratificó el famoso sabio, jadeando por culpa de su gordura en su cómodo diván—. La caligrafía debe ser impecable y los errores serán castigados, pero como consuelo tienen que, al mismo tiempo, tendrán la oportunidad de conocer a filósofos por cuyos libros hombres más eminentes que ustedes estarían dispuestos a pagar su peso en oro. Pienso entregarles para copiar las escrituras de Proclo y de Plotino, de mi propiedad, pero deben cuidarlas más que a sus propios ojos y no deben llevarlas fuera de mi casa. Pueden escribir en mi sala de escritorio; sin embargo, es mejor que el papel, la tinta y las plumas lo traigan de su cancillería, donde lo hay en abundancia.

No obstante, Aurispa no era un hombre tan temible como podía pensarse por sus palabras. No tardé en darme cuenta de que lo único que hacía era aprovecharse descaradamente de nuestro ocio, ya que las conversaciones entre los sabios en Ferrara y la gran fama de Gemisto Pletón habían creado una gran demanda de las obras de Plotino y de Proclo. Los manuscritos que nosotros copiábamos, Aurispa los enviaba a Venecia, donde eran encuadernados con bonitas tapas y vendidos a través de aquella ciudad, a fin de evitar los impuestos y el control de precios de los libros que ejercía la universidad en Ferrara. En Venecia, tenía a su servicio a varios sabios griegos, que habían huido de los territorios conquistados por los turcos. Estos sabios le copiaban manuscritos para su venta y él les pagaba los gastos. Nosotros tuvimos que trabajar gratis para su beneficio. Quizá fuera por ello que no vigilaba demasiado las cantidades de trabajo que nos había impuesto. Ya era un hombre mayor, y tan perezoso que no le gustaba salir de casa. Tampoco se tomaba la molestia de escribir casi nada de su puño y letra, aunque hubiera podido ganar mucho dinero traduciendo a autores griegos al latín. En su juventud, en Constantinopla, había reunido su gran biblioteca y, a su regreso, habría podido alcanzar incluso un alto rango eclesiástico si no hubiera sido demasiado perezoso para someterse a las incomodidades derivadas de una alta posición. No obstante, le gustaba mucho poder utilizar su idioma, y por ello tomé la costumbre de acercarme al jardín a preguntarle cada pequeña duda que tenía sobre la escritura de Proclo que trataba del destino y de la esencia del mal y que me había tocado copiar en el sorteo.

—¿Qué es lo que buscas, en realidad, caradura? —me preguntó finalmente y con suspicacia—. ¿No pretenderás obtener gratis clases de griego y de filosofía?

Le contesté humildemente que los pensamientos neoplatónicos me habían hecho meditar sobre las diferencias que había en las doctrinas de los seguidores de Platón y de Aristóteles, sobre las que los sabios griegos y latinos debatían casi cada noche en los jardines de Ferrara. Seguramente me ayudaría mucho en que avanzase mi trabajo de copista si, en pocas palabras, me quisiera explicar su propia opinión.

—Oh, es un día muy caluroso y no vale la pena hundirse de nuevo en unos profundos pensamientos que uno ya ha estudiado y dejado atrás —me respondió.

Sin embargo, su sonrisa era relativamente amable, se frotó el estómago, estudió sus cuidadas uñas y me dirigió una astuta mirada, no exenta de malicia, cuando continuó diciendo:

—De verdad, hay que ver; hombres hechos y derechos se reúnen para hablar de cosas de las que ni ellos mismos tienen la más remota idea y, por fin, se lían irremediablemente con unos pensamientos que ellos mismos han complicado hasta que el parloteo de los monos tiene más sentido que lo que ellos dicen. No creo tener más talento que ellos, pero me parecen iguales a unos tontos que siguen trillando el trigo del que hace tiempo se ha caído todo el grano, dejando sólo el salvado y la paja.

—¿Qué es la felicidad? —prosiguió, bostezando con deleite—. He alcanzado la edad de setenta años, he descubierto que la felicidad no se halla en los libros, y el dolor de saber es peor que la peste, porque estropea al hombre toda posibilidad de alcanzar la felicidad. En vez de ello, mira cuán contento está ese perrito, con la panza llena y tumbado, dejando que el sol le caliente el costado. Un prudente ocio es la mayor felicidad del hombre, y si las malas lenguas me llaman avaro, debo decirte que la posesión de cierta cantidad de bienes es una condición *sine qua non* para una dulce pereza. Sólo debe acordarse que con la agradable pereza del cuerpo hay que ir unida una fructífera pereza del espíritu. Todos los esfuerzos, tanto corporales como espirituales, sólo gastan la vitalidad del hombre, llevándole prematuramente a la tumba. Un sabio debe tener la capacidad de hacer trabajar a los demás para él y dedicar toda su propia atención únicamente a disfrutar de los placeres corporales y espirituales que le proporciona el ocio.

Me atreví a observar que mi pregunta no versaba sobre la felicidad, sino sobre el conocimiento.

—Así, querías oírme hablar de Aristóteles y Platón —me contestó—. Pues bien: soy el único hombre que puede y se atreve a definir en dos palabras la diferencia entre sus filosofías. Algunos dicen sí a la vida y siguen a Aristóteles, otros le dicen no y encuentran en Platón su propia filosofía. Platón es un filósofo del más allá, Aristóteles un filósofo de la vida humana. Aristóteles centra su pensamiento en lo que nos rodea, él actúa, compila, prueba y lo pone todo en orden. Platón lleva el pensamiento hacia dentro, desde la realidad exterior a la realidad interior del hombre. El camino de Aristóteles es el de la actividad. El camino de Platón es el del misticismo. Aristóteles es un filósofo útil para la sociedad. Platón es un filósofo inútil para ésta, incluso puede llamársele pernicioso, ya que aparta a hombres con talento del mundo de la realidad, llevándoles a buscar la realidad en el mundo de los pensamientos. Aristóteles es un hombre práctico. Platón, un monje. ¿Ya te das cuenta o quieres saber más de ellos?

—¿La filosofía de cuál de ellos prefiere usted, sapientísimo Aurispa? —le pregunté.

—A decir verdad, ambos me importan un comino —respondió Aurispa, rápidamente—. Sólo quiero añadir que, cuanto más incómoda se sienta en su tiempo, una persona con talento, cuanto más cruel experimente la vida en su alrededor, cuanto más amargos sean los irreconciliables conflictos entre los ricos y los pobres, entre los gobernantes y los oprimidos, tanto más fácilmente aquella persona se refugia en una verdad superior y sigue a Platón. Por ello, éste será siempre un filósofo al gusto de los ricos y de los poderosos, mucho más que Aristóteles, cuyo pensamiento lleva al hombre a ordenar mejor los asuntos de nuestro mundo real. Debido a esto, diría también que Platón será siempre el filósofo del dictador y del tirano, y Aristóteles, el del demócrata. Incluso el propio Cristo fue más bien platónico que aristotélico, al exhortar a que se diera al emperador lo que al emperador corresponde y a que la gente reuniera tesoros para el cielo y no en la tierra.

Su fláccida y complicada cara tomó un aire de melancolía, miró hacia el frente y prosiguió diciendo:

—En los griegos se ha vuelto a recuperar el interés por Platón, porque su poder es sólo una sombra de lo que fue y viven angustiados, sitiados por los turcos. Es natural, pues, que busquen una verdad superior, dado que la realidad cotidiana ya no les puede ofrecer ningún futuro. Pero es más preocupante el hecho de que sus doctrinas neoplatónicas se están extendiendo rapidísimamente por toda Italia, alterando precisamente a los hombres más sabios y con más talento. Ello es testimonio de que nuestro tiempo es malo, y aún peores tiempos se están acercando. Los más egoístas, descarados y duros, serán los que gobernarán, y la miseria de los pobres va a ser cada vez más grande. La democracia será conservada como una mera palabra, como ya ha ocurrido en Florencia, y la posición de la persona humilde y pobre en el mundo estará cada vez más desamparada, de forma que será como una indefensa liebre en las garras de los halcones. Entonces, las oscuras doctrinas que se centran en el más allá y tienen cierto misticismo y predican en beneficio de una verdad superior, serán el único consuelo del pobre ser humano.

Su idea era completamente nueva para mí, y me sorprendió más que la revelación del doctor Cusano sobre la coincidencia de los puntos opuestos. Burlándose de sí mismo, Aurispa prosiguió diciendo:

—Todas las personas sencillas y corrientes que desean trabajar en paz, pero, a la vez, están dispuestas a oponerse a la injusticia y a la violencia, son aristotélicos en cuanto a carácter y temperamento, aunque sean analfabetos. Por otra parte, todos los soñadores y místicos que sienten profundamente la vanidad de la realidad cotidiana y se cansan de luchar contra la injusticia, convencidos de que, en todo caso, la injusticia siempre vencerá en el mundo terrenal, son platónico. Si quieres tener éxito en nuestro tiempo, conviértete al platonismo; así, no molestarás a los príncipes o a otros poderosos, que te recompensarán gustosamente si te inclinas ante ellos. Pero a mí, Aurispa, todo me importa un comino.

—Luego, ¿niega la existencia de esa verdad superior, ya que habla tan mal de los platónicos?

Contestó, fingiendo sorpresa:

—¿Cómo voy a negar algo de lo que nada puedo saber? Sin embargo, sé bastante de la vida terrenal, y a base de ella uno puede siempre aprender más. El hombre puede inventar nuevas herramientas para someter la naturaleza a su poder, como se han inventado en nuestra época los cañones y las máquinas de fabricar papel. El hombre puede navegar en busca de tierras desconocidas. Cada vez hay más personas que pueden aprender a leer. Siempre se pueden desarrollar las relaciones humanas para que sean mejores y más fructíferas. ¿Por qué no contentarse con algo que podemos entender más y más, y dejar para la Iglesia los asuntos del más allá e incluso la verdad superior? Para eso no nos hace falta ninguna filosofía heredada de los paganos.

—¿Para qué le sirve al hombre —dije, citando la Biblia— ganar el mundo entero, si daña a su alma?

Suspiró profundamente, e hizo un gesto de irritación con las rechonchas manos.

—Buena pregunta. ¡Oh, hijo!, una vez dañada el alma, el daño ya no le importa demasiado al ser humano, y supongo que ahí precisamente radica el daño. Pero, para volver al platonismo, todo este nuevo y desenfrenado interés es sólo dudas y falta de fe. Sin embargo, ni la mejor filosofía puede llenar los huecos creados por el derrumbamiento de la muralla de la fe. Quien eso piensa se está engañando a sí mismo. Para ayudarles a engañarse, mando copiar a Platón, a Proclo y a Plotino tan aprisa como se puede, y sería contrario a mis propios intereses despreciar a Platón. Es sólo mi mal carácter el que me instiga a gritar: ¡ojo con el sentido común! Además, ya no me agradas en absoluto, porque estorbas mi paz interior con tus estúpidas preguntas.

Dejó caer la gorda cabeza sobre los almohadones, con un gesto de la mano me indicó que debía irme, y no se molestó en hablar más conmigo. No obstante, a partir de aquel encuentro se mostró especialmente bondadoso para conmigo y no se irritaba, aunque, en vez de estar copiando, me olvidaba de mi deber y me quedaba a leer los libros de su biblioteca. En mi fuero interno, su pensamiento causó un efecto sobre mí, pero de una forma distinta de la que él seguramente había pensado. Yo me dije: si quiero alcanzar un estado absoluto, debo decir que sí o que no a la vida. Y, si aceptaba la vida, aceptaba al mismo tiempo el hecho de que las leyes estaban hechas por el hombre y el hecho de que las reglas morales las inventó el hombre, de manera que no tenían ningún valor absoluto, sino que eran respetadas por obligación o por costumbre. Un buen acto o un mal acto carecían de valor intrínseco. Ambos eran solamente actos. ¿Acaso era malo un lobo si devoraba un cordero, o un lucio si se comía un pez más pequeño? En el mundo de los humanos, igualmente falto de maldad era el fuerte al oprimir al débil o el rico al explotar al pobre. La bondad y la maldad eran meras palabras que la gente estaba acostumbrada a usar, pero para una persona que había aceptado la vida y negado todo lo demás, aquellas palabras, como tales, carecían de todo sentido. Según se podía juzgar a base de sus actos y de su comportamiento, los hombres ascendidos a príncipes desde el rango de *condottiero* por la violencia, entendían bien esta nueva doctrina. El factor resolutivo de sus actos era el pragmatismo. Eran crueles o generosos, mantenían su promesa o la rompían, según la conveniencia de cada momento. Era verdad que la vida, considerada desde este punto de vista, era igual de desconsoladora y carente de sentido que la cruel y devastadora naturaleza, pero al elevarse el hombre a la consciencia sobre esta falta de sentido, simultáneamente se elevaba a ser el señor de su destino y, tal vez, ello era suficiente para constituir la meta de su vida.

Pero algo en mí se rebelaba contra tales pensamientos. Algo en mí anhelaba, desesperada y dolorosamente, que el sino del ser humano fuera algo más que únicamente esto.

Mientras luchaba con estos pensamientos, la peste llegó a Ferrara. Entró como un ladrón, por la noche. Al principio sólo enfermaron unas pocas personas, que tuvieron fiebre y fuerte dolor de cabeza. Los médicos consideraban la enfermedad como una fiebre otoñal corriente. Pero las muertes se sucedían una tras otra, primero entre la gente pobre, luego incluso entre la acomodada. Aparecieron los abscesos en los enfermos, y ratas negras cruzaban la plaza de la catedral a plena luz del día. El gentío empezó a desaparecer de las calles. Las tiendas comenzaron a cerrarse. La gente se quedaba en sus casas echando suspicaces miradas a su alrededor, sin atreverse a pronunciar en voz alta la terrible palabra.

El primero en enfermar entre los griegos fue un sirviente del metropolitano de Kiev. Al cabo de quince días, los ocho miembros del séquito de éste habían fallecido. Había personas que decían que precisamente él había traído la peste a Ferrara. La gente empezó a huir de la ciudad, pero el príncipe Niccolò prohibió que saliese nadie sin una razón legal, puso centinelas en las puertas de la ciudad, manifestó a los habitantes que, según la unánime opinión de los médicos, se trataba tan sólo de una fiebre otoñal más fuerte de lo corriente, pero que ni siquiera era contagiosa, y puso multas a todos cuantos osaban pronunciar en voz alta la palabra peste. Al día siguiente se supo que el metropolitano de Sardes había fallecido. A pesar de su altísimo rango, los griegos lo enterraron en privado, a fin de no producir inquietud. Desde el punto de vista del concilio, fue una pérdida muy importante, puesto que era el representante legal del patriarca de Jerusalén. Durante aquellos húmedos y asfixiantes días de otoño, en Ferrara se podía sentir el aliento de la muerte. Pero parecía como si, después del pánico y de la primera confusión, el común peligro de muerte hubiese unido a griegos y latinos. El papa Eugenio envió al cardenal Cesarini a entrevistarse con el emperador Juan para decir que, evidentemente, la peste era el castigo de Dios por todas las infundadas demoras en las conversaciones sobre la unión. Era inútil seguir esperando que acudieran a Ferrara más príncipes occidentales u obispos cristianos. En el nombre de Jesucristo, había que empezar por fin el trabajo para unir ambas Iglesias. Quizás entonces Dios tendría piedad de Ferrara.

Como consecuencia de esta entrevista, el emperador se humilló por fin y manifestó que permitía el comienzo de las conversaciones. Para ello reunió a los griegos, a fin de decidir cuál sería la más ventajosa táctica a utilizar en las mismas. Ya había pasado el tiempo de las vacilaciones, les dijo, y ahora debía tratarse de la mayor diferencia entre las Iglesias, que era la cuestión sobre el origen del Espíritu Santo y la de la palabra *filioque,* que la Iglesia católica había incluido en el credo.

A pesar de que los griegos estaban pálidos por la falta de sueño, los largos rezos y el miedo a la muerte causados por la peste, se produjo en el acto una nueva disputa entre ellos. Los más jóvenes, como Besarión, Georgios Scholarios e Isidro, propusieron que se considerara como objetivo de las negociaciones la cuestión de si era dogmáticamente correcto decir que el Espíritu Santo había nacido del Padre y del Hijo. En su opinión, era el punto decisivo de las negociaciones. Pero el testarudo de Marco Eugénico y el viejo Gemisto Pletón dijeron tajantemente que era inútil hablar del conflicto dogmático del credo. Por el contrario, había que atacar desde el principio a la Iglesia católica poniendo sobre la mesa la cuestión de si ésta había tenido derecho alguno de añadir una sola palabra al credo. La Iglesia católica había añadido esa palabra *filioque* sin permiso y, al hacerlo, había cometido una ilegalidad. Se trataba sólo de eso y no del contenido de las palabras. Marco Eugénico llegó a añadir que, al igual que no se podían efectuar añadiduras a la Biblia, tampoco se las podía hacer en el credo.

Esta explicación agradó a los griegos y, por lo tanto, ganó la aprobación de la mayoría de ellos, dejando derrotados a cuantos querían examinar el espíritu y no la letra del texto. De esta forma, los griegos esperaban obtener una posición de ventaja desde el principio, obligando con su ataque a que los latinos se pusieran a la defensiva. Seguramente, y desde el punto de vista táctico, su decisión era correcta si se trataba de debatir por el solo gusto del debate. Pero su posición no era la apropiada para ayudar a que las Iglesias se uniesen en el espíritu y en la verdad. En todo caso, y con gran entusiasmo, eligieron una comisión de seis representantes para debatir con los latinos, formada por Marco Eugénico, Besarión, Isidro, Gemisto Pletón y dos personas más. Se acordó que los portavoces serían sólo Marco Eugénico y Besarión. Los demás debían limitarse a apoyarles con sus consejos.

El Papa nombró asimismo una comisión de seis para el debate. De sus miembros, los de más talento eran los cardenales Cesarini y Nicolás Albergati. Los griegos querían celebrar la primera sesión de nuevo en la catedral, a fin de asegurarse de que se respetaba el protocolo en la colocación de los componentes de las comisiones. No obstante, y debido a la peste, el papa Eugenio no lo consintió, aunque públicamente presentó como motivo el hecho de que él sufría un ataque de gota tan molesto que le impedía moverse. Ordenó que la sesión se celebrase en la capilla de su palacio. Después del comienzo de la epidemia de peste, el Papa no había salido de su palacio, sin que se le pudiera reprochar por ello, ya que tenía la costumbre de evitar la vida pública.

A pesar de la gravedad de los tiempos y de que la muerte se iba acercando, esperábamos con enorme expectación el comienzo del debate. A pesar de que, gracias a unos espías de confianza, la decisión tomada entre los griegos era un secreto tan público que las palabras de cada uno de ellos eran repetidas textualmente en la sala de los escribanos y en la cocina del palacio del Papa, el solo hecho de que empezaran las conversaciones significaba, en cierta manera, un triunfo. En la capilla, los asientos fueron colocados exactamente en el mismo orden y tan altos o bajos como en la catedral; y esta vez, los sirvientes del Papa midieron con todo cuidado la altura de los asientos y la de los peldaños, para evitar que cualquier fallo pudiera ofender a los griegos. Pero, una vez sentados los obispos y los cardenales en sus sitios e incluso después de haber entrado ya el papa Eugenio, apoyado en sus sirvientes y cojeando, el emperador aún no había aparecido. Después de una angustiosa espera, se oyeron ruidos y gritos desde la sala de entrada a la capilla. El doctor Segundino me envió a ver qué ocurría. Me fui corriendo a la entrada y vi que el emperador Juan había entrado a caballo escaleras arriba y se hallaba ya en el vestíbulo. Allí, los sirvientes del Papa habían tomado el caballo por las riendas y habían cerrado las puertas que daban al interior, porque el emperador insistía en ir a caballo a través de todas las salas hasta las mismas puertas de la capilla, a fin de resaltar su rango. Maldiciendo y gritando, requería que le abrieran camino, se negaba a bajar de la montura y decía que se le había ofendido gravemente.

Sus cortesanos intentaron calmarle y hacer que bajase del caballo, pero el emperador, con la cara enrojecida y los ojos hinchados, gesticulaba y gritaba sin tranquilizarse, hasta que a los cortesanos se les ocurrió pedir prestada la litera papal y llevarlo en ella hasta la capilla, donde le ayudaron a sentarse en el asiento imperial apoyándole por ambos brazos. Este incidente poco digno asustó a muchos, que temían que el emperador hubiera enfermado de la peste y la fiebre le hubiera enloquecido, aunque yo creí que estaba sencillamente borracho.

Besarión pronunció un largo discurso en honor del concilio, alabando su gran objetivo y afirmando la voluntad de los griegos de llegar a la unión. Había escrito el discurso de forma que los escribanos no tuviéramos mucho trabajo. Cuando terminó ya era tarde y el Papa consideró que lo mejor era levantar la sesión por aquel día, porque todo el mundo temía que el emperador se cayera de su sillón.

Después de dormir su borrachera y en la amargura de la resaca, el emperador Juan mandó un mensaje al Papa en el que decía que no tenía intención de participar en las siguientes sesiones, hasta que se le hubiera desagraviado completamente por el terrible insulto sufrido. O se le permitía entrar a caballo a través de todas las salas hasta las puertas de la capilla sin que los sirvientes le molestasen ni le tocasen con sus sucias manos o, por lo que a él le atañía, las conversaciones podían suspenderse. Pero al reanudarse las negociaciones después de una larga interrupción, el Papa tuvo ocasión de publicar una bula dirigida a toda la cristiandad en la que prometía una total absolución a toda persona dispuesta a pagar un diezmo de más para cubrir los gastos del concilio y conseguir la unión. Esperaba que esta bula le ayudase al menos en parte en su cada vez más precaria situación económica, y por ello estaba de buen humor y dispuesto a encontrar una solución a las exigencias del emperador abriendo una nueva puerta en la pared exterior de la capilla, de forma que aquél pudiera llegar a caballo hasta el lado mismo de ésta. Además ideó ceremonias especiales para recibirle. Al cabo de tres días, el emperador se dignó acudir a una nueva sesión, y nadie se atrevió a oponerse a que trajera consigo a su perro favorito que, cansado de los discursos en latín y en griego, merodeaba husmeando por el suelo de la capilla e hizo sus necesidades contra la pata de la silla del cardenal Albergati.

Nosotros, los escribanos, deseábamos también que la bula del Papa tuviera el mayor éxito, porque se nos debía ya el sueldo de dos meses. Maese Mateo sacudió la canosa cabeza y dijo apoyándose en su larga experiencia y con la nariz violentamente encarnada:

—Los ríos se han secado y sólo nos llegan pequeños arroyos de aquí y de allí. Se han acabado los ingresos procedentes de los países alemanes, y el rey de Francia ha hecho aprobar en Bourges las reformas de la reunión de Basilea. En su rabia, los padres que todavía siguen allí, han declarado cismática nuestra reunión y pleitean contra el Papa para poderle condenar como hereje y separarlo definitivamente de su oficio. No resultaría extraño que el más piadoso dudara a la hora de abrir su bolsa.

Para nuestra gran alegría, nos enteramos de que la peste había alcanzado también a Basilea y de que allí estaba muriendo mucha gente. Muchos padres habían hecho los equipajes y habían huido de la ciudad, invadidos por el pánico. Únicamente se habían quedado allí los más tercos, los que, una vez rebelados contra el Papa, ya no tenían otra defensa ante éste que continuar la reunión de Basilea. Entre ellos se hallaba Eneas Silvio, de quien se rumoreaba que había muerto de la peste, aunque más tarde nos enteramos de que fue uno de los pocos que se habían recuperado después de sufrir la enfermedad.

«Dios flagela a los habitantes de Basilea», se decía, pero éste era un consuelo muy pobre cuando las linternas permanecían encendidas todas las noches en los cementerios de Ferrara y se oía el ruido de las palas al rellenar las tumbas. En efecto, a fin de evitar el pánico, el marqués Niccolò sólo permitía los entierros nocturnos; y cada noche, cuando había oscurecido, los carros de la peste pasaban por las calles recogiendo los cadáveres depositados en la calle, delante de las puertas de las casas. De esta forma, los ricos y los nobles eran enterrados junto con los más pobres y recibían la misma bendición.

Después de largos discursos, en la tercera reunión se pudo por fin empezar el debate propiamente dicho. Con evidente placer por el papel que representaba, y con vehementes palabras que no ocultaban su odio, Marco Eugénico condenó a escarnio a toda la Iglesia católica.

—La separación de la Iglesia católica de la griega es culpa únicamente de aquélla —dijo—. Al igual que un niño mal educado y desobediente abandona a su madre, imaginándose en su descarado orgullo ser más sabio que ella, la Iglesia católica se ha desviado de la Iglesia ortodoxa. Contra las decisiones de los anteriores concilios ecuménicos, realizó una añadidura ilegal en el credo y, desde entonces, viene rechazando sin amor y con desprecio a la Iglesia oriental. Aquella ilegal añadidura es la causa original del cisma. Por ello, hay que eliminarla del credo de la Iglesia católica. Sólo a base de este punto de partida ambas Iglesias pueden encontrarse y unirse en amor.

Su discurso era tan irritante que Andrés, el vehemente arzobispo de Rodas, le interrumpió, levantándose y gritando que la Iglesia de Roma siempre y constantemente había sentido un amor hacia los griegos, había apoyado a la Iglesia griega contra los peligros que la amenazaban y, una y otra vez, la había invitado a unirse a la Iglesia católica para el bien de las dos Iglesias.

—¡El rechazo y la falta de amor está completamente en el lado de los griegos! —gritó—. ¡Son ellos quienes hacen rechinar los dientes y los que fruncen el ceño! Además, la añadidura *filioque* en el credo es perfectamente correcta en cuanto a la fe. El Espíritu Santo procede del Padre y del Hijo. ¡Niéguenlo, si pueden!

—Sea correcta o no —acusó Marco Eugénico—, no se puede añadir nada en el credo. Estoy dispuesto a demostrarlo y me remito a la decisión del concilio de Éfeso.

En la cuarta sesión, la disputa subió tanto de tono que ni el más rápido escribano pudo tomar las notas pertinentes, dado que los oradores no paraban de interrumpirse mutuamente, y hubo también furiosas peleas por los turnos de uso de la palabra. Debido a ello, el papa Eugenio consideró que lo más prudente era interrumpir la sesión antes de haberse llegado al meollo del problema. Finalizada la reunión, reprochó severamente a sus cardenales y obispos y requirió que, como lo querían los griegos, había que darles la oportunidad de presentar sus testimonios antes de que la Iglesia católica empezara a demostrarles que estaban equivocados.

En la quinta sesión los ánimos se habían tranquilizado y Marco Eugénico presentó su testimonio, severísimamente lógico. Leyó el credo de Nicea y admitió que fue ampliado en el segundo concilio general, pero añadió que en el tercer concilio ecuménico de Éfeso había sido definitivamente ratificado y, según la decisión textual de aquel concilio, se prohibía terminantemente añadir nada al credo. La razón de esta decisión fue el constante deseo de los herejes de falsificar el credo y ponerle añadiduras. Aquella misma decisión se volvió a ratificar en el cuarto concilio general de Calcedonia y también en los siguientes, hasta el séptimo concilio ecuménico. Leyó las citas correspondientes de las decisiones de los concilios y, además, una carta del papa Agatón sobre el particular. Así, consideró que había demostrado de una manera clara e indiscutible que la Iglesia católica había procedido de forma incorrecta y en contra de las explícitas decisiones de los concilios, al añadir una palabra en el credo. En consecuencia, era innecesario tratar el origen del Espíritu Santo, porque no representaba otra cosa que dar rodeos al asunto y desviar la conversación y, en todo caso, no podía remediar la falta cometida por la Iglesia católica. Tenía reservados otros testimonios sobre lo ilícito de las añadiduras, pero quiso ceder la palabra a los latinos y les exhortó a que hablasen con claridad y concisión, ya que, según él, los griegos no estaban acostumbrados a la dialéctica escolástica.

En honor a la verdad, debo reconocer que su argumentación me impresionó mucho. Pero Cesarini y Albergati abrieron el códice sobre las decisiones del séptimo concilio general y de él leyeron el texto del credo, que contenía aquella disputada añadidura de *filioque*.

—¿No demuestra esto que el séptimo concilio efectuó aquella añadidura? —preguntaron.

Los griegos gritaron, enfadados, que el códice estaba falsificado y que la añadidura se le había incluido posteriormente, y Gemisto Pletón dijo, muy seguro:

—Si fuera así y aquel texto fuera auténtico, supongo que los teólogos latinos, al menos Tomás de Aquino, se habrían referido a él. En lugar de ello y desde el comienzo del cisma, han gastado todo un océano de palabras a fin de defender la añadidura desde otros puntos de vista.

Esta sesión parecía que iba a terminar con una total derrota de nuestra Iglesia. Para ser franco conmigo mismo tuve que reconocer que los griegos tenían razón. No tenían por qué defender su Iglesia, sino que era la católica la que tenía que defenderse. Siendo así, mi razón me hacía pensar solamente en la letra y no en el contenido, en la verdad formal en vez de en la verdad íntima. Al aclarar mis apuntes y poner en limpio lo esencial de los discursos de los griegos, me fui convenciendo cada vez más de que el cisma era originalmente culpa de la Iglesia católica.

A causa de todo esto estuvimos esperando con mucho interés la sexta sesión, en la que los nuestros debían responder a las acusaciones formuladas por los griegos. Al comienzo de dicha sesión, el cardenal Cesarini se lamentó de que los griegos no le hubieran permitido examinar los documentos del octavo concilio general, ya que fue precisamente éste el que admitió en cierta manera la justificación de la añadidura *filioque*. Marco Eugénico dijo:

—El octavo concilio no fue ecuménico y por ello no reconocemos que sus decisiones tengan fuerza testimonial en este asunto. Entonces, es inútil hablar más de él.

Después de esto, el arzobispo Andrés de Rodas comenzó un largo y cuidadosamente preparado discurso, interrumpido sólo por el cardenal Cesarini, quien, en un par de ocasiones, quiso aclarar algunos puntos. El argumento fundamental del arzobispo era:

—El concilio general de Calcedonia explicó que no quería añadir ni suprimir nada en el credo, sino que deseaba explicar lo que contenía. En consecuencia, el explicar es lícito según aquel concilio, y la palabra *filioque* no quiere ni pretende ser otra cosa que una explicación.

El arzobispo de Rodas prosiguió leyendo citas de textos de Padres de la Iglesia griegos y latinos, para demostrar que incluso aquéllos habían sostenido que el Espíritu Santo también era originario del Hijo. Según esta lógica, la palabra *filioque* no constituía una añadidura, sino una explicación más detallada de algo que ya estaba incluido en el credo.

—No es una añadidura, sino una explicación —subrayó—. Sólo puede llamarse añadidura a algo que procede de fuera y aporta algo nuevo. Si una añadidura únicamente ex plica algo que ya está contenido en el texto, no se le puede llamar añadidura sino explicación, y explicar es lícito.

Tras una pausa, siguió diciendo:

—Quien enseña que el Espíritu Santo procede del Padre, reconoce al mismo tiempo que también procede del Hijo, porque el Padre y el Hijo son el mismo ser y, por lo tanto, el Hijo tiene el Espíritu Santo de la misma manera que el Padre. Nunca se puede pensar en el Padre sin pensar simultáneamente en el Hijo y en el Espíritu Santo, y viceversa. En el pensamiento, no se pueden diferenciar a las tres personas de Dios. Hasta san Basilio dice: «Todo lo que hay en el Padre está asimismo en el Hijo, sólo de manera que el Padre no es el Hijo». El mismo Cristo dice: «Lo que es del Padre, también es mío». Según el evangelio de san Juan, el Espíritu Santo sopló a varias personas a fin de demostrar que, de la misma forma que de la boca de una persona corriente sale el aliento, el Espíritu Santo sale del divino ser del Hijo.

Después de demostrar así que la añadidura *filioque* estaba contenida en las palabras *ex patre,* quiso demostrar que los antiguos concilios no habían prohibido una añadidura explicativa de este tipo. El credo de Nicea fue la explicación del credo de los apóstoles, y el credo de Constantinopla fue la explicación del de Nicea. El credo de Éfeso fue la explicación del credo unificado de Nicea y Constantinopla.

—Por ello, el hecho de negar una añadidura explicativa —dijo— supone tener fe solamente en la letra y dar más importancia a la letra que al espíritu. Pero también los Padres de la Iglesia griegos han abandonado unánimemente la fe en la letra. Todas las nuevas herejías que van apareciendo, hacen necesarias más y más explicaciones del viejo credo. De verdad, las explicaciones las puede rechazar solamente alguien que no crea en la palabra de Dios: «Estaré junto a los míos hasta el final de los tiempos».

Con esta imponente culminación terminó aquella sesión, pero los griegos sacudían la cabeza y, al irse, decían que los concilios habían explicado el credo con decretos y sin añadirle nada. En la siguiente sesión, el obispo de Rodas leyó manifiestos de los Padres de la Iglesia y explicó que la añadidura *filioque* había sido imprescindible, ya que la herejía nestoriana, en su tiempo, había ido invadiendo la Iglesia, y los herejes habían querido negar que el Espíritu Santo procediera también del Hijo, confundiendo así el concepto de la Santísima Trinidad.

—El Papa no sólo tiene el derecho, sino también la obligación, de explicar un punto conflictivo del credo —dijo—. Esto lo demostró el sexto concilio general al aprobar la escritura del papa Agatón. Ni siquiera el patriarca de Constantinopla Focio, que, por lo demás, fue un vehemente oponente de la Iglesia romana, lo acusó por el uso de la palabra *filioque,* y es seguro que lo habría hecho si hubiera visto algo incorrecto en ella. Entonces, la palabra *filioque* no puede ser la causante fundamental del desafortunado cisma entre las Iglesias.

Habíamos llegado así a principios de noviembre. Nosotros, los escribanos, ya habíamos gastado montones de plumas, y tanto papel que la cancillería papal tuvo que comprar más a crédito, porque todos los ingresos de caja iban directamente a los griegos, quienes no paraban de quejarse por la disminución de sus dietas y por el constante empeoramiento de sus condiciones de vida, comparadas con la opulencia de los primeros tiempos. Los ardientes debates nos hicieron discutir asimismo entre nosotros y con los sirvientes griegos sobre el ser de la Santísima Trinidad y sobre el origen del Espíritu Santo, de forma que todos nos enredamos cada día más en la esclavitud de las palabras y las letras, aunque la devastación de la muerte que nos rodeaba sin cesar nos debía haber llevado a mejores pensamientos. La disputa alcanzó un punto tal, que un charlatán griego recibió una puñalada tan sólo por decir que ni el propio Papa podía saber nada del origen del Espíritu Santo, puesto que esto era un misterio divino, por lo cual lo mejor era atenerse al credo original sin hacerle añadiduras ilícitas.

—¡No es una añadidura, sino una explicación! —bramamos nosotros, los latinos. Cada vez que pasaban por nuestro lado, no hacía falta más que un burlón susurro de «añadidura, añadidura» por parte de los sirvientes griegos, para que nos liáramos a puñetazos.

La irritabilidad general no hizo más que aumentar por el desmesurado consumo de vino, que ya había sobrepasado todos los límites, porque se creía que el vino protegía contra la peste.

—Médicos de mi confianza me han demostrado convincentemente que una persona puede no enfermar de la peste si es capaz de estar ebrio todo el tiempo —explicó maese Mateo—. Pero, entonces, se deben concentrar todas las energías en beber vino, de manera que, durante la peste, no se esté sereno ni por la mañana ni por la tarde; e incluso por la noche, si uno se despierta, lo mejor es echarse una medida de vino a fin de que la curativa embriaguez no se vaya mientras se duerme. Sin embargo, no todos pueden aguantar semejante cura, y sobre todo vosotros, los jóvenes, debéis tener cuidado de no perder la cabeza, ya que tenéis que estar pensando todos los días, incluso en demasía, en los inexplicables misterios. Yo, que ya soy viejo, creo que podré aguantar este tratamiento, porque tengo una larga experiencia de él.

La mayoría de los que se lo podían permitir, bebían desmesuradamente para olvidar la peste y disipar su miedo; otros tomaban enormes cantidades de especias y llevaban consigo hierbas de amargos aromas para protegerse, pero los más piadosos se castigaban el cuerpo, rezaban y ayunaban. Todos los días se reunían delante de la catedral hermanos flagelantes que se pegaban hasta que la sangre les corría por las espaldas y los costados, y daban saltos de dolor y de éxtasis como si bailaran horribles danzas. A ellos se les unían habitantes de Ferrara que habían perdido a algunos familiares, y lloraban, gritaban y se flagelaban. Ni el Papa consideró oportuno prohibir estas desagradables escenas mientras durase la peste.

Asimismo tuvo que hacer la vista gorda en cuanto a los prostíbulos, en los cuales la vida lujuriosa y ruidosa continuaba durante las veinticuatro horas del día, porque todas las prohibiciones habían perdido su validez y, atraídas por las fáciles ganancias, habían llegado a Ferrara mujeres de la vida alegre de todas las ciudades de Italia e incluso desde más lejos, sin tener miedo ni siquiera a la peste. Además, ésta iba devastando con mayor o menor intensidad todas las regiones, de forma que la gente no podía escaparse de ella si no viajaba a los lugares más apartados del campo. Como se recordará, al principio se habían cerrado solemnemente los prostíbulos, y a sus pupilas se las había echado de la ciudad, pero pronto las amargas quejas de los habitantes decentes de Ferrara hicieron que el marqués Niccolò dudara de la utilidad de estas medidas, y que el Papa aguantase en silencio la creciente y abierta inmoralidad. Los habitantes de Ferrara aseguraron que el destierro de las prostitutas que hacían su oficio legalmente y pagaban sus impuestos producía una pérdida económica y, además, ponía en gran peligro la honra de todas las mujeres y muchachas decentes.

—Sólo la presencia en nuestra ciudad de monjes, sacerdotes, prelados y obispos solteros representa una tentación demasiado grande para nuestras mujeres —se lamentaban—. Pero aún peores son los griegos, porque cazan a nuestras mujeres como si fuesen piezas a cobrar, sin avergonzarse de realizar cualquier fechoría. Además, sus barbas, su extraño idioma y sus raras ropas, tientan hasta a las mujeres más decentes, ya que a las mujeres siempre les atrae lo extraño y lo que se sale de lo normal. Ni siquiera pueden defender apropiadamente su honor ante los griegos, no sabiendo cómo negarse en su idioma a las deshonestas proposiciones que les hacen.

El comportamiento del príncipe Demetrio y el de sus cortesanos, causó un escándalo especialmente grande, porque destruían a las mujeres de Ferrara con la misma eficacia con que el emperador destruía los faisanes y los ciervos del marqués. Desde febrero hasta septiembre, más de ochocientas mujeres solteras de Ferrara llegaron a un sospechoso estado de buena esperanza, e incluso muchas mujeres casadas, independientemente de su rango, mostraron indignantes señales de fertilidad. A ello se debió que el propio Papa considerase mejor no darse por enterado de lo que ocurría en Ferrara.

Y así sucedió que, durante los peores días de la peste, fue acompañada a la ciudad, entre un jubiloso cortejo, una hermosa y frívola mujer, la cual, sin embargo, había recibido una buena educación. Se llamaba Pulqueria y había venido desde Basilea hasta Ferrara, reconociendo así públicamente la superioridad del concilio de ésta sobre el de aquélla. Muchos de los padres la conocían de los tiempos de Basilea, de modo que hasta hubo obispos y cardenales que la saludaron con alegría, considerando que su llegada era la señal más convincente de la dispersión de la reunión de Basilea. Trajo consigo a un grupo de jóvenes muchachas a las que educaba para el oficio y, abiertamente, alquiló una casa en la que tenían entrada sólo los más nobles y los más ricos. Se decía que sabía latín y hasta un poco de griego, y tanta teología que seguía los debates con gran interés y daba inteligentes consejos para refutar las argumentaciones griegas.

Pero, ciega como el destino, la peste recogía cada noche en su negro carruaje a borrachos y abstemios, lujuriosos y puros, temerosos y valientes. La muerte no juzgaba a nadie según su corazón o sus actos, sino que se llevaba al inocente junto con el culpable. Mis pensamientos me aseguraron que la peste era el mejor testimonio de la completa falta de sentido de todo.

A principios de noviembre, Besarión contestó por los griegos, pero como a él también le obligaba la decisión de éstos de no debatir el contenido de la religión, sino sólo la letra, su intervención se convirtió en una mera discusión gramatical sobre las palabras. La capilla donde se celebraban las sesiones tenía un triste color gris, y la luz de un nublado día de noviembre que penetraba a través de las vidrieras confería un extraño tono verdoso a los rostros de todos, como si allí hubiese cadáveres debatiendo entre sí. De los braseros salía el humo protector producido por hierbas amargas; el olor a azufre y a medicinas hacía pesado el ambiente, y a mí me parecía como si las voces se alejaran, volvieran a acercarse y se alejaran de nuevo hasta que no las podía oír. Por fuerza mi atención se relajó, y las doctas explicaciones de Besarión sobre las palabras *explanatio* y *explicatio*, *intrinsecus* y *extrinsecus* se convirtieron en mis oídos en tan insignificantes como los gritos de las aves marinas que, procedentes de la lejana costa, llegaban apagados hasta nosotros.

La hermosa y adusta cara del emperador tenía un color verdoso, mientras yacía a sus pies un perro con manchas negras y blancas. El severo rostro y los centelleantes ojos del papa Eugenio se hallaban fijados en la lejanía. Estaba tan delgado que sus mejillas presentaban profundos hoyos y, en aquella extraña luz, me parecía poder ver su calavera a través de la piel. La grande y redonda cara de Besarión y su negra barba me parecieron de repente completamente desconocidas y, al dejar que mi vista pasara de uno al otro, pensé: ¿Quiénes son éstos, qué quieren, qué tengo yo que ver con ellos?

Experimenté la sensación de alejarme infinitamente de ellos, sobre las olas del mar, viendo en lontananza y como algo irreal todo lo que contemplaban mis ojos. Mis manos me parecían desconocidas al apretarlas y, asustado, pensé si no estaría enfermando. Sin embargo, hasta mi propio miedo era algo irreal y carente de significación, porque de repente me pareció igual vivir que morir.

¿Me había atado lentamente, sin advertirlo, con unas cadenas invisibles? Discutía por mi sueldo, me pavoneaba por mi rango de escribano, sostenía sabias conversaciones sobre las palabras griegas, cada noche volvía a la misma cama, apreciaba la comida y sentía vanidad cuando las muchachas me miraban por las calles de Ferrara. Varias veces me había embriagado con el vino, había seguido a mis compañeros a los prostíbulos y había yacido con las mujeres fáciles sin sentir más remordimientos que los otros. No dejaba de acudir a las misas, había participado en los sacramentos, había ido confesando humildemente los pecados de mi cuerpo y había recibido la absolución por ellos. No era ni más ni menos culpable que los demás, pero ¿de dónde me venía este terrible sentimiento de culpabilidad?

¡Qué diferente era cuando, de más joven, vagabundeaba y sentía en mí a Dios, y a la muerte como la única verdad! Entonces disfrutaba del agua fresca y no me había atado a las tentaciones de la carne. Sin embargo, al examinarme a la fría y verdosa luz de la capilla, sabía en mi corazón que mi sentido de culpabilidad no se originaba solamente del hecho de haberme entregado como prisionero de mis sentidos.

Tampoco sentía culpabilidad por mis dudas. Al igual, me parecía una pequeñez el hecho de no querer reconocer ni el bien ni el mal. Había una fuente mucho más profunda de donde manaba mi culpabilidad.

Dios existe, pensé, pero nunca podremos saber lo que es. Nuestro conocimiento es limitado, nuestras palabras asimismo y por este motivo todo lo que intentamos decir sobre Dios son únicamente titubeantes metáforas. Incluso la Aparición está contada por los hombres. Entonces, no tiene fundamento debatir las palabras, ya que éstas tan sólo pueden ser interpretadas con otras palabras. Si Dios existe y es infinito y eterno, por meras palabras que éstas sean, está siempre y en todas partes, tanto en el mundo finito como en el infinito. Por eso Dios está presente y actúa siempre, en todas partes y en cada momento, aunque nosotros no sepamos qué significa el estar presente y el actuar más allá de los conceptos del mundo finito. Dios está en mí y fuera de mí en todo instante. En Dios se unen el amor y el odio, la fe y la incredulidad, la lujuria y la pureza, de forma que nada en Dios está en conflicto; sin embargo, nunca sabremos cómo ello es posible. Pero si creo en Dios, creo también, con todas sus consecuencias, que la palabra se convirtió en hombre: que Dios apareció en Cristo como un hombre completo y un Dios completo, y que en ello ya no queda nada conflictivo o que perturbe el pensamiento, sino que la Santísima Trinidad es una metáfora tan lógica y sensata sobre la existencia y la actuación de Dios en los mundos infinito y finito, que en esta fase de mis conocimientos esto es lo que debo considerar como la más alta sabiduría. Debido a lo limitadas que son las palabras es tan sólo una metáfora, pero, gracias a la existencia y a la actuación de Dios, simultáneamente es más que una metáfora.

Pero mi revelación no llevaba la deslumbrante luz amarilla del conocimiento superior, sino la luz verdosa e irreal de una capilla en noviembre, llena de vahos de la peste, lo cual sólo me producía un sentimiento de culpabilidad y de melancolía. Dios no hablaba en mí. Únicamente experimenté, como en una revelación, todo cuanto había pensado y aprendido, de forma que comprendí que de ninguna manera la esencia de la doctrina de la Iglesia tenía por qué estar en conflicto con el conocimiento y la inteligencia de una persona capaz de pensar. A pesar de todo, esta revelación no me ayudaba, ni pude sentir en ella a Dios. Yo sólo sabía que la Iglesia era la luz, la costumbre y el orden y, por lo tanto, imprescindible para las masas incultas, que no podían saber, y que por esta razón tenían que limitarse a creer. La Iglesia no se corrompía si alguno de sus miembros estaba corrompido, ya que la Iglesia era obra del hombre y éste, como tal, es un ser limitado y sometido a todas las leyes del mundo limitado. Quizá muchos monasterios y muchas órdenes religiosas eran corruptos y mundanos, y se merecían la burla de la gente. No obstante, ahora comprendí por qué tantos hombres de talento se habían convertido en monjes, abandonando su vida anterior. A la mayoría, les bastaba la costumbre y la fe y no necesitaban más, pero esto no era suficiente para todos ni podía serlo, y yo era uno de los que nunca tendrían suficiente con ello. Aquélla, aquélla era la causa íntima de mi incurable sentimiento de culpabilidad, de esta melancolía que me estropeaba todo placer. A mí se me exigía más que a los otros. Algo en mí mismo me exigía más que a los otros, por mucho que me rebelase contra esta exigencia. Era una orden sin piedad e irreversible, aunque no podía saber de dónde procedía.

Sin embargo, no podía humillarme. Que sea así, pensé, que sea éste mi conocimiento y que anule todo lo demás que intento hacer. Al lado de esta culpabilidad mía, todos los demás pecados que he cometido y cometeré son insignificantes y ridículamente pequeños, a condición de que, al pecar, no perjudique mucho a otra persona. Los pecados del cuerpo y de los sentidos son sólo consecuencia del anhelo de olvido y de las ganas de malgastar las fuerzas, sueño pecaminoso del que, una y otra vez, me tengo que despertar en mi culpabilidad. Tal vez incluso los libros, la sabiduría mundana y los estudios del griego, hasta Homero y Platón, representen para mí el mismo anhelo de olvidar y de malgastar fuerzas y, en mi caso, sean como pecados más graves que los insignificantes del cuerpo y de los sentidos. El pecado es meramente una palabra, pero, para mí, de ahora en adelante, representará mi desesperada voluntad de olvidarme, aunque sea por un instante, de mi conocimiento superior, olvidar a Dios en mí. El pecado es reposo y sueño del alma, de la misma manera que el sueño del cuerpo es el reposo del cuerpo, ya que, de otra forma, el cuerpo no podría vivir atado a las limitaciones. Ésta era la causa por la que el ser humano, con su debilidad y sus limitaciones, no podía vivir sin el reposo producido por el pecado. A partir de ahora ya no acusaría a nadie por sus pecados, porque, debido al carácter humano, todos los pecados merecen el perdón. Para mí, el reposo de los pensamientos será el pecado, y el pecado, reposo de los pensamientos. No obstante, el saberlo me desesperaba y ya nunca, durante los días que viviera, estaría en paz conmigo mismo.

Esta conciencia siempre me separará de las demás personas, pensé, me separará de la naturaleza, de la compañía de los amigos, del amor de las mujeres, del hogar y de la familia, al igual que hasta ahora no he podido sentir a ninguna persona completamente compenetrada conmigo. Mi amor lo enfriará todo, aunque tuviera unos desesperados deseos de amar. El mundo de lo finito será mi desconsolado hogar; Dios, el padre cruel que hace avanzar mis pensamientos a latigazos y sin dejarme descansar; los humanos, con toda su ignorancia, mis únicos hermanos. ¡Dios, Dios, el dolor de conocerte es más fuerte que cualquier dolor físico!

Seguramente estaría murmurando para mí y mirando a mi alrededor con ojos errantes sin saber dónde estaba, porque el doctor Segundino me dio un empujón en el costado y me despertó de mis pensamientos. La sesión estaba a punto de terminar y delante de mí sólo tenía un papel en blanco, en el cual no había logrado escribir nada de las voces y de los debates carentes de sentido. Pero daba igual, ya que el asunto no había avanzado; se había estancado en unas inútiles argumentaciones sobre si *filioque* era una añadidura o una explicación.

—¿Qué te pasa? ¿No estarás enfermo? —preguntó el doctor Segundino, alejándose de mí como hacían todos los que querían evitar el contacto con alguien afectado por la peste. Pero estaba al mismo tiempo frotándose sus secas manos y, en lo profundo de su inmensamente melancólico y alargado rostro, podía distinguirse una sonrisa burlona.

—A pesar de todo y con muchos rodeos, Besarión ha dejado entender que creía que el Espíritu Santo también proviene del Hijo —me explicó—. Si podemos obligar a los griegos a que salgan fuera de la muralla de las letras y lo reconozcan, la unión será posible. Pero me temo que, para conseguirlo, gastaremos mucho tiempo y papel, porque ni ellos mismos saben lo que creen. Es por ello que se agarran con tanta insistencia a la palabra *explanatio* en vez de *explicatio*.

Sus palabras tenían en mis oídos el mismo significado que el ladrido de un perro. Sonriendo estúpidamente por toda respuesta, recogí mis papeles y mis útiles de escribir, seguí a los demás y salí de la capilla. Me fui directamente a mi vivienda y, ya desde lejos, pude ver que en la pared de la casa del comerciante de sal habían pintado una gran cruz negra. Al fin la peste había entrado en nuestra modesta casa.

Contra mi voluntad, me quedé helado por el pánico y me pareció que se me erizaban los cabellos a la vista de aquella horrible señal. Si hubiera tenido un poco de sensatez, habría entrado en secreto en mi habitación, habría recogido mis cosas y hubiera buscado otro lugar donde alojarme. Todo el mundo lo hacía y nadie lo consideraba ni malo ni vergonzoso. Sin embargo, yo entré directamente en la casa del comerciante y vi al hombre en la cama; la fiebre le hacía delirar y tenía la cara azulada. Los sirvientes ya habían huido y la patrona se encontraba sola con sus dos niños, que estaban llorando. Con el pelo revuelto y los ojos fuera de sus órbitas vino a recibirme, con la sonrisa y la hermosura inmovilizadas en la blanca máscara que era su rostro.

—La peste ha entrado en esta casa, señor Juan —dijo—. Váyase rápidamente o usted también enfermará.

No se podía escapar de la peste, pensé. A decir verdad, me habría despreciado a mí mismo si, además de mi íntimo sentimiento de culpabilidad, me hubiese sometido a tener miedo a los peligros de la vida temporal. La vida en medio del temor no valía la pena de ser vivida. A fin de demostrarme a mí mismo que no tenía miedo, empecé a ayudar a mi patrona colaborando con ella para mantener al enfermo en la cama, porque, debido al tremendo dolor de cabeza que tenía, el comerciante intentaba golpeársela contra la pared y, en pleno delirio, quería levantarse del lecho, de modo que bastante trabajo daba a dos personas fuertes el mantenerlo quieto. A la caída de la tarde, cuando se durmió, le desperté sin piedad. Ante las protestas que manifestaba la patrona, le dije:

—He oído decir que un enfermo de la peste debe ser mantenido despierto. Si se duerme, se entrega a la fiebre y la enfermedad le vence.

La patrona me respondió:

—Esto me ocurre por mi pecado y es un horrible castigo por una cosa tan pequeña. Señor Juan, por causa de usted he estado deseando en mi corazón la muerte de mi marido, porque el toque de sus manos se me hacía desagradable y en sus brazos sólo pensaba en usted. Si se muere, será el castigo de Dios, y si se mueren también mis hijos, ya no sabré qué hacer.

—No digas tonterías, mujer loca —le dije, airadamente—. Si el castigo del adulterio fuera éste, no quedaría un alma viva en toda Ferrara. Además, seguramente nos moriremos todos, de forma que es prematuro que te lamentes.

No obstante, sus palabras me incitaron a luchar contra mi muerte y, a pesar del horror y aversión que experimentaba, lavaba una y otra vez el cuerpo de aquel robusto hombre, le ponía compresas frías, le obligué a beber vino con fuertes especias y a tomar sopa preparada por la patrona, a fin de que no perdiera todas las fuerzas, y le despertaba sin piedad cada vez que iba a dormirse. Sus dolores eran tan horribles que, en sus momentos de lucidez, me rogaba que le dejara en paz, pero yo seguí cuidándole. Lo peor vino cuando se reventaron los abscesos y su tufo llenó la estancia. Le lavamos y vendamos y lo trasladamos a otra cama, quemamos en el patio toda la ropa de la cama anterior y, por fin, le dejamos dormir, ya que su cuerpo no mostraba señales de fiebre. Durante muchos días yo tampoco había dormido más que un rato de vez en cuando. Por ello me flaqueaban las fuerzas y me desmayé en la escalera. La patrona me arrastró a su propia cama y dormí casi un día y una noche; ella durmió a mi lado y me calentó con su cuerpo.

Cuando me desperté, la patrona me dio de comer, diciendo:

—Creo que mi marido se curará, porque cuando se despertó comió muy bien y volvió a dormirse. No sé cómo recompensarle a usted su bondad y su valentía, ya que estoy segura que si no hubiera sido por usted, él se habría muerto. De verdad, Dios ha tenido piedad de nosotros, puesto que los niños no se han contagiado, ni nosotros tampoco.

—Conozco a Dios —le contesté—, pero en mí no hay amor ni reconozco la diferencia que hay entre lo bueno y lo malo en el mundo de lo finito. No lo he hecho por bondad, ni por gratitud, ni porque hubiera pensado que le debía algo a tu marido. Desde luego, no quiero coleccionar buenas obras. Por eso es mejor que vengas a mis brazos si quieres recompensarme, porque ello me produce placer, me calma el cuerpo y me proporciona un buen sueño.

La patrona creyó que yo bromeaba y no se atrevió a pecar más, aunque creo que no le faltaban ganas. En vez de ello, preparó muchos y buenos platos de comida. Su marido, al despertarse, se levantó, volvió a comer con voracidad y no paraba de maravillarse de que precisamente él se hallase entre los pocos que se habían curado de la peste. Su gratitud hacia mí no conocía límites, hasta que su compañía empezó a fastidiarme. Por este motivo, al atardecer me vestí con una capa hecha de sacos y salí a la calle para ayudar al conductor del negro carruaje a levantar cadáveres de los que ni tan sólo los familiares querían tocar.

Siguiendo al carro, podía oír la ruidosa música que salía de los iluminados prostíbulos, y en las calles encontraba borrachos que se tambaleaban y vomitaban. Seguía al carro hasta el cementerio, y ni los sepultureros, ni el conductor del carro, ni el sacerdote que bendecía los cadáveres a toda prisa se fijaban en mucho más que en el número de éstos, para poder cobrar por cada uno. A mí me consideraron un loco porque, sin pedir sueldo alguno, me dedicaba a tan terrible trabajo.

Pero yo quería ver y experimentar la muerte, conocer

su olor y la total pobreza del ser humano ante ella. Por eso me iba a las chabolas en las que se reunía a los enfermos más pobres, cerca del cementerio, para esperar su muerte. Había allí algunos piadosos monjes que, cansados y esqueléticos, intentaban aliviar los sufrimientos de los enfermos y rezar con ellos, ya que la mayoría de aquellos miserables tenían que morir sin los últimos sacramentos. Me reuní a estos valientes monjes y durante muchos días llevé agua a los enfermos, les compré comida y recé con ellos cuando, al sentir que se les enfriaba el cuerpo y que se les entumecían los miembros, presentían que la muerte se acercaba, lo que les angustiaba sus almas. Esta pobre e ignorante gente no quería que rezase en su idioma; se sentía más confortada si rezaba en latín. Me pedían que les tomara de la mano hasta que las cabezas se les inclinaban, las bocas se quedaban abiertas y, mientras la conciencia se les disipaba, sus cuerpos experimentaban las últimas convulsiones y, al fin, la vida los dejaba y el cuerpo se quedaba inmóvil. Pero la muerte les alisaba las caras y les daba una paz que no habían tenido mientras vivían. Éste era el único aspecto consolador de la muerte.

Supongo que la falta de sueño, el cansancio físico y todo el sufrimiento humano que vi me perturbaron la mente porque, si entre ellos había alguien intelectualmente más despierto que los otros y que me rogaba que buscase a un sacerdote que le diera la absolución, cuando ningún cura quería acercarse a la chabola de los enfermos pobres, yo me arrodillaba a su lado y le aseguraba:

—Él mismo ha dicho: donde dos o tres se reúnen en mi nombre, allí estaré con ellos. Si tú quieres, Jesucristo está con nosotros y te bendecirá mejor que ningún sacerdote.

Si lo creía y rezaba conmigo, le decía:

—Tus pecados han sido perdonados.

No obstante, no bendecía a nadie para la vida eterna y sabía muy bien que cometía un delito contra la Iglesia al hacer lo que hacía, pero, con el orgullo de mi corazón, consideraba que podía soportar semejante delito.

Cada vez que se me acababan las fuerzas y volvía a mi vivienda, me forzaba a lavarme cuidadosamente y ahumaba mi capa de saco, que mantenía separada del resto de mis ropas a fin de no poner en peligro a mis compañeros, ya que se creía que la peste se contagiaba mediante el contacto y por la ropa. Antes de acudir al trabajo, me limpiaba asimismo la boca con vino que contenía hierbas. Una tarde, un par de compañeros me sorprendieron cuando estaba subiendo al carro el cadáver de un niño. Me señalaron con el dedo y me acusaron airadamente de contagiar de peste la cancillería papal. Al día siguiente, el doctor Segundino vino a mi encuentro en la puerta y me dijo:

—El oficio de carrero es el oficio de carrero y el de escribano, el de escribano. No vuelvas más al trabajo hasta que estemos seguros de que no nos contagiarás la peste.

Pero me había invadido un ciego deseo de demostrarme a mí mismo que no temía a la muerte, y seguramente pensaba también que, si me salvaba de la peste, ello sería para mí una señal tan buena como cualquier otra de que el seguir viviendo tenía algún sentido, aunque yo no lo pudiera conocer. En consecuencia, me alegré con arrogancia de verme liberado de mis obligaciones y de tener que escuchar vacíos discursos sobre la nada, y seguí con mis obras de caridad, que para mí no representaban caridad sino el desafío del corazón ante la muerte.

Una noche, llegó a la chabola de la muerte una mujer vestida de negro, para lavar los abscesos de los enfermos y para dar de beber a los enfebrecidos que gritaban de sed. No era una monja ni una comadrona. Se había atado un pañuelo a la cabeza, de forma que parecía una campesina, y se había manchado la cara con hollín para no ser reconocida. Sin embargo, al pasar por su lado noté el aroma de los perfumes que despedía y que parecía una brisa del paraíso en medio del hedor de la muerte. Había algo tan conocido en ella que mi cansado corazón empezó a latirme fuertemente en el pecho. La agarré de los brazos, la obligué a que girara la cara hacia mí y exclamé, horrorizado:

—¡Alteza, señorita Beatriz! ¿Cómo está usted aquí?

Ni el hollín de su rostro podía disimular su belleza y, aún estando sucias, sus manos eran las de una aristócrata. Se me quedó mirando asustada, jadeante como si estuviera en peligro de muerte.

—Y ¿qué haces tú aquí? —me preguntó—. Aquí no hay mesa de escribano, ni plumas, ni papeles.

Sin embargo, no lo dijo con desprecio, a pesar de que me sentí herido porque lo primero de lo que se acordó era de que a su lado yo sólo era un insignificante escribano.

—Pero, aquí hay muerte —le contesté—. Ante ella todos somos iguales, a pesar de que mi anhelo por la sabiduría no me pueda elevar al rango de su alteza.

—Sí, sí —dijo—, ante la muerte todos somos iguales y yo tengo tal pasión por ella que voy corriendo a su encuentro, pero ¿qué razón tienes tú para buscar la muerte? ¿Por qué no lo dejas para los monjes y los criminales? ¿O tal vez tú eres también un criminal al que se le obliga a estas horribles tareas?

—¡No soy un criminal! —le contesté con vehemencia—. Estoy aquí por mi libre voluntad para investigar la muerte a fin de acrecentar mis conocimientos, y ni mucho menos por pura caridad. Pero a ti no te entiendo. Habría pensado que tú correrías al encuentro de la muerte danzando y riendo y con una corona de flores en la cabeza, drogada y bebida de la manera que he oído decir que se celebra la muerte en el castillo. Nadie te obliga a venir aquí.

—Así de poco me importa la muerte —dijo, arrodillándose al lado de la mujer moribunda a la que había estado cuidando; se posó sobre la paja manchada del pus de los abscesos que habían reventado y de los negros vómitos de sangre, y le besó las mejillas ya azuladas por la cercanía de la muerte, como si hubiera deseado hacerla entrar en su propio cuerpo a través del beso.

—¡Estás loca! —le grité, horrorizado—. Vete, lávate la boca y límpiate toda, cámbiate de ropa y tal vez todavía te puedas salvar.

Bruscamente, me ordenó que no me metiera en sus asuntos. El grito de dolor que profirió uno de los enfermos me obligó a alejarme de ella, y seguimos trabajando cada uno por nuestro lado. Sin embargo, le llevé agua, porque el cubo de madera era demasiado pesado para Beatriz. De vez en cuando encontraba su mirada y ella levantaba arrogantemente la cabeza, como si estuviera enfadada. Cuando vino el gris amanecer, los monjes volvieron a la chabola y sacamos al aire libre el cadáver de la mujer. Me hallaba al lado de la puerta, respirando el aire fresco y con el cadáver a mis pies, cuando Beatriz vino a mi lado, tapando su rostro con el velo ante los monjes. No me dijo nada y yo tampoco le hablé. Habían terminado los ruidos en el cementerio y en algún patio cantaba un gallo.

Eché a andar hacia mi casa pero, al volver la cabeza, vi que la joven me seguía a pocos pasos. La madrugada de noviembre estaba fresca. Ya se podían distinguir en la penumbra las paredes y los tejados de las casas.

—¿Qué quieres de mí? —le pregunté.

—No lo sé —respondió, y siguió caminando detrás de mí.

A la pálida luz de la madrugada todo me parecía tan sin sentido e irreal como los moribundos cuerpos en la chabola de la peste. Me siguió hasta la casa del comerciante de sal. Le abrí la puerta y entró en la cocina. Aticé las brasas, puse leña en el hogar y, una vez encendida, coloqué encima hierbas y ramas mojadas. Mientras un amargo humo iba llenando la estancia, me quité la ropa y la colgué para que se ahumara. Después empecé a lavarme. Al echar un vistazo hacia la muchacha, vi que también se estaba quitando la ropa y la colgaba al lado de la mía en el espeso humo. Mientras me secaba, Beatriz empezó a lavarse con el desnudo cuerpo temblando de frío.

—Te puedo calentar agua —le dije, pero la joven no me contestó. La muerte nos unía como si hubiéramos sido hermanos, y no teníamos por qué sentir vergüenza de nuestra mutua desnudez. Cuando comencé a subir por la escalera hacia mi cuarto, ella me siguió, secándose todavía con la áspera toalla. Hacía frío en la habitación y le di mi camisa limpia, pero se quedó apretándola contra el cuerpo, sin vestirse. Después de haber lavado el hollín de su cara y haber dejado libre su rubio cabello, era muy bella.

—Tienes frío —le dije.

Beatriz miraba a lo lejos, sin verme, y sus ojos castaños

estaban asustados. Yo sólo miraba a esos ojos, por muy hermosos que fueran sus blancos brazos y piernas.

—Veo que en tu cama tienes una colcha de piel de cordero —me dijo.

—Sí —dije—. Pero no soy un ángel ni un santo.

La patrona había dejado en mi mesa una fuente con comida. Corté un trozo de pan y me metí en la cama mordisqueándolo. Ella se me acercó, le hice sitio y se puso a mi lado bajo la colcha. Sus extremidades estaban heladas al igual que sus dedos cuando tomó el pan de mis manos; lo partió por la mitad y comenzó a comer. Migas del pan le cayeron sobre el pecho y yo las miré.

—Quítalas —me dijo. Las quité con sumo cuidado y una de mis manos se quedó reposando sobre su fina piel. Ella temblaba y yo podía sentir los latidos de su corazón bajo mi mano. También empecé a temblar.

—¡Oh, Beatriz! —murmuré, sintiendo el terrible dolor de saber que la joven era como una forastera y una desconocida allí, a mi lado, en la cama y que nunca podría ser otra cosa, pasara lo que pasara entre nosotros.

Empezó a sollozar, me echó los brazos al cuello y apoyó la cara contra mi pecho. Sentí que sus calientes lágrimas me caían sobre la piel.

—No llores —le dije—. Tú eres hija de un príncipe y yo sólo soy un simple escribano. Esto no lo podemos cambiar con las lágrimas.

—No, no —me contestó, sollozando—. No lloro por eso.

Levantó la cara manchada por las lágrimas, y me miró fijamente a los ojos, en los suyos había una expresión de miedo.

—He cometido un pecado imperdonable —dijo—. He cometido un pecado que no puedo contar a nadie en el mundo, ni a mi confesor ni tan siquiera a ti. Al lado del horror de aquel pecado, todo cuanto me pueda ocurrir no tiene la menor importancia. Pero te juro que no lo hice queriendo, sino por obligación.

Se calló, me miró llena de pánico y continuó:

—Por obligación, sí, pero la obligación me produjo placer y el horror del pecado despertó en mí una pasión de la que no puedo librarme, haga lo que haga. Por esto sería mejor que me muriese.

—Sólo somos humanos —le respondí—. No hay pecado en el mundo que sea demasiado terrible como para no ser perdonado.

Sacudió la cabeza con vehemencia, y al hacerlo, me rozó la cara con sus rubios cabellos.

—Tú no lo sabes —dijo, y luego apretó sus labios contra mi boca como si, besándome, intentase desesperadamente huir de su angustia interior.

—Beatriz, tú eres la primera y única mujer a quien he amado locamente desde el momento en que te vi en la iglesia con la vela en la mano, aquella mañana de Pascua. He añorado tu belleza, te he añorado por serme inaccesible, pero ahora que te tengo en mis brazos es como si apretara contra mí un frío cadáver y tu beso sabe a cenizas en mi boca.

Rozó con las yemas de sus dedos la cicatriz de mi pecho y dijo:

—No debiste besarme entonces en la escalera de la iglesia, pero todavía peor hiciste besándome contra mi voluntad en el jardín del doctor Benz. Es terrible sentir que un hombre es más fuerte que una y que ese sentimiento de violencia produce placer. Tendría que haberte matado por ello, pero entonces ya sentía demasiado deseo de ti.

Yo no podía dar crédito a mis oídos.

—¿Que tú me amas? —le pregunté, atónito—. ¡Pero si eso es imposible!

—No sé lo que es, pero mi razón y mi orgullo se fundieron en mí, formando como una espuma de fuego, cuando vi la sangre brotar de tu pecho y apreté mi boca contra la tuya. Es por ello que te prohibí volver a verme jamás. Es por ello que estuve ardiendo durante muchos días y, desde entonces, sigo ardiendo. ¿Me embrujaste al contarme tu extraña historia y dejándome tocar aquella complicada hebilla?

—Son la peste y la muerte que te han obcecado —le contesté—. No sabes lo que dices.

—Sí, sí, es inútil hablar —respondió.

Sollozando y temblando buscaba mi boca con la suya,

hasta que la sentí invadida de la locura de la pasión y la hiriente llama del deseo me atravesó el cuerpo. Al abrazarla me percaté de que no era virgen; no obstante, este conocimiento me incitó a una pasión todavía más fuerte, hasta que acabamos mordiéndonos mutuamente como algunos animales cuando copulan.

Sin embargo, después de abrazarla me invadió la desconsoladora seguridad de que nunca podría llegar más cerca de ella que en ese instante y, de que ella tampoco podría conocer de mí otra cosa que el yacer a mi lado y tocarme con su mano. La pasión tiene sus límites, el placer carnal es limitado y perecedero y, en el momento del contacto más íntimo entre dos seres hmanos, ese contacto sólo es corporal. La joven también estaba melancólica y mantenía los ojos cerrados. La rodeé tiernamente con los brazos y nos dormimos profundamente los dos, sin tener ya fuerzas para preocuparnos del día de mañana.

No me desperté hasta después del mediodía, cuando la patrona vino a la habitación por alguna de las tareas que solía hacer. Al ver a una mujer a mi lado en la cama se le cayó la cacerola que llevaba en las manos, soltó un chillido, se tapó la cara y salió corriendo de la habitación. Afortunadamente, no pudo ver la cara de Beatriz, sólo sus rubios cabellos al lado de mi cabeza, porque la había tapado a toda prisa. La joven se despertó, se incorporó en la cama, frotó sus ojos soñolientos como una niña y me echó una mirada sorprendida. De repente se le iluminó la cara con una divina sonrisa que la hizo más hermosa que nunca; tenía el color rosado del sueño en las mejillas y los ojos le brillaban.

—Amigo mío —dijo, y ninguna palabra me había producido un estremecimiento tan dulce como aquéllas.

—Tendrás hambre —le dije, levantándome y poniéndome la camisa. Puse delante de ella la cacerola que la patrona había traído y que, por un milagro, no se había roto ni se había tumbado al caerse. Asimismo, llevé a la cama la comida que habíamos dejado la noche anterior, y ambos comimos con apetito y alegría. No tenía vino, pero bebimos agua, y Beatriz dijo:

—Jamás una comida me ha sabido tan bien como ésta.

No hay vino más delicioso y embriagador que este agua. Hoy me siento jubilosa porque me he salvado de la peste y vivo, aunque ayer hubiera preferido morir.

—Beatriz —le pregunté—, ¿no corremos un gran peligro? ¿No te echarán de menos en el *castello*?

—¿Tienes miedo? —preguntó ella, asombrada.

—No por mí. Después de esto, a mí todo me dará igual. Lo que no querría sería causarte problemas a ti.

—Créeme, amigo —me contestó—, a mí no me puede ocurrir nada peor que el no poderte ver más ni sentirte así a mi lado. Ya no soy arrogante. No necesito violencia ni dolor para someterme. Cerca de ti incluso mi imperdonable pecado se aleja, de forma que ya no quiero pensar en él. Tú me has librado del mal, amigo mío. Es dulce la espuma de fuego en mi cuerpo y en mi corazón, y esa espuma vuelve a hervir con un solo toque tuyo. Dime, amigo, ¿qué es esto?

No dije nada. Sólo experimenté una desbordante ternura hacia ella por llamarme su amigo. Al cabo de un rato volvió a tomarme de la mano, y dijo:

—No, no tenemos nada que temer, a menos que alguien nos sorprendiera aquí. He pasado muchas noches fuera del *castello*, cuidando enfermos en el convento, hasta que las monjas me reconocieron. Créeme, ni mi padre se atreve a mandarme a buscar públicamente. Es posible que haga preguntas sobre mí en secreto si me quedo fuera demasiado tiempo, pero a nadie se le ocurre buscarme en la chabola de los enfermos de la peste. Mi padre, el príncipe, sabe que tengo mis razones para estar fuera y no puede impedírmelo.

En su rostro y en su sonrisa había algo tan convencido, triunfal y a la vez siniestro, que me estremecí y me quedé mirándola. Me apretó la mano tan fuertemente que me hizo daño, y me dijo:

—No pienses en ello, al igual que yo no quiero pensarlo. Sea mi pecado todo lo horrible que sea, me libera para hacer lo que quiera. Mi padre puede cortarme la cabeza, de la misma manera que hizo asesinar a su propio hijo Udo, pero no lo querrá hacer porque me ama, me ama, ¿oyes?

El tono de su voz era tan terrible que empecé a tiritar como si tuviera frío.

—Si supiera esto —continuó Beatriz—, lo consideraría como una venganza mía peor que si hubiera muerto de la peste. En su terrible amor hacia mí es tan celoso que no ha querido cederme a ningún pretendiente, a pesar de que le podría haber proporcionado grandes ventajas. Blasfemando, ha jurado que no me entregará a ningún hombre mientras él viva. Y es muy fuerte, tremendamente fuerte, y cuando se enfada hasta puede aplastar una copa de plata en su mano.

—Beatriz, ¿no podrías escapar conmigo a otros países donde no te conocieran?

Sin embargo, ya en el mismo momento de decirlo se me encogió el corazón y supe que, en realidad, ni lo deseaba. Por ello me sentí aliviado cuando Beatriz me respondió:

—No seas loco, amigo mío. Es demasiado fácil reconocerme. No hay país donde no me pudiera llegar su venganza. Ni siquiera podríamos alejarnos mucho de Ferrara, porque todos los caminos y senderos están vigilados a causa de la peste. Además, no quiero que te mate porque eres mi amigo, mi único amigo.

Luego añadió:

—El príncipe está por encima de todas las leyes, y los hijos del príncipe no pueden tener amigos. Se nos teme y se nos adula, y todo el mundo busca en nosotros solamente su propio bien. Antes de ti, ningún hombre se atrevió a tocarme por temor a mi enfado, a pesar de que en mi corazón lo echaba de menos como todas las jóvenes. Por ello me construí una virtud con mi orgullo y con mi virginidad, hasta que, después de lo tuyo, ocurrió aquello tan abominable.

Palideció y cerró los ojos.

—Bésame, amigo —murmuró—, para que olvide todo lo demás.

Con el corazón encogido, la besé con ternura y amabilidad. Me rodeó el cuello con los brazos y suspiró hondo. Al cabo de un instante, abrió los ojos, me miró fijamente y soltó una risita como si le divirtiera alguna horrible broma.

—¿No has oído la canción que canta la gente? Se refiere al príncipe: «Yo las engendré, yo las eduqué; diablos, ¿iba a dejar que algún desconocido se llevara su flor? ¡Nunca, sería de locos!».

Entonces su secreto ya no fue secreto para mí. Beatriz lo notó, dejó escapar un amargo sollozo y se relajó de su dolorosa tensión.

—Tuve que confesártelo —dijo—. Debía decírselo a alguien, ya que es una cosa que no puedo soportar yo sola. ¡Y tú eres mi amigo! Pero, después de esto, seguramente ya no podrás amarme.

Me miraba fijamente, con los ojos llenos de dolor y orgullo. Nunca había estado tan cerca de la muerte como entonces, porque, en el fondo de sus ojos, se percibía un deseo de matarme o de hacer que me asesinaran porque me había revelado algo que no se puede contar a otra persona, ni al confesor que está atado por el secreto de la confesión. La joven no necesitaba más que insinuar con medias palabras a su padre el príncipe lo ocurrido, y yo dejaría de existir. En aquel momento, la temí más que a la peste y no habría sido un ser humano si su antinatural y horrible secreto no hubiera alejado de mí todo sentimiento de pasión, a pesar de la ternura que sentía por ella. Este alejamiento instintivo no podía disminuir con el pensamiento de que la culpa no era de ella y de que, en la chabola de los enfermos de peste, había estado buscando la muerte, aterrada de sí misma.

—Beatriz, el asesinato está en tus ojos.

Se estremeció, los cerró rápidamente como si tuviera miedo de sí misma, y se alejó de mí en el lecho.

—Sabes poco de mí —le dije—. Sólo con tu cuerpo me has sentido como amigo. Es inútil asegurarte que jamás revelaré tu secreto, ya que en un ser humano todo es inseguro, cambiamos a cada instante y poco sabemos de nosotros mismos y de nuestra fiabilidad. Entonces, ¿cómo se puede jamás confiar completamente en otra persona? Mátame, si ello te alivia. Lo digo por segunda vez y no pondré resistencia. Además, nadie te ha visto entrar aquí y por la noche te será fácil marcharte sin que se den cuenta;

en todo caso, nadie osaría acusarte aunque hubiera sospechas. Mi vida no es tan preciosa como para que la gente se preocupe por ella, y tú misma me has visto cuidar a los enfermos de la peste, por lo cual puedes adivinar que la vida no me importa mucho. Pero para ti, Beatriz, éste es el momento de elegir qué harás de tu vida. Puedes elegir la frialdad, el endurecimiento y la muerte de tu corazón, si crees que ello te hará más feliz. Sin embargo, no creo que así lo seas. No. Te volverás más y más desgraciada y solitaria año tras año.

—No comprendo lo que me dices —contestó, adustamente—. ¡Si yo te quiero!

—Al despertarte, cuando me sonreíste y me llamaste tu amigo, quizá me quisiste. En este instante, me odias más de lo que me amas y no puedo reprochártelo.

La joven siguió insistiendo y repitiendo:

—De verdad que no te entiendo. Es que tú no me amas. Noto la frialdad que sale de ti, y tus manos están heladas entre las mías.

Angustiado, le respondí:

—¿Qué quieres de mí, Beatriz? ¿Un descanso de tu culpabilidad? ¿Placer? ¿Olvido? ¿No comprendes que una persona nunca se librará de su sentimiento de culpabilidad? Mi culpa es todavía más grande que la tuya. Seamos amigos como tú dijiste y perdona mi culpa con un momento de descanso en tus brazos, como yo perdono tu culpa con el descanso en los míos. Sin embargo, esto no es el cielo sino la tierra, la misma tierra con la que nos juntaremos una vez muertos. Me engañaría a mí mismo si me imaginara que pudiera ser algo más.

Beatriz intentaba, como mejor podía, seguir mis razonamientos y entenderlos. A pesar de que no pudo comprender, intuyó mi dolor, se olvidó de sí misma y la ternura volvió a ella, ahuyentando la angustiosa sombra que nos había cubierto.

—Entonces, ¿qué quieres? —me preguntó—. ¿Cuál es tu secreto?

¿Cómo se lo podía yo explicar?

—No sé nada del cielo —dije—. Tal vez ni creo en el

cielo, pero ansío llegar de lo finito a lo infinito, de lo condicional a lo incondicional. Querría ser habitante del cielo y no de la tierra, pero en mí no hay amor.

»¡Sí, sí! —exclamé en mi angustia—. Yo conozco a Dios dentro de los límites del saber humano, pero no lo siento porque no hay amor en mí. Si he cuidado con compasión a los enfermos de la peste, lo he hecho por arrogancia y orgullo, no por amor. Por arrogancia también podría dar mi vida por ti, Beatriz, amiga mía; sé que podría hacerlo si así te pudiera ayudar, pero también eso lo haría por arrogancia y, en consecuencia, no sería un acto de amor. ¡Dios mío! Los demás pueden comprarse la eterna felicidad con buenas obras, pero yo sé. Y porque sé, incluso mis mejores obras carecen de valor, puesto que carezco de amor.

Supongo que era una locura y una blasfemia hablarle de esta manera, estando como estaba tendido en la cama a su lado después del placer carnal y del momento de pasión, sintiendo aún su desnuda piel contra la mía. No obstante, la muerte me había estado sitiando, el placer carnal es el hermano de la muerte, y no se podía sentir más amargamente lo desconocida que era otra persona que yaciendo con ella. Beatriz me acarició y me besó con ternura para consolarme de una angustia que ella no comprendía, hasta que lloré en sus brazos. La tarde cayó y la habitación se quedó en la penumbra y luego a oscuras. Al final, vimos las luces de las antorchas, y el negro carro volvió a pasar con el ruido de ruedas contra el pavimento, acompañado del ronco grito del conductor.

—¡Cadáveres, cadáveres!

Fui de puntillas a buscar nuestras ropas, nos vestimos, Beatriz se cubrió el cabello con un pañuelo y volvió a manchar su cara con hollín para no ser reconocida. La capa de sacos me repugnaba. De nuevo temía a la muerte y me parecía que, de alguna manera, había llegado a estar en paz conmigo mismo, así que nada en mí me forzaba ya a regresar al lado de los moribundos. Ambos intentábamos retrasar la salida de la habitación y, al fin, nos abrazamos y nos besamos una y otra vez como si nunca hubiéramos querido separarnos.

—Si vuelvo al *castello* —dijo Beatriz—, nadie me preguntará nada, pero el príncipe hará que me espíen y es posible que no me pueda ausentar más sin llamar la atención. En consecuencia, si vuelvo a tu lado alguien puede seguirme y así llevaría a los asesinos directamente hasta tu habitación.

—Haz lo que quieras. Siempre sabes dónde encontrarme.

Yo sabía con la misma claridad que ella que ya no teníamos nada más que darnos. Si nos volviéramos a ver, lo haríamos empujados sólo por la pasión carnal y por el dolor de la soledad. Por esto nos besábamos y nos acariciábamos con un furor todavía más grande, como si quisiéramos engañarnos y creer que nuestro encuentro había sido de mayor importancia de la que había tenido.

En la oscuridad de la noche la acompañé hasta cerca del castillo; después, Beatriz me hizo detener diciéndome que sabía cómo entrar y prohibiéndome acompañarla más lejos para no ponerme en peligro.

—No te deseo nada malo, amigo, sólo te deseo lo mejor —me dijo.

—Yo también deseo lo mejor para ti —le contesté.

Así nos separamos. Beatriz desapareció en la oscuridad y la misma oscuridad me rodeó a mí, pero peor que la oscuridad terrenal fue la desconsolada oscuridad que reinaba en mi corazón. A tientas y buscando guiarme por las paredes, volví a la casa del comerciante de sal, entré en la cocina, me quité las ropas que apestaban a humo y las quemé, avivando el fuego y añadiéndole leña para que no quedara el más pequeño andrajo. Se diría que hubiera querido destruir con el fuego todo lo ocurrido: mis pensamientos, mis dudas, mi culpabilidad, la peste y el amor, la pasión carnal y la ternura.

Cuando me estaba lavando de nuevo, la mujer del comerciante entró en la cocina llevando una vela. Al ver la capa de sacos en el fuego y al sentir el olor a tela quemándose exclamó, llena de gratitud:

—¿Por fin ha vuelto a sus cabales, señor Juan? Todas las noches y todas las mañanas he rezado por usted.

Dejó la vela en la mesa, se me acercó y empezó a secar mis hombros con una áspera tela, preguntándome en tono de reproche:

—¿Quién era aquella mujer desconocida que estaba en su cama? Yo nunca habría podido creer de usted nada semejante. Debería tener más cuidado, porque, ¿cómo será su carrera espiritual si la muchacha tiene un hijo y usted tiene que casarse con ella? ¡Oh, señor Juan, si tan sólo hubiera sabido que su cuerpo estaba tan inquieto, yo misma le habría calmado! Además, no habría sido un pecado muy grave si no lo hubiera hecho por mi propio placer, sino para el bien de usted, y creo que mi marido tampoco se hubiera opuesto, porque le debe la vida. ¡Ay, ay! ¿Por qué no me lo pidió a mí con toda decencia y castidad? Habiendo hecho lo que hizo ha cometido un gran pecado, y no puedo permitir que traiga a su cama a muchachas desconocidas que le pueden perjudicar. Así pues, que sea ésta la última vez.

Le contesté con amargura que no tenía por qué darle cuenta de lo que hacía y que no era asunto de su incumbencia determinar cómo y con quién pasaba mis noches, a pesar de que no me cobraba alquiler por mi habitación desde que la había ayudado a cuidar a su marido cuando tenía la peste.

—Sin embargo, creo que ha sido la última vez —le dije—. Esa muchacha ya no volverá conmigo, y creo que ya he tenido bastante de las mujeres para el resto de mi vida.

—¡Ay, usted no conoce a las mujeres! —exclamó—. Y sus palabras son testimonio de cuán joven e inexperto es en estas lides. Evite a esa muchacha y no vuelva a llevarla a su habitación, sino que aférrese a su castidad por mucho que ella le tiente. Es que usted no se conoce lo suficiente a sí mismo, señor Juan. No sabe el encanto que tiene usted para todas las mujeres, ni lo guapo que es, así que a mí me produce placer aunque sólo sea poder secarle tiernamente la espalda. Pero si la muchacha se pone pesada, niéguelo todo rotundamente, y yo también hablaré en favor de usted si sus padres empiezan a perseguirle.

Me envolvió con la toalla, dándome palmaditas en el pecho y en los costados para secarme aunque ya estaba seco del todo, respiraba pesadamente y prosiguió diciendo, entusiasmada:

—Además, se equivoca si cree que por causa de una muchacha tonta ya tiene bastante de las mujeres. Si yo no fuera una mujer casta y si no temiera herir sus sentimientos, podría demostrarle fácilmente cuánto se equivoca al creer que ya tiene suficiente. Un hombre joven es insaciable en estas cosas, y muchos lo intentan cuando ya son viejos porque les queda el deseo, aunque ya no tienen el poder. No, señor Juan, no se deprima inútilmente. Recuperará las fuerzas y con ellas el deseo, si descansa y come mucho.

Irritado, le mandé que callara sus tonterías y ella me obedeció sumisamente, pero siempre con aquella sonrisa secreta, como si con ella quisiera darme a entender que en este asunto sus conocimientos eran superiores a los míos. Supongo que esto era lo que tanto me irritaba, saber que, con el tiempo, mi deseo volvería a aflorar. Yo estaba atado inseparablemente a mi cuerpo y, con la tentación carnal, el cuerpo es más fuerte que la voluntad. Ésta podía impedir que el cuerpo cayese en la tentación, pero no podía eliminar la propia tentación. Seguramente eso era lo que quería decir Jesucristo al manifestar: «Quien mira a una mujer deseándola en su corazón ya comete un pecado con ella». Y era así que mi cuerpo era el cuerpo de un pecador y mi corazón, el corazón de un pecador, independientemente de si tocaba a una mujer o no. Este conocimiento me entristeció y me hizo más humilde. Por este motivo, al cabo de un rato pedí perdón a la patrona por mis airadas palabras y, sintiendo una indescriptible melancolía, fui a descansar en mi frío lecho, donde aún podía percibir el perfume de los cabellos y de la piel de Beatriz.

Como un hombre humilde y más callado que antes, a la mañana siguiente, después de la misa, volví a mi trabajo. Nadie prestó la menor atención a mi llegada. El doctor

Segundino estaba sentado con la mejilla apoyada en una mano, su larga cara aún más melancólica que antes, y maese Mateo apretaba las temblorosas manos entre las rodillas, como si temiera que se le escaparan. El ambiente de la sala, que olía a polvo de papel y a tinta, era tan sombrío, que parecía que la noticia de la muerte de alguna persona respetada por todos hubiera paralizado las mentes.

—¿Qué ha pasado? —pregunté, asustado.

—Todo ha terminado —respondió el doctor Segundino—. Los griegos han informado que van a suspender los debates por inútiles. *Filioque,* según ellos, es una añadidura ilícita y ahí no quieren retroceder, se niegan a hablar del origen del Espíritu Santo y ya están haciendo sus equipajes para dejar Ferrara. El patriarca José está tan enfermo que no puede ni hablar. El emperador Juan, enfadado, se ha encerrado en su palacio porque los embajadores de Borgoña no le saludaron con las mismas ceremonias solemnes que al Papa. Marco Eugénico ha pegado a Besarión en la boca y le ha llamado bastardo. En una palabra, hijo mío, se acabó la función y aquí ya no tenemos nada que hacer.

Helado por el pánico, grité:

—¡Qué se puede esperar de un mundo en que dos Iglesias cristianas no pueden conciliarse por causa de una sola palabra! Éste es el peor infortunio que puede ocurrirle a la cristiandad, ya que de ahora en adelante ninguna persona honrada sabrá ya en quién y en qué creer.

—Exactamente —dijo maese Mateo; y la cabeza le temblaba visiblemente—. Se ha soltado el fondo del barril, el valioso vino se ha derramado al suelo y el mundo está perdido.

VI

Se dice que cuanto más grande es el apuro, tanto más cerca está el remedio, aunque yo me horroricé ante la idea de que, en vez de la humillación de los corazones y del amor cristiano, lo que impidió la definitiva escisión de la Iglesia sólo fue el dinero. A la Ferrara ensombrecida por la peste, la suspicacia mutua y el odio teológico, llegó desde Florencia una caravana protegida por caballería fuertemente armada. Carro tras carro entraron en la ciudad, y de ellos se sacaron arcones de hierro que cuatro o seis hombres apenas podían mover; las rodillas les temblaban bajo el peso. Se empezó a oír el tintineo de las monedas de oro y las cantidades debidas por dietas se llevaron a toda prisa a los griegos, que estaban haciendo los equipajes. En efecto, la ciudad de Florencia prestó al Papa una suma de dinero tan enorme que no se pudo liquidar con las corrientes letras de cambio, ya que en Ferrara no había ningún banquero lo suficientemente rico para negociarlas en efectivo. A fin de cubrir los gastos personales del emperador Juan, el Papa mandó pagar una cantidad cuyo monto quedó en secreto y, además de eso, se le permitió enviar a Constantinopla una importante suma destinada a fortalecer esa ciudad en previsión de los ataques que pudieran desencadenar los turcos.

La consecuencia de todo ello fue que el emperador hizo reunir a los griegos alrededor de la cama del patriarca enfermo, y les informó que había accedido a continuar las conversaciones, y que permitiría el debate sobre el tema religioso de si el Espíritu Santo provenía también del Hijo. A este fin los griegos tenían que elegir una comisión de doce miembros para debatir contra la comisión de los latinos, formada también por doce delegados. Sin embargo, antes de comenzar el concilio, por voluntad del Papa y a causa de la peste, hubo que trasladarse a Florencia, lejos de la contaminada Ferrara.

Marco Eugénico osó preguntar si el emperador había vendido su religión y Gemisto Pletón derramó lágrimas sobre su blanca barba, pero la decisión del emperador era irrevocable. El patriarca enfermo se limitó a suspirar en su lecho y a decir que temía lo peor, pero que se sometía a la voluntad del emperador. Y, verdaderamente, no había otra posibilidad para seguir con el concilio que la de trasladarse a Florencia, ya que el Papa no tenía otra opción que el crédito concedido por dicha ciudad para cubrir los gastos de la reunión. Los griegos, muy perspicaces, presentían que esta orden de traslado amenazaba su libertad, porque Florencia se hallaba tierra adentro, lejos del mar, y de allí nadie podía huir, de forma que serían prisioneros del Papa y de su propio emperador. En efecto, Marco Eugénico y muchos otros decían que si hubieran sabido de este traslado de antemano, jamás habrían emprendido el viaje a Italia.

Sin embargo, la verdadera razón de su sorpresa era el hecho de que no querían debatir el origen del Espíritu Santo, ya que en su fuero interno no podían reconocer que proviniera también del Hijo, con la excepción del sabio Besarión. Temían la facilidad dialéctica de los latinos y seguramente tenían el angustioso presentimiento de que, por su fe, los llevaban al banco de la matanza como se llevan a las ovejas. A pesar de todo, las oposiciones y las lamentaciones no surtieron efecto alguno, y lo único que les quedaba era aplazar el viaje con pretextos varios. Estando las cosas así, yo también tuve que comer la anguila navideña en casa del comerciante de sal, aunque ello ocurrió ocupado ya con los preparativos para comenzar el viaje.

A mí no me dolía dejar Ferrara, sino que, más bien, el marcharme de aquellas tierras bajas y húmedas y de la ciudad desolada por la peste, me representaba como una especie de liberación. Me marché más callado y menos seguro de mis conocimientos que cuando había llegado a la ciudad. En ella, había experimentado la pasión y la muerte, pero la pasión sólo me había demostrado cuán frío y pobre era su momento incluso después de una grande y larga añoranza, y que tener un cuerpo cerca no podía curar el desconocimiento mutuo de los corazones. Yo había nacido al mundo como forastero y ni la cercanía de la muerte había podido curar esta condición mía. Conocía a Dios, pero no su gracia, y mi voluntad no podía acercarme más al Cielo. Por ello caminé a Florencia con el séquito del Papa vestido con la capa de penitente, y sin pedir mi parte de las comodidades que hicieron el viaje más llevadero a un número incluso exagerado de personas.

Después de la vida ociosa, la buena cama y la abundante comida de Ferrara, saludé con alegría los fríos vientos del invierno y el barro de los caminos. Al esforzar mis músculos y pasar frío en los lugares de descanso, recobré algo de la fuerza de voluntad que había perdido. Me supuso un alivio el ver que no me había condenado a la dependencia de la comodidad de una vida normal, sino que al menos dominaba mi cuerpo, aunque no pudiera dominar mi espíritu. Al hacerse mi cuerpo más resistente recobré, asimismo, algo de mi alegría, de forma que otra vez pude reírme y bromear. Cuando los edificios, las torres y las murallas de color siena de Florencia se abrieron ante mí en un magnífico panorama, sentí alegría y curiosidad como si, cambiando de lugar y rodeándome de nuevas vistas y costumbres, hubiese logrado, por fin, huir de mí mismo.

Cuando el papa Eugenio entró a caballo en la ciudad, todas las campanas se echaron al vuelo y Florencia le rindió un fastuoso recibimiento. Sin embargo, él, serio y sombrío, rechazó los banquetes y se retiró al monasterio de Santa María Novella. No fue hasta la llegada del emperador Juan, del patriarca José y de todo el séquito griego, que tuvo lugar unos días más tarde a mediados de febrero, cuando los alegres habitantes de Florencia tuvieron ocasión de exhibir sus riquezas y competir con Venecia en la esplendidez de los cortejos y en la inmensa variedad de colores de los fuegos artificiales. La vanidad del emperador Juan quedó plenamente satisfecha, pero el patriarca José, tiritando de fiebre y debilitado por el viaje, apenas aguantó sobre los lomos de su mula desde las puertas de la ciudad hasta su residencia.

El cambio desde Ferrara a Florencia significó para mí, al igual que para todos los demás, el traslado de una ciudad provinciana a una metrópoli. La lúgubre e inmensa catedral de Florencia, las terriblemente agrestes murallas de piedra de su *signoria,* los enormes monasterios y las calles comerciales llenas de gente, pronto nos hicieron sentir que nos hundíamos en esta ciudad tan consciente de su riqueza y del poder mundial de su dinero. En Ferrara, habíamos sentido que el concilio dominaba toda la ciudad y determinaba su estilo de vida mientras permanecimos allí. Aquí, sentimos que Florencia dominaba al concilio, hasta el punto de que incluso la presencia del emperador de Bizancio y del Papa sólo representaban algo pasajero, un aspecto más en la vida cotidiana de la ciudad, que lo absorbía todo y que ofrecía a sus habitantes oportunidades para asistir a fiestas, pero que no les obligaba en modo alguno a renunciar a sus tareas diarias en mil formas diferentes de trabajo y comercio.

En Florencia, uno sentía con angustiosa pesadez el dominio del dinero. Para su *signoria* y sus banqueros, el concilio era una empresa comercial más entre otras tantas. Lo financiaron con toda la sangre fría, calculando que saldrían ganando por la presencia de la reunión y, simultáneamente, podrían realzar el esplendor de su ciudad y su prepotente posición entre las grandes metrópolis. La idea de la unión de las Iglesias les ofreció la oportunidad de efectuar enormes especulaciones a fin de financiar la futura cruzada. Con el dinero embellecían su ciudad. Con el dinero compraban la absolución de su pecado de usura. Florencia era la ciudad más mundana que jamás había visto.

Una mentira parecida era su república democrática, de cuya libertad estaban tan orgullosos, porque en realidad quien gobernaba Florencia y mandaba hasta en los más mínimos detalles era un solo hombre, el comerciante con más experiencia y más riqueza, Cósimo Médici, quien, en lo exterior, evitaba cuidadosamente todas las demostraciones de poder, pero, sin embargo, incluso los funcionarios más humildes de la ciudad eran correligionarios suyos, y él cuidaba con extremado celo que ninguno de ellos fuera demasiado ambicioso o talentoso, para que no aspirase a un empleo más relevante que el que él se había dignado asignarle. En aquella magnífica ciudad, el rico se sentía rico de verdad y el pobre, muy pobre. Cósimo —o Cosme— consideraba que con el dinero podía comprar hasta los tesoros del espíritu, porque se decía que había contratado a cuarenta y cinco escribanos para dos años a fin de que, bajo la dirección de un rico comerciante de libros, copiasen las más importantes obras de la antigüedad para transformarlas en volúmenes de lujo.

Yo podría haberme quedado obcecado durante mucho tiempo por la espléndida apariencia de su ciudad, ya que no faltaban monumentos para ver y, para un curioso, la vida en las calles ya representaba un espectáculo. Pero me alojaron en un monasterio de los franciscanos y allí entablé conversación con los hermanos, entre los cuales aún sobrevivía en secreto el ideal de pobreza preconizado por san Francisco. A pesar de que hacía decenios que la doctrina sobre la imprescindible pobreza de los seguidores de Cristo había sido declarada una herejía y sus partidarios habían sido perseguidos incluso con las armas, y a pesar también de que las dos órdenes religiosas imperantes en la ciudad, los dominicos y los franciscanos, competían entre sí en la riqueza de sus monasterios y en la opulencia de sus iglesias, entre los de la capa marrón seguía vivo un sentimiento de descontento que desafiaba el juramento de obediencia. Según ellos, el propio Papa debía dar ejemplo de pobreza.

—¡Ay de la Iglesia mundanizada, ay del mercado de las vanidades, ay de la Florencia pecadora! —decían, aunque sólo se atrevían a expresarlo en secreto y a oyentes de confianza. Al darse cuenta de que yo poseía una mente abierta, aquellos pocos monjes piadosos de verdad me abrieron los ojos para que viera la maldición del dinero que pendía sobre Florencia.

Pero yo no hubiera sido joven si no hubiera percibido al mismo tiempo la sombría fuerza de aquella poderosa ciudad, que tenía un descarado placer de vivir y un gran sentido del poder. Cambiaba su dinero a espuertas por la belleza en su alrededor, por la belleza de los edificios, por la belleza de las esculturas y de las pinturas, por la belleza de los libros, por la belleza de la poesía y del pensamiento. Ese principesco Cósimo contrataba para su universidad a los mejores oradores y a los sabios más profundos de nuestro tiempo. Recubría de oro y piedras preciosas las imágenes de los santos. En esta ciudad, todo lo externo, lo terrenal, lo que atraía a la vista y a los sentidos, se volvía importante por sí mismo; era como si las mismas piedras de Florencia hubiesen manifestado: «Sólo vivimos para esta vida, luego hagámosla tan hermosa a nuestro alrededor como podamos». Cuando comenzó la primavera, y se abrieron las flores, algunas veces subía a las colinas que rodeaban la ciudad y, al mirarla desde arriba, me parecía que era la ciudad del príncipe del mundo. Una oscura y tenebrosa pasión por la vida me tentaba y me aseguraba: «Todo esto será tuyo si te arrodillas y me veneras». Las colinas cobraban unos colores encendidos a la luz del sol poniente, la ciudad se envolvía en sombras y, al final, sólo quedaba el color violeta del crepúsculo en las colinas. La pasión por la vida se apoderaba de mí, pero mi conciencia más profunda luchaba contra ella, asegurándome que, con todo su esplendor, aquella maravillosa ciudad era una ciudad de la muerte. Sólo llevaba la muerte en su corazón, al igual que toda la hermosura y la tentación en la vida.

En contra de mi voluntad, en Florencia nació en mi corazón una extraña amargura y desprecio hacia la vida. Es posible que contribuyera a ello el hecho de que allí estaba más solo que en Ferrara, y todos los días tenía que sentir que era el más insignificante entre los insignificantes, sólo en la posición de un sirviente y un mandado. Nada más llegar a Florencia se estableció la severa jerarquía del concilio. Todo el mundo tenía su lugar y su tarea exactos, y todo daba a entender que el papa Eugenio quería hacer llegar sin demoras a su fin la misión del concilio. Le asistían todas las razones para ello, dado que no paraban los inquietantes rumores procedentes de Basilea informando que el concilio allí reunido seguía, a pesar de la peste, sus descaradas actividades para escindir a la Iglesia, e incluso consideraba la elección de un nuevo Papa. Debido a ello, la unión entre las Iglesias oriental y occidental y el reconocimiento del Papa como cabeza de ambas era la única y definitiva manera para ganar a favor de éste la opinión pública del mundo entero y para evitar la división de la Iglesia occidental.

Al seguir, como escribano, las reuniones y sus amargos debates, vacíos de contenido y destinados a convencer a los inamovibles griegos, me empezó a molestar la duda de dónde estaba la última verdad y de quién tenía la razón. En Basilea, seguía esforzándose, aunque abatida, la verdad de una Iglesia democrática, la de una paz internacional y la de introducir mejoras. En Constantinopla, vivía la verdad mística de la antigua Iglesia. Y en Florencia, la verdad del poder indiscutible del Papa, la de la obediencia y la de la unidad de la Iglesia. El doctor Cusano había hecho su elección con tanta honradez como puede hacerlo un hombre bueno y había obtenido la paz para su alma en la coincidencia de los puntos opuestos. Pero ya no estaba para aconsejarme y aplacar mi arrogante mente con su bondad. Por ello, me empezó a parecer que ya no realizaba mi misión al quedarme solamente como escribano, apuntando opiniones discrepantes que nada en el mundo parecía poder conciliar.

Desde febrero hasta finales de marzo, se debatió públicamente en ocho sesiones el origen del Espíritu Santo. Por parte de los latinos, Juan de Ragusa basó aguda y sabiamente sus argumentaciones sobre el Padre y el Hijo en los escritos de los Padres de la Iglesia griegos. Especialmente los escritos de san Basilio contra Eunomio desempeñaron un importante papel en el debate, pero toda discusión perdió su importancia porque Marco Eugénico interpretó sus palabras de otra manera, además de sostener que la frase sobre el origen del Espíritu Santo era una añadidura hecha posteriormente y una falsificación. Sin embargo, el códice aportado por el doctor Cusano era tan antiguo y original como podía desearse.

Cuando Marco Eugénico mantuvo que san Basilio había escrito expresamente que el Espíritu Santo procedía sola y exclusivamente del Padre, Juan de Ragusa le contestó:

—Con esto, Basilio sólo quiso contestar a los arrianos manifestando que el Espíritu Santo proviene del ser del Padre, con lo cual se refería a la sustancia divina como tal. Luego no argumentó que el Espíritu fuera originario sólo de la persona del Padre.

Para demostrarlo, leyó la cita en la que san Basilio decía textualmente: «Entonces, ¿es necesario que el Espíritu Santo, a pesar de ser el tercero en el rango y en el orden, sea también tercero en cuanto a su naturaleza? Siguiendo el rango después del Hijo, el Espíritu Santo proviene del Hijo».

En la primera ocasión, Marco Eugénico sostuvo que Basilio quiso decir con ello que el Espíritu provenía del ser del Hijo y no de su persona, o sea que tenía el mismo ser que el Hijo. En una sesión posterior manifestó que precisamente estas palabras no eran las originales y envió al escribano del obispo Nicomedes a buscar a la vivienda de éste otro códice para compararlo con el libro que el doctor Cusano había traído desde Constantinopla. El escribano, al hojear el libro a toda prisa en casa del obispo con el fin de encontrar la cita, se percató de que aquel libro contenía también las mismas palabras. Para mejor ver el texto, se había puesto a examinar el libro al lado de una ventana abierta y lo dejó allí para ir a buscar un cuchillo con el que raspar aquellas palabras del pergamino. En su ausencia, el viento volvió la hoja, y el escribano borró otras tres palabras de la página siguiente, en el sitio que se había fijado. Después de llevar corriendo el códice a la reunión, se pudo comprobar que su texto era idéntico que el que el doctor Cusano había obtenido. A Marco Eugénico esto le resultó muy embarazoso pero, sin embargo, dijo de inmediato:

—No niego que en muchos códices lo expresan así, pero mantengo que la añadidura se ha hecho con posterioridad.

El escribano quedó consternado, y empezó a hablar a gritos:

—¡Esto es obra del diablo y de la brujería! ¡Si acabo de borrar yo mismo estas palabras con un cuchillo afilado!

Terminada la sesión le quitamos el códice y, al hojearlo, nos dimos cuenta de que había hecho una borradura en una página equivocada. De esta forma le pudimos demostrar que no se trataba de brujería, ya que, caso contrario, al estar tan seguro en acusarnos de brujería, su afirmación habría echado una desagradable mancha sobre nosotros, los latinos. Estando todos, como estábamos, demasiado asustados por creer que se había producido un milagro incomprensible, nadie le reprochó su estúpido acto.

En consecuencia, no había testimonio que convenciera a Marco Eugénico, y el emperador Juan se cansaba de escuchar tan infructuosos debates. Por fin, y para evitar todo posible mal entendido, Juan de Ragusa manifestó que la Iglesia latina reconocía en todo caso sólo un principio y una razón como origen del Espíritu Santo. Los griegos rompieron a gritar de júbilo, a pesar de que esta misma opinión ya se había hecho lo suficientemente clara en anteriores sesiones. Besarión leyó una cita de la carta de san Máximo en la cual decía: «Aunque los latinos enseñan que el Espíritu proviene también del Hijo, no aseguran que el Hijo sea el origen del Espíritu, ya que reconocen que el Padre es el único origen tanto del Hijo como del Espíritu».

—Si es así —dijo el emperador Juan—, si reconocen que esta carta refleja correcta y exactamente su doctrina, entonces no veo impedimento alguno para la unión de las Iglesias.

Marco Eugénico quería decir algo, pero el emperador le mandó callar. Como no obedeciera, el emperador le invitó a que abandonara la sesión, y el arzobispo de Heraclea le siguió, en un acto de solidaridad. No obstante, los demás griegos mostraron tanto interés por la unión de las Iglesias —seguramente para complacer a su emperador— a base de la doctrina contenida en aquella carta, que, naturalmente, despertaron suspicacias entre los latinos, y la sesión fue aplazada. Por voluntad del emperador, Marco Eugénico no se presentó a la sesión siguiente, en la que Juan de Ragusa, como manifiesto final de la Iglesia latina, presentó esta explicación:

—«Reconocemos al Padre como el único principio y origen del Espíritu Santo. Así, el Hijo no obtiene aquel Espíritu de sí mismo, sino del Padre. En cuanto al Espíritu, la capacidad del Hijo proviene del Padre. De la misma manera que, según la Biblia, el Espíritu es *Spiritus Filii*, así emana también del Hijo como un aliento.»

Éste era un detalle que los griegos no quisieron aprobar ni en ausencia de Marco Eugénico. Por este motivo se requirió una nueva sesión, durante la cual Juan de Ragusa habló hasta la tarde, provocando el amargado comentario del pacífico Isidro:

—Cuando uno solo habla durante todo el tiempo, es natural que gane. Nosotros, los griegos, todavía tenemos mucho por decir, pero esto lo vamos a dejar para exponerlo una próxima vez.

Un par de días más tarde, los griegos partidarios de la unión llegaron en completa paz a la iglesia de san Francisco para estudiar los códices en los que los latinos basaban sus argumentaciones; pero, en aquellas fechas, el papa Eugenio consideró mejor suspender los debates públicos, ya que era evidente que no llevaban a ninguna parte con suficiente claridad. Se había puesto en evidencia que no se discutía tan sólo una palabra, sino que la doctrina griega difería realmente y teológicamente de la de la Iglesia católica, dado que la mayoría de los griegos no querían reconocer que el Espíritu Santo provenía también del Hijo.

Así habíamos llegado hasta la Pascua florida, y el lunes de la Semana Santa el patriarca José llamó a los griegos a su residencia y les exigió que decidieran si era posible alcanzar la unión antes de Pascua o si había que volver a casa y abandonar el intento. La discusión entre ellos no tardó en subir de tono, hasta el punto que resultaba fácil seguirla desde la calle.

—¡Antes me muero que me convierto en un latino! —gritó alguien.

A lo que contestó Isidro:

—Nosotros tampoco pensamos convertirnos en latinos, pero también los padres de la Iglesia oriental enseñan que el Espíritu proviene del Hijo. Por ello es justo unirse en este asunto a la doctrina de la Iglesia latina.

—¡Los latinos son unos herejes! —gritó Marco Eugénico—. ¡Es imposible unirse a ellos si no eliminan la palabra *filioque* de su credo!

Besarión contestó, irritado:

—Entonces, ¿también acusas de herejía a los Padres de la Iglesia griegos que han enseñado lo mismo?

En la furia de su enfado teológico, Marco Eugénico chilló:

—¡Claro que han sido herejes o, si no, sus escrituras han sido falsificadas posteriormente!

El patriarca José, hombre viejo y enfermo, se sintió tan dolido por estas palabras que empezó a llorar, e incluso muchos partidarios de Marco Eugénico admitieron que éste había llegado demasiado lejos. Sin embargo, no alcanzaron decisión alguna y ni el propio emperador logró convencer a los oponentes. Debido al choque emocional, el patriarca enfermó tan gravemente que la víspera de la Pascua hubo que administrarle la extremaunción. En vez de celebrar la ceremonia religiosa de la Pascua, los contrarios a la unión decidieron unánimemente huir de Florencia, pero fueron detenidos en las puertas de la ciudad, ya que el emperador había prohibido mucho antes la salida de cualquier griego que fuera a caballo.

La verdad es que fue una Pascua muy sombría. Nadie pensaba en el calvario y en la resurrección de Jesucristo, y los griegos ya no se besaban. Después de la Pascua y de esperar inútilmente la muerte de su patriarca, se reunieron por orden del emperador y decidieron enviar un escrito al Papa, entre los portadores del cual obligaron a que figurasen Besarión e Isidro. Decía el escrito:

Los debates no nos llevan a ninguna parte. Si existe alguna otra posibilidad para unir las Iglesias, infórmenos de ella. Tenemos a favor nuestro siete sagrados concilios, que son suficientes para demostrar la justificación de nuestra causa.

Profundamente afligido y conmocionado, el papa Eugenio presentó, como último recurso, la propuesta de que todos los participantes manifestaran abiertamente y bajo juramento su verdadera fe y que la opinión de la mayoría conformaría la decisión final.

Por supuesto, los griegos no estuvieron de acuerdo con esto, pero Besarión les pronunció un discurso a favor de la unión, discurso que duró dos días y que fueron a escuchar también muchos latinos.

—Todos amamos la paz y la unión de la cristiandad —dijo—. Sólo discrepamos en la manera de alcanzar esa unión. En sus tiempos, los latinos rompieron la unión añadiendo la palabra *filioque* en el credo. El único que hubiera podido realizar semejante añadidura hubiera sido un concilio conjunto. Por ello hemos acusado a menudo a los latinos, e igualmente a menudo ellos han pedido perdón por su modo de actuar. Sin embargo, ahora la situación es diferente. Tenemos reunido un concilio general y común, y los latinos han explicado su postura con todo detalle. Por eso será culpa nuestra si no somos capaces de unir las Iglesias. No es suficiente gritar simplemente «No queremos la unión», sino que debemos examinar lo que es verdad en las argumentaciones de los latinos y lo que no lo es, y cómo podemos alcanzar la unión.

Después de esto, y tras una breve pausa, prosiguió:

—El Espíritu Santo dirigió a los Padres de la Iglesia. Por este motivo, sus escrituras no pueden estar en conflicto doctrinal entre sí. Esto es lo que manifestó expresamente el séptimo concilio general. Los Padres de la Iglesia orientales dicen: «El Espíritu Santo proviene del Padre o del Padre a través del Hijo», y los latinos: «Del Padre y del Hijo». Sin embargo, estas doctrinas no son contradictorias, ya que ningún Padre de la Iglesia griega afirma taxativamente: «El Espíritu no proviene del Hijo». Además, aunque parezca que los Padres de la Iglesia estén en un aparente conflicto entre ellos, deben armonizarse sus manifestaciones entre sí, ya que incluso la Biblia contiene contradicciones aparentes. Para entender correctamente a los Padres de la Iglesia que han hablado con poca claridad, hay que referirse a los que han dicho más explícitamente la misma cosa. Si los latinos hubieran hablado con más claridad, deberían buscarse las explicaciones en sus manifestaciones, pero la verdad es que tanto los Padres de la Iglesia griegos como los latinos han expresado la verdad con suficiente claridad.

Luego demostró amplia y detalladamente que esa verdad era la de que las expresiones «del Hijo» y «a través del Hijo» significaban lo mismo. Era incorrecto y descabellado explicar como simples falsificaciones las manifestaciones de los Padres de la Iglesia griegos sobre esta materia.

—Sólo la unión puede salvar de la destrucción a nuestro reino —añadió—, pero la unión no es tan sólo una necesidad política, sino también moral, dado que, en realidad, la unión religiosa ya existe.

Después de Besarión hizo uso de la palabra un monje miembro del séquito del emperador, Georgios Scholarios, que habló con entusiasmo a favor de la unión.

—Todos los que llevan el nombre de cristianos —dijo— deben estar de acuerdo en su verdadera fe. Ésta ya es razón bastante para que intentemos lograr la unión. Únicamente la unión y la ayuda occidental que ella conlleva pueden salvar a nuestra patria, tan asediada por los turcos. El Occidente está más cerca de nosotros que el bárbaro e incivilizado Oriente. Ganamos más aliándonos con el Occidente que con los turcos. Por fin, hemos reunido un concilio ecuménico. Por este motivo, debemos intentar sinceramente alcanzar una verdadera unión y no una de apariencias, ya que una unión aparente no nos sirve de nada ni es merecedora de tantos sacrificios y gastos. No podemos esperar que los latinos borren nada de su credo en contra de su convicción, porque el tiempo y tantos hombres santos les han consagrado aquella añadidura. Los padres de la Iglesia están de acuerdo sobre el origen del Espíritu Santo, y la expresión «del Hijo» ya está implícita en la expresión de nuestro credo «del Padre». Para expresar nuestra común y unánime doctrina, sólo hace falta encontrar una forma literaria que ambas partes puedan aceptar sinceramente.

Estos discursos enternecieron las mentes de muchos griegos, que, después de negociar con los cardenales enviados por el Papa, accedieron a elegir un comité de diez miembros para buscar el medio de alcanzar la unión. Los latinos debían nombrar su propio comité, y si las conversaciones mutuas no llevasen ni de esta forma a ningún resultado, los griegos se considerarían libres para abandonar Florencia.

En las conversaciones, los griegos requirieron a los latinos que reconocieran la forma «del Padre a través del Hijo», la cual los latinos no pudieron aceptar de ninguna manera, ya que habría contenido la idea del Hijo como un mero medio y, quizá, la de dos acontecimientos diferentes. Después de varias reuniones, los latinos presentaron por escrito, y como manifiesto suyo, la siguiente comunicación:

> Dado que los griegos sospechan que nosotros incluimos en la Santísima Trinidad a dos principios y a dos seres, lanzamos un anatema contra los que enseñan y reconocen dos principios y dos seres o esencias. Nosotros reconocemos un solo principio: la energía y la fuerza creativa del Padre y del Hijo, y no decimos que el Espíritu proviene *también* del Hijo como si con ello nos refiriésemos a otro principio y a otra esencia, o como si el origen del Espíritu Santo estuviese en el Hijo. Nosotros reconocemos un solo origen para la divinidad, que es el Padre. Sin embargo, al hablar de una sola actividad, no queremos significar con ello que el Padre y el Hijo sean la misma persona, sino que enseñamos la religión a base de dos personas y una sola fuerza creativa y una sola actividad, cuyo resultado proviene de la esencia y de la persona del Padre y del Hijo. La añadidura en el Santo Credo se ha realizado a fin de evitar los errores encamina-

dos a establecer una diferencia de tiempo entre el Padre y el Hijo. El que niega que el Espíritu proviene también del Hijo afirmando que es oriundo únicamente del Padre, argumenta sin duda que habría habido un tiempo en que el Hijo todavía no existía. Pero si dicen que el Espíritu proviene solamente de la persona del Padre, separan la persona de la esencia, lo cual sería irracional.

Este manifiesto produjo discusiones de varios días entre los griegos sobre la diferencia entre decir «del Hijo» o «a través del Hijo». Al final accedieron a dar una respuesta por escrito, en la que reconocieron que el Espíritu Santo provenía asimismo del Hijo, pero expresada con palabras tan torcidas y poco claras que los latinos no pudieron aceptar el texto. Un escribano griego, a cambio de un regalo en forma de dinero, reveló al cardenal Cesarini que los griegos habían decidido en secreto formular su respuesta de tal manera que su texto se refiriera tan sólo a la actividad temporal, de manera que no se podía considerar que el Hijo emitía de sí el Espíritu Santo en el tiempo. No querían reconocer la emanación o radiación eternas del Espíritu.

Cuando el doctor Segundino empezó una paciente búsqueda en las enciclopedias y en los compendios, a fin de hallar una explicación exacta de las palabras *scaturire* y *profluere* para investigar si podían corresponder a la palabra *procedere,* me impacienté y pregunté, con el ímpetu de mi juventud:

—¿Cómo pueden imaginarse incluso los más sabios eclesiásticos que sean capaces de expresar en palabras el misterio de la divinidad? ¡Las contradicciones de los Padres de la Iglesia, e incluso de la Biblia, demuestran que esta cuestión está por encima del entendimiento humano y es así como debe ser, porque si Dios estuviera al alcance de la razón del hombre y se pudiera expresar con palabras, ya no sería Dios!

El doctor Segundino levantó su inmensamente melancólica cara de caballo hacia mí y me dijo:

—Hijo, no tienes humildad... ¿Acaso no es la mayor de las humildades —prosiguió— el hecho de que los hombres más sabios de nuestros tiempos se doblequen a gastar su tiempo y sus pensamientos, sus conocimientos y su voluntad, a fin de encontrar una expresión mutua y aceptable para lo que podemos saber de Dios, a pesar de que todos reconocen la falta de su entendimiento y los errores en las escrituras en cuanto a este asunto?

—La humildad brilla por su ausencia en esta reunión —le respondí—. Lo que domina es la injusticia, los procedimientos tortuosos, las palabras rebuscadas, el debatir por el mero placer del debate, el engaño sin paliativos y el soborno con dinero. Y no menciono el odio ni las blasfemias, el rencor ni la envidia, porque ya han sido el pan nuestro de cada día durante más de un año.

El doctor Segundino dijo:

—Debería pegarte en la boca y echarte de nuestra compañía por tus descaradas palabras. Sin embargo, con ello no ganaría nada ni te curaría. Sí dices la verdad, pero sólo en parte. De todo lo que acusaste a la reunión es sólo algo humano, incompleto, debilidad de carácter, aspectos que están inseparablemente unidos a toda actividad humana. Pero aunque falle el carácter, la voluntad puede ser buena, y tú no tienes derecho a dudar de la buena voluntad de los demás.

Me tocó un hombro afectuosamente y siguió diciendo:

—La Iglesia debe saber qué doctrina está predicando. Tú, ingrato, por gracia y sin méritos propios puedes presenciar la definitiva aclaración de la más grande e importante cuestión de todos los tiempos y su sintetización en palabras en la forma más exacta y comprensible. No obstante, te fijas en las nimiedades creyendo que la reunión se ha estancado y que va de una oscuridad a otra mientras que, sesión tras sesión y debate tras debate, avanzamos hacia una claridad cada vez mayor. Yo también creía antes saber y entender mucho y, sin embargo, he comprendido aquí lo confuso, rudimentario e insuficiente que era mi conocimiento de la Santísima Trinidad. Donde tú sólo ves debilidad humana, allí veo yo la humildad y la valentía más grandes, y la Iglesia eterna, santa y una se me antoja más majestuosa cada día.

Le miraba sin poder creer a mis oídos y me invadió una

sensación de impotencia como si hubiésemos hablado en distintos idiomas, de forma que no pudiéramos entendernos. Mi arrogancia se apagó y me sentí tan triste que, con lágrimas en los ojos, apilé mis libros y mis papeles, saqué punta a mis plumas para el día siguiente y cerré el cuerno de tinta como si no tuviera que volver a entrar jamás en la sala de los traductores. El doctor Segundino no dijo nada más; se limitó a observarme con mirada preocupada y llena de reproche hasta que cerré silenciosamente la puerta detrás de mí, atravesé el patio y salí a la calle con el sentimiento de haber recibido una inmerecida paliza. Anduve hasta la orilla del río y miré las amarillas aguas, ya apaciguadas después de las torrenteras primaverales. Intentaba poner en claro qué deseaba de verdad y adónde quería llegar.

Había trabajado mucho, mis conocimientos de idiomas habían aumentado, mi caligrafía había mejorado y había leído tantas escrituras de poetas y filósofos como el tiempo me lo había permitido. Conocía de memoria pasajes enteros de Homero y había leído en griego el Nuevo Testamento. Me vestía de una manera razonable, me hacía cortar el pelo regularmente y frecuentaba los baños. Sabía callarme cuando no me convenía hablar, pero también sabía hablar con mis iguales tan bien como los demás. Era solitario, pero mi soledad era en gran parte culpa mía puesto que amaba más los libros que una alegre compañía. Verdaderamente, por la gracia de Dios y sin merecerlo yo, había podido viajar y aprender más de lo que habría podido ni siquiera imaginarme durante mis vagabundeos. También había experimentado bastante el amor, a pesar de que había sido incapaz de recibirlo. ¿Por qué era tan ingrato y estaba tan poco contento como si hubiera sufrido una lesión en el alma, aunque mi cuerpo fuera impecable?

En mi andar meditabundo había llegado hasta el Ponte Vecchio y me paré a mirar las tiendas de los orfebres a las dos orillas del río, y otras en las que se vendían objetos decorativos, telas de seda y brocados, imágenes de santos y medallas benditas. Estaba mirando todo aquel lujo y riqueza sin ver nada efectivamente, y una leve brisa trajo hacia mí el aroma del incienso, de los árboles en flor y del encenagado río. En mi corazón no sentía más que una indescriptible orfandad y una gran soledad en el mundo. Con un estremecimiento, como si hubiera visto una aparición, caí en la cuenta de repente y con un dolor abrasador de que mi orfandad era el precio que tenía que pagar por mi libertad. Si no quería atarme a nada, debía resignarme a pagar por ello este amargo precio, sin ninguna clase de autocompasión.

Sin advertirlo, había tomado de uno de los mostradores callejeros una imagen de la Virgen Santa, bellamente pintada sobre marfil. El tendero, que observaba con suspicacia desde la puerta de su establecimiento el mostrador que tenía en la calle, se me acercó, me quitó la imagen de la mano y volvió a depositarla cuidadosamente en el mostrador. Al ver las lágrimas en mis ojos se sorprendió y me dijo amablemente:

—También tengo imágenes baratas, fundidas en plomo, muy bonitas e igualmente bendecidas. En serio, te puedo vender una a muy buen precio para que no se dañe mi suerte de comerciante.

En aquel momento se paró a mi lado una mujer vestida de monja, tomó aquella imagen en sus manos, la examinó y preguntó lo que costaba. El comerciante, solícito, empezó a atenderla y yo me volví para marcharme sin mirarla más. Sin embargo, al cabo de un rato, cuando ya estaba al otro lado del puente, ella vino detrás de mí llevando aquella valiosa imagen y me la ofreció al tiempo que me decía:

—No llores más, piadoso muchacho. Para hacer una buena obra te regalo esta imagen bendita.

Hasta entonces no me fijé en ella, y observé que era una mujer de mediana edad y muy fea, y estaba lejos de ser una monja que hubiera tomado los hábitos. Sólo llevaba la toca y la capa de monja, pero por lo demás iba vestida con ropas multicolores, y del esquelético cuello, de las muñecas y de los bordes de la toca colgaban diferentes imágenes de santos, baratas y caras, en tal cantidad que producían un tintineo cuando andaba. A unos pocos pasos detrás de ella la seguía una joven esclava negra que portaba una cesta y por ello adiviné que, a pesar de su extraño atuendo y de su comportamiento, debía de ser una mujer rica y quizás incluso aristócrata. Insistía en depositar la imagen en mis manos, me miraba con ojos angustiados, y repitió:

—No llores más. La imagen es tuya.

Varias personas se habían parado para observarnos y algunas comenzaron a reírse y a señalarme con el dedo.

—No lloraba por la imagen —le dije apresuradamente—. En efecto, no lloraba en absoluto. El comerciante se equivocó. Ni siquiera soy piadoso y no quiero esa imagen.

La obligué a tomarla de nuevo y me escapé medio corriendo de aquella loca. Una vez alejado de la multitud y tranquilizado para seguir andando a lo largo del río, oí un tintineo detrás de mí y, ¡de verdad!, allí venía aquella maldita mujer pidiendo con la mano extendida que me detuviese.

—Me has quitado mi buena obra, muchacho ingrato —exclamó—. Y no me niegues que estabas llorando, porque vi lágrimas en tus ojos, lo cual me llenó de tanta ternura que hasta mi cuerpo temblaba por tamaña religiosidad. Eso, para mí, era la señal para hacer una buena obra.

Me tomó de un brazo, me paró, y continuó diciendo:

—Además, te conozco; muchas veces te he visto entrar y salir del monasterio de los franciscanos. Entonces no me rechaces esta buena obra, para la cual recibí una clara señal.

Volvió a poner a la fuerza en mis manos aquella ovalada imagen pintada sobre marfil, y me miró a la cara con tanta devoción como si solicitara mi agradecimiento. La piel de su cara era gris, llena de hoyitos y sin vida, como si hubiera tenido la viruela, pero sus ojos eran oscuros y angustiados; parecía que me estuviera solicitando la absolución. Al pensar en su atuendo, edad y apariencia, no pude sospechar que tuviera otra intención que la que me decía. Por ello procuré hablarle amablemente al decirle:

—Se equivoca en cuanto a mí. No puedo aceptar un regalo tan valioso de una desconocida. De verdad, no lloraba por causa de la imagen. Tenía otras razones para estar triste. Por lo tanto, le pido con toda amabilidad que me deje en paz antes de causarme perjuicios.

Mirándome con ojos hambrientos, me contestó:

—Soy fea, pero no mala. No tengas miedo de mí. Yo también tengo mis tristezas y por ello, y a falta de mejor remedio, me compro el consuelo haciendo buenas obras.

La joven esclava se nos acercó y dijo, en tono desdeñoso:

—No tienes por qué temerla. Es la piadosa señora Ghita, y vivimos al lado del monasterio de los franciscanos. Seguro que no perderás nada si la sigues.

Aquella señora Ghita miraba a su alrededor mientras me sostenía firmemente de una manga, y dijo:

—Sí, sí, no perderás nada si me sigues. Por tu causa me he alejado mucho de las calles seguras y, en consecuencia, es sólo justo que me acompañes hasta mi casa como un caballero decente.

La verdad es que no había manera de deshacerse de ella y pensé que sería más sencillo despedirla acompañándola a su casa y dejándola allí. Empecé a caminar a su lado y ella intentó entretenerme señalando edificios y a gente que pasaba y riéndose de vez en cuando por lo bajo cuando veía algo que le parecía divertido. En mí se iba reforzando la opinión de que estaba un poco loca, y no pude evitar el sentir compasión hacia ella por buscar mi compañía con el mismo ahínco y solicitud que un perro vagabundo. A pesar de la fealdad de su cara no era desagradable, porque sus oscuros ojos reflejaban algo más de lo que podía intuirse por su comportamiento, su absurdo atuendo y sus locas palabras. Le pregunté por qué vestía el hábito de monja aunque no lo fuera. Profiriendo un contenido «ji, ji» me explicó, solícitamente:

—Para engañar a la muerte, mi querido y amable joven. Donde sea que me sorprenda la mala muerte repentina, me moriré llevando la capa de san Francisco. Es un secreto a voces que, una vez al año, baja al purgatorio para recoger a los suyos. Me he comprado un derecho particular para usar esta capa y me mudé cerca del monasterio para llevar una vida piadosa aunque no sea monja. La fuerza del dinero es una maravilla; me permite gozar de todas las ventajas de una monja de clausura sin tener deberes algunos.

Mientras andaba, se paraba para dar limosnas a los mendigos, recogía con avaricia sus bendiciones y les reprochaba por su ocio. Había niños que correteaban detrás de nosotros, y mucha gente que encontramos la saludó profiriendo una risita, pero respetuosamente. Al fin, llegamos a un edificio de un lúgubre color gris. Su única ventana, que daba a la calle, estaba protegida por una reja. La mujer llamó malhumoradamente a la sólida puerta y un fornido sirviente acudió para abrirla. No mostró ningún asombro al verme; se limitó a agarrar la cesta de la esclava y a cerrar la puerta con llave.

La señora Ghita me llevó a una espaciosa estancia que daba a la calle y que estaba llena de imágenes de santos, reliquias y toda clase de chucherías, como una tienda de compraventa. Las paredes eran unos desnudos muros de piedra y de cama servía una sencilla litera de madera con el fondo de cuerdas tejidas.

—Ésta es la celda monacal de mi soledad —me dijo con una risita, enseñándome cómo, desde su asiento, podía observar a través de las rejas la vida de la calle, hablar con los amigos y bendecir a los transeúntes.

—Cuando rezo —me dijo, orgullosamente—, muchas veces se para todo el tráfico de la calle porque la gente se queda escuchando, y muchos me piden que rece por ellos porque sé rezar mejor y en voz más alta que otras mujeres.

Me iba enseñando las reliquias, aunque no se acordaba siquiera de qué eran algunas de ellas. Pero, cuando empezó a abanicarse con una pluma de cola de gallo, afirmando que la había comprado como la pluma del ala de un ángel aparecido a un beato, no pude contenerme y le dije:

—O es usted una mujer muy astuta, señora Ghita, o está mal de la cabeza. En todo caso, no quiero saber nada de usted.

Como si no se diera por enterada, seguía con sus risitas y me llevó a las otras habitaciones de la casa. Si la estancia de las reliquias me había asombrado, más asombrado me quedé al ver el comedor, decorado con un lujo desbordante, y la cama de varios colchones protegida con cortinas de terciopelo que tenía en la alcoba. En la enorme cocina trabajaba una gorda y sudorosa cocinera, de las vigas colgaban manojos de hierbas aromáticas, jamones y embutidos, al igual que en la mejor de las posadas. Los criados tenían cada uno su propia habitación. Por fin, me llevó a un patio rodeado de altos muros donde había árboles frutales y una fresca caseta para vivir en tiempo de calor.

—¿Quieres comer conmigo la sopa boba de una olla de barro? —me preguntó—. ¿O prefieres carne de ave en plato de plata y con salsa de pimienta? Tú eres el que elige y no tienes más que mandar.

Le contesté que de ningún modo había venido para comer con ella. Sin embargo, su extraña vida me inspiraba tanta curiosidad que añadí, acto seguido:

—Ya tengo bastante sopa boba en el monasterio.

Acabando con sus estúpidas y fingidas risitas, soltó una franca y alegre risa, me miró con ojos perfectamente razonables, y dijo:

—Me agradas por que no finges piedad. Muchos monjes y eclesiásticos han venido a mí para sacar provecho, contentándose con una taza de sopa y creyendo que de esta manera me testimoniaban su piedad. La comida y la bebida no pueden testimoniar la piedad. Es una mera tontería prestar atención en si una persona duerme en colchones de plumas o sobre una cama de cuerdas tejidas. Yo como lo que se me antoja y yazgo como quiero y nadie me lo puede criticar. Que me crean loca si así lo desean; tanto mejor para mí.

—No está loca, señora Ghita —le dije—. Al menos, yo no lo creo. Entonces, dígame, ¿qué es usted?

Me miró a los ojos larga e inquisitivamente con los suyos, tan oscuros. Sintiendo un estremecimiento noté que sus ojos eran bonitos, como si la fealdad sin vida de su rostro hubiera resaltado especialmente su hermosura.

—Soy el bufón de Dios —contestó por fin, y tan seria que parecía sentirse obligada a confesarme más de lo que realmente deseaba. Al cabo de un momento empezó a hablar con un fervor que me pareció estar destinado a convencerme: —Los reyes y los príncipes tienen sus bufones, los cuales, con sus ocurrencias y exageraciones, les revelan cuán absurda y enrevesada es la vida. ¿Por qué Dios no podía tener un bufón que le revelase cuán absurda y enrevesada la gente ha hecho su religión? ¿No comprendes? Mi celda de monja, mi manera de vestir, mis vociferantes rezos, son una bufonada para, al menos, divertir a Dios, ya que no sé hacer otra cosa. Es verdad, Dios ríe en mí cuando agito una pluma de gallo ante las narices de un eclesiástico que hace unas piadosas reverencias con la cabeza, creyendo que procede del ala de un ángel, pero tú no caíste en esta trampa.

Me miró. Una angustiada pregunta le brillaba en los ojos:

—¿Quién eres tú? ¿Por qué temblé hasta las rodillas al ver las lágrimas en tus ojos? ¿Por qué no quieres aprovecharte de mí y de mi locura como todos los demás? Si hubieras querido sacar provecho, habrías aceptado aquella estúpida imagen. ¿O serás tal vez el más astuto de todos y quieres aprovecharte de mí todavía más que los otros?

—Ha sido usted la que me ha arrastrado por la fuerza a esta absurda casa suya, una vez que despertó mi curiosidad —le contesté—. Es inútil entablar amistad entre nosotros si cree que sólo intento aprovecharme de usted, al igual que los demás. Supongo que tiene sus razones para sospechar de todo el mundo, pero en este caso es mejor que me vaya en seguida y no me quede a comer con usted.

No obstante me quedé y creo que ella tampoco me habría dejado marchar. A petición suya le hablé honradamente de mi vida y de mí mismo todo cuanto pude, porque algo en su mirada me obligó a ser sincero; además, con mentiras y embellecimientos no habría ganado nada ante una mujer tan extraordinaria como ella.

—Como ve, sólo soy Juan, un escribano —le dije para terminar—, el traductor más humilde del concilio, por gracia y sin méritos propios. Mis conocimientos representan para mí solamente tristeza, y no fue por otra causa que la de mi soledad por la que lloraba en el puente de los orfebres, dado que soy un forastero en el mundo sin ser ciudadano del cielo. Ahora que le he contado tantas cosas de mí, cuénteme usted, señora Ghita, cómo ha llegado a convertirse en el bufón de Dios.

—Comamos primero y, para acompañarme, toma conmigo un poco de vino para que comprendas mejor —me respondió.

Al cabo de un rato, después de comer, me contó:

—En mis tiempos fui una hermosa mujer, aunque quizá te cueste creerlo al mirarme ahora. Además, pertenezco a la rica familia de los Bardi, lo cual también te será difícil de creer al verme con estas quincallas de bufón tintineando en mis ropas. La misma enfermedad que en pocos días mató a mi marido y a mis dos hijos pequeños, me afeó la cara y me hizo entender que ni la mayor riqueza podía proteger al ser humano contra los caprichos de Dios. Antes de estas pérdidas sólo era una mujer corriente, descuidada, ni mejor ni peor que las demás. La desgracia me hizo reflexionar, a pesar de que mis familiares me consideraron una demente durante muchos años y me trataron como a tal. Seguramente habrían logrado despojarme de mis bienes y me habrían puesto bajo custodia, pero mi desgracia me hizo ser más astuta que ellos. Donando grandes sumas al monasterio de los franciscanos y presentándome como una mujer un poco ida, pero piadosa, gané la protección de la Iglesia y la libertad de vivir como quería. La codicia de la Iglesia y la de mi familia me protege mejor que jamás me podría proteger yo sola. Mi fortuna es tan grande que ni la una ni la otra puede permitirse el romper conmigo.

Me tomó de una mano y continuó, tras una pausa, mirándome intensamente a los ojos:

—Hasta la fealdad de mi cara me protege, ya que gracias a ella mi familia se cree que no volveré a casarme, aunque no crean del todo en mi promesa. No querían que ingresara en un monasterio para asegurar así mi soltería, porque temían que los monjes me persuadieran a testar mi fortuna a favor de la Iglesia. Poseo muchas tierras y tengo dinero en las empresas de la banca, por el cual recibo cada año un regalo, del siete, del quince, y a veces hasta del treinta por ciento. Mi familia no me puede confiscar estos ingresos mientras mantenga intacto el patrimonio, y con los ingresos recibo cada año un certificado por escrito asegurando que se trata tan sólo de un regalo y no de intereses, con lo cual no pongo en peligro la salvación de mi alma. Tengo mucho cuidado con estos detalles, a pesar de que, naturalmente, es parte de la misma bufonada, como todo el resto. Además, mantengo a mi familia de buen humor, repartiéndole de vez en cuando algo de mis ingresos, y conservo el favor de la Iglesia con mi comportamiento ejemplar y con nuevas donaciones. Sin embargo, comprenderás que mi piedad es un sarcasmo, como lo son estas tintineantes imágenes de santos en mis ropas.

Cuando hubo terminado, le dije:

—Supongo que eres una mujer demasiado rica para que podamos ser amigos.

A lo que me contestó rápidamente:

—No, no, lo único que hace el dinero es garantizar una vida fácil y confortable, pero no se puede comprar con él nada real. Estaría loca si me engañara creyendo que con dinero podría comprar la absolución de mis pecados y salvar mi alma de los sufrimientos del purgatorio. Aquí, sentada a tu lado, soy en realidad mucho más pobre que tú. ¡Si sólo soy una mujer fea, vieja y cansada de mí misma, que no tiene otra diversión que las interminables bufonadas de la vida!

—No eres tan fea como te crees —le contesté—. Tus ojos son los más bonitos que hasta hoy he visto en un rostro humano, y supongo que todavía no has cumplido los cuarenta años.

La mujer empezó a temblar, retiró la mano y exclamó con voz rota:

—¡Tú también, Judas!

Pero, pronto se echó a reír, sin alegría, y dijo:

—Sí, sí, claro, ¿cómo habría podido esperar más? Sin embargo, si eres Judas, voy a buscar en seguida treinta monedas de plata. No, treinta monedas de oro te daré si me besas, sí es que parezco tan atractiva a tus ojos.

Se levantó con un gesto salvaje y abrió, con manos temblorosas, un cofrecito, del que echó dos puñados de monedas de oro delante de mí en la alfombra, para incitarme a andar a gatas por el suelo recogiéndolas y para poder burlarse de sí misma con una amargura todavía mayor.

—Con mucho gusto te besaré si eso te consuela —dije—. Pero no te besaré por tus dineros, ni te lo imagines. Te besaré porque eres el bufón de Dios y la mujer más inteligente y valerosa que jamás he encontrado en mi vida. Te besaré para darte las gracias, ya que has sido tan sincera conmigo y me has enseñado más aspectos sobre el ser humano de lo que podía esperar.

—No te acerques —dijo, temblorosa, intentando detenerme con las manos. Yo la abracé, le besé la pálida boca y también le besé tiernamente los ojos, hasta que sentí el cálido y salado sabor de sus lágrimas. Supongo que nunca me había encontrado tan cerca de un auténtico amor como cuando besé a aquella mujer que casi me doblaba la edad y que era fea y ridícula.

Cuando la solté se sentó rápidamente, como si se le doblasen las rodillas. Al cabo de un momento, sin mirarme, me dijo secamente:

—Recoge tu dinero, te lo has ganado de sobra.

Di una fuerte patada a la alfombra y envié parte de las monedas contra la pared.

—Créeme, Ghita, aunque me rogases de rodillas que me llevara algo de tus riquezas, nunca aceptaré de ti ni una moneda de cobre ni el regalo más pequeño. Así de insignificante es para mí la riqueza. ¿No puedes comprender que te ofrezco mi amistad por ti misma, porque te admiro como persona, y como mujer tampoco me pareces desagradable? Consuélame tú en mi soledad y yo te consolaré en la tuya. Creo que, como seres humanos, podemos hacer este poquito en bien mutuo, ahora que nos hemos encontrado.

Se le escapó un desgarrador sollozo y me gritó, con los ojos negros de dolor:

—¡No es verdad! ¡Tú me mientes como todos porque soy rica!

—Si tu riqueza te representa de verdad tamaño sufrimiento —le contesté—, te has encerrado en el infierno por ella.

Se levantó de un salto, adoptó una posición rígida y me dijo altivamente:

—Mi infierno es mío y te equivocas mucho si te crees que he sido sincera contigo, pequeño bufón. Eran tu hermoso rostro y tus rectas extremidades los que me indujeron a intentar conocerte, y ya antes de encontrarte en el puente había decidido comprarte para mi entretenimiento, puesto que no tengo razón alguna para huir de las tentaciones. No serías el primero ni el último que me haría por dinero lo que yo quisiera, a pesar de mi fealdad.

Sin embargo, esas palabras no me engañaron.

—Tú no eres así. Si lo fueras, me habrías manejado con más habilidad. Quizás ambos tengamos la misma sensación, como si en cada momento que pasa después de encontrarnos sintiéramos que nos conocemos cada vez mejor, como si nos hubiéramos visto y conocido en el pasado. Tal vez sea mi soledad la que me hace pensar así, y a lo mejor no es verdad en absoluto. No obstante, podrías ser mi madre desconocida o mi hermana a la que nunca vi, de tan tiernamente y sin malos pensamientos como te quise besar hace un instante para consolarte en tu soledad. Me resulta fácil hablar contigo, no me siento extraño en tu compañía y, al confiarme tu condición de bufón, me has liberado de sentir pena por mí mismo, porque tu dolor es más grande que el mío.

Le dije palabras bonitas y tranquilizantes sin pensar mucho en lo que decía, para hacerle olvidar sus riquezas e intentando convencerla de que, verdaderamente, sólo buscaba su amistad. Al fin, me creyó porque quiso creerme y extendió una temblorosa mano para tocarme una mejilla.

—Si lo que dices es verdad —dijo—, es un milagro que no he merecido, después de haber endurecido mi corazón para convertirme en bufón. Por otra parte, si me mientes, tu mentira es piadosa y no creo que con ella quieras hacerme daño. Sin embargo, vete ya, porque me has perturbado más de lo que creía poderme perturbar ya a estas alturas. Pero no te vayas para siempre. Vuelve aquí cuando quieras.

Me acompañó hasta la puerta buscando apoyo en las paredes como si las piernas le fallasen. Al lado de la salida, volvió a soltar risitas a su demente manera, como para burlarse de sí misma y hacerse desagradable a mis ojos. Me indicó, gesticulando, que tenía que irme. Al día siguiente, cuando pasé por delante de su casa, vi cómo algunos portadores, niños y amas de casa se habían reunido al lado de su enrejada ventana para escuchar los rezos que ella pronunciaba en altísima voz. Aquellos rezos no contenían nada malo ni blasfemo, pero los interrumpía a menudo con sus risitas, mientras tiraba monedas de cobre por la ventana. Después de pasar por delante de la casa me paré para preguntar sobre Ghita a la gente de la calle. Me dijeron que era una mujer muy religiosa y que sus rezos habían curado a varios enfermos. Las mujeres que sufrían de dolores de cabeza o de ojos no necesitaban más que acercarse a su ventana y tocar las rejas, y sus dolores desaparecían. Ello no ayudaba a todas, pero a muchas sí que las había curado, según me contaron. Los hombres, por su parte, decían que era una mujer rica y respetable que había sufrido muchas desgracias. Añadían que no estaba del todo en sus cabales, pero que su devoción y su beneficiencia suplían de sobre lo que le faltaba de razón.

Al volver a mi trabajo, oí que los griegos volvían a prepararse para regresar a su patria. Según ellos, habían hecho todas las concesiones posibles y ya no querían aclarar su manifiesto, sino que se agarraban a su texto, lleno de rodeos. Nosotros no tomamos muy en serio sus amenazas, sabiendo que a ningún griego a caballo se le permitía la salida de la ciudad. Además, habíamos oído decir que el emperador estaba negociando intensamente con Besarión, Isidro y Georgios Scholarius. Nos enteramos asimismo de que había tenido una audiencia con el Papa, a quien había dicho directamente:

—No soy el que manda a mis patriarcas ni a mis obispos. ¿Por qué seguir discutiendo sobre palabras? *Scaturire, effundi* y *profluere* bastan para demostrar que reconocemos que el Espíritu Santo procede también del Hijo. Nuestros sabios no quieren ponerlo en forma más clara porque entonces nuestro pueblo no lo podría entender correctamente. Luego, ¿para qué nos molestan más? Ustedes dicen que el Hijo es el origen del Espíritu y nosotros no lo contradecimos. Dado que deseamos la unión con la Iglesia occidental, no lo contradecimos.

Pero el cardenal Cesarini había sido inflexible, y dijo:
—La forma en que está redactado su manifiesto refleja regateo y falta de sinceridad. No podemos permitir que lo interpreten a su antojo como un suceso separado y relacionado con el tiempo. Por ello, requerimos que figure la palabra *producere,* que reconoce que el Espíritu Santo emana eternamente del Hijo y que éste, junto con el Padre, son el eterno origen de la sustancia del Espíritu.

Cuando el emperador, según su costumbre, volvió a enfadarse, el papa Eugenio había empezado a hablar con cautela de las posibilidades de la futura cruzada y de los constantes sacrificios a que se comprometía a fin de proteger Constantinopla en caso de que se alcanzara la unión. Aparte de ello, había mencionado la posibilidad de que, si las conversaciones se interrumpieran en aquella fase, podría producirse un cisma dentro de la propia Iglesia griega. Los testimonios de los latinos ya habían convencido a un buen número de griegos. Si los demás se marchaban y estos últimos se unían, la consecuencia sería una división entre los griegos.

Esta advertencia había hecho pensar al emperador, y era verdad que, una vez convencidos, Besarión e Isidro tenían incluso más entusiasmo que los mismos latinos para convertir a sus compañeros. Se decía que Isidro hasta repartía dinero entre los indecisos. Los viejos estaban en contra y se aferraban a su fe. Los más jóvenes comprendían las señales de la época y estaban dispuestos a renovar su fe sobre unas bases razonables. Por todo ello empezamos a experimentar la sensación de que en las esferas más altas ocurrían cosas de las que no se hablaba en las sesiones públicas. De la misma manera que el papa Eugenio había logrado dividir el concilio de Basilea, igualmente introducía ahora una cuña en la Iglesia griega para, en el peor de los casos, dividirla también. Ésta era una temible idea que horrorizó a los griegos más testarudos.

En esta situación, nuestras jornadas de trabajo transcurrían más bien contando adivinanzas y charlando que haciendo traducciones y redactando escritos. Por la tarde, al regresar al monasterio de los franciscanos, encontré al lado de la puerta al portero de la señora Ghita. Llevaba un gran fardo envuelto en tela, y con unas descaradas muecas me dijo que me lo quedara. Le pregunté en tono firme qué contenía el paquete, pero él insistió en que lo ignoraba. Por ello le llevé a un callejón vacío, abrí el fardo y vi que dentro había, pulcramente doblado, un nuevo vestuario, camisas finamente confeccionadas y, en medio de todo, una pesada bolsa que contenía dinero. Me enfadé tanto que de una patada envié el fardo rodando por la calle.

—Di a tu señora, de mi parte, que no necesito sus limosnas —le espeté al portero.

Le dejé petrificado y boquiabierto y entré en el monasterio. Me sentía humillado y como si me hubieran dado una bofetada, por haber ofrecido mi sincera amistad a una persona poco corriente y desgraciada.

Pasaron unos días y llegamos a finales de mayo. En Pentecostés los griegos celebraron una misa a la que acudió un gran grupo de curiosos; y después de la celebración, el emperador Juan hizo reunir a los griegos en la residencia del patriarca José. Éste, debilitado por su larga enfermedad, ya no era más que un viejecito delgado y tembloroso, cuyos rostro y labios habían adquirido un color azulado. Sin embargo, parecía como si la cercanía de la muerte le hubiera liberado de sus anteriores vacilaciones y le hubiera conferido una dignidad espiritual de la que había carecido antes. Suplicó encarecidamente a los griegos que accedieran a la unión porque, en su opinión, las expresiones «del Hijo» y «a través del Hijo» significaban exactamente lo mismo. El emperador también tomó la palabra para decir que era preciso alcanzar la unión entre las Iglesias mientras podía hacerse sin hacer daño a la conciencia. Remitiéndose a lo dicho por el patriarca, dejó entender que, en su opinión, y después de oír a todos los testimonios, llegar a la unión basándose en el texto de los latinos no podía ir en contra de la conciencia de nadie. Al oír las murmuraciones de Marco Eugénico, el emperador gritó con vehemencia:

—¡Ciertamente, quien impida la unión de ambas Iglesias será un traidor peor que Judas!

Los griegos empezaron a gritar:

—Anatema al que no quiera la unión... Pero la unión debe ser piadosa —decían, empezando de nuevo a leer en voz alta y a comparar los escritos de los Padres de la Iglesia a fin de tranquilizar sus conciencias.

Marco Eugénico abandonó la reunión y, después de ello, los griegos reconocieron que también los escritos de los Padres de la Iglesia latinos eran verdaderos, no contenían falsificaciones y eran equivalentes a los escritos de los griegos. Esto significaba ya una media victoria, y entre nosotros, los latinos, empezó a reinar un alegre ambiente de expectación. Además, el verano había llegado a su momento más hermoso y el calor aún no era asfixiante. El ambiente alegre y festivo casi podía palparse. Sólo Marco Eugénico se encerró en su casa, sombrío y con ganas de protestar y comenzó, según se rumoreaba, a rezar, ayunar, e incluso flagelarse.

—Los latinos no sólo son cismáticos —se decía que había manifestado—, sino también herejes. Lo han demostrado ellos mismos, y quien se les una es hereje y se merece el fuego del infierno.

Me mandaron a preguntar a Besarión si él creía que Marco Eugénico podría tener razones políticas para adoptar una postura tan inflexible. Con una expresión de asombro, Besarión levantó su gran cara redonda hacia mí y contestó:

—Pero si yo, como arzobispo de Nicea, estoy igualmente a merced de los turcos, como él lo está en Éfeso. Tal vez él crea que los turcos considerarán la unión como causa para que estalle la guerra y no tenga confianza en que la ayuda de los países occidentales sea suficiente. Pero, sin la unión, Constantinopla será destruida en todo caso. Dios me guarde de sospechar que sus motivos sean terrenales, a pesar de que me ha insultado públicamente llamándome bastardo y afirmando que he sido sobornado por los latinos. Sin embargo, en cuanto a la fe, el hereje es él y no yo, porque todos los equivalentes testimonios me han convencido de que la palabra *filioque* no sólo es correcta, sino que creer en ella es la condición previa para llegar a la gloria. Por esta fe mía estoy dispuesto a morir en manos de los turcos, y Marco Eugénico se condena al infierno si no lo quiere creer a pesar de que se lo han explicado y demostrado.

La siguiente vez que los griegos se reunieron, el patriarca, con voz queda, hizo una confesión total y anunció su conversión. Reconoció como verídico el concepto latino:

—El Espíritu procede eterna y sustancialmente del Padre y del Hijo. Sin embargo, no quiero cambiar el credo heredado de nuestros antepasados —añadió—. La palabra *filioque* no será incluida en nuestro credo, y debemos poder conservar sin alteraciones nuestras sagradas ceremonias de la misa. Basándome en estas condiciones, accederé a la unión.

Después de esto, Besarión, Isidro y otros hablaron con entusiasmo, intentando que fuera incluida en el credo la expresión «del Hijo». Por otra parte, Marco Eugénico, con sus partidarios, dijo rotundamente que nunca creerían que el Espíritu procediera del Hijo, se decidiera lo que se decidiera. El emperador volvió a tomar la palabra y esta vez en un tono triunfal:

—Como laico, me someteré a la decisión de este concilio general o de su mayoría y, como emperador, la defenderé, ya que en los asuntos de la religión la Iglesia es infalible cuando se reúne en concilio. No se añada nada a nuestro credo, ni permitiremos que se nos cambien nuestras ceremonias religiosas, pero por todo lo demás reconocemos clara y explícitamente nuestra unión en la fe con la Iglesia latina, de forma que ambas partes pueden aceptar el texto.

Mientras hablaba, su perro de manchas negras y blancas que le seguía a todas partes levantó el hocico y empezó a soltar aullidos como de muerte, aunque el emperador intentó darle patadas y cerrarle por un momento el hocico con una mano. Esto influyó de una manera muy negativa en todos.

—¡Ay de ustedes y ay de todos nosotros cuando incluso un perro es más sabio que su emperador! —dijo Marco Eugénico—. Está aullando como presagio de la destrucción de Constantinopla y de los griegos, porque Dios no permite que se burlen de Él, y ninguno de ustedes puede ser perdonado por una tan grande traición.

Se rasgó las vestiduras y salió de la reunión. El escalofriante aullido del perro podía oírse hasta en las calles cercanas, donde la gente, temerosa, se paraba a escuchar haciendo la señal de la cruz. El augurio fue tan desagradable que no nos tranquilizamos hasta que, una semana después, entendimos que lo que el perro había aullado como augurio era la muerte del patriarca José.

En el transcurso de aquella semana, hubo mucha actividad y varias embajadas se visitaban a turnos, y discutían sobre el texto que los griegos podrían aceptar. El Papa accedió de buen grado a que los griegos conservaran sus ceremonias de la misa y no quiso obligarles a añadir la expresión «del Hijo» en su credo si se sometían a interpretar, con la suficiente claridad y sin dejar la menor posibilidad de malentendidos, que el contenido de su credo estaba de acuerdo con el credo latino. Durante aquella semana, Marco Eugénico perdió a sus últimos partidarios. Todos comprendían ya que era imposible hacerle doblegar, pero ni el más vacilante se atrevía a asumir la responsabilidad de que la unión entre las Iglesias no se hiciera realidad, una vez el emperador y el patriarca hubieron expuesto su postura con la suficiente claridad y énfasis.

El emperador envió a Isidro a negociar con el Papa, a través de los cardenales, sobre el definitivo tratado de ayuda bélica. Todo el mundo daba ya por sentado que después de doblegarse los griegos en la cuestión principal, el resto había quedado en un segundo plano, y el solucionar las demás diferencias religiosas era sólo cuestión de tiempo. Testimonio de la buena disposición del Papa fue el hecho de que, al cabo de dos días, recibimos para ser ya escrito y traducido un tratado en el que el Papa se comprometía a pagar todos los gastos originados por el viaje de regreso de los griegos y a costear para Constantinopla una tropa fija de trescientos hombres completamente equipados, además de dos buques de guerra pesados. Se comprometía asimismo, a dirigir por Constantinopla la cruzada de Jerusalén, poniendo de esta manera en primer lugar la destrucción del poder de los turcos y sólo en el segundo la liberación del Santo Sepulcro. En caso de necesidad, el Papa prometió enviar, para uso del emperador, veinte grandes buques de guerra armados durante seis meses, o bien diez buques para un año entero. Y si se necesitara ejército de tierra, el Papa se comprometía a ocuparse de que todos los países de la cristiandad enviasen ayuda a Constantinopla.

Parecía que este tratado garantizaría la seguridad de esta ciudad aun en el caso de que se viera sometida a un sitio grave, a la vez que dejaba entender que una futura cruzada conjunta entre todos los países para liberar Constantinopla de los turcos era sólo cuestión de tiempo, después de la unión de las Iglesias. Era cierto que la postura contraria del concilio de Basilea y la poco definida de los países de Francia y de Alemania en cuanto al Papa, hacían parecer que la cristiandad se estaba escindiendo. Sin embargo, el Papa hizo observar, con mucha lógica, que la unión de las Iglesias representaría para él la mayor victoria moral. Gracias a ella, la reunión de Basilea perdería definitivamente su significado. Así, la Iglesia griega, uniéndose a la latina, ayudaría simultáneamente a terminar la división eclesiástica de los países occidentales y animaría a los pueblos a unir sus fuerzas contra el enemigo común de la cristiandad, en vez de dedicarse a disputar y guerrear entre ellos mismos. En aquellos días de junio, parecía que el futuro iba a despejarse en un momento. Después de la firma y el sellado de este tratado de amistad y ayuda, el emperador abandonó todo fingimiento y, en un par de días, obligó a los griegos a aceptar un texto al gusto de los latinos. Fue leído en voz alta en presencia del Papa, y tanto los cardenales como los representantes de los griegos se emocionaron tanto que empezaron a darse besos de fraternidad, como señal de una perfecta concordia y paz.

Me encontré con Besarión cuando volvía de la audiencia del Papa y le felicité de todo corazón por su triunfo. Sin embargo, él sacudió preocupadamente su grande y redonda cabeza, y cuando llegué a la cancillería de los escribanos el Maese Mateo me dijo en tono instructivo:

—No echemos aún las campanas al vuelo. Todo esto está muy bien y correcto, pero todavía queda la cuestión más importante, al lado de la cual lo demás son sólo golpes en el aire y espejismos.

Le pregunté qué podía ser todavía más importante, ya que, según lo que habían hablado los griegos, había entendido que estaban dispuestos a llegar a una solución amistosa también en las cuestiones sobre el purgatorio y la eucaristía. A lo que Maese Mateo respondió:

—Soy un hombre viejo y triste, e incluso un borracho, pero tú eres más tonto que un burro si no te percatas de que la cuestión de si el Papa es la cabeza visible de la Iglesia es la más importante de este concilio. Para ello se han reunido aquí y para ello se han gastado tantísimo dinero, y la unión de las Iglesias no tiene valor alguno si los griegos no reconocen al Papa como soberano de la Iglesia. Y para esto falta mucho tiempo.

A mí me parecía imposible la idea de que, después de toda esta lucha espiritual y de las dudas de conciencia, una cuestión sobre el poder terrenal del Papa pudiera representar un impedimento para que se produjera la unión de las Iglesias. A petición mía, el doctor Segundino me llevó consigo a la siguiente conversación entre el Papa, los cardenales y los representantes de los griegos. El papa Eugenio se dirigió a los griegos en tono amable, y dijo:

—Por la gracia de Dios, hemos alcanzado la unanimidad sobre la cuestión principal. Ahora, y para eliminar todos los equívocos, debemos examinar los temas del purgatorio, del primado del Papa, del pan fermentado o sin fermentar, y de la Santa Eucaristía. Inmediatamente después vendrá la unión, para la que ya todos tenemos prisa.

Hablando en tono tranquilo y conciliador, los griegos contestaron:

—La hostia debe ser de trigo y el sacerdote debe bendecirla en un lugar sagrado, pero por lo demás carece de importancia que el pan haya fermentado o no.

Sobre el purgatorio, dijeron:

—Las almas de los beatos, como tales almas, han alcanzado en el cielo la corona de la perfección, pero las almas pecadoras deben sufrir el castigo más duro. Las que quedan en medio, llegarán a un lugar de tortura o molestia, sea por el fuego, la oscuridad o la tormenta. No deseamos debatir sobre ello.

En cuanto al primado del Papa, declararon:

—El Papa debe conservar los privilegios que ha tenido desde el principio y desde antes del cisma.

Sobre la eucaristía, los cardenales solicitaron a los griegos una explicación más detallada de por qué rezaban al Espíritu Santo que transformara el pan y el vino, a pesar de que ya se transformaban al pronunciarse las palabras de la eucaristía. A lo que los griegos contestaron:

—Reconocemos que el Pan Sagrado se transforma en cuerpo de Cristo mediante las palabras de la eucaristía. Sin embargo, rezamos para que el Espíritu Santo se pose en nosotros y convierta en nosotros ese pan en el sagrado cuerpo de Cristo, y el vino del cáliz en la sagrada sangre de Cristo, para que purifiquen el alma y todo lo demás de quien los recibe.

El Papa quiso tener los resultados de la conversación por escrito y volvió a convocar a los griegos para el día siguiente. En tono tranquilizador les dijo:

—Ya estamos de acuerdo. Ya falta poco. Si reconocen nuestro texto, podremos celebrar la unión inmediatamente.

El cardenal Cesarini leyó los diferentes puntos del tratado, pero ya el primero causó consternación entre los griegos, que empezaron a reclamar diciendo que era injusto que se les hiciera reconocer cosas semejantes. Y es que el Papa les requería a que dieran su conformidad al hecho de que, en el trono del Apóstol, el sustituto de Jesucristo, el obispo superior, tenía los mismos privilegios que el Papa y, por lo tanto, había tenido el derecho de añadir al credo la palabra *filioque*.

Esto era algo muy diferente de lo que se había hablado el día anterior y hasta Besarión e Isidro se sintieron heridos. Los griegos contestaron en seguida:

—Jamás podremos reconocer que la Iglesia latina hubiera tenido el derecho de añadir o quitar algo del credo sin oír a los demás patriarcas. Admitimos que la añadidura es correcta en cuanto a la fe, pero deben reconocer que procedieron mal y que no lo volverán a hacer. Si es así, que todo sea olvidado y perdonado.

El Papa les pidió que se tranquilizaran, y el cardenal Cesarini pudo leer el segundo punto:

—Reconocemos que hay tres tipos de difuntos: beatos, pecadores y los de en medio, es decir, los que han pecado pero se han arrepentido, se han confesado y han hecho la penitencia, y por la intención de los cuales se puede rezar y hacer limosnas. Los primeros, los beatos, verán a Dios de inmediato, y comparables con ellos son los que, después del bautismo, no han vuelto a pecar. Los pecadores que no se han arrepentido serán castigados a un castigo eterno. Por su parte, quienes han pecado pero se han confesado, serán incluidos entre los penitentes y destinados al purgatorio. Una vez purificados, estarán entre los que verán a Dios inmediatamente.

Los griegos respondieron que no tenían nada que observar en contra de esto, pero que no podían firmar el primer punto y que ni siquiera tenían poderes para firmar antes de haberlo explicado todo a su emperador y a los demás griegos. El delgado rostro del papa Eugenio se ensombreció; sin embargo, conservó la calma exterior y dejó que los griegos se marcharan. Apenas habíamos salido de la capilla, se nos acercó corriendo un griego angustiado y nos comunicó la repentina muerte del patriarca José.

Hacía una deliciosa tarde de junio y en Florencia se empezaba a sentir el calor. Lo más rápido que pudimos nos fuimos hasta la residencia del patriarca, delante de la cual ya se había congregado una gran multitud. Pude entrar detrás de Besarión y vi a aquel viejo que se había quedado en los huesos yaciendo cadáver en una enorme cama, en la que los criados le habían colocado. Le habían cerrado los ojos y le habían atado la mandíbula. En su rostro había la paz de la muerte. Pero ésta le había llegado tan repentinamente que en la casa, lejos de la paz, reinaba el ruido de gente que corría, estaba llena de una apretada multitud, y todos se daban vociferantes explicaciones de cómo había ocurrido el hecho. Después de comer, y según su costumbre, se había retirado a su habitación para escribir algo. De repente había salido, agitado y angustiado, apretándose el pecho con una mano e intentando decir algo; pero antes de pronunciar palabra había caído al suelo. Sobre la mesa aún quedaban los utensilios para escribir, y creo que estuve entre los primeros en fijarme en el papel. Después de echar una rápida ojeada a su contenido, comprendí la importancia del documento. Se lo enseñé a Besarión, y dije:

—El patriarca tuvo tiempo para expresar su última voluntad. Tengamos cuidado de que nadie con mala fe tenga tiempo de destruirlo.

Besarión tomó el papel y lo leyó en voz alta a los griegos, que se apretujaban en la habitación:

—«Yo, José, por la gracia de Dios arzobispo y patriarca ecuménico de Constantinopla, la Nueva Roma. Dado que he llegado al final de mis días y he de pagar la deuda de la humanidad, quiero escribir abiertamente a mis hijos, refugiándome en la misericordia de Dios y expresándoles mi opinión que corroboro con mi firma. Todo cuanto reconoce y enseña la Iglesia católica y apostólica de nuestro Señor Jesucristo en la Vieja Roma, eso lo reconozco yo asimismo y juro que en todo estoy de acuerdo con ella. También reconozco al Santo Padre de los Padres, al Sumo Pontífice y sustituto de Nuestro Señor Jesucristo, al Papa de la Vieja Roma, además de reconocer el lugar de purificación de las almas. Para autentificar, firmado el día nueve de junio de mil cuatrocientos treinta y nueve.»

Los griegos escucharon mudos de sorpresa, y el mismo Besarión estaba tan sorprendido que tuvo que buscar palabras y volvió a leer la escritura. Después de tanto barullo y angustia, la habitación había quedado sumida en un silencio angustioso, hasta que, de repente, Marco Eugénico se abrió paso a la fuerza entre la multitud y gritó:

—¡No es verdad! ¡Es una maldita falsificación de los latinos!

Intentó tomar el papel de las manos de Besarión para romperlo, y sólo la fuerza del alto y robusto arzobispo lo salvó de su acometida. Una vez le hubo rechazado, Besarión dijo tranquilamente:

—De ninguna manera es una falsificación y no puede serlo. Démosle gracias a Dios porque el patriarca, aún en el momento de la muerte, quisiera fortalecer nuestra unanimidad reconociendo por escrito todo cuanto ya había dicho de palabra.

A pesar de todo, una extraña y callada depresión invadió a la gente, e incluso yo la experimenté, aunque, como latino, hubiera tenido que alegrarme por el abandono del patriaca de su propia fe en los últimos instantes de su vida. Si hubiera querido, yo hubiera podido ser el primero en llevar la noticia de la última voluntad del patriarca a los cardenales y al Papa, y tal vez habría sacado algún provecho de ello, pero preferí dejar que otros lo hicieran. Salí de la casa mortuoria sintiéndome extrañamente melancólico. Quise creer que el más alto representante de la Iglesia griega, al acercársele la muerte, había llegado a una definitiva convicción y seguridad, pero a la vez pensaba en la dolorosa angustia que habría sufrido después de escribir su última voluntad y recabar para ella el testimonio de los sirvientes.

El papa Eugenio se alegró por el testamento del patriarca y permitió que los griegos le enterrasen, al día siguiente, en la iglesia del monasterio de Santa María Novella, siguiendo sus propias ceremonias. Marco Eugénico se negó a asistir a los funerales y proclamó un anatema contra el patriarca por haber dejado que los latinos debilitasen su fe y por haber asentido a todos sus requerimientos. Esta despiadada maldición demostró que ni él mismo creía que la última voluntad del patriarca fuera una falsificación. No obstante, corrían rumores de todas clases sobre ese asunto, y lo más raro fue que incluso entre los latinos hubo quienes hablaron con desconfianza del testamento del patriarca, aunque no lo hubieran visto con sus propios ojos.

Al día siguiente, inmediatamente después del entierro, el papa Eugenio quiso continuar las negociaciones, no contento con los reconocimientos que los griegos partidarios de la unión de las Iglesias le presentaban como eclesiásticos particulares. El calor empezaba a apretar, y el emperador Juan tuvo una de sus típicas rabietas al ver que las cosas no avanzaban como él quería. Según él, todo debía estar ya aclarado, y no se hallaba dispuesto a firmar las explicaciones requeridas por el Papa sobre el purgatorio y la posición del Pontífice como cabeza de la Iglesia. Según él, era mejor que el Papa se contentara con las manifestaciones orales sobre el acuerdo. El Papa se humilló hasta el punto de ir a visitar al emperador, pero éste sólo le exigió que arreglase sin demora el viaje de los griegos a Venecia y, desde allí, a su tierra. Sin embargo, el cardenal Cesarini logró que al menos aceptara para su lectura los textos redactados por los latinos, con lo cual volvieron a empezar los interminables debates sobre las formas de expresión.

Yo, después de ser testigo de la muerte del patriarca, sentía como si alguna cuerda de la voluntad se me hubiera aflojado y perdí todo interés en seguir las conversaciones. La melancolía y un sentimiento de frustración indescriptibles me dejaron la mente aturdida, el calor florentino me relajó el cuerpo y, en mi debilidad, echaba de menos a una persona cualquiera a la que pudiera sentir cerca de mí y con la que pudiera hablar abiertamente. Por ello estuve dispuesto a escuchar, cuando uno de los piadosos hermanos franciscanos que había tomado la costumbre de hablarme confidencialmente de la corrupción en Florencia y de la mundanización de la Iglesia se dirigió a mí, diciéndome:

—Nada de lo terrenal es perfecto. Nuestra orden tiene sus fallos y nuestros miembros sirven a Dios cada uno a su manera. Pero tenemos el ejemplo de san Francisco, el ideal de la humildad y pobreza, y él rezará por nosotros ante Dios. Si estás cansado de la vanidad del conocimiento y de la pobreza de una felicidad terrenal, ¿por qué no te unes a nosotros para recibir la felicidad de la humildad?

Su inesperada propuesta me sorprendió, y le contesté:

—Yo mismo te he revelado cuán débil es mi fe y lo falto que estoy de amor, a pesar de conocer a Dios. Sólo poseo el conocimiento, pero todo el resto me falta. Entonces, ¿cómo sería capaz de seguir a san Francisco?

—Tienes el espíritu apropiado aunque tú mismo no lo sepas —me contestó con entusiasmo—. Quien busca, encuentra, y a quien llama se le contesta, no lo dudes. Además, la fe no es una posesión perpetua del hombre, sino que hasta en este aspecto reconocemos nuestra pobreza, y para muchos de nosotros la fe significa una lucha continua. Esto no es impedimento.

A lo que yo le respondí:

—No, no hay amor en mí.

Sin embargo, todavía intentó con más ahínco convencerme de que me hiciera monje en la orden franciscana, hasta que empecé a sospechar y a pensar a qué se debía tanto entusiasmo. Varios monjes me habían hablado, resaltando en tono adulador mis modestas maneras de vivir, mi sabiduría y mi piedad, y me animaron a unirme a su orden y me presagiaron un gran futuro dentro de ella. Experimenté la gran tentación de abandonar todos mis inútiles pensamientos y arrojarme con los ojos cerrados al tierno regazo de la humildad y la pobreza. Sin embargo, los rechacé a todos, diciéndoles que aún no estaba preparado para ello y que mi conciencia no me permitía convertirme en monje antes de sentir la llamada de la vocación. Les dije que, al realizarme tal como era, realizaba la voluntad de Dios en mí. Ellos me reprocharon mi orgullo espiritual y mi endurecimiento de corazón, y se disgustaron conmigo.

Todavía me quedé más sorprendido cuando el doctor Segundino se dirigió a mí una calurosa mañana, diciéndome:

—El final de las negociaciones ya es sólo cuestión de poco tiempo; ya se puede prever la unión de las Iglesias. ¿Qué piensas hacer cuando los griegos hayan regresado a su país, ya que entonces se termina tu contrato?

Le contesté sinceramente que lo ignoraba y que ni había pensado en ello, porque cada día tenía sus problemas.

—Parece que tu diligencia y tu facilidad de aprender han llamado la atención —me dijo—, porque me han informado que, como recompensa por los servicios prestados al concilio, podrías obtener una razonable prebenda si quisieras examinarte y dejar que te ordenaran sacerdote.

—¿Quién ha dicho semejante cosa y quién quiere tanto que me ordene sacerdote? —pregunté con suspicacia, porque, que yo supiera, no tenía a ningún protector importante después de que el doctor Cusano se hubiera ido a cumplir con su misión a los países alemanes.

—No preguntes estas cosas —me contestó—. En esta época de escisión, la Iglesia necesita hombres de talento para luchar contra aquélla. No se puede negar que tienes talento, a pesar de que también tienes numerosos aspectos desagradables y sospechosos, que me excuso de enumerar porque tú eres quien mejor los conoce. Sin embargo, estoy seguro de que te liberarás de ellos si la ordenación de sacerdote te da una firme base sobre la que avanzar. La prebenda te permitirá estudiar en cualquier universidad sin problemas económicos, con la única condición de que no te quedarás en Florencia, ya que esta corrupta metrópoli no se considera beneficiosa para tu desarrollo.

Me guiñaba ambos ojos de una manera extraña y me miró con una expresión infinitamente melancólica, como para darme a entender que había algo en el asunto que él no podía decirme.

—¿Es una condición? —le pregunté, confuso—. ¿Tengo que abandonar Florencia para obtener la prebenda? Que yo sepa, no he violado las leyes de la ciudad ni he conspirado contra sus gobernantes.

—Tú mismo sabrás lo que has hecho, pero supongo que nada malo puede haber sido, ya que por ello recibes un premio. Y no seas loco, agarra la suerte con ambas manos una vez que se te presenta.

Después de pensar un instante, le contesté:

—Aquí hay algo que no entiendo. No obstante, no puedo permitir que me ordenen sacerdote porque sólo reconozco la doctrina de la Iglesia con mi boca, pero mi corazón no la confiesa.

—Hablas como un demente —me dijo—. Hay muchos que han recibido la ordenación teniendo menos méritos. Si no sirves para impartir los sacramentos, la Iglesia necesita, asimismo, a juristas, administradores y políticos. En el gran seno de la Iglesia hay sitio para ti también, si es que quieres servir fielmente su honor y te sometes a recibir la gracia.

—Querido doctor Segundino, no me reproche —respondí—. De ninguna manera quiero ser ingrato y sé cuántos se aprovechan de la Iglesia para conseguir ventajas terrenales y sin sufrir remordimiento alguno por ello. Yo no los quiero criticar, sino que creo que actúan así de buena fe y sin perjudicar a su alma. Empero, a mí no me es suficiente una fe tan simple, y por ello me sentiría en mi corazón como un criminal si aceptara esta oferta. Con ello, no quiero decir que me sienta ni mejor ni peor que las demás personas. Sólo sé que soy diferente y que debido a ello no puedo, no puedo aunque parezca un tonto o un payaso ante sus ojos.

Sacudió la cabeza, pero no en señal de desaprobación, y me dejó copiando por enésima vez las frases «Cuida de mi rebaño» y «A ti te dejo las llaves del Reino de los Cielos».

En esta fase, las conversaciones se habían interrumpido, por el requerimiento del papa Eugenio de que se le debía reconocer el derecho a convocar el concilio general cuando lo considerase necesario y de que todos los patriarcas debían obedecerle. Por toda contestación, el emperador le había espetado:

—Prepare nuestro viaje de retorno.

Sin embargo, nadie le tomaba ya completamente en serio. Al calor abrasador de Florencia, que había tomado unos tonos amarillos y pardos, los griegos ya no tenían fuerzas de seguir su oposición con la misma energía, y los latinos, acostumbrados a estas temperaturas, se aprovechaban de esa debilidad proponiéndoles más y más variaciones del texto para reconocer los privilegios del Papa.

Mientras escribía me preguntaba qué era lo que se quería de mí y qué hecho me había convertido, a un humilde traductor y escribano como yo, en una persona de tanta envergadura que los franciscanos insistieran hasta la saciedad en hacerme hermano suyo y que la Iglesia me tentara con una prebenda. Me examinaba a mí mismo pensando si sabía alguna cosa que no debía saber. A la fuerza me acordé también del testamento del patriarca y de la casualidad de que hubiera sido yo quien lo encontrara. Por fin, me invadió una sospecha que me hizo enfadar tanto que tiré la pluma, me levanté bruscamente y me marché sin terminar el trabajo. Con el polvo atragantándoseme en la garganta y el calor pesando como una losa en los hombros, me fui a la casa de la señora Ghita, así el picaporte y golpeé fuertemente la puerta. Un sirviente me abrió e intentó expulsarme, pero en mi ira le empujé a un lado y fui directamente a la especie de celda llena de quincallas, donde estaba la señora Ghita sentada en una dura silla al lado de la ventana enrejada, con las manos en el regazo y las imágenes de santos colgando del cuello y de las ropas. A mis enfadados ojos parecía fea y absurda como una bruja, pero cuando se volvió para mirarme con sus oscuros y angustiados ojos, el enfado se me fue y no supe qué decir.

—Has vuelto a mí sin invitarte, sin obligarte —dijo—. No sé si debo alegrarme o entristecerme por ello. Siéntate y descansa un poco. ¡Si estás sudoroso y jadeante!

Llamó a su sirviente y ordenó que me trajeran algo para beber.

Su habitación me pareció fresca en contraste con el asfixiante calor de la calle y, después de que me sirvieran una bebida fría, me sentí tranquilo y bien. La miré, pero ella tenía la mirada dirigida al suelo y movía las manos en el regazo como si le molestase mi presencia.

Después de pensar un rato, le pregunté:

—¿Por qué me persigues y te metes en mi vida, intentando organizarla? Ya te he dicho que jamás aceptaré nada de ti. No pido tu dinero ni tus ropas, y no permito que, a mis espaldas, intrigues para conseguirme favores.

Se sorprendió visiblemente, hizo un brusco movimiento que hizo sonar sus adornos, y me espetó:

—¿Qué quieres decir y de qué me acusas? Si he hecho preguntas sobre ti y me he procurado información, no hice nada malo y no era mi intención que tú te enterases de ello.

—Si sigues así —le contesté—, pronto se harán coplas sobre mí en toda la ciudad. Y no lo niegues, seguro que has donado dinero al monasterio para que accediera a aceptarme como monje, a pesar de que soy un forastero. Cuando no lo lograste, ahora quieres comprarme a la curia una prebenda de sacerdote. Pero yo no quiero tus regalos.

Me miró con sus oscuros ojos, extremadamente asombrada; empezaron a temblarle los labios y me preguntó:

—¿De qué hablas? No entiendo lo que quieres decirme.

Sus negativas volvieron a despertar mi ira y le conté en tono acusador cómo me habían tentado los monjes y cómo me habían ofrecido una prebenda si hubiera accedido a hacerme sacerdote. Todo el cuerpo de la señora Ghita empezó a temblar, y la mujer dijo:

—He sido estúpida y poco cautelosa. Dios quiera que nada malo te ocurra por mi causa. Créeme, en mi ignorancia hice preguntas sobre ti a los monjes porque me agradaba hablar de ti, pero no he hecho nada más y, por otra parte, no desearía por nada del mundo que te convirtieras en monje o sacerdote. No, esto es lo último que desearía.

—Entonces, ¿de dónde vienen estos favores?

Su rostro feo y sin vida se ruborizó y bajó la cabeza, retorciendo las manos en su regazo como poseída por un fuerte dolor.

—¿No lo comprendes? Es cruel e injusto, pero en mi locura he revelado seguramente de forma demasiado clara mi afecto por ti. Se me espía cada paso y creo que, por mis preguntas, alguien ha llegado a la conclusión de que tú podrías representar un peligro para mi paz espiritual. Debido a ello, te quieren comprometer antes de que sea demasiado tarde con la promesa de castidad del monje o con el celibato del sacerdote. Es sólo esto lo que ha motivado estas ofertas. Nada más.

La miré sin poder creer lo que oía.

—¿Quieres decir que alguien sospecha que te estoy haciendo la corte para casarme contigo?

Lo absurdo de la idea me hizo reír a carcajadas. La señora Ghita me observaba con sus oscuros y tristes ojos y dejó de temblar. El color sonrosado se le fue de la cara y su piel tomó un tono gris pálido. Su mirada me hizo atragantar la risa, y entendí que la había herido en lo más profundo. Nos quedamos mirándonos cara a cara y no supe qué decir para disculparme, porque no quería ofenderla por nada del mundo.

Por fin, me dijo:

—Sí, sí, será mejor que te vayas, si no tenías mejor motivo para venir a verme.

—Ghita, amiga mía, mi risa fue un acto de ligereza. No quiero que te disgustes. También te pido perdón por haber sospechado de ti injustamente. Sin embargo, ¿por qué permitir que una loca ocurrencia de los monjes o de tus familiares nos separe? Al verte de nuevo me alegro de haber venido, porque estoy triste y he echado de menos a una persona con quien poder hablar amistosamente. Si me lo permites, me quedaré un rato.

—Soy una mujer fea y nuestra diferencia de edad es antinatural —respondió la señora Ghita—. Además, soy demasiado rica para que podamos ser amigos. Ciertamente, mi riqueza es una maldición para mí y temo que te perjudique. Eres un joven soltero y tu insultante risa no testimonia nada. No hay persona cabal en este mundo que crea que te interesa mi amistad sólo por mi persona; todos pensarán que tienes otros planes. Entonces, ¿cómo podría creerte yo?

Sonriendo, le tomé una mano y le dije:

—No aceptaré nada de tu parte y te juro solemnemente que jamás te pediré en matrimonio para hacerme con tus riquezas, que es lo que sospechan los que actúan a mis espaldas. Estando así las cosas, ¿no queda todo bien explicado entre nosotros?

La mujer retiró la mano y, con la cara pálida y grisácea, contestó:

—No, no me toques.

Levantándose, se colocó detrás de su silla como para protegerse de mí y siguió diciendo:

—Deseaba que volvieras a mí. Deseaba que, con el ímpetu de tu juventud, nunca te percatarías de lo que los demás creen que buscas en mí. Ahora ya lo sabes, y jamás podré volver a mirarte la cara sin sentir vergüenza. Vete, pues. Vete a tiempo.

Golpeó el suelo con un pie con tal fuerza que le tintinearon las medallas. No obstante, su resistencia me irritó y no quise que me echara de su lado. Por eso le dije:

—Tranquilízate, Ghita. Pronto te librarás de mí. Se está acercando la unión de las dos Iglesias y después de esto yo ya no tengo oficio en Florencia. Volveré a vagabundear y no nos veremos más. ¿Por qué no ser amigos durante este corto tiempo? Esto no puede dañar a ninguno de los dos.

Retorció los huesudos dedos, con angustia y preguntó:

—¿Qué quieres de mí? ¿Por qué me atormentas?

Acto seguido, y en plena confusión, empezó a fingir de nuevo, a reírse como una loca, a besar una por una las imágenes que le colgaban de las ropas y a rezar con voz estridente. No la interrumpí. Me limité a mirarla, sintiendo una profunda compasión por ella. Me echó una mirada, su voz empezó a ser entrecortada hasta que bajó de tono, y poco a poco se tranquilizó. Se calló y me miró abiertamente. Otra vez pareció como si se hubiera quitado un velo que le tapaba la mirada, y al mirarme, en la oscura desnudez de sus ojos me olvidé de su fealdad y sólo vi en ella a una persona de la que me sentía anímicamente cercano.

—¿Por qué me enviaste a tu criado con el fardo de ropa y el dinero? —le pregunté—. ¿No te parece que ya me conocías lo bastante como para no tentarme de una manera tan estúpida? De no haber sido por ello, seguramente habría vuelto antes para saludarte.

Me miró con los ojos desnudos y respondió:

—Te vi llorando en Ponte Vecchio y sentí una debilidad. Hoy te he visto reír, y me pareció como si un puñal me hubiera atravesado el corazón, pero tu risa me hizo sentir una debilidad aún mayor. Creo que ni tú mismo sabes lo que eres, Juan.

Su última frase me chocó en lo más hondo, y al pensar en la respuesta me pareció que las paredes de la estancia se alejaban y yo me elevaba a las alturas para verme desde fuera.

—¿Qué soy yo? —le pregunté—. El mundo se ha vuelto viejo, todos los pensamientos ya han sido pensados, el corazón de los más sabios vuelve al pasado para buscar consuelo allí. El crepúsculo del tiempo ha desplegado todos sus colores sobre la tierra, y para un hombre que piensa ya no hay futuro en este cansado mundo de división, guerras y ambición de poder. La Iglesia se ha vuelto terrenal y, según la opinión de un gobernante inteligente, el hombre no es mejor que un animal que va a ser sacrificado. Luego, ¿qué soy yo en este mundo de desesperanza?

«¿Qué soy yo? —continué diciendo, desesperado—. Dios está más allá de mi entendimiento y no lo puedo encontrar porque en mí no hay amor. Por esto soy cautivo del tiempo y del lugar, y mi único hogar es el desolado mundo de lo finito. Pero lo peor es que no me contento con ello, ¡no me contento con ello! Debido a todo esto, no me queda otro remedio que volver a vagabundear, a pesar de saber bien que, al trasladarme de un sitio a otro, sólo intento escapar de mí mismo sin resolver nada. Señora Ghita, yo no sé quién y qué soy y ni siquiera reconozco el bien y el mal como los demás.

—Hay ángeles de la luz y ángeles de las tinieblas —me contestó ella—. Al menos no eres un ángel de la luz.

—¡Tonterías de mujeres! —le espeté—. Sólo soy un ser humano y ésta es mi maldición.

El espacio seguía ensanchándose a mi alrededor, y me parecía como si la celda de paredes de ladrillo se hubiera llenado de luz terrenal.

—Bien, si tú lo quieres así —continué—. Ahora mismo estoy encima de una alta montaña y veo las murallas y las amarillas torres de Florencia ardiendo alrededor de mí en tonos malvas. Veo la facilidad del oro y de la riqueza terrenal y algo que me está diciendo: «Te daré todo esto si te contentas con ser un ser humano».

Me desperté de mi aparición viendo con nuevos ojos la cara gris y sin vida de la mujer, sus oscuros ojos y sus huesudos dedos.

—¿Eres tú mi tentación? —pregunté—. Sé que en mí hay algo que atrae a las mujeres, aunque yo lo detesto en mí mismo y hasta ahora ni se me ha ocurrido aprovecharme de ello. Sin embargo, fuiste tú quien corrió detrás de mí. Si te tocara fría y egoístamente, ya que a mí me falta el amor, aún podría convertirte en más demente de lo que eres. Quizá podría conseguir que te casaras conmigo y luego yo heredaría tus riquezas. Pero, ¡Dios mío!, ¿qué sacaría con ello? Me encerraría en el mismo infierno contigo y construiría a mi alrededor las mismas murallas con las que tu riqueza te rodea a ti.

Me miró fijamente, los secos labios se entreabrieron, aparecieron burbujitas de espuma en las comisuras de su boca y un resplandor rojizo en el fondo de los oscuros ojos.

—Al menos eres honrado, hermoso joven —dijo—. Seguramente eres muy honrado. Pero, de verdad, no hace falta que me vuelvas más loca de lo que ya lo estoy. Un fuego ha ardido en los rincones más secretos de mi cuerpo desde que te vi. ¿Por qué te iba a mentir, ya que te conozco y veo que intentas ser honrado para contigo mismo y para conmigo?

Se me acercó llevada de un salvaje movimiento, me tomó de la cabeza con manos temblorosas y la apretó como si intentara poseerme de esta forma, sin atreverse a tocarme más. Durante un rato me tuvo aprisionado así, y su frenesí era tan fuerte que yo también empecé a temblar. Luego se relajó, me soltó, volvió a sentarse en su dura silla al lado de la ventana y dejó caer las manos en el regazo.

—¿Te espían los criados, bufón de Dios? —le pregunté.

—No se atreven. Sacan demasiado provecho de mí. Pero puedo mandarles fuera, si quieres.

—Ghita, yo también he tenido pasiones, pero una vez saciada la pasión sólo sentí un vacío y más desolación que nunca. Por tus ojos, por tu condición de bufón de Dios, haré lo que pueda por ti. Si lo deseas, me marcho en seguida y no volveré más, y esperemos que así te librarás de mí. Pero, si lo prefieres, tendré piedad de ti con mi cuerpo, sin pedirte nada a cambio, si crees que así será mejor para ayudarte a librarte de mí. Tú eres quien escoge. Yo no deseo ni pido nada. Sólo lamento haberme cruzado en tu camino y haberte hecho sufrir.

—Sí, sí —me dijo—. Es sufrimiento y no amor, si no es que el amor sea también sufrimiento. Pero, ¿por qué tuve que encontrarme precisamente contigo, para quien mi riqueza no surte efecto alguno? De otra forma, podría haberme burlado de ti como me burlo de todo el mundo y, más que de nadie, de mí misma.

—Al menos riámonos, Ghita —le respondí—, riámonos porque Dios nos tiene como sus bufones a los dos.

Intenté reírme y ella se me unió con una risa entrecortada, llena de dolor, hasta que no pudimos parar nuestras ruidosas y locas carcajadas carentes de alegría y con las que sólo nos burlábamos cada uno de sí mismo.

Al final me dijo, jadeante después de su desconsolada risa:

—Soy mayor que tú, Juan, y más sabia, aunque no lo parezca. Todavía no sé si quiero, si ni tan siquiera puedo aceptar el obsequio que con tanta amabilidad me ofreces. No obstante, tus solas palabras me producen un dulce placer, y mientras estés en Florencia me gustaría verte de vez en cuando y tal vez tocarte una mano y acariciarte el pelo. Esto sería todo cuanto desearía de ti. Pero debemos ser astutos como las víboras e inocentes como las palomas para llevarlo a cabo sin que nada malo te ocurra.

Meditó un momento y continuó diciendo:

—No les temo tanto a los monjes, pero si mi familia empieza a sospechar algo pueden contratar a cualquier vagabundo para que te clave una daga en la espalda. Cosas así ya han ocurrido en esta ardiente y vehemente ciudad. Por ello será mejor que ahora, a la vista de todo el mundo, te eche de aquí como a un descarado mendigo y te prohíba que vuelvas a entrar jamás en mi casa. Esto no le extrañará a nadie, porque también antes he tenido tremendas rabietas y hoy me es fácil fingir, de tan fuertes como son mis sentimientos en este instante.

Me acarició levemente una mano, sonrió y su rostro era casi bello cuando sonreía, como si el hielo de los años se le hubiera derretido en el corazón.

—Si crees que puedes vivir una semana sin verme —dijo—, yo, dentro de unos días, enviaré a mi criado y a la cocinera a mi casa de campo para prepararla antes de mudarme allí para pasar la temporada de más fuerte calor. Ya lo he hecho otros años y sólo conservaré conmigo a mi joven esclava, en quien tengo confianza hasta el punto en que se puede tener confianza en una persona, a pesar de que ella me odia. Si de verdad soy capaz de vivir una semana sin verte (quizá me apoye la esperanza), el viernes próximo, cuando haya oscurecido, vente a la parte trasera de mi casa y entra por la puerta que da al jardín. Por tu propio bien, cuídate de que nadie te vea. ¿Quieres venir, para que sepa esperar con la seguridad de verte?

—Con mucho gusto —le contesté, sonriendo.

—¡Qué maravilla tener algo que esperar! —exclamó, apretándose fuertemente las manos con los dedos entrelazados—. No me lo he merecido, loca de mí. Creo que esperar algo es la mayor felicidad de una persona, aunque su culminación nunca corresponde al dulce dolor de esperar. Por otra parte, creo que no voy a aceptar tu regalo, y me bastará con poderte mirar y acariciarte con mis manos, si no te resulta demasiado desagradable debido a mi fealdad. Oh, Juan, precisamente por esto es mejor que nos encontremos en la oscuridad de la noche, para que no tengas que ver mi fealdad, sino que me puedas imaginar tal como fui antes de mi desgracia... ¿Quieres verme tal como fui? —me preguntó, intentando sonreír.

Sin esperar mi respuesta abrió con rápidos movimientos un arcón, sacó un retrato envuelto en seda, lo descubrió y me lo dio para que lo viera. No fue hasta que averigüé lo hermosa que realmente había sido, con qué despreocupada seguridad había mirado al artista con los oscuros ojos llenos de alegre valentía, como si hubiera poseído el mundo entero y toda la felicidad humana, cuando comprendí la enormidad de su desgracia. Parecía como si el artista también hubiera estado hechizado al pintar su blanco cuello y su hombro desnudo contra el terciopelo azul del vestido y las multicolores piedras preciosas del collar. En el retrato, sus rojos y suaves labios estaban entreabiertos y su juventud parecía florecer eternamente.

Al levantar mis ojos del retrato hasta su cara, me miró

con tristes y desconsolados ojos, apretándose las manos. Después de ver aquel retrato pude adivinar en los rasgos de su boca y de sus mejillas algo del pasado perdido, como si debajo de las cenizas todavía quedara alguna chispa.

—Si quieres —le dije—, a partir de ahora siempre te veré tal como fuiste.

Ella sacudió la cabeza.

—No pido a tus ojos una mentira piadosa. Si siguiera siendo igual al retrato, nuestro encuentro perdería todo su valor. Prefiero que intentes soportar mi fealdad y que no me mires con demasiada frecuencia. Sin embargo, te espero, Juan, te espero con ansiedad.

Empezó a temer que me había quedado más tiempo de lo conveniente, y pusimos en marcha el espectáculo que me había sugerido. Comenzó a insultarme en voz cada vez más estridente, golpeó el suelo con el pie, llamó a gritos a su criado y, ciertamente, parecía una bruja temible en su rabia, mientras las medallas y las imágenes de santos tintineaban en sus ropas. A gritos, entrecortados por risitas, le indicó al criado que me echara de la casa y le prohibió dejar entrar nunca más a un mendigo tan descarado. Encantado, el criado me agarró bruscamente, y yo también grité, maldije y pedí perdón, hasta que caí de bruces en el polvo de la calle. De inmediato, una morbosa multitud de gente se reunió a mi alrededor, gritando, riéndose y señalándome con un dedo. La puerta se cerró de un ruidoso golpe, pero al cabo de un rato la señora Ghita la volvió a abrir, me arrojó dos monedas de plata mientras le pedía a Dios que no le permitiera guardar odio y me prohibía cruzarme jamás en su camino. Me alegré al ver entre la gente a un monje que me conocía. Me sacudí el polvo de codos y rodillas, recogí cuidadosamente las monedas y me marché, no sin antes haberme lamentado ante la gente de lo caprichosa y dura que era la piadosa señora Ghita. No me fue fácil hacer de actor en tan humillante escena, pero pensé que convenía muy bien a mis propósitos representarla ante la gente.

El domingo siguiente, los representantes de los griegos y los del Papa se reunieron en la iglesia de san Francisco para redactar el decreto definitivo sobre la unión de las Iglesias. Los cardenales no estaban muy contentos; habían querido que los griegos hicieran todavía más concesiones. Pero el papa Eugenio comprendió que las interminables disputas sobre los textos diferentes no eran fructíferas. Además, cada día le costaba grandes cantidades de dinero y el concilio que seguía tercamente reunido en Basilea continuaba con su pleito contra él, para separarle definitivamente de su oficio de Papa. Por fuerza tenía que conseguir la unión de las Iglesias y, de esta manera, obtener una victoria moral sobre los padres de Basilea. El emperador Juan le había comunicado que los griegos se habían doblegado y accedido a admitir hasta el último texto aceptable para ellos. Asimismo tenía que pensar en sus fieles y en lo que podían llegar a soportar. Debido a ello, quiso que el texto sobre la posición del Papa fuera lo menos específico posible. El papa Eugenio tranquilizó a los cardenales diciéndoles:

—Ya no sé qué más pedir a los griegos, ya que hemos conseguido todo cuanto hemos pedido.

En su opinión, las diferencias religiosas que pudieran aparecer se podían aclarar verbalmente.

Aquel caluroso domingo, en la iglesia que había aprendido a conocer tan bien, me pareció increíble que, por fin, después de tan largas disputas, sospechas mutuas y diferencias de opinión que habían parecido insalvables, la unión entre las Iglesias iba a ser ahora solamente cuestión de dictado, traducción y acuerdo sobre el texto exacto. Oí desde lejos cómo el cardenal Traversari empezaba a leer la propuesta de los latinos, que el doctor Segundino había traducido al griego en una primera versión y que había sido modificado posteriormente por Besarión:

—«Eugenio, obispo, siervo de los siervos de Dios, para su eterna memoria. Alégrense el cielo y la tierra, porque se ha quitado de entre nosotros un muro que separaba las Iglesias occidental y oriental, y han vuelto la paz y la armonía.»

No se oyó ninguna observación ante la exhortación del

manifiesto en el sentido de que toda persona que se llamase cristiana se alegrase junto con la madre Iglesia.

—«Porque, miren: después de un largo tiempo de desavenencias y de división, los padres de Occidente y de Oriente se reúnen, exponiéndose a todos los peligros de la mar y de la tierra, venciendo con júbilo y alegría todas las dificultades, llegando hasta este sagrado concilio general, añorando la Santa Unión y el retorno del anterior amor, y sus esfuerzos no han sido en vano. Después de un largo y penoso trabajo de investigación, han alcanzado la esperada y santa unión, por la gracia del Espíritu Santo. Ahora, ¿quién puede agradecer lo suficiente la gracia de Dios Todopoderoso? Y ¿quién no admirará la riqueza de la divina Gracia? ¿A quién no se le enternecerá el corazón, aunque fuera de hierro, por la enormidad de esta grandeza celestial? Esto es obra de Dios y no de la debilidad humana. Para Ti las loas, para Ti el honor, para Ti las gracias, Jesucristo, fuente de Gracia que tanto bien has hecho a tu esposa la Iglesia católica y, en nuestros días, has producido el milagro de tu Gracia para que todo el mundo hable de tus milagros. Dios nos ha dado un grande y celestial tesoro y nuestros ojos verán lo que tantos otros antes que nosotros, a pesar de sus fervientes deseos, no pudieron ver.»

Hasta aquí, todo habían sido sólo palabras y los representantes de los griegos, no quisieron hacer observaciones; pero ahora que por fin se iba a entrar en materia, en lo que había sido objeto de discusiones durante casi un año y medio, todas las caras adaptaron una expresión atenta y tensa y los oyentes se inclinaron hacia adelante. No puedo negar que yo también escuché con mucha atención el texto que debía ser el definitivo, mientras el cardenal lo leía atentamente, dando énfasis a cada palabra.

—«Una vez reunidos en este santo sínodo general, los latinos y los griegos hemos investigado con el máximo interés y ahínco, entre otras cosas, la cuestión del origen del Espíritu Santo. Después de examinar los testimonios de la Santa Biblia y los de autoridad de numerosos Padres de la Iglesia orientales y occidentales, algunos de los cuales manifiestan que el Espíritu Santo procedía del Padre y del

Hijo, mientras otros decían "del Padre a través del Hijo", aunque todos querían significar el mismo hecho a pesar de la forma diferente, los griegos manifestaron que, diciendo que el origen del Espíritu Santo era el Padre, no con ello querían excluir al Hijo. Sin embargo, y según han manifestado ellos mismos, les parecía que los latinos enseñaban que el Espíritu Santo procedía del Padre y del Hijo como si fuesen dos principios y dos alientos. Por ello se han abstenido de decir que el Espíritu Santo provenía del Padre y del Hijo. Los latinos aseguraron que no decían que el Espíritu Santo procediera del Padre y del Hijo en el sentido de que hubieran excluido al Padre como si no fuera la fuente y el principio de toda la divinidad, al igual que del Hijo y del Espíritu Santo, o como si el Hijo no hubiera recibido el Espíritu Santo del Padre, o que suponían la existencia de dos principios o dos alientos. Todo lo contrario, enseñan que sólo hay un principio y un aliento del Espíritu Santo como han enseñado hasta ahora. Dado que todo esto refleja una sola y verdadera intención, se han acogido unánimemente a la siguiente y sagrada conclusión común, que es del agrado de Dios. Y así, en nombre de la Santísima Trinidad, del Padre, del Hijo y del Espíritu Santo, aprobado por este santo concilio general de Florencia, ordenamos que todos los cristianos deben creer y asimilar esta verdad religiosa y, además, deben reconocer que el Espíritu Santo procede eternamente del Padre y del Hijo y recibe su esencia y su ser igualmente del Padre y del Hijo y eternamente proviene de ambos y, a la vez, de un solo principio y de un solo aliento. Cuando se explica que los santos profesores dicen que el Espíritu Santo tiene su origen en el Padre a través del Hijo, significa lo mismo que lo que mantienen los griegos, según los cuales el Hijo es la causa, la causa de la existencia del Espíritu Santo, al igual que el Padre, o lo que mantienen los latinos, según los cuales el Hijo, al igual que el Padre, son el principio. Y dado que todo cuanto pertenece al Padre, el Padre lo ha legado a su único Hijo al traerlo al mundo, salvo la paternidad, el Hijo recibe eternamente del Padre de quien ha nacido el principio de que el Espíritu Santo procede del

Hijo. Además, decimos que la explicación de las palabras *y del Hijo,* a fin de explicar la verdad, en su tiempo y debido a imperativos inevitables, fueron añadidas al credo lícitamente y por razones contundentes.»

Los rostros de los griegos se ensombrecieron, pero no dijeron nada y, de esta forma, la victoria de nuestra Iglesia fue tan completa que algunos escribanos empezaron a moverse como si hubieran querido interrumpir la sesión con gritos de júbilo. Al reconocer como lícita la añadidura, los griegos se retractaban totalmente de su postura anterior y su derrota era muy grande. Luego siguieron las explicaciones sobre la hostia, y la cuestión sobre el purgatorio. Ésta, a fin de evitar cualquier clase de malentendidos, la habían aclarado los latinos con las siguientes palabras:

—«Si los que se arrepienten sinceramente se mueren en el amor de Dios antes de haber hecho toda la penitencia para reparar sus hechos y descuidos, sus almas se purificarán después de la muerte con las penas del purgatorio. A librarse de estas penas les ayudarán las obras piadosas de los creyentes vivos, tales como las santas misas, los rezos, las limosnas y otras obras pías que los creyentes suelen hacer para el bien de las almas de otros fieles, según las normas establecidas por la Iglesia.»

La atención general se relajó cuando el decreto continuó manifestando que las almas piadosas verían a Dios después de la muerte, cada una según sus méritos, con mayor o menor perfección, mientras los que hubieran muerto en estado de pecado mortal o simplemente de pecado original serían destinados al infierno, a sufrir diferentes penas cada uno según lo que hubiera merecido. No se había discutido sobre estos aspectos, y los griegos no se consideraron capaces de debatir asuntos que la Iglesia romana conocía con más exactitud que la suya. Besarión me había dicho que ellos entendían estas cosas de una forma más espiritual y metafórica que la Iglesia latina.

Se había dejado para lo último el asunto más difícil y decisivo desde el punto de vista del Papa. En el principio del decreto, al referirse a sí mismo lo había hecho como un obispo y un siervo de Dios, queriendo así demostrar su humildad y que no buscaba su gloria; sin embargo, con tanta mayor inflexibilidad requirió el reconocimiento de los poderes del Papa. Después de todas las disputas de las semanas anteriores, se había encontrado la siguiente forma de expresión:

—«Además, manifestamos que la sede del Santo Apóstol y obispo de Roma es la primera en el mundo entero, y que el propio obispo de Roma es el primer sucesor de los apóstoles de San Pedro, el verdadero sustituto de Cristo y cabeza de toda la Iglesia en su condición de padre y profesor de todos los cristianos, y que él ha heredado de nuestro Señor Jesucristo todos los poderes de ser el pastor, gobernar y mandar en toda la Iglesia, y que él conserva todos estos privilegios tal como están definidos en la Santa Biblia y en los escritos de los santos. Además, renovamos la jerarquía del resto de los honorables patriarcas, heredada por los cánones, de forma que el patriarca de Constantinopla sea el siguiente después del santísimo obispo de Roma; el tercero, el de Alejandría; el cuarto, el de Antioquía, y el quinto, el de Jerusalén, conservando todos ellos sus privilegios y demás derechos.»

Después de la lectura del texto de los latinos se pasó al de los griegos, y ahora fueron aquéllos los que observaron con toda atención que los griegos no intentasen colar en sus propuestas de cambio de forma nada que discrepase del espíritu del texto original, ni palabras que dieran pie a diferentes interpretaciones. Sin embargo, según pude entender, los textos eran tan iguales como lo pueden ser dos escritos en diferentes idiomas y redactados con diferentes maneras de pensar. Al menos el origen del Espíritu Santo se había explicado tan a fondo y sin ninguna posibilidad de un malentendido que no quedaba lugar a dudas.

Aquel texto era el resultado de tan inmensos esfuerzos, que nadie quiso debatir más sobre sus palabras, y los griegos prometieron presentarlo a su emperador y expresaron la viva esperanza de que él también lo aceptaría.

La madrugada se había convertido en un día de asfixiante calor y, cuando los cardenales se separaron de los griegos, el cardenal Cesarini me llevó aparte y me pidió que siguiera a los griegos y esperara la decisión del emperador, porque no podía estar tranquilo antes de que este asunto quedara aclarado. Yo había hecho también amistad con el arzobispo Isidro, en la medida en que un humilde escribano podía tener amistad con un eclesiástico de alto rango, y Besarión me trataba con tal cariño como si fuera su propio hijo. Por ello los representantes de los griegos no se opusieron, sino que me dejaron entrar con ellos al lado de la puerta para poder escuchar. Encontramos al emperador Juan yaciendo medio desnudo y en compañía de sus perros en la casita de su jardín, encima de cuyo tejado los criados vertían agua de vez en cuando, para refrescar el ambiente. Era evidente que había vuelto a beber demasiado vino la noche anterior, porque tenía los ojos hinchados y se quejaba de dolor de cabeza. No obstante, incluso él tenía tanta curiosidad por conocer el borrador del tratado definitivo, que no rechazó sus obligaciones sino que mandó traer vino y fruta para los obispos y tomó el papel en sus manos. Nada más leer las primeras palabras se enfadó y gritó que su nombre también debía aparecer en el principio o, en caso contrario, había que eliminar el nombre del papa Eugenio. Murmurando, siguió leyendo y bebiendo vino, pero, aunque por culpa del calor y de su propia comodidad, había dejado a un lado las ceremonias imperiales, no permitió que los obispos se sentaran, y les obligó a estar de pie ante él todo el tiempo. Los perros le olisqueaban las piernas y le mordisqueaban los bajos de las capas.

—No tenían derecho alguno a hacer la añadidura en el credo —explotó—. Nosotros lo sabemos tan bien como ellos, pero aceptémosla en bien de la paz.

Sin embargo, al llegar al final exclamó:

—¡No, de esto ni hablar! De ninguna manera el Papa puede reivindicar para sí privilegios basados en los escritos de los santos padres de nuestra Iglesia dirigidos a los Papas, a pesar de que, por pura cortesía, le hubieran llamado con los nombres más pomposos. Jamás aceptaré este texto. El Papa debe eliminar esta parte o modificarla, o de lo contrario nos marcharemos sin haber conseguido nada.

Besarión intentó decir que era el ferviente deseo de todos

el poder declarar la unión de las Iglesias al día siguiente, lunes, festividad de san Pedro y san Pablo. Pero el emperador no quiso escucharle.

—También han pasado ya dos festividades de Pascua florida —contestó—. Hay que volver a tratar estos dos pasajes, y no quiero que el Papa se refiera ni siquiera a la Biblia como base de sus poderes. Sus privilegios y sus poderes gubernamentales deben regirse a base de las decisiones de los anteriores concilios.

Tiró el documento al suelo y Besarión tuvo que inclinarse para recogerlo antes de que aquel perro de manchas negras y blancas lo tomase en sus fauces. Siguiendo su consejo, me fui rápidamente al monasterio de Santa María Novella para informar al cardenal Cesarini de las protestas del emperador y exhortarle a que pidiera en el acto una audiencia con él para rechazarlas. En el monasterio, tuve el gran honor de ser llevado directamente al despacho del papa Eugenio, que esperaba con impaciencia, junto con Cesarini y el cardenal Traversari, si realmente se podía declarar la unión de las Iglesias al día siguiente. Su rostro estaba aún más delgado —se decía que había estado varios días rezando y ayunando—, sus negros ojos ardían y en su cara no se veía ni una gota de sudor, en contraste con el que se veían en las de todos los demás. Relaté rápidamente las protestas del emperador y con qué terquedad había tirado el papel a las fauces del perro, de donde lo había salvado Besarión.

El Papa se afligió profundamente y dijo:

—Con mucho gusto, que se ponga su nombre al principio del manifiesto, y yo le llamaré, si hace falta, mi hijo más querido, y que se mencionen a los patriarcas y a sus representantes en el principio del texto si así lo desea, porque esto carece de importancia. No obstante, los escritos de los santos profesores y las cartas que han dirigido a la sede del apóstol son el mejor y el más convincente testimonio de la primacía del Papa dentro de la Iglesia antes del cisma, y ahora todo vuelve a quedar sin atar y expuesto a interpretaciones, si sólo nos vamos a referir a las decisiones tomadas en los primeros concilios. Por lo tanto, debemos negociar y volver a negociar, y yo ya no puedo más.

Se angustió, levantó las manos y exclamó:

—¡Señor, Señor, ten piedad de mi debilidad y dame fuerzas por tu Hijo Jesucristo! ¡Derrama en mí el Espíritu Santo para que todavía pueda soportar este trance! No por mí, no por mi gloria, sino por tu Santa Iglesia. Una Iglesia, una cabeza, un pastor, ésa es tu propia voluntad, ya que diste a san Pedro las llaves del Reino de los Cielos.

Después de rezar se tranquilizó, tomó un aire majestuoso y pidió a los cardenales que fueran sin demora a ver al emperador, proponiéndole la siguiente forma para el principio del manifiesto:

—«Eugenio, obispo de Roma, siervo de los siervos de Dios, para su eterno recuerdo, en concordancia con nuestro hijo más querido, su majestad el emperador de los griegos Juan Paleólogo y con nuestros honorables hermanos los sustitutos de los patriarcas y de los demás representantes de la Iglesia oriental.»

Sin embargo, no quiso tocar el tema del fundamento de los privilegios del Papa en los escritos de los santos profesores, ya que también se basaba en estos escritos la interpretación de las cuestiones religiosas.

Exhausto, me permitió que le besara la zapatilla una vez más, me puso una mano sobre la cabeza y me llamó buen hijo.

Después de esto siguieron tres días de frecuentes visitas entre la residencia del emperador y el monasterio de Santa María Novella. El molesto calor hizo que los griegos acusaran airadamente a los latinos por impedir la unión de las Iglesias, y que los latinos culparan de todo al emperador, hasta que ambos grupos se separaron enfadadísimos. Al final, el Papa tuvo que doblegarse a que su posición se definiera de la siguiente forma:

—«Hasta el punto que estos derechos están incluidos en las decisiones de los concilios ecuménicos y en los sagrados libros canónicos.»

Aquellas palabras *quemadmodum etiam* significaron una dolorosa derrota, pero, a fin de paliarla, los griegos accedieron a que, una vez firmado el tratado, se publicara una explicación conjunta al efecto de que, según Juan Crisóstomo, creían que las palabras de la eucaristía por sí solas convertían el pan y el vino en el verdadero cuerpo y en la verdadera sangre de Cristo y que sólo estas divinas palabras del Salvador contenían toda la fuerza para convertir el pan y el vino. No habían querido aceptar este concepto dentro del texto del manifiesto de unión propiamente dicho por temor de caer en desgracia, dado que pudiera haberse interpretado como si hasta ahora no lo hubieran creído y por ello habían necesitado aquel rezo posterior a su eucaristía para que el pan y el vino, verdaderamente y gracias al Espíritu Santo, se convirtiesen una vez ingeridos por los fieles.

Y así ocurrió el increíble milagro de que, a primera hora de la mañana del jueves, nos reunimos todos en la iglesia de San Francisco para escribir el texto definitivo de la unión sobre el mejor pergamino. Los griegos quisieron que su propio calígrafo ejecutara el texto en griego y que éste fuera escrito al lado izquierdo del pergamino y el latín, al lado derecho. Luego, los griegos debían firmar su propio texto y los latinos, el suyo. El texto griego sería ratificado por el emperador Juan con el sello de oro más grande de todo Bizancio, y el latino con la bula del papa Eugenio.

Después de que ambos textos fueran examinados y declarados idénticos de contenido, el calígrafo empezó su trabajo, que concluyó por la tarde. En un ambiente de alegre expectación y concordia, los cardenales y los griegos conversaban entre sí sobre la filosofía de Platón, sobre Plotino y sobre los escritos de los antiguos. Nosotros, los escribanos latinos, ya no quisimos provocar a los escribanos griegos, muy irritables, susurrándoles con toda la mala intención la palabra *filioque*, sino que todos actuamos con tanto cuidado como si estuviéramos pisando huevos.

Por fin, el calígrafo empujó su silla hacia atrás en la iglesia ya calurosa, se levantó y enseñó un texto impecablemente bonito, que arrancó exclamaciones de admiración incluso de los latinos, aunque fuera por pura cortesía. Por cuestión de forma, el cardenal Traversari empezó a leerlo a media voz, pidiendo que el cardenal Cesarini lo fuera comparando, una vez más, con el texto del borrador ya aceptado. Al llegar a las últimas palabras se le cortó la voz de repente, se sonrojó de rabia, cogió al calígrafo por el cuello como para estrangularle y gritó:

—¿Qué clase de traición es ésta?

Se había dado cuenta de que el calígrafo había añadido sin permiso de nadie la palabra *todos* en la frase relativa a los derechos de los patriarcas, de manera que en el texto definitivo rezaba: «Conservando todos sus privilegios y demás derechos».

De forma alguna el error era producto de la distracción, ya que había añadido la misma palabra en el texto griego y en el latino. Por ello, había suficientes motivos para sospechar que la añadidura se había efectuado en secreta concordia con los griegos y que, precisamente debido a esto, habían insistido en que su propio calígrafo escribiera el texto.

Los griegos preguntaban, en tono tranquilizador:

—¿Qué importa una palabra?

El cardenal Cesarini respondió:

—Paciencia, paciencia, debemos calmarnos y volver a escribir el texto, aunque tardemos hasta la noche.

Entonces, los griegos manifestaron abiertamente que no estaban de acuerdo. O el texto quedaba tal como estaba o no lo firmarían. En un pesado e irritado silencio, los griegos retrocedieron en compacto grupo hacia un lado de la iglesia, mientras los escribanos probaban los filos de sus cuchillos de sacar punta, y parecía que hubiera bastado una sola palabra para que se produjera una sangrienta pelea, tan a flor de piel estaban los nervios de todo el mundo.

Era evidente que aquella añadidura no podía carecer de importancia, ya que los griegos se aferraban tanto a ella. En voz baja, los cardenales conversaron entre sí y llegaron a la conclusión de que los griegos tenían la intención de interpretar, mediante dicha añadidura, que debían conservarse los derechos de gobierno de los patriarcas ejercidos durante el cisma, derechos que, según el espíritu del tratado, debían pasar al Papa. La consecuencia fue que el cardenal Traversari levantó la sesión con palabras bruscas e invitó a que todo el mundo abandonara la iglesia. Los griegos se marcharon gritando en tono arrogante:

—¡No firmaremos, no firmaremos!

El único que se calló fue Besarión, que andaba cabizbajo como un enorme perro avergonzado. En cuanto los griegos hubieron salido, el cardenal Cesarini rompió a llorar debido a la decepción y el choque emocional. Y es que era evidente que los griegos pensaban reconocer sólo en la forma la primacía del Papa, para conservar para los patriarcas de su propia Iglesia todos sus derechos, manteniéndose así como una Iglesia dentro de la Iglesia, a pesar de toda posible unión.

Así, una vez más, parecía que todo estaba perdido y, en medio de un excitado barullo de voces, reprochábamos a los griegos el ser traicioneros y defraudadores; alguno de los cardenales llegó incluso a afirmar que, aparentemente, los griegos no habían tomado nunca en serio la unión de las Iglesias y que, en consecuencia, era mejor que este maldito y ficticio tratado quedase sin firmar y que fueran los griegos los que tuvieran que cargar con la vergüenza.

Los griegos se encerraron en sus casas, y al día siguiente no ocurrió nada. El ambiente estaba cargado de estancada expectación, como antes de una tormenta. Era viernes y, después de la caída de la tarde, observando los alrededores y vigilando que nadie me siguiera, caminé por la callejuela hasta la parte trasera de la casa de la señora Ghita, abrí la puerta del jardín y la cerré con llave detrás de mí. La noche era muy oscura y calurosa. A lo lejos se podían ver las luces de los relámpagos y oír unos apagados truenos. A tientas, encontré la pared y la puerta de la casita del jardín. Una vez abierta la puerta, oí en la oscuridad la temblorosa voz de la señora Ghita:

—¿Eres tú, Juan?

Luego sentí sus temblorosas manos en las mías. Sintiendo un nudo en la garganta producido por una enorme melancolía y frustración, la abracé y la besé. Sollozando y temblando respondió a mi beso, y me llamó su cariño y su único amor. Luego, no hubo más que la ardiente tumba de la pasión en la que nos hundimos, y en aquel instante nada en el mundo hubiera podido impedirlo, ni ella ni yo, ni la vergüenza ni el miedo al infierno.

Por la noche, la tempestad descargó sobre Florencia.

Parecía que el cielo y la tierra se rajaran y que los edificios se derrumbaran estrepitosamente a nuestro alrededor. A la intermitente luz azul de los rayos, la mujer escondió la cara contra mi pecho, y me pareció como si mi cuerpo y mi corazón hubieran sido de ceniza. No experimentaba otro deseo más ferviente que el que un rayo me tocase y me matase, para no tener que vivir la mañana del despertar.

Pero llegó la mañana y llegó el despertar. La señora Ghita no se tapó ante mí mientras yacía relajadamente a mi lado; supongo que se sentía tan desconsolada como yo, y por ello me resultaba más cercana. Invadido por el asco, la repugnancia y una inconsolable ternura, miré su rostro gris y sin vida y sus sudorosas greñas de pelo. Su descubierto cuerpo era el de una mujer de mediana edad, blanco y como si fuera mantenido con vida artificialmente, que parecía haber empezado a florecer voluptuosamente durante la noche por la gracia del contacto conmigo. Sin embargo, no me alegré al ver sus fláccidas carnes y las azules venas que se veían a través de la piel. La miré con horror para borrar de mí para siempre el deseo de tocar a una mujer, hasta que sus oscuros ojos encontraron los míos en una mirada abierta y honesta, y me dijo:

—Así me has dejado. ¿Me odias ahora?

—¿Por qué debería odiarte? No soy mejor que tú —le contesté. Apoyé la cabeza en las manos y proseguí diciendo—: El placer y la tentación de los sentidos es la tumba y es una muerte lenta. Si no lo sabía ya antes, ahora lo sé.

Al cabo de un rato, añadí:

—Voy a irme de Florencia.

—¿Yaciste conmigo para castigar tu carne? —me preguntó Ghita.

—No lo sé —respondí.

Después de una pausa, me dijo:

—Estoy encerrada en la misma tumba contigo y los gusanos me están comiendo. Este gusano no se muere, ni se apaga este fuego, y me horrorizo de mí misma y me horrorizo de ti. Pero ten piedad de mí y no te vayas todavía.

—Hasta ahora ninguna mujer ha sabido seguir mis pensamientos como tú, Ghita —le dije—. Por esto me siento muy compenetrado contigo y me parece como si fueses parte de mí, una terrible parte, y seguramente te amaría si tuviera la capacidad de hacerlo. Pero no tengo más que mi absoluta frialdad, mi absoluto egoísmo y un absoluto odio hacia mí mismo por ello. Por este motivo, no puede haber gracia para mí, porque ni yo puedo tener piedad de mí mismo.

—Mi cuerpo, mi alma y mi espíritu sólo te llaman a ti —me contestó—, y si eres un ángel de las tinieblas caeré en las tinieblas contigo y no pido más.

Fui a la puerta y miré el jardín, mojado después de la lluvia. Gotas de agua seguían cayendo de las hojas de los frutales, y brillaban a la luz del sol. Había azuladas palomas que picoteaban el suelo, el cielo estaba límpido y luminoso y el sol parecía nuevo con su fresco resplandor. Este mundo de lo finito que mis ojos veían era sólo una tumba, y mi cuerpo vivo también era sólo una tumba y estaba regido por las leyes de la tumba. Sin embargo, aquella mañana nuestra tumba me parecía terriblemente hermosa.

Tres noches me quedé con ella sin salir de la casa durante todo el tiempo. Ghita era humilde y silenciosa y no la odiaba al mirar sus oscuros ojos, desnudos ante el amor. Nuestra pasión era desesperada e imposible, pero cuando se me acercó en la oscuridad buscándome, me sometí a ella para desarraigar hasta el último residuo de mi orgullo corporal. No sabía si, procediendo como procedí, le hice un bien o un daño, y tampoco quise pensar en ello. Ella me decía que le hacía un bien. No la odié por su fealdad; tuve compasión de ella por su desgracia y no consideré como pecado lo que hacía, sino que más bien lo hice como penitencia o como una obra piadosa, siendo bueno con ella como me pedía.

En el transcurso de este tiempo, maduró en mí la decisión de abandonar Florencia. Ghita no se opuso, al percatarse de que, en todo caso, no podía detenerme, y que no podíamos seguir así por más tiempo.

—Si para ti ha sido pecado lo que ha ocurrido entre nosotros —le dije—, págalo como mejor te parezca y como te mande tu conciencia. No obstante, el pecado más grave sería el que yo me quedara en Florencia y volviera a ti una y otra vez hasta que todo se convirtiera en un hábito, que crearía una repugnancia entre nosotros. Si yo me voy, podremos perdonarnos mutuamente y seguir nuestras vidas cada uno en su ambiente.

Ni siquiera me acordé de que era rica hasta que me ofreció dinero con extrema humildad.

—No tengo otra cosa que darte —dijo—. Así de pobre soy. Sin embargo, me alegraría pensar que el dinero te pueda ayudar en tus viajes, porque no soporto la idea de que sufrieras necesidades y contratiempos y, por causa del dinero, tuvieras que humillarte ante la gente.

Sin decir una palabra acepté la bolsa que me ofrecía, sin contar el dinero. El lunes por la mañana nos besamos como despedida, y ella me dijo:

—Perdónamelo todo.

—Perdóname tú también —le contesté.

Así fue como nos separamos, y yo dejé su casa.

Una vez en la calle, vi a mucha gente vestida de fiesta que se dirigían hacia la catedral. Sorprendido, pregunté qué había pasado.

—Los griegos han firmado —me contestaron—. ¡Júbilo en los cielos y alegría en la tierra, porque hoy es un día feliz para toda la cristiandad!

Una enorme multitud de personas se había congregado delante de la catedral, y en las calles adyacentes se podían distinguir, por encima de las cabezas de la gente, mitras griegas y latinas que avanzaban hacia el templo, mientras la multitud saludaba a los obispos con júbilo y ondeando ramas de árboles. Pude abrirme camino hasta la entrada y, cuando me reconocieron, los guardias del Papa me dejaron pasar. La catedral estaba repleta de eclesiásticos y de nobles florentinos, todos excitados y jubilosos. Cuando entraron el papa Eugenio y el emperador Juan llevados en sus literas, todo el mundo empezó a cantar el Tedéum.

Así tuve ocasión de escuchar al cardenal Cesarini leer en latín el manifiesto sobre la unión de las Iglesias, y a Besarión leer lo mismo en griego, después de lo cual se unieron en coro tanto los griegos como los latinos, gritando que lo aceptaban. Pero la palabra «todos» había quedado en el manifiesto, y ni poniéndome de puntillas pude distinguir entre los griegos la sombría figura de Marco Eugénico. Leído el manifiesto y aprobado públicamente, el papa Eugenio ofició, auxiliado por los cardenales, la misa más brillante que había presenciado Florencia hasta la fecha.

Yo experimentaba la sensación de estar soñando y que, en mi corazón, ya me había ausentado de todo esto. Quería pensar que aquél era el día de fiesta más importante de la cristiandad desde hacía varios siglos, y que la unión de las Iglesias oriental y occidental despertaría a los países occidentales, eliminaría las disputas dentro de la Iglesia, reconciliaría a los príncipes y dirigiría a los pueblos unidos en una cruzada contra los turcos. Ahora todo ello me parecía carente de sentido. ¿Qué me importaba a mí que la civilización griega volviera a fructificar y a espiritualizar a los países occidentales? Las páginas de Homero se habían muerto para mí, y los escritos de los antiguos no podían liberar mi alma de la prisión del cuerpo. Miraba las excitadas y alegres caras de la gente, vi cómo los obispos griegos y latinos cambiaban besos de hermandad, vi el lujo del oro y de la plata de los valiosos cálices, los bordados de perlas y piedras preciosas en los atuendos eclesiásticos, la corona de plumas del emperador Juan, y su rostro sombrío y altanero; pero todo esto lo vi tan sólo para decirle adiós.

Entre el júbilo del día, el doctor Segundino ni me preguntó dónde había estado y por qué no me había presentado a mi trabajo. Le rogué me escribiera un certificado sobre mis conocimientos de idiomas y sobre mi actuación como escribano en el concilio, a fin de no levantar sospechas al caminar por las tierras de Italia.

—¿No pensarás marcharte? —me preguntó—. Te debemos parte de tu sueldo, y primero hay que arreglar el viaje de regreso de los griegos; luego, podemos esperar cobrar nosotros.

—Olvídese de mi sueldo —le contesté—. No me lo he ganado. Y perdone, querido doctor, mi terquedad y mi orgullo.

Me miró extrañado, con melancólica expresión, pero en cuanto me vio la cara no me hizo más preguntas, sino que me escribió un precioso certificado en el que me recomendaba a toda la gente de bien. Después me despedí de mis compañeros escribanos, repartí entre ellos la ropa que me sobraba y di dinero a Maese Mateo pidiéndole que bebiera a mi salud. Aún tenía bastante dinero ahorrado, sin contar la bolsa que me había regalado la señora Ghita. Por ello volví una vez más al monasterio de los franciscanos, lo di todo al primer monje que encontré, y le dije:

—Repartid este dinero entre los pobres y rogad que recen por mí.

Curioso, abrió la bolsa y gritó, lleno de sopresa:

—¡Dios mío, aquí hay al menos cien monedas de oro! No puedo aceptar una cantidad tan grande. Debes llevarla al prior o al administrador para que puedan bendecirte.

Sin escucharle, dejé la bolsa en sus manos y me fui a toda prisa, conservando sólo unas monedas de plata para no tener que recurrir a las limosnas de la gente, al menos durante los primeros días. De esta forma, lo único que me quedó era la ropa que llevaba puesta y mis utensilios de escribano. Ni a Homero quise llevar conmigo, de forma que lo llevé al prestamista de libros pidiéndole que lo guardara y que lo vendiera si yo no aparecía para reclamarlo. Por un capricho de la Providencia, vi entre sus libros los Evangelios en griego. Le pregunté si cambiaría aquel pequeño libro por mi gran volumen de Homero y él aceptó gustoso, considerando que yo debía de estar loco.

A la caída de la tarde, vi cómo los fuegos artificiales empezaban a brillar en Florencia, mientras subía por un polvoriento camino hacia las colinas teñidas de púrpura. Estaba en la misma situación con que había empezado, pobre y libre, pero mi libertad me sabía amarga. En la oscuridad de las colinas, mientras la gran ciudad ardía abajo, a la rojiza luz de los fuegos artificiales, me arrodillé y recé en voz alta:

—Jesucristo, Hijo de Dios, ten piedad de mí.

Sólo la oscuridad oyó mi ruego, y nada me tuvo piedad ante mi tumba. Por fin me eché al suelo y lloré desconsoladamente. La tierra desprendía calor para mi frío, la tierra tuvo piedad de mí, y al final me dormí con la cabeza apoyada en el tibio seno de mi única madre.

Desde julio hasta septiembre fui caminando por las tierras de Italia sin destino alguno, hasta que un día luminoso de principios de octubre vi delante de mí las amarillas murallas de la ciudad de Asís, situada en la ladera de un valle entre montañas. Me paré para dar paso a una litera acompañada de jinetes, pero la litera se paró, la señora Ghita bajó de ella, se tiró al suelo, me abrazó las rodillas, y me dijo, llorando:

—¡Por fin te encontré, Juan, y ya no me burlo de mí misma por darle a Dios las gracias por ello!

Me había crecido el pelo, llevaba barba y estaba sucio, pero también era libre y, según entendía, nada me ataba. Por ello me desasí bruscamente de sus brazos, contestándole:

—No tengo nada que ver contigo, mujer, no me persigas.

—Sé todo lo que has hecho —respondió ella—, sé que has regalado tus ropas y repartido tu dinero entre los pobres, y que hasta has vendido tus libros. Con muchos dolores y molestias he ido siguiendo tus huellas y por fin te he encontrado. Y no me puedes rechazar, sino que debes volver y casarte conmigo, porque ya llevo casi cuatro meses de embarazo de ti.

Me pareció como si un rayo hubiera tocado la tierra a mis pies, el suelo empezó a balancearse, se me nubló la vista, y al instante supe que no tenía salvación. Debilitado por el caminar y por el hambre, perdí la conciencia y caí en los brazos de Ghita, oyendo el ruido de lo que me parecía un inmenso océano.

La señora Ghita llamó a sus criados, me dio palmaditas en las mejillas y vertió lágrimas en mi cara. Llevaba en su séquito a un padre franciscano y a un sabio jurista que traía todos los papeles necesarios. Antes del atardecer estábamos casados ante Dios y ante los hombres, y yo, sin quererlo, me había convertido en uno de los hombres más ricos de Florencia. Así terminó mi vagabundeo, en octubre de 1439.

VII

Juan el Peregrino, de los Bardi, en Fiésole, enero de 1444, para un recuerdo perecedor y para una inútil disculpa.

Excelentísima señora Ghita dei Bardi, mi querida y respetada esposa:

Cuando recibas mi carta yo ya estaré lejos y no me podrás alcanzar. También te ruego encarecidamente, por estos más de cuatro años que hemos vivido juntos, que no me busques, porque no hay poder terrenal que me pueda hacer volver del camino que he emprendido, ni la influencia del príncipe, ni los más tiernos ruegos. Una vez que he tomado la cruz, si ahora volviera sería delincuente ante la justicia eclesiástica y la terrenal y, sobre todo, ante mi propia conciencia.

Pero, ¿por qué he tomado la cruz después de larga meditación y de muchas dudas? Sobre esto te debo una explicación, a ti por tu bondad y a nuestro hijo por si yo no volviera. Primero, te aseguro que esto no ha ocurrido por ganas de huir de ti o de nuestro hijo, y supongo que me conoces lo suficientemente bien después de estos años para saber que no es por un mero deseo de aventura o de variación. Tampoco soy un borracho o un libertino que tenga que huir de las consecuencias de sus fechorías, ni he malgastado nuestro patrimonio de forma que no tuviera otro remedio que tomar la cruz, ni soy el hijo más joven de una buena familia con deseos de conquistar poder y honores, ni tampoco pertenezco a la gente desarraigada que suele mandarse a las cruzadas para librarse de personas no deseables, ni soy un ladrón que se sienta acosado. Juntos nos hemos burlado de los que han tomado la cruz o de quienes se les ha obligado a tomarla cuando las autoridades o la desdichada familia no ha tenido otro remedio para librarse de ellos. Pensándonos sabios y de ideas claras, juntos hemos constatado que esta cruzada es sólo una intriga política con la cual el papa Eugenio llena sus arcas e intenta llevar a su lado a partidarios del papa Félix de los países de Alemania y Francia. Si nosotros hicimos donaciones para este propósito, lo hicimos sólo para sentirnos piadosos y no tener que enfrentarnos con la Iglesia. Con aquellos florines de oro compramos nuestra libertad de los deberes de la cruz.

¿Qué ha sido más fácil que recibir a los piadosos padres en nuestra hermosa casa, darles de comer y de beber, escuchar benévolamente sus palabras y, al final, poner nuestro nombre en sus listas de recaudación para el bien de los huérfanos y de las viudas, misioneros y nuevos altares, monasterios e instituciones de beneficiencia, escuelas y seminarios, el Santo Sepulcro y bellas pinturas murales? Sí, hasta hemos hecho construir una iglesia entera, y nadie se ha ido de nuestra casa con las manos vacías, sino que todos han recibido incluso más de lo que han esperado, y nosotros nos hemos quedado sonrientes y contentos mirando cómo se marchaban y habiéndolo dejado todo en manos de la Iglesia. Qué fácil nos fue sacar fondos de una fuente inagotable, ya que nuestro patrimonio no se menguó mucho por todas las donaciones que hicimos para los fines más nobles. Incluso la Iglesia nos asegura que los obsequios que los banqueros nos hacen cada año por nuestras inversiones, de ninguna manera son intereses, que la propia Iglesia ha prohibido.

No sólo hemos ayudado a la Iglesia, sino que hemos apoyado otros propósitos buenos y agradables para nosotros. Hemos repartido bolsas de dinero a estudiantes pobres, y los hombres sabios nos han bendecido. A pintores, escultores y arquitectos les hemos pagado hasta más de lo convenido cuando nos ha parecido que han hecho bien su trabajo. Pero ya basta de este tema.

Como sabes, prestamos un abundante apoyo a los partidarios de la cruzada, a pesar de que yo, como ciudadano de Florencia, no tenía ningún motivo para defender su causa después de que el papa Eugenio se trasladó de nuevo a Roma, rescindió sus anteriores alianzas e hizo otras nuevas, perjudiciales para nosotros, recompensando así con ingratitud todo cuanto Florencia hizo por él en los tiempos de sus peores angustias. (No obstante, no quiero decir con esto que Florencia hiciera por él nada que no fuera del interés de la propia Florencia o que la ciudad pagase un solo florín que luego no recobrase multiplicado en otra forma.)

Supongo que te acuerdas del desencanto y tristeza que experimenté cuando se malogró la unión entre las Iglesias oriental y occidental, como si nunca hubiera tenido lugar, a pesar de que fue festejada con sermones de júbilo y repique de campanas en todos los países de la cristiandad. Sencillamente, el concilio de Basilea despidió al papa Eugenio y eligió como nuevo Pontífice al inmensamente rico conde de Saboya, el cual, después de quedarse viudo, se había retirado como ermitaño a las orillas del lago de Ginebra, en compañía de otros caballeros de la misma ideología. Y no es que crea que tenga mucho éxito como papa Félix, ya que he oído que hasta Eneas Silvio se ha separado de su servicio y ha vendido su oficio de secretario de su Curia, y los príncipes no le han reconocido, como no reconocieron al papa Eugenio, ya que han sacado más partido manteniéndose neutrales en este cisma de la cristiandad.

Además, el emperador Juan, de regreso a Constantinopla, no se atrevió a dar a leer públicamente el manifiesto de la unión de las Iglesias en Santa Sofía, por temor al odio de su pueblo y a la actividad agitadora de los monjes. Tampoco se castigó a Marco Eugénico, sino que es Besarión el que se encuentra perseguido. Los rusos ya han expulsado a su arzobispo Isidro, y muchos de los firmantes del manifiesto se han arrepentido de lo que hicieron, alegando que sólo lo hicieron por las presiones del emperador. También he oído decir que uno de ellos, Georgios Scholarius, se ha sentido tan arrepentido que ha vuelto como monje al monasterio del Pantocrátor, adoptando el nombre de Geunadios para sermonear en contra de la unión de las Iglesias. En fin, aquel manifiesto que tanto trabajo costó redactar ha quedado sin efecto, y ya todo carece de importancia o de sentido. Sobre esto estamos de acuerdo, lo sé; lo que no sé es por qué te repito y vuelvo a explicar todo esto, ya que ambos lo sabemos y yo he seguido lo que pasa en mi época para estar al día, ahora que el mundo vuelve a importarme.

El papa Eugenio no movería un dedo para salvar a Constantinopla, a pesar de todos los tratados de amistad y ayuda, si no fuera por su propio interés. Por ello, la cruzada sólo es un cebo que ha echado a los pueblos y a los príncipes. Si asienten a participar en la cruzada que ha organizado, a la vez le reconocen a él y se alejan de Basilea y del papa Félix. Sin embargo, la cruzada no ha despertado gran interés; los que han acudido a ella son gente como te he descrito más arriba, y ni siquiera ellos están alentados por el papa Eugenio, sino por las victorias y la fama ganadas sobre los turcos por aquel húngaro llamado János Hunyadi.

No obstante, haya o no entusiasmo en este mundo de disputas y divisiones, el rey polaco Ladislao, que los húngaros han elegido como rey suyo, ha avanzado con sus ejércitos de cruzados hasta muy adentro de Bulgaria, ha conquistado varias ciudades y ha conseguido una inesperada victoria sobre los turcos, que están derrotados y tienen a su jefe supremo prisionero. Los príncipes de Servia y de Valaquia le apoyan, su jefe supremo es el famoso Hunyadi, y el cardenal Cesarini ha cabalgado a su lado. Para el invierno deben volver a Hungría, pero para el verano el papa Eugenio preparará una flota que navegará hasta Constantinopla, el príncipe Constantino atacará desde Morea y, debido a la derrota del sultán, se considera como seguro que el príncipe de Karamania se rebelará contra él, a sus espaldas, en el Asia Menor. No tengo duda de que esta primavera habrá un aluvión de hombres de todos los países que se unirán a las tropas de la cruzada, ya que incluso un hombre como yo se entusiasma por estas noticias de victoria. Luego, si he tomado la cruz, no lo he hecho por una causa perdida de antemano; tú me has enseñado a ser cauteloso y me has dado el alma de un comerciante, de forma que también he tomado la cruz basándome en puntos de vista terrenales y considerando todas las leyes de la probabilidad para apoyar una causa victoriosa.

Creo, o al menos lo deseo ardientemente, que la próxima primavera será la gran primavera de la cristiandad. Cuando se haya derrotado el poder de los turcos, como parece que ahora ha sucedido, Constantinopla se convertirá en una poderosa base de los pueblos unidos del Occidente. Entonces, ya nadie puede dudar que el falso Papa caerá por su propia vergüenza, y hasta los príncipes deberán olvidar sus disputas a fin de unirse en la última gran cruzada para liberar el Santo Sepulcro y erigir el reino de Cristo bajo la protección de una sola Iglesia unida. La paz reinará en todos los países y un solo tribunal de reconciliación resolverá las disputas de los príncipes. Ya estamos viviendo tiempos tan instruidos y hay tantos hombres cultos en todos los países, que se podrán eliminar el odio y la violencia. Por esta causa he tomado la cruz.

Te oigo reír con tu risa burlona, Ghita, pidiéndome que me baje de las nubes. Supongo que será lo mejor. Si no lo creo ni yo mismo, tal vez ni lo espero; nuestros tiempos son demasiado cansados, demasiado crueles e indiferentes, egoístas y sin esperanza. Esas cosas no ocurren. O, si ocurren, sucederán de una manera que nadie lo puede imaginar de antemano. Y yo sería el peor de los blasfemos si gritara fanáticamente: ¡Dios lo quiere! A pesar de haber tomado la cruz, no grito así porque Dios no quiere nada y no he notado que se entrometa en los asuntos de los humanos. (A pesar de todo, borra estas últimas líneas si es que no vas a destruir mi carta, para que no perjudiquen a nadie. Yo creo, ¡Dios ten piedad de mi falta de fe!)

Entonces, ¿por qué tomo la cruz si no tengo fe? Para evitar esta pregunta, creo, he escrito tantas líneas inútiles. Ante ti no puedo ni quiero fingir, porque tú me conoces demasiado bien, quizá mejor de lo que me conozco yo mismo. Eres mayor que yo, y durante tus desgracias, en el infierno de tus riquezas, tu inteligencia y tu sabiduría se afilan hasta formar un cortante cuchillo con el cual nos hemos herido tantas veces. Eres más sabia y más inteligente que yo, y por ello te sometes a las leyes de lo finito. O te sometes porque eres mujer y el someterse es sabiduría femenina. O te sometes por tu hijo. Sí, así es, y sería una tontería acusarte por ello. Sólo gracias a tu valentía e inteligencia nos pudimos casar entonces, hace más de cuatro años, y yo me salvé de quedar muerto en cualquier cuneta con una daga clavada en la espalda.

Te agradezco lo que has hecho, ya que es evidente que he de cumplir mi destino. Y si me preguntas si ya no quiero ni a ti ni a mi hijo, ya que os dejo, te respondo que te amo a ti y a nuestro hijo tanto como soy capaz de amar, y nada en el mundo amo más que a vosotros dos. Sin embargo, debo cumplir con el destino que Dios me ha señalado. Aunque, ¿qué sé yo de Dios? Digamos: debo cumplir con el destino que está madurando en mí, según las características que yo tengo.

Como sabes, he estudiado incluso las estrellas durante este tiempo, he escuchado a sabios astrónomos, Toscanelli ha sido invitado nuestro y ha bebido nuestros vinos. Pero yo no encontré nada en las estrellas, aunque es posible que incluso ellas sean sustancias que piensan y buscan la salvación según sus propias condiciones. Esto lo he leído en las escrituras de los Orígenes. Sin embargo, mi problema sigue igual, a pesar del supuesto hecho de que los pensamientos de las estrellas llegasen hasta nosotros en forma de radiación e influyesen en lo que hacemos, porque nunca sabré qué es de mí y qué es de las estrellas y, al fin y al cabo, todo ocurre dentro de mí, con lo cual yo soy el único responsable de mis hechos. La libertad de las estrellas es embriagadora, como lo es mi libertad cuando no permito que nada me ate. Te tengo afecto a ti y a nuestro hijo, a nuestra hermosa casa, a la fuente y a mis libros, a nuestras obras de arte y también a nuestra riqueza, no lo niego, porque hace tan fácil todo lo terrenal, a las palomas, a mi caballo y a tu perro, a todo esto tengo afecto pero ya nada me ata una vez que he tomado la cruz. La luminosa libertad en mí es un testimonio de la existencia de Dios.

Conozco a Dios, pero nada sé de Dios. Mi querido profesor anterior, el doctor Cusano, viaja por los países de Alemania, de diócesis en diócesis, de un príncipe a otro, de un parlamento a otro, como pacificador y como reconciliador de las opiniones opuestas. El cardenal Cesarini, que merece todo mi respeto por su ferviente carácter, absoluta falta de egoísmo e infalible fe, eligió la cruz, hizo sermones a su favor y ahora cabalga al lado de Hunyadi. Ambos creen servir a Dios de la manera que han elegido, pero desde el punto de vista terrenal sólo sirven al papa Eugenio. Yo tampoco sé si sirvo a Dios eligiendo la cruz; sencillamente, esta libertad de poder elegir ya me es suficiente como testimonio de la existencia de Dios.

La fe del vulgo, que jamás puede comprender las verdades divinas, es irracional. Así he pensado y así te he hablado a ti, y con la filosofía de los griegos se ha arraigado asimismo en Florencia la idea sobre lo exotérico y lo esotérico, sobre la sabiduría de los iniciados y la de los no iniciados. Hasta hay eclesiásticos de altísimo rango que ajustan sus dudas íntimas a esta doctrina, refugiándose en el pensamiento de Platón y ajustándolo a la forma cristiana de pensar.

Si conozco a Dios, también sé que no es imposible que la palabra se hubiera hecho hombre y que hubiera vivido entre nosotros, y que sufrió, murió y resucitó al tercer día, enviando el Espíritu Santo a sus discípulos. No, no fue imposible, antes al contrario, fue razonable y comprensible, si es que conozco y reconozco a Dios. Sin embargo, el hombre ha inventado la idea de que fuera de la Iglesia no hay salvación; también es descabellada la idea de los humanos de que los secretos de la divinidad podrían reducirse a limitadas palabras. Que se lo crea el vulgo que no entiende mejor, pero yo experimento la necesidad de entender más, y por ello no hay salvación posible para mí si esta salvación no ocurre en mí mismo. Y esto no lo creo.

Dios se hizo hombre, pero no se hizo filósofo ni buscó sus discípulos entre los sabios de su tiempo. Lo que enseñó, lo enseñó con metáforas comprensibles hasta para los más simples. No existe filosofía que pueda convertir en racional lo divino. Todo cuanto puede decirse sobre Dios, debe decirse mediante metáforas. Éste es el resultado de todas las lecturas con las que me he llenado la cabeza: la verdad divina es tan sencilla que incluso el más tonto puede entenderla y asimilarla, o al menos creerla. Y es que yo no entiendo ni creo. Por eso, cariño mío, por eso he tomado la cruz. No por fe, sino por desesperación.

Recuerda que el monje Bernardino se rió de mí y me preguntó si creería si le viera coger una brasa ardiente en su mano sin que le quemase. Le contesté que sí, si lo viera con mis propios ojos, y él me respondió:

«Entonces es inútil que te lo demuestre. Tú ves y sin embargo no ves, crees y sin embargo no crees». No obstante, oí decir que, posteriormente, en Roma y en presencia de varios testigos, había apretado en una mano una brasa ardiente y no se había hecho daño. Muchos le llaman santo.

Ghita, he tomado la cruz para irme a la guerra a luchar por Cristo contra los infieles. Ésta es la brasa ardiente que cojo en mi mano para ver si me hace daño.

Empero ni esto es verdad más que en parte, y me desespero porque no sé explicarme bien ante ti. En todo caso, no pienses jamás que tomando la cruz huya de la gente ha llamado antinatural y morganático. Aquellas burlas y humillaciones se me han pasado hace tiempo. Si tú misma las pudiste soportar, ¿por qué no hubiera podido yo? Tengo amigos en Florencia e incluso tengo el favor de Cosimo, ya que está casado con tu tía. Varias son las veces que he cabalgado al lado de Piero y que he escuchado a los filósofos junto con la nobleza de Florencia, sin que nadie me menospreciara. ¿Por qué huiría ahora de mi matrimonio si no lo hice entonces? Si fuera diferente y me contentara con este limitado mundo, incluso estaría viviendo feliz a tu lado. Pero tú ya no me necesitas, tienes a tu hijo que te llena la vida y en quien siempre piensas primero, luego piensas en mí y por último, en ti misma. No creo cometer ninguna falta contra ti al marcharme. Además, siempre cabe la posibilidad de que vuelva.

Tengo que irme por mí. Por esta horrible inquietud que sigue viva en mí, sin dejarme en paz. Perdóname si me he cansado de la riqueza y de la vida opulenta. Perdóname si estoy cansado de reírme y cantar coronado de una guirnalda de flores y ebrio de vino, en compañía de los amigos. Perdóname si estoy cansado de leer a los poetas y harto de los pensamientos de los filósofos. Perdóname que no tenga en mí suficiente amor para vivir contigo hasta el final de nuestros días.

También es mejor para nuestro hijo que no esté presente para recordarle su origen morganático. Él pertenece a la familia de los Bardi y, en su día, obtendrá en la ciudad la posición que le corresponde. Dale una buena educación y, además del latín, haz que estudie griego. Deja que aprenda a montar a caballo y a usar el arco, y no te preocupes demasiado por su salud, para que tu desbordante amor no le encierre en una prisión e impida el natural desarrollo de sus talentos. Cuando haya cumplido los seis años, contrátale a un buen profesor. Bendícele de mi parte. No será mucho lo que recordará de mí. Un niño de tres años no se acuerda de mucho. Lo sé por mí mismo.

Y tú, Ghita, tampoco te preocupes por mí. Piensa que sólo he sido como una sombra o un sueño en tu camino. No pienso escribirte más cartas, porque su espera no hace más que aumentar el dolor de la separación. Sigue tu vida tal como ha sido formada. ¡Dios te envió un milagro dándote un hijo! Eres rica, libre y, gracias a tu hijo, una mujer feliz. Ya no tienes por qué temer a la gente; la sola existencia de tu hijo te protegerá. Él es un Bardi, suyo será tu patrimonio, y por ello tu familia te protegerá mejor una vez yo me he ido, mejor de lo que yo nunca habría podido hacer. Si lo piensas sinceramente, mi salida ha sido un alivio para todos los implicados. Es la mejor solución para ti y tu hijo.

De verdad, no te preocupes por mí. Tengo veinticinco años y estoy en la plenitud de mis fuerzas. Como contrapeso de mi ocio, durante estos años he hecho ejercicio físico. Sé montar a caballo, sé usar la espada y hasta soy capaz de manejar el tubo de fuego. En realidad, me marcho mucho mejor preparado que muchos otros. Además, he comprado letras de cambio pagaderas en Venecia y en Buda, sabiendo que tú jamás me habrías perdonado el que me hubiera ido sin llevarme suficiente dinero.

Quizá sea un bufón de Dios al tomar la cruz. Pero te aseguro que, en todo caso, un día habría tenido que marcharme. Todos hemos de pagar nuestras deudas a la temporalidad; yéndome por mi propia y libre voluntad, he querido romper las cadenas del tiempo y del lugar. Si no hubiera existido la cruzada, tal vez me habría ido al África o a la India. De todas formas, me habría marchado. Entonces, es inútil que pases pena por mí. A pesar de todo, la cruz da a mi salida un propósito razonable, así que no tendrás que sufrir humillaciones por mi culpa; mas bien te puedes enorgullecer ante la gente por mi piedad.

No escribo más. Tú me conoces mejor que ningún otro ser humano. Nuestra tumba es hermosa, pero creo que me entiendes si levanto la losa de su entrada y, una vez más, intento salir de ella. Adiós, Ghita, esposa mía. Saluda a nuestro hijo de mi parte.

El verano de 1444, después de que la misión de paz de los turcos hubo abandonado Hungría, estuve en la tienda de campaña del cardenal Cesarini arreglando sus papeles e invadido por una dolorosa angustia. De repente sentí como la tierra temblaba bajo mis pies, oí gritos de socorro desde el campamento y por la fuerza del terremoto me vi tirado al suelo, agarrándome a la tierra con ambas manos. Después del terremoto, la tierra trepidó con el batir de los cascos de una manada de caballos desbocados. Alguien apartó la tela que servía de puerta de la tienda, en la que entró un hombre desconocido. Era alto, moreno y guapo, y su coraza brillaba como la plata. Cuando me miró con sus brillantes ojos, comencé a temblar y le pregunté:

—¿Qué quieres de mí, señor?

Contestó con voz sonora y clara:

—No te busco a ti. Estoy esperando a tu señor, el cardenal Juliano Cesarini.

Arreglé los cojines y le señalé el asiento, pero no me atreví a invitarle a sentarse. Él no dijo nada del terremoto. Me siguió mirando con sus brillantes ojos, y a mí me pareció como si yo me hubiera encogido y me hubiera vuelto débil. Me alejé de mí mismo y mi conciencia estaba a punto de apagarse, como si estuviera invadido por el sueño.

—¿Qué quieres de mí? —le volví a preguntar.

—Hoy no te busco, pero nos veremos en Varna —repitió el hombre.

Con un estremecimiento, pensé que él tenía información sobre los secretos planes del ejército, anulados por el tratado de paz del rey con los turcos.

—¡Pero si la cruzada ha terminado casi antes de empezar! —le contesté—. Nunca iremos a Varna.

Sin embargo, me volvió a decir:

—Nos veremos en Varna.

Algo me impidió hablar más con él, y me invadió un terror cuyas causas no me pude explicar. El hombre llevaba en su costado una gran espada y, a la luz que entraba en la tienda por la puerta abierta, parecía que todo su ser irradiaba una extraña luz. Al cabo de un momento, el cardenal

Cesarini entró de prisa en la tienda, con la cara iluminada y gritando ya desde fuera:

—¡Juan, Juan, hijo mío, el rey Ladislao ha jurado!

Hasta entonces no se percató de la presencia del visitante, se paró e irguió su cuerpo todo cuanto pudo. Al comparar su hermoso rostro, gastado por un fuego interior, con el de aquel extraño visitante, observé que se parecían mucho. No se saludaron y se miraron cara a cara. Sin apartar su mirada del otro, el cardenal Cesarini tocó mi brazo y dijo en voz baja:

—Déjanos solos, Juan.

Salí de la tienda al campamento y vi cómo los hombres volvían a erigir algunas tiendas derrumbadas por el terremoto. Los criados estaban lejos, en la llanura, capturando los caballos escapados. Yo me sentía como si tuviera un agujero vacío dentro de mí. Fui al carro del vendedor y le pedí vino. Se me acercó, riendo, un caballero de Borgoña a quien conocía. Me saludó y dijo:

—Pronto nos pondremos en marcha y nos reuniremos en la frontera. Desde allí emprenderemos el avance en nombre de Cristo, tan pronto como los turcos puedan evacuar las ciudades de Servia entregadas según el tratado de paz. Pasaremos esta Navidad en Constantinopla y no en los helados montes balcánicos, como el año pasado.

—¿Cómo será posible? —le pregunté—. El rey Ladislao y el déspota de Servia han traicionado la santa causa de la cruz jurando la paz con la mano sobre la Biblia, después de que los turcos jurasen en nombre de su Corán.

—Por lo visto —me respondió—, sólo fue un truco de guerra y nos preocupamos por nada. ¿No eres amigo del cardenal Cesarini? ¿No sabes que, en nombre del Papa, ha liberado al rey de su juramento y ha demostrado que un juramento hecho a los infieles es nulo?

—¿Y Hunyadi, el de los húngaros? —insistí—. Muchas veces ha asegurado que nuestras fuerzas son insuficientes y el apoyo de los países occidentales, insignificante. Los príncipes no han mantenido sus promesas y el papa Eugenio ha utilizado los diezmos de la cruzada para cubrir sus propias necesidades. Hunyadi ha dicho que es mejor una paz flaca que una disputa gorda, y no cabe dudar de que él es de los que son amigos de los turcos.

—¿Por qué insistes? —me preguntó—. ¿Tienes miedo? A Hunyadi le convertiremos en el rey de Bulgaria y nos acompañará encantado. ¿Por qué no gritas, ríes y te alegras ahora que la cruzada se realizará por fin y derrotaremos a los turcos para siempre? ¿No notaste cómo tembló la tierra cuando el rey volvió a poner su mano sobre la Biblia, anulando todos sus juramentos de armisticio y sus tratados de paz? Ya verás cómo construiremos pirámides con calaveras de turcos en honor de Cristo.

—No sé qué me pasa —le contesté—. Me siento mal y la luz se está apagando en mis ojos.

Él se rió con desprecio; yo me fui caminando, con pasos inseguros, hasta la tienda del cardenal, me eché en el césped y me quedé esperando. El sol se puso y empezó a refrescar. Por fin, vi al forastero salir de la tienda, pasar por mi lado sin mirarme y desaparecer de repente entre las sombras del atardecer, como si nunca hubiera existido.

Cuando entré en la tienda, vi a la luz de la vela que la cara del cardenal Cesarini se había vuelto amarillenta y que en su frente había gotas de sudor.

—¿Quién era aquel visitante? —le pregunté, con el cuerpo helado.

El cardenal Cesarini me dirigió una mirada petrificada, como si no me hubiera reconocido.

—Por la causa de Jesucristo, he hecho sermones a favor de esta cruzada —me dijo—. Por su santo nombre he sufrido hambre, frío y todas las molestias de una campaña. Por Él no he tenido descanso de noche ni paz de día, intentando conciliar a los príncipes entre sí y hacer compatibles todos sus encontrados intereses para unirlos en una lucha común contra los infieles. No he pedido mi propia gloria. Lo que he querido ha sido enterrar en la guerra santa todo mi indescriptible desengaño ante la terrible escisión de la cristiandad. Donde haya podido cometer un error, no lo he podido cometer en cuanto a esta causa y, aunque me muriera en esta senda, me moriría por el nombre de Cristo y de la única manera decente que nuestro maldito tiempo ofrece ya a un cristiano. No, no temo la muerte, sino que la muerte en batalla por Cristo y contra los infieles me sería la gloria pura. Entonces, ¿por qué tener miedo?

—¿Qué le ha pasado, excelentísimo señor cardenal? —le pregunté.

Se enjugó el sudor de la cara, mirando fijamente de frente.

—Tal vez haya hablado demasiado al manifestar con tanto énfasis la ayuda de los países occidentales. Pero lo que he dicho, lo he dicho de buena fe. De esto el Santo Dios es mi testigo. Y nunca habría podido creer que las promesas de los príncipes fuesen tan baldías.

Se levantó bruscamente y gritó, con los puños cerrados:

—¡En todo caso, la flota unida del Papa y del rey de Nápoles ya está navegando! Albania se ha rebelado contra los turcos. Pues, que sea débil nuestro ejército. Dios dará a cada hombre la fuerza de mil. Después de navegar desde Varna hasta Constantinopla, partiremos en dos el reino de los turcos. Murad está cansado de guerras, su hijo predilecto ha muerto, ha abdicado a favor de Mohamed, que sólo es un crío, y se ha retirado a descansar en Magnesia, pensando que tiene la paz asegurada. ¿No te parece que el mismo Dios nos lo ha arreglado todo de esta manera para asegurarnos la victoria resolutiva? Créeme, en cuanto hayamos marchado hasta Bulgaria, todos los pueblos que encontremos por el camino se levantarán para liberarse del yugo de los turcos y para unirse a la guerra santa contra los infieles.

Se quedó callado y jadeante, y yo le pregunté tercamente:

—¿Quién era aquel hombre? ¿Qué dudas sembró en su mente, ya que tanto se ha excitado?

Se serenó de repente, me miró como si hubiera acabado de despertarse, sonrió, y dijo con extraña calma:

—Te equivocas del todo, Juan. No me dio dudas, sino la seguridad. De verdad, ¿por qué estoy tan rabioso? ¿Por qué no alegrarme al saber que el camino de espinas se terminará y a él le volveré a ver en Varna?

Después del descanso de la noche me sentí liberado de la angustia del día anterior, volví a mirar el mundo con ojos razonables, me reproché de mi superstición y de soñar con los ojos abiertos y me uní a los entusiastas preparativos del levantamiento del campo, antes de emprender la marcha. En septiembre, nuestro ejército cruzó el Danubio y seguimos la marcha hacia Nicopol, sin encontrar la más mínima resistencia, porque los turcos habían evacuado la zona según el tratado de paz. En Nicopol se unió a nosotros Drakul, el déspota de Valaquia, que traía consigo algunos millares de caballeros. Hizo todo lo que pudo para convencer al rey Ladislao y a Hunyadi de que renunciaran a la cruzada y dijo que al soberano de los turcos le seguía en una cacería tanta gente como nosotros teníamos en todo el ejército de la cruzada. Hunyadi hubiera podido hacerle callar sólo acusándole de traidor.

Hunyadi era un valiente y experimentado guerrero, pero era, asimismo, un hombre cruel. Los húngaros mataron a todos los turcos que capturaron, y él no se lo impidió. Por el contrario, se contaba que durante sus anteriores campañas contra los turcos había hecho estrangular a prisioneros ante sus ojos y mientras estaba comiendo. Me dijeron que en este país cruel y bárbaro, donde todos estaban en guerra contra todos, no se conocía la piedad.

Cuando nos pusimos en marcha, esquivando las montañas, hacia el mar Negro y Varna, desde donde la flota del Papa debía llevarnos a Constantinopla, advertí inmediatamente que los húngaros estaban lejos de saludarnos con alegría y que no se unían al ejército para luchar contra los turcos. Si había pensado que ya había visto la muerte cuando la peste devastaba Ferrara, ahora pude ver la muerte producida por las armas y toda la insensata destrucción y crueldad de la guerra. Los caballeros alemanes y borgoñones que habían tomado la cruz no reconocían la unión de las Iglesias y trataban a los búlgaros como herejes y, como tales, peor que a los turcos. Éstos habían permitido que los búlgaros ejercieran libremente su religión, pero nuestro ejército profanó y saqueó sus iglesias, prendiéndoles fuego después, y los soldados más crueles mataron a los sacerdotes y monjes de religión católica griega, a pesar de que éstos suplicaban de una manera conmovedora que tuvieran piedad de las iglesias y del pueblo cristiano. Las prohibiciones del cardenal Cesarini no causaron efecto, y me tuve que extrañar muchas veces de cómo la Iglesia podía perdonar de antemano los pecados y prometer la gloria a unos borrachos asesinos y violadores de mujeres que, a juzgar por su comportamiento, sólo habían tomado la cruz para satisfacer sus deseos más inconfesables, para acumular botines y para repartir entre sí las tierras conquistadas, con el único fin de enriquecerse. Sin embargo, creo que muchos jóvenes cometían crueldades por pura ligereza y envalentonados por los malos ejemplos; tampoco niego que entre la tropa había hombres piadosos, que habían tomado la cruz impulsados por un santo entusiasmo o para purgar sus pecados. Desgraciadamente, como soldados eran los peores y se cansaban mucho debido a las molestias de la marcha. Esto lo pude constatar durante el avance, cuando conquistamos ciudades de poca importancia, en las que unas débiles fuerzas turcas luchaban hasta la muerte sin que les importara el número mucho mayor de soldados del ejército enemigo. Pero había muchas ciudades que se entregaban sin resistencia. A finales de octubre, conquistamos la ciudad de Varna y acampamos en sus afueras, en espera de la flota. La poca resistencia que habíamos encontrado nos hizo abrigar esperanzas.

Durante un par de semanas disfrutamos del bien merecido descanso después de la marcha, pero en el mar no se divisaban barcos, aparecieron jinetes turcos que hostigaron nuestros puestos de guardia más avanzados, y la inquietud empezó a estar presente en todos. Por fin, recibimos un mensaje traído por un barco retrasado por las tormentas otoñales y enviado por el capitán del Papa, diciendo que el gran visir de los turcos había enviado desde Adrianópolis un informe sobre la violación del tratado de paz al abdicado sultán Murad, que estaba en Magnesia, requiriendo que volviera al poder para salvar su reino. El sultán Murad estaba reuniendo un ejército en Anatolia, y por ello el capitán del Papa consideraba lo más prudente vigilar con su flota el estrecho del Helesponto, para impedir que los turcos llevasen a sus tropas al lado europeo. Exhortaba al ejército de los cruzados a que atacara por tierra a Adrianópolis, que sólo estaba defendida por el sultán Mohamed, de catorce años, y que luego llegase a Constantinopla también por tierra.

La misma noche, empezamos a fijarnos en un halo de luz en el horizonte, que parecía el reflejo de las luces del campamento de un gran ejército en la noche de noviembre. Los soldados enviados por Hunyadi a efectuar un reconocimiento regresaron con los caballos llenos de espumeante sudor y contaron, tartamudeando por la sorpresa, que un inmenso ejército turco había acampado en las cercanías de Varna. A la madrugada, entró en la ciudad un esclavo cristiano que se había escapado de los turcos y nos contó que, mientras la flota estaba vigilando en el Helesponto —que era el sitio habitual que utilizaban los turcos para cruzar el estrecho—, los genoveses de Pera habían traicionado la causa de la cristiandad, llevando en sus barcos al ejército del sultán al otro lado del Bósforo. El sultán les había pagado un ducado por persona. Su ejército consistía en cuarenta mil hombres, y los jenízaros habían marchado con la misma rapidez que la caballería, llegando en pocos días hasta Varna, hazaña que parecía increíble. Parecía brujería, pero aquel ejército salido de la nada era de carne y hueso, de forma que a todos los invadió una indescriptible consternación.

A toda prisa se colocaron los dos mil carros de carga de nuestro ejército en forma de círculo y se encadenaron entre sí, según la manera que los polacos y los húngaros habían aprendido de los húsares de Bohemia. Esta fortaleza de carros nos protegía; a nuestras espaldas había un inaccesible monte que limitaba con el mar, en nuestro flanco derecho teníamos las murallas de la ciudad, y a nuestra derecha, unos pantanos intransitables por culpa de las lluvias otoñales. Después de una reunión de emergencia, el cardenal Cesarini, el rey Ladislao y el famoso Hunyadi cabalgaron arriba y abajo por el campamento, animando a las tropas ante la batalla que les esperaba. Los cañones fueron bajados de sus carros y enganchados a sus bases hechas de troncos. Después de las lluvias, el día amaneció despejado y luminoso. Los jinetes llevaron a sus puestos la negra bandera de los húngaros, la de san Jorge y la de san Ladislao, y nos pareció que la pesada seda de aquellas banderas ondeando al viento nos protegía. En consecuencia, a todos les invadió un alegre optimismo.

Al mismo tiempo, los turcos habían abandonado su campamento y se habían colocado en sus posiciones enfrente de nuestras tropas. Ante la inmensa multitud de sus jenízaros, los turcos empezaron a cavar a toda prisa una fosa y a levantar una empalizada para protegerse. Una vez nos hubimos acercado más, en buen orden, pudimos ver que los turcos habían plantado una lanza en el suelo y atravesado en su punta el tratado de paz, adornado con los innumerables sellos. A una distancia desde la que se les podía oír, los turcos empezaron a insultarnos en varios idiomas, llamándonos perjuros y traidores. Sin embargo, el tiempo pasó y llegó la tarde sin que ninguna de ambas partes se decidiera a atacar. Nuestros cañones sonaron alguna vez y algunos caballeros envalentonados avanzaron retando a un duelo a los jefes de los turcos.

Nos animamos al notar que los turcos, a pesar de su supremacía numérica en cuanto a tropas, no estaban dispuestos a comenzar la batalla. Nuestra fuerza residía en la caballería pesada y acorazada formada por los polacos y los húngaros, a la que servían de refuerzo los caballeros alemanes y borgoñones que habían tomado la cruz. Como contraste a nuestros corpulentos caballos, las relucientes armaduras y las altivas banderas, la caballería turca en ambos flancos, con sus armas ligeras y sus caballos de pelo desgreñado, parecía un enemigo poco peligroso. Nosotros no creíamos que los hombres a pie de los jenízaros resistiesen el ataque de la caballería pesada. Empezamos a perder la paciencia, y el cardenal Cesarini me mandó a preguntar a Hunyadi por qué retrasaba el comienzo de la batalla.

—Yo conozco a los turcos y a mi propio pueblo —contestó Hunyadi—, pero Dios me guarde de sacerdotes que no entienden nada de las tácticas de la guerra. Si podemos derrotar los flancos de los turcos, podremos rodear a los jenízaros. Por ello y en nombre de Dios, haz que tu cardenal jure de nuevo que el centro debe quedarse donde está.

Después, sonriendo, miró a sus caballeros y gritó:

—¡La corona de Bulgaria está en la punta de mi espada,

y esta noche escogeré a mis paladinos entre los más valientes!

Como señal, movió su cetro de mando y la caballería se puso en marcha chacoloteando y tintineando. De repente, se levantó una enorme ventolera que produjo remolinos de polvo y arrebató de sus astas las ondeantes banderas. La caballería de Hunyadi se perdió entre las nubes de polvo, y yo noté que la tierra empezaba a temblar bajo mis pies. Al cabalgar de vuelta hacia el sitio donde se hallaba el cardenal pasando entre las tropas que miraban y escuchaban con tensión, vi, sobre un caballo negro como el carbón, un poco apartado de los demás, a aquel extraño hombre que había saludado al cardenal en su tienda. Miraba, con el rostro petrificado, la nube de polvo que avanzaba con el viento, y su coraza brillaba como la plata. La excitación y el ciego entusiasmo de la batalla que acababa de empezar me habían embriagado y le grité, jubiloso:

—¡Nos encontraremos en Varna! ¡Fuiste un buen adivino!

Al mirar hacia atrás, vi que se había puesto en marcha y me seguía durante algún trecho. Paró su caballo cerca del cardenal y el rey Ladislao y aquí también se quedó apartado. Después de relatar al cardenal Cesarini lo que me había dicho Hunyadi, le señalé a aquel soberbio y hermoso hombre, en aquel momento rodeado por la luz del sol, y dije:

—Él también está aquí. Nos encontramos en Varna tal como predijo.

El cardenal miró hacia la dirección que le había señalado, preguntando:

—¿Quién?

Pero, en aquel mismo instante, algunos impacientes cabalgaron hacia adelante y le taparon de nuestra vista. Por ello, confundido, no supe decir más que seguramente había tenido una falsa visión. Después de que Hunyadi arrancase con su caballería, también el déspota Drakul atacó, con sus caballeros de Valaquia, el otro flanco de los turcos. Así se luchó en ambos flancos durante cierto tiempo, y pudimos oír los gritos y el ruido de las armas. Completamente pálido y con la cara temblando de impaciencia, el rey Ladislao se mordisqueaba la negra barba y empezaba a mascullar que Hunyadi quería arrebatarle el honor de la victoria. Los caballos relinchaban excitados, moviendo sus cabezas y tensando las riendas como si hasta ellos nos exhortasen a unirnos a la batalla. Algunos jinetes se apeaban de sus caballos para orinar, ya que no podían contener su excitación.

Detrás de la fosa cavada por los jenízaros vimos, sobre una colina, al sultán Murad a caballo y rodeado de sus jefes, vestidos con lujosas ropas. De vez en cuando, alguna flecha llegaba hasta nosotros, pero caía en tierra antes de alcanzarnos o rebotaba sin fuerza en la coraza de algún caballero. En ambos flancos la caballería turca había sido forzada a retirarse un buen trecho y, entre el relucir de los sables y el ruido de las lanzas contra las armaduras, parecía que cada vez había más turcos que empezaban la huida.

Luego vi la escena más excitante y salvaje que pueda verse en una batalla. De repente, el frente turco había cambiado por ambos flancos, y en vez de caras vi las espaldas de los jinetes en una desenfrenada huida. Muchos de los nuestros empezaron a vitorear victoria. El cardenal Cesarini levantó ambos brazos hacia el cielo con una expresión de extasiado júbilo en el rostro, y el rey Ladislao ya no se pudo contener, sino que mandó que sonaran las cornetas de ataque. La impaciente espera de varias horas descargó en un ruidoso asalto, mi caballo fue arrastrado por la furia y yo lo espoleé gritando, sin saber que estaba gritando. Luego las flechas, como un granizo, cayeron sobre nosotros. Aquí y allí algún caballo caía de rodillas, y los jinetes se amontonaban en el suelo. Estábamos ante la fosa cavada por los turcos. Allí cayeron, en un instante, caballos y hombres en un indescriptible desorden, lo cual destruyó de inmediato la tremenda fuerza de nuestro ataque, que habría podido romper las filas de los jenízaros. Las bocas de los cañones escupían fuego y humo a nuestros ojos. Vi caras, brazos, cabezas que se partían, y yo mismo blandía la espada como un demente. Durante un fugaz momento vi cómo el sultán Murad tiraba de las riendas de su caballo para dar la vuelta y huir, cuando las filas de los jenízaros se partían y retiraban ante el ataque de los caballeros provistos de sus armaduras, que querían alcanzar al sultán. Pero alguno de sus jefes tomó violentamente las riendas del caballo, impidiendo la huida. No sé si una descarga de cañón me ensordeció o qué me pasó. En un segundo todo fue silencioso a mi alrededor, y aquel extraño y reluciente caballero que montaba en su negro corcel había cabalgado hasta mí. A pocos pasos delante de nosotros, el caballo del rey Ladislao se cayó de rodillas y el rey fue despedido por encima de su cabeza, directamente a las armas de los jenízaros. Vi a un hombre con largos bigotes apoyar su rodilla contra el pecho del rey, sacar de un golpe el yelmo de su cabeza y cortarla con su sable. En el mismo momento, el cardenal Cesarini fue herido en el cuello y en el bajo vientre. Soltó un horrible grito de dolor. Entre las filas de los jenízaros nació un desenfrenado bramido de alegría, y la sangrienta cabeza del rey Ladislao fue elevada en la punta de una lanza a la vista de todos, al lado mismo del sitio donde se había clavado el tratado de paz sellado y jurado por él. Más y más jinetes con sus caballos se iban cayendo, y antes de que advirtiera lo que estaba haciendo, me encontré galopando hacia nuestros puestos en compañía de algunos supervivientes más, arrastrando por las riendas el caballo del cardenal Cesarini para que él, herido, no se quedara en manos de los turcos. Se le habían caído las armas y se agarraba con agarrotadoras manos a la crin del caballo. La sangre y las lágrimas le manchaban la cara.

Nuestro ejército se había dispersado, y los húngaros corrieron hacia la fortaleza de los carros para defenderse desde allí. Nuestros desbocados caballos nos llevaron en volandas a una loca huida, hasta que el del cardenal se hundió en el pantano y empezó a ahogarse, y el mío me tiró de sus lomos y escapó. No pude arrancar al caballo moribundo del pantano, pero usando todas mis fuerzas pude sacar a tierra al cardenal Cesarini. Le quité el yelmo para curarle las heridas, pero, debilitado por la pérdida de sangre y pálido como la cal, me dijo:

—Éste es el día de mi muerte. No te preocupes por mí; sálvate tú, si puedes.

Por nuestro lado pasaron a todo galope algunos caballeros de Valaquia y luego vinieron, huyendo a pie, los húngaros. Les grité que ayudasen al cardenal y les prometí dinero. Reconocieron al cardenal por su capa, se detuvieron, me tiraron al suelo y mataron al cardenal con sus espadas, diciendo que era el culpable de todo, que había hecho que su rey rompiera su juramento y así les había llevado a todos a la muerte. Loco de odio les maldije, pero ellos siguieron con su escapada para esconderse en el bosque o para encontrar un caballo huido y así continuar escapando.

Cuando vi que el cardenal estaba muerto, enterré su cuerpo en el pantano para que los turcos no lo profanaran. Al levantar la vista, volví a ver a aquel hermoso y sombrío hombre, que se hallaba de pie a mi lado sonriendo de una manera extraña.

—Nos encontramos en Varna —me dijo.

—Sí, nos encontramos en Varna —le contesté—, pero, ¿quién eres?

—Cuando nos veamos la próxima vez, ya no me lo preguntarás. Pero no te preocupes, aún faltan muchos años para ello. Y entonces, ya no harás preguntas inútiles.

Supe que nunca podría olvidar aquel moreno y soberbio rostro y su extraña sonrisa. Una irresistible curiosidad se apoderó de mí. Con el sabor a lejía de la derrota en mi boca, le pregunté:

—Dime al menos dónde nos encontraremos.

—Al final de los tiempos —me contestó—, al lado de la puerta de san Romano.

Después de decir esto desapareció de mi vista como si hubiera sido un sueño, y no entendí nada de lo que me dijo. Lo único que sabía era que el momento de mi muerte aún no había llegado. Por esto bendije como a un ser feliz al cardenal Cesarini, que pudo morir en su decepción. Tiré la espada y la coraza y emprendí el camino hacia donde se hallaban los turcos.

Los jenízaros habían destruido sin dificultad la fortaleza formada por los carros y a los húngaros que se defendían allí. Drakul y su caballería se había escapado y, al ver que no había otro remedio, también Hunyadi había reunido a sus últimos caballeros, emprendiendo la huida sin haber podido salvar ni siquiera su bandera. Sin embargo, juraba que se vengaría de Drakul y, efectivamente, al año siguiente atacó Valaquia sólo para matarle a él y a su hijo. Drakul, que conocía el terreno y la manera de ser de los turcos, logró escaparse de la gran batalla a pesar de que el sultán Murad envió a sus mejores *sipahs* a perseguirle, prometiendo una gran recompensa por su cabeza.

En la campiña de Varna se perdió la esperanza de la cristiandad, y los cadáveres llenaron aquel amplio espacio desde la ciudad hasta los pantanos. Al día siguiente, mientras los cuervos revoloteaban como negras nubes por encima del campo de batalla, el sultán Murad hizo desfilar ante sí a los prisioneros, sentado encima de un ancho cojín y delante de su suntuosa tienda. No fuimos muchos; sólo unos trescientos hombres, abatidos y descorazonados. Lo primero que hizo el sultán fue separar de entre nosotros a los monjes, sacerdotes y caballeros. Tuvieron que arrodillarse ante él y se les cortó el cuello, a pesar de que muchos caballeros ofrecían grandes cantidades de dinero a cambio de su vida.

El sultán era un hombre bajo y rechoncho. Ni las plumas de su turbante ni el lujo de su atuendo podían disimular el hecho de que su cara estaba hinchada y expresaba una evidente melancolía. No parecía que hubiera disfrutado con su victoria.

Después de castigar a los perjuros violadores de la paz, según nos expresó por medio de un intérprete, nos preguntó quienes de nosotros querían, voluntariamente y sin obligarles, reconocer al Dios único y a Mahoma como su profeta.

—Dios me ha dado la victoria —dijo—. Habéis visto con vuestros propios ojos cómo vuestros falsos dioses os han abandonado. Siendo así, no es vergüenza para nadie si deja de servir a los falsos dioses y elige al único Dios verdadero.

Nos miramos. Algunos empezaron a dudar, bajaron la vista y se separaron de los demás. Su ejemplo animó a los débiles, hasta que unos cien hombres expresaron su creencia de que el Dios de los mahometanos era más poderoso que el de los cristianos. El sultán los entregó a los derviches para que les enseñaran el Islam. Después de irse aquéllos, el sultán nos preguntó quiénes de nosotros ofrecíamos rescates para comprar nuestra libertad como alternativa a la esclavitud. En seguida, algunos comerciantes que habían seguido al ejército aseguraron solícitamente que sus casas comerciales pagarían el rescate; asimismo, algunos jóvenes que habían acompañado a los caballeros en calidad de escuderos anunciaron que sus familias pagarían por ellos. El sultán los entregó a su tesorero, para que acordasen las cantidades a pagar para su rescate. Pero, al ver que su vida estaba salvada, un usurero italiano reveló al sultán que yo había servido en el ejército como secretario del cardenal Cesarini. Durante toda la campaña aquel hombre había demostrado curiosidad hacia mí, y ahora tuve la seguridad de que los Bardi de Florencia le habían encargado que yo no volviera con vida de la cruzada.

Tuve que arrodillarme delante del sultán, en la tierra mojada de sangre.

—He estado viendo cadáveres que se reúnen hasta formar montones —me dijo—, para que sus huesos cuenten a las generaciones venideras su perjurio y su traición. Sólo he visto caras jóvenes entre ellos. Si allí hubiera habido al menos un hombre con la barba canosa, nunca habríais emprendido esta descabellada aventura.

—Todos nosotros debemos pagar un día la deuda del hombre —le contesté.

Me miró amablemente, con ojos melancólicos y cansados que se escondían entre sus hinchados párpados, e hizo que el intérprete me tradujera:

—Has dicho bien. Vendrá el día en que cualquiera puede tirar a tierra hasta mi divino polvo.

No me hizo ejecutar, sino que me detuvo como esclavo del sultán junto con dos chicos alemanes. A los demás prisioneros los dejó vender a los comerciantes de esclavos que habían seguido a su ejército.

No se me trató mal, y tuve ocasión de encontrarme con aquel comerciante italiano que me había traicionado. Sin embargo, no le reproché, aunque él lo temía mucho. Sólo le dije:

—No hay muchos que regresen de aquí, y en el campo

de batalla ya hay más de quince mil cadáveres. Puedes anunciar sin preocuparte que he muerto. Aquí nadie sabe quien soy en realidad, y yo no tengo intención de escribir a Florencia para pedir un rescate que me salve de la esclavitud. He escogido libremente el camino que sigo. ¿Quién soy yo para rebelarme contra la voluntad de Dios?

Me contestó:

—Será verdad lo que me escribieron, que eres un loco —me contestó—. Si de verdad no piensas volver jamás, podré testimoniar con la conciencia tranquila que, con mis propios ojos, te he visto yacer muerto en el campo de Varna, para que se te pueda declarar legalmente muerto. Además, como esclavo del sultán no serás mucho mejor que un cadáver.

Yo le dije, escuetamente:

—Nos entendemos.

Aliviado, soltó una carcajada y dijo:

—Muchos hombres se han escapado de una esposa de mal carácter, pero es la primera vez que oigo que uno prefiera la esclavitud de los turcos a las riendas de su mujer. Por mí, que seas feliz, y démonos un apretón de manos para confirmarlo. La tarea que me encomendaron no me gustó en absoluto, pero a los florentinos les debo todo mi éxito y estoy seguro que me rescatarán del cautiverio para servir de testigo de tu muerte.

Sin embargo, él no me comprendió. ¿Y por qué le había explicado nada, si ni yo mismo me entendía del todo? Sólo puedo contar lo que hice, pero no sé explicar el por qué lo hice.

El sultán Murad mandó meter la cabeza del rey Ladislao en una bolsa de piel llena de miel y la envió como señal de su victoria a Brusa, que es la ciudad santa de los turcos, y donde son enterrados los sultanes y sus familias. Además, envió a Egipto veinticinco armaduras de caballero bellamente decoradas, e hizo llegar limosnas a La Meca. Después de regresar a su corte en Adrianópolis, despidió al ejército para el invierno y, ante el disgusto de los jenízaros, manifestó que había asegurado la paz y que volvería a abdicar a favor de su hijo Mohamed.

Los espaciosos cuarteles de los jenízaros se hallaban en Adrianópolis, enfrente del palacio del sultán y cerca de la mezquita que Murad había hecho construir. Contiguos a la mezquita había una universidad y un comedor para los pobres. Al igual que la mayoría de los europeos, yo también había pensado que los jenízaros, como mercenarios que eran, formaban la base del ejército turco. Es verdad que sabía que anualmente se introducían como jenízaros a un determinado número de chicos jóvenes, elegidos entre los pueblos cristianos vencidos por el sultán, que eran educados en la religión musulmana para el uso de las armas y, una vez llegados a la edad reglamentaria, empezaban a cobrar el sueldo de un guerrero. Sin embargo, hasta que advertí que formaban la orden monacal armada del Islam no pude comprender su invencibilidad en la batalla. Al igual que los monjes cristianos, debían comprometerse a una absoluta obediencia, una absoluta pobreza y una absoluta castidad. Se les obligaba a cumplir con los deberes de la religión, a escuchar las enseñanzas del *hadji* y a observar los cinco momentos de rezo diarios, de forma que, a pesar de su origen cristiano, eran musulmanes más fanáticos que los propios turcos y tan fervientes en su fe como los derviches, los cuales, por su parte, eran los errantes monjes mendigos del Islam.

Los jenízaros cobraban del sultán un escueto sueldo, debían evitar cualquier manifestación de lujo y contentarse con una vida sencilla. Las heridas, las enfermedades o la vejez, les daban derecho a una pensión vitalicia, pero no podían contraer matrimonio y, como señal de ello, debían afeitarse la barba al igual que los sacerdotes y monjes cristianos. No obstante, podían llevar bigote, pero se afeitaban la cabeza dejando tan sólo un mechón en la coronilla, por el que Mahoma los elevaba directamente al cielo si caían en una batalla por el Islam, según creían. A ninguno de ellos les estaba permitido aprender oficio alguno, que les hubiera podido apartar del servicio de las armas. Día tras día se ejercitaban, en el patio del sultán, en la lucha, el tiro con arco y, ante todo, en el uso de la espada. Las suyas eran de un acero mejor y más resistente que las de los países occidentales.

Por todo ello, los jenízaros se manifestaron abiertamente, profiriendo gritos de dolor y echándose tierra sobre las cabezas, cuando se enteraron de que el sultán Murad, que en el transcurso de veinte años les había llevado a tantas gloriosas victorias y una vez más había derrotado a las tropas occidentales en el campo de Varna, quería volver a abdicar. Gritaban que un chico de catorce años no les podía dirigir. El sultán Murad se acercó a ellos con la mano sobre un hombro del chico, les habló como un padre le habla a sus hijos y señaló a su viejo gran visir, Khalil, de canosa barba, que llevaba sirviendo a los sultanes en su cargo durante tres generaciones.

—Os doy un joven halcón —dijo—. ¿Cómo podría un halcón aprender a capturar su presa si nunca tiene ocasión de probar sus alas?

Añadió que él ya había hecho bastante y que se había cansado de las guerras.

—Permitid que tenga el descanso del sabio, queridos hijos —dijo—. Deseo cultivar rosas y escuchar el ruiseñor en los bosquecillos de Jonia en compañía de los sabios y de los poetas.

Guiñó lúdicamente sus hinchados párpados y los jenízaros soltaron una carcajada, gritando al unísono:

—¡Lo que tú echas de menos es el vino, viejo borracho, no nos mientas!

Con esta familiaridad hablaron a su sultán, pero al mismo tiempo se tranquilizaron y prometieron fidelidad al joven Mohamed. Desde mi apartado sitio miré a aquel joven que, a una edad inmadura, se hacía con tanto poder, y observé claramente que no le gustaba el comportamiento de los jenízaros, sino que tenía dificultades para contenerse y no demostrar su infantil envidia hacia su padre y el gran visir. Era como un joven halcón, de pie entre los jenízaros, delgado y huesudo, con el turbante demasiado grande cubriéndole la cabeza y protegido por el brazo de su padre. Su rostro tenía un color entre grisáceo y amarillento y hasta sus grandes ojos habían tomado un tono amarillento por el odio. Su ganchuda nariz estaba pálida de disgusto.

Aquel joven Mohamed era un chico extraño. Por curiosidad se me había acercado, hablándome primero en latín para demostrar que lo sabía. Pronto cambió la conversación al griego, que dominaba mejor, y me preguntó varias cosas sobre la cruzada y la vida de los cristianos. Luego, ante mi gran sorpresa, me recitó con una sonrisa sarcástica el Padre Nuestro en latín, para demostrar que conocía nuestra religión. Era evidente que necesitaba jactarse de sus conocimientos, porque me dijo que también sabía hablar árabe, farsi y el idioma de Eslavonia que, al lado del turco, era el segundo idioma oficial de los otomanos. Por lo tanto, era innegable que era un chico con talento y con muchas ganas de aprender, pero había algo sospechoso en sus grandes ojos amarillentos, y tampoco me gustó su codiciosa y ganchuda nariz. Además, se sentía enormemente orgulloso de su rango y era muy ambicioso. Mirando al padre y al hijo juntos, tuve la intuitiva sensación de que el sultán Murad no quería en realidad a este hijo suyo, sino que seguía recordando con dolor a su otro hijo Aladino, muerto el año anterior. Sobre Aladino se decía que había sido la encarnación de las mejores virtudes humanas. Había nacido de un matrimonio legal, mientras que Mohamed era hijo de una simple esclava. Pero en presencia de Mohamed más valía no hablar de Aladino, porque era rencoroso, mientras que éste había sido piadoso. Mohamed, cuando se enfadaba, perdía por completo el control, mientras que Aladino tenía paciencia; aquél era envidioso, mientras que éste había sido generoso; el comportamiento de Mohamed era altivo y tenía una desmesurada ambición, mientras que Aladino había considerado su futuro poder como una cosa natural y se había preparado para sus deberes siendo igual de amable con los nobles que con la gente llana. En resumen, y según lo que oí decir, Aladino había sido como un santo al lado de Mohamed y en todos los aspectos hijo de su padre, mientras que no se habría podido creer que Mohamed fuera hijo de Murad.

En la corte del sultán había varios sabios griegos y médicos y astrólogos judíos que conocían idiomas y que, o bien se habían convertido al Islam, o eran esclavos del sultán, como yo. Después de preguntar durante bastante tiempo el porqué de la sorprendente benevolencia del sultán para conmigo, me enteré de que le agradaba mi apariencia exterior y que mis palabras en el campo de batalla le habían inspirado una poesía. Ante mi gran asombro, supe que se consideraba igual de importante como poeta que como soberano y conquistador. Cuando no estaba en campaña, solía invitar dos veces por semana a los poetas y a los sabios que gozaban de sus favores, con los que conversaba sobre distintas cuestiones y, una vez ebrio de vino, les hacía muchas veces regalos desmesuradamente grandes sin requerir su devolución al día siguiente. La viva poesía que yo le había inspirado me garantizaba su favor. Por esto había mandado que se me enseñara el idioma turco y no me obligó a convertirme al Islam. Su esposa Mara, hija del déspota de Servia, era cristiana, y por este motivo le gustaba tener en su corte a esclavos cristianos. Por lo demás, permitía en todo su reino el libre ejercicio de sus religiones a los cristianos y a los judíos.

El agrado despierta agrado y la compasión suscita compasión. Seguramente habría tenido que odiar amargamente al sultán Murad por todos los cadáveres que se habían quedado pudriéndose en el campo de Varna, pero, desde el primer instante, su tranquilo comportamiento y su melancólica cara en ocasión de su mayor victoria, me inspiraron respeto hacia él. Era un conquistador y un peligro para toda la cristiandad. Había ampliado y reforzado el reino de los turcos y aislado Constantinopla del mundo occidental, pero su cara y sus ojos me testimoniaron que era más bien un filósofo que un guerrero y un soberano. Era una persona de dimensiones extraordinarias y más tolerante que los príncipes occidentales. Por esto me alegré al enterarme de que me llevaría consigo a Magnesia, y no sólo porque ello me garantizaba un buen trato como esclavo y una vida sin preocupaciones. No; yo tenía un irresistible deseo de investigar el misterio que le hizo abandonar el poder aunque no había cumplido todavía los cincuenta años. Yo mismo había renunciado a una riqueza y felicidad inauditas para un hombre como yo, sólo para alcanzar mi libertad. Por todos estos motivos, sentía hacia él mayor atracción que la que jamás había sentido hacia nadie, para conocer sus móviles y lo que quería de la vida.

Durante el viaje pasamos algún tiempo en Brusa, para que el sultán se bañara en las termas. Vi las hermosas mezquitas, las termas y un monte con la cumbre nevada, sintiendo cada vez más fuerte y profundamente que había entrado en un mundo nuevo. Es cierto que, como cristiano, me insultaban y me trataban con desprecio, pero, a pesar de todo, en cada momento sentía más intensamente que me liberaba. Al renunciar a todo y emprender el camino que había elegido, había tomado la brasa ardiente. Había estado entre los pocos que salieron con vida del campo de Varna. Por ello crecía en mí la fe de que mi vida tenía algún propósito, que estaba realizando según las condiciones que se habían venido formando en mí. Externamente era un esclavo, pero ello no significaba nada para mí, porque, mientras los demás me mandaban y me trataban con desprecio, interiormente me sentía más libre y con la mente más despejada que nunca. Tenía mi camino y ya no tenía que elegir por mí mismo, sino que me estaban llevando hacia un destino inevitable.

En Brusa el sultán renunció a su numeroso séquito y seguimos el camino en cortas etapas hacia la primavera y hacia Magnesia. Las costumbres del sultán Murad eran sencillas; durante el viaje hizo sus rezos junto con los demás y, cuando comía en plena naturaleza, se limitaba a colocar delante de él un trozo de piel gastado y la comida era servida en recipientes de barro, ya que el Corán prohibía el oro y la plata. Según avanzaba el viaje, se puso cada vez más alegre y de buen humor y, cabalgando a paso lento, conversaba día tras día con sus acompañantes, el filósofo Ishak y el poeta Hamsa. Una vez, después de comer, me llamó a su presencia y me miró con atención, como si quisiera refrescar en su mente nuestro encuentro en el campo de Varna. Distraídamente, como si hubiera pensado en otra cosa, me preguntó:

—¿Por qué no te sometes a la voluntad de Dios y te conviertes en musulmán?

—Dios me ha dado un camino, que he de seguir —le contesté.

—Eres un hombre feliz. Yo no tengo otra cosa que mi conocimiento de que el universo es sólo una motita de polvo.

Me atreví a responderle:

—Señor, eres la persona más asombrosa que jamás he visto; has abdicado un inmenso poder a tu mejor edad.

Sonrió y me contestó:

—Después de cumplir los catorce años ya no hay infancia feliz y, después de cumplir los cuarenta, el hombre pierde asimismo el consuelo del amor, según dice el poeta ciego. ¿Por qué molestarme y preocuparme, si todavía puedo alegrar mi corazón con el vino y con la compañía de amigos en este mundo de vanidad?

No osé preguntarle más cosas, aunque bajo su sonrisa adiviné la infinita tristeza de todos los seres ante lo perecedera que es nuestra existencia. Me envió de vuelta con los criados y los esclavos. Cada día aprendía más el idioma turco y conocía más sus costumbres, a fin de no diferir demasiado de los demás. Las rosas se estaban abriendo en los jardines plantados por él mismo cuando, bajo el límpido cielo primaveral, llegamos a Magnesia y los blancos edificios de su palacio. Después de subir las escaleras, recitó la poesía que había compuesto durante el viaje:

Oh, camarero, vuelve a traer el vino de ayer,
trae el instrumento de cuerdas y dile a mi corazón que se
[prepare.
Durante el momento que viviré, esta alegría y descanso me
[son deliciosos,
vendrá el día en que una mano desconocida devolverá a la
[tierra mi divino polvo.

Al terminar de recitar esa poesía me buscó con la mirada y me saludó con una mano como demostración de su favor. Después de bañarse y comer, empezó a beber vino en compañía de sus favoritos, mientras unas esclavas le entretenían con canciones y danzas. Una vez embriagado, el sultán repartió entre sus amigos capas de honor y regalos en metálico. Mandó que le trajeran sus perros, los abrazó, permitió que le lamieran la cara y las orejas y regaló mil monedas de plata al perrero que los cuidaba. También hizo traer a la sala del banquete a su blanca yegua favorita, y le dio de comer avena regada con vino. Se inventó otras muchas tonterías, así que los criados y los esclavos competían en llamar su atención. Sin embargo, cuando estuvo completamente borracho se puso melancólico; mirando fijamente hacia adelante con unos ojos sin vida, despidió con un ademán a los músicos, a las bailarinas y a los malabaristas y ordenó que le fueran leídas poesías del poeta ciego. En medio de todo y por un capricho de la borrachera, volvió a acordarse de mí, murmurando una y otra vez aquel poema que había compuesto. Me hizo llamar, me miró con ojos ebrios y dijo:

—Créeme, Dios no existe. En vano lo han buscado los seguidores de Jenófanes y los cristianos, los judíos y los magos. En el mundo, sólo existen dos clases de personas: las hay inteligentes que carecen de fe y las hay creyentes que carecen de inteligencia.

Sus compañeros de fiesta asentían con la cabeza, diciendo apresuradamente que sólo repetía palabras del poeta, sin inventar nada. El sultán añadió:

—Esto es todo cuanto puede decirse sobre las cuestiones de religión. Y el poeta ciego es quien lo ha dicho.

Y yo le respondí:

—Dios existe, aunque yo no soy la persona indicada para testimoniarlo. Por esto, nuestros cuerpos sólo son unas tumbas y este mundo de lo finito es la tumba de nuestros cuerpos.

—¿Desprecias las palabras del poeta ciego? —me replicó, enfadado.

—No puedo despreciar algo que desconozco, y a tu poeta ciego no lo he leído nunca.

Se volvió más ebrio ante mis ojos y gritó:

—¡Entonces, sea el poeta ciego tu profesor y no vuelvas ante mí antes de que sepas leer bien sus poesías!

Empezó a llorar, diciendo a sus compañeros de borrachera:

—No soporto que se burlen del poeta ciego, porque yo también soy un poeta ciego.

A tientas buscó una bolsa de dinero entre las que había ordenado que trajeran, me la tiró y dijo en tono imperativo:

—Haz lo que te digo y búscate un profesor —se levantó; le temblaban las rodillas. Luego exclamó—: ¡No existe Dios, ni cielo ni infierno, ni ángeles ni diablo! Sólo hay personas inteligentes y personas estúpidas y ambas son del mismo polvo. La alegría es perecedera, el placer, corto, y hasta los pensamientos más sabios se desintegran como burbujas en el agua. Mañana ya no me acordaré de lo que soy hoy, y no existe otra ley que la de la variación y la de la desintegración.

Fue tirando las bolsas de dinero que había en la bandeja en cualquier dirección, y quien se encontraba con una podía quedársela. Sus amigos le tomaron de los brazos y, hablándole tiernamente, le ayudaron a acostarse, a pesar de que él se resistía gritando que quería abrazar las estrellas y besar las rosas de su jardín.

Yo tenía que obedecer su orden, mantenerme alejado de su vista y empezar a aprender el idioma árabe. Mi libro de texto no era el Corán, como era lo corriente allí y que, a pesar de sus aberraciones, habría dado testimonio de un solo y misericordioso Dios, sino un libro de poesías de un poeta muerto hacía cuatrocientos años, Abu el Alá al Maharrin. Había perdido la vista a los pocos años de edad y había vivido cerca de Alepo, en pobreza y sin probar la carne. Yo no había experimentado una sabiduría más fría y amarga que la suya.

El verano dio a las colinas unos tonos pardos y amarillos, los cipreses seguían irguiéndose con su oscuro color, y un polvo gris cubría las brillantes hojas de los arbustos de laurel. Los frutos de los rosales maduraron y tomaron un color rojo. Una ya fría mañana de otoño, me presenté ante el sultán mientras paseaba por su jardín, le paré besando la tierra a sus pies, levanté la cabeza y empecé a recitar el poema del poeta ciego:

Sus caras son amarillas y sus bocas, hostiles,
sus hígados, negros, y sus ojos, de un azul de muerte,
pero yo no tengo fuerza para irme
ni quiero emprender un viaje nocturno,
porque estoy ciego, ningún camino me resulta luminoso.

¿Has visto los negros cuervos subir alto al cielo por
 las mañanas, tornando hacia ti su costado derecho?
¿Has visto cómo levantan el vuelo delante de ti las grises
 [palomas?

A mí me enviaron de viaje pero no encontré al mundo
 [ni a la fe,
y, ¿qué más fue mi retorno sino falta de entendimiento y
 [amargura de la mente?

Quien lee sus rezos con la cara hacia el oriente no pierde
 nada al consagrar sinceramente su piedad a su Señor,
pero yo, yo veo al animal terrenal temiendo la muerte.
Un trueno le espanta, un rayo le enloquece,
sin embargo, oh pájaro, tenme confianza, oh gacela, no
 [temas
que te haga daño porque no veo la más mínima
 [diferencia entre nosotros.

Me escuchó atentamente, con los párpados pesados por la hinchazón y me contestó, recitando también:

He visto a los hombres reunirse para alcanzar el seguro
 conocimiento de cosas cuya seguridad es completamente
 [variable,
a ello dedicaron largos años, sus domingos y sus sábados.
Todo esto era sólo un fuego que se enciende y arde, y cuya
 apasionada llama luego se apaga.

Me miró amablemente y siguió diciendo:
—Todo el conocimiento es vanidad de vanidades, pero tú has aprendido tu lección. Puedes pedirme lo que quieras, para que yo pueda demostrarte mi satisfacción.
—No está en tu mano darme lo que más desearía.
La curiosidad se despertó en él y me preguntó:
—Pues, ¿qué es lo que más deseas?
—Dame la esperanza.

—Tienes razón. Somos igual de pobres; un derviche vagabundo es más rico que nosotros, por muy loco que esté.

Cogió del suelo un puñado de arena, que dejó volar con el viento, se frotó las manos y dijo:

—Éste es el único destino, el tuyo y el mío, y el conocerlo nos hace tolerantes y nos permite perdonar a nuestros enemigos. Me cansé de odiar y de amar, y ni siquiera el vino me consuela, aunque lo beba hasta que me salga por las orejas. Sólo prepara mi corazón para el olvido.

—No obstante, existe la locura de los santos y la demencia de los apóstoles —le contesté—. Existe la esperanza cuyo portador es el Dios nacido hombre entre nosotros.

Se impacientó, y me dijo:

—Igual de inútil es que una persona rece hacia el Oriente que hacia el Occidente. No creo en los sueños ni en las estrellas. Sólo creo en la caprichosa suerte y en la casualidad, en la pasión carnal y en la lenta muerte del corazón. Entonces, pídeme lo que quieras y lo que te pueda dar, pero no me molestes con palabras estúpidas.

—La petición que voy a hacerte es rara —le contesté—. Permíteme seguirte por donde vayas y cogerte la mano en el momento de tu muerte.

Se estremeció y me miró fijamente. La nariz, las mejillas y los labios se le tornaron de un color azulado y se apretó el pecho con una mano. Luego recobró la calma, empezó a sonreír y, al fin, soltó una sonora carcajada.

—Al fin y al cabo, soy más rico que tú. Tengo la facilidad de reírme de la vanidad de todo, pero tú eres incapaz de reír. A partir de ahora, puedes sentarte entre mis amigos y entretenernos con tus divertidos chistes, que sabes contar con tanta seriedad.

La siguiente vez que, a pesar de las advertencias de sus médicos, empezó a beber en demasía, mandó efectivamente a por mí y me obligó a sentarme entre sus poetas y filósofos y a emborracharme. No obstante, no pudo hacerme sonreír. El vino aún me produjo más tristeza. Así pues, lloré mientras los demás se reían. Se le ocurrió ordenar que las hermosas muchachas esclavas me consolasen y me tentaran de todas las maneras posibles, prometiendo una recompensa a la que me sedujera; sin embargo, hasta estando borracho rechacé todas sus insinuaciones, sintiendo hacia ellas sólo repugnancia. Por este motivo, el sultán empezó a sospechar que yo practicaba un vicio que entre los turcos era bastante corriente y no del todo desconocido por él mismo, y envió a un hermoso joven a besarme y acariciarme. Cuando le rechacé también a él, el sultán Murad, a su vez, empezó a llorar, diciendo:

—Tu frialdad es antinatural, e incluso tus lágrimas son gotas de hielo. Tu frío llega hasta mí y ni siquiera el vino me calienta ya.

Así pues, adquirí fama de tener un carácter tan frío que no había nada que me tentase y que, para hacer lo que yo mismo no quería, no se me podía sobornar ni con dinero ni con promesas. Algunos me consideraban loco y demente, otros pensaban que en mí había algo de santo, como si el solo hecho de abstenerse de los placeres carnales hubiese podido convertir en santo a cualquiera. Como consecuencia, los ulemas —o sea los doctores en leyes entre los musulmanes— y los monjes de un cercano monasterio de derviches tomaron gusto en hablar conmigo sobre cuestiones de religión, me exhortaron a leer el Corán e intentaron convertirme en servidor del Profeta.

Pero la amarga filosofía del poeta ciego actuaba en mí como un veneno lento, del cual no podía librarme. Su solitario grito de desesperación me llamaba cada noche desde una distancia de siglos. Su pueblo, su raza y su religión habían sido diferentes de los míos; sin embargo, y aunque muerto, era más hermano de mi alma que ningún ser viviente. Se había atrevido a manifestar públicamente lo que los demás se callaban a pesar de sus dudas, y se había expuesto al peligro de ser perseguido por su verdad. Su valentía había sido mayor que la de los santos, ya que carecía de la esperanza que tenían éstos. El camino que yo había elegido me había librado de todo miedo ante el futuro, porque sabía que estaba siguiendo el destino que se maduraba en mí. Por ello pensaba que, aunque no hubiera en mí nada más, al menos debía saber vivir sin miedo. Y, ciertamente, no había poder terrenal que me hubiese podido perjudicar, ya que incluso lo peor que podía ocurrirme sólo dañaría mi cuerpo, y yo no amaba a mi cuerpo, aunque me había encerrado en su prisión para todos los días de mi vida.

No para ayunar, sino para seguir al poeta ciego, dejé de comer carne y empecé a tratar a los animales como si fueran hermanos míos. Si sólo era un cuerpo, como juraba el poeta ciego, no tenía razón alguna para despreciar nada viviente ni sentirme superior a nadie. Poco a poco, empecé a comprender a san Francisco, que había dirigido sermones a los pájaros y había llamado hermano al humilde asno. Pronto me percaté de que los animales se sentían a gusto conmigo y me seguían. Incluso los caballos desbocados se calmaban cuando me acercaba a ellos sin miedo y les llamaba mis hermanos.

Me parecía como si mi cuerpo se hubiera purificado y como si mi mente se hubiera despejado después de dejar de comer carne; como si ésta, incluso en el sentido material, hubiese atado a quien la consumía. Los derviches del monasterio me enseñaron gustosamente una dieta que no debilitaba el cuerpo.

En su lugar de reposo, el sultán Murad buscaba consuelo para su corazón con la alegría y la compañía de los amigos, pensando que encontraría el único propósito de la vida en los placeres del cuerpo y de los sentidos, ya que no existía nada más que el cuerpo. Por eso no le negaba nada al suyo y en poco tiempo engordó y se aflojó, y empezó a levantarse tarde y a descuidar las horas de los rezos. Hasta su agilidad mental empezó a entorpecerse. Beber vino era para él más bien una tristeza que una alegría, porque no sabía beber con moderación, sino que quemaba su cuerpo con la bebida, de forma que después se encontraba enfermo, desconsolado y todavía más melancólico. En un estado así, ni la música de los instrumentos de cuerda ni las hábiles caricias de las esclavas más hermosas podían animarle. Una vez recuperado, pasaba algunos días llevando una vida tranquila y sencilla hasta que la pasión por el vino volvía a apoderarse de él y ya no se podía contener. Por todo ello era esclavo de su cuerpo mucho más que yo, que quería vencer mi esclavitud negando su existencia en mi vida. El sultán envejeció rápidamente en Magnesia, mucho más rápidamente que durante el tiempo que había pasado en las campañas, con todas sus incomodidades, o cuando tenía que preocuparse por los problemas de gobierno.

Dos años le duró esta temporada de descanso y placeres, y ni siquiera quiso oír hablar de lo que ocurría en el mundo, a pesar de que la flota del Papa seguía navegando vanamente por el mar Negro, y Hunyadi realizó una nueva campaña de saqueo y destrucción en las fronteras de Bulgaria. Mientras tanto, el joven sultán Mohamed iba reuniendo en Adrianópolis a hombres jóvenes y ambiciosos, que seguían sus pocos meditados consejos a fin de separar del poder al gran visir Khalil. Los jenízaros no respetaban al sultán, que aún era barbilampiño. Éste intentaba colocar a sus partidarios como oficiales de las tropas, violando la ley de la antigüedad que era la base de los ascensos, hasta que, un día, los jenízaros perdieron la paciencia, se declararon en abierta rebeldía, saquearon y quemaron el bazar y luego abandonaron la ciudad y acamparon en un monte cercano. Khalil logró que regresaran y se calmaran, y les aumentó el sueldo en una moneda de plata diaria; sin embargo, consideró tan insegura la posición de Mohamed, que envió a toda prisa a su hombre de confianza a Magnesia para rogar a Murad que volviera al poder, a fin de evitar la disgregación del reino.

El embajador encontró a Murad en el balneario, melancólico y con resaca. Supongo que el mismo Murad comprendía ya que su escapada del mundo de los hechos y de los deberes carecía de sentido, e iba consumiéndole en vano, ya que no había podido encontrar la verdadera felicidad en los placeres ni en el descanso.

—Nadie puede esquivar su destino —dijo con tristeza—. Mi tiempo está medido y mi corazón está preparado. ¿Por qué no buscar el olvido en la actividad durante el poco tiempo que me queda?

A la brillante luz del sol otoñal se despidió de sus rosales, de sus fuentes, de sus cipreses y de los ligeros tejanos blancos a cuyo cobijo no había encontrado la felicidad.

—Mohamed puede intercambiar sitios conmigo —dijo—. Seguidme o quedaos para servir al nuevo señor. A mí ya me da lo mismo. Si os quedáis, enseñadle mesura, control sobre sí mismo, justicia, respeto a la palabra dada, y la inutilidad de la fama y de las victorias en este mundo perecedero... Su juventud es como un recipiente en plena ebullición, que necesita una pesada tapadera para que el contenido no se derrame —añadió. Y dirigiéndose a mí, dijo—: Tú te quedas aquí, porque no necesito a nadie que me tome de la mano en el instante de mi muerte. Igual de solo que he vivido, igual de solo pagaré la deuda del ser humano.

Esa orden me dolió. Él, al advertirlo, me dijo en tono afectuoso:

—Eres inútil para mí, pero a mi desenfrenado hijo puedes servirle de mucho. No tengo nada en contra de la cristiandad y no pido más que la paz, a pesar de que durante todo el tiempo de mi reinado he tenido que estar en guerra para estabilizar el poder de los otomanos. Sin embargo, nunca me he alegrado cuando he visto cadáveres de enemigos caídos en el campo de batalla, sino que esta clase de escenas siempre me han entristecido. La venganza no produce nada bueno y por ello he perdonado una y otra vez a los violadores de la paz, después de castigarlos de una manera mesurada. A pesar de toda su escisión interior, la cristiandad es un grande y peligroso enemigo, y no querría volver a vivir el mismo horror que en el campo de Varna. La altivez lleva a la caída, y la ambición es la más peligrosa consejera para un soberano. Sin embargo, es inútil que le hable de todo esto a Mohamed, ya que no me respeta ni escucha mis palabras, sino que, como todos los jóvenes, se considera más sabio que yo. Por esto le enviaré aquí para que se tranquilice y espero que tú le servirás como tranquilizante compañía, al igual que sabes calmar a los animales.

Muchos de sus amigos, sabios, filósofos y poetas, prefirieron seguirle o viajaron a Brusa, o sencillamente se fueron porque nadie tenía demasiadas ganas de quedar sometido a los caprichos de un airado y amargado joven de dieciséis años. No obstante, algunos se quedaron, calculando que, en todo caso, un día Mohamed sería el sultán y entonces recibirían su recompensa los que hubieran sabido ganarse sus favores en los tiempos de su juventud y de su humillación. Pero incluso ellos decían: «Preferiríamos encontrarnos con un león herido o con un toro rabioso que con él, durante los primeros días que sigan a su llegada».

A la vista de todo ello, el personal de palacio le esperaba temeroso y, cuando recibieron el mensaje de que su séquito se estaba acercando, nos preparamos para acogerle con todos los honores. Habíamos oído decir que había cabalgado como loco en el transcurso de todo el viaje y que sólo los jinetes más experimentados y los mejores caballos pudieron seguirle. Y así llegó antes de que pudiéramos esperarle, cabalgando solo y con el caballo cubierto de espuma, los ojos de éste desorbitados y convertidos en llamas verdes y la boca y los costados manchados de sangre. Los criados que habían salido corriendo se echaron al suelo, y tocaron la tierra con la frente al verle llegar. Él saltó del caballo y soltó las riendas, y el poble animal siguió su alocado galope hasta dar con su cabeza contra la pared del palacio y desplomarse. Con la cara pálida y los ojos amarillentos, el joven sultán se paró en la escalera para ver si alguien se atrevía a levantar la cabeza para burlarse de su vergüenza. Luego entró, y los temblorosos cortesanos le llevaron a sus aposentos, le introdujeron en el baño, le entregaron ropas nuevas y le ofrecieron comida. Sin casi probarla, se echó en la cama y se quedó dos días encerrado en su habitación, haciendo rechinar los dientes y apretando los puños hasta que las uñas se le clavaron en la carne.

Era fácil comprender ese comportamiento, ya que tal vez jamás un joven desmesuradamente orgulloso y ambicioso se había encontrado con una humillación tan dura como la que le había proporcionado su padre. Dos veces le había nombrado sultán, señor y único dueño de los países turcos de Europa y Asia, y dos veces había debido volver a dejar paso a su progenitor. La primera vez, asustado de muerte, se había visto obligado a pedir personalmente ayuda a su padre, cuando el ejército de los cruzados amenazaba Adrianópolis, pero esta segunda vez se le había puesto como a un niño de cara a la pared a causa de sus propios y poco meditados actos.

En el palacio de Magnesia nadie se atrevió durante varias semanas a sonreír, ni estando a solas.

Sin embargo, Mohamed fue capaz de vencer su propio carácter. Cuando llegaron los profesores de barba gris que Murad había designado para educarle, se humilló a besar su hombro después de que ellos le hubieron mostrado sus respetos. Sus favoritos, que habían fomentado su audacia y su testarudez, fueron enviados a lugares de destierro, y no había arrogancia juvenil que pudiera con estos ancianos llegados a las más altas cimas científicas de las universidades islámicas. Su poder residía en el Corán y en la ley del Corán, a las que hasta un soberano debía someterse.

Una vez tranquilizado, Mohamed empezó a estudiar, anhelando el conocimiento con tanta pasión como si hubiera querido ahogar en él su desengaño y su humillación. Quería vencer a sus maestros con sus propias armas, haciéndoles preguntas capciosas y sonriendo con sorna cuando veía que se quedaban perplejos. Bajo la dirección de un sabio griego, estudió a Aristóteles y conoció asimismo a otros filósofos griegos. Lo que más le gustaba, sin embargo, eran la historia y la geografía, y no se cansó de mirar los mapas de todo el mundo de Ptolomeo, como si con su mirada hubiera querido poseer todos los países.

Cuando se cansaba de estudiar, desahogaba su ardiente fanatismo en desenfrenadas excursiones a caballo y en cacerías. Todas las mañanas se ejercitaba en el arco, intentando tozudamente hacer llegar la flecha cada vez más lejos. Pero no quería engañarse a sí mismo: lleno de ira, dio una paliza a uno de los ayudantes que, con el fin de halagarle, intentó agarrar la flecha y, a escondidas, llevarla más allá de donde había caído. Cuando aquel chico se lamentó, con la cara manchada de sangre, Mohamed se rió como si hubiera experimentado una cruel satisfacción.

También quería estudiar latín; me hizo llamar a su presencia y me dijo:

—Mi padre me ha dicho que tú podrías ser un amigo incondicional para mí.

En su mentón asomaban ya unos finos pelos de barba y sus amarillentos ojos, cuando me miraba, parecían los de un animal salvaje al acecho.

—Ésa fue una mala recomendación —le contesté—. No creo que le prestes demasiada atención a tu padre. Elige tú mismo a tus amigos. Yo soy un esclavo y te obedeceré porque Dios lo ha querido así y no me rebelo contra Él.

—¿Qué crees saber de Dios, cristiano despreciable?

—¿Lo preguntas en serio o esa pregunta es mera retórica?

—No te diriges a mí como debe un esclavo.

—Entonces, ¿cómo debo hacerlo?

—Deberías haber gritado de alegría, tocar el suelo con la frente y agradecerme el favor que te hago cuando te ofrezco amistad.

—Si eso te alegra, te complaceré con mucho gusto. Pero la amistad es una pesada carga, y especialmente tu amistad es más peligrosa que una cesta llena de víboras.

Se asombró tanto por mis palabras, tan directas, que ni siquiera se enfadó, y se quedó observándome con sus amarillentos ojos. De repente, su altivo rostro de muchacho se relajó con una sonrisa, y al sonreír era hermoso como un ángel moreno. Con confianza, posó una mano sobre mi hombro, me invitó a levantarme y me dijo melosamente, como suplicando:

—Estoy solo y no puedo confiar en nadie a mi alrededor. Ésa es una lección que he aprendido. Pero soy joven y echo de menos la amistad. ¿Por qué no quieres ser amigo mío? ¿O es que te soy antipático?

Hizo aquella súplica con tanta naturalidad y vivacidad como si la hubiera estado ensayando, pero yo no me fiaba de su sonrisa.

—¿Por qué finges? —le pregunté—. Con tu sonrisa y tu acariciadora mano puedes ganar a muchos hombres como amigos tuyos, pero, ¿qué ganas fingiendo ante un esclavo que, en todo caso, está en tu poder?

Se le encendieron los ojos, se le petrificó la cara y la

nariz se le puso pálida, pero se contuvo, volvió a sonreír aunque haciendo un gran esfuerzo, y me dijo:

—¿No te das cuenta de que me estoy educando? Antes despreciaba los fingimientos, pero ahora ya comprendo que un soberano no debe exponer ante nadie sus pensamientos. A mí nadie debe examinarme, pero yo tengo que examinar a todo el mundo y ver hasta su interior. No debo creer en ningún ser humano, sólo en mí mismo. He de ser piadoso entre los piadosos; filósofo entre los filósofos; poeta entre los poetas; pero nadie debe saber lo que soy en realidad. Tengo que crear varias cáscaras a mi alrededor. Si alguien logra abrir una, encontrará debajo otra todavía más dura.

—¿Por qué me cuentas todo esto? —le pregunté.

Me sonrió y me miró con sus amarillentos ojos:

—Porque sólo eres un esclavo y puedo hacer que te empalen o te corten la cabeza en el momento en que me percate de que te he contado demasiadas cosas. Aprender a callarse es una asignatura muy difícil, y hablando me aclaro a mí mismo mis pensamientos. Sería mejor subir al monte y decir a alguna piedra o a una columna lo que uno piensa, pero yo tengo que hacer pruebas con las personas para estudiar cómo puedo dominar sus pensamientos. Por ello creo que te voy a elegir a ti.

—Te vas a educar para ser un hombre desgraciado, mi señor Mohamed —le repliqué.

Orgullosamente, irguió todavía más la cabeza:

—Estoy podando de mí mismo los prejuicios, al igual que un jardinero poda un árbol joven con su afilado cuchillo. Me estoy educando para ser un soberano como aquel del que se ha escrito: «El más grande es aquel que lo hará». Todavía no lo crees, cristiano, pero un día el mundo temblará ante mí.

—Y un día hasta la brasa más caliente se enfría —le dije.

—¡Bien dicho! —exclamó—. Yo estoy ardiendo y serán muchos los que se quemarán los dedos conmigo.

Se cansó de la conversación y dijo que quería estudiar latín conmigo. No quería saber nada de Cicerón ni de Quintiliano. Como estudiante de idiomas era impaciente y la gramática le importaba más bien poco. Al notar que lo único que le interesaba era la historia y las artes marciales de Roma, empecé a reunir para él citas de los libros latinos de su biblioteca, a leerlas y explicárselas y a traducir al turco lo que no entendía. Un par de veces a la semana me hacía llamar, y pronto tuve que admirar, aunque fuera con reluctancia, su enormemente rápida y aguda capacidad de comprensión, su buena memoria y su inigualable talento. Tenía la facilidad de separar en un segundo, basándose en la menor referencia recibida, lo principal de lo secundario, lo esencial de lo que no lo era. Por ello me reprochaba a menudo mi lentitud, se impacientaba y me pedía que, al leer, me saltase los pasajes carentes de importancia. No entendía de la belleza del idioma ni de la fluidez de la redacción, a pesar de que él mismo escribía versos en turco para ejercitarse en la poesía.

De la historia elegí para él los pasajes sobre las más importantes batallas de Aníbal y de César. Asimismo escuchó, devorando el texto, todas las descripciones de sitios de ciudades y de las máquinas bélicas usadas como arietes rompemuros. Estudiaba los planos de tales máquinas y las comparaba con las usadas por Alejandro Magno. Sobre éste, leyó todo cuanto habían escrito los árabes y los griegos. No era un alumno agradable, porque aprovechaba todas las oportunidades para burlarse con sorna de la buena fe o de las buenas intenciones de la gente.

—Cuanto más estudio la historia —me dijo—, tanto más me extraña la locura de la gente. No existe ninguna mentira, por grande que sea, que la gente no crea, si se le asegura machaconamente que es verdad. Una victoria borra la traición más despreciable, y el éxito es la única medida con la que puede apreciarse a los soberanos. Un soberano victorioso está por encima incluso de los dioses. Alejandro se hizo denominar Zeus-Amón, y hasta en nuestros días le llaman *el Bicorne* en las fábulas.

»La primera condición del poder es estar en posesión de importantes fuerzas armadas, pero un soberano también debe saber organizar su reino y mostrar en ello justicia mientras le convenga a él. Debe construir sólidos edificios y debe favorecer a los sabios, a los historiadores y a los poetas, para que eternicen su fama para la posteridad y para que él pueda supervisar que sólo se acuerden de sus victorias y que se olviden de sus fechorías, que han sido la condición previa de las victorias.

No pude dejar de decirle:

—Hablas como un niño.

Pero él me contestó:

—Alejandro no era mucho mayor que yo cuando alcanzó sus primeras victorias y a los treinta años había conquistado al mundo entero.

Sus palabras y su desbordada ambición me asustaron tanto, que me quedé mirándole como si fuera una peligrosa fiera. Pero me consolé pensando que aún era un muchacho y que no servía para gobernar, puesto que había podido intentarlo ya por dos veces y había fracasado en ambas ocasiones. Me miró como acechándome y sonrió enseñando sus blancos dientes detrás de sus delgados labios.

—Yo leo tus pensamientos como en un libro abierto. A la tercera va la vencida, y ya tengo la paciencia suficiente para esperar mi tiempo y para crecer y educarme a ser duro.

Después de investigar las máquinas bélicas de los antiguos, empezó a estudiar las armas de fuego y los cañones, mandó a comprarlos a los venecianos y a los genoveses y contrató herreros y fundidores para fabricarlos. También quiso aprender a preparar pólvora y una vez se chamuscó la cara y el pelo cuando el arma explotó en el momento de dispararla. Los turcos no concedían mucha importancia a las armas de fuego y tenían más confianza en sus sables y en sus arcos. En su opinión, la llama, el ruido y el humo producidos por las armas de fuego engendraban más susto que daño. Cuando el sultán Murad estuvo guerreando en Morea, Mohamed contrató y organizó para sí a un grupo de artilleros y una vez a la semana asistía a sus ejercicios de tiro. Los turcos tenían miedo a los cañones, por lo que Mohamed tuvo que recurrir a cristianos renegados, muchos de los cuales encontraron la muerte en estos ejercicios.

El sultán Murad hizo derruir el muro que el príncipe Constantino había mandado construir para cerrar el istmo de Corinto, y permitió que sus tropas destruyeran gran parte de Morea, pero, según su costumbre, después estableció la paz con Constantino y su hermano y les dejó Morea a cambio de un impuesto anual. Al enterarse de esta paz, Mohamed rechinó los dientes y dijo:

—La política de mi padre es descabellada y se vuelve contra él, una y otra vez. ¿Cuántas veces Karamania se ha rebelado contra él, aunque casó a su hermana con Ibdrahim? Tampoco su matrimonio con mi madrastra Mara ha impedido al viejo zorro de Servia aliarse con los cristianos cuando ha pensado que podría sacar el menor provecho de ello. Mi padre se imagina que puede asegurar la paz rodeándose de países vasallos que, de acuerdo con los tratados, están obligados a pagarle impuestos y prestarle ayuda bélica en caso de necesidad, pero cuando vienen contratiempos enseguida se rebelan. Valaquia, Servia, Albania, Morea, Karamania, todos ellos significan un peligro mortal para los otomanos mientras en el centro de nuestro reino esté Constantinopla, protegida por sus murallas y dominada por los cristianos y extendiendo su veneno para destruirnos. Pero mi padre perdona, no sólo siete veces, sino setenta veces siete, como si en su fuero interno amase a los cristianos.

Hizo una pausa, me miró y continuó diciendo:

—Respetas más a mi padre que a mí y te alegras por él como constructor de la paz, pero créeme, ese borracho hinchado y de corazón tierno, que ya está envejeciendo y a quien yo no siento como mi padre, es un enigma más grande de lo que te imaginas. He estudiado este enigma suyo porque no le comprendo. En su corazón es un agnóstico como cualquier hombre razonable, o al menos se asegura a sí mismo que lo es, pero, a pesar de ello, todos sus actos y pensamientos están dominados por el miedo. Yo lo sé porque con mis propios ojos le he visto lamentarse, poseído de pesadillas y gritando el nombre del derviche Berekludje-Mustafá.

Se sentó cómodamente y a continuación prosiguió:

—Supongo que no sabes que el derviche Berekludje-Mustafá representa para el reino otomano un peligro mayor que el que jamás han representado los cristianos o incluso Timur. Vivió como ermitaño en el monte Stylarios de la

Península Negra, enfrente de la isla de Quíos y alcanzó fama de santo. Contaban que, por la noche, atravesaba andando el mar sin mojarse los pies para conversar con los ermitaños cristianos. Decía que los cristianos y los musulmanes servían al mismo Dios y declaró comunes todas las propiedades, salvo las esposas. Sus partidarios caminaban descalzos y con la cabeza descubierta, y se cubrían con una sola prenda de vestir. Todos los pobres y perseguidos subían al monte para reunirse con él y, después de la guerra civil de los otomanos, también un sabio juez de guerra se le unió como partidario suyo, hasta que en dos batallas seguidas vencieron y dispersaron a las tropas enviadas contra ellos, con lo cual su doctrina se extendió por toda Anatolia. Mi padre Murad sólo era un muchacho más joven que yo cuando su padre, después de caer enfermo, le envió, a él y a su gran visir, a la cabeza de las tropas de nuestros territorios europeos y asiáticos, a derrotar a aquel loco ermitaño. Atravesaron los puertos de montaña fortificados por los santos, y mataron a toda persona que reconociera al padre Mustafá, a los hombres y a las mujeres, a los ancianos e incluso a los niños. En el monte Stylarios capturaron a Mustafá y a sus últimos partidarios. Mustafá fue crucificado y llevado a lomos de un camello de pueblo en pueblo y de ciudad en ciudad, para que sus partidarios renunciaran a él. Sin embargo, aquellos locos fieles se echaron al suelo ante aquel viejo que se estaba muriendo en la cruz, gritando: «¡Padre, venga tu reino!». Fue imprescindible ejecutarles y se cuenta que se echaron jubilosos bajo los sables de los jenízaros. Una vez muerto Mustafá en la cruz, entre sus partidarios secretos se empezó a extender el rumor de que seguía viviendo y que se había retirado al desierto para continuar sirviendo a Dios. Por este motivo todavía hoy está prohibido pronunciar su nombre en voz alta, aunque hayan transcurrido treinta y cinco años de su muerte. Solamente mi padre Murad le llama a gritos cuando tiene pesadillas.

Su sorprendente relato me excitó y se me encendieron las mejillas. Le contesté de la siguiente manera:

—En mi juventud, viajé por los países de Europa y me encontré con los hermanos del espíritu libre, que prohibían el matrimonio, repartían sus bienes entre ellos y decían que Dios estaba en cada persona. Su doctrina había originado rebeliones y se les perseguía, pero ellos se reconocían mediante unas señales secretas. ¡Dios mío, qué misterio habrá en el hecho de que religiones enemigas entre sí puedan engendrar los mismos fenómenos! En todos los tiempos y en todas las religiones, los hombres más sabios se retiran en la soledad como anacoretas para alcanzar la beatitud. La cristiandad tiene a sus monjes y el Islam, a sus derviches. Todos, todos buscamos al mismo Dios, y los santos del Islam han curado a enfermos y han realizado otros milagros, al igual que los santos de la cristiandad.

Él soltó una carcajada y, sin poder contener la risa, me gritó:

—¡Loco! ¿No te demuestra mi relato, mejor que ningún otro hecho, que no existe ningún Dios y que la demencia humana no conoce fronteras, sino que el hombre está dispuesto a creer cualquier cosa? ¿Te imaginas, de verdad, que Mustafá cruzaba el mar sin mojarse los pies y que resucitó?

Desanimado, le respondí:

—No sé qué creer. Sólo sé que algunos hombres llegan más cerca de Dios que otros.

—He estudiado con curiosidad las doctrinas de los cristianos y de los judíos —me dijo—. También conozco el gnosticismo, a los maniqueos y la radiación divina. Pero cuanto más sé, tanto más evidente me parece que todo eso es pura tontería. Yo tengo otras metas y otros propósitos. Con la fuerza de mi voluntad quiero modelar al mundo como si fuera una masa. El Islam es un arma en mi mano contra los cristianos. Por esto reconozco al Islam, pero ¡no me hables de Dios si no quieres que reviente de risa!

La historia que me había contado despertó en mí extraños pensamientos e hizo que entendiera mejor al sultán Murad, viendo en él a una persona infeliz que intentaba huir de Dios por medio de placeres carnales y desmesuradas borracheras, sin poder olvidar jamás al santo hombre que había hecho crucificar cuando era un niño sin entendimiento. Le faltaba la capacidad de creer y, sin embargo, ni la doctrina epicúrea ni la doctrina absolutamente negativa del poeta ciego podían consolarle. Por esto motivo, y dentro de los límites de la razón humana, intentaba ser un soberano tan misericordioso y justo como podía, y aún así se despertaba por las noches con su propio grito ante la visión del rostro del derviche moribundo y oyendo las exclamaciones de los partidarios de éste: «¡Padre, venga tu reino!».

Precisamente por esto pude pensar en el sultán Murad como en un ser humano y como mi semejante, y sentir hacia él una profunda compasión, mientras que hacia el joven Mohamed empecé a sentir un miedo inexplicable y un rechazo, como si fuera una persona totalmente distinta de mí, hasta el punto de que no podíamos tener nada en común y ni siquiera nuestros pensamientos iban por los mismos caminos. En muchos aspectos, podía ver hasta su fuero interno, entendiendo bien los fallos en su carácter, su ambición, su vanidad y su falta de sensibilidad ante el sufrimiento humano o animal. También podían comprenderse su excepcional talento, su inteligencia y su rapidísima capacidad de captación de las cosas, pero al mirar sus ojazos amarillentos y su cara de un color como ahumado, me roía la temerosa sensación de que había algo más en él que todas aquellas características, algo insospechado y misterioso, que escapaba a mi capacidad de comprensión.

Después de escuchar su historia del derviche crucificado, empecé a visitar cada vez con más frecuencia el monasterio de los derviches para conversar con sus dirigentes. Éstos insistían en su pregunta de si no me había ordenado monje, ya que no se podían explicar de otra forma mi modo de vivir, mi abstinencia y mi influencia sobre los hombres y sobre los animales. Al negarlo rotundamente, me llevaron a su patio para enseñarme cómo los derviches mendigos, vestidos de harapos, caían en trance dando vueltas y luego se hacían heridas hasta que brotaba sangre, sin que sintieran dolor. Los derviches del monasterio se reían con sorna ante estas escenas y me decían:

—Esto es para el pueblo estúpido, carente de cultura. Los que estamos ordenados poseemos un conocimiento superior y no despreciamos a los cristianos, ya que también entre ellos hay hombres santos que han recibido las órdenes. Cuanto más sublime es el conocimiento que alcanzamos, tanto más pueden ver nuestros ojos, hasta que los ordenados sepan que en todos los países sirven al mismo Dios. Ven a Dios con sus ojos terrenales y experimentan a Él en su propio cuerpo. Éste es el conocimiento superior. Una vez alcanzado, un hombre santo puede curar a enfermos y devolver la vista a los ciegos con sólo tocarlos; incluso una prenda suya puede curar a enfermos y, después de su muerte, sus huesos tienen poderes curativos.

»Reconocemos a un solo Dios y al Profeta, al Corán y a la sabiduría tradicional, y seguimos el camino correcto. Los sabios y los jueces se pasan toda la vida y gastan la vista estudiando el Corán y la sabiduría tradicional, de la misma manera que los sabios cristianos estudian la Biblia y explican las escrituras de los Padres de la Iglesia. Sin embargo, para llegar a ser sabio, el hombre sólo necesita esfuerzo y buena memoria. En cambio, a uno que se ha ordenado se le abre y clarifica todo lo terrenal con el conocimiento superior, y todas sus escrituras son como una mera metáfora de Dios, hasta que él vive en Dios y Dios vive en él. Por ello, en los días de su vejez y una vez comprobada la vanidad de su sabiduría, muchos ulemas han renunciado a sus altos cargos y oficios de juez, uniéndose a nosotros para entrar en nuestro coonocimiento. Entonces, ¿por qué no te conviertes tú también al Islam y te unes a nosotros, ya que te has ordenado en secreto? Esto podemos verlo en tus ojos y en tu cara y no puedes engañarnos.

No había manera de hacerles creer que no me había ordenado, y por ello me hablaban abiertamente para inducirme a hacerlo con igual sinceridad y arrancarme mi secreto. Pero yo no tenía otro secreto que el que estaba siguiendo el camino que había elegido.

Así pasaron algunos años. En la primavera de 1447 oí decir que el papa Eugenio había muerto y que los cardenales habían elegido como nuevo Papa a un hombre de quien sabía que llevaba veinte años sirviendo fielmente al cardenal Albergati como tesorero. Sabía que en Florencia había protegido a los humanistas, diciendo que el hombre no puede tener una meta más valiosa que coleccionar libros y construir edificios duraderos. Su punto débil era el vino y yo sabía que tenía la costumbres de beber en el transcurso de cada comida, tanto vino blanco como vino tinto. Como homenaje a su anterior superior, como Papa adoptó el nombre de Nicolás V. A pesar de todo debía tener capacidades que yo no conocía, porque el papa Félix de Basilea renunció a su posición en su favor, y así terminó por fin el concilio de Basilea y el cisma de la cristiandad. El año siguiente, Janos Hunyadi atacó Servia a la cabeza de un nuevo ejército de cruzados, pero el sultán Murad volvió a derrotarle en el campo de Kosovo. Así, habiendo perdido la última esperanza, el emperador Juan murió en Constantinopla el mismo otoño. El hecho produjo una abierta disputa sobre la sucesión en el poder entre los oponentes y los partidarios de la unión. En Constantinopla, el príncipe Demetrio se puso claramente a favor de los contrarios a la unión, mientras los monjes y los sacerdotes intentaban demostrar que era un heredero más justificado que Constantino, porque había nacido cuando su padre ya era emperador, aunque Constantino fuera mayor que él. La consecuencia fue que mi amigo Phrantzes viajó a Adrianópolis para pedirle al sultán Murad que confirmara la condición de emperador de Constantino. Murad asintió gustoso, y el príncipe Constantino fue coronado en su ciudad gubernamental, Morea, y fue a Constantinopla, enviando al príncipe Demetrio en su lugar a Morea. Se decía que sólo los ruegos de su anciana madre, la emperatriz Irene, habían impedido una guerra entre ambos hermanos.

A partir de entonces, yo veía que Mohamed examinaba cada vez con más frecuencia los planos de Constantinopla y los diseños de sus murallas. En aquella ciudad, tenía agentes secretos que le enviaban informes exactos de todas las reparaciones que se hacían en sus murallas, de las intrigas entre los partidarios y los contrarios de la unión y de las negociaciones de matrimonio del nuevo emperador Constantino. Éste ya había estado casado dos veces, pero ambas esposas se habían muerto al dar a luz. Ahora quería cortejar a la hija del emperador de Trebisonda, pero éste tenía bastantes preocupaciones con conservar su propio reino para comprometerse como aliado de la tambaleante Constantinopla mediante un matrimonio.

Por su parte, el sultán Murad envió una embajada a elegir a la más bella de las hijas del soberano de Sulkadri para legítima esposa de Mohamed. Aquel soberano, de descendencia turca e insignificante en sí, venía de una familia tan antigua y noble que también el sultán de Egipto había elegido a una de sus hijas como esposa suya. Mohamed se había acostumbrado a satisfacer sus necesidades con las esclavas del harén, con igual brutalidad y desenfreno con que montaba a caballo o cazaba, y no echaba de menos el matrimonio. Todo lo contrario, para demostrar su falta de prejuicios y para imitar incluso en ello a Alejandro Magno, elegía también sin tapujos a hermosos muchachos como compañía suya. Sin embargo, le parecía que el plan de matrimonio demostraba que el sultán Murad presentía que su tiempo ya se estaba acabando. Esta opinión suya se reforzó cuando, en la primavera de 1450, Murad le hizo llamar para que participara con él en la campaña contra Albania. Las fortificadas ciudades de ese país habían quedado, mediante traición, en manos del renegado Jorge Kastriota, apodado Skanderbeg, que en su tiempo había servido al sultán, pero luego había vuelto a convertirse al cristianismo. Había reconocido al rey de Nápoles como soberano de Albania, e incluso había entablado una guerra contra Venecia. Por sus intrigas políticas y sus victorias contra los turcos, se había convertido en un grave peligro para los otomanos, y por este motivo el sultán Murad consideró que era su deber derrotarle, aunque ya estaba cansado de las molestias de las campañas bélicas.

Pero si el cansado y envejecido Murad pensaba poder hacer las paces con su arrogante hijo con tal de llevarle consigo a la guerra, se equivocó. Ante mi gran alegría no tuve que seguirlos a Albania, ya que no habría querido luchar contra los cristianos, sino que se me permitió quedarme en Adrianópolis y viajar desde allí a Brusa para recibir a la novia, que llegaba desde Sulkadri con su brillante séquito. Después de conquistar varias ciudades en Albania, el ejército se quedó estancado ante las murallas de Kroya. El sitio no dio resultado, a pesar de que Mohamed pudo hacer funcionar todos los cañones que quería y pudo probarlos en el asedio. Los rumores del ejército que llegaron hasta Adrianópolis decían que Murad y Mohamed estaban en desacuerdo sobre todos los asuntos. Murad había logrado que alguna fortaleza se entregara después del sitio, prometiendo a los soldados la salida libre del castillo. En cambio, Mohamed había querido matar a los albaneses que habían entregado las armas, basando su decisión en el hecho de que los cristianos habían demostrado en Varna que las promesas que les habían dado no valían nada, al igual que ellos mismos no habían respetado las suyas propias. A pesar de todo, Murad había mantenido su palabra, con lo cual Kastriota había podido recibir en Kroya las fuerzas auxiliares que tanta falta le hacían. Después de su disputa, padre e hijo no se habían hablado durante varios días.

Así las cosas, la campaña se limitó al saqueo y destrucción de Albania, y en otoño el ejército regresó a Adrianópolis con las manos vacías. El sultán Murad preparó unas brillantes fiestas con motivo de la boda de su hijo con la princesa de Sulkadri, pero entre el padre y el hijo no había afecto alguno, al igual que Mohamed no sentía afecto hacia su novia, alabada como hermosísima, al levantar con su sable el velo nupcial que tapaba su cara adornada con hojas de oro. En cuanto a Murad ya se podía ver que era un hombre enfermo. Respiraba con dificultad y con el menor esfuerzo su cara se tornaba de un tono azulado. El viejo y experimentado gran visir Khalil se ocupaba por él de los asuntos de estado, con el único propósito de reforzar la paz. No obstante, una vez a la semana Murad seguía reuniendo a sus sabios y a sus poetas, a los músicos y a las bailarinas, en la isla del lago de Adrianópolis, y bebía vino en su compañía. Una vez me envió una invitación a una de estas veladas y se dirigió a mí diciendo:

—He educado a una fiera como mi sucesor. Para él no hay nada sagrado, no respeta los consejos de nadie y mantiene o rompe su palabra según le resulte más ventajoso. Al mirarme en sus amarillos ojos siento que la tierra tiembla bajo mis pies. El tiempo ya ha pasado para mí, el futuro es suyo, y a mí no me queda otro consuelo que el hecho de que no deberé vivir una época en que hombres como él gobiernen el reino. Sigo viviendo sólo para hacerle rabiar, porque cada vez que él pone los ojos en mí sé que anhela mi muerte con toda la sangre fría. Me he cansado de mi época, mi cuerpo se ha cansado de mí y ya no hay nada que pueda alegrarme.

Después de las ceremonias nupciales volvió a mandar a Mohamed a Magnesia. Aún no se habían abierto los tulipanes de la primavera en los jardines y en los prados, cuando un mensajero del gran visir Khalil llegó a caballo desde Adrianópolis hasta Magnesia en sólo tres días, se echó a los pies de Mohamed haciéndole las reverencias correspondientes a su señor y le comunicó que el sultán Murad había fallecido repentinamente de un ataque al corazón. Nunca olvidaré la espantosa expresión de júbilo que iluminó el rostro de Mohamed.

—¡Quien me quiera, que me siga! —gritó.

Se fué corriendo a las cuadras ordenando a voces que le ensillaran su caballo, se montó encima de sus lomos y salió cabalgando solo y con la capa ondeando al viento. Los miembros de su séquito se quedaron confusos y sólo algunos de sus guardias personales le siguieron a caballo. Yo me encontré ante una difícil elección. Mientras los demás todavía discutían entre sí e interrogaban al mensajero, me fui a las cuadras y elegí un rápido y resistente caballo que había montado antes y que me tenía confianza. No creía poder alcanzar en la primera etapa al corcel árabe que montaba Mohamed, veloz como el viento, pero supuse que, con su impaciencia, forzaría a su caballo hasta la extenuación y tendría dificultades a la hora de cambiarlo.

Sin embargo, no sé explicar por qué le seguí tan sin vacilar ni esperar. No le quería. Y, a pesar de todo, había algo en mí que me obligaba a seguirle. Hablaba a mi caballo, lo animaba con palabras amables y concentré todas mis fuerzas en cabalgar sin pensar en nada más. Al cabo de un par de horas adelanté la alargada caravana de los guardias en el camino de Calípolis, llamada posteriormente Gallípoli. No habían sido capaces de alcanzarle ni con la vista y sus caballos ya se estaban fatigando.

Cuando el sol ya se ponía con un impresionante color rojo detrás de las negras montañas, vi el blanco corcel que montaba Mohamed en el puesto de cambio de caballos de los mensajeros. Los esclavos lo frotaban con paja y el animal temblaba, pero Mohamed no lo había aniquilado, aunque había gastado sus fuerzas hasta el límite y le había abandonado después. Yo también cambié de caballo, eligiendo el mejor de los que estaban ensillados. En la oscuridad de la noche y a la luz de la luna, por un peligroso camino, seguí en un loco galope al futuro sultán de los otomanos. El ruido de los cascos de mi caballo hizo callar a los chacales de las colinas. Cuando el sol naciente desplegó sus colores en levante pude ver la ondeante capa de Mohamed, mientras la larga sombra de mi caballo avanzaba como un fantasma por la llanura de Troya. El salado sabor del polvo me picaba en la garganta, pero no me sentía cansado. Por el contrario, experimentaba la sensación de que, como una sombra separada de mi cuerpo, seguía a otra sombra en la llanura de la muerte.

Al empezar a olfatear el olor a mar que el viento traía, el caballo de Mohamed empezó a tropezar y le alcancé. Él contuvo con las riendas a su caballo para mirar hacia atrás y en su cara, gris de polvo y de cansancio, apareció una expresión de espanto cuando me reconoció.

—¿Tú, entre todos, tú has sido quien me ha dado alcance? —exclamó—. Tú, compasivo con los hombres y los animales y despectivo con el poder. ¿Qué presagio es éste?

Con la velocidad con que montaba le habría podido atropellar y matarle. Incluso habría podido escaparme en el barco de algún pescador hasta las islas dominadas por los griegos. Pero, ¿quién era yo para cambiar el curso de la historia? Yo sólo era un compañero implacable que le pisaba los talones para que no olvidara que existía algo más que él o que yo, y que había algo más que todo el poder y toda la fuerza terrenales. Por esto le había seguido, por esto los caballos me habían llevado. Esta seguridad me invadió en aquel irreal momento del alba en el camino de Calípolis.

—Señor de la tierra y del mar —le dije—, soberano de los otomanos, el poder es tuyo ahora, pero, ¡cada vez que te pares para mirar hacia atrás, verás al recordador cabalgando a tus talones hasta el fin de tus días!

Mientras sus ojos despedían llamas amarillas, gritó:

—¡Luego, hasta el fin de mis días jamás miraré hacia atrás!

Dio un latigazo a su caballo y volvió a emprender un loco galope. Yo le seguía a alguna distancia para evitar su ira. Después de cambiar de caballo una vez más, llegamos al mediodía a la orilla del estrecho de Calípolis; en veinticuatro horas habíamos hecho un viaje increíble, como si hubiéramos ido sobre alas. Mohamed se paró para esperarme y los guardias turcos nos llevaron a remo al otro lado del estrecho, donde se encontraba la fortaleza. Fue directamente a bañarse, sin volver a dirigirme la palabra, y nos quedamos allí durante dos días, esperando a su séquito. Mientras tanto, envió un mensaje de su llegada al gran visir de Adrianópolis.

Encabezando un brillante séquito, pero vestido de una manera muy sencilla, Mohamed siguió cabalgando hacia Adrianópolis en razonables etapas diarias. Montaba con la cabeza gacha, como si se hallara sumido en los más profundos pensamientos, y cuando la gente se reunía para saludarle en todos los pueblos por los que pasamos y los lugares donde pernoctamos, se callaban de repente, limitándose a echarse al suelo sin proferir gritos de alabanza.

—Está afligido por su padre —decían—. No le molestemos en su gran tristeza.

Sin embargo, la primera vez que habló en el transcurso del viaje, Mohamed pidió el plano de Constantinopla, ya gastado de tanto haberlo manoseado y que siempre llevaba consigo. Mientras su viejo profesor cantaba de memoria estrofas del Corán para consolarle, él estudiaba el plano.

En las afueras de Adrianópolis, vinieron a caballo a recibir a nuestro séquito todos los nobles del reino, los visires, los gobernadores de las provincias de Europa y Asia, los jueces de guerra, los ulemas y los jeques de los derviches. Sin pronunciar palabra se unieron a la caravana; y cuando llegamos a unos cincuenta pasos de la puerta de la ciudad, pararon los caballos, desmontaron y empezaron al unísono a lanzar gritos de lamentación, mientras se arrodillaban y tocaban el suelo con sus frentes y se echaban tierra encima. Los más ancianos, que tenían las barbas más largas, derramaban sinceras lágrimas de aflicción al pensar en el buen Murad y en el futuro destino de ellos mismos. Los más jóvenes observaban de reojo lo que hacía Mohamed, procurando no expresar de inmediato su tristeza de forma demasiado ruidosa.

Pero el mismo Mohamed se apeó del caballo, se arrojó al suelo, se echó tierra encima y rompió a llorar. Yo comprobé con mis propios ojos cómo grandes lágrimas le rodaban por las amarillentas mejillas, lo cual incitó a los ancianos a unas lamentaciones aún más fervientes. Al considerar que ya había bastante, Mohamed se levantó, pasó de uno a otro besando respetuosamente en el hombro a los ulemas y a los jeques y permitiendo que los demás le besaran la mano. Luego, volvimos a montar y le acompañamos hasta la *seralji* o asamblea de generales, por las calles llenas de gente que lloraba y se lamentaba.

Al día siguiente fue investido en la mezquita con la espada de los otomanos y, después, acompañado a la sala del diván, donde se reunía el Consejo, se sentó en un trono bajo, en compañía de hombres jóvenes que le rodeaban como halcones, violando el antiguo protocolo, observando atentamente cada expresión de su cara e intentando acercársele cuanto podían. Los ancianos se contentaron con estar de pie, algo apretados, y las barbas del gran visir Khalil temblaban de miedo. Y no sin razón: le había retirado dos veces del poder, logrando que Murad volviera al trono, y por ello no podía esperar nada bueno por parte de Mohamed.

Éste había ya cumplido los veintiún años y había aprendido a dominar las expresiones de la cara, de forma que nadie podía adivinar nada de su cerrado rostro. Después de mirar a su alrededor, fingió asombro y se dirigió al jefe de los eunucos:

—¿Por qué mis visires se han alejado de mí? Llámalos y pide que Khalil se ponga en el lugar que le corresponde. Mi deseo es que los pilares del reino lo sigan apoyando.

Esto era lo más inesperado y asombroso que podía ocurrir. El rostro de Khalil se relajó hasta adoptar una estúpida expresión de pura sorpresa; sin embargo, le faltó tiempo para ir corriendo a echarse a los pies de Mohamed y besarle la mano. Mohamed le habló fingiendo emoción, diciendo que esperaba que la experiencia y los buenos consejos de Khalil compensarían lo que aún le faltaba de propia experiencia y entendimiento. En cuanto los dignatarios del reino se hubieron colocado en sus antiguos y tradicionales puestos y los hombres jóvenes, decepcionados, se hubieron retirado a los lados de la sala, Mohamed aseguró con voz rota por la tristeza que quería seguir en todo la política de su padre y ratificar los tratados de paz firmados por éste, llamando al único Dios y a su profeta Mahoma como testigos de su buena voluntad.

Después de enviar al gobernador de Asia a acompañar el cadáver de su padre en un cortejo fúnebre hasta Brusa, ciudad donde se enterraba a los sultanes, desconvocó al diván y se fue al harén para recibir los pésames de las esposas legales de su padre. Conversó largamente con su madrastra Mara, la hija del déspota de Servia que en su día le había enseñado los rezos de los cristianos y le había procurado profesores griegos. Prometió que la devolvería a casa de su padre para confirmar la paz con Servia, y también le prometió grandes regalos y los ingresos de varias ciudades como jubilación, bajo la condición de que no volviera a casarse.

Después le tocó el turno a la princesa de Sinope, con la cual Murad había tenido un hijo hacía algunos años. Mientras estaba de pie ante Mohamed, derramando lágrimas de aflicción y retorciéndose las manos, su esclava vino corriendo a la estancia gritando asustada que, después de marcharse ella, un eunuco del sultán Mohamed había entrado por orden de éste en los aposentos de la princesa, había llevado al niño a los baños y allí le había estrangulado con una cuerda de arco. Mohamed se levantó de un salto mostrando todos los síntomas del horror, juró por el Corán que él no había ordenado semejante cosa y requirió que el culpable fuera llevado a su presencia. El joven eunuco entró sonriendo y victorioso, y se llevó una enorme sorpresa cuando Mohamed le habló enfadadísimo, acusándole de asesinato. Cuando intentó defenderse, los demás eunucos le abofetearon y le estrangularon ante los ojos de Mohamed y de aquella pobre madre. Quien conociera a Mohamed podía adivinar fácilmente que el eunuco había actuado por orden suya, y que él, con toda la sangre fría, había hecho callar a ese único y desagradable testigo del asesinato, ya que el joven príncipe, nacido de un matrimonio legal de Murad, habría podido, de mayor, rivalizar con Mohamed para el poder, ya que este último sólo era hijo de una esclava y las guerras fratricidas eran corrientes entre los otomanos. No obstante, Mohamed dio el pésame a la madre, juró estar libre de toda culpa, y la prometió como esposa del gobernador de Anatolia, con el solo fin de librarse de ella.

Para rechazar las sospechas y reforzar la confianza en la *seralji*, durante los meses siguientes Mohamed se portó como un ángel; escuchó con paciencia los consejos de los viejos visires, se portó justa y amablemente tanto con los nobles como con el pueblo llano, ordenó repartir regalos entre los jenízaros, recibió a los embajadores de los países extranjeros que le presentaron sus pésames y ratificó todos los tratados de paz firmados por su padre. El primero en presentarse ante él fue el embajador del emperador Constantino, desde Constantinopla, llamado Orkhan, primo segundo de Mohamed, hombre joven, ambicioso y de la sangre de los Osman y que hacía años había huido a Constantinopla, al amparo del emperador de Bizancio. Desde siempre, había sido de interés para los emperadores de Bizancio mantener bajo su custodia y como prisioneros a fugitivos políticos como éste, a fin de poderles utilizar en un momento de necesidad o de peligro para originar una guerra de sucesión entre los otomanos. Después de haber jurado mantener la paz con Bizancio como lo había hecho su padre, Mohamed se comprometió a pagar para el sustento de Orkhan una cantidad de acuerdo con su rango, asignando para este fin los ingresos de varias ciudades, en total trescientas mil monedas de plata. El embajador del emperador Constantino se equivocó al considerar la evidente voluntad de paz y la buena disposición de Mohamed como señales de debilidad. Era cierto que Mohamed todavía era joven y ya en dos ocasiones había sido destronado. Tampoco se podía negar que su humilde comportamiento confundió incluso a los experimentados estadistas de los otomanos.

Durante la primavera, Mohamed ratificó la paz con Ragusa, Valaquia, con los caballeros de Rodas, con los genoveses de Galata y con las islas, contentándose con los anteriores impuestos como señal de subordinación. Al final, ya a principios de verano, llegaron a Adrianópolis dos caballeros húngaros en representación de Janos Hunyadi, que había sido nombrado jefe de estado de Hungría, para ofrecer de nuevo el armisticio de tres años firmado por Murad después de vencer a Hunyadi en Kosovo. Parecía pues, que un tiempo de paz y de amor mutuo había amanecido para el reino de los otomanos, con los viejos pilares de Murad soportando el trono. No obstante, tan pronto se hubieron ido los húngaros, Mohamed no pudo ocultar su júbilo. Tuvo necesidad de hablar. Para ello se dirigió a mí, y me dijo:

—He obtenido todo cuanto he querido. Sólo me falta una pequeña campaña bélica para ver cómo me obedecen los jenízaros.

—¿Contra quién piensas luchar? —le pregunté.

Se rió de puro contento al responderme:

—Ibdrahim de Karamania desea tentar mis fuerzas y ha vuelto a ocupar las provincias fronterizas que mi padre unió a nuestro reino. Sin embargo, él también ha envejecido y no creo que sea un gran contrincante para mí, si ve que voy en serio. Se ha rebelado tantas veces que, por mera curiosidad, tampoco pudo resistir la tentación esta vez. Pero yo no pido mejor ocasión. ¡Veré marchar a los jenízaros!

—Las murallas de Constantinopla llegan hasta las nubes —le contesté—, y musulmanes más fuertes que tú se han roto la cabeza contra ellas más de una vez. El propio abanderado de tu Profeta encontró su muerte al lado de Constantinopla, y un reino que ha existido durante mil años no se cae por mucho que lo golpees. La cristiandad no permitirá que se caiga, y ahora la cristiandad ya no se encuentra dividida como hace pocos años. Se está terminando la guerra entre Inglaterra y Francia, y el emperador de Alemania negocia con el papa Nicolás para recibir su corona de las manos de éste. El tratado de ayuda obliga al Papa a ayudar a Constantinopla. Antes que tú lo pienses, la flota cristiana puede cerrar los estrechos de Calípolis y del Bósforo partiendo tu reino por la mitad, y un nuevo ejército de cruzados marchará hacia Adrianópolis.

—Precisamente por esto —me dijo—. Aquel peligro no se repetirá nunca. Tengo prisa.

—Has jurado la paz —le recordé.

—Los mismos cristianos me han dado el mejor ejemplo de cómo romper el juramento más sagrado.

—¿Qué me impide escaparme de ti o escribir para prevenir al emperador Constantino contra ti?

Se rió y había una expresión divertida en sus amarillentos ojos.

—Nadie te creería, porque la gente ciega sus propios ojos ante la verdad con tal de conservar la esperanza. La gente cree en lo que desea, y yo he logrado que todo el mundo se crea que soy un hombre débil que sólo desea la paz. ¿Cómo me atrevería yo, un joven asustado, a enfrentarme a los sabios consejeros, si ni siquiera mi padre en sus días de gloria se atrevió a tocar Constantinopla? No, nadie creería en tus avisos. Tú sígueme como recordador, para divertirme con tus payasadas.

Como señal de su favor hacia mí me nombró encargado de sus perros, ya que los genoveses le habían enviado como regalo algunos hermosos canes y él creía que obedecerían mejor a un cristiano que a un musulmán. Ya había enviado sus tropas de Asia contra Karamania y él mismo marchó a la guerra con los jenízaros. Yo tuve que seguirle porque se llevó a todos sus cinco mil mozos de perros y halcones para poder cazar en el transcurso de la campaña. Mientras las tropas asiáticas devastaban Karamania, y al oír que el sultán se acercaba a la zona, Ibdrahim volvió a sus cabales, evacuó rápidamente los territorios que había ocupado y envió a sus embajadores a pedir la paz y decir que sólo había bromeado al reivindicar sus antiguos dominios.

Para asombro de todos y enfado de los jenízaros, Mohamed se contentó con la paz y firmó un nuevo tratado con el gran Karaman. Las tropas acamparon donde se habían detenido. Mohamed se dedicaba a la caza, y el jefe de las tropas de Asia le regaló como esclava a una joven griega que sus tropas ligeras habían secuestrado, que era de familia noble y, según los eunucos, hermosísima.

—Sus mejillas son como tulipanes y su frente, de marfil —le alabaron—. Su voz suena dulce como el canto del ruiseñor y el sultán ha perdido la paz interior por ella, suspira y escribe poesías y no quiere dejarla apartar de su vista ni un momento.

Al enterarse de que Mohamed había empezado una guerra en Karamania, los griegos, en su descabellada avaricia, enviaron otra embajada a verle en el campamento para quejarse de que las ciudades asignadas por Mohamed no habían pagado sus impuestos para el mantenimiento de Orkhan. Además, trescientas mil monedas de plata era una cantidad demasiado pequeña para sustentar a un príncipe de la familia de los Osman de la forma que correspondía a su rango, añadieron, y pidieron que Mohamed doblara la suma. En caso contrario, el emperador Constantino se vería obligado a considerar el dejar libre a Orkhan, dado que resultaba demasiado caro mantenerle. En su altanería, los embajadores revelaron asimismo que el emperador Constantino, por consejo de Phrantzes que permanecía en Trebisonda, había enviado una embajada a Servia para proponer matrimonio a la sultana Mara, con el fin de lograr de esta forma que el déspota de Servia se convirtiera en su aliado y aprovecharse de la abundante pensión de la sultana viuda.

Al oír todo esto, no pude por menos que dirigirme a aquellos griegos aristócratas y orgullosos, diciéndoles:

—Cada palabra que dicen es una paletada con la que están excavando su propia tumba.

El gran visir Khalil, que deseaba conservar la paz a cualquier precio, creyendo que un ataque contra Constantinopla pondría en pie de guerra a toda la cristiandad y destruiría el reino de los otomanos, se desanimó ante la arrogancia de los griegos, al tiempo que, una vez los hubo llamado a su presencia, se enfadó tanto que incluso se rasgó las barbas.

—Pobres de ustedes, ciegos e irracionales griegos —dijo—. ¿No he mostrado siempre buena voluntad hacia ustedes? Y, sin embargo, me pagan mi bondad con traiciones e intrigas para su propia desgracia. No conocen a mi nuevo señor. Si Constantinopla se salva de él, de verdad que Dios les tiene más piedad de lo que se merecen. Apenas se ha secado la tinta del tratado que han firmado, y ya intentan asustarnos con vanas amenazas. Mi señor ya no es un niño desamparado. Y, además, ¿qué son capaces de hacer, míseros? Ya pueden declarar a Orkhan rey de Bulgaria, ya pueden invitar a los húngaros a esta orilla del Danubio. Luego verán las consecuencias.

Mohamed seguía fingiendo humildad, olfateando distraídamente una rosa en una de sus manos, como si sólo estuviera esperando con impaciencia poder volver a su tienda y a la compañía de la guapa esclava. Aseguró su amistad con los griegos y dijo que pronto regresaría a Adrianópolis. Allí, los griegos tendrían ocasión de exponerle sus deseos y él prometió pensar ya de antemano cómo mejor podría cumplirlos. A la vista de todo esto, los griegos se marcharon jubilosos y Mohamed se acercó a su tienda y no apareció ante los jenízaros durante dos días. Entonces, éstos perdieron la paciencia. Empezaron un alboroto, volcaron sus ollas a patadas, pegaron a los eunucos del sultán y, ante la tienda de éste, comenzaron a corear que al menos querían dinero, ya que, en vez de victorias y botines de saqueo, se había contentado en su cobardía con una paz vergonzosa. Su coronel no les pudo contener ni lo intentó, porque yo le vi reír detrás de sus hombres. Como el sultán no apareció, los jenízaros se acercaron cada vez más a la tienda, gritando insultantes amenazas.

—¡Levántate de la cama y monta a caballo! —bramaron—. ¿O prefieres los abrazos de una esclava al honor?

Al cabo de un rato Mohamed salió de la tienda con paso lento, se detuvo delante de ellos con la cabeza erguida y los puños cerrados y paseó la mirada por cada uno de los hombres. Los alborotados y carcajeantes jenízaros se callaron de repente, retrocedieron ante su mirada, hasta que se formó un semicírculo despejado alrededor del sultán.

—Me acusáis de que por el amor olvido la guerra, los deberes de gobierno y mi responsabilidad como soberano

—dijo—. Bien, juzgad con vuestros propios ojos si mi amor vale todo esto.

Volvió a la tienda y salió llevando del brazo a aquella muchacha griega de diecisiete años, la puso delante de él y de un golpe le arrancó la ropa, dejándola desnuda ante las voraces miradas de los jenízaros. A éstos se les escapó un suspiro al unísono, y los que estaban más atrás se subieron a los hombros de sus compañeros para ver mejor, porque aquella chiquilla, en todo el resplandor de su juventud, era hermosa como la primavera, mientras intentaba sonreír a los soldados, miedosa y con lágrimas de vergüenza en los ojos, y los hombres la devoraban con ojos llenos de anhelo. Algunos volvieron a soltar carcajadas, y gritaron:

—¡Has elegido bien, Mohamed! Ya nos gustaría cambiar de cama contigo. La muchacha es más que los griegos y los Karamanes, y ya no nos sorprende tu comportamiento.

Pero Mohamed no sonrió; enseñó los dientes al hacer una mueca y contestó:

—Si no tenéis confianza en mí, tenedla en mi espada.

De repente, cogió a la joven por los cabellos, la obligó a arrodillarse, se sacó la espada del cinto y de un golpe le cortó la cabeza, sin que la pobre niña hubiera tenido ni siquiera tiempo de levantar las manos para protegerse. Mohamed echó violentamente a las caras de los jenízaros la bella cabeza sangrante y gritó:

—¡Mi espada puede cortar los lazos del amor! ¡Seguid a mi espada y no tendréis de qué arrepentiros!

Sin esperar un segundo más, dio media vuelta y volvió a entrar en la tienda. Los jenízaros, enmudecidos por el susto, tiraron al suelo la cabeza de la muchacha, retrocedieron de su alrededor y se miraron de reojo los unos a los otros. Más tarde, y en el mismo día, Mohamed hizo repartir dinero entre ellos y mandó desmontar el campamento para regresar a Adrianópolis. Hasta haber llegado a Brusa no ordenó enviar a su presencia al coronel de los jenízaros, lo tumbó de un puñetazo y le pegó luego con un palo hasta que no pudo mover más el brazo. Por la noche hizo que se le cortara la cabeza y que se disparara una salva con el cañón, como señal de que el castigo se había cumplido. A la mañana siguiente los jenízaros obedecían a un nuevo coronel y, en contra de las leyes castrenses, ordenó que a las tropas de aquéllos se les unieron todos los halconeros y los cuidadores de los perros.

—Vamos a dejar en paz a los ciervos y a las aves acuáticas —dijo—, para sitiar una pieza mayor.

En la misma ocasión, dio la orden de que en la primavera se debía enviar a los mejores albañiles de todas las provincias europeas y asiáticas a las orillas del Bósforo y que había que mandar también allí cal, piedras y carbón para quemar la cal. Era fácil adivinar que, a fin de cerrar a los cristianos el comercio en el mar Negro y de garantizar a su ejército un paso libre en todas las condiciones por el estrecho del Bósforo, quería construir una fortaleza del lado europeo del mismo. La orilla asiática ya estaba guardada por otra fortaleza.

Cuando en Constantinopla se tuvo noticia de esta orden, los griegos sentaron la cabeza y el emperador Constantino envió apresuradamente embajadores a Adrianópolis para hacer saber que renunciaba a todas sus reclamaciones relativas a la pensión de Orkhan y, en cambio, ofrecía impuestos al sultán con tal de que éste abandonase la idea de cerrar el Bósforo. La orilla europea del estrecho pertenecía a las antiguas tierras de Bizancio, y el emperador Constantino debía forzosamente considerar que construir una fortaleza allí era una violación de la paz y un peligro para la capital. Mohamed no quiso ni siquiera recibir a los embajadores y les envió el siguiente mensaje:

> Las orillas de Europa y Asia son tierras del sultán, y el poder del emperador de Bizancio no llega más allá de las murallas de su ciudad. La traición de los mismos griegos es la razón de que yo tome esa decisión, ya que antes de la batalla de Varna intentaron impedir a mi padre cruzar el estrecho con el fin de destruirme. Un incidente parecido no debe repetirse jamás, y la fortaleza que he planeado construir no amenaza de forma alguna la seguridad de Constantinopla; por el contrario, es indispensable para asegurar las facilidades de movimiento de los otomanos entre Europa y Asia. Mi padre habría construido la fortaleza si

hubiera tenido tiempo, de forma que sólo estoy cumpliendo su voluntad. Impídanmelo si pueden, pero si se me vuelven a acercar embajadores para hablar del mismo asunto, haré que los despellejen vivos.

Sin embargo, los griegos no eran los únicos que hablaban a favor de su causa. Todo el cuerpo de los antiguos funcionarios de Murad, encabezado por el gran visir Khalil, se levantó en contra del plan, argumentando que el cierre del Bósforo violaría los intereses comerciales de todos los países occidentales y, tarde o temprano, desembocaría en una guerra contra Constantinopla. Cada uno de ellos habló larga y bellamente, acariciándose las barbas y recordando lo apretadas que habían sido las victorias de Murad contra los húngaros, cuando los ejércitos de los cruzados de aquel país habían penetrado en las tierras de los otomanos.

—No se trata solamente de Constantinopla —dijeron—. Toda la cristiandad se levantará contra nosotros, y Constantinopla se podrá defender al amparo de sus murallas hasta que nuestro ejército quede entre dos fuegos, lo cual es lo que más hemos temido.

Mohamed contestó, fingiendo:

—La voluntad de mi padre es sagrada para mí. ¿Cómo podría no cumplir su último deseo?

Y era cierto que el sultán Murad había hablado en alguna ocasión del cierre del Bósforo mediante la construcción de una fortaleza, habiendo sin embargo abandonado el intento por temor a irritar a la cristiandad. Mohamed siguió diciendo:

—El reino de los otomanos seguirá siendo un edificio tambaleante hasta que tenga a Constantinopla en mi poder. Si perdemos el tiempo, el buen momento se nos escapará de las manos y la cristiandad tendrá ocasión de prepararse contra nosotros. El día en que los países occidentales se encuentren en paz entre sí y con bastantes fuerzas para atacarnos, aquel día nos atacarán. Por ello no perdemos nada si atacamos nosotros primero.

En el transcurso del invierno, la *seralji* se dividió en el partido de la paz y en el de la guerra, mientras Mohamed demostró que su voluntad era inquebrantable cuando había tomado una decisión. El gran visir Khalil enviaba mensajes tranquilizadores a Constantinopla, en los que aseguraba que permanecería como amigo de los cristianos y explicaba que construir una fortaleza a la orilla del Bósforo era necesario para la seguridad del reino de los otomanos y, en consecuencia, no era en forma alguna un gesto hostil o amenazador contra Constantinopla o contra los países del Occidente.

—Es joven y se entusiasma fácilmente —dijo—. Dejemos que construya esa fortaleza ya que así lo desea, pero tengamos cuidado en ambos lados de no darnos ningún motivo para la guerra.

Mohamed estaba perfectamente al tanto del juego a dos caras del partido de la paz y de Khalil, pero sólo se reía porque le servía muy bien para sus propósitos.

—Quien da el primer paso debe dar el segundo —decía—. El primer paso es el más difícil, y a lo largo del tiempo no me faltarán motivos para la guerra. De ello es testimonio la leyenda de la gota de miel.

Estuvo muy contento de oír así, de segunda mano, que Khalil había aceptado la construcción de la fortaleza y me contó una leyenda:

—Un cazador regresaba con su perro de una cacería y se paró en la tienda de un comerciante para comprar un tarro de miel. Cuando el vendedor vertía la miel en el tarro, una gota cayó al suelo. Una mosca acudió rápidamente para comérsela, y para comerse a la mosca bajó del tejado un pajarito. Viéndolo, el gato del comerciante atacó al pájaro, pero el perro del cazador cogió al gato por la nuca y lo mató. El comerciante se enfadó y pegó al cazador con una piedra en la sien, dándole muerte. En venganza, los familiares del cazador atacaron la tienda del comerciante, le mataron a él y a su familia, y saquearon la tienda. Entonces, toda la gente del pueblo se abalanzó contra los parientes del cazador, hasta que dos pueblos estuvieron en guerra entre sí. Créeme —añadió—, una vez tomada una decisión, un hombre astuto siempre encuentra una gota de miel para empezar la riña.

Los planes matrimoniales del emperador Constantino volvieron a fracasar, porque Mara, la sultana viuda, tomó en Servia los hábitos y se recluyó en un monasterio. Phrantzes tuvo que continuar su viaje desde Trebisonda a pedir en matrimonio a una princesa georgiana, de cuyo padre se decía que era un hombre guerrero y rico. Constantino ya se había enfadado con Venecia, cuyo dux le había ofrecido a su hija como esposa. Así había perdido a un potentísimo aliado, aunque él no tuvo la culpa, sino los monjes y el pueblo de Constantinopla, que no podían soportar la idea de que el emperador se casara con una mujer latina. También habría podido lograr a su favor una unión de la máxima influencia en su propia ciudad, tomando como esposa a la hermosa hija del almirante en jefe de su flota, el gran duque Notaras, pero Constantino creía poder obtener mayores ventajas con otro tipo de matrimonio, con lo cual se ganó a un enemigo secreto en el padre de la muchacha.

En otoño, Phrantzes regresó a Constantinopla acompañado del embajador del príncipe de Georgia. Después de largos regateos, aquel ambicioso montañés había accedido a dar a su hija una dote de cien mil monedas de oro y, en caso de necesidad, ayuda bélica a Constantinopla. El emperador Constantino ratificó el compromiso matrimonial con su sello de oro, y se acordó que Phrantzes debía ir a buscar a la novia en la primavera siguiente. Mohamed soltó una enorme carcajada al enterarse de este compromiso.

—Mi imperial protegido Constantino es un hombre lento —dijo—. Llega tarde a todas partes porque no es capaz de decidirse ni sabe lo que quiere. Va detrás de un dorado espejismo, pero en primavera ya le habré puesto el cerco y tendrá un triste despertar.

Estudiaba el mapa del Bósforo y los planos y dibujos de las fortalezas construidas por cristianos y musulmanes, pedía consejos a experimentados constructores y, sin embargo, lo planeaba todo según su propio criterio. En su trabajo de planificación era impaciente y no quería escuchar largas explicaciones. Haciendo preguntas a comerciantes y embajadores, intentaba tener una idea clara de la situación política en los países occidentales.

—La cristiandad es un enemigo peligroso, pero lento y lleno de desavenencias internas —decía—. Una orden mía reúne un ejército en el mismo tiempo que los cristianos necesitan para empezar a negociar y disputar entre sí. Yo decido lo que quiero y, una vez decidido, ataco como un rayo antes de que ellos se hayan enterado ni tan siquiera de lo que pienso hacer.

Durante el invierno, mandó preparar una flota en Calípolis. En marzo, los albañiles y constructores venidos de todo el reino bajo el mando de los inspectores ya estaban reunidos en la orilla asiática del Bósforo, protegidos por las tropas de Asia. La flota navegó desde Calípolis pasando por Constantinopla y echó anclas en la orilla del Bósforo, para proteger el traslado de las tropas y de los materiales de construcción al otro lado del estrecho. Los agricultores y los pescadores griegos de la orilla europea se quedaron mirando asustados y confusos cómo las tropas turcas desembarcaban, empezaban a pisotear sus cultivos y allanaban sus casuchas de madera a fin de hacer sitio para construir la nueva fortaleza. Las mujeres chillaban, lloraban y se retorcían las manos al ver que los constructores entraban en la iglesia del arcángel san Miguel, y empezaban a sacar piedras con palancas y cuñas de hierro y a tumbar los bellos pilares para obtener material de construcción destinado a la fortaleza.

En Constantinopla, el emperador Constantino reunió a sus consejeros en el palacio de Blachernai. Era un emperador pobre y su poder sólo era una sombra del antiguo poder de los emperadores de Bizancio. No obstante, tenía sus potentes murallas, tenía cañones y armas de fuego y varios buques de guerra en su puerto del Cuerno de Oro. Quizá fuese un hombre lento, pero en todo caso era un buen soldado. Lo que le pasaba era que siempre había tenido mala suerte en todo y ello le inclinaba con demasiada facilidad a prestar oídos a los que consideraba más inteligentes que él mismo. Mohamed disponía de información tan detallada de lo que ocurría en el palacio de Blachernai que podía repetir, palabra por palabra, lo que cada uno había dicho.

El emperador Constantino había manifestado con decisión:

—Nos estamos acercando a una guerra. A partir de ahora, nuestra posición sólo puede empeorar, hagamos lo que hagamos. Cuando el sultán haya terminado de construir su fortaleza tendrá una base invencible en esta orilla, a pocos miles de pasos de nuestras murallas, y ni la mejor flota podrá impedirle ya cerrar el Bósforo, matarnos de hambre y asegurar el libre paso de las tropas de Asia a través del estrecho. Pero el partido de la paz de los turcos es fuerte, odia al sultán y sospecha de él; el primer contratiempo puede resultarle fatal. Por ello propongo que enviemos inmediatamente embajadores a pedir ayuda a los países occidentales, soltemos a Orkhan para crear una rebelión entre los otomanos, cerremos las puertas de la ciudad y enviemos nuestros barcos a destruir los de los turcos en el Bósforo, con lo que impediremos el traslado de los materiales de construcción. Si lo intentamos, no perderemos nada, y cuanto más esperemos, tanto más inaguantable será nuestra posición día tras día.

Pero los monjes y los obispos gritaron en seguida:

—¡No queremos ayuda de los países occidentales! Eso significaría que accederíamos a la unión y renegaríamos de nuestra fe. La maldición de Dios caería sobre nosotros, y la maldición de Dios es más horrible que las peores intenciones del sultán de los turcos.

Y el gran duque Notaras dijo:

—La flota turca tiene seis barcos de guerra pesados y un sinnúmero de galeotas. Sería una locura irritarles, y una inevitable derrota en la batalla naval sólo pondría en evidencia nuestra debilidad. Con todo su comportamiento, el sultán Mohamed ha demostrado que quiere mantener la paz, y sus visires no aceptarán una guerra contra Constantinopla. Él mismo asegura que su fortaleza no representa amenaza alguna contra la seguridad de Constantinopla. Cuando niño, se asustó mucho creyendo que el ejército de los cruzados marcharía hasta Adrianópolis y que nosotros impediríamos que el sultán Murad le llevara las tropas de Asia en su ayuda. Por ello es comprensible que se quiera asegurar la libertad de movimientos. Todo esto es consecuencia de la arrogante e irritante política del emperador Juan, que nosotros debemos pagar. Como amigos de los turcos podremos conservar algo, pero empezando una guerra contra ellos lo perderemos todo, incluso a los influyentes amigos que tenemos en los círculos más cercanos al sultán.

Y Phrantzes dijo:

—El sultán Mohamed no se comporta como un agresor, sino que sus propósitos son de paz. Ha hablado amablemente con los habitantes de la costa y ha mandado repartir entre ellos monedas de plata para indemnizarles por sus casas destruidas. Perderemos las últimas simpatías de los países occidentales si somos nosotros quienes empecemos la guerra contra él.

Y los monjes añadieron:

—Quien a hierro mata, a hierro muere. Cristo está a nuestro lado, tenemos los huesos de los santos y la milagrosa imagen de la madre de Dios de Chora. Mantengámonos dentro de la fe auténtica y nada malo podrá ocurrirnos.

La negociación se convirtió en una disputa sobre la dualidad del origen del Espíritu Santo y, al final, todos rogaron al unísono y derramaron lágrimas para que el emperador Constantino abandonara su descabellada idea y no irritase a los turcos. En consecuencia, el emperador permitió que los habitantes griegos de las orillas del Bósforo vendieran alimentos a los turcos, las puertas de la ciudad no fueron cerradas, y los turcos pudieron visitarla libremente para hacer compras y conocer los monumentos de la misma si obtenían para ello el permiso del sultán Mohamed.

Éste daba muchas prisas a las obras, fijando unos jornales mínimos de trabajo diario a los albañiles e incitando con su propio ejemplo a los nobles del reino a transportar piedras y cal al lugar de la obra. Los notables del Estado tuvieron que pagar cada uno una torre en la fortaleza, mientras que Mohamed se ocupaba de las murallas, con lo cual se creó una animada competición en terminar la obra porque todo el mundo quería ganarse el favor del sultán. Día y noche los barcos de carga cruzaban el estrecho llevando piedras y vigas, las iglesias y las casas de piedra de los cristianos fueron derruidas, y se agregaron a las murallas los trozos de pilares rotos de antiguos templos paganos. El espesor de las murallas variaba entre diez y quince pies, y el sultán requirió que cada día se añadiera una hilera de piedras, de forma que, ante el horror de los griegos, la fortaleza parecía crecer ante sus ojos con inesperada rapidez.

La frenética actividad del trabajo se contagió a todos y nadie pudo quedarse ocioso aunque hubiera querido. Era como si el sultán hubiera hechizado a todo su entorno, y ya nadie preguntaba por qué se estaba construyendo aquella horrible fortaleza. La primavera dio paso a un caluroso verano y los tulipanes se marchitaron en las colinas, pero en el pasaje más estrecho del Bósforo siempre soplaba un viento fresco y el agua que transcurría por allí refrescaba el aire. Un día, vi al gran visir Khalil en medio del polvo de la cal y el ruido de las piedras, llevando con su palanca un gran trozo de pilar redondo hacia la enorme torre que debía pagar él. Se había arremangado y se había metido la barba dejado del cinturón. Jadeando y sudando, iba haciendo avanzar la gran piedra, y su gran nariz estaba roja por el esfuerzo. El trozo de columna se había caído en un hoyo, de donde no lo podía sacar solo, y todo el mundo tenía tanta prisa que nadie se daba cuenta de ello para ayudarle. Me acerqué a él, metí mi palanca en el hoyo y le ayudé a sacar la piedra. Jadeante, se enjugó el sudor de los ojos, me miró y preguntó:

—¿No eres el cristiano encargado de los perros del sultán?

—Sí, sólo soy un despreciable cristiano —le contesté—, a pesar de que uso la ropa de ustedes, me lavo y no violo sus rezos.

—Yo no desprecio a los cristianos, ni mucho menos. Hay entre ellos hombres muy sabios. Hasta he comido con los cristianos y les permito que recen a su manera.

Me miró amablemente con sus miopes ojos de anciano, me agradeció la ayuda y dijo en un tono que parecía ocultar un doble sentido:

—Ambos tenemos un señor severo. Si alguna vez tienes algo que te pase en el corazón, ven a verme y cuéntame tus preocupaciones.

La misma noche, después del rezo de la tarde, el sultán Mohamed me hizo llamar. Estaba cenando en un miserable y polvoriento entoldado, vestido con una sucia capa y con las manos llenas de rasguños, pero la vajilla era de una hermosísima porcelana china.

—No me has pedido permiso ni una vez para visitar Constantinopla —me dijo—. Sin embargo, supongo que sientes curiosidad por ver esa espléndida ciudad, de la que tantas maravillas se cuentan. He visto que trabajas con mucha diligencia. Por ello te doy licencia para mañana a fin de que puedas ir a Constantinopla y rezar a tu Dios en las iglesias cristianas. Por la tarde, antes de que se cierren las puertas, debes estar de regreso.

—¿No temes que me escape de tus manos? —le pregunté.

Fingiendo sorpresa, me contestó:

—Mi tratado de amistad con el emperador de los griegos le obliga a devolver a los otomanos a los esclavos escapados. Supongo que lo sabes. Pero, ¿por qué huirías? ¿No te he mostrado la mayor amabilidad y tolerancia? Tú eres el recordador que va pegado a mis talones en caso de que alguna vez quisiera mirar hacia atrás.

—Entonces, ¿qué quieres que haga?

—Me han contado que al servicio del emperador griego hay un famoso fundidor de cañones llamado Orban. No está contento con su sueldo y los griegos, avaros, no le dejan fundir cañones tan grandes como él desearía. Este hombre despierta mi curiosidad, así que háblale bien de mí e invítale a que se me acerque y me pida audiencia; a lo mejor le recibo.

Muchos cristianos de varias nacionalidades servían a Mohamed como comerciantes, escribanos y administrativos, dado que él les permitía conservar su religión. Al cabo de algunos años de servicio, bastantes de ellos se convertían al Islam, bien para obtener mayores ventajas o bien sinceramente convencidos de la superioridad del Islam comparado con el cristianismo. Por este motivo, no había nada de especial en la solicitud de Mohamed. Sin embargo, ese interés despertó en mí malos presentimientos. Al verme vacilar, él me dijo con impaciencia:

—Tú mismo has transportado piedras y argamasa como un mulo. Si aceptas mi fortaleza, debes aceptar asimismo los cañones en la misma. Yo no tengo a nadie que sepa o se atreva a empezar a fundir cañones tan grandes como los quiero. En Constantinopla ya hay suficientes cañones, y si el emperador Constantino, por avaro, no quiere tener a su servicio a un hombre habilidoso, creo tener derecho a ofrecerle trabajo. Esto no puede perjudicar a Constantinopla en forma alguna.

Señaló su vajilla de porcelana y prosiguió diciendo:

—En nombre de Alá, ¿no ves con tus propios ojos que el emperador Constantino está tan convencido de mis intenciones pacíficas que cada día me envía de su mesa los mejores manjares para alimentarme en mi duro trabajo? Como contrapartida, he puesto guardias para impedir que los descuidados mozos de caballerías dejen que éstas pisoteen los cultivos de los griegos. ¿Ves? Sin sospechas ni prejuicios estoy tomando la comida de los cristianos y no temo que pueda estar envenenada. Así de buenas y sinceras son las relaciones entre el emperador de los griegos y yo. Sólo tú piensas mal de mí.

—¿Me juras que...? —empecé a preguntarle, pero no pude terminar.

Me miró cariñosamente, sacudió un poco la cabeza como reprochándome por mis sospechas y dijo:

—En nombre de Alá el todopoderoso y en el de su profeta Mahoma, en nombre de los ángeles y del Corán, te juro que no tengo mala intención alguna contra Constantinopla. Es innegable que hasta ahora ha representado cierto peligro para la sultanía de los otomanos, pero la construcción de esta fortaleza satisfará para siempre todos mis requisitos y asegurará la paz. ¿Por qué razón empezaría yo una aventura loca y levantaría toda la cristiandad en contra de mí? Más ventajas sacaré con la amistad de los griegos una vez se convenzan de mi sincero deseo de paz y abandonen sus constantes y amenazantes intrigas para destruir a los otomanos. Tú mismo sabes, como todo el mundo, que los griegos tienen entre nosotros a prohombres muy influyentes. De la misma manera, yo tengo amistades dignas de confianza en Constantinopla, tanto en la corte como entre los monjes. Todos deseamos solamente la paz, para evitar que los países occidentales se entrometan en nuestras buenas relaciones.

Señalé el plano de las murallas de Constantinopla, que estaba desplegado a su lado mientras comía, y le pregunté:

—Entonces, ¿por qué tienes delante de ti el plano de Constantinopla?

Volvió a sacudir la cabeza y me contestó tiernamente, como si quisiera convencerme de mi propia estupidez:

—Con sus murallas, Constantinopla es la fortaleza más potente de todos los tiempos. Luego, ¿cómo no intentaría yo aprender de ella cuando estoy construyendo mi propia fortaleza? No soy demasiado orgulloso como para no aprender de los cristianos, como tú bien sabes. Por eso y sólo por eso este viejo plano ha sido un compañero tan fiel.

Me miró, divertido, observando las expresiones de mi cara. Yo recordaba todo cuanto sabía de él. Me acordé de cómo había jurado inocencia después de haber hecho estrangular a un niño en los baños; me acordé de la cabeza de una joven griega de diecisiete años que había horrorizado incluso a los jenízaros, y en mi corazón supe que nadie podía tener confianza en aquel hombre carente de piedad. No obstante, ahora estaba jurándome tan convincentemente y con una expresión de tan absoluta sinceridad en los ojos, que, a pesar de todo, tuve que creerle aunque fuera a medias. No podía concebir con mi inteligencia normal y humana que una persona pudiera jurar y mentir con tanta sangre fría. Pensaba que debía haber evolucionado después de ocupar el trono y averiguar todas las dificultades que tenía en su camino. La paz era una palabra irresistible porque yo mismo la deseaba. Al hacerme vacilar ya me había vencido. Se dio cuenta de ello, sonrió mientras asentía con la cabeza, y dijo:

—Haz lo que te he mandado.

A la mañana siguiente, temprano, cuando todo el mundo acudía al trabajo directamente después de los rezos, me fui al prado y pedí prestado un caballo para ir a Constantinopla. Me acompañaron un par de eunucos jóvenes, y el que utilizase ropa turca no fue ninguna desventaja, porque los habitantes de Constantinopla respetaban más y eran más atentos con los turcos que con los latinos. Hasta pedían a los turcos un precio más razonable que a los latinos por los servicios de remo y por la comida y otras mercancías. Cuando se percataron de que yo hablaba griego, ya al lado de la puerta de la ciudad, varios griegos se acercaron a nuestros caballos ofreciéndonos sus servicios. Aguantando mi caballo por las riendas, aseguraban entusiasmados que los turcos les gustaban mucho más que los latinos. Incluso habían separado de su oficio al Patriarca, que era partidario de la unión, y preferían vivir sin él que reconocer la dualidad del origen del Espíritu Santo. Tocaban las finas ropas de los eunucos y alababan el justo comportamiento del sultán, que había prohibido que sus tropas pisotearan los huertos y viñedos de los griegos o que robaran, y además pagaba un buen precio por los alimentos que compraba.

—Creemos que el sultán ha venido como amigo y no como enemigo —dijeron—. En su campamento mantiene mejor orden que el que nosotros podemos mantener en nuestras calles. El destino nos ha mandado vivir como vecinos de los turcos y queremos ser buenos vecinos.

En este tono adulador siguieron hablando del sultán Mohamed y a ellos se juntó un monje con larga barba, que añadió que los griegos debían estar agradecidos al sultán, ya que en todo su reino permitía a los cristianos el libre ejercicio de su religión, y en este sentido era más misericordioso que el propio emperador de los griegos, que favorecía a los malditos herejes latinos.

Cuando seguí cabalgando desde la Puerta de Adrianópolis por la larga calle que atravesaba la ciudad, no pensaba en lo que me habían dicho. Pensaba en mi llegada a Constantinopla, hacía quince años, y en cómo todo había cambiado desde entonces. Abajo, en la orilla del Cuerno de Oro, vi las murallas de los palacios y jardines de Blachernai, pasé enfrente de la santa cúpula de la iglesia de los Apóstoles, vi las ruinas del Hipódromo e hice parar mi caballo en la plaza bordeada de columnas de mármol delante de la magnífica basílica de Santa Sofía. Externamente, no se podía observar cambio alguno en la ciudad. Allí seguía la vieja casa gris, e inclinada de puro vieja, en la que en su día había existido una librería. Me pregunté si Ana se había recluido en un convento o se había casado con un sencillo hombre griego, si su padre aún vivía o si había muerto. Sin embargo, no tuve ganas de hacer preguntas. Se había apagado el desapasionado ardor por la sabiduría que tenía en mi juventud. Contaba treinta y tres años, estaba en la plenitud de la vida, pero carecía de esperanza y, por tanto, mi vida carecía de cualquier sentido del que yo pudiera ser consciente. Todos cuantos me rodeaban, los zapateros y los vendedores de pescado, los cambistas y los porteadores tenían esperanza; hasta los musulmanes la tenían porque tenían fe.

Aguantando mi caballo por las riendas, miré la enorme cúpula de la basílica, que se podía divisar como una nube desde lejos, en la ciudad, y hasta desde las costas de Asia. Es lo más grande que el hombre ha construido jamás en honor de Dios, pensé. Es una de las maravillas del mundo. ¿No temblaría la tierra y no se derrumbaría la cúpula encima del conquistador, si un turco pusiera algún día pie en este templo? Pero, al vernos mirar la basílica con curiosidad, salió corriendo de ella un monje que se ofreció a enseñarnos todas sus maravillas a cambio de un regalito. Los eunucos le siguieron, después de ponernos de acuerdo sobre el lugar y la hora para encontrarnos y cabalgar juntos de regreso al campamento.

Bajé al puerto militar y encontré la casa de Orban al lado de la fundición. Orban era un hombre de anchos hombros, que parecía fuerte y simple. Estaba algo ebrio porque pasaba su tiempo en el ocio. Me comunicó inmediatamente que estaba sin trabajo y se sentía descontento por el mal sueldo que los griegos le pagaban, por su vivienda y por los griegos en general.

—Los griegos prometen mucho, pero luego regatean la mitad o más —se quejaba—. Yo fui atraído al servicio del emperador con falsas promesas desde Hungría. Soy capaz de fundir un cañón tan grande como se quiera, pero los griegos no poseen suficiente dinero para comprar el metal; además, dicen que los cañones grandes no les sirven para nada y que sólo la pólvora para dispararlo costaría más que lo que ellos se pueden permitir gastar. Aparte de esto, tienen sabios que han demostrado, con papel y lápiz, que los cañones grandes se revientan al ser disparados o que no pueden catapultar la bala, sino que la dejan caer al suelo, a pocos pasos del cañón. De esto ya no sé nada, porque no soy maestro artillero y desconozco el alcance o la puntería de los cañones. Sólo soy un fundidor, pero como a tal, el mejor del mundo. Además, soy un verdadero cristiano, y seguramente los turcos me tratarían mejor que estos malditos y herejes griegos. Hasta mis ayudantes me gritan «¡Anatema!» cuando hago la señal de la cruz de manera diferente que ellos.

Sin embargo, y a pesar de su embriaguez y amargura, Orban se asustó mucho y empezó a santiguarse cuando le dije que el sultán Mohamed le invitaba a comparecer a su presencia para ofrecerle buenas condiciones si se ponía a su servicio.

—Hay que pensar mucho este asunto. En una cosa tan seria no puedo tomar una decisión precipitada —dijo. De repente su cara simple se iluminó, empezó a silbar y continuó—: Si esto lo cuento a los griegos, a ver si me aumentan el sueldo. Así que mi fama ya ha llegado hasta los infieles. ¡Vaya de qué cosas se tiene que enterar uno!

A mí me parecía un hombre sin educación y un estúpido, que creía demasiado en sí mismo. Si los sabios y los estrategas griegos que habían estudiado los cañones consideraban sin valor sus capacidades, seguramente no podría causar daño a los griegos aunque se pusiera al servicio del sultán. Aliviado, le dije:

—El sultán Mohamed es generoso al remunerar los buenos servicios, pero es más severo de lo que te puedas imaginar con los que no pueden cumplir con sus deseos o con las promesas que le han hecho. Si tienes la menor duda sobre tus capacidades, no te muevas de Constantinopla, porque si tus cañones resultan inservibles te hará empalar o cortar la cabeza.

Asustado, tocó su fuerte cuello y dijo:

—Los griegos han insultado gravemente mi fama y mis facultades como profesional con sus injustificadas sospechas. Sólo para darles una lección quisiera fundir el cañón más grande que jamás se ha visto en el mundo. Los griegos son igual de herejes que los turcos e irán a parar al mismo infierno después de muertos, si no a uno todavía peor. Por esto creo que servir a los turcos no es un pecado mayor que servir a los griegos. Sin embargo, en mi región de origen, en Hungría, se contaba que los turcos matan hasta a los bebés, comen carne humana y, en su endiablada pasión, violan a todos los que caen en sus manos sin importarles la edad ni el sexo, y que incluso se lavan después de hacerlo. Me pregunto si puedo conservar mi religión cristiana entre ellos y, desde luego, el sultán debería pagarme un sueldo al menos doble para que considerase el ponerme a su servicio.

Le contesté que la mejor forma de aclarar todas estas cuestiones era que él mismo se acercara al campamento del sultán para verle con sus propios ojos y le solicitara audiencia. Le conté que yo personalmente había encontrado entre los nobles otomanos a hombres más sabios y mejor educados que dentro de la cristiandad, y que entre los turcos no existían barreras sociales tan señaladas como en los países cristianos, dado que ante su Dios la virtud de un mosquito y la de un elefante pesaban lo mismo. Sorprendido, me preguntó si en el campamento del sultán había hasta elefantes. Y es que quería ver una bestia así, porque nunca la había visto. Me percaté de que era inútil hablar más con él; así pues, me despedí, recomendándole que no olvidara la oferta del sultán.

Después de dejarle cabalgué hasta la muralla que limitaba con el mar de Mármara, a un lugar cercano al viejo palacio abandonado y busqué la torre donde los griegos tenían cautivo al príncipe turco Orkhan. Los guardas me dejaron pasar después de darles dinero y de haber comprobado que yo no llevaba arma alguna escondida entre las ropas. Los eunucos y los criados turcos del príncipe Orkhan eran muchos más testarudos, pero al final ganó la curiosidad de Orkhan y me dejó pasar. No obstante, los criados me tuvieron asido por los brazos durante todo el tiempo en que él me habló. Era un hombre de mediana edad, tranquilo, perezoso y amante de las comodidades. Tenía unos oscuros ojos de pensador y un rostro redondo y fláccido.

—Perdona estas medidas de seguridad —me dijo—. Han sido tantas las veces que han intentado envenenarme y tantos los asesinos enviados a matarme que prefiero tener cuidado, sabiendo que vienes del campamento de nuestro señor el sultán. ¿Es él quien te ha enviado y, por fin, piensa pagar mi justa pensión? Mira a tu alrededor, para que veas con tus propios ojos y para que puedas contarlo luego, en qué miseria debe vivir el nieto del magnífico Suleimán y primo hermano del sultán, a causa de la pobreza y de la avaricia de los griegos. Ciertamente, no puedo comprender el retraso en la llegada del dinero prometido por un tratado y un juramento, y pronto me veré obligado a creer que mi primo se está inventando pretextos para no pagar, con lo cual deberé proceder en consecuencia. Díselo a él.

Miré a mi alrededor y vi que no le faltaba nada para estar cómodo. La estancia estaba decorada con valiosas alfombras y mullidos cojines, y desde la ventana abierta de la torre se divisaba una preciosa vista sobre el mar, a través del aire que parecía temblar en medio del calor estival. Él estaba gordo y bien cebado e iba vestido con ropas caras.

—Nadie me ha enviado —le dije—. Por pura curiosidad he querido ver al único hombre a quien los griegos pueden liberar para que compita por el poder con mi señor Mohamed y cuyo solo nombre puede dividir el reino en dos partes opuestas si es presentado en el instante oportuno.

Me preguntó, ansioso:

—¿Tengo amigos en el campamento? ¿Se habla de mí? ¿Te han mandado mis amigos secretos? ¡Cuéntame rápidamente lo que has venido a decirme!

—Yo no sé nada de tus amigos —le contesté—, pero si piensas hacer algo, hazlo en seguida. En cuanto el sultán Mohamed haya conquistado Constantinopla, tu vida no valdrá ni una monera de cobre. Supongo que ya lo sabes.

Soltó una carcajada, dando palmadas a sus rodillas y gritando:

—¡Ah, esto es lo que desea el sultán! ¡Quiere hacerme salir de estos muros tan seguros para atraparme y matarme! No, no soy tan tonto. Como prisionero bien guardado de los griegos, me encuentro muy a gusto y mi sola presencia aquí garantiza la seguridad de Constantinopla. El sultán no se atreverá a declarar una guerra mientras yo permanezca aquí y esté vivo. Por esto es de una vileza y un descaro imperdonables el que los griegos me traten tan mal.

—Entonces, adiós —le dije—. Sólo quería verte. Ya lo he hecho y podré contar que en ti no hay ni voluntad ni valentía para probar tu suerte.

Él se rió todavía más y exclamó:

—¡Exacto! ¡Cuéntaselo a él y pídele que pague lo que me debe! Con estas irritantes palabras tuyas puedes tender una trampa a un hombre más estúpido, pero no a mí.

Así me convencí por mí mismo de que ni siquiera Orkhan creía que Mohamed podía representar un peligro para Constantinopla. Me acordé del juramento de Mohamed y otra vez empecé a dudar. ¿Qué razón tenía yo para preocuparme y ver fantasmas en pleno día, si hombres más sabios y astutos que yo y que conocían todas las intrigas de la política, veían las cosas de manera diferente que yo? A pesar de todo, en mí reinaba la inquietud. Y por ella, en mi camino de regreso fui cabalgando hasta la puerta del palacio de Blachernai y los guardas imperiales me dejaron pasar con toda facilidad, al ver por mis ropas que yo era turco. Empecé a preguntar por Phrantzes y después de hacerle saber que el encargado cristiano de los perros del sultán Mohamed deseaba hablar con él, me recibió sin demora, mostrando la máxima y más refinada cortesía. En el transcurso de quince años había envejecido mucho, en su rostro se habían dibujado arrugas y había adelgazado como si tuviera una enfermedad interna. Su experimentada mirada de cortesano reconoció mi cara, aunque no pudo recordar de inmediato dónde y cuándo nos habíamos visto. Al recordarle nuestro viaje en barco desde Creta hasta

Constantinopla, se le iluminó la cara y me abrazó; luego, se quedó confuso mirando con suspicacia mi atuendo turco. Le conté que había servido como secretario al cardenal Cesarini y que en la batalla de Varna había quedado esclavo del sultán. Mientras hablaba, él se mostraba cada vez más incómodo, hasta que al fin me dijo:

—Desgraciadamente, ni con mi mejor voluntad puedo ayudarte. En las actuales circunstancias no nos atrevemos a dar al sultán la menor causa de descontento. El tratado nos obliga a devolver a los esclavos huidos y tú mismo comprenderán que, por mi posición, soy el punto de mira de toda la corte. De ninguna manera puedo meterme en líos, ni por una vieja amistad. Será mejor que lo intentes en Galata. Es visitada por capitanes italianos y españoles, que a veces corren el riesgo del embargo de sus navíos y el pago de grandes multas si reciben un buen precio. ¿Tienes dinero?

Le contesté que, gracias a la benevolencia del sultán, tenía suficiente dinero para mis pocas necesidades, pero que Phrantzes se había equivocado por completo en cuanto a mis intenciones. Era un hombre de buen corazón; se frotó las manos visiblemente incómodo, y me dijo con desgana:

—Si de verdad te encuentras en dificultades, puedo prestarte una cantidad razonable. Pero insisto en advertirte que aquellos aventureros y piratas de Galata igual toman tu dinero y te entregan al sultán a cambio de una recompensa o te venden como esclavo a otros países.

—Tu amistad me conmueve, excelentísimo señor Phrantzes —le contesté—. Sin embargo, yo no he huido de la esclavitud del sultán y ni siquiera pienso hacerlo. Después de que yo eligiera mi camino, Dios ordenó que fuera esclavo y no quiero rebelarme contra la voluntad de Dios.

Se apartó un poco de mí y empezó a mirarme con suspicacia, diciendo distraídamente, como si pensara en otra cosa:

—Jesucristo y la Santa Madre de Dios te bendigan por tu piedad. Todos debemos servir a Dios en el lugar donde nos ha colocado. Pero, ¿qué querías de mí?

—Conozco a mi señor Mohamed. Su fanatismo, su inquietud y su desenfreno me causan preocupación por Constantinopla. Esta nueva Roma es la ciudad sagrada de toda la cristiandad. Aquí se encontró nuestra fe cristiana con la sabiduría de la Grecia antigua y aquí los sabios han vestido a Cristo con las ropas ligeras y relucientes del conocimiento místico. No me gustaría que los engañosos tratados de paz y los perjurios lleven a la perdición a Constantinopla y a tu emperador.

Phrantzes se mostraba cada vez más incómodo, se acercó a la puerta para echar un vistazo y miró con precaución a su alrededor, como si temiera que nos estuvieran escuchando. Con gesto solícito, puso una mano sobre uno de mis brazos y dijo en voz muy alta:

—No comprendo lo que quieres decir. Entre tu sultán y nuestro emperador existen las mejores relaciones de amistad, y no queremos insultar al sultán con injustificadas sospechas. Él tiene un carácter violento y suspicaz y se exalta fácilmente, como todos los jóvenes. No obstante, él mismo ha expresado con claridad que se arrepiente de las palabras inpremeditadas que alguna vez haya dicho sobre los griegos, con razón o sin ella, y ha añadido que hay bastante sitio para las conquistas en el mundo sin que tenga que anhelar la ciudad de sus amigos. Por ello, mi emperador, convencido, ha elegido la política de la confianza y la paz mutuas, y la corte y la Iglesia la apoyan. Lo mismo ha hecho toda la población de Constantinopla, tanto los nobles como el pueblo llano, salvo la gentuza joven que llena las tabernas y que no tiene nada que perder y, por este motivo, en su embriaguez, dice tonterías para perjudicarnos. Pero ningún hombre en sus cabales escucha lo que dicen, y por esto me niego a escucharte a ti también.

Al ver mi desaliento, añadió en tono conciliador:

—No te conozco bien y no puedo estar seguro de la sinceridad de tus propósitos. Y alrededor de tu sultán hay hombres jóvenes y carentes de escrúpulos a los que les encantaría aprovecharse de cualquier altercado, por pequeño que fuera, para incitar a la guerra a su impaciente señor. Aunque hables en el idioma de los ángeles, no nos dejaremos llevar a hacer nada que el sultán pudiera interpretar como una expresión de falta de confianza o de hostilidad por nuestra parte.

—En este caso, no tengo nada que añadir —le dije—. Todos deseamos la paz, y para mí sería la alegría más grande si mi preocupación resultara injustificada. A pesar de ello, no creo que ni siquiera el sultán os criticara si hacéis reparar y convertís en navegables vuestros barcos, que se están pudriendo en el puerto, y si arregláis un poco los torreones de vuestras murallas antes de que se caigan de viejos.

Se sintió aliviado cuando dejé de insistir y empezó una animada perorata:

—Por Dios, no sabes cuánto cuesta equipar un solo barco de guerra. Además, antes de la batalla de Varna, el emperador Juan gastó todos los recursos del imperio para reparar y reconstruir la muralla exterior, abrir de nuevo el foso y limpiar las acometidas de agua que desembocan en él. ¿Y para qué sirvió? Sus amistades con los países occidentales y aquel devastador trabajo de la unión sólo han dividido a nuestro pueblo en desavenencias y han estropeado las buenas relaciones que teníamos con los otomanos. Tú mismo sabes lo que ocurrió en Varna, y nosotros seguimos pagando la misma deuda, pase lo que pase.

Me echó una mirada, cambió de tono y empezó a jactarse:

—Por otra parte, nuestras murallas se hallan en estupendo estado después de las reparaciones, y tampoco somos completamente pobres. La próxima primavera navegaré para ir a buscar a la hija del príncipe de Georgia, que se convertirá en la emperatriz de Bizancio. Las ventajas que ello nos traerá ya te las puedes imaginar, si te digo confidencialmente que el príncipe me ha prometido, como simple compensación de intermediario, cuatro piezas de la mejor seda que ya allí cuesta quinientas monedas de oro por pieza. Además, los georgianos son mejores cristianos que los latinos, ansiosos de poder, y son soldados tan duros que allí vi cómo un hombre partía por la mitad un buey con su espalda y sin dificultad alguna. Si nos amenazara algún peligro inesperado, obtendríamos suficientes tropas de Georgia para defender nuestras murallas; aunque, ¿qué peligro puede amenazarnos ya jamás, viviendo al amparo de los otomanos y como amigos suyos?

Para mí era inútil decirle que, en cuanto la fortaleza estuviera terminada, el sultán podría fácilmente cañonear y hundir todos los barcos que se acercasen desde el mar Negro, ya que él mismo lo sabía muy bien. Por esto me limité a decirle:

—Una amistad entre el lobo y el cordero es un raro capricho de la naturaleza.

Phrantzes sonreía con su refinada y algo altiva sonrisa de cortesano al contestarme en tono de reproche:

—Te olvidas que estás hablando de la milenaria Bizancio, que ha dominado el mundo desde España hasta Persia. Es mejor que hables de la amistad entre un joven e impetuoso lobo y un viejo y experimentado león.

—Un león desdentado y ciego por viejo —le repliqué. Su cara de pergamino tomó un poco de color, pero fue capaz de seguir sonriendo.

—Vete en paz —me dijo—. Ningún insulto, ninguna provocación, nos puede llevar a decir o hacer nada de un modo precipitado. Nuestras conciencias están tranquilas y una conciencia tranquila es más importante que todas las murallas o fortalezas.

Mientras hablaba de una manera tan bonita y sincera y completamente obcecado, tuve como un aparición, una visión amplísima de todo lo existente y existido, y en un momento vi, como desde arriba, toda mi vida anterior, todo cuanto había ocurrido en el mundo, la pequeñez de los hombres y la fuerza de las pasiones carnales y materiales en todos estos casos. El mundo era una tumba, y en el mundo de la tumba sólo reinaba la ley de la fiera y del gusano y esto era todo cuanto allí había, de forma que el mundo de la tumba sólo podía estar gobernado por un hombre que reconociera exclusivamente la ley de la fiera y del gusano. Seguramente Mohamed había tenido su propia aparición, ya que había nacido, crecido y se había educado para dominar el mundo de la tumba y no pedía más. Por esto debía vencer por obligación de la naturaleza, como el animal más fuerte y astuto vence a los demás animales. Yo diferiría de él en que yo no entendía qué satisfacción o alegría podía él sentir por su victoria en el mundo de la muerte.

—Phrantzes —dije—. En el mundo de la muerte sólo se puede luchar con las armas de la muerte, y en esta guerra no hay vencedores, sino sólo perdedores. El único remedio es renunciar a todo, dar la espalda y no ofrecer resistencia contra el mal. En el mundo de la muerte no existe diferencia entre el bien y el mal, sino que todo es malo. No hay otro camino que el de la renuncia total, pero, con sus propias fuerzas, nadie puede convertirse en santo.

Asintió con la cabeza y dijo:

—Mientras hay vida hay esperanza. No nos entreguemos a la desesperación. Es pecado.

Así hablamos, como de dos mundos diferentes, sin entendernos en absoluto. O, tal vez, poseído por mi aparición, yo sí le comprendía y me entristecía por él, pero él no me entendía a mí. Sin embargo, lo intenté otra vez, y dije:

—La vida sólo puede nacer de la desesperación. Dios está en la desesperación. Debo rezar por la desesperación más profunda, más horrenda e infinita, para encontrar a Dios. Sólo ahora lo comprendo, y agradezco tu lección.

Con los ojos bañados en lágrimas me volví para irme, pero Phrantzes se apresuró a tocarme un brazo en un gesto conciliador, me miró con ojos preocupados, y dijo:

—Vivimos tiempos de angustias, y las mismas angustias y miedo nos han seguido año tras año. Cuando se es joven, es fácil sonreír con ironía sin creer en nada y consolarse con la belleza de los versos, con las canciones corales y con la filosofía. Sin embargo, al aumentar la edad y la angustia y cuando los turcos nos asedian tan seguros como la muerte, el miedo nos lleva hacia Dios, de forma que no podrás encontrar en toda la cristiandad una ciudad más ardiente en la fe como lo es Constantinopla en estos tiempos. Los niños pronuncian profecías, las mujeres ven con sus propios ojos a Cristo en su gloria y los monjes predican en estado de iluminación, y convierten a los indiferentes y a los incrédulos. Ni la mente más ilustrada o escéptica puede quedarse fría en medio de todo esto. Hay muchos como yo que antes sólo creíamos con el habla, pero que ahora nos reunimos, confesamos nuestros pecados y rezamos para alcanzar la iluminación, incluso en los difíciles asuntos estatales. No te puedes imaginar la inmensa y consoladora paz que le invade a uno cuando, en vez de usar toda la educación diplomática y los cálculos ponderados, puede dejar a Cristo el poder decisivo con toda confianza. Debido a ello, en estos tiempos de angustia y miedo sea quizá más feliz que en los días de mis dudas, cuando aún desconocía el temor. No, Dios no puede permitir que Constantinopla se derrumbe. Ésta es mi absoluta creencia, y esta fe mía no puede ser defraudada, porque entonces el mismo Dios nos defraudaría.

Le pregunté, sin poder creer lo que oía:

—Luego, ¿sirves a Constantinopla como si fuera Dios? Tú, hombre meditativo, educado como filósofo, ¿mezclas tu espíritu, tus amigos y tu ciudad con Dios?

Se limitó a sacudir la cabeza compasivamente, y me contestó:

—Eres un latino y jamás podrás entendernos a nosotros, los griegos. Es inútil que volvamos a empezar una discusión sobre la esencia de Dios.

Por lo tanto nos separamos como amigos, pero sin entendernos. Desanimado, atravesé a pie los frondosos jardines y vi cómo el agua de los decaídos surtidores se había estancado y se había convertido en limo, llena de algas. Los guardas, que respetaban mis ropas turcas, me trajeron el caballo y cabalgué hasta la puerta de Adrianópolis. Aún me quedaba tiempo. Por esto subí a la torre sin que nadie me lo impidiera y fui caminando por la cresta de la muralla interior, viendo la vieja, enorme e invencible muralla con sus torreones que llegaban de mar a mar, hasta más allá de lo que la vista podía alcanzar. Estaba protegida por una nueva fortificación exterior, que consistía en murallas y torreones más bajos. Pero en la muralla había grietas, en las que crecían arbustos. Aquí y allí, en el enorme foso había agua estancada, pero en su mayor parte estaba seco, y los guardas habían plantado pequeños huertos en su fondo. En los torreones había pequeños cañones y tubos de fuego incrustados en troncos de madera. Los guardas se levantaron y me saludaron respetuosamente a mi paso. La expresión más poderosa del arte de fortificar de todos los tiempos dormitaba en profundísima paz en aquella calurosa tarde de verano; un largo césped crecía en la amplia cresta de la gran muralla, que aprovechaban cabras y burros para pacer. Pero, a pesar de toda la paz y dejadez visibles, sentía que estas murallas representaban una enorme fuerza. Dormían ahora, pero podían despertarse rápidamente para escupir fuego, piedras, lanzas y flechas, y las más largas escaleras de ataque parecerían tallos de paja erigidos contra la vertiginosa altura de las murallas. La fuerza y la experiencia de un reino milenario dormían bajo mis pies.

Bajé de la muralla después de entregar a los guardas unas monedas de plata. Los dos jóvenes eunucos ya me esperaban. Tenían las caras rojizas, hablaban en voz muy alta y era evidente que habían bebido vino, aunque intentaban disimularlo masticando unos caramelos fuertemente aromatizados. Habían visitado el mercado de esclavos y me contaron que allí habían visto a varias hermosas muchachas, aunque sus precios les parecieron exorbitantes. Además, se extrañaban de la pobreza de los griegos, porque aparte de los esclavos importados de todos los países, los propios habitantes de la ciudad se acercaban a los tratantes y regateaban para vender como esclavos a sus propios hijos. Mientras hablaban soltaban pequeñas risotadas entre sí, echándome miradas furtivas como si alguna cosa secreta les hubiera hecho gracia. Sin embargo, en el transcurso del viaje, dando la vuelta al Cuerno de Oro, atravesando a caballo las aguas dulces y pasando a toda prisa por las colinas hasta la orilla del Bósforo donde se hallaba el campamento, tuvieron tiempo para serenarse y se volvieron callados.

Una vez dejados los caballos al cuidado de los mozos, llegamos a tiempo al campamento, antes de las oraciones de la puesta del sol. Cuando terminaron, fui a ver al sultán Mohamed. Me hizo esperar mucho rato. Las estrellas se iluminaron, la noche se oscureció hasta tomar un tono azul, y por encima de las aguas se podían oír, desde lejos, los ruidos de unos pesados remos, ahora que el bullicio del campamento se había acallado. Por fin Mohamed me llamó a su presencia. Se había bañado e iba vestido con ligeras y valiosas ropas, mientras unos músicos le entretenían con suaves melodías desde el otro lado de los cortinajes de la tienda. Le conté que había visto al fundidor de cañones Orban y lo que me había dicho. Me escuchaba distraídamente, tumbado sobre mullidos cojines y con las manos detrás de la cabeza, su aguileña nariz, hermosa y estrecha, y los amarillentos ojos medio cerrados y como llenos de ensueños.

—Siéntate a mi lado —me dijo, como si hubiera querido seducirme, aunque yo ya era demasiado adulto y barbudo para ello—. Soy joven. Tengo veintidós años. Exactamente de la misma manera que yo ahora, hace siglos el joven Alejandro estuvo tumbado en una noche estrellada a las orillas de estas mismas aguas. Él conocía toda la sabiduría y todos los vicios, conquistó el mundo, se hizo proclamar el dios de ambos continentes y se murió antes de que la llama de sus sueños se apagara. Dime, mi encargado de los perros, ¿qué conquistaría yo, la India o Europa? Esta noche todo es fácil para mí.

—Tienes todo cuanto puede pedir un hombre —le contesté—. Una palabra tuya representa la vida o la muerte para innumerables personas. Aunque esfuerces tu corazón pidiendo más y más y conquistes todos los países conocidos y por conocer, sólo podrías conquistar este mundo. Y cuando se apague la llama de tu juventud, tu alegría se quedaría envenenada aunque tu tienda estuviera erigida entre las estrellas.

—Sí, sí, mi traicionero recordador. ¿Qué te pareció mi primo Orkhan? ¿Por qué no me trajiste su cabeza y así te ganaste mil monedas de oro? ¿Y qué intrigaste con el consejero del emperador Constantino en el palacio de Blachernai?

—Nada se te puede ocultar —le contesté, comprendiendo que había hecho que me espiasen. Me invadió una indescriptible sensación de alivio al saber que dentro de un instante me dejaría morir y así me liberaría de todos mis dolorosos pensamientos. Instintivamente, crucé las manos y sentí cómo una sonrisa me iluminaba la cara. No había sabido sonreír desde hacía mucho tiempo. Mohamed me miró la cara con los ojos entornados, como si estuviera al acecho, suspiró desilusionado, y dijo:

—Eres un hombre loco, el más loco que haya visto jamás. ¿Qué disfrutaría yo matándote, si tú mismo deseas la muerte? Lo único que no comprendo es tu manera de pensar. ¿Qué creías ganar con tus advertencias? Y, de verdad, ¿te imaginabas poder influir en el curso de los acontecimientos una vez se han puesto en marcha? Sólo yo tengo la voluntad y la iniciativa; por esto soy yo quien domina los acontecimientos y los acontecimientos dominan a los demás. Incluso tú, hagas lo que hagas, sólo estás sirviendo mis propósitos, ya que los acontecimientos te dominan a ti y no tú a los acontecimientos.

Me desanimé al advertir que ni tenía la intención de castigarme. Por lo tanto, le expliqué lo que pensaba del príncipe Orkhan y qué clase de política habían elegido los griegos, según me había contado Phrantzes. Para terminar, le dije:

—Ahora ya comprendo que me equivoqué al intentar entrometerme en los asuntos del mundo de la muerte. Lo entendí cuando hablé con Phrantzes y aún lo comprendo mejor al mirar tus ojos de fiera. Queriendo influir en los acontecimientos sólo me hago esclavo de los mismos, me comprometo y pierdo mi libertad, de la misma forma que tú, al comprometerte con el mundo de la muerte, te has comprometido a ti mismo y has perdido tu libertad más irrevocablemente que ningún otro ser humano.

Medio se incorporó de sorpresa, y exclamó:

—¡Te equivocas, mi querido encargado de los perros! Al dominar los acontecimientos con mi voluntad me he elevado por encima de ellos y soy más libre que cualquier otro ser humano. Sólo yo tengo la facultad de elección y todos los demás deben seguirme. Incluso tú debes seguirme y mis órdenes te comprometen como esclavo mío.

—¿Por qué no iba a obedecerte —le pregunté—, si todo cuanto hago carece de sentido mientras yo mismo no me comprometa con ello?... Pero, ¿cómo sabes que tu libertad de elección no es tan sólo una ilusión, de forma que eres tú quien sigues irremediablemente los acontecimientos destinados a ocurrir antes de que nacieras? O, si no lo crees, ¿cómo sabes que los pensamientos de los astros no dirigen los tuyos sin saberlo tú, pero atando tu voluntad?

Tras pensar un rato, contestó:

—No tengo nada en contra de pensar los pensamientos de las estrellas, mientras domine y venza con mi voluntad todo cuanto ocurre en este mundo. Mi libertad no está atada por ninguna fe, ningún prejuicio, ninguna pasión, ningún miedo, ni ninguna esperanza; y para mí, no hay nada sagrado, salvo mi voluntad y mis propósitos. Esto me convierte en el señor del mundo y en mi señoría soy la persona más libre del mismo y la única que es libre de verdad.

—Tu libertad es la libertad de una fiera —le repliqué.

Pensó, asintió con la cabeza, y dijo:

—Exactamente, mi libertad es la libertad de una fiera.

—Luego —le respondí—, mi libertad es más grande que la tuya. Es la libertad de Dios, ya que a mí no me ata más que la presencia de Dios en mí.

Irritado, soltó una pequeña risa y contestó:

—Una palabra más y haré que te rajen y te abran la cabeza para satisfacer mi curiosidad, buscando en ella esa libertad y ese Dios de quienes hablas.

—Esto sería una obra de caridad —le respondí—. Mi libertad es para mí sufrimiento y dolor, y Dios me produce más dolor que ningún padecimiento físico. Sin embargo, no cambiaría ese sufrimiento y ese dolor por tu libertad y alegría, a pesar de que yo no he conocido la alegría ni en mi juventud ni en los días de mi plenitud como hombre, sino que incluso mi alegría me ha representado solamente sufrimiento.

Me miró con los ojos de color de oro a la luz de la lámpara de aceite aromatizado, vestido con sus valiosas ropas; joven y bello, sacudió un poco la cabeza y dijo:

—Alejandro Magno mandó que su profesor Aristóteles

coleccionase animales, plantas y piedras raros y todo tipo de caprichos de la naturaleza. Yo, para mi diversión, colecciono personas. Tengo chicas y chicos de diferentes colores, los más hermosos de todos los países. Tengo un anciano cuya barba es tan larga que tiene que atársela alrededor de la cintura. Tengo un hombre que tiene seis dedos en ambos pies. Pero como el capricho más extraordinario de la naturaleza te tengo a ti, mi encargado de los perros. Para mí, eres un auténtico tesoro, porque en mis momentos de ocio puedo probar en ti todo cuanto se me antoja.

—Ambos estamos comprometidos con la deuda del hombre y no la podemos pagar —le contesté—. Hay dos clases de hombres: los constructores y los derviches. Los constructores encuentran el sentido de su vida fuera de sí mismos. Por ello, la construcción y la destrucción son la misma cosa. Los derviches buscan el sentido de la vida dentro de ellos mismos, unos creciendo en sabiduría y filosofía hasta que se hinchan y quedan deformes, y otros suprimiendo elementos espirituales hasta los límites de un vacío absoluto. Tú eres un constructor. Yo, un derviche. Pero ninguno de los dos se librará de la deuda del hombre.

Con la punta de un dedo me tocó levemente el cuello como para cortarlo, y dijo:

—¡Ay, no me lleves a la tentación!

Dos días más tarde Orban, el fundidor de cañones, vino de la ciudad y le pidió audiencia al sultán. Fue llevado entre los constructores a lo alto de la muralla, que ya había tomado proporciones considerables, y se quedó boquiabierto mirando al sultán, que se había arremangado y en cuyo rostro manchado de polvo de cal el sudor había marcado surcos. En medio del ruido de las piedras, las vociferaciones de los constructores y los jadeos de los albañiles, se hablaron a gritos. El sultán Mohamed señaló el Bósforo y la fortaleza que se erigía enfrente de la orilla asiática, y preguntó si Orban creía poder fundir unos cañones tan grandes que sus balas hundieran hasta a los mayores barcos que intentasen navegar sin permiso por delante de la creciente fortaleza. El fundidor de cañones se rascó la cabeza, intentó regatear y dijo que dependía del sueldo. El sultán le preguntó cuánto quería cobrar y, después de vacilar muchas veces, Orban prometió hacer un intento si el sultán le pagaba el doble de lo que le pagaban los griegos.

—Pero no debes hacerme ahorcar ni cortarme el cuello, si fracaso —añadió apresuradamente—. Fundiré cañones tan grandes como quieras, si tienes bastante dinero para comprar el metal; hasta puedo hacer el cañón más grande que jamás se haya fundido en el mundo. Sin embargo, no puedo garantizar el alcance de la bala ni la puntería, ya que éstas son cosas que se verán después en las pruebas y yo no me quiero comprometer en ese aspecto. Es más peligroso disparar con un cañón que fundirlo, aunque, naturalmente, la fundición tiene asimismo grandes peligros, si no se es experto en el oficio. Lo que sí garantizo con mis cañones es un ruido tan tremendo y tanto humo que es seguro que hasta el barco más grande se asustará y acudirá a la orilla. Como gran guerrero, sabes seguramente muy bien que, al dispararse un cañón, el susto y el temblor de las nubes que produce es más importante que el daño que pueda causar la bala en sí.

Mohamed se impacientó y dijo:

—En nombre del Profeta, del Corán y de los santos ángeles, te juro que no te haré ahorcar ni cortar el cuello aunque fracases. En cuanto al sueldo recibirás el doble de lo que has pedido y, además, recibirás una remuneración extraordinaria por cada cañón que hagas, fijada según el peso de la bala. Tengo almacenado metal para cañones, y los genoveses de Galata adquirirán todo cuanto te haga falta. Te daré ladrillos y carbón y cien, quinientos, o mil esclavos, los que quieras, con tal de que empieces a trabajar sin demora.

Orban le miró con suspicacia, encogió los cuadrados hombros en un gesto de incomodidad y le preguntó:

—¿Sabes bien lo que estás diciendo? ¿No sería mejor consultar primero con la almohada, o al menos comer, antes de arriesgar tan enormes cantidades de dinero que me asusta tan sólo el pensarlo?

Pero el sultán le empujó impacientemente para que se fuera y ordenó que el tesorero le pagase por adelantado mil monedas de plata. En cuanto Orban se hubo ido con sus dudas, Mohamed miró enfadado cómo se alejaba y observó:

—Ese hombre es lento y tonto, pero nada me impide hacerle empalar si no cumple mis deseos.

Sin embargo, una vez tuvo en sus manos el saco de plata, Orban se animó considerablemente, empezó a mirar con atención a su alrededor, y dijo:

—Lo que ahorra el padre, lo gasta el hijo, pero ya veremos hasta dónde llega su dinero. Los avaros griegos pesaban varias veces cada libra de metal, por cada moneda de nada había que escribirles numerosos recibos, y siempre había disputas por las cuentas de la comida de los esclavos. ¡Pero ahora viviremos sin que nos importe el dinero! Si él tiene prisa, yo también sé darme prisas y gastar su dinero, porque las prisas siempre resultan más caras que una detenida ponderación.

A fin de ahorrar molestias de transporte, eligió como lugar de fundición una pendiente seca que daba al mediodía y se hallaba cerca de la fortaleza, y empezó a dar órdenes que demostraron que conocía bien el oficio. Ya para llenar su primer molde necesitó tanta cera que el precio de ésta subió en Galata, y comerciantes italianos, griegos y judíos se reunieron a su alrededor para ofrecerle sus servicios, olfateando un buen negocio. Tan pronto como empezaron los trabajos, Orban no ahorró esfuerzos ni a sí mismo ni a los demás, sino que trabajaba día y noche, hasta que el propio sultán dio una orden expresa para que respetase las horas de las oraciones de los turcos, después de que los derviches se quejaran de él. En el lugar de la construcción de los hornos, Orban andaba con un trozo de cuerda en la mano para dar prisas a los esclavos, pero, asimismo, y en contra de todas las costumbres, requería que se les diera carne para comer, con lo cual cayó bien a los esclavos. Durante la construcción de los hornos eligió con sus propias manos cada ladrillo, para asegurarse de que eran impecables, y él mismo mezcló el barro de los moldes. No aceptó el metal para construir cañones ya mezclado que poseía el sultán, sino que quiso mezclar él mismo el cobre puro y el estaño para obtener un metal tan resistente como fuera posible. También adquirió otros ingredientes para su mezcla metálica, manteniendo sin embargo como secreto profesional la fórmula de la aleación. Incluso envió a cazadores a recoger víboras en las colinas del lado de Asia, diciendo que necesitaba la sangre de una víbora por cada arroba de metal. Estos secretos conocimientos suyos hicieron que los turcos le respetasen más por ellos que por todas las otras habilidades que poseía.

En la fortaleza, las obras siguieron con el mismo ritmo desenfrenado durante los despejados días estivales, abrasados todos por un ardiente calor. La tierra se secaba y se quemaba, de forma que los pastores de caballos y burros debían buscar pastos situados cada vez más lejos, lo cual conllevó que la extensión del campamento fuera aumentando día tras día. Estábamos en la época de la cosecha, y los jenízaros custodiaban los cultivos en buena armonía con los habitantes griegos, impidiendo, por orden del sultán, que fuesen pisoteados. Por su parte, el emperador Constantino enviaba cada día comida de su propia cocina para el sultán y el gran visir, permitiendo además que los griegos vendiesen alimentos al campamento, con lo que se evitaba la tentación que pudieran tener los turcos de robar en la campiña griega.

Un día, cuando los torreones aún sin terminar ya se erigían amenazantes en las esquinas de las murallas, con un espesor de veinte pies, el sultán Mohamed se dirigió a mí y me dijo:

—Mi fortaleza ya podría resistir un asedio, y la época de la cosecha de los griegos está comenzando.

Sus palabras carecían de sentido, pero él tenía en su mano un caramelo pringoso de miel y, mirándome a los ojos, dejó caer una gota de la misma en la polvorienta tierra. Al instante había todo un enjambre de moscas encima de la gota.

Al día siguiente se produjo un gran alboroto en el campamento y se decía que los griegos habían atacado a los pastores, y matado a uno de ellos. Sus compañeros llevaban en brazos el cadáver ensangrentado por todo lo largo y ancho del campamento, lamentándose en voz estridente. A causa de un descuido o de un malentendido, no se había efectuado el cambio de guardia de los jenízaros cerca de las huertas y los campos de cultivo, y una manada de caballos había pisoteado un campo de cereales. Los griegos habían intentado impedirlo, y en la pelea resultante aquel joven pastor había recibido una pedrada en la cabeza. Precisamente este día el sultán Mohamed había ordenado que le llevaran a remo al otro lado del Bósforo, en la orilla asiática, y no regresó al anochecer. En el transcurso de la noche, hubo susurros y movimiento en el campamento, y pequeños grupos de hombres armados lo abandonaron sigilosamente aquí y allí, y se pusieron al acecho cerca de los campos de los griegos. Cuando éstos llegaron con las hoces a cortar el cereal, los atacaron y mataron a cuarenta hombres. También murieron un par de turcos a hozadas.

A mediodía, el sultán Mohamed regresó de su excursión en su barca con adornos de oro, dejando flotar distraídamente una mano en la fresca agua y sentado bajo el toldo. Los visires, encabezados por Khalil, fueron a su encuentro mesándose las barbas, pero les siguieron corriendo el aga de los jenízaros y el jefe de los pastores, que pedían a gritos venganza contra los griegos. Después de escuchar sus explicaciones, el sultán Mohamed fingió el mayor de los asombros, ordenó en el acto que fuertes contingentes de jenízaros vigilasen el campamento y empezó a repartir justicia.

—La culpa es de los traicioneros y hostiles griegos —dijo con enfado—. Nadie puede impedir un accidente fortuito, pero en vez de venir a mí para quejarse y requerir indemnizaciones por los campos pisoteados, han descubierto su furia asesina tomando la justicia por su mano y matando de una manera terrible a un hombre inocente. No puedo acusar a sus compañeros si quisieron vengarle, sino que comprendo sus sentimientos justicieros; y en verdad, la vida de cuarenta infieles traidores es un bajo precio por la de un fiel. Sin embargo, tengo el deber como soberano de castigaros por haber causado desórdenes. Por ello ordeno que todos y cada uno de los que participaron en el altercado ha de rezar tres *rakas* seguidas. Y pienso pedirle una completa indemnización al emperador de los griegos por la vida de mi pastor y las garantías de que, a partir de ahora, mantendrá el orden entre sus fanáticos y asesinos súbditos.

Ya no tuvo que influir personalmente más en el curso de los acontecimientos, porque la piedra se había puesto a rodar sin dificultad alguna. Los griegos huidos de las aldeas se fueron corriendo a la ciudad a contar aquel baño de sangre, y entre los griegos, fácilmente excitables, se produjo un gran alboroto. El hasta entonces tranquilo comportamiento de los turcos había engañado a mucha gente charlatana a menospreciar la fuerza de aquéllos y, al igual que el emperador Constantino, los hombres más aguerridos y valientes habrían deseado impedir por la fuerza, ya desde el principio, la construcción de la fortaleza. Los airados monjes empezaron a predicar venganza contra los turcos entre la gente ociosa de las tabernas y del puerto, y pronto salió por las puertas de la ciudad una multitud de miles de hombres vociferantes y armados a toda prisa, muchos de ellos borrachos. Sin embargo, este descabellado intento no era del todo espontáneo ni fortuito, a pesar de que nunca se pudo clarificar quiénes eran sus estrategas y directores, porque todos murieron. Evidentemente se creían poder invadir por sorpresa el campamento y prenderle fuego. Al menos, en la fundición de cañones de Orman habrían podido causar grandes daños, haciendo perder el trabajo de un mes y estropeando quizá la gran cantidad de metal que se estaba fundiendo en aquellos momentos.

Sin embargo, no llegaron hasta el campamento, aunque pudieron desplazar a la vanguardia de los jenízaros. En la lucha que se produjo, éstos derribaron con sus espadas y sin esfuerzo a la mayoría de los atacantes, y los *sipah,* soldados de caballería turcos, cabalgaron en persecución de los que huían en todas direcciones, matándoles a todos sin piedad, por orden del sultán. Después de equipar a su campamento para la defensa, Mohamed envió a su caballería a expulsar a los griegos de las aldeas y de los campos y a prender fuego en sus casas, como venganza por el violento ataque.

Por la noche, había incendios en todos los alrededores de Constantinopla, y los asustados campesinos llevaron a la ciudad su ganado y sus cargas de cereales. Tanto en la ciudad como en sus aledaños reinaba un caos total, y nadie sabía con exactitud lo que de verdad estaba ocurriendo.

Por la mañana, el sultán parecía un hombre nuevo. Después de terminar los rezos y levantarse, irguió todavía más la cabeza mientras los ojos le ardían y la sangre teñía de un color oscuro su amarillenta cara. Parecía como si, en su impaciencia, no hubiera dormido en toda la noche, sino que hubiera estado bebiendo vino. Autoritariamente, envió a los constructores y a los albañiles a su trabajo, mandó que los jenízaros vigilasen el campamento en posición de batalla, convocó al diván y ordenó que se sacaran los caballos para celebrar, montados, una conversación con los visires. Al oír esto, los jenízaros empezaron a gritar, llenos de alegría: «¡Alá, Alá!». Pero todos los viejos y antiguos consejeros amigos del sultán Murad se ensombrecieron, y el gran visir Khalil se acercó a Mohamed a toda prisa y, recogiéndose las faldas de la capa, le pidió que tuviera paciencia. Según la costumbre otomana, un diván celebrado sobre caballos significaba una negociación sobre la guerra o la paz.

Mientras se sacaban los caballos, los demás visires, jefes y tesoreros se reunieron, llenos de curiosidad, alrededor del sultán y de Khalil. Y éste dijo:

—Has jurado la paz, y el emperador de los griegos no tiene la culpa de este altercado. Recuerda que los griegos fueron amigos de tu padre y que una decisión precipitada les obligaría a volver a dirigirse a los latinos pidiendo ayuda. Tu reino no aguanta todo el peso de la cristiandad, y no puedes causar daño a los griegos mientras permanezcan dentro de sus murallas. Un estado de guerra es inútil y lo único que hará será estropear el comercio y las relaciones amistosas. Por esto, no decidas nada hasta que el emperador de los griegos, nuestro amigo, te envíe negociadores para pedir tu perdón por el perjuicio que han causado sus súbditos.

Khalil hablaba en voz baja, pero Mohamed se golpeaba airadamente las rodillas con la fusta de montar y bramó:

—¡Todo esto ya lo he oído demasiadas veces! ¡Por tus barbas, parece que amas más a los griegos que a los otomanos, más a esos perros infieles que a la rutilante gloria de Alá y de su Profeta! El amor a la paz de los griegos quedó bien claro ayer con su inesperado ataque al campamento, sin mencionar el asesinato de mis pastores y el daño causado a mis caballos. El emperador de los griegos sigue la política de los cristianos, según la cual la mano derecha no tiene por qué saber lo que hace la izquierda. Testimonio de esto es el premeditado momento del comienzo del ataque, precisamente cuando empiezo a fundir los cañones y mi fortaleza está en la situación más indefensa. Pero Alá es el mejor guardián, e hizo fracasar las intrigas de los griegos.

Mientras hablaba miraba a su alrededor como si esperase algo, y hasta a mí me pareció que, hablando tan largamente, sólo quería ganar tiempo. Por fin, Khalil señaló jubiloso las aguas del estrecho y exclamó:

—¡Ves, la barca imperial se acerca a la orilla y sin duda traerá a los embajadores griegos! Es a ellos a quienes debes escuchar antes de llevar el reino a una guerra infructuosa y peligrosa, que, originada por un pequeño incidente, puede tener como resultado la destrucción de los otomanos —sentenció. Luego miró a su alrededor, acariciándose la barba y preguntó:

—¿No tengo razón?

Muchos de los ancianos asintieron con la cabeza, entusiasmados, y el comportamiento demasiado vanidoso y confiado de Khalil demostró que creía firmemente que el partido de la paz seguía siendo más fuerte que el de la guerra. Pero el joven Mohamed esbozó una sonrisa cruel y dijo, fingiendo sumisión:

—Sea como tú quieres; escuchemos lo que tengan que decir los embajadores del emperador.

Sin embargo, cuando la barca se acercó a la orilla, pudimos constatar que sólo se trataba de la barca de la cocina del palacio de Blachernai, desde donde se había traído a diario comida a las mesas del sultán y del gran visir. Del navío desembarcó un eunuco que sudaba copiosamente y que tenía la cara gris por culpa del miedo. Tomó en brazos una pesada cesta, empezó a llevarla, con piernas temblorosas, hacia la tienda del gran visir e intentó no prestarnos atención. Sus ropas estaban en desorden y había huellas de golpes en su cara, pero lo más extraño y sospechoso era el hecho de que la barca se alejó a toda prisa de regreso hacia Galata sin esperarle y desapareció detrás de la curva del estrecho del Bósforo. Con el ceño fruncido, el viejo y astuto Khalil le dirigió una mirada al sultán y su cara se volvió gris de puro miedo. Mohamed dijo, fingiendo sorpresa:

—Evidentemente, Khalil, tus amigos griegos te buscaban a ti y no a mí. Haz llamar aquí al embajador del emperador para que yo también vea qué quiere decirte, porque supongo que no hay nada entre él y tú que quieras ocultarme.

—No sé nada de esto —contestó Khalil—, y ese hombre sólo es uno de los eunucos de la cocina de Blachernai. No obstante, supongo que el emperador de los griegos sigue mostrando su buena voluntad enviándome comida de su propia cocina, al igual que te la ha mandado a ti.

Mohamed le contestó:

—Yo en tu lugar no probaría más la comida que envían los griegos.

Pero los alguaciles ya traían al eunuco sujetándole por los brazos y lo dejaron delante del sultán y de Khalil. Se dejó caer de rodillas soltando la cesta, de manera que todos pudimos ver que ésta contenía un pescado grande y hermoso, colocado entre verdes hojas. Dirigiendo asustadas miradas hacia Mohamed, el eunuco se dirigió a Khalil:

—Mi señor el basileo te envía este hermoso pescado desde su propia cocina para demostrarte su amistad y para que tú también le demuestres a él la tuya.

Mohamed se inclinó para agarrar el pescado por las agallas, pero la pieza pesaba tanto que necesitó ambas manos. Fingiendo sorpresa, lo levantó para que todo el mundo lo viera y exclamó:

—¡Verdad de verdades, Alá es el único Dios! Jamás he tenido en mis manos un pescado que pese tanto.

Manteniendo con una mano el pez sobre sus rodillas,

con la otra sacó la daga de su cinturón y le abrió el vientre. Como un tintineante río salieron del interior, formando un montón, cientos de monedas de oro bizantinas. Poseído del miedo, el eunuco mostró todos los síntomas de culpabilidad, pero Khalil se defendió tartamudeando:

—En nombre del diablo lapidado, yo no sé nada de esto.

Mohamed tiró con desprecio el pescado a sus pies, y dijo:

—Recoge lo que es tuyo, Khalil, te has ganado la remuneración. Sigue hablando tan bella y convincentemente a favor de los griegos.

Con la cabeza hizo una señal a los alguaciles, que levantaron al eunuco por las axilas, le llevaron aparte y le cortaron el cuello con la espada antes de que tuviera tiempo de resistirse o de proferir un solo grito. El sultán Mohamed saltó sobre su caballo y gritó con voz airada:

—¡Que me sigan los que aman más la honra de los otomanos que a los griegos infieles!

Con un tirón de las riendas dio vuelta al lujosamente ensillado caballo y empezó a galopar; a los miembros del diván les faltó tiempo para pedir sus caballerías y seguirle. El único que se quedó inmóvil durante un rato fue Khalil, consternado por la sorpresa y tocándose el cuello con una mano. Luego se encogió de hombros y dijo:

—Estaba predestinado. Mi señor es más astuto que yo.

En todo caso, ya que era un hombre ahorrador, ordenó que sus criados recogiesen aquella gran cantidad de dinero, pidió el caballo, lo montó con los trabajosos movimientos de un anciano y empezó a cabalgar lentamente detrás del diván, atravesando la multitud enmudecido y suspicaz. Sin embargo, todavía disfrutaba de un respeto tan grande que nadie se atrevió a pronunciar una sola palabra en contra suya, ni siquiera cuando se hubo ausentado, sino que, echándose miradas furtivas los unos a los otros, todos los nobles se dispersaron hacia sus quehaceres.

La reunión del diván no duró mucho tiempo. A su término, el sultán Mohamed dictó una carta para el emperador Constantino en términos insultantes y duros, acusándole de haber violado la paz y los tratados, del asesinato de turcos indefensos y avisándole que, a partir de aquel instante, estaba en guerra contra él y defendería con las armas su campamento y la fortaleza construida en la orilla del Bósforo. Mientras dictaba esa carta, en todo el campamento se pudo oír un terrible estruendo porque Orman había abierto de un mazazo las cuñas que cerraban las aperturas del horno de fundición, y el metal líquido se derramó al gigantesco molde, quemando la cera a su paso. Una obra de fundición tan grande no se había realizado nunca en el reino de los otomanos. Por esto, el sultán salió corriendo de su tienda, dejando a cargo del *nisandshi* el pasar en limpio la carta y sellarla. El ruido había alborotado a todo el campamento e interrumpido el trabajo en los torreones de la fortaleza. Algún esclavo se había caído de la muralla y se había desnucado, y varios jenízaros se habían echado al suelo en postura de oración.

En las manos, la cara y el torso de Orban había ampollas producidas por las quemaduras, y todos sus ayudantes habían huido de las cercanías del horno. A pesar de todo, y después de seguir escuchando con atención, la cara de Orban se iluminó con una jubilosa sonrisa y, todavía con los oídos ensordecidos por el ruido, empezó a bramar que con toda seguridad la fundición había sido un éxito, el molde no se había quebrado ni se habían producido grietas en el horno. Sólo faltaba esperar tres días para que el metal se enfriara, y mientras tanto pensaba preparar un segundo molde.

El horno y la tierra a su alrededor despedían un calor infernal, pero Mohamed se acercó sin miedo y, cuando estuvimos de pie en medio de aquella tierra calcinada y sin vida, con los espectadores más próximos todavía invadidos por el miedo, a varios cientos de pasos, pude ver cómo en su rostro se reflejaba un temible júbilo, lo cual le hizo parecer bello como un ángel caído. Dando un golpe con el pie en el suelo, exclamó:

—¡Infierno, sácame de tus entrañas el cañón más grande del mundo! Anhelo todo lo nuevo y, en nombre de Alá, tomaré el rayo del cielo para que destruya las murallas de Constantinopla.

Mientras nos manteníamos apartados de la gente, Khalil aprovechó la ocasión para acercarse al sultán pisando la tierra calcinada con cuidado y con miedo. Inclinó la cabeza y dijo:

—Mi señor, me has deshonrado ante tu diván y respeto tu sabiduría, pero espero que en tu fuero interno no sospechas de mí como si fuera un traidor.

Echó un vistazo hacia mí como si quisiera que me fuera, pero Mohamed dijo con indiferencia:

—No te preocupes por él, es sólo mi recordador. Entonces, ¿niegas haber recibido regalos de los griegos?

—Como es natural debido a mi posición —le contestó Khalil—, sí he recibido regalos de los griegos, porque tú me has elevado a tu lado derecho y no es propio que nadie se presente ante mí sin traer un regalo. Sin embargo, te entregaré gustoso todo el dinero que he recibido de los griegos durante estos años, aunque he gastado una suma inmensamente mayor en construir mi torreón de la fortaleza a fin de cumplir tu deseo. ¡Si todo cuanto tengo te pertenece a ti y yo sólo lo tengo como prestado! Nunca sospeches que he hablado a favor de los griegos a causa del dinero y de los regalos. Recuerda todos los servicios que te he prestado a ti y antes de ti a tu padre, y comprende que sólo hablo por el bien del reino de los otomanos para que tú, en la impaciencia de tu juventud, no lo lleves a la destrucción.

Mohamed se enfadó tanto que se le hinchó la cara y contestó a gritos:

—¡En mi mano está empezar y terminar la guerra cuando me parezca! A ver si aprendes la lección que te di hoy y te callas en este asunto. Si no, me instigarás a agarrar tu canosa barba y arrancarte la cabeza de los hombros, y no habría muchos que me reprochasen por ello después de haber visto lo que ocurrió esta mañana.

Pero Khalil también se enfadó tanto que la cabeza empezó a temblarle, y le contestó:

—Aquella barca de suministro cayó en tus manos ayer, y tus alguaciles torturaron al eunuco durante toda la noche para que accediera a tu voluntad. Las monedas que hiciste coser en el vientre del pez proceden de tus propias arcas, y quizá pueda encontrar al pescador griego que consiguió aquel pez. No me engañes a mí ni te engañes a ti mismo, porque yo también tengo mis oídos aunque no lo oiga todo. Pero tú tampoco lo oyes todo, a pesar de que lo creas así.

Mohamed le miró inquisitivamente y supongo que comprendió que, gracias a su posición y su experiencia, Khalil seguía controlando grandes fuerzas entre los otomanos. Al enfadarse éste, él se tranquilizó, sonrió de repente amablemente, puso una mano en un hombro del anciano y le sacudió, juguetón.

—Nunca olvidaré los servicios que has rendido al reino de los otomanos, Khalil —dijo con ambigüedad—. Que quede esta broma entre nosotros, porque te has merecido la advertencia recibida. En todo caso, hay bastantes testigos que pueden asegurar que durante el verano has recibido como regalo de los griegos pesados recipientes de plata para que hablases en su favor. Todavía no me conoces lo suficiente ni tienes confianza en mí, Khalil. De otra forma, sabrías que yo también deseo lo mejor para el reino de los otomanos.

Miró a Khalil con ojos brillantes, sacudió la cabeza con reproche y añadió:

—Confía en mí, anciano. Quizás lo único que quiero es dar un toque de atención a los griegos. Muy posiblemente, les concederé la paz si me dan suficientes garantías de que no se me molestará más en mi obra de fortificación. Primero, que el estado de guerra les enseñe su posición. Si quieres, hazles saber estas palabras mías para que no se les ocurra emprender negociaciones poco premeditadas con los países occidentales para recibir ayuda desde Roma. En ese caso, ellos mismos me obligarían a aplastarles. Quien viva, verá lo que ocurra.

Hizo una pausa y repitió enfáticamente, mirando a Khalil a los ojos:

—Quien viva, verá. Si Alá quiere, tú también vivirás suficiente tiempo para poder ver lo que ocurrirá.

La calcinada tierra humeaba alrededor de ellos y de ella

salía un calor todavía más espantoso que el del ardiente cielo. Khalil hizo una profunda inclinación ante Mohamed y se alejó, cabizbajo.

Miré fijamente a Mohamed, todo se ensanchó en mí y, de repente y como en una aparición, me encontré a solas con él en medio del calor infernal y de la tierra calcinada. En mis ojos el sultán creció hasta ser un ángel de sombría belleza, venido de las temibles tinieblas y cuya maligna sabiduría era más grande que la sabiduría humana, sin alcanzar no obstante la sabiduría divina. Mis labios se quedaron fríos y experimenté la sensación de que el espíritu había abandonado mi cuerpo mortal.

—Recuerda que sólo eres un ser humano —le dije.

—¿Cómo lo sabes? —me contestó Mohamed en tono burlón, soltando de repente una orgullosa carcajada, la carcajada de un hombre fuerte y liberado de todas las ataduras—. ¿Cómo lo vas a saber, recordador mío? —me preguntó a gritos, mientras la tierra ardía y echaba humo bajo sus pies.

VIII

Después de recibir la declaración de guerra de Mohamed, el emperador Constantino hizo cerrar las puertas de Constantinopla y tomar como prisioneros a todos los turcos que se hallaban en la ciudad, todo ello a pesar de la oposición de sus asustados consejeros. El caso fue que, aunque se habían destruido aldeas de los griegos y se había matado a sus habitantes, ni los mismos turcos consideraban como posible una guerra propiamente dicha, sino que muchos cortesanos ociosos se habían ido a la ciudad para hacer compras y ver los monumentos y, de la misma manera, en el campamento turco había un buen número de comerciantes griegos que, como de costumbre, se acercaban para vender sus mercancías y sus productos alimenticios. Así pasaron tres días. En la fortaleza el trabajo continuaba a ritmo trepidante y Orban puso en marcha los preparativos para probar la fundición de un nuevo cañón, mientras esperaba que se enfriara el primero. Por fuera todo parecía tranquilo. Al tercer día, el emperador Constantino liberó a los turcos que había tomado como prisioneros y envió embajadores a entrevistarse con Mohamed para explicarle que había hecho cerrar las puertas de la ciudad solamente a causa de la violación de la paz. Los culpables eran los turcos, pero él, por su parte, deseaba que se siguiera conservando la paz y la amistad.

—Pero si Dios no da voluntad de paz a tu corazón —hizo decir a sus embajadores—, yo me apoyaré en la ayuda de Él y defenderé a mi ciudad y a sus habitantes hasta que me queden fuerzas.

Mohamed hizo saber a los embajadores que consideraba estas palabras como una declaración de guerra por parte de los griegos.

—Alá es mi testigo —dijo— de que me he esforzado sincera y honradamente para obtener y conservar la paz. Estoy cansado de la hipocresía y de la traición de los griegos. Durante todo el verano su emperador ha ido almacenando cereales en la ciudad. Ya es hora de que se quite el antifaz y revele a todo el mundo su rostro sediento de sangre. La sangre otomana derramada en mi campamento es testimonio de la culpabilidad del emperador de los griegos en esta guerra. Que se acuerde de las palabras de su propia religión: «Quien a hierro mata, a hierro muere». Alá será nuestro árbitro y la espada demostrará cuál de las partes tiene razón.

Los embajadores griegos, aterrados, gritaron que el sultán había entendido mal por completo su mensaje, pero Mohamed se levantó de un salto y, dando golpes en el suelo con un pie, bramó que se callaran y ordenó que los echaran del campamento a latigazos. Los nobles griegos regresaron a la ciudad con heridas y contusiones, y así Mohamed logró quitarles las ganas de seguir con las negociaciones, que podrían haber apoyado las opiniones en contra de la guerra de los ancianos visires del partido que preconizaba la paz.

El gigantesco cañón fundido por Orban y cuyos gastos de construcción habían corrido a cargo de Khalil, fue elevado e instalado en el torreón de la fortaleza que daba al mar. Era tan grande que por su boca podía entrar un hombre, y disparaba balas de piedra de cincuenta arrobas de peso. El primer disparo hizo temblar la tierra y el estruendo se oyó hasta en Constantinopla. La bala llegó cerca de la orilla asiática del Bósforo y levantó un enorme oleaje en el agua.

A finales de agosto, la fortaleza estaba terminada; sólo faltaban las cubiertas de plomo en los tejados de los torreones. El sultán ordenó que sus tropas se alojaran en la fortaleza, y empezó a cabalgar hacia Constantinopla después de haber reunido a la caballería. Protegido por ésta, se acercó a las murallas de la ciudad hasta la distancia que podía alcanzar una flecha; la cabalgata siguió desde el Cuerno de Oro hasta el mar de Mármara, se paró durante largos ratos para investigar las murallas, los torreones y las puertas, lo comparó todo con sus propios planos y mapas y dictó apuntes sobre sus observaciones. Nos acercamos tanto a las murallas que pudimos distinguir las caras de los guardianes que nos vigilaban desde los torreones, pero los griegos no hicieron disparo alguno para no irritar al sultán. No obstante, la grandeza de las murallas se imponía por sí misma. Se erguían ante nosotros altas como montañas, y ahora, el foso que las protegía estaba lleno de oscuras aguas, procedentes de los depósitos de la ciudad. Hasta los partidarios más entusiastas del sultán se quedaron pensativos al examinar aquellas gigantescas murallas, maravilla del mundo entero e invencibles a lo largo del paso de los siglos.

Al anochecer, Mohamed hizo llamar a Orban a su presencia y le dijo:

—Los cañones que has fundido pueden hundir el barco más grande que intente navegar por el Bósforo sin pagar aduana. Sin embargo, incluso esos cañones son demasiado pequeños. ¿Crees ser capaz de fundir un cañón que derribe estas murallas?

El éxito se le había subido a la cabeza a Orban. Miró confiadamente las murallas, doradas a la luz del sol poniente, y dijo:

—Estoy seguro de mi capacidad. Si me pagas lo suficiente, te construiré un cañón que derribaría hasta la Torre de Babel.

En aquel momento, Mohamed le asignó una escolta especial, cuyo jefe debía responder de la vida de Orban con la suya. Sin esa escolta, no podía dar un solo paso. Orban lo consideró como un gran honor, pero al mirar desde lejos las murallas de Constantinopla, dijo con añoranza:

—Si el emperador me hubiera pagado aunque fuera la cuarta parte de lo que me paga este joven manirroto, jamás habría tenido que dejar Constantinopla.

Antes de regresar a Adrianópolis, Mohamed recibió con amabilidad a la embajada de los comerciantes genoveses de Pera, quienes le recordaron los buenos servicios que habían prestado en el transcurso del verano y le aseguraron que se mantendrían absolutamente imparciales en la guerra que había comenzado. Con toda rapidez, Mohamed prometió respetar sus derechos comerciales, asegurando que no tenía demanda ni disputa alguna contra ellos.

En cuanto su fortaleza estuvo terminada y equipada y después de efectuar una provocativa cabalgata por delante de las murallas de Constantinopla, Mohamed disolvió a su ejército, como si ya hubiera alcanzado su propósito, y se trasladó a la costa del mar Negro para cazar tranquilamente. Allí, recibimos el mensaje de que los cañones de Orban habían hundido al primer disparo a un gran navío veneciano que, cargado de cebada, había intentado navegar por el Bósforo sin arriar las velas y sin acceder a ser inspeccionado. Las balas de piedra habían destruido las más fuertes tablas del barco como si fueran de paja. El comandante de la fortaleza había hecho botar barcas y los turcos habían podido rescatar de las aguas al capitán del barco, un veneciano llamado Antonio Rizzo, a su escribano y a una veintena de marineros. Fueron llevados todos ante el sultán y Rizzo, fuera de sí de rabia por haber perdido su gran navío, se mesaba las barbas mientras amenazaba al sultán con el poderío marítimo de Venecia.

Mohamed le miró sonriendo cruelmente y le dijo:

—Alá es misericordioso. Te permito quedarte delante de mi fortaleza a la orilla del Bósforo en espera de que lleguen los barcos de guerra de tu patria.

Mohamed retuvo al joven escribano a su servicio, pero lo hizo castrar para convertirle en eunuco. El capitán y los marineros fueron devueltos a la fortaleza, a pesar de que el baile de los venecianos residentes en Constantinopla envió a toda prisa a un embajador para pagar rescate por Rizzo. Éste fue empalado vivo en la colina de la orilla, y los cuerpos de unos diez marineros fueron partidos por la mitad y dispersados a su alrededor. Mohamed permitió que el resto de los marineros regresara libremente a Constantinopla para contar lo ocurrido. Mientras hubo un aliento de vida en Rizzo, aquel testarudo lobo de mar gritó las maldiciones más terribles que se podían oír a través de las aguas, hasta que un jenízaro, por respeto a su hombría fue por la noche a rematarle con su daga. A partir de entonces, los capitanes de los barcos que atravesaban el Bósforo se percataron de que el sultán iba en serio, arriaban las velas al pasar ante la fortaleza, se prestaban a la inspección y pagaban la aduana fijada por el sultán. Tan sólo un capitán genovés fingió arriar las velas, dejando al mismo tiempo que la fuerte corriente marítima llevase a su barco por delante de la fortaleza y hasta más allá del alcance de los cañones.

Mientras tanto, en Constantinopla reinaba una angustiada excitación. La gente veía augurios en los vientos tormentosos o en las puestas de sol de color de sangre; los monjes predicaban profecías; se decía que las imágenes de los santos sudaban y que los iconos vertían lágrimas de sangre. Muchos se abandonaron a una pacífica desesperación, sin tomar medidas algunas de cara al futuro, porque, según ellos, nada podía impedir lo que iba a ocurrir irremediablemente. Otros se consolaban pensando que el sultán abandonaría sus planes de guerra, ya que en los alrededores de la ciudad volvía a reinar una aparente paz. Sólo muy pocos ricos y algunos sabios huyeron de la ciudad a los países occidentales en los barcos venecianos y genoveses. Los cortesanos viejos recomendaban con apático raciocinio evitar hacer cualquier cosa que pudiera irritar todavía más al sultán Mohamed. Suponían que el emperador podría volver a comprar la paz una vez más mediante concesiones. Un reino milenario no podía caer ante los planes de un arrogante joven, que, además, tenía en sus círculos más próximos a varios consejeros ancianos y experimentados que se oponían a dichos planes.

Pero, ante su pueblo vacilante, explosivo, enfermo de puro viejo, excitable y apático, el emperador Constantino abandonó por fin sus dudas y empezó a actuar con decisión.

Envió a sus embajadores a entrevistarse con el papa Nicolás para recordarle el tratado de ayuda firmado en Florencia con el papa Eugenio. Ahora, en el momento del mayor peligro, estaba dispuesto a declarar la unión a pesar de la oposición de los monjes y la de su pueblo entero, si ése era el precio que debía pagarse por la ayuda de los países occidentales. Sus embajadores debían visitar a todos los príncipes y soberanos, pedirles auxilio y declarar que había llegado la hora de la verdad.

—Si Constantinopla es derrotada, los turcos tendrán camino abierto hasta Italia, y la próxima en caer será Roma —rezaba el mensaje de los embajadores al Papa.

Constantino envió asimismo embajadores a Hungría para pedir que Janos Hunyadi rompiera su tratado con los turcos y atacase el otro lado de las fronteras. Antes de todo, pidió ayuda a sus hermanos, que gobernaban en Morea.

Hizo comprar alimentos, cereales y aceite, en cualquier sitio donde se pudieron hallar, y vació las arcas imperiales para reparar las murallas y para adquirir catapultas y armas de fuego. Ordenó que las iglesias y los monasterios entregaran sus recipientes sacramentales de oro y plata a la fábrica de moneda, prometiendo pagar cuatro veces su valor después de la guerra. Sin vacilar, mandó a sus aparejadores a recoger las lápidas de las tumbas en los cementerios de alrededor de la ciudad, para usarlas en la reparación y refuerzo de las murallas.

—He nacido bajo malas estrellas y no ha habido mucha suerte en mi vida —decía, según los rumores—. Pero ello no me impide luchar hasta el último momento ni morir con mi ciudad, si ésta es la voluntad de Dios.

Mohamed sabía con detalle todo cuanto sucedía en la ciudad, y sus informadores secretos seguían también a los embajadores griegos a los países de occidente donde celebraban sus vanas negociaciones con reyes y príncipes. Lo único que hizo el papa Nicolás fue enviar como delegado suyo en Constantinopla al arzobispo ruso Isidro, expulsado de su país a causa de la discusión sobre la unión y ascendido al rango de cardenal por el papa Eugenio. Tenía como misión supervisar la puesta en práctica de la unión;

traía unas vagas promesas papales de que, una vez declarada la misma, equiparía una flota en la primavera y enviaría algunas tropas para la defensa de Constantinopla.

Isidro llegó en noviembre en compañía de Leonardo, arzobispo de Mitilene, y un par de centenares de arqueros reclutados en Quíos y en Mitilene. Y por fin, en diciembre, con ocasión de una misa solemne celebrada en la basílica de Santa Sofía, se declaró públicamente el tratado de la unión de ambas Iglesias, olvidado durante doce años. Al lado del cardenal Isidro celebró la misa el patriarca Jorge, separado de su cargo por los griegos. Los nobles de la corte presenciaron, mudos y con los rostros pálidos, el sometimiento de su Iglesia al poder del Papa, reconociendo en contra de su propia conciencia la dualidad del origen del Espíritu Santo. La basílica se hallaba rodeada por multitudes agitadas por los monjes, que maldecían y condenaban a muerte a los renegados de su religión y presagiaban la destrucción del emperador que abandonaba la fe de sus antepasados para ganar con ello ventajas terrenales. Cuando la nobleza salía de la basílica, el gran duque Notaras se paró provocativamente ante el templo y dijo en voz bien alta:

—Antes el turbante de los turcos que la mitra del Papa.

Este lema se extendió en forma de susurro entre el pueblo y fue repetido también por Georgios Scholarios, que se había convertido en el heredero del odio de Marco Eugénico, y que se había retirado como monje al monasterio del Pantocrátor para pagar con rezos y ayunos el pecado de haber firmado en Florencia el tratado de la unión. Como monje, había adoptado el nombre de Gennadios y había pronunciado terribles profecías sobre la futura destrucción de Constantinopla, hasta que el emperador Constantino ordenó que no saliera de su celda. No obstante, seguía agitando al pueblo y a los monjes mediante cartas y mensajeros. Después de la declaración de la unión, maldijo la basílica de Santa Sofía con tanto ímpetu que el templo se mantuvo vacío durante la celebración de misas, e incluso la gente huía, temerosa, hasta de la sombra de su enorme cúpula.

«Antes el turbante de los turcos que la mitra del Papa»

—susurraba el pueblo en Constantinopla; y los aparejadores del emperador se metían en los bolsillos gran parte del dinero destinado a la reparación de las murallas. Mientras tanto, en todos los puertos de los otomanos se construían barcos de guerra con fervientes prisas y Orban se preparaba en Adrianópolis para fundir el cañón más grande de todos los tiempos. Mohamed ya no podía dormir; empujaba en vano la almohada de un lado a otro de la cama y, en mitad de la noche, podía levantarse bruscamente y llamar a sus maestros artilleros, a sus constructores y a sus arquitectos, para examinar los planos de las murallas de Constantinopla. En enero regresó a su palacio de Adrianópolis. Cincuenta pares de bueyes arrastraron el cañón fundido por Orban y lo dejaron delante del palacio. Después, lo instalaron sobre una base construida con gigantescos troncos, y el sultán envió pregoneros para avisar del estruendo del disparo de prueba, para que no cundiera el pánico en la ciudad.

La boca del cañón tenía un diámetro de tres pies, y sus redondas balas de piedra pesaban mil quinientas libras. Como obra de fundición, era la maravilla de todos los tiempos, y Orban estimaba que podría ser disparado tres veces al día. Se necesitaban cincuenta artilleros para manejarlo. El sultán invitó a todos los nobles y sabios de su corte a presenciar el primer disparo. Por razones de seguridad, Orban pidió que los espectadores se colocasen a una distancia de unos doscientos pasos, se santiguó y encendió la mecha, atada a un largo palo. Desde lo más lejos posible, acercó la mecha al orificio de la pólvora, una enorme llamarada salió de la boca del cañón y una nube de humo tapó el palacio de nuestra vista. La tierra tembló bajo nuestros pies y muchos espectadores se cayeron. El estruendo nos ensordeció y desde la ciudad se oyeron chillidos de lamento. Sin esperar a que se disipara el humo, el sultán Mohamed espoleó a su caballo, desbocado ya por el ruido, y se fue galopando tras la trayectoria del proyectil. Los demás le seguimos corriendo y le encontramos a unos mil pasos mirando un hoyo de seis pies de profundidad, producido por la bala al chocar contra el suelo.

Ordenó que a Orban le fuera concedida la capa honoraria de primer grado y que se le pagasen diez mil monedas de plata. Además, convocó al diván a su sala del trono. Pero, aparte del diván, convocó simultáneamente a todos los altos funcionarios de la corte, a los libres y a los esclavos, a los oficiales militares más valientes, a un grupo de los más veteranos de los jenízaros, a los estudiosos del Islam en Adrianópolis, a los jefes de los derviches, a los jeques y a los poetas de la corte. El resultado fue que una multitud de centenares de personas llenó la sala del trono. Todo esto ocurrió inmediatamente después del disparo del cañón, de manera que muchos aún tenían los oídos ensordecidos, y los sabios y los derviches recitaban a gritos frases del Corán, alabando la omnipotencia de Alá y el cañón fundido por Orban como una maravilla de la naturaleza.

Hasta ese momento, todos los preparativos se habían llevado a cabo con cierto misterio y el sultán no había expresado oficialmente sus planes al diván, a pesar de que todos ya sospechaban lo que eran. Después de hacer esperar a sus nobles hasta que todos los ruidos, susurros y exclamaciones de sorpresa se hubieron acallado y un absoluto silencio se hubo producido, Mohamed entró en la sala y se sentó en el trono. Su rostro era oscuro e inexpresivo. Una vez sentado, dejó que su amarillenta mirada pasara de hombre a hombre, y durante la tensa expectación pudo sentirse claramente que el miedo dominaba la estancia. Cada uno examinaba en su fuero interno lo que habría podido hacer, sabiéndolo o sin saberlo, para levantar la ira de Mohamed, y parecía como si la fría sala sudase el sudor de la muerte. Todos le temían y muchos le odiaban, pero aquel joven de veintidós años ya había crecido lo suficiente para dominar con su voluntad el miedo y el odio.

Por fin empezó a hablar, sentado en el trono con las piernas cruzadas e iluminado por los destellos de las piedras preciosas de diferentes colores. En nombre de Alá recordó las grandes hazañas de sus antepasados, empezando por Osman, de su sueño y de los cuatrocientos jinetes de los que había nacido el pueblo de los conquistadores. De una pequeña semilla había crecido un poderoso árbol, que un día echaría su sombra sobre el mundo entero. Y recordó la profecía del mismo Profeta, según la cual Constantinopla, la reina de las ciudades, caería en poder del Islam.

—El dominio de los basileos se ha derrumbado —dijo—. El imperio que ha durado diez siglos está podrido y comido por los gusanos. Sólo se necesita el último esfuerzo. Musulmanes, Alá me ha permitido arrancar un rayo de su cielo para destruir las murallas más invencibles, y el ejército de los otomanos nunca ha sido tan fuerte como ahora. La fruta ha madurado, el momento ha llegado, y hay innumerables profecías que así lo atestiguan.

Su voz sonó ardorosa en la gran sala. No pudo controlarse. Se levantó de golpe y gritó, con los ojos brillantes como los de una fiera:

—¡Alá es el único Dios y Mahoma es su Profeta! ¡Con su palabra, el Profeta ha prometido el paraíso a todos los que caigan en una guerra santa contra los infieles! El paraíso de Alá y una fama inmortal en la tierra esperan a todos y cada uno de los que me sigan. Pero dentro de las murallas le esperan al vencedor unas riquezas acumuladas durante siglos. Las más hermosas doncellas y los muchachos más bellos serán el botín. Y ahora ya no es momento de vacilaciones. El mismo emperador de Bizancio, el traicionero Constantino, ha enviado negociadores a los países occidentales para pedirles que le ayuden con sus flotas. Por esto es imprescindible declarar una guerra santa, reunir las tropas, empezar el sitio de Constantinopla y destruir sus murallas antes de que los países de occidente tengan tiempo para acudir en auxilio del reino que ya se desintegra.

Interrumpió el discurso, miró a su alrededor con ojos fulgurantes, y prosiguió en tono explicativo:

—Sé que entre vosotros ha habido gente indecisa y sabios escépticos que nos han hecho recordar los peligros que nuestro reino encontrará si llegamos a una guerra contra Constantinopla. Alá y todo el ejército son mis testigos de que yo no he pedido más que la paz y de que no he tenido otro propósito que el de asegurar el libre paso del ejército a través del Bósforo, cumpliendo así el deseo de mi padre para que una desgracia como la de Varna no se repitiera jamás. Alá es mi testigo de que fueron los propios griegos los que violaron la paz e instigaron a los países occidentales en contra de nosotros. Después de tantas disputas y guerras entre sí, los poderosos príncipes de los países occidentales han alcanzado una armonía mutua, y su heterodoxo Papa vuelve a estar en la cresta del poder. Calculando astutamente, los griegos han tomado mi fortaleza a orillas del Bósforo como pretexto para empezar una guerra y para provocar una nueva cruzada, con sus desoladas llamadas de auxilio y apelando a su común y heterodoxa religión. Siendo así, este instante es de peligro de muerte para todo el reino de los otomanos y, en los instantes de mayor peligro, las dudas y las vacilaciones entre nosotros deben desaparecer. Como elección, sólo tenemos el mayor honor y la mayor victoria de los otomanos o la destrucción del reino entero. Los griegos nos han llevado a esta situación con su política traicionera y yo no tengo posibilidad de elegir. Sin embargo, esforzándonos todo cuanto podamos, poniendo toda nuestra voluntad y fe y siendo más rápidos que los griegos, os prometo una victoria, una victoria más grande que las que mis honorables antepasados hayan alcanzado jamás, la victoria más grande que promete el Corán y que ha sido ratificada por las palabras del propio Profeta.

Volvió a callarse y, en su silencio, ardía como una brasa. Sin poder controlarse más, sacó la espada y gritó con voz estentórea:

—¡Conquistaré Constantinopla o moriré! ¡Ésta es mi decisión! Quien me quiera, que me siga.

En aquel momento, el silencio obligado por la costumbre y por el miedo se rompió en la sala, se desató como una tormenta y, hechizados por las palabras, como enloquecidos, incluso los ancianos empezaron a gritar y los jóvenes se abrazaron, prometiendo vencer o morir ante las murallas de Constantinopla. Los sabios y los derviches llamaron a Alá y recitaron viejas profecías en medio del vocerío. Los blancos y relucientes dientes de Mohamed se dejaron ver en una temible sonrisa, mientras todo el cuerpo le temblaba debido a la excitación y al esfuerzo.

El mismo día salieron los mensajeros para reunir al

ejército en Adrianópolis, e innumerables derviches y famosos sabios emprendieron viajes a todos los puntos del reino para predicar la guerra santa y para exhortar a todos los fieles a que vendieran sus capas, se comprasen una espada y se alistasen en el ejército para derrotar a Constantinopla.

El sultán había revelado sus planes y ya no cabía la menor duda de los propósitos que abrigaba. Sin dar más ocasión de discutir ni de advertir al gran visir Khalil y a los ancianos del partido de la paz, había puesto a su corte ante los hechos consumados con el estruendo del gigantesco cañón; ahora, ya nadie se atrevería a oponérsele. El reino de los otomanos debía prepararse para hacer el mayor esfuerzo de su historia, y el gran visir Khalil, mediante los comerciantes genoveses de Pera, envió un mensaje al emperador Constantino en el sentido de que ya no se podía evitar el sitio de Constantinopla. Constantino contestó mandando una nueva carta al sultán.

> Está claro que prefieres la guerra a la paz. Por esto ahora me dirijo a Dios y Él encontrará mi único amparo. Si su voluntad es que tú invadas la ciudad, nadie puede impedirlo. Te devuelvo tu palabra y te libero de todas las promesas y tratados que ambos hemos jurado. He cerrado las puertas de mi ciudad y defenderé a mi pueblo hasta la última gota de sangre que me quede. Sea feliz tu dominio hasta el día en que el Dios justo, nuestro máximo juez, nos llame a ambos ante su tribunal y resuelva nuestra relación.

Una fría noche de febrero, el sultán Mohamed me hizo despertar de mi sueño, y me llamó a su presencia. Un negro viento silbaba por encima del palacio y yo tiritaba de frío al atravesar los patios. El sultán, completamente vestido, andaba arriba y abajo del dormitorio, iluminado por lámparas de vacilante luz. Parecía como drogado y lleno de excitación.

—No puedo dormir —dijo—. La belleza de los humanos no me tranquilizaba, el vino no me embriagaba y he echado a los músicos. En mi corazón reina una sola pasión que me quemará hasta reducirme a cenizas si no puedo dormir. Háblame, pues, para que tenga un feliz sueño.

—Tus cadenas son más fuertes que las de un esclavo encadenado en la galera —le contesté—. Cada acto tuyo te encadenará con mayor fuerza y ya nunca serás libre.

Esta obra, publicada por
GRIJALBO MONDADORI,
se terminó de imprimir en los talleres
de BIGSA, de Barcelona,
el día 1 de septiembre
de 1999